Brigitte Glaser

Kaiserstuhl

Brigitte Glaser

Kaiserstuhl

Roman

List

Besuchen Sie uns im Internet:
www.ullstein.de

Wir verpflichten uns zu Nachhaltigkeit

- Klimaneutrales Produkt
- Papiere aus nachhaltiger Waldwirtschaft und anderen kontrollierten Quellen
- ullstein.de/nachhaltigkeit

MIX
Papier aus verantwortungsvollen Quellen
FSC® C014496
FSC
www.fsc.org

List ist ein Verlag
der Ullstein Buchverlage GmbH

ISBN 978-3-471-36011-8

Gesetzt aus der Berling BQ
Satz: Pinkuin Satz und Datentechnik, Berlin
Druck und Bindearbeiten: GGP Media GmbH, Pößneck

Für Lynn und Nora

»Wahr ist, was uns verbindet.«

Carl Jaspers

TEIL 1

Bonn
September 1962

Schlossberg

Freiburg

Ihr Vater erzählte gern, dass sie beim Knall eines Champagnerkorkens das Licht der Welt erblickte, was ihm als Weinhändler ein gutes Omen schien, obwohl er doch vor lauter Aufregung den Korken viel zu früh köpfte. Als ihm die Hebamme beim ersten Schluck Dom Pérignon den kleinen Schreihals präsentierte, schwante ihm allerdings, dass er für diesen Winzling den falschen Namen ausgesucht hatte. Denn kaum auf Erden gab die Kleine durch die Art, wie sie mit den Ärmchen ruderte, an der Flasche nuckelte oder ihren Protest in die Welt hinausposaunte, zu verstehen, dass in ihr mehr als ein Leben steckte. Und für so eine passte der Name Henriette nicht. Zu steif, und mit drei Silben viel zu lang. So eine brauchte einen kurzen, energischen Vornamen. Henriette Köpfer stand in ihrem Ausweis, aber schon immer wurde sie Henny gerufen.

Bereits am Morgen hatte Henny wie so oft an den Vater denken müssen und nach langer Zeit wieder einmal an ihre erste gemeinsame Reise in die Champagne. Wenn sie sich umblickte, wusste sie, warum. Das warme goldene Spätsommerlicht erinnerte an die riesigen Weizenfelder, die sie auf der Fahrt nach Reims passiert hatten. Im Sommer 1938 war das, kurz nach ihrem siebzehnten Geburtstag. Es gab ein Foto von ihr vor dem prächtigen Brunnen der *Fontaine Subé*. Die Haare frisch gekürzt, ein Bein in der Luft, ein Glas Champagner in der Hand. Sie trug das hellblaue Sommerkleid mit den weißen Punkten und strahlte in die Kamera.

Sie wischte die Erinnerungen fort und ging weiter. Ein leichter Wind strich durch die Bäume des Schlossbergs und trug ihr von irgendwoher den Duft später Rosen zu. Mit aufgestützten Armen beugte sie sich über ein Mäuerchen am Wegrand und schaute auf die Stadt hinunter. Überhaupt schaute sie gern auf alles hinunter. Was man auf ihre Größe, sie maß gut einen Meter achtzig, schieben konnte, was aber eher an ihrer Einstellung lag. Alles im Blick behalten konnte man nun mal schlecht von unten. Manche hielten sie deshalb für hoffärtig, aber das juckte sie nicht. Sie steckte gern in ihrer Haut. Immer ein frischer Wind um die Nase, immer frei von der Leber weg, immer mit voller Kraft voraus. Buckeln war ihr ein Graus. Ihr Vater hatte sie deswegen selten gerügt, nur gelegentlich zur Vorsicht gemahnt.

Sie setzte sich auf eine Bank und dachte wieder an die Champagne. Damals war sie glücklich und noch gertenschlank gewesen. Inzwischen hatte sich das Glück verflüchtigt, und sie hatte etwas zugelegt. Für eine Geschäftsfrau nicht das Schlechteste, das verschaffte ihr im wahrsten Sinn des Wortes Gewicht.

Natürlich war es damals bei diesem Besuch auch ums Geschäft gegangen. Um einzukaufen, klapperte der Vater mit ihr die großen Champagnerhäuser ab: Pommery, Taittinger, Ruinart, Bollinger, Deutz, Veuve Clicquot und noch viele weitere, ihre Erinnerungen daran mehr als vage. Woran sie sich allerdings sehr genau erinnerte, war ihr erster Besuch im kleinen Champagnerhaus Vossinger in Épernay.

Schluss jetzt, befahl sie sich, als sie merkte, dass sich ihr Pulsschlag beschleunigte, und griff nach ihrer Handtasche. Sie zog den Rock glatt, wischte ein paar Fussel von ihrer Kostümjacke, scheuchte im Aufstehen drei Tauben auf. Die flogen in Richtung Münsterturm davon, sie eilte ins Geschäft zurück. 1955 hatte sie endlich das nötige Geld gehabt, um es an alter

Stelle neu aufzubauen. Das Grundstück in der Schusterstraße gehörte ihr ja. Ein Schaufenster bis zum Boden, ein großer lichter Einkaufsraum mit modernen String-Regalen, zudem schmale Stühle und ein heller Tisch aus Birkenholz. Keine schwerfällige Gemütlichkeit, sondern frische Leichtigkeit. Das alles hatte einen ordentlichen Batzen Geld gekostet, sie konnte sich das leisten.

Es ging ihr gut, sehr gut. Eigenes Haus, eigenes Geschäft, eigenes Geld, sogar einen eigenen Wagen, den sie selbst chauffierte. Wirtschaftswunder, Fleiß, Biss und Geschick, ja sicher, aber nicht nur. Bei ihr hockte keiner daheim, der nachts im Schlaf schreiend wieder an der Front lag, und erst recht keiner, der ihr vorschreiben konnte, was sie zu tun oder zu lassen hatte. Bei ihr hockte überhaupt keiner zu Hause, und das war gut so. Nur manchmal fehlte ihr das. Die Sache, die man Liebe nennt, hatte sie in ihrem Leben nämlich gründlich vermasselt. »Lass die Finger davon«, befahl sie sich wie immer, wenn sie sich nach einem Quäntchen Glück oder einem Rendezvous sehnte. Sie war einfach nicht für die Liebe geschaffen.

Ein Blick auf die Uhr. Oh, sie sollte sich beeilen. Für 14 Uhr hatte sich Monsieur Debray, der Vertreter dreier großer Champagnerhäuser angekündigt, mit dem sie seit letztem Jahr Geschäfte machte. Das würde sie auch weiterhin tun, allerdings nur, wenn er den Dobler, der vor zwei Monaten eine neue Weinhandlung eröffnet hatte, nicht belieferte. Am Rathausplatz, beste Lage. Es wurmte Henny, dass der Dreckskerl schon wieder Oberwasser hatte!

Als das Wünschen noch geholfen hat …

Freiburg

Charles Debray hatte am Vortag abgesagt und kam nun zu spät, deutsche Pünktlichkeit lag den Franzosen halt nicht. Hennys vorwurfsvollen Blick auf die Uhr machte er mit Charme wett: *Oh, là, là,* Handkuss und Komplimente, Madame hier und Madame da, alles leicht und luftig. Trotz ihrer einundvierzig Jahre kicherte sie wie ein Backfisch. Der alte Zängerle, den sie vor zwei Jahren als Verkäufer angestellt hatte, staunte Bauklötze. »Ja, Herr Zängerle, was den Umgang mit Frauen angeht, können sich die deutschen Männer bei den Franzosen eine Scheibe abschneiden«, lachte sie, beendete dann aber schnell die Honneurs, um zum Geschäft zu kommen.

Debray radebrechte deutsch, Henny ölte ihr Schulfranzösisch, irgendwie verstand man sich. Henny, die guten Verkaufszahlen des letzten Jahres im Kopf, orderte großzügig Champagner nach. Das Wirtschaftswunder sorgte für immensen Aufschwung: Otto Normalverbraucher konnte sich ein Eigenheim, einen Fernseher und ein Auto leisten, in besseren Kreisen gehörte Champagner wieder zum guten Ton.

»Der Professor Künzle hat neulich nach einem Bollinger gefragt«, warf Zängerle ein. »Und die Frau Drescher will unbedingt einen Taittinger-Champagner.«

Auch Bollinger und Taittinger könne er besorgen, bot Debray an. *»Bien sûr.«*

Henny erkundigte sich nach der kleinsten Menge und dem

Preis und orderte auch Taittinger und Bollinger. »Wer weiß! Vielleicht kommen wir in den nächsten Jahren auf die fünfzehn Champagnersorten, die mein Vater in den Zwischenkriegsjahren im Sortiment hatte«, prophezeite sie übermütig.

»Fünfzehn verschiedene?«, echote Debray höflich.

Henny nickte. »Ich kann sie Ihnen heute noch aufzählen!«

»Mais non!«, widersprach er.

»Mais oui«, hielt sie dagegen und legte los.

»Vossinger? Ihr Vater hatte Vossinger im Sortiment?« Debray war nun regelrecht elektrisiert.

Henny ohrfeigte sich innerlich, weil sie sich von einem kindlichen Stolz hatte hinreißen lassen, alle Champagner-Häuser aufzuzählen. Wieso hatte sie Vossinger nicht weggelassen?

»Vossinger stellt nur eine kleine Menge hervorragenden Champagners her und vertreibt diesen über wenige, exquisite Adressen. *Pardon, Madame,* es wundert mich, dass Vossinger in den Zwischenkriegsjahren an einen kleinen deutschen Weinhändler geliefert hat«, erklärte Debray. »Oder etwa während des Krieges? Das wäre etwas anderes.«

»Mein Vater und Georges Vossinger kannten sich«, erwiderte Henny schnell. »Vor dem Ersten Weltkrieg hat mein Vater ein Jahr bei Vossinger gearbeitet. Georges und er haben sich angefreundet.«

»*Ah oui*. Dann wissen Sie sicherlich, wie schwer gerade das Haus Vossinger im Zweiten Krieg von der deutschen Besatzung betroffen war?«

Henny machte eine undeutliche Kopfbewegung. Bloß nicht darüber reden müssen. Bloß nicht.

»Euer Reichsmarschall Göring war ein gefräßiges Ungeheuer. Ein gefräßiges Ungeheuer mit einem exquisiten Geschmack.«

Bildete sie es sich nur ein, oder klang Debrays Stimme plötzlich eisiger? Musterte er sie nicht kühler, ja regelrecht feindselig? Mit einem Schlag kamen ihr Debrays Honneurs von vorhin nur wie ein dünner Firnis aus Höflichkeit vor.

»Alle Nazis waren gierig, aber keiner war so gierig wie Göring. Kannten Sie seinen Statthalter in der Champagne? Den Weinhändler Friedrich Rohl?«

Die Ladenklingel ersparte ihr die Antwort: »Das ist bestimmt Elfie, die ihren Schlüssel vergessen hat«, sagte sie, als Zängerle aufstehen wollte. »Ich geh schnell.«

Natürlich war es nicht Elfie. Die war im Theater und präparierte die Requisiten für die Abendvorstellungen. Der unbekannte Kunde wollte zwei Flaschen Merdinger Bühl. Henny ließ sich Zeit, um den Wein in Seidenpapier einzuwickeln, sie musste sich sammeln.

Es erleichterte sie bei ihrer Rückkehr, dass Debray bereits in Hut und Mantel dastand. Zängerle reichte ihr die Bestellliste zum Unterzeichnen. Debray gab ihr einen Kugelschreiber.

»Dann kennen Sie bestimmt auch Yves, den Sohn von Georges Vossinger«, knüpfte er an ihr Gespräch an. »Vor einigen Jahren hat er den Betrieb seines Vaters übernommen. Er macht einen genauso guten Champagner wie der Alte.«

Henny war, als hätte er ihr einen Schlag in die Kniekehlen verpasst. Sie musste sich am Tisch festhalten, um nicht umzuknicken.

»Alles in Ordnung?«, fragte Zängerle besorgt, Debrays Gesicht konnte sie nicht lesen.

»Der Kreislauf.« Ihr gelang ein Lächeln. »Manchmal spielt er mir einen Streich.«

Irgendwo

»Wer bist du, Fremder?«, fragte die Frau, die neben Paul Duringer auf der Bettkante saß und mit ihrem Finger ein Fragezeichen auf seinen nackten Rücken zeichnete.

»Das willst du gar nicht wissen«, antwortete er, drehte sich um und setzte sich auf. Er hasste Fragen am Morgen danach.

Während er ihr kurz übers Haar strich, fiel ihm ihr Name nicht mehr ein. Marie? Maria? Marie-Luise?

»Wo bist du zu Hause?«

Er lächelte schief und suchte neben dem Bett nach seinen Anziehsachen.

»Hältst nicht viel von Bindung, was?« Sie reichte ihm einen Socken.

»Eine große Illusion! Jeder ist allein, jeder bleibt allein, jeder stirbt allein.«

»Oh, da muss einer aber mal schwer enttäuscht worden sein.« Sie erhob sich und schlüpfte in einen Morgenmantel, der mit großen, fleischigen Blüten bedruckt war.

Das ging die Frau nichts an. »Ich muss weiter«, sagte er und stopfte das Hemd in die Hose. »Ich bin heute mit einem alten Kameraden verabredet.«

»Alte Kameraden reden immer vom Krieg. Immer noch geht es um den Krieg. Ich hasse den Krieg.«

»Ja«, bestätigte Paul. »Er verfolgt uns, wir werden ihn nicht los, obwohl er schon fast zwanzig Jahre vorbei ist. Er hat uns verdorben. Auch wenn man es äußerlich nicht bei allen sieht: Viele von uns haben etwas abgekriegt, wie die Opfer einer Explosion.« Er schlüpfte in seine Jacke, sie brachte ihn zur Tür.

Er küsste sie zum Abschied. »Danke«, sagte er.

»Lang wirst du dieses Leben nicht mehr führen können, Fremder.« Sie strich ihm mit den Fingern durch die grauen Haare. »Du wirst alt, und mit alten Männern geht keine mehr umsonst ins Bett.«

Er griff nach dem Hut an der Garderobe neben der Tür.

»Kein Mensch glaubt, dass er alt wird. Er weiß es, aber er glaubt es nicht.«

»So ist es wohl.« Er setzte den Hut auf, wünschte ihr alles Gute und eilte dann die Treppe hinunter. Erst als die Haustür hinter ihm zuschlug, atmete er auf.

In der Kneipe, in der er gestern Abend gestrandet war, hörte er Freddy »Fährt ein weißes Schiff nach Hongkong …« singen, das Lieblingslied von Marie-Luise. Ja, sie hieß Marie-Luise, sie bediente dort. Er war der letzte Gast gewesen, sie hatte ihn mitgenommen. So einfach ging das. Er war gut darin, den Frauen ein bisschen Nähe zu geben. Ein bisschen, mehr nicht. Nur den kleinen Finger, niemals die ganze Hand.

Es war nicht weit bis zum Bahnhof. Paul kaufte sich eine Fahrkarte nach Bonn. Der nächste Zug fuhr in zwanzig Minuten.

Bonn

Zeit, das wusste Paul, war keine gleichbleibende Maßeinheit. Es gab Jahre, die mit ihrem Gewicht andere auf ein Nebengleis schoben; Jahre, die bis ins Detail grell erleuchtet blieben, während andere im Nebel des täglichen Einerleis versanken. Die Jahre, die sich ihm eingebrannt hatten, waren die zwischen 1940 und 1948, und fast fünf davon hatte er mit Colonel Bruno Fels verbracht.

Sie waren in Bonn verabredet, der Colonel hatte den *Königshof* als Treffpunkt vorgeschlagen. Ihre letzte Begegnung lag bereits ein paar Monate zurück. Sie bewegten sich schon lange in verschiedenen Welten, führten sehr unterschiedliche Leben, zudem trennten sie achtzehn Jahre Altersunterschied. Ihrer tiefen Verbundenheit tat dies keinen Abbruch. Der Krieg hatte sie, zwei Elsässer in der Panzerdivision von Général Leclerc, zusammengeschweißt. Sie waren sich nah wie Brüder. Wenn der eine rief, kam der andere. Das war einfach so. Und diesmal hatte der Colonel ihn gerufen.

Bruno Fels wartete auf der Terrasse des Hotels. Er saß in der Sonne und blickte auf den Rhein. *Faucon,* Habicht hatten sie ihn wegen seiner Hakennase genannt. Sie bestimmte immer noch sein Gesicht, war aber nun von vielen Falten umgeben. Er war ein 1900er, zweiundsechzig Lenze zählte er inzwischen. Er trug Zivil, konnte aber den Militär nicht verbergen.

Seine hagere Gestalt steckte in einem leichten Sommeranzug, doch sein Körper strahlte immer noch die Wachsamkeit eines Kämpfers aus. Dass die linke Hand und der Unterarm nicht echt waren, merkte man erst, wenn man ihm gegenüberstand.

»Mon Colonel.« Er deutete einen militärischen Gruß an.

»Mais non«, winkte der Habicht ab und erhob sich zur Begrüßung. Sie reichten sich die Hand, und der Colonel wies ihm den Stuhl gegenüber zu. »Sieht anders aus als bei uns in Strasbourg.« Er deutete mit dem steifen, künstlichen Arm auf den Fluss. »Richtig romantisch mit all den Hügeln und Burgen dahinter.«

»Hübsch und bescheiden«, stimmte Paul ihm zu. »Wer hätte gedacht, dass das kleine Bonn Berlin als Hauptstadt ablöst?« Er setzte sich.

Der Colonel orderte Cognac für sie beide. »*Bon*, vieles wurde für unmöglich gehalten. Wer hätte gedacht, dass die Nazis Frankreich besetzen und Europa dem Erdboden gleichmachen? Niemand außer dem Général. Doch mit seinem Weitblick war er damals ein einsamer Rufer in der Wüste gewesen.«

Der Général, der Général, der Général! Wegen de Gaulle war der Colonel nach Kriegsende in der Armee geblieben, und seit der Général wieder französischer Präsident war, arbeitete er in seinem Sicherheitsstab. Sie trafen sich in Bonn, weil de Gaulle seit dem 4. September zu Besuch in der Bundesrepublik weilte. Es gehörte zu den Aufgaben des Habichts, de Gaulle wieder heil zurück nach Paris zu bringen. Diesmal auch mittels verschärfter Sicherheitsmaßnahmen, denn seit dem Algerien-Referendum im Juli herrschte Aufruhr in Frankreich, und der Terror der OAS beschränkte sich möglichweise nicht aufs eigene Land.

»Schwieriger Besuch, *n'est-ce pas?*«

»Wenn es nur Bonn wäre, aber er muss ja herumreisen. In Köln, Düsseldorf und Duisburg hat er schon auf einem Bad in der Menge bestanden«, knurrte der Colonel. »Der Général ist stur wie eh und je. Seit dem letzten Attentat hält er sich für unverwundbar und setzt sich über jede Sicherheitsmaßnahme hinweg.«

Paul nickte. Hundertfünfzig Schüsse waren am 22. August in Paris auf den Citroën des Präsidenten abgefeuert worden. Nur der Chuzpe seines Chauffeurs war es zu verdanken, dass de Gaulle und seine Frau den Anschlag überlebt hatten.

»Stellen Sie sich vor, es passiert hier etwas«, ereiferte sich der Colonel weiter. »Ausgerechnet jetzt müssen die Idioten der OAS ihren Terror nach Europa bringen. Ein Attentat in Deutschland würde den eben begonnenen Friedensprozess um Jahre zurückwerfen. Das zarte Pflänzchen der deutsch-französischen Freundschaft wäre zertreten, bevor es Wurzeln schlagen kann. Das würde ich mir nie verzeihen. Niemals!«

Trotz der Vertrautheit siezten sie sich, wie das unter französischen Offizieren üblich war.

»*Mon Colonel*, mein letzter militärischer Einsatz liegt siebzehn Jahre zurück«, warf Paul ein, der plötzlich den Eindruck hatte, Bruno Fels wolle ihn für seine Sicherheitsgruppe rekrutieren.

»*Mais non*, deshalb habe ich Sie nicht hergebeten, *mon camerade*.« Der Habicht schickte ein kurzes, rollendes Bauchlachen ins Feld und griff nach dem Cognacglas, das der Kellner auf den Tisch gestellt hatte. »Es geht um den 1937er Vossinger-Champagner aus dem Bunker in Berchtesgaden. Sie haben die Flasche doch noch?«

Der Champagner! Dunkel erinnerte Paul sich, wie er die Flasche 1945 in Eichingen in der hintersten Ecke von Kätters Weinkeller versteckt hatte. Der kleine Kaspar, sein Ziehsohn, hatte ihm das Versteck gezeigt.

»*Santé, cher ami!*« Der Colonel hob das Glas.

»*Santé!*«, murmelte Paul und griff nach seinem Glas. »Verzeihen Sie mein Erstaunen, *mon Colonel*, aber seit 1945 haben wir nie mehr über den Champagner gesprochen. Gibt es nach all den Jahren neue Erkenntnisse?«

Der Champagner stammte aus einer Kriegsbeute der Nazis,

die ihre Einheit bei der Befreiung Berchtesgadens gefunden hatte. Paul erinnerte sich noch genau, dass diese Flasche in dem riesigen Weinlager allein in einem Wandfries gelagert war, sehr versteckt. Es war Zufall, dass er sie entdeckt hatte. Damals bat ihn der Colonel, die Flasche in Sicherheit zu bringen. All die Jahre, und sie hatten sich regelmäßig getroffen, all die Jahre hatte der Colonel den Champagner nie mehr erwähnt, und er, Paul, hatte ihn fast vergessen.

»Meines Wissens nicht«, antwortete der Colonel. »Aber endlich sind Deutschland und Frankreich bereit, ihre Erbfeindschaft zu beenden.«

»Der Champagner als Versöhnungstrunk?« Paul runzelte verwirrt die Stirn. Deswegen bestellte der Colonel ihn extra nach Bonn? Wurde der Habicht auf seine alten Tage wunderlich? Färbte es ab, dass er seine Zeit in der Umgebung eines eigensinnigen Generals verbrachte, der davon besessen war, die *grandeur* Frankreichs wiederherzustellen?

»Alles, was zu einem friedlichen Europa beiträgt, ist Champagner wert«, verkündete der Colonel.

»Natürlich«, pflichtete Paul ihm bei. Er hoffte, dass die Flasche noch da war, wo er sie gebunkert hatte. »Aber ich bezweifle, dass ein 1937er Champagner heute noch trinkbar ist. Den hätten wir 1945 saufen sollen. Der Grund, weshalb wir die Flasche damals sichergestellt haben, war doch ein anderer. Wir haben uns gefragt, warum diese eine Flasche versteckt war, und das frage ich mich bis heute. Warum?«

»Damals haben wir hinter allem eine Nazisauerei gesehen, Sie noch mehr als ich«, wischte der Colonel den Einwand weg. »Aber rückblickend sollten wir auch die simple Möglichkeit in Betracht ziehen, dass der 37er Vossinger nur versteckt war, weil der Führer ihn für ganz bestimmte Gäste vorgesehen hatte.«

»Nun ja, aber ist er heute noch genießbar?«

»Bei der Verkostung alter Champagner erlebt man immer wieder wahre Wunder. 1959 hat man beim Muscheltauchen vor Cape Cod eine Flasche Charles Heidsieck Extra Dry von 1920 gefunden, das ging damals durch die Presse. Erinnern Sie sich nicht? Die Flasche war nach all den Jahren noch genießbar.«

»Schon möglich«, stimmte Paul zu. »Ausnahmen gibt es immer wieder.« Ganz zufrieden war er mit der Antwort allerdings nicht.

»Sie haben die Flasche doch kühl gelagert?«

»Ja, sicher.«

»*Alors* … Zudem gibt es kein Getränk, das besser zu diesem Anlass passt«, fuhr der Colonel fort. »Der Champagner bringt aufs Schönste die besonderen Fähigkeiten der Deutschen und Franzosen zusammen. *Bien évidemment*, wir Franzosen haben den Champagner erfunden, aber ohne die sprachbegabten deutschen Händler hätte er im 19. Jahrhundert niemals seinen Siegeszug durch die Welt antreten können. Und 1937 war ein ganz großartiges Jahr, ein Jahr voller Hoffnungen.«

Die Erinnerung zauberte eine jugendliche Frische auf das Gesicht des Colonels. 1937, die Weltausstellung in Paris, sein Wiedersehen mit der Kölner Sozialistin Alice. Oh ja, der alte Freund hatte oft darüber gesprochen. Für den Habicht war 1937 ein Jahr mit Gewicht, ein Jahr, dessen Glanz manch dunkle Stunden erhellte. Doch bei Paul blieben leise Zweifel, ob die Erinnerungen an Alice und das Ende der deutsch-französischen Feindschaft die einzigen Gründe waren, warum er den Champagner aus seinem Versteck holen sollte.

»Ist Ihnen in Ihrer Position niemals etwas über die Flasche zu Ohren gekommen?«, hakte er nach. »Damals haben wir doch vermutet, dass sie vielleicht einen Hinweis auf weiteres Naziraubgut enthält. Sie wissen, wie viel davon bis heute verschollen ist.«

»Ich hatte die Flasche komplett vergessen«, beteuerte der Colonel. »Sie ist mir erst bei der Planung der Deutschlandreise des Général wieder in den Sinn gekommen. Endlich ein würdiger Anlass, sie zu köpfen. Ludwigsburg ist übrigens die letzte Station von de Gaulles Reise. Können Sie es möglich machen, dass wir uns am 9. September dort zur Übergabe der Flasche treffen?«

Paul zögerte.

»Ich gebe zu, es ist ein bisschen kurzfristig, aber Sie wissen, wie eingespannt ich bei diesem Besuch bin, ich hatte vorher einfach keine Zeit, mich mit Ihnen …«

»Nein, nein«, unterbrach ihn Paul. »Das ist nicht das Problem.«

»Wo haben Sie die Flasche denn gelagert?«, wollte der Colonel wissen.

»In Kätters Weinkeller in Eichingen.«

»Oh!« Der Colonel lehnte sich überrascht zurück und legte die künstliche Hand auf den Tisch. »Sind Sie noch einmal dort gewesen, seit …«

»Selten«, unterbrach ihn Paul, starrte auf die künstliche Hand und suchte nach einer Möglichkeit, den Wunsch des Colonels zu erfüllen. Er konnte Kaspar fragen, ob er ihm die Flasche nach Ludwigsburg bringen würde. Kaspar hatte vermutlich nichts gegen einen kleinen Ausflug. »Das lässt sich einrichten«, sagte er.

»*Très bien!* Und jetzt zu Ihnen, *cher ami*«, wechselte der Colonel das Thema. »Was machen die Geschäfte? Irgendetwas, wobei ich mit meinen Beziehungen behilflich sein kann?«

Bonn

Bahnhöfe, französische, deutsche, belgische, holländische, italienische, kannte Paul *en masse*. Er hätte Tage gebraucht, um all die aufzuzählen, an denen er ein-, aus- oder umgestiegen war. Manche Bahnhöfe waren ihm vertraut, an andere erinnerte er sich nicht mehr. Bonn gehörte zur ersten Kategorie, deshalb wusste er, wo am Hauptbahnhof die Telefonzellen zu finden waren. Er wartete, bis eine frei wurde, dann legte er eine Handvoll Münzen auf die Ablage über dem Hörer, warf eine Mark in den Münzschlitz und wählte die Nummer in Eichingen.

Kaspar meldete sich. Sehr gut. Bei Kätter würde das Gespräch viel länger dauern.

»Salut, mon grand«, begrüßte er ihn.

»Paul?«, fragte Kaspar vorsichtig.

»Klar, wer sonst?« Paul konnte nicht heraushören, ob in Kaspars Stimme Freude oder Misstrauen mitschwang. Wahrscheinlich beides, er hatte den Jungen oft genug enttäuscht. Jungen? Ach was, ein junger Mann war er nun, im Mai einundzwanzig geworden. Den Geburtstag hatte er vergessen, wie so oft. »Wie geht's, wie steht's?«

»Stell dir vor, die *Badische Bauernzeitung* hat in ihrer letzten Nummer drei Fotos von mir gedruckt. Die von den Mädchen aus dem Brettenbachtal, die im letzten Jahr bei der Lese geholfen haben«, berichtete er als Erstes. »Sogar ein kleines Honorar haben sie bezahlt.«

»Großartig! Ich habe schon immer gewusst, dass du ein gutes Auge hast!«

»Warum rufst du an?«

Kaspar war auf der Hut, das spürte Paul. »Bist du schon mal in Ludwigsburg gewesen?«

»Nein …«, sagte Kaspar vorsichtig. »Das ist in der Nähe von Stuttgart, oder?«

»Genau! Du weißt, dass der Général auf Deutschlandreise ist?«

»Ich bin kein kleines Kind mehr, schon vergessen? Ich lese jeden Morgen die Zeitung, schon wegen des Kinoprogramms. Auf den Titelseiten seit Tagen immer nur de Gaulle. Erster Besuch eines französischen Staatsoberhaupts nach dem Krieg und so weiter.«

»Der Général hält am 9. September in Ludwigsburg eine Rede an die deutsche Jugend.«

»Davon habe ich gelesen«, brummte Kaspar.

»Obwohl ich im Gegensatz zu dir weder jung noch ein Deutscher bin, dürfen wir zwei bei dieser Rede nicht fehlen, *n'est-ce pas*? Es geht um Europa, *l'Europe, tu comprends*?«

»Europa«, echote Kaspar.

»Um Kleineuropa, Kerneuropa«, präzisierte Paul. »Um das Europa der Vaterländer, wie de Gaulle es nennt. Deutschland und Frankreich, das Ende der Erbfeindschaft. Das Treffen riecht nach einem historischen Ereignis. Davon kannst du später deinen Enkeln berichten.«

Schweigen am anderen Ende der Leitung. Paul sah Kaspar im Flur stehen und auf den Raiffeisen-Kalender hinter dem Telefonapparat starren, auf dem Kätter wahrscheinlich wie früher den voraussichtlichen Beginn der Weinlese markiert hatte.

»Das würde ich gern, aber die Weinlese steht vor der Tür. Du weißt, wie viel man fürs Herbsten vorbereiten muss. Ich muss die Tragebütten verschwellen, die Rebscheren kontrollieren und …«

»Ach, komm schon, Kaspar! Wer nicht wagt, der nicht gewinnt. So wie es aussieht, dauert es noch, bis ihr mit dem Herbsten anfangt. Mit der Kätter rede ich, wenn dir das Sorgen bereitet.« Paul ließ nicht locker.

»Mit der Kätter kann ich selbst reden.«

»So sag schon Ja! Es geht ja nur um einen Tag, abends bist du wieder zurück.«

»Also gut«, stimmte Kaspar zu.

Erleichtert registrierte Paul, dass das Misstrauen aus Kaspars Stimme verschwunden war. »Du musst noch was mitbringen«, fuhr er fort. »Erinnerst du dich an die Flasche, die ich im Gepäck hatte, als ich nach dem Krieg zu euch gekommen bin? Die wir zwei ganz hinten in eurem Weinkeller versteckt haben?«

»Die einem Kameraden von dir gehört?«

»Genau! Die brauche ich jetzt. Umwickle sie erst mit Stroh, dann mit Zeitungspapier und pack sie so in den Rucksack. Sei vorsichtig, spiel nicht den Hans-guck-in-die-Luft! Sie darf dir nicht kaputtgehen. Sie ist ein Unikat.«

»Ich pass schon auf. Immer noch denkst du, ich wär ein kleines Kind.«

Ungeschicklichkeit verlor sich in der Regel auch bei Erwachsenen nicht, dachte Paul, behielt die Meinung aber für sich.

»Ich müsst halt morgen Abend schon nach Freiburg fahren und dort übernachten, wenn ich den frühen Zug nach Stuttgart kriegen will«, überlegte Kaspar laut.

»Henny hat doch ein Bett für dich, oder? *Alors*, dann bis übermorgen in Ludwigsburg am Bahnhof.«

Paul legte den Hörer auf und steckte die restlichen Münzen in die Hosentasche. Er dachte an seine Zeit in Eichingen und spürte, wie eine leichte Traurigkeit von ihm Besitz ergriff. Um sie abzustreifen, eilte er in die Bahnhofsbuchhandlung und kaufte die aktuellen *Cahiers du Cinéma*.

Wenig später saß er im Zug nach Hamburg, vertiefte sich in die Filmzeitschrift und vergaß seine Traurigkeit.

Freiburg

Henny starrte aus dem Fenster ihres Wohnzimmers auf die enge Schusterstraße, durch die zwei alte Zecher torkelten, und zündete sich eine neue Zigarette an. Der Aschenbecher auf der Fensterbank quoll schon über vor Kippen. Konnte sie Debray glauben? Lebte Yves wirklich? Oder war es wie im Mai 1948 in Baden-Baden, als sie mit Paul in den Fluren der französischen Militärregierung auf eine Bescheinigung wartete, Yves plötzlich durch den Flur eilen sah und ihren Augen nicht traute? Ein Wunder, ein von den Toten Auferstandener, hatte ihr doch Rohl bei seinem Besuch 1944 mitgeteilt, dass Yves tot sei. Aber der große Schlaks mit den zurückgekämmten schwarzen Locken, er war es, ganz bestimmt war er es. Es gab nur wenige Franzosen, die so groß waren wie Yves. Wo immer er hinkam, fiel er auf wie ein bunter Hund. Und sie, sie zögerte, Paul neben ihr verstand gar nichts, sie zögerte, rief nicht nach Yves, sprang nicht sofort auf, um ihm zu folgen, und als sie es endlich tat, war er verschwunden. So ein großer Mann einfach verschwunden, das konnte nicht sein. Sie klopfte an Türen, fragte nach Yves Vossinger, erntete verständnislose Blicke oder ein resigniertes Schulterzucken, wurde nach seinem Dienstgrad gefragt oder ein Büro weitergeschickt. *»Un grand homme avec des boucles noires«*, so beschrieb sie ihn immer wieder, aber niemand wollte einen großen Mann mit schwarzen Locken gesehen haben. Verstört kehrte sie zu Paul ins Wartezimmer zurück, glaubte nun selbst an eine Fata Morgana, an einen Streich des Unterbewussten. Als Paul sie fragte, was los sei, murmelte sie etwas von einem Bekannten, den sie glaubte, erkannt zu haben. Paul schaute sie fragend an, sagte aber nichts weiter. Sie schämte sich in Grund und Boden. Yves war alles andere als ein Bekannter gewesen.

Im Sommer 1938 hatte alles so märchenhaft begonnen. Damals, als das Wünschen noch geholfen hatte. Zum ersten Mal sah sie Yves von der Terrasse des Weingutes aus. Georges Vossinger hatte den Vater und sie auf einen Aperitif eingeladen. Yves stand am Fenster, die Abendsonne zeichnete seine große, schlanke Figur als Schattenriss, sodass er etwas Unwirkliches, Traumhaftes ausstrahlte. Als er wenig später auf sie zutrat und ihr die Hand reichte, lächelte er. Sofort wünschte sie, Yves würde mit ihr spazieren gehen, und am nächsten Tag ging er mit ihr spazieren. Beim Spazierengehen wünschte sie, er möge wie zufällig ihre Hand nehmen, und er tat es. Dann wünschte sie, er möge ihr nachjagen, sie fangen, sie umarmen, sie endlich küssen, und all das geschah. Beim Abschied glaubte sie tausend Tode zu sterben, aber da sie leben wollte, wünschte sie, er möge ihr bis zu ihrem Wiedersehen unendlich viele Liebesbriefe schreiben, und das tat er.

Nach einem viel zu kurzen Treffen in Paris im Herbst 1938

rückte im August 1939 ein erneutes Wiedersehen endlich in greifbare Nähe. Yves und Georges Vossinger reisten wie ihr Vater zum Internationalen Weinkongress nach Bad Kreuznach. Danach wollten die Vossingers mit ihm nach Freiburg kommen und ein paar Tage bleiben. In seinem letzten Brief hatte Yves angedeutet, er würde ihr einen Antrag machen. Natürlich würde sie annehmen! Während sie die Betten für die Gäste bezog und überlegte, welches Kleid sie an diesem großen Tag tragen würde, gaukelte Reichsbauernführer Walther Darré den Kongressteilnehmern vor, sich für die Verständigung friedliebender Völker einzusetzen, derweil Hitler mit seinen Generälen bereits den Überfall auf Polen plante. Als die deutschen Truppen am 1. September in Polen einmarschierten, wurden alle französischen Teilnehmer der Winzertagung sofort nach Hause gerufen. Ihr Vater kehrte tief besorgt über die politische Entwicklung und ohne Yves nach Freiburg zurück. Zwei Tage später erklärte Frankreich, zusammen mit Großbritannien, Deutschland den Krieg.

Es blieb Henny nichts anderes übrig, als wieder zu schreiben. Doch es wurden keine Briefe mehr nach Frankreich verschickt. Korrespondenz mit dem Feind war verboten. Wie betäubt lief sie durch Freiburgs Straßen und wartete in den Tagen nach dem Kongress vergeblich auf Nachrichten aus Épernay. Auch Briefe aus Frankreich kamen nicht mehr an. Davor hatten sie sich wöchentlich geschrieben. Immer donnerstags kam ein Brief von Yves – wehe, er kam erst samstags! –, und sie schickte ihre Briefe immer dienstags ab. Und nun, von einem Tag auf den anderen, nichts mehr, nicht das kleinste Lebenszeichen! Wochenlang irrlichterte an Donnerstagen die Hoffnung auf, dass doch Post von Yves käme, und verwandelte sich dann in tiefe Traurigkeit. Ein paar Wochen später erkundigte sie sich vorsichtig bei Doktor Kühnle, einem vertrauenswürdigen Kunden aus dem Universitätsbereich, der wie viele Professoren und Doktoren mit ausländischen Kollegen korrespondierte, nach Möglichkeiten der Kontaktaufnahme. Er riet ihr, es über das Reisebüro Thomas Cook zu versuchen. Also schickte sie einen Brief über Thomas Cook, doch der blieb unbeantwortet. Dann noch einen und noch einen.

Es dauerte, bis sie verstand, dass der Krieg sie jeder Form des Kontakts zu Yves beraubte, dass die erhoffte Verlobung nicht stattfinden würde, bestenfalls auf unbestimmte Zeit verschoben war. Ihr Leben, so wie sie es sich erträumt hatte, löste sich in Luft auf. Sie, die tatkräftige, fröhliche, immer vorwärtsstürmende Henny war plötzlich bleibeschwert. Sie schleppte sich durch die Tage, weinte nachts die Kissen nass und wünschte nichts sehnlicher, als dass der Krieg bald zu Ende ginge.

Aber das Wünschen half nichts mehr, und die bittere Erkenntnis, dass die Zeiten, in denen das Wünschen noch geholfen hatte, im Leben knapp bemessen waren, traf sie wie ein Schlag in den Magen.

Eichingen, Kaiserstuhl

In ihrem Weinberg auf der Steinhalde probierte Kätter Köpfer ein paar Trauben und wusste schnell, dass es noch ein paar Tage dauern würde, bis sie mit der Lese beginnen konnten. Ein paar mehr Grad Öchsle täten dem Wein schon gut. Als die Kirchturmuhr sechsmal schlug, machte sie sich auf den langen, beschwerlichen Heimweg. Sie hätte nichts dagegen, wenn es mit der Flurbereinigung am Kaiserstuhl endlich losging. Da ein Äckerle, dort ein Äckerle und dazwischen noch ein halbes Ar Feld. Immer musste man von einem zum anderen rennen, und in ihrem Alter waren die Füße nicht mehr so schnell. Aber natürlich wusste sie, dass das nur ein frommer Wunsch war. An nichts hing der Bauer so sehr wie an seinem Land. Wenn also Land getauscht, zusammengelegt oder wie geplant terrassiert werden sollte, würde das ein großes Palaver und ein noch größeres Geschacher geben, und es würde dauern.

Bald tauchte ihr Heimatdorf auf. Eichingen lag in einer Senke mitten in den Weinbergen. Die Häuser gluckten eng beieinander, die roten Dächer schimmerten kupfern im Abendlicht. Von der mächtigen Eiche auf dem Dorfplatz stob ein Schwärm Krähen auf, der Hahn auf dem Kirchturm drehte sich. Aus der Ferne könnte man meinen, Eichingen wär der schönste Platz auf Gottes weiter Erde, aber wie überall auf der Welt gab es auch hier Freud und Leid und Händel und Zank sowieso.

Jesses, jetzt aber, dachte Kätter, als die Uhr halb sieben schlug. Ihr Tagewerk war noch nicht geschafft, sie beschleunigte ihre Schritte. Es ging ja zum Glück bergab. Zu Hause angekommen, sperrte sie die Hühner in den Stall, fütterte die Sauen und stellte den Katzen ein Schälchen Milch hin. Dann holte sie einen Krug Wein und eine Speckseite aus dem Keller und ging ins Haus.

In der Küche hing der Duft früher Herbstäpfel, ein Korb davon stand auf der Bank. Schon seit Tagen wollte sie Apfelmus einkochen, hatte es aber noch nicht geschafft. Sie schaffte einfach nicht mehr so viel wie früher. Mit Bedacht schnitt sie eine Scheibe Speck ab und teilte diese in winzige Streifen, von denen sie jeweils einen auf den Messerrücken schob und dann in den Mund steckte. Draußen fegte ein heftiger Windstoß durch den Nussbaum und ließ die ersten Walnüsse zu Boden prasseln. Kätter schloss die Augen, und für einen Moment saßen alle wieder am Küchentisch: Paul, Henny und der kleine Kaspar. Sie hatte das Knirschen der Schalen im Ohr, wenn Paul mit einer Hand zwei Nüsse zerdrückte, das helle Kinderlachen von Kaspar und Hennys Kommandostimme, mit der sie verkündete, was getan werden musste. Damals war noch Leben im Haus! Nun war nur noch Kaspar auf dem Hof, und sie hockte oft allein am Tisch.

Sie schob Brot und Speck zur Seite und zog den Stapel alter

Zeitungen zu sich heran. Draußen im Abort fehlte Papier, und sie begann, die Seiten in handgroße Stücke zu reißen. Ihre Augen blieben an einem Witz hängen. »Frage: Warum hat sich Kanzler Adenauer eine junge Schildkröte gekauft? Antwort: Er will prüfen, ob sie wirklich zweihundert Jahre alt werden kann.« Sakramoscht! Aus dem Hemd springen könnte sie! Kätter schüttelte erbost den Kopf: Keinen Respekt hatten die Leute! Wer hatte sie nach dem Krieg aus dem Jammertal gezogen? Wer hatte für das Wirtschaftswunder gesorgt? Wer regierte das Land seit Jahren mit ruhiger Hand? Wer schützte sie vor dem Iwan? Dankbar sollten die Leute sein, dass der Adenauer mit seinen siebenundachtzig weiterregieren wollte, aber nein! Selbst in der eigenen Partei warfen sie ihm sein Alter vor. Die Herren konnten es nicht erwarten, dass er von selber abtrat! Von ihr aus könnte der Adenauer ewig regieren. Es gab keinen besseren.

In der Zeitung hatte sie gelesen, dass der Kanzler sich Sorgen um sein Erbe machte. Ein guter Nachfolger war nicht in Sicht. So einer würde auch schwer zu finden sein. Sie legte den Zettel ganz obenauf. Mit dem Witz würde sie sich das Füdli abwischen. Nur dafür war er gut.

Als sie vom Abort zurückkehrte, tauchte die Dämmerung die Küche in ein fahles Licht. *Entre chien et loup*, zwischen Hund und Wolf, so nennen die Franzmänner das Zwielicht, hatte der Karl ihr einmal erzählt, der ja lang drüben im Elsass gelebt hatte. Eine gute Beschreibung für die Zeit der trüben Gedanken. Wie oft in den letzten Monaten sorgte sich Kätter um Hof und Weinberg, und in ihrem Kummer fühlte sie sich dem Kanzler verbunden. Gut, bei ihrem Erbe ging es nicht ums ganze Land, aber schwer wogen die Sorgen trotzdem. Was sollte werden, wenn sie nicht mehr konnte oder nicht mehr war?

Ihre zwei Männer hatte sie früh zu Grabe getragen. Der Heiner, ihr einziges Kind, war im Krieg geblieben, im Balkan-Feldzug 1941 in der Nähe von Skopje gefallen, grad mal dreiundzwanzig Jahre alt, und der Karl, ihr Mann, im Stall von einem Balken erschlagen im Winter 1943. Und Kaspar war halt kein Bauer und kein Winzer. Als Henny das Kind nach der Bombardierung 1944 mitbrachte, da hatte Kätter gedacht, dass sie dem Enkel schon alles beibringen würde, was es brauchte, um den Hof zu bewirtschaften. Aber drei Jahre Stadt konnte sie ihm genauso wenig austreiben wie die linken Hände und Füße. Sie wunderte sich schon, dass das Buebl, das von Generationen von Winzern, väterlicher- und mütterlicherseits, abstammte, in der Erbmasse so gar nichts davon mitgekriegt hatte. Aber Ausreißer gab es in jeder Familie. Erst 1947 war Henny damit herausgerückt, dass Kaspar weder ihr Sohn noch Kätters Enkelkind war. Nachdem der Schock verdaut war, entschied Kätter, dass das Buebl zur Familie gehörte. Blut war nicht das einzige Band, das zählte. Wer sollte ihr Erbe antreten, wenn nicht Kaspar? Es gab niemanden außer ihm.

Eine rechte Frau an seiner Seite könnte es schon richten, davon war die Kätter überzeugt. Aber Kaspar machte keine Anstalten, sich eine zu suchen, da konnte sie noch so mit Engelszungen auf ihn einreden. Einundzwanzig war er, in dem Alter hatten die meisten im Dorf die Brautschau bereits erledigt. Der Wagner Schorsch, ein Schulkamerad von Kaspar, hatte sogar schon einen Stammhalter gezeugt.

Es wird sich schon eine finden für Kaspar, redete Kätter sich ein. Vielleicht eine von den Herbstermädchen, die immer aus dem Brettenbachtal zur Weinlese nach Eichingen kamen. Fürs Erste hoffte sie, dass Paul ihm in Ludwigsburg keinen neuen Floh ins Ohr setzte. Der hatte ihm doch den Fotoapparat geschenkt und war auch schuld, dass der Kaspar so verrückt nach dem Kintopp war! Der Bueb hockte sich am freien Sonntag lieber mit seinem Freund Bertold in die Vorführkabine der Kurbel und glotzte Filme, anstatt mit einem Mädchen zu poussieren.

My Funny Valentine

Freiburg

Nach der schlaflosen Nacht plagten Henny Kopfschmerzen. Sie goss sich eine zweite Tasse Kaffee ein und massierte sich immer wieder die Stirn, was nichts half.

»Albträume gehabt?«, fragte Elfie, die den Kopf durch die Küchentür steckte. »Du bist ja die halbe Nacht durch die Wohnung gegeistert. Kopfschmerzen? Soll ich dir aus dem Bad eine Spalt-Tablette mitbringen?«

»Kann nichts schaden. Danke, Elfchen.«

Wenig später lag die Tablette neben ihrer Kaffeetasse, und Elfie saß ihr gegenüber. Wie üblich mit zerzaustem Haar und in Pyjama und Pantoffeln. Sie arbeitete im Theater, kam selten vor Mitternacht nach Hause, und die Morgenstund' hatte bei ihr kein Gold im Mund.

Elfie Schäfer war Kriegerwitwe wie Henny und ihre Untermieterin. Sie waren beide gleich alt, kannten sich aus Schwarzmarktzeiten und hatten sich danach nie aus den Augen verloren. Als der Freundin vor drei Jahren die Wohnung gekündigt wurde und sie, die stets chronisch knapp bei Kasse war, nirgends eine günstige Bleibe fand, hatte Henny ihr übergangsweise ein Zimmer ihrer Wohnung zur Untermiete angeboten. Aus der Notlösung war ein prächtiger Dauerzustand geworden. Sie verstanden sich gut, und sehr zu Hennys Erleichterung mochte Elfie alle Hausarbeiten, die ihr selbst ein Graus waren. Allerdings war Elfie einem Abenteuer nie abgeneigt, sie nahm gerne mal einen Mann mit nach Hause, der sich dann morgens aus der Wohnung schlich. Darüber stritten sie gelegentlich. Im Eifer des Gefechts kehrte Henny manchmal die seriöse Geschäftsfrau heraus, die keinesfalls Ärger wegen des Kuppeleiparagrafen kriegen wollte, Elfie warf ihr im Gegenzug Kleingeisterei und, wenn es ganz übel lief, Neid vor und hatte wahrscheinlich mit beidem recht. Dabei war es doch gerade das Bohemienhafte, das Abenteuerlustige an Elfie, das Henny an der Freundin mochte.

»Gibt's einen Grund, weshalb du heute Nacht nicht schlafen konntest? Oder kommst du schon in die Wechseljahre?«

»Ich mache mir Sorgen ums Geschäft«, murmelte Henny, die sich noch nicht in der Lage fühlte, über Yves und alles, was ihr in der Nacht durch den Kopf gegangen war, zu reden.

»Der Laden läuft doch gut.«

»Hör dir das an!« Sie deutete auf eine Anzeige in der Zeitung, die sie in Rage brachte. »Zusammen mit dem Reisebüro Schneider bietet die Weinhandlung Dobler eine Fahrt durch die Weindörfer der Pfalz an. Höhepunkt ist ein Mittagessen im Dürkheimer Fass. Zurück in Freiburg folgt eine Probe Pfälzer Weine in der neuen Weinhandlung am Rathausplatz. Alle vorgestellten Weine können an diesem Abend zu Sonderpreisen käuflich erworben werden.«

»Was regst du dich auf? Du bist doch letztes Jahr auch mit Kunden ins Burgund gefahren.«

»Pfälzer Wein? Da sind doch Pfuscher am Werk! Erinnere dich an den Skandal an Neujahr. Mehr als hunderttausend Liter sichergestellt, chemisch behandelt von einem Labor in Bad Dürkheim. Aber das passt zum Dobler. Pfusch zu Pfusch.«

»Henny! Die Leute haben das Recht, schlechten Wein bei schlechten Menschen zu kaufen.«

»Ich möchte zu gerne wissen, wie der Dobler an den Laden am Rathausplatz gekommen ist. Dem Dobler war schon immer jedes Mittel recht. SA-Oberscharführer, von Anfang an in der Partei, zu allen Schandtaten bereit, stets auf seinen Vorteil bedacht. Hab ich dir mal erzählt, was der mit dem Weinhändler Blumfeld gemacht hat? Und unsere Weinhandlung hätte er sich beinahe auch noch unter den Nagel gerissen. Kurz vor dem großen Bombenangriff war das. Die englischen Bomben haben das verhindert. Einen Trümmerberg wollte er nicht.«

Henny schlug die Zeitung zu. Immerhin hatte sie gestern, trotz der aufwühlenden Neuigkeiten, nicht vergessen, Debray zu stecken, wie eng Dobler und Friedrich Rohl in der Champagne »zusammengearbeitet« hatten. Das sollte Debray davon abhalten, Geschäfte mit Dobler zu machen.

»Mangelnde Anpassungsfähigkeit kann man den alten Nazis nicht vorwerfen«, stellte Elfie fest.

Henny knurrte zustimmend und stand auf. »Ich muss runter in den Laden.«

»Bei uns in der Requisite gibt es heute Abend eine kleine Feier. So gegen 23 Uhr geht es los. Komm vorbei, wenn es dir nicht zu spät ist«, rief Elfie ihr nach.

Hamburg

In der Bahnhofsgaststätte in Hamburg roch es nach gebratenem Fisch. Paul hängte seinen Hut an die Garderobe. Der Mann, mit dem er verabredet war, nickte ihm von einem der Tische zu, die im hinteren Teil der Kneipe im Halbdunkel lagen.

»Mon oncle.« Paul schüttelte ihm herzlich die Hand.

Frédéric Meunier war ein Tausendsassa im Filmgeschäft, sie kannten sich, seit Paul ein kleiner Junge war. Schon damals hieß er in der Familie Duringer *oncle*, obwohl sie nicht miteinander verwandt waren, und das war so geblieben. Meunier hatte bei Realfilm zu tun gehabt, deshalb trafen sie sich in Hamburg.

»Wie läuft die Synchronisation des Melville-Films?«, erkundigte sich Paul.

»*Le Doulos* soll auf Deutsch *Der Teufel mit der weißen Weste* heißen.«

»Nicht schlecht. Klingt poetischer als Polizeispitzel.« Paul bestellte ein Bier beim Kellner.

»Das nehme ich mal als Lob. Wo du sonst immer an der deutschen Synchronisation französischer Filme herummeckerst.«

»Zu Recht, so furchtbar, wie viele Übersetzungen sind. Walter Benjamin sagt, Übersetzung heißt, die eigene Sprache erweitern. Davon merkt man bei den meisten Filmübersetzungen nichts, die sind einfallslos, ohne ein Gespür für Feinheiten. Dabei kommt es gerade auf die kleinen Frechheiten an, den richtigen Ton für alltäglichen Kleinkram und so weiter«, erklärte Paul. »Klar macht das mehr Arbeit, aber …«

»Alter Idealist«, neckte ihn Meunier. »Ich habe übrigens deinen Artikel über Helmut Käutner und Wolfgang Staudte in den *Cahiers du Cinéma* gelesen, sehr interessant.«

Das Lob freute ihn. Meunier war nicht irgendwer, und Meunier nahm nie ein Blatt vor den Mund, der sagte so etwas nicht aus Gefälligkeit. »Käutner und Staudte sind die einzigen Nachkriegsregisseure in Westdeutschland, die etwas zu sagen haben. Alle anderen machen nur seichte Unterhaltung.«

»Auch die Unterhaltung braucht es, damit der Rubel rollt. Ohne Kommerz keine Kunst, du kennst doch das Geschäft.«

»Ich habe nichts gegen gute Unterhaltung.«

Meunier grinste. »Aber sie muss dann schon das Niveau eines Charlie Chaplin, Ernst Lubitsch oder Billy Wilder haben, *n'est-ce pas?*«

Paul grinste zurück. Über das Thema hatten sie beide schon endlose Debatten geführt. »Aber ich denke, das ist nicht der Grund unseres Treffens, oder?«

»Sehr richtig. Ich habe einen Auftrag für dich, der ganz nach deinem Geschmack ist.«

Paul wartete neugierig, während Meunier ein Schreiben aus seiner Aktentasche zog, das er vor sich auf den Tisch legte.

»Angesichts des Tauwetters diesseits und jenseits des Rhein«, begann er, »ist von politischer Seite ein intensiverer Kulturaustausch gewünscht.«

Für einen Moment ruhte Pauls Blick auf den gewaltigen Pranken, mit denen Meunier das Papier glatt strich. Man konnte sich den schweren, großen Mann eher auf einem Fischkutter oder in einem Stahlwerk als im Filmgeschäft vorstellen. Aber darin war *le géant normand*, der normannische Riese, wie er in der Branche genannt wurde, seit vierzig Jahren unterwegs.

»Das Institut français plant eine Präsentationstour mit drei Truffaut-Filmen, um den Deutschen mittels der Nouvelle Vague französische Film- und Alltagskultur der Gegenwart nahezubringen«, fuhr Meunier fort. »Ich habe dich empfohlen, weil du der geeignete Mann für die Tour bist: Du kennst das Filmgeschäft aus dem Effeff, bist perfekt zweisprachig, gerne unterwegs, mit der deutschen Kultur so vertraut wie mit der französischen. Also: Was hältst du davon?«

»Warum drei Truffaut-Filme?«, fragte er. »Warum nicht auch Chabrols *Das Auge des Bösen*? Chabrol hat in München gedreht, der Film spielt in Süddeutschland. Ein psychologischer Thriller, in dem Chabrol deutsche Wesenszüge herausarbeitet. Der Film schreit förmlich danach, bei einem deutsch-französischen Kulturaustausch dabei zu sein.«

Meunier winkte ab. »Du kennst doch die Liebe der *bourgeois cultivés* zur Vertiefung. Das Werk eines einzelnen Künstlers in all seinen Facetten und so weiter. Und du musst zugeben: Der junge Truffaut hat mit *Sie küssten und sie schlugen ihn*, *Schießen Sie auf den Pianisten* und *Jules und Jim* innerhalb kürzester Zeit drei sehr verschiedene und allesamt herausragende Filme gedreht.«

»Natürlich, keine Frage. Gibt es bereits einen Tourenplan?«

»Gibt es.« Meunier deutete auf die zweite Seite des Papiers. »Die Tour startet Anfang Oktober in Freiburg und endet Mitte November in Hamburg. Im Augenblick gibt es zehn Stationen, es können aber noch einige hinzukommen. Bezahlung klärst du mit dem Institut français in Freiburg, das die Federführung des Projekts innehat. Adresse und Telefonnummer stehen auf dem Tourenplan.«

»Gut, mach ich.«

»Sehr schön, dann ist das geklärt.« Meunier schob ihm das Schreiben über den Tisch. »Und, mein Junge? Immer noch keine Absichten, sesshaft zu werden? Immer noch keine Herzdame gefunden?«

»Herzdamen können sich als gezinkte Karten erweisen. Und sesshaft werden, wozu? Ist doch ein spannendes Leben. Es gibt immer was zu tun, auch dank Ihnen, *mon oncle*.«

Meunier winkte ab.

»Wenn Sie mich empfehlen«, wechselte Paul das Thema, »erzählen Sie dann immer noch, dass ich in einem Kino geboren wurde?«

»*Mais oui*, ist doch eine tolle Geschichte! Zwischen Reihe acht und zehn, wie ich von deiner Mutter weiß«, erklärte er. »Eine Sturzgeburt, sie kehrte gerade die Zigarettenstummel unter den Sitzen zusammen und hat es nicht mehr bis hoch in eure Wohnung geschafft.«

»Zigarettenstummel? Davon hat *maman* mir nie erzählt. Nur dass ich so ungeduldig war und nicht warten konnte, bis sie in der Klinik war.«

»Was passt besser zu einer Kinodynastie, als dass die dritte Generation direkt im Kino das Licht der Welt erblickt? Dein Großvater war sehr stolz und sehr gerührt. Er hat das Union als kleines Kino gegründet, zu Anfang war's nicht mehr als ein derber Vaudeville-Stall. Als du geboren wurdest aber bereits ein Palast, das schönste Kino in Strasbourg.«

»*Maman* führt es bis heute, nehme ich an?«

Meunier nickte. »Das Union ist immer noch eines der besten Kinos in Strasbourg, und die Witwe Duringer hat einen Namen in der französischen Kinowelt. Aber Ottilie ist nicht mehr die Jüngste, du solltest also überlegen, ob …«

»Nein«, unterbrach ihn Paul schnell und sprach das Nein mit solcher Bestimmtheit aus, dass Meunier nicht nachhakte. Schnell kam er auf seine Kindheit zurück. »Im Kino geboren, im Kino großgeworden, alle stellen sich das großartig vor, weil man unentwegt Filme sehen kann. Aber von wegen! Es hat ewig gedauert, bis ich in unserem Kino einen Film von Anfang bis Ende sehen konnte. Mit sieben war ich Kinoportier mit Uniform und allem Pipapo. Bei Wind und Wetter draußen vor dem Kino stehen, vornehmen Damen die Automobiltür öffnen, Kriegsversehrten über die Stufen helfen, mal schnell ein Hemd aus der Reinigung holen, ein Vergnügen war's nicht. Was habe ich meinen großen Bruder Jean-Pierre beneidet, weil der schon drinnen Karten abreißen durfte! Mit zehn durfte ich das dann endlich auch, da musste der kleine Auguste den Portierdienst übernehmen. Aber auch drinnen war meist viel zu tun. Jede Hand wurde gebraucht, anders ging es nicht.«

»Natürlich, eure Mutter hat euch früh hart rangenommen«, bestätigte Meunier. »Aber sie hatte keine Wahl, nachdem erst euer Großvater gestorben war und dann euer Vater. Er ist so früh von euch gegangen.«

»Mit dreizehn habe ich meinen Filmvorführschein gemacht, ab da konnte ich zumindest durch das kleine Fenster der Vorführkabine Filme in voller Länge sehen. Aber ein kleiner Kasten ist nicht Kino!«

»Wohl wahr! Das Kino braucht die große Leinwand!« Meunier warf einen Blick auf die Uhr und erschrak. »*Mon Dieu,* ich muss los. Immer vergesse ich die Zeit, wenn ich mit dir zusammensitze. Ich habe noch eine Verabredung mit einem deutschen Produzenten, der frisch im Geschäft ist.« Er erhob sich; Paul, der ebenfalls aufstand, reichte ihm grade mal bis zur Brust. »Mach's gut, mein Kleiner. Wir sehen uns bald. *Bonne chance* für die Truffaut-Reihe.«

»Wird schon schiefgehen. *Merci.*« Paul setzte sich wieder, seine Erinnerungen hielten ihn noch fest. Weil er Vernays *Der*

Graf von Monte Christo einmal auf der großen Leinwand sehen wollte, verließ er die Vorführkabine und stellte sich ganz hinten auf den Balkon der ersten Etage. Seine Mutter bemerkte ihn trotzdem. Beide Hände in die Hüften gestemmt, stand sie plötzlich da und versetzte ihm mitten im Theatersaal zwei schallende Ohrfeigen. »Ein Vorführer hat in der Kabine zu bleiben! Was, wenn der Film reißt oder das Zelluloid Feuer fängt?«, zischte sie. Auch Jean-Pierre verließ manchmal die Vorführkabine. Aber den Bruder erwischte die Mutter nie, ihm ließ sie das durchgehen, Prügel bezog nur er.

Freiburg

Es gibt Dinge, die durch Nachdenken nicht besser werden. Grübeln machte Henny nervös, und in diesem Zustand konnte sie sich selbst nicht leiden. Singen und ein Glas Champagner, entschied sie, nichts vertrieb die Tristesse besser. Sie würde ausgehen, ihren Jazzkeller besuchen, die Feier in der Requisite begann viel zu spät für sie. Wie blöd, dass Elfie schon im Theater war! Nun musste sie allein entscheiden, was sie anziehen sollte. Das Blumenkleid mit dem Petticoat drunter oder das schlichte Schwarze? Sie entschied sich für das cremefarbene Kleid mit Golddruck und der großen Schleife am Rücken. Mit den passenden, ellbogenlangen Handschuhen sehr elegant! Die dunklen Haare zu einem modischen Knoten am Hinterkopf geschlungen, ein bisschen Lippenstift, ein paar Tropfen Odeur d'Orient, schon war sie ausgehfertig. Sie ging zu Fuß, es war nicht weit.

Der junge Hasenkamp machte am Eingang die Honneurs. Er studierte Medizin, interessierte sich aber nur für Jazz, was seinen Vater, dessen Praxis er übernehmen sollte, in den Wahnsinn trieb. Er begrüßte Henny mit einem angedeuteten Diener, nahm ihr den Mantel ab und führte sie zu ihrem Platz. Als er ihr den Stuhl zurechtrückte, beobachtete sie amüsiert, wie die Aufregung ein leichtes Rot auf sein glattes, unverbrauchtes Gesicht wischte.

»Heute platzen wir aus allen Nähten«, verkündete er stolz. »Das Trio ist sensationell. International besetzt: Ein Londoner am Schlagzeug, ein Münchner am Bass, ein New Yorker an der Trompete. Sie spielen *New Jazz*. Die drei sind schon in Paris gefeiert worden.«

Paris, natürlich Paris. Für die jungen Jazzfreunde war Paris der Nabel der Welt. In Lepold Scherers altem Weinkeller spielten sie *Rive Gauche*: Zogen die Stirn kraus vor Melancholie, trugen Schwarz wie Juliette Gréco, begeisterten sich für Miles Davis oder John Coltrane, klemmten sich zerlesene Traktate existenzialistischer Philosophen unter den Arm. Henny beobachtete das alles mit großem Amüsement. Im Gegensatz zu ihr war kaum einer der Grünschnäbel jemals in Paris gewesen, und im Gegensatz zu ihr wusste keiner, dass sich Sartres *Das Sein und das Nichts* nach seinem Erscheinen 1943 vor allem bei Pariser Hausfrauen wie geschnitten Brot verkaufte. Das Buch wog exakt ein Kilo, und nachdem die Nazis alle Eisengewichte der Waagen zur Waffenproduktion requiriert und eingeschmolzen hatten, erwies sich die Sartre'sche Philosophie als nützlich, um beim Kartoffelkauf nicht betrogen zu werden. Not machte erfinderisch; der Krieg trieb manchmal seltsame Blüten. Aber vom Krieg hatten die Herren Studenten keine Ahnung. Im Krieg waren sie noch kleine Kinder gewesen. Wie ihr Kaspar durften sie in Friedenszeiten aufwachsen.

»Singen Sie? Darf ich den Musikern Bescheid geben?«, fragte der junge Hasenkamp.

Henny nickte. »Noch ein Glas Champagner, dann komme ich in die Garderobe.«

Schon eilte der Kellner mit der Flasche herbei, ließ den Korken knallen und füllte ihr ein Glas. Seit sie mal erwähnt hatte, dass sie Champagner liebte, wartete bei ihren Besuchen immer eine Flasche auf sie. Sie genoss es, hier von jungen Männern umschwirrt und wie eine Königin hofiert zu werden.

Dabei wäre Dank gar nicht nötig. Sie hatte keine andere Verwendung für den Keller, der schon mal bessere Tage gesehen hatte, sie überließ ihn den jungen Leuten gerne für ihren Jazzschuppen. Gegen einen kleinen Obolus versteht sich. Und für das Privileg, gelegentlich hier singen zu dürfen. Ja, nicht nur Elfie, auch sie hatte eine künstlerische Ader.

Vor dem Krieg hatte ihr Vater selig diesen Keller, übrigens nur ein paar Häuser vom Weinladen in der Schusterstraße entfernt, in einem deutlich besseren Zustand als Lagerraum für die einfachen Weine genutzt. Lepold Scherer war damals der beste Weinhändler der Stadt gewesen. Im Keller direkt unter der Weinhandlung hatte er legendäre Weine gehortet: Bordeaux aus den 1910er-Jahren, Burgunder aus dem letzten Jahrhundert, Champagner aus dem Krönungsjahr von Wilhelm II., Loire-Weine aus der Zeit vor der Reblaus. Die feinen Flaschen zersplitterten allesamt in einer einzigen Nacht, und die edlen Tropfen versickerten im Lehmboden des Kellers, als im November 1944 die Royal Air Force Freiburg bombardierte. Die Operation Tigerfish legte die Altstadt in Schutt und Asche, zerstörte Hennys Elternhaus und kostete ihren Vater das Leben: Weinhändler Scherer ging mit seinen Schätzen unter. Obwohl sein Tod sie zur Vollwaise machte, ihre Mutter war kurz nach ihrer Geburt an Kindbettfieber gestorben, empfand Henny ihn für Lepold Scherer als gnädig, denn niemals hätte der Vater den Verlust seines Lebenswerkes verkraftet.

»Die Herren erwarten Sie«, verkündete Hasenkamp ein paar Minuten später.

Henny trank ihr Glas aus und folgte ihm.

Als sie mit Hasenkamp und seinen Freunden über die Vermietung des Kellers verhandelt hatte, der im Gegensatz zum Keller unter der Weinhandlung nur geplündert worden war, bestand sie darauf, gelegentlich selbst aufzutreten. Ihre Bedingung wurde mit herunterfallenden Kinnladen quittiert, Henny konnte nicht übersehen, wie bitter die Pille war, die sie den Studenten zu schlucken gab. Was sie denn gedenke darzubieten, hatte sich der Blondschopf Kellermann vorsichtig erkundigt, ein ausgezeichneter Pianist übrigens, schließlich wollten sie in dem Keller Jazz und nur Jazz spielen. »Glaubt ihr etwa, ich will euch Operettenarien vorträllern?«, neckte sie die jungen Männer. »Ich dachte an *My Funny Valentine.*« »Ah, wie alle Frauen lieben Sie Frank Sinatra«, warf der korpulente Frischmüller ein. »Tsstssstsss, Frankie-Boy singt das viel zu gefällig, ich denke eher an eine Interpretation à la Chet Baker«, erwiderte sie und genoss es, in überraschte Gesichter zu schauen. »Nicht einfach zu singen«, gab Hasenkamp zu bedenken, und Henny nickte. Seit sie Chet Baker damit gehört hatte, war sie von dem Stück hingerissen, summte es, wo sie ging und stand, probte es in der Badewanne. Die dritte Zeile, Herrgott, die war verdammt schwer!

Bei der Eröffnung des Jazzkellers gab sie das Stück zum ersten Mal öffentlich zum Besten. Etwas holprig, das merkte sie selbst, aber nicht blamabel, auch dank Kellermanns Klavierbegleitung. Seither sang sie es gelegentlich. Jazzmusiker waren Meister der Improvisation, keiner, der sie nicht begleiten konnte. Es sprach sich in der Jazzszene herum, dass es in Freiburg diese verrückte *My Funny Valentine*-Vermieterin gab. Henny sang immer nur dieses Stück, nie ein anderes. Jedes Mal trotzte sie ihm neue Nuancen ab.

»This is our Mrs Funny Valentine«, stellte Hasenkamp sie den Musikern des Abends vor.

Henny schüttelte Hände und besprach, unterstützt durch Hasenkamps Englischkenntnisse, wie sie das Stück begleitet haben wollte. *»Slow and smooth«*, übersetzte er.

Damit die Musiker ihr Programm wie geplant spielen konnten, trat sie immer als Erstes auf. Sie genoss den Beifall, als sie mit den Musikern die Bühne betrat. Der Raum war richtig voll, kein Platz mehr frei, vom Eingang her drängelten weitere Leute herein, hinten an der Wand quetschten sie sich dicht an dicht. Hauptsächlich junges Volk, aber der eine oder andere ihres Alters fand sich ebenfalls darunter.

»My funny valentine, Sweet comic valentine, You make me smile with my heart …« Sowie sie zu singen begann, vergaß sie alles um sich herum. Mal schwang Sehnsucht, mal Zuversicht, mal Übermut mit, diesmal war es Traurigkeit. Sie dachte an Yves, der ihr 1938 eine Schallplatte mit Gypsy Swing von Stéphane Grappelli und Django Reinhardt vorgespielt hatte. Die Musik war ihr sofort in die Beine gegangen, dieses Leichte, Verrückte, Übermütige unterlegt mit einer Spur von Traurigkeit. Gypsy Swing war so anders als die Marschlieder, die sie im Bund Deutscher Mädel rauf und runter singen mussten, oder die Operettenträllerei in den Ufa-Filmen. Doch Jazz galt als entartete Musik, die war in Deutschland verboten. Als sie nach dem Krieg zum ersten Mal Glenn Miller im Radio hörte, tanzte sie mit ausgebreiteten Armen durchs Wohnzimmer, klatschte wie wild und sang lauthals *Chattanooga Choo Choo*.

Hamburg

Im Hauptbahnhof stand der Nachtzug nach München bereit. Paul lief am Bahnsteig entlang, stieg in den Waggon mit der Nummer 3 und fand sein Coupé. Am Fenster saß ein älteres Paar, auf der Ablage türmten sich sechs Koffer, die Betten waren noch nicht vorbereitet. Es störte Paul nicht, wenn fünf weitere Bettgefährten neben, über oder unter ihm schnarchten, nirgendwo schlief er so gut wie im Zug. Auch im Auto fielen ihm die Augen zu oder im Schiff, Hauptsache ein Gefährt, das fuhr. Musste er in einem Hotelbett schlafen, so imaginierte er ein Karussell und drehte es so lange, bis ihm die Augen zufielen. Selbst im Einschlafen hasste er Stillstand.

Er nickte dem Paar zu, verstaute seinen Koffer und suchte den Speisewagen auf. Nur wenige Tische waren besetzt, er wählte einen am Fenster. Am Nachbartisch saß eine Frau mit einem kessen Bubikopf und las in einem Taschenbuch. *Es muss nicht immer Kaviar sein*. Er kannte das Buch, ein Bestseller, den es in jeder Bahnhofsbuchhandlung zu kaufen gab. Die Frau lächelte beim Lesen, das machte sie ihm auf Anhieb sympathisch. Er schätzte sie auf Mitte dreißig. Ihre strenge weiße Bluse lockerte ein freches rotes Tuch mit weißen Punkten auf. Als er sich setzte, hob sie kurz den Kopf und zeigte ihm ein Gesicht mit heller Haut und vielen Sommersprossen. An den anderen Tischen saßen Männer, mal zu dritt, mal zu zweit, meist alleine. Geschäftsleute, Vertreter, Reisende, die wie er unterwegs waren. Sie rauchten, tranken Bier, lasen Zeitung oder starrten vor sich hin.

Paul sah hinaus auf den Bahnsteig, wo sich gerade ein Liebespaar nach dem Pfiff des Schaffners trennte, der Mann in letzter Sekunde auf den fahrenden Zug sprang, die Frau daneben herlief, bis der Zug ihr davonfuhr. Auch die Frau mit den Sommersprossen beobachtete das Paar. Ein Klassiker, Paul konnte nicht zählen, wie oft er eine solche Szene de facto oder im Film gesehen hatte. Er selbst vermied es, am Bahnhof Abschied zu nehmen. Ein Bahnhof weckte Erwartungen an eine Rückkehr, doch er wollte bei keiner Frau bleiben, er fühlte sich unterwegs am wohlsten. Er hatte kein Daheim, Straßen und Schienen waren sein Zuhause. Abends sehnte er sich nach dem gleichbleibenden Rhythmus rollender Räder und dem quietschenden Ruckeln der Waggons. Diese Geräusche schaukelten ihn in den Schlaf und bescherten ihm meist traumlose Nächte.

»Der Herr wünschen?« Der Kellner wedelte ein paar Brotbrösel vom Tisch und legte das *Hamburger Abendblatt* darauf.

Paul bestellte ein Bier und eine Linsensuppe und griff nach der Zeitung. Auf der Titelseite, wie immer in den letzten Tagen, de Gaulle. Diesmal bei seinem Besuch in der Führungsakademie der Bundeswehr in Hamburg. Natürlich hatte Paul die Reise des Präsidenten verfolgt, die bisher friedlich verlaufen war. Keine Attentate, keine fanatischen Algerien-Franzosen in deutschen Landen. Doch Paul wusste, dass sein

Freund Bruno erst wieder ruhig schlafen würde, wenn er de Gaulle heil nach Frankreich zurückgebracht hatte. Wie vom Colonel befürchtet, pfiff der Général auf alle Vorsichtsmaßnahmen. Überall stürzte er sich ins Getümmel, grüßte reihum, schüttelte Hände, zeigte sich beeindruckt von der Begeisterung der Menschen, genoss das Bad in der Menge. In dem Artikel wurde betont, dass de Gaulle mehrfach sogar auf Deutsch sprach. Auch vor den Arbeitern der August-Thyssen-Hütte in Duisburg. »Meine Herren! Ich wollte es nicht versäumen, auf Ihren Arbeitsplatz zu kommen, um Ihnen den freundlichen Gruß der Franzosen zu entbieten …« Bisher also war die Reise ein voller Erfolg. Der Général, vormals ein erbitterter Feind der Deutschen, der nach dem Krieg Deutschland in die Kleinstaaterei vor Bismarck zurückschießen wollte und die komplette Rheinschiene und das Saarland für Frankreich reklamiert hatte, war mit seinen Reparationsforderungen weit zurückgerudert und zeigte sich siebzehn Jahre nach Kriegsende als Freund des Nachbarlandes. Er lebte qua eigener Person vor, wie aus Feinden Freunde werden konnten.

In Bremen blickte Paul von der Zeitung auf, ein älterer Herr mit zwei jungen Damen betrat den Speisewagen. »Bestell uns Schampus, Pepperkorn«, befahl eine Rothaarige in schwarzem Lederrock, die zweite, eine Blondine mit breitem Lidstrich, stimmte ihr zu. Paul korrigierte seinen ersten Eindruck. Jung stimmte, aber keine Damen. Dazu waren die Blicke zu frech, die Schminke zu dick, die Röcke zu eng und die Gesten zu derb. Und der Herr mit dem fetten Portemonnaie, das er stolz zur Schau stellte, war auch kein Herr. Ein Wirtschaftswunder-Selfmademan, zu schnell an Geld gekommen, schätzte Paul und betrachtete die glänzende Stirn und den schlierigen Blick des Mannes. Er hatte schon ordentlich einen im Tee.

»Ober! Schampus vom Feinsten für meine Damen!«, krakeelte er durch den Speisewagen und wedelte mit einem Fünfzigmarkschein.

Der Kellner tat wie geheißen, Gläser klirrten, die jungen

Frauen ließen es sich schmecken. Paul war sicher, die zwei würden Pepperkorn ausnehmen wie eine Weihnachtsgans. Wieder traf sein Blick den seiner Nachbarin. Sie rollte leicht mit den Augen. Er lächelte, sie lächelte. Sie schätzten das Trio wohl ähnlich ein. Wie es sich zwischen zwei Fremden auf Reisen manchmal ergab, waren sie nun durch ein kleines, wortloses Einverständnis verbunden.

»Mehr davon!«, befahl die Rothaarige prompt und ließ sich nachgießen.

Champagner! Warum Frauen überall auf der Welt verrückt danach waren, fragte sich Paul nicht zum ersten Mal. Für einen guten Bordeaux oder Burgunder ließ doch jeder Mann dieses Prickelwasser stehen. Und Paul wusste genau, wie sehr auch der Colonel einen guten Roten schätzte. Warum nur wollte sein alter Freund unbedingt mit diesem wahrscheinlich ungenießbaren Champagner auf die deutsch-französische Freundschaft trinken? Wenn es unbedingt ein Wein aus dem Jahr 1937 sein musste, warum nicht ein Château Lafite oder Mouton Rothschild? Ein Wein, der mit den Jahren gewann, der nach fast dreißig Jahren eine Offenbarung sein konnte. Bestand der Colonel aus reiner Sentimentalität auf dem alten Champagner?

Damals im Siegestaumel 1945 hatte der Habicht einen kühlen Kopf bewahrt und ihn die Flasche in Sicherheit bringen lassen. Alle anderen Flaschen wurden geköpft und gesoffen, natürlich wäre auch diese draufgegangen, *mon Dieu,* damals herrschte Ausnahmezustand, damals feierten sie, als gäbe es kein Morgen. Der Krieg war zu Ende, sechs schreckliche, furchtbare Jahre endlich vorbei, sie hatten nicht nur die Nazis besiegt, sondern auch die Amis ausgetrickst. Leclerc, der schlaue Fuchs, hatte seine Division in getrennte Einheiten aufgeteilt, sodass es nicht auffiel, als eine davon vom Radar der Amis verschwand. Paul erinnerte sich immer wieder gern daran.

Die komplette, zugegeben kleine Armee von *France libre*

stand ja unter dem Oberkommando der Amerikaner, und die behandelten sie keineswegs als gleichwertige Waffenbrüder. Der Général musste bei Eisenhower ordentlich auf den Putz hauen, damit die Panzerdivision Leclerc als Erste in Paris einmarschieren konnte, damit sie als Franzosen ihre Hauptstadt befreien durften! In den letzten Kriegstagen rückte dann Berchtesgaden ins Visier der Verbündeten. Alle wussten, dass Hitler seinen Berghof zu einem zweiten Regierungssitz hatte ausbauen lassen, alle kannten die Gerüchte um die Alpenfestung, alle vermuteten, dass dort die Kriegsbeute gebunkert war, alle wollten zuerst da sein. Auch sie, die Panzerdivision Leclerc. Die Briten bombardierten Berchtesgaden schon Ende April, hatten aber keine Bodentruppen in der Gegend. Die Amis waren mit großem Geschütz auf dem Weg dahin, aber sie, die 3. Untergruppe der 5. Taktischen Gruppe der 2. Panzerdivision, erreichten Hitlers Walhalla als Erste. Da war sein Berghof eine Trümmerwüste, aber das Adlernest auf dem Gipfel des Kehlsteins stand noch. Den Aufzug, der zum Berg hinaufführte, hatten die Nazis allerdings zerstört. Verbrannte Erde, nichts sollte den Alliierten in die Hände fallen.

Unter dem Kommando des Colonels erklommen sie den Berg zu Fuß. Als sie oben ankamen, fanden sie das Kehlsteinhaus unzerstört, zudem bot sich ihnen bei schönstem Frühlingswetter ein grandioser Rundblick über die Alpen, doch der interessierte sie nicht. Nachdem sie die französische Flagge gehisst und das Kehlberghaus inspiziert hatten, interessierte sie nur eines: Was war in den Tunneln und Bunkerräumen darunter versteckt? Wo hatten die Nazis ihre Raubschätze gelagert? Wo waren die Gemälde, das Gold, der Schmuck?

Die verriegelten Stahltüren mussten sie aufsprengen. Da er, Paul, der Kleinste und Wendigste von allen war, befahl ihm der Colonel, sich als Erster durch die schmale Öffnung zu winden, die das Dynamit in den Stahl gerissen hatte. »*Qu'est-ce que tu vois?* Was siehst du?«, hörte er die Kameraden aufgeregt rufen. Doch nichts blinkte oder glitzerte, drinnen herrschte finsterste Nacht. Ein Kamerad reichte ihm eine Taschenlampe. Das Licht fiel kurze Zeit später weder auf Gold noch auf Edelsteine, sondern auf ein riesiges Weinlager. Wie im Rausch lief Paul durch die Reihen, richtete die Lampe immer wieder auf einzelne Flaschen, glaubte nicht, was er entdeckte: feinste Bordeauxweine, Mengen an Château Lafites und Moutons Rothschild, in einem Regal dahinter alle großen Champagnermarken: Dom Pérignon, Krug, Bollinger, Pommery, Piper-Heidsieck. Paul überschlug im Kopf, wie viele Flaschen es wohl sein mochten, und kam auf ein paar Hunderttausend. Nur allerbesten, sündhaft teuren französischen Wein und Champagner hatten die Nazis am Obersalzberg gebunkert. Auch der 37er Vossinger, den er dem Colonel nach Ludwigsburg bringen sollte, zählte dazu.

Eichingen, Kaiserstuhl

Mit den Nächten tat Kätter sich schwer. Trotz des Säckel Wohlgemut, das unter ihrem Kopfkissen lag, kam der Schlaf nicht mehr so schnell zu ihr und zog sie nur noch selten in erholsame Tiefen. Im Zwischenreich von Wachsein und Schlaf vermischten sich ihre Sorgen um die Zukunft mit Vergangenem, da verschwammen Zeiten und Welten, da plagten alte Geschichten, da schossen Erinnerungen und Hoffnungen ins Kraut. Manches zeigte sich so deutlich, als wäre es erst gestern gewesen und läge nicht Jahrzehnte zurück. Als in ihrem Erinnerungskarussell das Eichinger Weinfest von 1940 auftauchte, versetzte es sie in helle Aufregung.

Bei diesem Weinfest war Kätter Henny Scherer zum ersten Mal begegnet, und sofort hatten bei ihr alle Alarmglocken geschrillt. Dieses Mädchen konnte ihrem Sohn gefährlich werden. Eine Mutter wusste so etwas, sie wusste das. Natürlich kannte man am Kaiserstuhl den Freiburger Weinhändler Lepold Scherer, der überall zur Stelle war, wo es guten Wein gab. Dass er eine Tochter hatte, wussten die wenigsten. Das Weinfest 1940 war das erste, zu dem er sie mitbrachte. Nicht nur ihr, allen im Dorf fiel das Mädchen auf. Weniger wegen ihrer Größe, eher wegen ihres Auftretens. Die hatte nichts Bescheidenes, nichts Zartes, nichts Abwartendes, das war eine, die Befehle gab, keine, die welche empfing. Ein paar Draufgänger, nicht ihr Heiner, den hatte Kätter zu sich an den Tisch beordert, plusterten sich vor ihr auf, umkreisten sie, gespannt darauf, wem von ihnen es gelänge, sie auf die Tanzfläche zu führen, aber sie zeigte allen die kalte Schulter. Allen, bis auf Heiner. Dreiundzwanzig war er grad geworden und stand voll im Saft. Groß, schlaksig, aber mit Händen, die zupacken konnten, mit wilden schwarzen Locken und mit Augen so blau wie der Rhein bei Sonnenschein. Auch in der Wehrmachtsuniform eine Freude für sie als Mutter und für die Mädchen im Dorf. Mehr als eine hatte schon die Angel nach ihm ausgeworfen, aber bisher hatte er bei keiner angebissen.

Doch die Blicke, die die dürre Scherer-Tochter ihm schickte, verhexten ihn. Und sie beließ es nicht bei Blicken, denn kaum war Damenwahl, schnappte sie sich den Heiner. Kein Blatt Papier hätte beim Schneewalzer zwischen die beiden gepasst, so sehr presste sie sich an ihn, und dem Heiner gefiel das, da machte sich Kätter nichts vor. Nach dem Tanz verlor sie die zwei kurzzeitig aus den Augen, fand sie dann draußen auf dem Festplatz wieder, sich in der Schiffschaukel in wildem Ritt himmelwärts schwingend. »Heiner«, rief sie ihren Sohn, als die beiden ausstiegen. »Heiner.« Aber er hörte sie nicht, er sah sie nicht. Sie war Luft für ihn, und ihr blieb nichts anderes übrig, als mit wehem und zornigem Herzen zuzusehen, wie er den Arm um das Weibsbild legte und wie die zwei eng umschlungen in die Weinberge verschwanden.

In der Nacht hatte Kätter nicht schlafen können. Bei jedem Geräusch glaubte sie, der Heiner kehrte zurück, aber jedes Mal irrte sie. Als es hell wurde, klammerte sie sich an die Hoffnung, dass Heiner für die Rotzbib nur ein kurzes, weinseliges Vergnügen war, weil sie als Städterin und Tochter des angesehenen Freiburger Weinhändlers Scherer keinen einfachen Winzer zum Mann nehmen würde. Und so falsch hatte sie mit ihrer Einschätzung gar nicht gelegen, wusste Kätter inzwischen. Aber leider blieb der Ausflug in den Weinberg nicht ohne Folgen. Da war ein Malheur passiert, da kündigte sich Nachwuchs an, die zwei mussten heiraten.

Freiburg

Nach ihrem Auftritt setzte sich Henny an ihren Platz und lehnte sich zurück, um dem Trio zu lauschen. Fanfarengleich eröffnete die Trompete das Spiel, nahm sich aber zurück, sowie Bass und Schlagzeug einsetzten. Henny entdeckte drei Tische weiter Doktor Kühnle und nickte ihm zu. Er deutete mit den Händen ein Klatschen an, was sie freute, denn er galt als ausgewiesener Kenner des Jazz. Seine größte Angst in Kriegszeiten war gewesen, die Nazis würden, während er als Soldat erst in Frankreich und später an der Ostfront stationiert war, seine im Keller versteckte Jazzplattensammlung entdecken, und dann seine Frau schikanieren, aber zum Glück waren ihm Sammlung und Frau erhalten geblieben. Henny hörte immer mal wieder, ihm wären die Jazzplatten lieber als die Frau. Aber Ehen waren für sie sowieso ein Mysterium, damit kannte sie sich nicht aus. Ihr eigenes Eheleben hatte grade mal zwei Wochen gedauert, einen dreizehntägigen Heimaturlaub von Heiner lang, danach musste er wieder ins Feld ziehen, und drei Monate später war er bereits tot, gefallen in der Schlacht bei Skopje.

Ein Trommelwirbel zog sie zur Musik zurück, sie trank einen Schluck und schloss die Augen. Der Bass und das Schlagzeug trieben jetzt locker swingend vorwärts, mal gesellte sich die Trompete dazu, mal flog sie davon. Das Mit- und Nebeneinander der Instrumente, die überraschenden Kapriolen, die

Improvisationen, die Soli für jeden Spieler, all das hielt sie in der Gegenwart, bis sie plötzlich wieder Debray fragen hörte: »Kannten Sie Görings Statthalter in der Champagne? Den Weinhändler Friedrich Rohl?«

Und ob sie ihn kannte! Den weltgewandten, teuflischen Friedrich Rohl! Manieren vom Feinsten, Kavalier alter Schule, zudem einer, der dir ein X für ein U vormachte, einer, der dir die Welt in den schillerndsten Farben zeigte, einer, für den nichts ein Problem war. Und sie war auf ihn hereingefallen.

Im Frühjahr 1943 hatte er eines Morgens in der Weinhandlung Scherer gestanden. Da war sie bereits zwei Jahre Witwe und längst von Eichingen nach Freiburg zurückgekehrt. Als Heiner nach Heirat und zweiwöchigem Heimaturlaub wieder an die Front musste, hielt sie es in seinem Elternhaus bald nicht mehr aus. Nach seinem Tod war ihr das Dorfleben ein Graus, die herrische Schwiegermutter die Hölle, die Schwangerschaft furchtbar. Zurück in Freiburg, verlor sie das Kind im fünften Monat und war darüber nicht unglücklich, weil sie damit das letzte Band zu Heiner Köpfer und seiner Familie kappte. Dass die Affäre mit Heiner – Affäre, ja, mehr war es ja nicht, trotz überstürzter Heirat – ein Fehler war, hätte sie eigentlich von Anfang an wissen müssen. Hals über Kopf, besser gesagt aus purer Verzweiflung hatte sie sich auf dem Weinfest in den schönen Jungwinzer verguckt, weil er sie so an Yves erinnerte. Beschwipst vom Ruländer gefiel ihr seine Begierde. Wäre sie bei klarem Verstand gewesen, hätte sie es beim Küssen belassen und nie zum Äußersten kommen lassen. Aber in der Zeit stand sie neben sich, zu viel Herzeleid, zu viel Liebeskummer, zu viel wehe Sehnsucht. Da hing sie verloren in den Seilen, da schaukelte sie wie ein Fähnlein im Wind, da kam ihr so ein attraktives Mannsbild grade recht. Passé, passé, sie hatte aber noch rechtzeitig die Kurve gekriegt. Da war sie froh drum. Nicht jeder Fehler ließ sich so schnell aus der Welt schaffen.

Den Fehler, den sie machte, als sie Friedrich Rohl vertraute, konnte sie gar nicht aus der Welt schaffen. Doch woher hätte sie es besser wissen sollen, so wie er damals in der Weinhandlung stand? Ein gut gekleideter, attraktiver Herr in Zivil, die Freundlichkeit in Person. Ein Gentleman mittleren Alters mit einem leichten Pfälzer Akzent, der ihr Komplimente machte und sie, ehe sie sichs versah, in Fachsimpeleien über die Qualität der Rieslingweine aus der Pfalz und von der Mosel verstrickte, mit ihr von *Münchhausen* schwärmte, er von den Filmtricks, sie von Hans Albers, der ihre Sorgen vor einer Schließung der Weinhandlung zerstreute, der mit ihr ein paar Gläschen probierte und dann beim Kauf nur teure Tropfen aus guten Jahrgängen orderte. Sie tranken Brüderschaft, er bot ihr das Du an, und sie machte das Geschäft des Monats, wenn nicht des Quartals. Teure Weine verkauften sich 1943 nur noch selten, im vierten Kriegsjahr stand den meisten der Sinn eher nach einem schnellen Rausch mit billigem Fusel. Er bedankte sich überschwänglich für die gute Beratung, nannte ihr die Adresse, an die der Wein geliefert werden sollte, und rückte dann, fast ein bisschen geheimnisvoll, mit einem weiteren, seinem eigentlichen Anliegen heraus. »Ich würde gerne mit dir und deinem Herrn Vater über das Champagnerhaus Vossinger sprechen. Ob ich euch heute Abend zum Essen in den *Roten Bären* einladen darf?«

»Habe ich zu viel versprochen? Spielen die drei nicht großartig?«, fragte der junge Hasenkamp und holte sie in die Gegenwart zurück. »Noch ein Glas Champagner, gnädige Frau?« Er goss nach, als sie nickte.

Champagner hatten sie auch im *Roten Bären* getrunken. Eine Flasche Ruinart hatte der Kellner in Rohls Auftrag aufgetrieben, vielleicht hatte Rohl die Flasche auch selbst mitgebracht, Henny jedenfalls genoss es, wieder mal ein Glas Champagner zu trinken. Im Hause Scherer waren die Vorräte längst ausverkauft, da die Lieferungen aus Frankreich mit Kriegsbeginn versiegt waren.

»Woher wissen Sie von unseren Beziehungen zum Hause

Vossinger?«, fragte der Vater, der neben ihr saß, leise. Er rührte den Champagner nicht an und warf immer wieder einen besorgten Blick zum Nachbartisch, wo ein Trupp SA-Männer in Uniform feierte. Darunter auch SA-Oberscharführer Kurt Dobler, ein Weinhändler aus dem Stühlinger Quartier. Alle Freiburger Altstadthändler wussten, was Dobler mit ihrem Kollegen Josef Blumfeld gemacht hatte. Hinter vorgehaltener Hand hatte es sich herumgesprochen, was geschehen war, als ein Trupp lärmender SA-Leute mit Dobler an der Spitze seinen Laden stürmte. Nachdem sie die Einrichtung zertrümmert hatten, trieben sie den Weinhändler, den Henny nur im eleganten Dreiteiler kannte, ohne Hose auf die Straße, wo sich seine langen weißen Unterhosen mit jedem Schritt brauner färbten und ein elender Gestank von ihm ausging. Rizinus, hatte es geheißen. Das Abführmittel putzte so durch, damit konnte keiner etwas bei sich behalten. Dobler persönlich, so hieß es, hatte es Blumberg eingeflößt. Wenige Tage nach dem Vorfall, »übernahm« Dobler Blumfelds Laden und war nun stolzer Besitzer von zwei Weinhandlungen.

»Aber, aber, Herr Scherer. Sie wissen doch, dass in unserem Staat Kontakte ins Ausland, seien sie privater oder geschäftlicher Natur, unter Beobachtung stehen«, antwortete Rohl auf seine Frage. »Aus gutem Grund übrigens. Wir müssen ja wissen, welche Informationen weitergetragen werden und wie im Falle Frankreichs hinter die feindlichen Linien gelangen.«

»Von uns gar keine«, erwiderte Lepold Scherer bestimmt. »Seit Kriegsbeginn gibt es keinen Kontakt mehr zum Hause Vossinger oder anderen Weingütern in Frankreich.«

»Aber das wissen wir doch!«, beschwichtigte Rohl.

Henny verstand nicht, warum der Vater Rohl gegenüber so reserviert, ja regelrecht feindlich gesinnt war. Rohl war keiner von den Fanatischen, Rohl kam wie sie aus dem Weinhandel, mit Rohl konnte man doch reden.

»Sie wissen, wer Otto Klaebisch ist?«

Der Name ließ sie aufhorchen. Jeder in der Weinbranche

wusste, wer Otto Klaebisch war. Der Weinhändler aus dem Rheingau kontrollierte im Auftrag des Reichswirtschaftsministeriums den Champagnerhandel.

»Nicht *guide des vins*, sondern *Führer des vins* nennen die Franzosen Klaebisch und seine Kollegen. Nicht ohne Humor, unsere welschen Nachbarn.« Er zwinkerte verschwörerisch. »Nun, auch ich bin so ein *Führer des vins*. Die Franzosen wissen uns Fachleute übrigens zu schätzen. Sie lassen sich lieber von einem Weinkenner herumkommandieren als von einem biertrinkenden ›Nazilümmel‹, deshalb klappt die Zusammenarbeit ganz ordentlich. Ich persönlich betreue allerdings nicht eine bestimmte Region, sondern bin im Auftrag von Reichsmarschall Göring unterwegs. Sie wissen, dass unser Reichsmarschall einen exquisiten Geschmack hat und bei seinen Festivitäten in Carinhall, Schorfheide oder Berchtesgaden nur das Beste auffährt. Er hat Vossinger zu seinem Lieblingschampagner erklärt und, das unterstreicht seinen guten Geschmack, er bevorzugt den 1937er, den besten Jahrgang der letzten Jahre.«

Henny nickte. Bei ihrem ersten Besuch in Épernay 1938 hatten alle von diesem Jahrgang geschwärmt und einen Jahrhundertchampagner prophezeit. Ihr Vater, merkte sie, dachte nicht an den Champagner. Die Schenkel zusammengepresst, saß er aufrecht und war auf der Hut.

»Sie wissen, Vossinger produziert nur kleine Mengen, die ich natürlich komplett aufgekauft habe«, fuhr Rohl fort. »Aber es gibt ein Problem mit dem 1937er. Vossinger behauptet, er habe keinen mehr, aber ich vermute, dass er sehr wohl noch einen Vorrat davon in seinem großen Weinkeller versteckt hält. Natürlich könnte ich mithilfe der Gestapo in seinen Kellern das Unterste zuoberst kehren, aber ich fürchte, dann wird Vossinger bockig, wie es einige andere Champagner-Hersteller bereits sind. Merkwürdige Fehler im Produktionsprozess, mit billigem Wein versetzter Champagner, das Vortäuschen eines falschen Weinalters mittels frischer Staubschichten und so weiter. Ich hasse diese dummen Sabotageakte, sie bedeuten nur Ärger und Zeitaufwand. Deshalb benutze ich lieber Zuckerbrot als Peitsche. Vossinger hat bisher ausgezeichneten Champagner geliefert, das soll auch so bleiben. Gleichzeitig brauche ich den 37er Champagner. – Sie verstehen mein Dilemma?«

»Ich fürchte, unser Verhältnis zur Familie Vossinger ist nicht so eng, als dass wir Ihnen behilflich sein könnten«, meldete sich ihr Vater zu Wort.

»Nicht so eng? Ich bitte Sie! War da nicht vor dem Krieg von einer Verlobung die Rede?«

»Meine Tochter hat inzwischen einen Deutschen geheiratet und ist Kriegswitwe.«

»Natürlich ist es ehrenwert, dass Ihre Tochter einen deutschen Soldaten zum Mann genommen hat. Aber alte Liebe rostet nicht und die erste schon gar nicht, nicht wahr, liebe Henny?«

»Sag doch klipp und klar, was du von uns willst«, antwortete Henny. Ihr fiel auf, wie schockiert der Vater war, weil sie sich mit Rohl duzte.

»Bravo, so kommen wir weiter! Noch ein Glas Champagner?« Er goss nach, bevor sie antwortete. »Nun, das ist ganz einfach: Ihr reist nach Épernay, und du, Henny, bringst Yves Vossinger dazu, zu verraten, wo die Vorräte des 37er Champagners versteckt sind. Verliebte sagen sich doch alles, nicht wahr?« Er zwinkerte ihr komplizenhaft zu. »Du musst nichts weiter tun, als es mir weitersagen. Und Ihnen, Herr Scherer, verspreche ich, dass wir diese Vorräte dann räumen, ohne dass auch nur der Hauch eines Verdachts auf Sie fällt. Auch die Strafe für die Vossingers wird im Rahmen bleiben. Zudem sichere ich Ihnen zu, dass Sie Ihren Laden auch in Kriegszeiten offen halten können, und ich verschaffe Ihnen die Möglichkeit, bei allen Weingütern der Champagne zu unseren Konditionen wieder Champagner einzukaufen und hier zu vertreiben. Na, was sagen Sie? Klingt das nicht großartig?«

Stühlerücken am Nachbartisch, die SA-Männer erhoben

sich. »Die Fahnen hoch, die Reihen dicht geschlossen …« Stramm stehend, die Hände zum Hitlergruß emporgereckt, sangen sie das Horst-Wessel-Lied. Überall in der Gaststube erhoben sich die Leute, auch Rohl schnellte hoch und hob den Arm, Henny und ihr Vater taten es ihm gleich. Während des Liedes überlegte Henny fieberhaft, was sie zu Rohls Vorschlag sagen sollte. Ihr Vater kam ihr zuvor.

»Ich bin ein Mann, der Entscheidungen gerne in Ruhe fällt«, sagte er, als sich die SA-Männer und alle anderen wieder gesetzt hatten. »Geben Sie mir und meiner Tochter eine Nacht Bedenkzeit?«

»Eine Entscheidung muss auf sicheren Füßen stehen«, stimmte Rohl ihm zu. »Dann besprechen wir morgen um 9 Uhr alles Weitere?«

»Eines muss ich noch wissen«, fuhr Lepold Scherer fort. »Was passiert, wenn wir Ihren Vorschlag ablehnen?«

Rohl seufzte schwer. »Nun, ich fürchte, dass Sie dann Ihre Weinhandlung verlieren.« Betrübt deutete er mit dem Kopf in Richtung des SA-Tisches. »Die würde dann an den Oberscharführer Dobler gehen. Der will Ihren Laden schon lange. Bisher habe ich meine schützende Hand über Sie gehalten. Aber wenn Sie mir nicht helfen können …«

Im Zug von Hamburg nach München

Paul war über seiner Zeitung fast eingeschlafen, als ihn ein Kreischen aufschreckte.

»Kannst du nicht aufpassen?«, fuhr die Rothaarige Pepperkorn an, sprang auf und wischte sich hektisch über den Blusenärmel, den der Mann wohl mit seinem Stumpen gestreift hatte. Offenbar war es mit der trauten Dreisamkeit nicht weit her.

»Mach doch nicht immer so ein Theater«, mischte sich die Blondine ein.

Paul rief den Kellner.

»Ich möchte auch zahlen«, sagte die Frau mit den Sommersprossen und schlug ihr Buch zu.

Paul entging nicht, dass sie nur noch wenige Seiten zu lesen hatte. Sie verließen gemeinsam den Speisewagen. Paul schritt voran, um ihr die schwer zu öffnenden Türen zwischen den Waggons aufzuhalten.

»So wissen Sie jetzt gar nicht, wie die Geschichte von Thomas Lieven ausgeht.« Paul deutete auf ihr Buch

»Gut natürlich, das ist doch klar.« Sie lächelte, als sie sich vor ihrem Abteil von ihm verabschiedete.

»Angenehme Nachtruhe«, wünschte Paul und balancierte weiter durch die schlingernden Waggons zurück zu seinem Abteil. Er mochte solch angenehme Zugbekanntschaften, überhaupt mochte er es, mit dem Zug durch die Nacht zu fahren. Draußen die Dunkelheit, drinnen die schwach beleuchteten Waggons, im Ohr der eintönige Gesang rollender Räder. Die Welt glitt leicht und geräuschlos an ihm vorbei. Sie war weit genug weg und konnte ihn nicht mit lästigen Pflichten oder täglichem Einerlei beschweren.

In seinem Abteil waren die Betten inzwischen gemacht, das ältere Paar schnarchte leise in den beiden untersten, in den mittleren machte Paul auf einer Seite eine junge Frau und auf der anderen einen vielleicht zehnjährigen Jungen aus, das zweite obere Bett neben seinem war noch nicht belegt. Er zog Schuhe und Jacke aus, kletterte geschmeidig die Leiter hoch, legte sich hin, griff nach der Decke, rollte sich darin zusammen und schlief sofort ein.

Freiburg

Am Ende des Konzerts bat das Trio Henny noch mal auf die Bühne. Wieder genoss sie den Beifall. Als sie zu ihrem Tisch zurückkehrte, wartete dort ein kleiner, gedrungener Mann, bei dem sie nicht vermutet hätte, dass er ein Freund des Jazz war. Sein feister Wanst hatte schon über dem Gürtel gethront, als er noch SA-Uniform trug, nun trug er ihn als sichtbares Zeichen des Wirtschaftswunders stolz unter einem grauen, maßgeschneiderten Anzug. Er strahlte eine himmelschreiende Selbstgefälligkeit aus. Hennys Pulsschlag beschleunigte sich.

»Ich wollte es nicht glauben, als man mir erzählte, dass Sie singen, Frau Köpfer, aber alle Achtung, großartiger Auftritt!« Er deutete eine Verbeugung an.

»Zu viel der Ehre.« Sie kippte den Rest Champagner aus der Flasche in ihr Glas. Für sie war das Gespräch beendet, nicht so für Dobler.

»Müssen die Freiburger jetzt fürchten, dass Sie den Weinhandel verlassen und ins künstlerische Metier wechseln?«, fragte er mit falscher Besorgnis in der Stimme. »Ich sage ja immer: Das Künstlerische liegt den Frauen viel mehr. Ist es nicht so, Spätzele?«

Er deutete auf die unscheinbare kleine Frau, die still neben ihm stand und ihre Handtasche wie einen Schutzschild vor sich hielt. Sie trug Schwarz, als wäre sie in ewiger Trauer gefangen, und sah aus, als wäre die Ehe mit Dobler eher Hölle als Himmel.

»Meine Gattin«, erklärte er. »Sie malt.«

Henny nickte der Frau zu, dann wandte sie sich wieder an Dobler. »Machen Sie sich bloß keine falschen Hoffnungen. Sie können mir nicht mehr ins Handwerk pfuschen.«

»Aber, aber, wer will denn so was? Ich bin ein großer Vertreter der freien Marktwirtschaft! Das ist die neue Zeit!«

»Stimmt! Sie hängen Ihr Fähnlein ja immer in den Wind.« Henny leerte ihr Glas in einem Zug und hob den Arm, um dem jungen Hasenkamp zu signalisieren, dass sie gehen wollte. Doch der war nicht in der Nähe, auch der Kellner schien wie vom Erdboden verschluckt.

»Wo ich grad den Champagner sehe.« Dobler deutete auf die Flasche. »Heut war Ihr Sohn bei mir, der wollt mir einen 37er Champagner andrehen.«

»Erzählen Sie mir nicht solchen Mist.« Henny stellte ihr Glas ab und machte sich auf den Weg zur Garderobe, weil immer noch keiner der jungen Jazzfreunde ihre Not mit Dobler bemerkt hatte.

»Die Flasche stammt aus Wehrmachtsbeständen, und so was steht bei alten Kameraden hoch im Kurs«, rief Dobler ihr hinterher und wieselte an ihre Seite. »Aus Sentimentalität oder Verehrung, wie auch immer, der Devotionalienhandel mit Wehrmachtssachen floriert. Ich habe so meine Kontakte. Sagen Sie doch Ihrem Sohn, er soll noch mal bei mir vorbeikommen. Ich habe einen Interessenten für seinen Schampus und kann ihm einen guten Preis machen.«

An der Garderobe verlangte Henny ihren Mantel. Sie verhinderte, dass Dobler nach ihm greifen konnte. Ein Kleidungsstück, das der Mann berührt hatte, wollte sie nicht am Leib tragen. Schnell schlüpfte sie in den Mantel. Dobler stand immer noch da.

»Weder mein Sohn noch ich wollen irgendetwas mit Ihnen zu tun haben.«

Sie machte den Rücken grade und verließ den Jazzkeller, erleichtert, dass sie das letzte Wort gehabt und Dobler ihr die Aufregung nicht angemerkt hatte. Es ärgerte sie maßlos, dass dieser Parvenü ihr immer noch Angst einflößen konnte.

Im Zug von Hamburg nach München

Ein Schrei ließ Paul hochschrecken, dabei stieß er sich den Kopf an der Decke des Schlafwagens. Auch der kleine Junge und seine Mutter in den Betten unter ihm wurden wach. Hatte er geschrien? Oder jemand aus den Abteilen rechts oder links? Paul wusste es nicht. »Da hat einer schlecht geträumt«, murmelte er und legte sich wieder hin. Der kleine Junge begann zu weinen, seine Mutter redete beruhigend auf ihn ein, langsam ging das Weinen in ein stoßweises Schluchzen über.

Die sanfte Stimme der Frau lullte auch Paul ein, er fiel in einen unruhigen Schlaf und begann zu träumen:

Er ist nun selbst ein kleiner Junge und steht an einem einsamen Strand. Er sieht ein Ruderboot näher kommen. Es ist der Vater, der rudert, ihm gegenüber sitzt die Mutter, den kleinen Auguste neben sich auf der Bank. Wie ein Seefahrer hält sein großer Bruder Jean-Pierre am Bug Ausschau nach Land. Er, Paul, glaubt sich entdeckt, er winkt und winkt, aber Jean-Pierre schaut an ihm vorbei, der Vater rudert und rudert, die Mutter schäkert mit Auguste, sie sehen ihn nicht, keiner sieht ihn. Das Boot entfernt sich wieder, er will schreien, aber seine Stimme gehorcht ihm nicht. Wie in einem Film zeigt ihm der Traum die Großaufnahme seines Mundes, aus dem kein einziger Ton kommt.

Wieder stieß er mit dem Kopf an die Decke, sein Herz klopfte laut, aber ansonsten rührte sich nichts im Waggon, nur das gleichmäßige Rollern der Räder war zu hören. Diesmal hatte er nicht geschrien. Immer wachte er an dieser Stelle auf, seit er denken konnte, verfolgte ihn dieser Traum. Mal wurde er im Wald zurückgelassen, mal hatte er sich in einer großen Stadt verirrt. Immer war er allein, immer schrie er, immer blieb sein Schrei stumm. Der Traum erinnerte ihn jedes Mal an die Herbstkirmes, wo er sich bei einem Flohzirkus von der Hand der Mutter gerissen und so weit nach vorne gedrängelt hatte, bis er einen Platz in der ersten Reihe ergatterte. Dort setzte er fünf Centimes auf einen Floh namens Gustave. Gustave und zwei andere Flöhe krabbelten los, zogen winzige Wägelchen hinter sich her, und es war tatsächlich Gustave, der als Erster ins Ziel krabbelte. Er, Paul, bekam nicht nur die fünf Centimes zurück, sondern noch einen dazu. Als er sich durch all die Leute wieder nach draußen bugsiert hatte und stolz seine sechs Centimes zeigen wollte, war seine Familie weg. Er irrte durch die Gassen der Kirmes und rief nach ihnen. Eine Wahrsagerin erbarmte sich seiner. Sie schleppte ihn zu einem Mann mit Megafon und prophezeite ihm ein glückliches Leben. Der Mann rief ihn aus, und irgendwann stand seine Mutter vor ihm. Sie drückte ihn kurz an ihren mächtigen Busen, dann schimpfte sie ihn aus. »Immer muss man auf dich aufpassen, nie hörst du, kannst du nicht endlich mal …«, die ganze Litanei. Jedenfalls kapierte er da, dass das glückliche Leben, das ihm die Wahrsagerin prophezeit hatte, entweder nichts als heiße Luft oder Zukunftsmusik war.

Freiburg

Wütend kickte Henny einen Apfelbutzen in eines der Bächle, die durch Freiburgs Innenstadt fließen. Ihre Champagnerlaune war verflogen. Dobler hatte ihr den schönen Abend verdorben. Was sollte diese haarsträubende Geschichte von Kaspar und einem 37er Champagner? Am nächsten Morgen würde sie in Eichingen anrufen und ihn danach fragen. Erst mal wollte sie nur noch ins Bett.

Es überraschte sie, dass Elfie ihr die Tür öffnete. »Wieso bist du schon zurück?«, fragte sie.

»Die Feier war langweilig«, erwiderte Elfie. »Und du ahnst nicht, wen ich wartend vor der Haustür gefunden habe.«

»Deinen Liebhaber von letzter Woche?«

»Zum Glück nicht. Nein, Kaspar.«

»Kaspar ist hier? Na, da bin ich aber gespannt, was der mir zu erzählen hat.« Sie zog den Mantel aus, folgte Elfie in die Küche »Wo steckt er?«

»Der schläft schon, weil er mit dem Frühzug nach Stuttgart will.«

»Was will er in Stuttgart?«, fragte Henny.

»Hat er mir nicht gesagt.« Elfie zuckte mit den Schultern und gähnte. »Er hat kaum den Mund aufgekriegt, wollte nur schnell schlafen. Also habe ich ihm das Wohnzimmersofa hergerichtet. Wo kommst du denn her? Machst ein Gesicht wie zehn Tage Regenwetter. Keinen schönen Abend gehabt?«

»Ich bin nur müde«, wich Henny aus.

»Ich auch. Gehen wir schlafen.«

Henny war keineswegs müde, sie war hellwach. Debray, Dobler und nun auch noch Kaspar! Kaspar! Im Juli hatte er sie zuletzt besucht. Doch von Besuch konnte nun nicht die Rede sein. Wenn sie Elfie richtig verstanden hatte, brauchte er nur ein Bett für die Nacht, weil er nach Stuttgart wollte. Stuttgart! Die große weite Welt sah anders aus, aber immerhin, er verreiste mal. Raus aus Eichingen, raus aus der dörflichen Enge, raus aus dem ewig gleichen Trott. Wenn er damals mit ihr nach Freiburg gekommen wäre, hätte sie ihn überall hingeschickt. Frankreich, Italien, da konnte man ja problemlos hinreisen, warum nicht auch nach Südafrika oder Kalifornien? Weltoffen und polyglott wäre er durchs Reisen geworden, so wie ein Weinhändler sein musste. Er hätte sich auf jeder Bühne bewegen können. Aber nein, er wollte lieber Wein machen, als verkaufen, er hing an Kätters Rockzipfel, er vergrub sich in Eichingen. Falsche Entscheidung, natürlich. Als Kind hatte er immer ihre Nähe gesucht, aber nichts von ihrer Lebenslust, ihrem Biss, ihrem kaufmännischen Geschick waren bei ihm hängen geblieben. Verstockt war er und eigenbrötlerisch. An den Wochenenden stromerte er lieber mit seinem Fotoapparat durch die Gegend oder vergrub sich in der Vorführkabine der Kurbel, anstatt sich auf der Tanzfläche auszutoben. Besonders fröhlich war er allerdings schon als Kind nicht gewesen. Nun gut, Kinder konnte man sich nicht backen wie einen Laib Brot, man musste mit dem zurechtkommen, was aus ihnen wurde. Und umgekehrt natürlich auch. Als Mutter hatte sie nicht immer die beste Figur gemacht.

Leise drückte sie die Türklinke hinunter und trat ins Wohnzimmer. Das Flurlicht fiel auf die Kopfseite des Sofas. Kaspar hielt mit beiden Händen das Kissen umklammert und schlief tief und fest. Henny betrachtete das struppige Haar, die zerknautschte Wange, den Bartwuchs am Kinn, die kräftigen

Arme und Hände, denen man die Feldarbeit ansah. Erwachsen war er jetzt, ein richtiger junger Mann. Ob er schon mal mit einem Mädchen in die Weinberge …? Nein, das wollte sie gar nicht wissen, sie wollte ihn überhaupt nicht so groß, so fremd, so männlich sehen. Wohin war der zarte, kleine Junge mit den großen Augen verschwunden, der ihr in der Bombennacht in die Arme gelaufen und nicht mehr von ihrer Seite gewichen war?

Seufzend machte sie kehrt und stolperte über einen offenen, neben der Tür abgestellten Rucksack. Sie staunte nicht schlecht, als sie auf ein Strohnest starrte, aus dem ein mit einem Stempelaufdruck versehener Champagnerkorken hervorlugte. Sie nahm die Flasche heraus und betrachtete den Stempelaufdruck genauer. »Eigentum der Deutschen Wehrmacht«, las sie. Das glaub ich jetzt nicht, schoss ihr durch den Kopf. Kaspar war tatsächlich im Besitz eines alten Champagners. Wieso war er damit ausgerechnet zu Dobler gegangen? Woher wusste Dobler, dass Kaspar ihr Sohn war? Warum war Kaspar nicht zu ihr gekommen? Der dumme, dumme Junge. Immer so bockig und stur! Henny stieg die Galle hoch, sie geriet in Rage, ihr Kreislauf raste. Nichts als Ärger machte der Rotzlöffel. Na, der Taugenichts konnte was erleben! Wütend griff sie mit der freien Hand nach Kaspars Plumeau, riss es weg und rüttelte dann so lang an seinen Schultern, bis er die Augen aufmachte.

Er hob den Kopf, glotzte sie an und ließ sich wieder ins Kissen zurückfallen.

»Woher hast du die Flasche?«, fuhr Henny ihn an.

»Hä?«

»Die Flasche!«

»Die war in unserem Weinkeller versteckt.« Er drehte sich von ihr weg. »Paul, Ludwigsburg …«, nuschelte er ins Kissen. »Lass mich weiterschlafen.«

Henny rüttelte ihn so lange, bis er sich wieder umdrehte. »Wenn du sie Paul nach Ludwigsburg bringen sollst, wieso hast du versucht, sie ausgerechnet dem Dreckskerl Dobler zu verkaufen?«

»Dobler?« Er starrte sie verständnislos an.

»Der Weinhändler am Rathausplatz. Du hast versucht, ihm den Champagner zu verkaufen.«

»Woher weißt du das?«, fragte er ungläubig, um gleich darauf trotzig hinzuzufügen: »Das geht dich nichts an.«

»Oh doch, das geht mich sehr wohl was an«, machte sie weiter. »Was weißt du über die Flasche? Woher weiß Dobler, dass du mein Sohn bist? Wofür braucht Paul die Flasche?«

Anstelle einer Antwort griff Kaspar nach dem Plumeau und zog es sich über den Kopf.

»Na warte!« Henny wollte erneut nach dem Plumeau greifen, als ihr Blick auf das Etikett der Flasche fiel. Ein Vossinger! Oben links war das Etikett eingerissen, in der rechten unteren Ecke prangte ein weiterer Stempel, klein und in Rot, darauf die Buchstaben z. b. G., zum besonderen Gebrauch.

Mit einem Mal war Kaspar meilenweit entfernt, ihr Ärger über ihn banal und unwichtig, stattdessen loderten die roten Buchstaben wie Feuer. Henny zitterte wie eine alte Kirchweihfahne im Herbstwind. Es gab Erinnerungen, die sie eisern verschlossen hielt, auch vor sich selbst. Doch der kleine Stempel sprengte die Tür zu ihrer finstersten Kammer auf.

Der Général

Stuttgart

Pauls Zug erreichte Stuttgart am frühen Morgen. Noch brannten die Laternen über den langen Gleisen des Sackbahnhofs, als er mit anderen müden Reisenden auf den Bahnsteig stolperte. Auch Pepperkorn und seine Begleiterinnen stiegen aus. Nach der Frau mit den Sommersprossen hielt Paul vergebens Ausschau. Schade, er hätte sie gerne noch einmal lächeln sehen.

Als er aus dem Bahnhofsgebäude ins Freie trat, winkte er einen Zeitungsjungen heran und kaufte eine *Stuttgarter Zeitung*. Der Besuch des Générals füllte die Titelseite. Noch waren kaum Leute unterwegs, noch herrschte vor Stuttgarts Bahnhof Ruhe, doch wenn die Schlagzeile der Zeitung stimmte, war es die Ruhe vor dem Sturm.

Wo in der Nähe er frühstücken könne, erkundigte sich Paul bei einem Straßenkehrer, wohl wissend, dass um diese Zeit noch kein Café geöffnet war. Der Mann schickte ihn die Königsstraße hinunter bis zum Alten Schloss, keine zehn Minuten Fußweg. Paul war froh, sich bewegen zu können. Wie immer, wenn er in einer deutschen Stadt unterwegs war, befremdete ihn, wie schnell die Deutschen die Kriegsschäden beseitigt, in was für einem Tempo sie ihr Land wiederaufgebaut hatten. Alles musste neu und modern sein. Auch in Stuttgarts Innenstadt hatte man geschafft und gebaut, da erinnerten nur noch wenige Baulücken und Mauerreste an die

Zerstörung im Krieg. Bei seinem nächsten Besuch würden die meisten davon verschwunden sein. Alles, was an die Vergangenheit gemahnte, verschwand, Vergessen war das Zauberwort, das Tausendjährige Reich, hatte man wirklich daran geglaubt? Wenn ja, dann lag das lang, lang zurück.

Und die Franzosen, waren die besser? Hatte de Gaulle nicht direkt bei der Befreiung gesagt: *Vichy, ça n'existe pas*? Wer redete noch von den Kollaborateuren und Mitläufern? Ganz Frankreich hatte doch in der Résistance gekämpft!

Ein silberner Mercedes-Sportwagen mit roten Ledersitzen hielt am Straßenrand. Der Mann, der ausstieg, trug eine Überlegenheit zur Schau, die Paul bei einem Deutschen nie mehr hatte sehen wollen. Ein grauer Anzug aus feinem Tuch war die neue Uniform, anstelle der Knobelbecher trug man italienische Halbschuhe. In Stuttgart saß Geld, viel Geld, und auf nichts waren die Deutschen so stolz wie auf ihre harte Währung. Ihr Selbstverständnis definierte sich heutzutage nicht mehr durch die Zugehörigkeit zur Herrenrasse, sondern durch die D-Mark.

Hinter dem Alten Schloss entdeckte er die Markthalle, von der der Straßenkehrer gesprochen hatte. Dort herrschte bereits reger Betrieb, er fand schnell einen Imbiss und bestellte ein Frühstück.

»Mit Milch- oder Wasserweckle?«

»Milchweckle.« Das weiche Brötchen ähnelte am ehesten einer Brioche oder einem Gugelhoupf. Automatisch brach er das Brötchen in fünf gleichgroße Stücke, so wie er es immer tat, seit es wieder Weißbrot zu essen gab. Hunger war stets ein verlässlicher Begleiter der Kriegsjahre gewesen. Die steinharten Brotfladen im Maghreb machten so wenig satt wie das wässrige Brot der Engländer. Irrigerweise hofften sie beim Einmarsch in Paris auf frisches Baguette, aber die Pariser hatten noch weniger zu essen als sie in der Armee. Jeder, der hungert, träumt vom Essen, und die Elsässer in Leclercs Truppe – neben ihm und Bruno Fels, René Kauffmann, Marcel Schickele und Charles Kieffer – träumten von Gugelhoupf, von Mannele oder *Bonhommes du Saint-Nicolas*. Ganze Abende stritten sie im heißen Wüstenwind mit knurrenden Mägen über die Anzahl der Eier im Gugelhoupf und darüber, ob Rosinen hineingehörten, und wenn ja, ob diese tatsächlich in *Kirsch* mariniert werden mussten.

Als im Frühsommer 1945 ein Gugelhoupf von *maman* Fels wie durch ein Wunder Berchtesgaden erreichte, da teilte ihn der Colonel durch fünf. Fünf Stücke, obwohl zwei der Männer nicht mehr lebten. Paul behielt das Teilen bei. So dachte er an die toten Kameraden, so rief er sich immer wieder in Erinnerung, dass Weißbrot, Milchweckle oder Mannele Leckereien waren, die es nur in Friedenszeiten zu essen gab.

Im Zug von Freiburg nach Stuttgart

Im Zug von Freiburg nach Stuttgart dachte Kaspar Köpfer daran, dass ihm Paul Duringer das schönste und das schrecklichste Erlebnis seiner Kindheit beschert hatte. An das schrecklichste erinnerte sich Kaspar nicht gern, weil er dann schnell traurig wurde, doch das schönste malte er sich stets aufs Neue in bunten Farben aus: wie er und seine Spielkameraden Else und Bertold mit Paul im Sommer 1946 mit Pferd und Planwagen über den Kaiserstuhl zogen, einen alten Filmprojektor und die Filmrollen von Chaplins *The Kid* im Gepäck, wie sie jeden Abend ihr Freilichtkino an einem anderen Dorfplatz aufbauten. Wie Else, Bertold und er eng aneinandergekuschelt im Wagen schliefen, wie Paul sie morgens mit dem Duft von frisch gemolkener Milch weckte. In diesem glücklichsten Sommer seines Lebens roch die Luft nach Weizen und Staub, da schien immer die Sonne, da knatterte der Projektor fröhlich, da glaubte Kaspar felsenfest an die Botschaft von *The Kid*: Am Ende wird alles gut.

Zum ersten Mal begegnet war er Paul im Sommer davor,

kurz nachdem der Krieg zu Ende war. Else und er waren vom Himbeerpflücken kommend über die Amolterer Heide zurück nach Eichingen gewandert, sein Hund Häwelmann stob voran und entdeckte den fremden Mann. Die Hände im Nacken verschränkt, lag er mit offenem Hemd im Gras, und nur weil er so fest schlief, trauten sie sich nah an ihn heran. Er hatte bereits graue Haare, obwohl sein Gesicht noch jung wirkte. Sie wollten sofort die Flucht ergreifen, als sie die Uniformjacke, die neben seinem Kopf lag, bemerkten. Es war eine französische, und vor französischen Soldaten hatten sie noch mehr Angst als vor deutschen. »Seid ihr Hänsel und Gretel?«, fragte er da, schlug die Augen auf und blinzelte den Häwelmann an. »Und das ist der böse Wolf?« Vor Schreck erstarrten sie wie zwei Salzsäulen und wussten nicht, was sie tun sollten. Der Mann sprach deutsch, das taten die Franzosen sonst nie, er lächelte, und seine Stimme klang freundlich. Wie ein Zirkusakrobat sprang er auf und klopfte sich die Halme von Hemd und Hose. »Wenn ihr euch nicht verlaufen habt, dann wisst ihr vielleicht, wo es nach Eichingen geht«, sprach der Mann weiter und griff nach seiner Jacke. »Ich will dort meine Tante Kätter besuchen.« »Kätter Köpfer? Das ist seine Großmutter«, platzte Else heraus, während Kaspar der Schock in die Knochen fuhr, dass Kätter mit einem Franzosen, also mit dem Feind verwandt war. »Kätter, seine Mama und meine Mama sind beim Heumachen«, verriet Else. »Auf der Wiese unterhalb vom Lug ins Land.« »Könnt ihr mich hinbringen?«, fragte er und packte den Rucksack, der noch auf der Wiese stand. Else nickte, und der Mann reichte ihr die Hand. »Ich bin Paul«, stellte er sich vor und drehte sich zu Kaspar um. »Und du musst Heiners Sohn sein. Wie heißt du?« Während Kaspar noch überlegte, ob er dem Mann seinen Namen verraten sollte und ob es eine gute Idee war, ihn zu Kätter zu führen, krähte Else schon: »Das ist Kaspar, ich bin Else, und der Hund heißt Häwelmann.«

»Bist du Journalist?«, fragte das Mädchen, das in Offenburg Kaspar gegenüber Platz nahm, und deutete auf seinen Fotoapparat.

»Ich mache nur gerne Fotos«, antwortete er. »Fährst du auch nach Ludwigsburg?«

»Na klar! Wann hält ein Staatsoberhaupt mal eine Rede nur an die Jugend? Da muss man doch dabei sein, oder?«

»Finde ich auch«, stimmte Kaspar ihr zu.

Das Mädchen schlug ein mitgebrachtes Buch auf, und Kaspar versank wieder in seine Gedanken.

Ob er tatsächlich der Sohn von Heiner und Henny war, wie er sein Leben lang geglaubt hatte, oder ob die frisch aufgetauchten Erinnerungen stimmten, die ihm eine andere Mutter und ein anderes Zuhause vorgaukelten, diese Fragen quälten Kaspar seit Kurzem, genauer gesagt seit Häwelmanns Tod vor zwei Wochen. Auch plagten ihn wieder die Albträume seiner Kinderzeit, in denen er zwischen brennenden Bäumen umherirrte. Er war sicher, dass alles mit Häwelmanns Tod zusammenhing. So als hätte sich dadurch ein Vorhang geöffnet, hinter den er bisher nicht hatte schauen können. Als er ein Grab für den Hund schaufelte, hatte er sich mit einem Mal ganz deutlich an einen Ausflug mit Paul nach Freiburg erinnert. Paul war mit ihm in eine Buchhandlung gegangen. Dort entdeckte er das Bilderbuch *Der kleine Häwelmann* und sah plötzlich eine Frau vor sich, die ihm daraus vorlas. Dieses Ereignis hatte er völlig vergessen, aber nun fragte er sich, ob es diese andere Mutter gab. Mit Kätter hatte er nicht darüber sprechen können. Es würde sie furchtbar aufregen, wenn er unterstellte, dass sie nicht seine Großmutter war. Und Henny hatte es mit der Wahrheit noch nie so genau genommen. Deshalb hatte er seinen Freund Bertold, der inzwischen in Freiburg beim Standesamt arbeitete, um Hilfe gebeten. Geburts- und Sterberegister lügen nicht, behauptete der immer, und war in den alten Büchern fündig geworden. Möglicherweise hießen Kaspars Eltern Elisa und Jan Dekker. Elisa war beim Bombenangriff 1944 ums Leben gekommen. Jan Dekker stand als Holzhändler aus Den Haag im Heiratsregister.

Doch darüber wollte er nun so wenig nachdenken wie über das schrecklichste Kindererlebnis, er wollte überhaupt nicht mehr herumsinnieren, denn der Zug war inzwischen brechend voll. An jedem Bahnhof stiegen mehr Leute ein, seinen Sitzplatz hatte er längst für ein Mädchen mit einem riesigen Rucksack frei gemacht, er stand nun mitten in einem Pulk junger Leute, Mädchen mit Pferdeschwänzen oder hochtoupiertem Haar, Jungen mit Meckischnitt oder Schmalztolle. Alle sprachen durcheinander, drängelten, lachten, sangen, alle wollten wie er nach Ludwigsburg. Mit seinem biederen Haarschnitt und dem Sonntagsanzug war er leicht als Landei auszumachen, aber das störte keinen. Bei dem Gedränge musste er aufpassen, dass der Champagnerflasche nichts geschah, deshalb hängte er sich seinen Rucksack vorsorglich vor die Brust. »Muss ja ein richtiger Schatz drin sein«, neckte ihn ein Nachbar. »Klar, was denkst du denn?«, gab er retour. Vor dem Fenster flogen die Ausläufer des Schwarzwaldes vorbei, irgendwer stimmte das Lied *Auf de schwäbsche Eisebahne* an, und Kaspars Gedanken kehrten nun doch noch einmal zum Sommer 1945 zurück:

Die Milchkannen mit den Himbeeren in der Hand, waren sie in Richtung Lug ins Land marschiert, Häwelmann ging an seiner Seite, der fremde Mann zwischen Else und ihm. Während er diesen Paul stumm in Augenschein nahm, er sah überhaupt nicht französisch aus, quasselte Else wie ein Wasserfall. Dass ihr Vater bei Leningrad gefallen sei, dass sie und ihre Mutter eigentlich aus Mainz kämen, dass sie ausgebombt worden seien und deshalb bei Kätter wohnten, dass sie, Else, das überhaupt nicht schlimm finde, im Gegenteil, ganz wunderbar. Quasseln tat Else gern, und genauso gern übernahm sie das Kommando, wenn sie gemeinsam unterwegs waren. Sie war ja auch zwei Jahre älter als er. Kaspar störte das manchmal, aber meistens war er froh, neben dem Häwelmann endlich noch eine Spielkameradin gefunden zu haben.

Schon von Weitem sahen sie die Frauen auf der Wiese das Heu wenden, sahen auch, wie sie beim Wenden ins Stocken gerieten, als sie den fremden Mann bemerkten. Häwelmann stob auf Kätter zu, Else hinterher, schon im Laufen verkündete sie aufgeregt: »Das ist Paul, er ist mit der Kätter verwandt.« Kätter, auf ihre Heugabel gestützt, betrachtete Paul überrascht und ungläubig, fragte dann, ob er von der Straßburger Verwandtschaft, den Duringers komme, aber Paul antwortete nicht, der starrte Henny an. Ob Kätter das auch bemerkt hatte, wusste Kaspar nicht, auf alle Fälle beendete sie sein Starren. »Jesses, der Paul aus Straßburg! Du bist der mittlere von den drei Buben von der Ottilie, gell? Jetzt, wo du da bist, kannst mit anpacken, bei uns fehlt ein Mann im Haus.«

Und so hatte Paul die Uniform gegen Hemden und Hosen von Heiner getauscht, mit angepackt, mit am Tisch gesessen und Geschichten von der großen Wüste in Afrika, von der schönen Stadt Paris und von den Alpen bei Berchtesgaden erzählt. Am meisten hatte es Kaspar genossen, mit Paul durchs Dorf zu spazieren. Obwohl Paul nicht sein Vater war, den kannte er ja überhaupt nicht, war Paul genauso, wie er sich einen Vater immer vorgestellt hatte: stattlich und lustig, großzügig und geduldig. Mit stolzgeschwellter Brust saß er jeden Abend mit den anderen Kindern des Dorfes in der ersten Reihe der Kurbel, wo Paul, weil der Projektor kaputt war, im Kino Filme erzählte, manchmal, bei schönem Wetter, auch draußen vor dem Kino auf dem Dorfplatz. Von *Scaramouche* und dem *Dieb von Bagdad*, von den *Drei Musketieren* und dem *Grafen von Monte Christo*. Geschichten aus Filmen, die Paul gesehen hatte und die im Dorf keiner kannte. Geschichten, die sie in fremde Welten entführten und den Krieg vergessen ließen.

Fahrt von Freiburg an den Kaiserstuhl

In der Nacht war Henny durch einen Strudel von Jahren gepurzelt und von einem Sturzbach an Bildern mitgerissen worden: Rohls eisige Visage, das blutverschmierte Gesicht von Yves, die Angst im Blick des Vaters, sie selbst gelähmt, verstummt, angewidert von der eigenen Feigheit.

Im ersten Tageslicht hörte sie Kaspar in der Wohnung rumoren, er ging, ohne sich zu verabschieden, sie stand auf, kaum dass die Tür ins Schloss gefallen war. Sie hatte einen Entschluss gefasst: Yves die Wahrheit zu sagen, endlich die Schuld loszuwerden, die sich immer tiefer in ihre Innereien fraß. Kurz nach dem Krieg hatte sie diese Reise schon antreten wollen, um endlich herauszufinden, ob Yves noch lebte, sie ihn in Baden-Baden also wirklich gesehen hatte, aber dann musste Kätter wegen ihrer Gallensteine ins Krankenhaus, und sie konnte nicht fahren. Nach zwei weiteren Anläufen gerieten Yves und ihr Verrat in Vergessenheit, so wie in der Zeit alle Welt alles vergaß, weil man mit dem Wiederaufbau beschäftigt war. Aber nun würde sie endlich fahren. Sie packte das Nötigste in einen kleinen Koffer und verstaute diesen im Kofferraum ihres Wagens.

Doch bevor sie nach Frankreich fuhr, musste sie von Kätter noch mehr über die Champagnerflasche erfahren. Durch frühmorgendlich leere Straßen lenkte sie den Peugeot an der Dreisam entlang aus der Stadt heraus und hielt auf den Kaiserstuhl zu. Irgendwann tauchten die kleinen Berge, die da zwischen Schwarzwald und Rhein in der Ebene lagen, plötzlich auf. Der Wein leuchtete in sattem Grün, der Wald oben am Totenkopf und der Eichelspitze schimmerte wie dunkler Tann. Sie ließ den kleinen Tuniberg links liegen und hielt auf Bötzingen zu. Dahinter ächzte der Wagen den Berg hinauf, in Schelingen nahm sie die Abfahrt nach Eichingen, holperte nun auf der schmalen Straße direkt an den Weinbergen entlang. An den Stöcken hingen reife Trauben, in ein paar Tagen würde die Lese beginnen. Sie hoffte, dass Kätter nicht schon früh irgendwo in den Reben steckte, die Geduld sie zu suchen, hatte Henny nicht.

Als sie die Eichinger Hauptstraße durchfuhr, stellte sich die Beklemmung wieder ein, die sie empfunden hatte, als sie nach ihrer Hochzeit zu Heiner in sein Elternhaus gezogen war. Die Kaiserstühler Häuser mit ihren großen, aus grobem Holz gehämmerten Scheunentoren bildeten eine undurchdringliche Wand zur Straße hin. Nirgendwo ermunterte ein blumenbestückter Vorgarten zum Eintritt. Einzig der kopfsteingepflasterte Marktplatz, hinter dem sich die Kirche erhob und auf dem mittig ein Brunnen unter der großen Eiche plätscherte, wirkte etwas einladender. Drum herum hockten der Krämerladen, die Bäckerei, die Metzgerei und das Kino eng beieinander. Ihr Peugeot holperte über die Hauptstraße, die dreckig, staubig und immer noch nicht geteert war. Ein paar Hühner nutzten sie zum Spazierengehen. Henny hupte, um die Viecher zu vertreiben, gab Gas, als sie endlich wegflogen, musste aber schnell wieder bremsen, weil ein Pferdefuhrwerk, das aus einem der Tore auf die Straße bog, sie zum Anhalten zwang. Wie damals hatte sie den Eindruck, zurück ins Mittelalter katapultiert zu werden. Nie würde sie vergessen, wie Kätter nach dem ersten gemeinsamen Mittagessen die Tür zum Hof öffnete und die Hühner in die Küche ließ, damit das Federvieh die Reste von Tisch und Boden aufpickte. Auf ewig eingebrannt blieb ihr das Bild der Schwiegermutter, die breitbeinig im Stall stand, die Röcke lüpfte und im Stehen pinkelte. Und Kätter, was war das überhaupt für ein Name? Käthe, Katrin, Katrinchen, Katinka, Katreinerle kannte sie als Koseform von Katharina. Aber Kätter?

Das große Scheunentor von Kätters Haus stand offen, Henny fuhr hinein. Sie hatte den Motor noch nicht ausgestellt, als Kätter schon aus der Küchentür trat. Sie trug Schwarz wie immer, ihr dürrer, kantiger Körper steckte in undefinierbaren, oft benutzten Kleidungsstücken, die von einer Schürze in verwaschenem Blau zusammengehalten wurden. Den praktischen Haushaltskittel aus Dralon, den Henny ihr letztes Jahr zu Weihnachten geschenkt hatte, ignorierte sie wie alles »Neumodische«. Nie hatte Henny sie gefragt, ob sie inzwischen Unterhosen trug. Der strenge Knoten am Hinterkopf, zu dem die dünnen grauen Haare festgezurrt waren, stellte ihr Gesicht schonungslos zur Schau. Das Alter kerbte immer tiefere Falten in Wagen und Kinn, aber die wachen Augen sprühten Feuer wie eh und je.

Schon beim Aussteigen fragte Henny: »Was weißt du über die Champagnerflasche in Kaspars Rucksack?«

»Immer mit der Tür ins Haus fallen. Bringst nicht mal die Zeit auf, um Grüß Gott zu sagen.« O-beinig, mit langsamen Schritten und die Hände an der Schürze abtrocknend, eierte Kätter auf sie zu und betrachtete das Auto wie ein Ding aus einer anderen Welt. »Seit wann kannst du so was fahren?«

»Ich habe den Führerschein gemacht. Zum Glück muss ich dafür keinen Mann um Erlaubnis fragen.«

»Als ob du jemals für was um Erlaubnis gefragt hättest!« Kätter strich mit ihren schrundigen Fingern über den cremefarbenen Lack der Motorhaube. »Und das Auto gehört dir? So gut gehen die Geschäfte?«

Vom Nussbaum her näherten sich neugierig drei Hühner und pickten zwischen den Autoreifen und ihren Beinen herum.

»Ein Peugeot 404. Gebraucht gekauft. Guter Preis, dank guter Beziehungen.«

Kätter lachte trocken und scheuchte die Hühner weg.

»Woher hat der Bub die Champagnerflasche?«, wiederholte Henny ihre Frage. »Warum wollte er die verkaufen?«

»Warum interessiert dich das? Kümmerst dich doch sonst nicht um den Buben.«

Bloß nicht auf dieses Thema einlassen, bloß nicht, schwor Henny sich. Wenn sie anfangen würde, mit Kätter darüber zu streiten, würde sie überhaupt nichts erfahren. Sie musste das Gespräch wieder auf Kaspar lenken. »Die Flasche stammt aus alten Wehrmachtsbeständen«, erklärte sie. »Es gibt Leute, die hinter so was her sind. Als Kaspar versucht hat, sie zu verkaufen, ist er ausgerechnet an den Dreckskerl Dobler geraten, und wenn der was will, geht er über Leichen.«

»Jesses!« Kätter schlug sich eine Hand vors Gesicht. »Was macht er bloß? Der sollt doch die Flasch nur zum Paul nach Ludwigsburg bringen, nicht verkaufen.«

»Und wie ist Paul zu der Flasche gekommen?«

»Der hat die mit'bracht nach dem Krieg und mit dem Kaspar im hinteren Keller versteckt, hat der Kaspar mir vorgestern erzählt. Gut versteckt, mir ist die Flasche all die Jahre nicht in die Finger gekommen. Ich hab davon nichts gewusst, aber mich wundert schon, dass du auch nichts …«

»Dann stammt die Flasche aus der Kriegsbeute in Berchtesgaden«, sagte Henny mehr zu sich selbst als zu Kätter. »Siebzehn Jahre hat die Flasche in deinem Weinkeller gelegen. Warum braucht Paul die ausgerechnet jetzt?«

Kätter zuckte mit den Schultern. »Hat der Kaspar dir erzählt, dass der Häwelmann gestorben ist?«, wechselte sie das Thema. »Du weißt, der war dem Bub sein Ein und Alles. Seit der Hund tot ist, ist er ganz überzwerch. Er fragt immer wieder nach der Bombennacht. Vielleicht erinnert er sich. Du weißt, was das heißt?«

Ja, wusste sie. Aber eins nach dem anderen. Erst musste sie nach Reims fahren.

Stuttgart

Auf dem Rückweg zum Bahnhof kam Paul an den Palast-Lichtspielen vorbei und studierte das Kinoprogramm. Das tat er immer und überall, ein Automatismus aus Kinderzeiten, wo die Mutter sie bei den wenigen Ausflügen immer zuerst zum örtlichen Kino schleppte, bevor man in ein Café einkehrte oder bei der Verwandtschaft in Sélestat oder Colmar klingelte. Im großen Saal der Palast-Lichtspiele zeigte man *West Side Story*, der lief seit Wochen überall, in den zwei kleineren Sälen *Kohlhiesels Töchter* mit Liselotte Pulver und *Er kann's nicht lassen* mit Heinz Rühmann als Pater Brown. Auch im Universum direkt gegenüber lief *West Side Story* und *Das schwarzweiß-rote Himmelbett* mit dem jungen Thomas Fritsch. Ein erfolgreicher Hollywoodfilm und drei mittelmäßige deutsche Komödien, zählte Paul. Viel anderes gab es nicht im deutschen Kino. Wie anders dagegen die Filme der Nouvelle Vague! Filme von jungen, wilden, verrückten Regisseuren, größtenteils Autodidakten, die mit ihren Filmen etwas wagten und die trotzdem leicht, beschwingt und elegant daherkamen.

In den Stuttgarter Kinos, Stuttgart war immerhin eine Großstadt, und Paul stand hier vor den beiden größten Innenstadtkinos, lief keiner davon. Man zeigte auch keinen italienischen, belgischen oder holländischen Film. Wie sollte Europa zusammenwachsen, wenn es nicht mal einen regen Austausch an Filmen mit den Nachbarländern gab?

»Sur le pont d'Avignon, l'on y danse, l'on y danse«, schallte es plötzlich durch die Königstraße, und als er sich umdrehte, sah er drei junge Mädchen untergehakt nebeneinandergehend in voller Lautstärke das alte französische Volkslied singen. In ihren Handtaschen steckten kleine Papierfähnchen in den französischen Nationalfarben.

»Bonjour, Bonjour, Monsieur«, grüßte ihn eine der drei. Ihr Französisch hatte einen harten schwäbischen Akzent, der noch schrecklicher klang als das Elsässer-Französisch.

»Bonjour, Mesdemoiselles«, grüßte er zurück und erntete ein vielstimmiges Gekicher, als er den Hut lüftete und sich leicht vor ihnen verbeugte.

Die Mädchen stimmten das Lied wieder an und liefen weiter in Richtung Bahnhof. Nach ein paar Metern scherte eine von ihnen aus, um einen Hut in der Auslage eines Kaufhauses zu betrachten. Sie sah noch mal zu ihm her und lächelte. Um die anderen einzuholen, setzte sie dann zu einem Spurt an und lief so leicht und elegant davon wie Jeanne Moreau in *Jules und Jim*.

Ich sollte nicht so schwarzsehen, dachte Paul. Die Jugend gibt doch Grund zur Hoffnung.

Im Zug von Stuttgart nach Ludwigsburg

Als es Kaspar in Stuttgart endlich in einen Zug nach Ludwigsburg geschafft hatte, stand er eingeklemmt zwischen zwei derben Bauernmädchen aus dem Hanauer Land. Seinen Rucksack hielt er vor die Brust gepresst, auf dass der Champagnerflasche nichts geschah. Zum Glück dauerte die Fahrt nicht lange.

Viel Gedränge auch in Ludwigsburg, Kaspar rempelte ein Mädchen an, das mit seinem Pfennigabsatz zwischen zwei Pflastersteinen hängen geblieben war, und wurde seinerseits von zwei Studenten in schwarzen Rollkragenpullovern umgerannt. Sich aufrappelnd kämpfte er sich zwischen einer Gruppe Pfadfindern aus Waiblingen durch und zwängte sich dann in die übervolle Wartehalle. Nur mit Mühe gelang es ihm dort, auf die Lehne einer Bank zu klettern, um Ausschau nach Paul zu halten. Aber sooft er den Raum auch absuchte, er konnte ihn nirgends ausmachen. Ein Stoß von irgendwoher brachte ihn ins Wanken. Ein breitschultriger Kerl, der neben der Bank stand, fing ihn auf und stellte ihn sicher auf den Boden. Kaspar bedankte sich.

»Das musst du nicht«, lachte der Riese. »Du suchst wohl jemanden?«

Kaspar nickte.

»'ne dufte Puppe, nehm ich an?«

»Nein, eher einen älteren Herrn.«

»Bisschen schwierig bei so vielen Leuten.«

»Das kannst du laut sagen.«

»Hey, Piet, da biste ja!« Ein anderer großer Kerl schlug dem Riesen auf die Schultern, und beide wandten sich zum Gehen.

»Viel Glück«, rief Piet noch.

Glück! Wann hatte er schon mal Glück? Das Glück ließ ihn immer aus, das spazierte lieber zu anderen. Grade eben hatte es ihn wieder mal links liegen lassen. Piet war es, der von dem großen Kerl gefunden wurde. Wieso fand Paul ihn nicht oder er Paul? Hätte Paul sich, was den Treffpunkt angeht, nicht genauer ausdrücken können?

»Achtung, Achtung«, knatterte von irgendwoher eine Stimme aus einem Megafon. »Dies war der letzte Sonderzug aus Stuttgart. Bitte machen Sie sich nun alle auf den Weg zum Schloss. Der französische Präsident de Gaulle wird in einer Stunde reden.«

Die Ellbogen einsetzend, drängte Kaspar aus dem vollen Wartesaal zurück auf den Bahnsteig. Es würde zu Paul passen, erst den letzten Zug zu nehmen. Warten konnte er nicht, Warten machte Paul nervös. Auf dem Bahnsteig hasteten Kaspars Augen von Waggontür zu Waggontür, von Menschentraube zu Menschentraube, aber Pauls Grauschopf entdeckte er nirgendwo. Kaspar stand noch da, als der Zug sich wieder in Bewegung setzte und sich der Bahnsteig mehr und mehr leerte. Unschlüssig lief er ein paarmal auf und ab, und sein Feuermal am Hals fing an zu jucken. Ärgerlich kratzte er sich den Nacken. Was um Himmels willen sollte er nun tun?

»Kaspar Köpfer?«, fragte eine helle Stimme hinter ihm.

Er drehte sich um. Vor ihm standen drei ihm völlig unbekannte Mädchen in bunten Sommerkleidern, unter denen weiße Petticoats hervorlugten, und die Kleine, Rundliche in der Mitte strahlte ihn an.

»Immer noch der verschreckte Blick, immer noch mager wie ein Maikater! Aber breitere Schultern und kräftige Hände hast du bekommen.« Sie trat auf ihn zu, als wollte sie seine Muskeln fühlen.

Kaspar machte einen Schritt zurück.

Sie schlug die Hände zusammen und lachte. »Du kennst mich wirklich nicht mehr, oder? Und ehrlich gesagt, habe ich dich auch nur an deinem Feuermal erkannt. Weißt du noch, wie sehr Bertold und ich dich um dieses Zeichen beneidet haben? Wie geht's und steht's in Eichingen?«

»Else?«, fragte er vorsichtig. »Was machst du denn hier?«

»Die Rede von de Gaulle hören natürlich, was glaubst du denn? Mensch, was freu ich mich, dich zu treffen.« Sie griff nach seiner Hand, hörte nicht auf, sie zu schütteln, und sagte zu den zwei anderen Mädchen: »Das ist Kaspar vom Kaiserstuhl, von dem habe ich euch erzählt«, und ergänzte an Kaspar gewandt: »Und das sind meine Freundinnen Hulda und Inge.«

»Kaiserstuhl, was hast du mit deinem Kaiserstuhl angegeben! Als wir nach den Bombenangriffen alle aufs Land geschickt wurden, hast du jedem erzählt, dass ihr in ein Schloss kommt, weil euer Ziel Kaiserstuhl heißt, und nicht wie bei uns Kleinburgwaldstett oder Eimersdorf«, erinnerte sich Hulda.

»Ganz ehrlich: Wer von euch hätte das nicht gedacht?«, ereiferte sich Else. »Ich bitte euch: Kaiserstuhl! Da erscheint doch vor deinem geistigen Auge sofort ein Schloss mit Gold, Brokat, Schnörkel und Balkonen und im Schloss eine riesige Empfangshalle, und darin, erhöht auf einem Podest, steht ein gedrechselter, glitzernder, samtbespannter Thron, ebender Kaiserstuhl. Darauf sitzt der Kaiser, und ich, die kleine Else aus der Mainzer Neustadt, sitze in Tüll und Spitze zu seinen Füßen.«

»Von wegen Tüll und Spitze! Eher Schürze und Holzgaloschen. Wie wir bist du in einem kleinen Dorf gelandet«, lachte Inge, das andere Mädchen. »Und der Kaiserstuhl nichts als ein kleines Vulkangebirge mit ein paar Dörfern und weder königlich noch kaiserlich.«

»Am Anfang war es ein gewaltiger Schock«, stimmte Else

ihr zu. »Kein Schloss, kein Kaiser, kein schöner Prinz, nur der kleine Kaspar. Aber dann fand ich Eichingen und den Kaiserstuhl toll, so wie er war. Fünfzehn Jahre ist das jetzt her. Nachdem meine Mutter mich geholt hat, habe ich tagelang geheult!« Sie drückte wieder Kaspars Hand. »Ich wollte nicht fort aus Eichingen, ich wollte nicht fort von euch. Lebt die Kätter noch? Was machen Henny und Paul?«

»Mit Paul bin ich hier verabredet. Aber ich finde ihn nicht.«

»Bestimmt ist er schon vorgegangen, weil er dich nicht gefunden hat. Und wenn nicht, warum sollst du die Rede verpassen? Du kommst mit uns. Aber erst mal knipst du uns drei.«

»Das lässt sich machen.«

Die Mädchen rückten zusammen. Er stellte Blende und Schärfe ein, dirigierte die drei noch ein wenig nach rechts, damit das Licht stimmte.

»Und noch wir zwei zusammen, Kaspar«, befahl Else, als das Bild gemacht war. »Sag Hulda, wie sie die Kamera bedienen muss.«

Kaspar tat wie geheißen.

»Jetzt aber los«, rief Else, als auch dieses Foto im Kasten war. »Hulda und Inge, ihr sucht mit nach Paul. Acht Augen sehen mehr als zwei. Ein Grauschopf muss doch zwischen den jungen Leuten auffallen. Das wäre doch gelacht, wenn wir Paul nicht finden.«

Sie griff nach Kaspars Arm, hakte sich bei ihm unter und lief los. Er konnte gar nicht anders, als mit ihr zu gehen. Schon als Kind hatte sie ihn mit ihrer Energie und ihrem Gottvertrauen angesteckt. Alles wird gut, dachte er und zog seine Beschwerde an das Glück zurück.

Fahrt nach Reims

In einer Wechselstube in Breisach tauschte Henny D-Mark gegen Francs, dann überquerte sie den Rhein. Nach der Passkontrolle konnte sie schnell weiterfahren. Bis Schlettstadt oder Sélestat, wie es nun wieder hieß, kam sie gut voran. Danach erforderte die steile, kurvenreiche Strecke durch die Vogesen ihre volle Konzentration. Sie war froh, als sie Saint-Dié-des-Vosges hinter sich gelassen hatte, der Ort weckte unschöne Erinnerungen. In Saint-Dié-des-Vosges mussten sie 1943 anhalten, weil der Ford-Pritschenwagen, den ihnen Rohl für die Reise besorgt hatte, auf der Bergstrecke so heiß gelaufen war, dass er frisches Kühlwasser brauchte. Ihr Vater steuerte den Ortskern an. Henny erinnerte sich an eine graue, menschenleere Kleinstadt im Regen, an schlaffe Hakenkreuzfahnen am Straßenrand, an den feindseligen Blick der Café-Bedienung, die sie um eine Kanne Wasser baten, und an den ebenfalls feindseligen Blick des Vaters, mit dem er das Wasser über der geöffneten Motorhaube in Empfang nahm.

Lepold Scherer hatte diese Reise nie antreten wollen. Das machte er ihr nach dem Essen im *Roten Bären* unmissverständlich klar. Wieso sie der Einladung zum Essen überhaupt zugestimmt, wieso sie Rohl so erst die Tür zu seinem erpresserischen Handel geöffnet, sie sich mit ihm auch noch verbrüdert habe, hatte er ihr an jenem Abend vorgehalten. Sie hätte doch nur das Hohelied auf ihren deutschen Mann singen und betonen müssen, dass die Geschichte mit Yves nichts als eine jugendliche Schwärmerei gewesen sei, dann wären sie beide doch wertlos für Rohl und seine Suche nach dem 37er Champagner gewesen. Und überhaupt: Rohl arbeitete für Göring, den zweitmächtigsten Mann im Deutschen Reich. Der Prahlhans Göring, der sich schon lang über das Gesetz gestellt hatte, der raubschatzte und mordete, wie es ihm passte. Und sie, die weitsichtige und kluge Henny, traute einem Mann, der für Göring arbeitete? Wo sie doch genau wusste, dass man so einem auf gar keinen Fall trauen durfte.

»Erstens«, widersprach sie, »ist nicht jeder so mies wie sein Chef. Friedrich Rohl ist an einer friedlichen Lösung interessiert, der will keine Gestapo. Zweitens, wenn ich Yves überrede, den 37er Champagner rauszurücken, dann gibt Rohl bestimmt Ruhe. Drittens, wenn wir ihm nicht helfen, holt Rohl doch die Gestapo und wirft unsere Weinhandlung Oberscharführer Dobler als fetten Happen vor die Füße, sprich, Rohl sitzt so oder so am längeren Hebel. Viertens, wir können wieder Champagner verkaufen und unseren Laden behalten, du weißt, wie schlecht die Geschäfte gehen, und fünftens, besser gesagt als Allerallererstes, will ich Yves wiedersehen.« »Und genau das vernebelt dir das Hirn«, hatte der Vater geantwortet. »Im Gegenteil, es macht mich hellsichtig und wagemutig«, konterte sie.

Rohl hatte natürlich mit nichts anderem als ihrer Einwilligung gerechnet und am nächsten Morgen alle notwendigen Papiere für die Reise mitgebracht. Er legte Lepold Scherer ein Empfehlungsschreiben von Otto Klaebisch vor, das er in der Champagne zum Weinkauf benötigte, und befahl, über ihren Kontakt den Vossingers gegenüber erst einmal Stillschweigen zu bewahren. »Fünf Tage müssten sowohl für Ihre Einkäufe reichen als auch um die Vossingers zu überzeugen«, meinte er. Dann würde auch er nach Épernay kommen. Zum Schluss besorgte er ihnen einen V8-15, jenen Ford-Pritschenwagen, mit dem sie dann in Saint-Dié-des-Vosges strandeten.

An diesem traurigen Ort hatten Henny die ersten Zweifel geplagt. Was, wenn es ihr nicht gelang, Yves zur Herausgabe des 37er zu bringen? Dass er einen Groll auf die deutschen Besatzer hatte, wahrscheinlich im Stillen vor Wut schäumte, war ihr klar. Vor dem Krieg vertrieb das Haus Vossinger seinen Champagner weltweit, mit der Kapitulation waren sämtliche Kontakte zum lukrativen englischen und amerikanischen Markt gekappt worden, nun durften sie nur noch an die

Deutschen liefern, und die diktierten ihnen die Preise. Was, wenn Yves sie als Deutsche inzwischen als Feindin ansah? Was, wenn er sie nicht mehr liebte? Überhaupt, was wusste sie eigentlich von dem jungen Mann, den sie nur zweimal gesehen und danach zum Mann ihrer Träume gemacht hatte? Was würde er zu ihrer überstürzten Heirat sagen? Sollte sie überhaupt davon erzählen? Hatte ihr Vater recht damit, dass sie Rohl auf gar keinen Fall trauen durfte?

Als es kurz vor Lunéville endlich aufhörte zu regnen und sich in Nancy die ersten Sonnenstrahlen zeigten, schöpfte sie wieder Hoffnung und dachte an ihre Reise nach Paris. Nach dem Besuch in Épernay hatte sie den Vater gedrängt, mit ihr zu einem Treffen französischer Weinhändler nach Paris zu fahren, damit sie Yves schnell wiedersehen konnte. Lepold Scherer hatte ihr den Wunsch erfüllt. Wann immer es ging, hatten Yves und sie sich aus dem Staub gemacht. Sie schlenderten durch den Jardin du Luxembourg, tranken Kaffee am Boulevard Haussmann, küssten sich auf der Pont Neuf und waren verliebt, verliebt, verliebt.

Am Abend würde sie nach drei langen Jahren Yves wiedersehen. Nur das zählte.

Ludwigsburg

Durch das Bombardement von Elses Fragen in Beschlag genommen, hätte Kaspar im Nachhinein nicht sagen können, wie sie vom Bahnhof zum Schloss gelangt waren. Else wollte wirklich alles wissen, was seit ihrem Weggang in Eichingen passiert war. Er erzählte von Pauls Verschwinden, von Hennys Umzug nach Freiburg, von Kätters Hühneraugen, vor denen sie sich schon als Kinder geekelt hatten, davon, dass Bertold im Standesamt der Stadt Freiburg arbeitete und sie am Wochenende Filme in der Kurbel vorführten.

»Habt ihr *West Side Story* schon gezeigt?«, wollte Else wissen.

»Startet am Wochenende«, antwortete er.

»Da kannst du dich freuen. Ganz toller Film, und die Liebesgeschichte so tragisch. Das ganze Kino hat geheult.«

Kaspar nickte, obwohl tragische Liebesgeschichten eigentlich nicht sein Ding waren.

»Dass Henny nach Freiburg zurück ist, passt zu ihr«, wechselte Else das Thema. »Aber dass dann auch noch Paul weg ist. Das war doch bestimmt furchtbar für dich.«

»War es. Ich habe das Ganze ja gar nicht kapiert. Ich habe mich immer gefragt, ob sie meinetwegen gegangen sind. Mein einziger Trost war der Häwelmann.«

»Häwelmann, natürlich! Was macht der beste Hund der Welt?«

»Häwelmann I, den du kanntest, ist schon lange tot, und Häwelmann II ist vor zwei Wochen gestorben.«

»Wie schrecklich!«

Else sah ihn so mitfühlend an, dass er mit den Tränen kämpfen musste. Die kamen ihm schnell, wenn er über seinen toten Freund sprach. Vor Else würde ihm das nichts ausmachen, aber vor all den Leuten hier wollte er auf gar keinen Fall heulen.

Wenig später traten sie durch ein Tor an der Längsseite in den Innenhof des Schlosses. Er war riesig, hatte Exerzierplatzgröße, dagegen wirkten die Gebäude drum herum regelrecht bescheiden. Bei einem Barockschloss hätte Kaspar mit größerem Prunk und Pomp gerechnet. Vor dem Balkon an der Kopfseite wehten deutsche und französische Fahnen, direkt darunter war eine Tribüne aufgebaut, dort würde der Präsident sprechen.

»Lass uns gucken, dass wir möglichst nah rankommen«, schlug Else vor, packte Kaspar bei der Hand und zog ihn in Richtung Tribüne. Inge und Hulda folgten. Doch nach vorne zu kommen, war einfacher gesagt als getan. Auf dem Platz drängten sich schon viele junge Leute, immer noch strömten weitere durch das Tor, und alle wollten so nah wie möglich an die Tribüne. Ein Stoß in die Seite ließ Kaspar herumfahren, und er blickte auf einen wie ein Schutzschild vor einen gewaltigen Busen gepressten Strauß Gladiolen. Das Mädchen hinter den Blumen war Teil einer sechsköpfigen Trachtengruppe, die sich zu zweit untergehakt und eng beieinanderbleibend wie ein Rammbock durch die Menge pflügte, ihr Ziel unverkennbar ein Platz unmittelbar vor der Tribüne.

»Hey, immer langsam mit den wilden Pferden«, rief den Mädchen ein kräftiger Kerl mit Mecki-Haarschnitt hinterher.

»Da soll noch mal einer behaupten, dass Frauen immer mit der zweiten Reihe vorliebnehmen«, murmelte Kaspar.

»Männer schieben uns auf alle Fälle nicht in die erste«, konterte Else und blickte den Mädchen nach. »Woher die wohl kommen?«

Kaspar hatte keine Ahnung. Vielleicht aus Mähren oder Pommern, irgendwo aus den verlorenen Ostgebieten, die Vertriebenen hielten ja viel auf Traditionspflege, vielleicht aber auch aus Bayern oder der Pfalz. Trachten interessierten ihn nicht, mit Trachten kannte er sich nicht aus, abgesehen von den Schwarzwälder Bollenhüten, die am Kaiserstuhl jedes Kind kannte.

Beherzt griff Else wieder nach seiner Hand und schlängelte sich, ihn hinter sich herziehend, durch die Wartenden. Ihr Vorstoß stockte circa zehn Meter vor der Tribüne. Ab da war kein Weiterkommen mehr, ab da standen die Menschen dicht an dicht. Kaspar sah sich um. Die Trachtengruppen fielen zwar am meisten auf, waren aber bei Weitem nicht die größte Gruppe. Studenten in Rollkragenpullovern oder lässig mit offenem Hemd und locker gebundener Krawatte gekleidet gab es zuhauf, auch viele Mädchen waren da, sie machten mindestens ein Viertel der Anwesenden aus. Angestellte in Schlips und Kragen waren ebenfalls vertreten und Leute, die wie er körperlich arbeiteten: Handwerker, Bauern, Arbeiter. Es kam ihm vor, als hätte sich hier auf diesem Schlosshof ein

Querschnitt der deutschen Jugend des Jahres 1962 versammelt.

Zufrieden registrierte Kaspar, dass auch die Trachtenmädchen nicht ganz nach vorne durchgedrungen waren. Direkt vor ihnen bildeten sie ein undurchdringliches Bollwerk. Als germanische Bräute hätte Paul sie früher verspottet. »Rotwangig und gebärfreudig. Fünf Kinder für den Führer.« Auf ihren Köpfen saßen mit *Hoffmanns Ideal* gestärkte weiße Riesenschleifen, die Mieder waren straff geschnürt, zwischen Schultern und Hals ragten die Spitzen der fleischigen Gladiolen heraus. Hinter den riesigen Hauben der Mädchen konnte Kaspar nur noch die Fahnen, aber nicht mehr den Balkon sehen. Ein Raunen, das durch die Menge ging, signalisierte, dass de Gaulle nun eingetroffen war und auf der Bühne stand.

»Ich beglückwünsche Sie, jung zu sein, junge Deutsche zu sein«, schnarrte die Stimme des Präsidenten durchs Mikrofon. Er sprach sehr langsam und zu Kaspars Erstaunen auf Deutsch. »Kinder eines großen Volkes, jawohl, eines großen Volkes, das manchmal im Lauf seiner Geschichte große Fehler begangen hat.«

Beifall brandete auf, und Else flüsterte Kaspar ins Ohr. »Was meinst du? Klatschen sie wegen des großen Volkes oder der großen Fehler?«

»Ein Volk«, mühte sich der Präsident weiter mit deutschen Vokabeln, »das in seinem friedlichen Werk, wie auch in den Leiden des Krieges, wahre Schätze an Mut, Disziplin und Organisation entfaltet hat.«

Dass der französische Präsident so freundlich über die Deutschen und übers Jungsein sprach, bewegte die Zuhörer. Kaspar wehte eine Stimmung an, nach der er sich schon lange sehnte. Er spürte den Wunsch nach Aufbruch, den Wunsch, über den Tellerrand zu gucken, den Wunsch, in seinem Leben etwas zu wagen.

»Während es die Aufgabe unserer beiden Staaten bleibt, die

wirtschaftliche, politische und kulturelle Zusammenarbeit zu fördern«, fuhr der Präsidenten fort, »sollte es Ihnen und der französischen Jugend obliegen, alle Kreise bei Ihnen und bei uns dazu zu bewegen, einander immer näher zu kommen, sich besser kennenzulernen und engere Bande zu schließen.«

»Engere Bande klingt toll«, dachte Else laut und zupfte Kaspar am Ärmel. »Was meinst du, sollen wir nicht einfach mal ins Elsass fahren?«

»Warum nur ins Elsass?« Kaspar packte eine lang unterdrückte Abenteuerlust. »Die Provence soll auch schön sein oder die Bretagne.«

»Mein Vater hat gesagt, wenn Adenauer und de Gaulle den Vertrag abschließen, dann ist der Krieg wirklich zu Ende«, sagte Inge.

»Mein Vater ist als Soldat in Frankreich einmarschiert und hat das Land besetzt, zwanzig Jahre später bin ich eingeladen und darf als Gast Land und Leute erkunden«, warf Hulda ein.

»Sie hat eine Au-pair-Stelle in Bordeaux«, erklärte Inge.

»Schau mal, ist das Paul?«, fragte Else und deutete auf einen grauen Hinterkopf rechts von der Tribüne in der Nähe des Eingangstors.

»Paul«, schrie Kaspar und hob den Arm zum Winken. Auf dem Weg in die Luft verhedderte sich seine Hand in einer der Riesenschleifen und riss sie ihrer Trägerin, die vor ihm stand, vom Kopf. Während er sich mühte, den gestärkten Putz vom Arm zu streifen, heulte dessen Besitzerin in einem Sirenenton los, der selbst den Präsidenten einen Moment verstummen ließ. So schnell konnte Kaspar gar nicht gucken, wie ihre Nachbarin herumwirbelte und ihn anfunkelte. Die Hand mit den Gladiolen in die Hüfte gestemmt, holte sie zu einem kräftigen Tritt in Kaspars Kniekehlen aus, der ihn zu Boden gehen ließ.

»Lumpesiach, elender«, fluchte sie in breitestem Schwäbisch. »Moinscht, du kaascht hier Rabatz mache?«

Und dann drosch sie mit ihren Gladiolen auf ihn ein, bis er

ihr die Blumen aus der Hand winden konnte und Else sie mit einem energischen »Aufhören!« stoppte.

Als er wieder sicher stand, nahm er hastig den Rucksack ab und befühlte die Flasche. Wenigstens die hatte die Attacke einwandfrei überlebt, doch seine Sonntagshose war zerrissen und die Wunde am Knie wieder aufgeplatzt. Dann blickte er hinüber zum Eingangstor. Von dem grauen Haarschopf keine Spur mehr. Kaspar war wieder zum Heulen. Immer ging es zwei Schritte vor und drei zurück. Selbst mit Else an seiner Seite blieb er ein Unglücksrabe.

Eichingen, Kaiserstuhl

Ob es wirklich Freundschaft sein musste zwischen den Franzosen und den Deutschen, da war sich die Kätter nicht sicher. Aber genau das war dem Adenauer so wichtig. Deshalb war er doch im Juli nach Frankreich gereist, das Foto von ihm und de Gaulle in der Kathedrale von Reims in allen Zeitungen, und nun der Gegenbesuch von de Gaulle in Deutschland. Frieden ja, da ging Kätter mit dem Kanzler d'accord. Frieden, aber mit Abstand. In Ruhe lassen sollten sie sich gegenseitig. So wie waidwunde Tiere, die bleiben ja auch erst mal für sich. Gut, der letzte Krieg war inzwischen siebzehn Jahre vorbei, über einiges war schon Gras gewachsen, aber noch lang nicht über alles.

Sie hatte das Hin und Her mitbekommen im Ersten Krieg und dann im Zweiten. Ihrer bescheidenen Meinung nach hatte sich da keine Seite mit Ruhm bekleckert. Ein Hauen und Stechen mit vielen offenen Rechnungen und vielen nicht verheilten Wunden. Sicher konnte man darüber streiten, ob es klug gewesen war, dass sich die Deutschen nach dem 1870er-Krieg Elsass und Lothringen ins Deutsche Reich einverleibten. Aber danach … Fünfunddreißig Jahre Frieden, und Straßburg eine blühende Stadt, der neue Bahnhof, das deutsche Viertel, die Geschäfte hervorragend. Natürlich war's nicht gut, dass die Deutschen preußische Verwaltungsleute ins Elsass schickten und keine badischen. Das Zackige und die Akkuratesse liegen den Elsässern so wenig wie den Badenern. Die Badener hätten die Elsässer verstanden, das Elsässische und das Alemannische, das ist dieselbe Sprache, da hätte es keine Probleme gegeben. Probleme gibt es immer, wenn die einen sich für was Besseres halten als die anderen.

Nach dem Ersten Krieg waren viele Elsässer nicht glücklich gewesen, wieder Franzosen zu sein. Von einem auf den anderen Tag alles nur noch auf Französisch, nachdem das Elsass achtunddreißig Jahre nur deutsch gesprochen hatte. Und alle Elsass-Deutschen waren mit einem Schlag unerwünscht, so wie ihr Karl. In Schlettstadt geboren, immer im Elsass gelebt, keine andere Heimat hatte der Karl gekannt. Nur das Nötigste durfte er mitnehmen, mit einem Rucksack und einem Leiterwägelchen war er in Breisach angekommen.

In Breisach hatte sie ihn auch kennengelernt. Da war sie schon achtundzwanzig und in Eichingen als alte Jungfer verschrien, weil immer nur solche sie wollten, die sie nicht wollte. Und der Vater jeden Abend am Drängeln, sie ja das einzige Kind, nachdem ihr Bruder Josef im Krieg geblieben war. Mit dem Karl hatte es dann endlich gepasst. Der hatte ihr gefallen, sie hatte ihm gefallen, und schaffen konnte er auch, also war auch der Vater zufrieden.

Am Anfang hatte der Karl viel auf die Froschschenkelfresser, die Franzosebimberle geschimpft, und wenn sie hoch zur Amolterer Heide oder auf die Schelinger Matten wanderten, wo man ja weit rüber ins Elsass schauen kann, da drückte es ihm schwer aufs Herz, dass er die Heimat verloren hatte. Aber wie dann das Heinerle geboren war, da musste er nicht mehr so viel ans Elsass denken.

Erst wieder im Zweiten Krieg, dem letzten. Der Frankreichfeldzug war ja zu Ende, kaum dass er angefangen hatte. Von wegen die Maginot-Linie hält jedem deutschen Angriff stand. Einfach links liegen gelassen hatten die Deutschen den Schutzwall, sie marschierten über Belgien ein. Keine sechs Wochen hatte es gedauert, und Frankreich war besetzt und das Elsass wieder deutsch. Da hatte sie Angst gekriegt, dass der Karl wieder ins Elsass zurückwill. Wollte er aber zum Glück nicht, nur zu Besuch. Sie konnten ja wieder ohne Grenzübertritt über den Rhein reisen. Da zeigte der Karl ihr und dem Heinerle, wo er in Schlettstadt gelebt hatte und auch bei seinem alten Schulfreund, dem Roederer Lüi, hatten sie angeklopft. Jesses, war das eine Wiedersehensfreude! Da kam sofort ein Gugelhoupf und eine Flasche Riesling auf den Tisch. Von Schlettstadt waren sie weiter nach Straßburg gereist, um bei der Ottilie vorbeizuschauen. Die Schwester vom Karl und die Mutter vom Paul konnte ja 1918 in Straßburg bleiben, obwohl sie Elsässer-Deutsche war, weil ihr Mann, der Emil, ein Elsässer-Franzose war. Hatte es trotzdem nicht leicht gehabt, die Ottilie, mit dem Kino und den drei Buben, nachdem der Emil 1928 gestorben war, keine fünfunddreißig Jahre alt. Ein strenges Regiment führte sie. Der Rohrstock lag immer parat.

Wie schlimm die Deutschen im Dritten Reich im Elsass gewütet hatten, das erzählte ihr der Paul erst nach dem Krieg. Obwohl die Elsässer ja eigentlich besetzte Franzosen waren, hatte man sie zwangsrekrutiert und als Kanonenfutter an der Ostfront verheizt. Und wenn einer desertierte, folgte Sippenhaft für seine Familie in Schirmeck oder dem KZ Stutthof. »Die Nazis, *ma chère tante*, haben geschafft, was den Franzosen in der Zeit von 1918 bis 1940 nicht gelungen ist. Sie haben den Elsässern das Deutsche ausgetrieben, sie haben die Elsässer zu Franzosen gemacht.«

Was die Franzosen 1945 bei der Besetzung des Kaiserstuhls gemacht hatten, davon hatte Kätter dem Paul nicht alles erzählt. Nur, dass die Soldaten wie die Vandalen durch die Häuser zogen, alles herausrissen und alles Wertvolle mitnahmen, inklusive dem Wein aus dem Keller, den Sauen aus dem Stall und den Hühnern vom Hof. Aber von den Schreien der Frauen im Dorf hatte sie ihm nichts erzählt, auch nichts von der Angst, die Henny und sie in ihrem Versteck über dem Schweinestall gehabt hatten. Zitternd wie Espenlaub hatte sie, Kätter, einen Rosenkranz nach dem anderen gebetet und es der Heiligen Jungfrau hinterher mit mehr als einer Kerze gedankt, dass sie sie vor dem bewahrt hatte, was die Franzosen den anderen Frauen angetan hatten.

Siebzehn Jahre reichten nicht, um zu vergeben und zu vergessen. Frieden ja, aber für Freundschaft war's noch zu früh.

Ludwigsburg

Paul ließ sich mit dem Taxi nach Ludwigsburg chauffieren, weil er sich nicht in einen der Züge voller junger Leute quetschen wollte, aber diese Idee hatte er nicht alleine. Deshalb dauerte es, bis er am Schloss ankam, de Gaulle sprach bereits. Vor dem Kino hatte er zufälligerweise einen Kollegen getroffen, der für den *Filmdienst* schrieb. Paul hatte ihm von der Truffaut-Reihe erzählt und darüber die Zeit vergessen. Deshalb war er so spät, deshalb hatte er die Gelegenheit verpasst, Kaspar am Bahnhof in Empfang zu nehmen, aber er würde ihn schon finden. Paul stellte sich neben das Tor an der Längsseite und versuchte erst gar nicht, ins Innere des übervollen Schlosshofes zu gelangen. Über dem Platz lag eine andächtige Stille, alle wollten hören, was der Général zu sagen hatte. Paul interessierte am meisten, was er zu Europa sagen würde.

Der Traum von einem friedlichen Europa begleitete ihn, seit er denken konnte. Er war in einer Grenzregion aufgewachsen, die traf es in Kriegen stets am härtesten. Strasbourg/Straßburg schaukelte immer schon als Wechselbalg durch die Geschichte, aber so schlimm wie in diesem Jahrhundert war es noch nie. Ja, für die Elsässer war ein friedliches Europa lebensnotwendig. Aber auch allen anderen musste nach zwei Weltkriegen klar sein, dass es keine Alternative zu einem friedlichen Miteinander der Völker gab.

Ein Schrei riss ihn aus seinen Gedanken. Er kletterte auf den Sockel des Eingangstors und sah weit vorne ein Mädchen mit einer riesigen weißen Schleife auf dem Kopf mit einem Strauß lachsfarbener Gladiolen auf einen Jungen mit Rucksack einschlagen.

»Die Zukunft unserer beiden Länder, der Grundstein, auf dem die Einheit Europas errichtet werden kann und muss«, dröhnte de Gaulles Stimme über den Platz, »und der höchste Trumpf für die Freiheit der Völker bleiben die gegenseitige Achtung, das Vertrauen und die Freundschaft zwischen dem französischen und dem deutschen Volk.«

Die jungen Leute antworteten de Gaulle mit Bravorufen, schwenkten begeistert französische Fähnchen, klatschten sich die Finger wund. Paul hoffte, dass die jungen Leute auf dem Schlosshof den Präsidenten beim Wort nehmen würden.

De Gaulle trat von der Bühne ab, die ersten Besucher strömten nach draußen. Paul stieg wieder auf den Sockel. Um seine persönliche deutsch-französische Freundschaft fortzusetzen, musste er nun nach Kaspar Ausschau halten.

Fahrt nach Reims

In Nancy pausierte Henny. Sie setzte sich in ein Straßencafé, bestellte *un petit café* und steckte sich eine Zigarette an. Von ihrem Platz aus konnte sie auf den breiten Zinktresen im Inneren des Cafés schauen, wo ein mürrisch aussehender Wirt Weißwein in kleine Gläser goss und sie zwei Handwerkern zuschob. Die leerten sie mit einem Schluck, verabschiedeten sich schnell und wurden von einem Mann abgelöst, der eine Zeitung in der Jackentasche trug und den Wirt nach Telefonmünzen fragte. Im Radio lief eine *Valse Musette*, das Lied mitsummend, servierte ihr der Kellner den *petit café*, sie legte einen Zehnfrancschein auf das kleine Tellerchen, der Kellner klimperte das Wechselgeld darauf, sie ließ zehn Centimes liegen, er bedankte sich. Man behandelte sie freundlich wie jeden fremden Gast. Man sah ihr die Deutsche nicht an, und sie gab sich nicht als Deutsche zu erkennen. Dennoch fürchtete sie, dass jeder das Kainsmal des Verrats auf ihrer Stirn sehen konnte.

Im Krieg hatten sich alle die Hände dreckig gemacht, wer das Gegenteil behauptete, der log. Danach wurde alles unter den Teppich gekehrt und vergessen. Keiner wollte, dass einer den Teppich hochhob und Staub aufwirbelte, auch Henny nicht. Aber nun hatten Monsieur Debray und eine alte Flasche Champagner etwas in ihr angestoßen. Darüber konnte sie nicht mehr den Mantel des Vergessens legen, zum einen, weil sich ihre Erinnerungen immer schwerer einfangen ließen, und zum anderen, weil es an der Zeit war, endlich klar Schiff zu machen. Schuld wurde nicht weniger, wenn man sie verdrängte. Schuld wurde auch nicht weniger, weil andere sich viel schuldiger gemacht hatten. Viele redeten sich damit heraus, keine andere Wahl gehabt zu haben, auch Henny lange Zeit. Rohl hatte sie benutzt, betrogen, bedroht. Das stimmte, war aber nur ein Teil der Wahrheit. Sie zwang sich, wieder an die Reims-Reise 1943 zu denken.

Damals hatten sie Nancy links liegen gelassen, froh darüber, dass der Pritschenwagen keine Mucken mehr machte. Der Vater am Steuer hing seinen Gedanken nach, sie rauchte eine Zigarette nach der anderen.

In stummer Zwietracht fuhren sie die letzten zweihundert Kilometer. Kurz vor Reims sagte sie: »Okay, wir spielen mit offenen Karten.« »Endlich setzt dein Verstand wieder ein«, antwortete der Vater. »Dann lass uns mal überlegen, wie wir aufrecht aus der Sache rauskommen.«

Die erste Begegnung mit Yves war grauenvoll gewesen. Henny kam sich wie in einem schlechten Film vor, dabei hatte sie doch im Stil einer Ufa-Schmonzette von einem leidenschaftlichen Wiedersehen und einem Happy End geträumt. Sie und der Vater waren bei den Vossingers zum Aperitif eingeladen, die Atmosphäre war eisig, die Gespräche mühsam. Yves behandelte sie wie eine entfernte Bekannte. Vergebens gierte sie nach einem begehrlichen Blick, einer scheinbar zufälligen Berührung, einer vertrauten Geste unter Verliebten, nichts. Stattdessen stockende Gespräche übers Geschäft im Allgemeinen, die Kommentare des alten Vossingers bitter und misstrauisch. »Oh, Sie kommen mit einer Empfehlung von Otto Klaebisch. Sicher möchten Sie auch zu den ›Sonderkonditionen‹ von Monsieur Klaebisch einkaufen. Es ist ein sehr zweifelhaftes Privileg, den Lieblingschampagner von Reichskanzler Göring zu produzieren …« Henny wusste überhaupt nicht, was sie sagen sollte, aber der Vater schilderte in seiner besonnenen Art den Grund ihrer Reise. »So Sie noch 37er haben, geben Sie ihn Rohl«, bat er die Vossingers am Ende seiner Ausführungen. »Letztendlich ist es ›nur‹ Champagner. Wenn Rohl die Gestapo nach den Flaschen suchen lässt, finden sie sie, effizient und gründlich, wie sie sind. Glauben Sie mir! Und sie werden dabei nicht nur Ihre Keller zerstören, die schrecken auch vor Folter und Mord nicht zurück.« Yves lehnte mit verschränkten Armen und unbeweglicher Miene im Türrahmen und sagte nichts, auch der alte Vossinger ließ sich mit einer Antwort Zeit. Man habe keinen 37er mehr, antwortete er nach einer Weile, das habe er Rohl mehrfach gesagt, und etwas anderes könne er auch ihnen nicht sagen. Der Vater bedankte sich für die Auskunft, danach tranken sie noch ein Glas zusammen, aber die Stimmung blieb gedrückt und schwer. Henny glaubte zu ersticken und war froh, als der Vater vorschlug aufzubrechen.

Zurück im Hotelzimmer, Rohl hatte auf ein Quartier in Épernay fußläufig zur Domaine Vossinger bestanden, ließ Henny den Tränen freien Lauf. Wie hatte sie nur glauben können, ihre Liebesgeschichte ginge da weiter, wo sie vor fünf

Jahren aufgehört hatte? Hätte sie doch bloß auf den Vater gehört! Nun saß sie in einem fremden Land, mit einer verflossenen Liebe und einem unerfüllbaren Auftrag, sie hatte den mächtigen Rohl im Nacken und nicht die leiseste Ahnung, wie sie aus der Nummer wieder herauskam.

Wie um ihr Elend zu unterstreichen, prasselten plötzlich Regentropfen ans Fenster. Sie ließ sich aufs Bett fallen, bohrte den Kopf tief ins Laken, hob ihn nur, um erneut zu schluchzen. Wieder trommelte der Regen. Doch nein, das war kein Regen, da warf jemand Steinchen gegen das Glas. Sie löschte das Licht und öffnete das Fenster, das zu einem Hinterhof hinausführte. Es dauerte einen Moment, bis sie die große, schlanke Gestalt entdeckte, die in der Toreinfahrt lehnte und sie zu sich herwinkte. Yves!

Sie wischte die Tränen weg. Mit klopfendem Herzen huschte sie die Hintertreppe hinunter. Kaum stand sie vor der Tür, da griff seine Hand nach der ihren und zog sie in den Schatten der Mauer zum Gartentor. »Woher weißt du, in welchem Zimmer ich wohne?«, fragte Henny atemlos. Er kenne den Wirt, der habe es ihm verraten, flüsterte Yves und packte mit beiden Händen ihr Gesicht und küsste sie. Wie in Paris überwältigte er sie mit kurzen, langen, kurzen, langen Küssen, er elektrisierte ihre Haut, er katapultierte sie in den Himmel, er brachte ihr Herz gleichzeitig zum Stillstand und zum Rasen. »Um dich wiederzusehen, wäre ich auch einen Pakt mit dem Teufel eingegangen«, stieß sie zwischen zwei Küssen hervor. »Das bist du«, antwortete er. *»Écoute, -enny«*, fuhr er atemlos fort und beschwor sie, ihre Liebe geheim zu halten, selbst vor dem Vater, ein Schutz, eine Sicherheitsmaßnahme. »Niemand duldet in diesen Zeiten eine deutsch-französische Liebesgeschichte.«

Klar, es war ihr merkwürdig vorgekommen, als er an diesem Abend ganz plötzlich aufbrechen musste, und erst viel später hatte sie seinen Aufbruch mit dem Schrei des Käuzchens in Verbindung gebracht. Damals erstickte Yves ihr »Wieso? Warum? So plötzlich?« mit einem Kuss. Ohne ein weiteres Wort lief er davon. Die Dunkelheit verschluckte ihn so schnell, dass Henny für einen Moment nicht wusste, ob sie wachte oder träumte.

Ludwigsburg

Nach dem Ende der Rede schoben und schubsten sich alle lachend und lärmend nach draußen. Paul stand auf dem Sockel und musterte die Gesichter, die an ihm vorüberzogen. Es waren andere als die der jungen Wehrmachtssoldaten, die 1940 Strasbourg besetzt hatten. Nicht so siegbeseelt, so herrenrassestolz, so kruppstahlhart, eher unschuldig, neugierig, freudig, Gesichter einer neuen Generation, einer Friedensjugend, einer Nachkriegszeit.

»Paul«, rief eine helle Mädchenstimme. »Hallo, Paul!«

Eine rundliche Kleine in einem Blumenkleid mit Kaspar an ihrer Seite winkte ihm zu.

Bei dem Gedränge gelang es ihm kaum, den beiden die Hand zu schütteln. Zu dritt schoben sie sich mit der Menge nach draußen, ergatterten an der Außenwand des Vorhofes ein Plätzchen zum Stehenbleiben.

»Erkennst du sie?«, wollte Kaspar wissen und deutete auf das Mädchen. »Das ist Else, wir haben uns vorhin am Bahnhof getroffen. Sie hat mich erkannt, nach fünfzehn Jahren. Stell dir vor.«

»Das Feuermal ist ja mit ihm gewachsen und hat sich nicht verloren«, lachte Else. »Auch dich habe ich sofort erkannt. Die grauen Haare hattest du damals schon. Gut, ein paar mehr sind es inzwischen geworden, und ein paar Fältchen und ein Bäuchlein sind dazugekommen …«

»Kaum zu glauben! In der hübschen kleinen Mademoiselle steckt die freche, vorlaute Else.« Paul schüttelte amüsiert den Kopf.

»Hier!« Kaspar nahm seinen Rucksack ab. »Da drin ist die Flasche, in Stroh gebettet, wie du es gesagt hast. Hab sie gehütet wie meinen Augapfel!«

»Bravo, mon grand!«, gratulierte Paul. »Wir warten, bis sich das Gedränge auflöst, dann bringen wir sie dem Colonel. Wie fandet ihr de Gaulles Rede?«

»Mich wundert, dass er Deutsch kann.« Kaspar setzte den Rucksack wieder auf. »Wo die Kätter doch immer sagt, dass die Franzmänner nix als Französisch können.«

»Die Kätter und die Franzmänner, das ist ein Kapitel für sich …«

»Mir wird die Rede auf immer unvergessen bleiben«, schwärmte Else. »Ohne die Rede hätte ich den Kaspar nicht wiedergetroffen. Wir wollen zusammen nach Frankreich reisen. Ins Elsass natürlich …«

»Ich habe den Filmvorführschein gemacht«, platzte Kaspar dazwischen. »Der Bertold und ich zeigen jetzt die Filme in der Kurbel.«

»Die Kurbel, ja die Kurbel«, rief Else. »Als ich in Eichingen war, da war die Kurbel ja nicht in Betrieb. Bei Kino muss ich immer an Charlie Chaplin denken. Wisst ihr noch?«

Wie früher kräht Else am lautesten, dachte Paul amüsiert. Immer noch muss sie im Mittelpunkt stehen und die Fäden in der Hand behalten.

»Dass du uns den Charlie Chaplin gebracht hast«, quasselte sie weiter. »Das war mindestens so großartig wie die Rede von de Gaulle. Bis heute kenne ich jede Szene aus *The Kid* auswendig.«

Paul betrachtete die jungen Erwachsenen und erinnerte sich an die beiden Kleinen, mit denen er 1946 in einem Planwagen über den Kaiserstuhl gezogen war. Wie alle deutschen Kinder kannten sie Charlie Chaplin nicht, dessen Filme seit 1934 verboten waren. Als Paul über einen amerikanischen Kameraden, der wie er vor dem Krieg in der Filmbranche arbeitete, zufällig an eine Kopie von *The Kid* gekommen war, startete er sein persönliches Kaiserstühler Entnazifizierungsprogramm. Er reparierte den defekten Projektor der Kurbel, zimmerte dafür eine Transportkiste, organisierte sich Verlängerungskabel, ließ sich von Kätter zwei Leintücher zusammennähen und baute einen alten Heuwagen zum Planwagen um. Abend für Abend stellte er den Projektor auf einem anderen Dorfplatz auf, Abend für Abend versammelte sich das ganze Dorf, Abend für Abend hörte er Leute lachen und weinen. Viele kamen wieder, um den Film noch einmal zu sehen. Auch Kaspar, Else und Bertold langweilten sich nie, im Gegenteil, sie entdeckten bei jedem Sehen etwas Neues. Sie, die mit Angst vor Uniformen aller Art groß geworden waren, kicherten nun fröhlich, wenn der Tramp Schabernack mit einem Polizisten trieb. Abend für Abend erhielten sie eine Unterrichtsstunde in Anarchie, Fantasie, Gerechtigkeit, Widerstand, List und Tücke und genossen die befreiende Kraft des Lachens. Sie lernten dabei mehr, als sie in der Schule jemals lernen würden. Das hatte Paul damals gehofft.

»Kaspar sagt, du ziehst immer noch mit Filmen herum?«, fragte Else.

»Ja, aber leider ohne Planwagen und ohne euch.«

»Es war der schönste Sommer meines Lebens«, schwärmte Kaspar.

»Da sind Hulda und Inge!« Else winkte zwei Mädchen, von denen eine auf ihre Armbanduhr deutete. »Unser Zug geht in dreißig Minuten, wir müssen zurück zum Bahnhof. Also, Kaspar«, sie griff nach seiner Hand und sah ihm fest in die Augen. »Meine Nummer hast du, und ihr habt ja jetzt auch ein Telefon. Ich ruf dich an, und dann fahren wir zusammen ins Elsass. Versprochen?«

Kaspar nickte. »Und vom Elsass weiter in den Süden. In die Provence. Ich würde zu gerne mal die Lavendelfelder fotografieren und mir dabei deren Duft um die Nase wehen lassen.«

»Provence nur, wenn wir in Avignon die berühmte Brücke

besuchen«, entschied Else, bevor sie Paul zum Abschied kräftig die Hand schüttelte. Dann rannte sie zu den beiden anderen Mädchen.

»Bleib so frech und vorlaut«, rief er ihr hinterher.

Auch Kaspar blickte den dreien nach. Paul warf einen Blick in den Schlosshof, der sich weitgehend geleert hatte. »Lass uns in Richtung Tribüne gehen, damit wir den Colonel erwischen«, schlug er vor und setzte sich in Bewegung. Kaspar schloss sich ihm an. »Tolles Mädchen.« Paul schlug ihm auf die Schultern.

»Ja! Sie nimmt dich mit, wo immer sie hingeht, hat es aber nicht gern, wenn du woanders hinwillst.«

»Fehlerfreie Frauen gibt es nicht auf der Welt.«

»Du musst es ja wissen.« Kaspar grinste ihn an.

»Und du?«, fragte Paul. »Erzähl mal. Wie viele schöne Frauen hast du schon fotografiert? Gibt es eine, für die du schwärmst? Bist du schon mal mit einer in den Weinbergen verschwunden?«

»Kätter will, dass ich heirate«, antwortete er ausweichend.

»Mit einundzwanzig? Und ohne was von der Welt gesehen zu haben?«, empörte sich Paul. »Das geht gar nicht.«

»Ganz meiner Meinung«, stimmte Kaspar ihm zu. »Du, ich muss dich was fragen.«

»Ja?«

»In Freiburg bist du mal mit mir in eine Buchhandlung gegangen, und ich habe das Bilderbuch *Der kleine Häwelmann* entdeckt. Du hast mir das Buch gekauft.«

»Ja, ich erinnere mich«, stimmte Paul ihm zu. »Wie war das noch? ›Mein Häwelmann, mein Bursche klein‹ …«

»… ›du bist des Hauses Sonnenschein‹«, führte Kaspar den Satz zu Ende. »Ich habe geglaubt, ich kenn das Buch, meine Mutter hat es mir vorgelesen, aber das war nicht Henny. Das habe ich dir erzählt, und du hast am Abend deswegen mit Henny und Kätter gesprochen. Dann habt ihr euch gestritten. War das meinetwegen? Oder wegen des Buches?«

»Nein, Kaspar.« Er blieb kurz stehen und sah den jungen Mann fest an. »Mit dir hat das überhaupt nichts zu tun, gar nichts. Und deinetwegen wäre ich auch nie weggegangen.«

Es ärgerte Paul, dass Henny und Kätter dem Jungen noch immer nicht die Wahrheit gesagt hatten. Er, Paul, hatte damals schon dafür plädiert, aber damals, ja, damals war es vielleicht besser gewesen, Kaspar in dem Glauben zu lassen, er wäre Hennys und Heiners Sohn. Dabei hatte der Junge bereits als Kind gespürt, dass etwas nicht stimmte. Paul bedauerte, dass sie nicht länger darüber sprechen konnten, der Colonel wartete schon auf sie. Diesmal trug er Uniform.

»Was ist mit der anderen Mutter? Gibt es die?«, bohrte Kaspar weiter, als sie vor dem Colonel zum Halten kamen.

»Das fragst du besser Henny.« Er reichte Bruno Fels die Hand. *»Bonjour, mon Colonel.«*

Nancy

»Un autre café, Madame?«

Henny schreckte aus ihren Gedanken auf, als der Kellner sie mit dieser Frage nach Nancy zurückholte. *»Non, merci«*, antwortete sie und stand auf. Sie hatte noch ein gutes Stück Weg vor sich, und der schwierigste Part ihrer Erinnerungen stand ihr noch bevor. Sie eilte zu ihrem Wagen, ließ sich am Stadtrand von dem geflügelten Mobilgas-Pferd, das im Neonlicht leuchtete, zu einer Tankstelle leiten, tankte und fuhr wieder auf die *Route nationale*. Ihr Weg führte durch eine dünn besiedelte, eintönige Landschaft, in der sich Felder, Wälder, Wiesen und recht ärmliche Dörfer ablösten, und sie dachte wieder an 1943.

Nach dem Besuch bei den Vossingers wäre der Vater am liebsten sofort nach Hause gefahren. Henny überredete ihn, trotz der widrigen Bedingungen zu bleiben, sie wollte noch

Zeit mit Yves verbringen. Drei Nächte waren ihnen vergönnt. Nächte, in denen sie versuchten, die verlorenen Jahre wettzumachen und nicht an den Krieg zu denken. In einer Hütte in den Weinbergen liebten sie sich, als gäbe es kein Morgen. Gierig klebten sie mit ihren erhitzten Körpern aneinander, als wäre Sex der Kitt, der sie auf ewig zusammenhalten würde. Und wenn sie sich nicht liebten, versuchten sie tapfer, sich die Zukunft schön zu malen, doch all die drängenden Fragen der Gegenwart ließen ihnen keine Ruhe. Was würde geschehen, wenn sie Rohl nicht die gewünschte Information brachte? Würde er seine Drohung wahr machen? Als könnte die Wiederholung Wunder wirken, betete Henny in einem fort ihr Credo, dass Rohl kein brutaler Nazi, sondern ein Kollege sei, mit dem man reden könne. Yves widersprach: »Einer, der im Auftrag von Göring unterwegs ist, soll kein Nazi sein? Mach dich nicht lächerlich, *chère -enny*! Natürlich muss er sich die Finger nicht selbst schmutzig machen. Es gibt genügend andere, die das für ihn erledigen.« Sie stritten sich, sie liebten sich, erlebten kurze Momente von Ekstase und Glück, aber die Wirklichkeit kehrte stets mit voller Wucht zurück. Immer wieder beschwor sie Yves, so die Vossingers doch noch 37er haben sollten, den Rat ihres Vaters zu befolgen, und irgendwann platzte Yves der Kragen: »Wie naiv du bist, *-enny*! Wenn du Rohl fünf Flaschen gibst, will er fünfhundert, gibst du ihm fünfhundert, will er fünftausend. Nein, die restlichen tausend Flaschen 37er landen nicht in Görings gierigem Schlund, die werden nicht bei einer teutonischen Siegesfeier geköpft. Wenn die *sales boches* besiegt sind, lassen wir die Korken knallen, die restlichen 37er sind unser Startkapital nach dem Krieg.« Wäre sie bloß nicht so hartnäckig gewesen! Wäre Yves bloß nicht der Kragen geplatzt!

Jeden Tag hatte Henny gehofft, dass Rohl irgendetwas hinderte, überhaupt zu erscheinen, und dann kam er zwei Tage früher als angekündigt. Charmant und zuvorkommend, wie sie ihn in Erinnerung hatte, führte er sie auf einen Aperitif in eines der Straßencafés. Sie redete wie ein Wasserfall, beschrieb tausend Aktivitäten, die sie angeblich unternommen hatte, um den 37er Champagner aufzutreiben, nur um damit zu enden, dass sie in der Zwischenzeit überzeugt war, dass es keinen 37er mehr gab, dafür aber noch einen Vorrat an 38er, auch ein guter Jahrgang, und natürlich die drei Flaschen 37er, die die Vossingers aufbewahrten, um die Jahrgänge zu dokumentieren. Rohl unterbrach sie nicht. Als sie zu Ende war, winkte er dem Kellner und zahlte. »Ich hätte dich für klüger gehalten, Henny«, sagte er, als er ihren Stuhl zurückzog, damit sie aufstehen konnte. »Wir treffen uns in einer Stunde im Hotel. Bring deinen Vater mit.«

Später im Hotel trug Rohl Uniform und kam nicht alleine. Dobler begleitete ihn. Stiefel und Koppel seiner Uniform frisch gewienert, die Haare akkurat gescheitelt. Sie ging sofort zum Angriff über: »Was soll das? Was hat Dobler hier zu suchen?«

»Setzen wir uns, so viel Zeit muss sein.« Rohl dirigierte sie zu einem Vierertisch. »Dobler ist hier, um die Übernahme eurer Weinhandlung zu regeln. Er hat alle nötigen Papiere dabei. Dobler macht das nicht zum ersten Mal, nicht wahr?« Der nickte und legte eine Mappe auf den Tisch. Der Vater neben ihr atmete schwer, seine Beine zitterten unter dem Tisch, doch seine Stimme klang fest, als er sagte, dass er nichts unterschreibe, dass das unrechtmäßig sei. Eilfertig breitete Dobler auf dem Tisch Papiere aus, erwähnte, dass auch Josef Blumfeld den Kaufvertrag unterzeichnet habe, er, Dobler, der rechtmäßige Besitzer von dessen Weinhandlung sei. »Ich übernehme natürlich auch Ihren Weinkeller. Man weiß ja, was für exklusive Tropfen Sie da lagern.« Er schraubte einen Füller auf und legte ihn dem Vater hin, doch der rührte ihn nicht an. Rohl machte Dobler mit den Augen ein Zeichen, und Dobler griff grob nach dem Arm des Vaters, um ihn nach draußen zu zerren. Henny schossen Bilder von Josef Blumfelds Martyrium durch den Kopf, sie wusste, was dem Vater bevorstand. Ob sein Versprechen noch gelte, fragte sie Rohl, ob er den

Vater, ob er die Vossingers in Ruhe lassen würde, wenn er den 37er bekam? Als er ihr versicherte, dass er zu seinem Wort stehen würde, erzählte sie ihm von den tausend Flaschen, die noch in den Kellern der Vossingers lagerten.

Danach wies Rohl Dobler an, den Vater gehen zu lassen. Erst erleichtert, dann besorgt klammerte Henny sich daran, dass Rohl zu seinem Wort stehen würde. Doch das fiel ihr immer schwerer, angesichts dessen, was sie gerade erlebt hatte. Und dann gab es noch etwas, das sie erst viel später kapierte. Ja, sie hatte auf dieser Reise das Wort Résistance gehört. Ja, sie hatte an manchen Wänden das Doppelkreuz gesehen, das Lothringer Kreuz, das Symbol für das freie Frankreich, wie sie inzwischen wusste, dessen Bedeutung sie aber damals nicht kannte. Ja, sie hatte sehr wohl mitbekommen, dass es Widerstand gegen die Deutschen gab. Aber wie hätte sie ahnen können, dass Yves Mitglied der Résistance war und seine Champagnerkeller als Versteck und Rückzugsort dienten?

Ludwigsburg

Für Kaspar gab es nur drei Leute, die ihm die brennenden Fragen zu seiner Herkunft beantworten konnten: Henny, Kätter und Paul. Kätter traute er nicht, weil er »ihr Buebl« war, auch Henny, die ihn nachts aus dem Schlaf riss, Zeter und Mordio schrie, weil er den Champagner hatte verkaufen wollen, sich aber kein bisschen wunderte, geschweige denn nachfragte, warum er ohne den Häwelmann unterwegs war, traute er nicht sonderlich. Bei Paul hoffte er am ehesten auf eine ehrliche Antwort. Deshalb ärgerte es ihn, dass der Colonel ihr Gespräch so abrupt beendet hatte.

Er zuckte zusammen, als er Pauls Hand auf seiner Schulter spürte.

»Das ist aus dem kleinen Kaspar geworden, Colonel«, stellte Paul ihn vor.

»Ein junger Mann, der einen lang gehüteten Schatz bringt!«, rief der Colonel und schüttelte ihm freudig die Hand. »Zudem einer, der bei einer Rede dabei war, die in die Geschichte eingehen wird. Na, lieber Kaspar, was sagen Sie?«

»Großartig«, presste Kaspar heraus und war froh, dass keine Nachfragen kamen, weil die beiden Männer ins Französische wechselten.

Waren sein Besuch bei Bertold im Standesamt und sein überstürzter Versuch, die Flasche zu verkaufen, tatsächlich erst gestern gewesen? Es kam ihm vor, als läge beides schon viel länger zurück, denn seither fuhr er Achterbahn. Nach seinem Besuch bei Bertold im Standesamt war seine Wut auf Kätter und Henny so groß gewesen, weil sie ihn belogen und betrogen hatten, dass er danach nie mehr nach Hause gehen und stattdessen sofort nach Den Haag reisen wollte, um diesen Jan Dekker zu suchen, der vielleicht sein richtiger Vater war. Er hatte aber nur ein paar Mark in der Tasche und den Champagner. Deshalb war er in die nächstbeste Weinhandlung gegangen, um die Flasche zum Kauf anzubieten. Diesen Dobler interessierte die Flasche tatsächlich. Während der Weinhändler im Nebenraum telefonierte, trat doch ausgerechnet der Wagner Schorsch aus Eichingen in den Laden, um ein paar Kisten Wein abzuliefern. »Jesses, der Kaspar. Sag bloß, du verkaufst deinen Wein jetzt hier und nicht mehr bei deiner Mutter«, tönte der Schorsch, und in dem Moment hatte er die Flucht ergriffen. Im Nachhinein war er froh, dass es mit dem Verkauf nicht geklappt hatte und er die Flasche nun Paul und dem Colonel überreichen konnte. Selbst wenn Dobler dafür eine ordentliche Summe hätte springen lassen, das Geld hätte sicher nicht für die Hollandreise gereicht. Und überhaupt, wie sollte er Jan Dekker in Den Haag finden? Den Haag war eine große Stadt, und er konnte kein Wort Holländisch. Mit Antje-Pikantje aus der Käsewerbung würde er nicht weit kommen. Nix da, Holland sollte er schnell vergessen.

Als ihm mit dem Häwelmann-Buch erste Zweifel gekommen waren, daran erinnerte er sich nun auch, hatten Henny und Kätter behauptet, dass er sich täuschte, dass ihm seine Erinnerung einen Streich spielte. Er war ein kleines Kind gewesen, er hatte ihnen geglaubt, so sehr geglaubt, dass seine Erinnerungen verschwanden. Erst der Tod von Häwelmann II hatte sie wieder ans Tageslicht gebracht.

»Was sagen Sie, junger Freund?«, wandte sich der Colonel erneut an ihn. »Immer für eine Überraschung gut, der Général! Nicht mal ich habe es für möglich gehalten, dass der alte Mann die deutsche Jugend begeistern kann.«

»Kannst du dich eigentlich an den Colonel erinnern?«, wollte Paul wissen.

»Glaub nicht«, log er. Dabei erinnerte er sich sehr gut an den Mann mit der Hakennase. Mit dem war Paul damals nämlich weggegangen.

»Ist vielleicht besser«, seufzte der Colonel. »War ja letztendlich ein recht tragischer Anlass.«

»Hol doch endlich mal die Flasche aus dem Rucksack«, forderte Paul ihn auf, und Kaspar entging nicht, dass er das Thema wechselte.

»Junger Mann, ich weiß nicht, ob Ihnen Paul das erzählt hat«, sagte der Colonel. Er nahm seine Mütze ab, legte sie auf das Mäuerchen hinter ihnen und wischte sich mit einem großen Stofftaschentuch die Stirn, das er umständlich aus seiner Hosentasche gezogen hatte. »Ein ganz besonderer Tropfen ist das, den Sie da im Gepäck haben! Ein Champagner, den die Nazis geraubt und den die Franzosen wiedergefunden haben. Was passt besser, um diese schreckliche Zeit zu Grabe zu tragen, als damit auf eine friedliche Zukunft zu trinken?« Er schaute um Bestätigung heischend in die Runde, und Paul und Kaspar nickten. »Ich habe dem Général von unserem Fund in Berchtesgaden erzählt, er freut sich schon auf ein Gläschen. Ich werde die Flasche zu Hause erst zur Ruhe kommen lassen, und bin überzeugt, dass der 37er kühl getrunken entgegen allen Unkenrufen noch schmeckt.«

»Also, jetzt mach schon«, wies Paul ihn an.

Kaspar tat wie geheißen.

Reims

Bei ihrer Ankunft in Reims fühlte sich Henny von jetzt auf gleich ins Jahr 1938 zurückversetzt. Die *Place Drouet*, die prächtige Oper, die gewaltige Kathedrale mit dem lachenden Engel am Portal, die *Fontaine Subé*, vor der der Vater sie fotografiert hatte, der *Cours Jean-Baptiste Langlet* mit seinen Cafés und Geschäften, an denen sie nun entlangpromenierte, alles wie damals, konserviert, unzerstört. Etwas, das sie nicht mehr kannte, etwas, das ihr durch die vielen zerbombten und wiederaufgebauten deutschen Städte fremd geworden war. Doch Reims war in diesem Krieg nur zufällig nicht zerstört worden, so wie sie nur zufällig die Bomben der Operation Tigerfish überlebt hatte. Und die unbekümmerte Siebzehnjährige in dem blauen Kleid mit den weißen Tupfen, die damals Reims besucht hatte, war sie schon lange nicht mehr.

Ein Menschenauflauf vor dem Schaufenster eines Elektroladens weckte ihre Neugier, sie gesellte sich dazu und starrte mit den Leuten auf ein Fernsehgerät, in dem de Gaulle sprach. Man konnte nicht hören, was er sagte, aber anhand seiner Gesten erkennen, wie schwer ihm das Sprechen fiel, wie sehr er sich um Worte mühte.

»Qu'est-ce qu'il dit? C'est à cause de l'Algérie?«, fragte einer.

»C'est toujours à cause de l'Algérie«, antwortete ein anderer.

Nein, er sprach nicht über den Algerienkonflikt, wusste Henny. Er sprach vor Deutschen, was genau, konnte natürlich auch sie nicht hören, doch sicher ging es um den Beginn einer neuen deutsch-französischen Ära. Sie hatte in der *Freiburger Zeitung* de Gaulles Reise verfolgt, auf ihrem Spaziergang durch Reims aber auch die Schlagzeilen der französischen Presse gelesen. Natürlich wurde auch hier über seine Reise berichtet, aber lange nicht so prominent wie in den deutschen Zeitungen. Stattdessen gab es ausführliche Artikel über die algerische Außenpolitik, die, wie der frischgewählte Präsident Ahmed Ben Bella verkündete, neutral sein werde, da sein Land sich keinem Pakt oder Militärblock anschließen wolle. Zudem las Henny über ein Gerichtsurteil in Troyes. Sechs Männer, Mitglieder der terroristischen Geheimorganisation OAS *Organisation de l'armée secrète*, hatten bereits 1961 versucht, de Gaulle zu ermorden, und wurden zu langen Haftstrafen verurteilt. Grund für das Attentat: de Gaulles Algerienpolitik.

Algerien bewegte die Franzosen folglich viel mehr als das Ende der Erbfeindschaft mit dem deutschen Nachbarn. Oder aber das Ende der Erbfeindschaft lag für viele Franzosen derzeit in weiter Ferne, weil sie, im Gegensatz zu ihrem Präsidenten, noch nicht bereit waren, den Deutschen all die Schweinereien des letzten Krieges zu vergeben. Vergeben, wer hatte schon die Größe, zu vergeben?

Henny kehrte dem Elektroladen den Rücken und ließ sich weiter durch die Straße treiben, bis sie das Café entdeckte, in dem sie 1938 mit dem Vater gesessen hatte. Sie suchte einen freien Tisch und bestellte ein Glas Champagner, sie wählte einen Pommery wie damals der Vater. Eigentlich seltsam, dass sie trotz allem ihre Liebe zu diesem Getränk nicht verloren hatte. Wahrscheinlich, weil diese Leidenschaft nicht von Yves, sondern viel früher von ihrem Vater geweckt wurde, der ihr bereits als Kind Champagner-Geschichten erzählte. Champagner sei die Milch der Erwachsenen, hatte er ihr erklärt und sie bereits als Zehnjährige gelegentlich ein Gläschen trinken lassen. Champagner, lernte sie früh, war ein Getränk für jede Gelegenheit. Champagner half gegen Traurigkeit, Trübsinn und Ärger, und wenn man der Geschichte glauben durfte, versüßte er sogar den Tod: Marie-Antoinette wurde zu ihrer Henkersmahlzeit Champagner serviert, die Revolutionäre Danton und Desmoulins teilten sich eine Flasche Champagner, bevor die Guillotine sie köpfte. Und natürlich machte Champagner, der sich immer mit einem Knall in die Welt schoss, jedes Fest ausgelassener, jede Feier fröhlicher, jedes Rendezvous erotischer. Entscheidend für seinen legendären Ruf war nach Hennys Ansicht aber auch, dass er sich nicht nur in Gesellschaft oder bei einem *tête-à-tête*, sondern auch ganz wunderbar alleine genießen ließ.

»Une autre coupe«, rief sie dem Kellner zu, der sofort mit der Champagnerflasche zu ihr eilte. Er goss ein, sie plauderten ein wenig, er bemerkte ihren Akzent, wollte wissen, woher sie kam, sie ließ ihn raten.

»Anglaise? Hollandaise?«

»Allemande.«

»Oh.«

Sein Charme erlosch, seine Miene erstarrte, die Plauderei zerstob, er drehte sich abrupt um. Als sie bezahlte, nahm er ihr Geld mit spitzen Fingern an, als wäre sie eine Aussätzige, das Trinkgeld rührte er nicht an. Sie hätte Holländerin sagen sollen. Andererseits, der Mann gab ihr einen Vorgeschmack auf das, was ihr noch bevorstand. Hier in der Champagne hatten viele noch eine Rechnung mit den Deutschen offen. Sie sollte sich endlich auf den Weg machen, um zu erfahren, ob sich ihre begleichen ließ oder auf ewig offenblieb.

Ludwigsburg

Kaspar setzte den Rucksack auf den Boden und löste die lederne Lasche. Paul grinste, als er sah, dass Kaspar die Kordel, mit der der Sack zugezogen war, mehrfach verknotet hatte. »Wann fliegt der Général zurück?«, fragte er den Colonel, als Kaspar sich umständlich an das Lösen der Knoten machte.

»In zwei Stunden. Die Fahrt zum Flughafen noch, dann haben wir diese Reise heil überstanden. Ich muss Ihnen nicht sagen, dass ich als Sicherheitsmann tausend Tode gestorben bin, wenn der Général ein Bad in der Menge nahm, aber als

Mensch hat es mich tief berührt, wie herzlich die Deutschen de Gaulle willkommen geheißen haben. Ach, *vieil ami*, endlich, endlich, endlich sind die schlimmen Zeiten vorbei …«

»Dada … das ist nicht die, die ich eingepackt habe«, stotterte Kaspar und hielt ihnen eine Flasche hin.

Paul riss sie ihm aus der Hand.

»Geben Sie mal her«, befahl der Colonel, studierte das Etikett, dann bellte er: »Das ist ein Henkell-Sekt von 1949.« In Sekundenschnelle legte sich eine dünne Eisschicht über seine Augen, und sein Mund verzog sich zu einem waagrechten Strich. *»Haxschissdrumerum. Hätsch die Flosch selwer hole und nid so neme Wackes gebe solle«*, grollte er auf Elsässisch.

»Kaspar, konzentrier dich!«, befahl Paul dem Jungen. »Zurück auf Anfang: Bist du sicher, dass du die Flasche eingepackt hast, die wir damals versteckt haben?«

»Ein Henkell-Sekt! Können Sie sich vorstellen, was der Général sagt, wenn ich damit ankomme?«, blaffte der Colonel nun wieder auf Französisch.

»Da war Staub drauf, so dick, dass man nix hat lesen können. Den hab ich abgewischt und dann hat da gestanden: Vossinger, Champagner 1937, ich schwör's bei allen Heiligen«, greinte Kaspar. »Mit Stroh hab ich die Flasche umwickelt und dann in Zeitungspapier gepackt, alles genau so, wie du gesagt hast.«

»Und dann?«, drängte Paul und lugte zum Colonel hinüber, der die Flasche hin- und herdrehte.

»Henkell, ein Nazi-Sekt, Ribbentrop war doch mit einer Henkell-Tochter verheiratet«, schäumte der Colonel weiter.

»Glauben Sie, dass …?«, begann Paul.

»Ich glaube gar nichts«, unterbrach ihn der Colonel scharf.

»Hab ich die Flasch in den Rucksack gepackt«, erklärte Kaspar. »Und bin damit nach Freiburg gefahren.«

»Direkt zu Henny?«

Kaspar zögerte: »Davor war ich mit dem Bertold beim Feierling noch ein Bier trinken.«

»Und da hast du den Rucksack stehen lassen?«

»Nein«, wehrte er empört ab. »Wir haben uns mit ein paar Verbindungsbrüdern der Corps Rhenania angelegt und mussten abhauen. Die Flasche hat beim Rennen ordentlich geschuckelt, aber ihr ist nichts passiert. Ich bin mit dem Rucksack und der Flasche zu Henny.«

»Eine Flasche von 1949, eine Flasche mit einem Hautgout, wer hat sie gegen den Vossinger getauscht?«, grollte der Colonel.

»Adenauer wollte doch schon 1949 eine engere Zusammenarbeit mit Frankreich«, fiel Paul ein.

»Natürlich«, stimmte ihm der Colonel ungnädig zu. »Adenauer wollte immer eine enge Anbindung nach Westen. Aber das steht jetzt nicht zur Debatte. Ich will wissen, wo der 1937er ist!«

Paul nickte eifrig und setzte sein Verhör mit Kaspar fort: »Und Henny gewohnt neugierig wollte natürlich wissen, was du vorhast, wo du hingehst und so weiter.«

»Henny war gar nicht da. Erst mal war überhaupt keiner da, ich hab vor verschlossenen Türen gestanden. Aber dann kam Elfie, die hat mich mit in die Wohnung genommen. Ich hab mich sofort schlafen gelegt und nicht mitgekriegt, wann Henny heimkam. Und heut Morgen bin ich früh los, da war noch keine der beiden auf, die haben noch geschlafen.«

»Beeilung, Beeilung, ich muss gleich los«, drängelte der Colonel.

»Im Zug habe ich den Rucksack extra vor der Brust festgehalten. Ich geh vorsichtig mit Sachen um, immer!«

»Nie abgelegt? Nie aufs Klo gegangen?«

Kaspar schüttelte den Kopf.

Auch wenn der Junge ihm die Wahrheit sagte, irgendwer hatte irgendwo die Flaschen getauscht. »Hast du die Flasche auf der Reise noch mal kontrolliert?«, wollte er wissen.

»Wieso hätt ich das machen sollen? Nachdem ich sie so sorgfältig eingepackt habe.«

Trotzdem, Kaspar, trotzdem, dachte Paul verzweifelt.

»Duringer!«, donnerte der Colonel, und Paul nahm automatisch Haltung an. »Ich muss los. Ich verlasse mich darauf, dass Sie herausfinden, warum der 37er Vossinger mit dem 49er Henkell getauscht wurde.« Er schüttelte ungehalten den Kopf. »Eigentlich ein ganz einfacher Auftrag: Flasche von A nach B bringen, und dann das! Schauen Sie zu, dass Sie die Flasche so schnell wie möglich wieder auftreiben. Zur Unterzeichnung des deutsch-französischen Vertrags im Januar in Paris muss der 37er da sein. Verstanden?«

»Oui, mon Colonel!«

Paul schlug die Hacken zusammen. Er lauschte den harten Schritten des Colonels, die sich eilig auf dem Schlosshof entfernten. Erst als sie nicht mehr zu hören waren, rührte er sich und sah in das verwirrte Gesicht von Kaspar, dann entdeckte er auf dem Mäuerchen die Mütze des Colonels. Er griff sofort danach und rannte los. *»Colonel«*, schrie er. *»Attendez, mon Colonel. Votre képi!«*

Auf dem Weg nach Épernay

Henny saß wieder im Wagen. Sie hatte Reims bereits verlassen und folgte nun den Wegweisern in Richtung Épernay. Rechts und links der Straße erstreckten sich die Weinfelder, vor ihr lagen die bewaldeten Höhen des Berglands von Reims. Sie fuhr nun durch das berühmteste Weinanbaugebiet der Welt. Pralle weiße und rote Trauben hingen an den Weinstöcken, wie am Kaiserstuhl würde auch hier in den nächsten Tagen die Lese beginnen. Rot und Weiß, die Mehrzahl der guten Champagner wurden aus einer Mischung Pinot Chardonnay und Pinot Noir erzeugt. Eine kleine Menge nur aus weißen Trauben, die nannte sich Blanc de Blancs und war bei Liebhabern sehr begehrt. Der Weg führte bergan, die Weinfelder wurden von Laubwäldern abgelöst. Nachdem ihr kleiner

Peugeot die Kuppe des Berglands erklommen hatte, konnte sie unten im Tal bereits Épernay sehen. Sie fuhr nun an den besten Rebhängen der Region vorbei, die durch den Wald vor Wind und hartem Regen geschützt waren. Rechts und links von ihr schlängelten sich enge Sträßchen quer durch die Weinberge von einem Dorf zum anderen. Orte, deren Namen das Herz eines jeden Champagnerfreunds höherschlagen ließen: Cramant und Avize, Mailly, Verzenay, Verzy …

»Komm schon, Henny, hör auf, dich zu drücken«, wies sie sich selbst zurecht. »Du musst noch einmal zurück ins Jahr 1943. Los, bring's hinter dich! Es wird nicht einfacher, wenn du noch länger Champagnerorte aufzählst!« Nein, wurde es nicht, aber es fiel ihr verdammt schwer, diese letzte Tür ihrer persönlichen Hölle zu öffnen.

In ihrem Hotelzimmer hatte sie nach dem Treffen mit Rohl mit Übelkeit und Herzrasen gekämpft. Der Vater fand sie am Waschbecken, wo sie sich immer wieder kaltes Wasser ins Gesicht schüttete. »Morgen früh fahren wir zurück, bis dahin müssen wir im Hotel bleiben. Falls du daran gedacht hast, Yves zu warnen, vergiss es«, sagte er mit leiser Stimme und deutete mit dem Kopf zum Fenster. Als sie hinausblickte, sah sie, dass ein SA-Mann die Hoftür bewachte, es gab keine Chance, unbemerkt an ihm vorbeizukommen. »Hoffen wir, dass Rohl Wort hält«, fügte der Vater hinzu.

Als sie am nächsten Morgen losfahren wollten, wartete ein SA-Mann an der Rezeption und befahl ihnen mitzukommen. Grob schob er sie in einen Wagen, auf ihre Fragen antwortete er nicht. Sie fuhren zu den Vossingers. Im Innenhof der *domaine* standen kleinere Weinfässer, die man zum Säubern nach draußen geschafft hatte, und dünsteten den Modergeruch feuchter Keller aus. Rohl wies sie an, vor einem der Fässer stehen zu bleiben. Sie mussten zusehen, wie Soldaten Champagnerkiste um Champagnerkiste neben einem Tisch im Freien stapelten, an dem Dobler saß, den Inhalt der Kisten kontrollierte, manche direkt weiter zu einem Lkw schickte und andere mit einem kleinen roten Stempel versah. Rohl winkte Henny zu diesem Tisch, zeigte ihr eine der Flaschen, die er mit »z. b. G.« gestempelt hatte, ein 37er Vossinger-Champagner.

»Zum besonderen Gebrauch, nur für den Führer und Reichskanzler Göring«, erklärte er. »Göring wird sich freuen, dass ich noch tausend Flaschen von seinem Lieblingschampagner gefunden habe. So wie sich die Gestapo freut, hier ein Nest von Résistance-Kämpfern ausräuchern zu können. Ein schöner Beifang.« Henny verstand nicht. Rohl schickte sie zurück zum Vater, spazierte munter umher, überwachte das Stempeln der Flaschen und die Soldaten, die weitere Kisten brachten. Sowohl er als auch Dobler ignorierten die Schmerzensschreie, die aus der Lagerhalle auf den Hof drangen, unterbrochen von Peitschenknallen, Gebrüll und Stiefeltritten, Schreie, die in der großen Halle widerhallten, sodass jeder Schrei zweifach zu hören war. Henny zuckte jedes Mal zusammen. Als sie die Stimme von Yves erkannte, wollte sie ihrerseits schreien, aber der Vater griff nach ihrer Hand und befahl ihr kaum hörbar: »Sag nichts, tu nichts, bleib einfach stehen.«

Als die Schreie endlich verstummten, schleppten SS-Männer zerschundene Körper aus der Halle an ihnen vorbei und warfen sie auf einen Pritschenwagen. Henny erkannte Yves kaum wieder, so blutverschmiert und verquollen war sein Gesicht. Er stöhnte laut auf, als die Männer ihn mit ihren Knobelbechern in den Wagen traten.

Ganz zum Schluss führten sie eine Frau heraus. Ihre Kleidung war zerrissen, eine ihrer Brüste unbedeckt, Blut rann ihr an Schenkeln und Beinen hinunter. Sie wurde als Einzige in einen grauen Horch gesteckt.

»Das war Frou-Frou«, sagte Rohl, als Wagen und Laster wegfuhren. »Es hat selbst die allwissende Gestapo überrascht, dass der meistgesuchte Résistance-Kämpfer der Gegend eine Frau ist.«

Erst als 1945 die Franzosen nach Eichingen kamen und Henny selbst Angst vor dem hatte, was der Frau passiert war, fiel ihr ein, dass sie in Épernay keine weiblichen Schmerzensschreie gehört hatte. Diese Frau hatte nicht geschrien.

Im Zug von Stuttgart nach Freiburg

Wieder im Zug, wieder eingequetscht, diesmal mit der Schulter gegen die Fensterbank gepresst, der Rucksack als schlaffes Bündel auf dem Schoß, lehnte Kaspar den Kopf an die kalte Scheibe. Neben ihm auf der Bank hatten sich zwei kräftige, laut schnarchende Kerle breitgemacht. Vor dem Fenster zogen die Stuttgarter Vororte vorbei, und vor Kaspars innerem Auge das schreckliche Ende eines schönen Tages.

Bevor Paul dem Colonel hinterhergerannt war, hatte er ihm noch drohend zugerufen: »Rühr dich nicht vom Fleck und denk noch mal scharf nach! Dann trifft dich in den nächsten fünf Minuten sicher ein Geistesblitz, und du weißt wieder, wer die Flaschen vertauscht hat.« Und er rührte sich nicht vom Fleck und dachte nach. Fünf Minuten, zehn Minuten, eine halbe Stunde, aber Paul kam nicht zurück. Geistesblitz, eine freundliche Umschreibung für seine Geheimnistuerei, Paul hatte gemerkt, dass er log, Paul hatte er noch nie etwas vormachen können.

Um herauszufinden, wer die Flaschen vertauscht hatte, brauchte man keinen Geistesblitz. Da musste man nur logisch denken, so scharfsinnig wie der Kriminalinspektor in diesem Durbridge-Krimi *Das Halstuch*. Wenn er, Kaspar, Logik und Scharfsinn einsetzte, kam für den Flaschentausch nur eine infrage: Henny. Denn a) sie hatte die Gelegenheit dazu gehabt, b) in ihrem Weinkeller fand sich problemlos eine Flasche zum Tauschen, c) sie hatte so ein Riesenzinnober um die Flasche gemacht. Warum, wusste er nicht. Das herauszufinden war das Schwierigste, wie er aus dem Durbridge-Krimi wusste, aber so wie Henny sich aufgeführt hatte, erst Riesengeschrei, dann tödliche Stille, konnte es sich bei der Flasche nicht einfach nur um einen alten Champagner handeln.

Das hätte er natürlich Paul erzählen können. Aber dann hätte er auch seinen Versuch, die Flasche zu verscherbeln, gestehen müssen, denn nur deshalb hatte sich Henny so aufgeregt. Und er hätte von Holland, von der Absicht, seinen leiblichen Vater zu suchen, erzählen müssen. Dann wäre Paul noch enttäuschter gewesen. Und was, verdammt noch mal, ging ihn, Kaspar, überhaupt diese Champagnerflasche an? Und wieso war Paul nicht zurückgekommen, sondern sang- und klanglos verschwunden?

Wäre die Flasche noch in seinem Besitz gewesen, hätte er gute Lust, sie gegen eine Wand zu donnern, so wie er es mit dem Henkell-Sekt im Schlosshof gemacht hatte, fort damit, nix als tausend Glassplitter, und Prickelwasser, das sich in Luft auflöste. Überhaupt war ihm in letzter Zeit oft danach, laut johlend durch die Straßen zu rennen, Blitze auf die Fahrbahn zu schleudern, Faustschläge nach allen Seiten auszuteilen, Autos anzuzünden, die verdammte Welt in tausend Stücke zu reißen. So groß war die Wut, die er auf sein Leben hatte. Nur Ansprüche, nur Pflichten, alles andere mickrig, trübsinnig, lauwarm. Zudem war sein Hund tot, und er, Kaspar, wusste nicht, woher er stammte und wer er war. Aber anstatt ihm zu helfen, rannten die Menschen, die ihm am wichtigsten waren, einer Champagnerflasche hinterher und kamen nicht wieder.

Épernay

Auf der Avenue de Champagne dasselbe Gefühl wie in Reims: die prächtigen Schlösschen und Herrenhäuser von Pol Roger, Moët et Chandon, Mercier und De Castellane, die Platanen, die Cafés, das Hotel, in dem sie damals übernachtet hatten, alles unverändert. Henny parkte den Peugeot in einer Seitenstraße. Das Aussteigen fiel ihr schwer, am liebsten hätte sie den Kopf aufs Lenkrad gelegt und die Augen geschlossen, so erschöpft fühlte sie sich. Doch sie hatte die Reise nicht angetreten, um kurz vor dem Ziel schlappzumachen. Sie zwang sich, die paar Schritte zu gehen, die zur *domaine* der Vossingers führten.

Das Anwesen lag am Ortsrand, war von einer Mauer umgeben, zur Straße hin von zwei Türmchen begrenzt, die zwei baugleiche steinerne Körbe mit Trauben zierten, dazwischen ein breites schmiedeeisernes Tor, das offen stand. Von dort hatte man einen freien Blick aufs Wohnhaus. Es kam bescheidener daher als die Chateaus auf der Avenue de Champagne, aber dennoch: ein dreistöckiger Klinkerbau, weiß verfugt, in der Mitte die fünfstufige Treppe, die von zwei Seiten auf die prächtige Eichentür zuführte, je drei schmale, hohe Fenster an jeder Seite, Sockel und Fensterrahmen aus cremefarbenem Stein, die Fensterläden im gleichen Farbton, das machte schon was her. Dagegen wirkten das alte Haus von Lepold Scherer in der Freiburger Altstadt und das neue, das sie auf den Ruinen errichtet hatte, sehr bescheiden. Ja, wenn es damals zur Heirat gekommen wäre, hätte sie eine gute Partie gemacht! Die große Lagerhalle erstreckte sich rechts des Wohnhauses, von dort aus stieg man in die weitverzweigten Kreidekeller hinunter, in denen sich die Résistance-Kämpfer versteckt gehalten hatten.

Vom Tor aus lugte Henny auf den Hof. Die Lagerhalle warf breite Schatten auf den bekiesten Innenhof, der sauber geharkt war. Es roch nach Holz. Neben der Halle stapelten sich frisch gezimmerte Weinkisten, die Abendsonne tauchte das Wohnhaus in warmes Licht. Vor der Treppe zum Eingang parkte ein taubenblauer Peugeot, der schon ein paar Jahre auf dem Buckel hatte. In einem offenen Fenster im Parterre zitterte eine Gardine, auf dem Fensterbrett streckte sich eine Katze. Über dem Anwesen lag eine Ruhe, wie Henny sie von den Samstagabenden in Eichingen kannte, wenn die Arbeit getan war und sich im Dorf eine friedliche Feierabendstimmung ausbreitete. Als sie durch das Tor ging, erschreckte sie der Lärm ihrer Schritte auf dem Kies, sie hielt sofort inne. Bisher hatte niemand ihre Anwesenheit bemerkt, aber was, wenn plötzlich einer kam und wissen wollte, weshalb sie hier war? Was, wenn auf einmal Yves vor ihr stünde? Sie nahm all ihren Mut zusammen, doch sie kam nicht mehr vorwärts. Als wäre das Anwesen durch eine unsichtbare Wand geschützt, die sie nicht durchbrechen konnte.

All die Gedanken, die sie hierhergetrieben hatten, kamen ihr mit einem Mal überstürzt, all die Sätze, die sie sich für das Wiedersehen mit Yves zurechtgelegt hatte, halbgar vor. Dumme, banale, lächerliche Worte waren das, eine erbärmliche Bettelei um Vergebung, und die Flasche 37er, eine von tausend, was für ein jämmerliches Mitbringsel, ein stümperhafter Versuch der Wiedergutmachung.

Sie drehte sich um, verließ eilig den Innenhof, hastete zurück auf die Straße. Die Anstrengungen der letzten Stunden und der Hunger, sie hatte den ganzen Tag noch nichts gegessen, ließen sie schwindeln, erschöpft lehnte sie sich an einen Baum am Straßenrand, alles um sie herum verschwamm. Dann drang aus weiter Ferne eine Stimme zu ihr durch:

»Puis-je vous aider, Madame?«

Als sie aufblickte, sah sie in das Gesicht von Yves. Mit allem hatte sie gerechnet: mit Wut, mit Hass, mit Vorwürfen, heimlich sogar mit Wiedersehensfreude, aber nicht mit freundlicher Besorgnis. Ihr knickten die Knie weg, der junge Mann verhinderte, dass sie zu Boden ging. »Yves«, murmelte sie. »Yves.« Nach Reims und Épernay nun auch noch Yves, ohne Zweifel Yves, keine Fata Morgana, sie roch ihn, dieser sanfte Duft von Sandelholz … Konnte man in der Zeit reisen, alles zurück auf Anfang setzen, eine zweite Chance bekommen? Sie stammelte: »Yves, Yves …«

»Madame, Madame!« Yves rüttelte sie an den Schultern. *»Je ne suis pas Yves. Je suis son fils.«*

Sein Sohn? Sie schob den jungen Mann von sich weg, und nun bemerkte sie, dass seine Locken nicht ganz so dunkel, die Nase nicht ganz so markant war, dass er jünger war als Yves damals, vielleicht fünfzehn, sechzehn, die Ähnlichkeit jedoch frappierend war. Er bot an, sie zu seinem Vater zu bringen. *»Non, non, excusez-moi.«* Sie rannte davon, fand ihren Wagen und fuhr sofort los.

In ihrer Erinnerung war Yves wie in einer Endlosschleife in zwei Bildern gefangen gewesen. Als strahlender junger Mann und als blutüberströmtes Opfer der Gestapo. Niemals hatte sie Yves als Vater gesehen, niemals in Betracht gezogen, dass sein Leben nach der Katastrophe einfach weitergegangen war.

TEIL 2

Strasbourg
Oktober 1962

Am langen Arm verhungern

Eichingen

Für einen Moment erhellte ein greller Blitz die Fotografien auf dem Eichenbuffet – das Hochzeitsbild von Kätter und Karl, Kätter, Karl und Heiner beim Eichinger Weinfest, Heiner in Uniform, der kleine Kaspar mit Kätter und Häwelmann im Grasgarten –, dann versanken die Bilder wieder im Dämmerlicht der Stube. Ein grollender Donner folgte, zeitgleich öffnete der Himmel seine Schleusen, und es plästerte los.

Vom Stubenfenster aus sah Kaspar, wie Kätter sich im Regen mit dem Kartoffelkorb mühte. Meter für Meter zog, zerrte, zwängte sie den Korb hinter sich her in Richtung Schuppen. Die Wassermassen schlugen ihr die Röcke eng an den dürren Körper, mit erhobenem Haupt trotzte sie dem Unwetter. Stur wie eh und je war sie! Er hätte den Korb später schon noch ins Trockene getragen, nur nicht grade. Sie hatte ihn mal wieder derart in Rage gebracht, er wäre ihr an die Gurgel gesprungen, hätte er nicht das Weite gesucht. Er hasste sich für seine Herzlosigkeit, er war sich selbst ein Graus, wenn er so wütend war, aber Kätters Vorwurfslitanei trieb ihn in den Wahnsinn. »Wenn es nach dir ging, könnt alles liegen bleiben. Kannst dich doch nicht benehmen, als wärst noch ein bockiger Bub. Wie der Heiner in deinem Alter gewesen ist, da hat der schon den ganzen Hof alleine …«, äffte er ihre Worte nach.

Ja, verdammt, er wusste, dass am Kaiserstuhl die Söhne in die Fußstapfen der Väter traten, von Kindesbeinen an mit der Arbeit im Weinberg und an den Reben aufwuchsen, nichts anderes kannten, nichts anderes wollten, nichts anderes brauchten. Die Übergabe des Staffelstabs funktionierte, selbst wenn sie die Väter nie kennengelernt hatten, weil sie im Krieg geblieben waren. So beim Wagner Schorsch, so beim Weber Dunni, so beim Schneider Karle. Nur er tat sich so schwer. War es, weil der Mann in Uniform mit dem forschen Blick, den er nur von der Fotografie auf dem Buffet kannte, gar nicht sein Vater war? »Der Heiner, der Heiner, der Heiner«, hatte er Kätter wütend entgegengeschleudert. »Ich bin nicht der Heiner, ich werde nie wie er. Und sein Sohn bin ich schon gar nicht.« Mitten ins Gesicht hatte er es ihr gesagt, aber dann nicht die Traute gehabt, auf Kätters Antwort zu warten.

Es klopfte an die Tür, aber er machte nicht auf. Er erwartete niemanden, er war nicht in Stimmung für Besuch, und wenn einer zu Kätter wollte, sollte er nach ihr suchen. Das Klopfen verstummte, er suhlte sich weiter in seinem Elend.

Am liebsten wäre er von Ludwigsburg überhaupt nicht mehr nach Eichingen zurückgekehrt. Einfach im Zug sitzen bleiben und bis zu einer unbekannten Endstation weiterfahren, das wär's gewesen. Er hatte sich ausgemalt, wie es wäre, in der Fremde aufzuwachen und morgens nicht zu wissen, was man tagsüber tun würde. Um mehr als eine warme Mahlzeit und ein Dach über dem Kopf müsste er sich dann nicht kümmern. Nicht um die jammernde Großmutter, nicht um fünfzig Ar Reben, nicht um Holz für den Winter, nicht um eine neue Wagendeichsel, nicht um eine Frau zum Heiraten. Ein Leben als fahrender Geselle schwebte ihm vor, wie es die Zimmermänner führten, die manchmal vorbeikamen und um ein Quartier für die Nacht baten. Oder wie Chaplins Tramp, der am Ende des Films stets aufs Neue über eine leere, staubige Straße ins Unbekannte zog. Ganz leicht ums Herz war ihm bei der Vorstellung gewesen. Aber dann war er in Freiburg doch ausgestiegen. Er konnte Kätter beim Herbsten nicht allein lassen, wirklich nicht. Aber die Weinlese war nun vorbei, und mit jedem Tag, an dem er nicht mehr von früh bis spät schuften musste, drängte sich der Wunsch nach einem anderen Leben wieder in seine Gedanken. Was Neues wagen. Wann, wenn nicht jetzt?

Moment, Moment, wer war denn der fette Kerl, der mit einem Schirm durch den Garten hüpfte und auf den Schuppen zurannte? Kaspar wischte mit dem Ärmel die beschlagene Scheibe trocken, dann traute er seinen Augen nicht. Das war dieser Dobler. »Woher weiß der, wie ich heiße und wo ich wohne?« Natürlich! Der Wagner Schorsch, den er in Doblers Laden getroffen hatte, hatte es ihm bestimmt brühwarm erzählt! »Was will der?« Die Champagnerflasche, alle waren hinter der Flasche her. Wenn sie nur einmal so viel Lärm um ihn machen würden!

Kätter, das sah er vom Fenster aus, antwortete Dobler mürrisch und einsilbig. Die hatte eine Stinklaune, die wollte den Weinhändler schnell loswerden. Sollte sie, er hatte nicht das leiseste Interesse, dem Mann noch einmal zu begegnen. Warum auch, er konnte ihm nichts mehr anbieten. Die verdammte Champagnerflasche hatte längst den Besitzer gewechselt und ihm nichts als Ärger eingebracht. Gut, der Mann war sehr an der Flasche interessiert gewesen, aber dass er deswegen den weiten Weg von Freiburg nach Eichingen machte, wunderte Kaspar schon. Nun, Dobler war Weinhändler, vielleicht hatte er ja in der Gegend zu tun? Da, nun tappte er mit seinem Regenschirm davon, Kätter hatte ihn vergrault. So was konnte sie gut.

Das Telefon klingelte. Das könnte Bertold sein, der mit ihm den Kinoplan fürs Wochenende besprechen wollte. Kaspar trottete in den Flur und nahm den Hörer ab.

»Salut, mon grand«, meldete sich Paul. »Ich habe mir Zeit gelassen, ich weiß. Kleiner Unfall, besondere Umstände und so weiter. Dafür komme ich in den nächsten Tagen nach Freiburg und schau bei euch in Eichingen vorbei. Du weißt doch inzwischen sicher, wer dir die Flasche geklaut hat?«

Schreck oder Wut oder beides raubten ihm die Stimme. Er brachte keinen Ton heraus, stattdessen legte er den Hörer zurück auf die Gabel und nahm ihn nicht wieder auf, als es noch mal klingelte. Er starrte auf den Raiffeisen-Kalender, dessen Ecken von vielen Reißnageleinstichen durchlöchert waren und auf dem Kätter am 3. Oktober »Namenstag Hedwig« notiert hatte.

Ein weiterer Donner, scharf wie ein Peitschenhieb, trieb ihn zurück in die Stube. Die Äste des Nussbaums klatschten gegen die Scheiben, als wären es lebendige Arme. Der Wind fegte Schindeln vom Dach, leicht wie Cego-Karten segelten sie zu Boden. Es schüttete aus Kübeln. In dem verwaschenen grauen Licht hockte Kätter zusammengesunken wie ein riesiger Vogel auf dem Hackklotz im Schuppen. Sie faltete die schwarzen Ellenbogen nach hinten, wie eine Krähe, die sich zum Flug anschickte, und sackte dann wieder zusammen. Auf ihre Art liebte sie ihn, und er sie auch, trotzdem wollte er von ihr weg. Und Paul, an dem sein Herz so viel mehr hing, ließ ihn am langen Arm verhungern. Der alte Schmerz meldete sich, der ranzige Geruch des Kummers stieg ihm in die Nase, vergessene Bilder taumelten herbei. Der kleine Kaspar, der am Küchentisch sitzt und auf Paul wartet; der kleine Kaspar, der nichts essen will, bevor Paul am Tisch sitzt; der kleine Kaspar, der Kätter eine Lügnerin schimpft; der kleine Kaspar, der sich die Ohren zuhält, als Kätter versucht, ihm zu erklären, weshalb Paul gegangen ist; der kleine Kaspar, der nicht glauben kann, dass Paul ihn verlassen hat. Bis zum heutigen Tage wollte er es nicht glauben, dabei hatte Paul ihn schon wieder verlassen. In Ludwigsburg, wo Paul dem Colonel nachrannte und ihn mit der blöden Henkell-Flasche auf dem Schlosshof zurückließ, wo Paul auch Stunden später nicht auftauchte, wo Paul ihn wieder mal vergessen hatte und sich danach wochenlang nicht meldete. Nicht ein einziges Mal hatte Paul sich für sein Verschwinden entschuldigt! Auch eben nicht. »Besondere Umstände und so weiter …« Gerade mal einen Halbsatz widmete er dem Thema, nur um dann sofort wieder nach der verfluchten Flasche zu fragen. Die Flasche, die Flasche, die Flasche. Wenn die ihm noch mal in die Finger käme, dann, ja dann …

Noch wackelig auf den Beinen

Baden-Baden

»Einen Stock brauchen Sie jetzt?«, fragte der Colonel, der am Morgen überraschend zu Besuch gekommen war, und deutete auf Pauls neuen Begleiter.

»Leider«, antwortete Paul. »Noch ein, zwei Wochen, meint der Arzt. Es war ein komplizierter Bruch.«

»Der zweite, wenn ich nicht irre?«

»Ja. Dasselbe Bein wie 1940, deshalb konnten sie mich bei Kriegsbeginn nicht einziehen«, antwortete Paul und stieg auf den Stock gestützt die Treppe vor dem Offizierskasino nach unten. »Als der Gips ab war, bin ich damals ins freie Frankreich geflohen. Nun gehe ich am Stock. Ein Vorgriff auf mein Leben als alter Mann, aber ich will nicht meckern. Dank des Stockes bin ich endlich wieder mobil.«

»Dann lassen Sie uns doch ein paar Schritte durch La Cité spazieren«, schlug der Colonel vor. »Ich war einige Jahre hier stationiert, bevor ich in de Gaulles Sicherheitsstab gewechselt bin.«

Von La Cité hatte Paul noch nichts gesehen, obwohl er die letzten vier Wochen hier verbracht hatte. Gezwungenermaßen, in einem Militärhospital ans Bett gefesselt. Zermürbende, zähe Wochen mit gelegentlichen *Belote*-Runden und Radiohörspielen als einziger Ablenkung. Wochen, in denen er viel zu viel Zeit zum Nachdenken hatte, beispielsweise darüber, dass es nur eines Kiesels bedurfte, um aus dem Tritt zu geraten. So geschehen, als er in Ludwigsburg mit dem vergessenen *képi* in der Hand dem Colonel hinterherhetzte, dabei über einen Stein stolperte und so unglücklich stürzte, dass sich das rechte Bein verdrehte, er vor Schmerz die Besinnung verlor und erst in Baden-Baden wieder aufwachte. Hier erfuhr er, dass der Colonel, bevor er zu de Gaulle ins Flugzeug stieg, seinen Transport ins Krankenhaus organisiert hatte. Seit drei Tagen war nun der Gips ab, und er, zwar noch etwas wackelig, endlich wieder auf den Beinen. In den langen Fluren des Krankenhauses exerzierte er das Gehen mit dem Stock bis zur Erschöpfung: Zwanzig Meter gerieten zu einer Herausforderung, die Treppen vom Parterre in die oberen Stockwerke zu einer Gipfelbesteigung. Sein gestriger Besuch im nicht weit entfernten Offizierskasino war einer Weltreise gleichgekommen. Bevor er in der Lage gewesen war, dort zu telefonieren, musste er sich erst einmal hinsetzen und ausruhen. Der erste Pastis nach drei Wochen schmeckte fantastisch, das Gespräch, das er danach mit Eichingen führte, schmeckte ihm überhaupt nicht. Kaspar, wenn es denn Kaspar war, legte, nachdem er sich gemeldet hatte, den Hörer auf, ohne ein Wort zu sagen. Sein nächster Anruf wurde gar nicht erst angenommen.

»Brauchen Sie noch Hilfe, *vieil ami?*«, fragte der Colonel.

»Nein, nein«, wehrte Paul ab und schritt auf der Straße so zügig voran, wie es der frisch verheilte Bruch und die eingerosteten Knochen zuließen. »Es soll hier ein Kino geben. Überall, wo ich bin, muss ich mir die Kinos ansehen.«

Mit dem Colonel an seiner Seite wagte er erstmalig einen Gang durch die Stadt. Wobei Stadt ein großes Wort für die am Reißbrett entworfene Siedlung war, die man ab 1950 in Baden-Baden entlang der Oos für die französischen Streitkräfte hochgezogen hatte. Funktionale und nüchterne Bauten, neben den Kasernen schlichte Wohnhäuser in geraden Straßen, die Platz für mehr als zehntausend Franzosen boten. Für Angehörige des Militärs und ihre Familien vor allem, aber auch für Administrateure, Büroangestellte und Schreibkräfte. In

La Cité gab es französische Schulen und französische Supermärkte, ein französisches Kino und eine französische Kirche.

»Bescheiden, *n'est-ce pas?*«, konstatierte der Colonel nach einem Seitenblick auf Paul und deutete auf die grauen Fassaden. »Nicht so glamourös wie das *Hotel Brenner*, das Général Koenig 1945 für das Oberkommando der französischen Besatzungstruppen requiriert hatte.«

»Die Zeiten als Besatzungsmacht sind vorbei. Seit den Pariser Verträgen sind wir verbündete Stationierungstruppen«, erwiderte Paul und hielt kurz inne. Immer noch brachten ihn ein paar Schritte außer Atem.

»Oh, schon als Besatzungsmacht haben wir nicht nur requiriert und geprotzt, schon damals haben wir viel für die Verständigung zwischen Franzosen und Deutschen getan«, betonte der Colonel mit Verve. »Alfred Döblin hat als Literaturinspektor hier in Baden-Baden in mühseliger Kleinarbeit die Kultur wiederaufgebaut. Kultur, das hat uns das Volk der Dichter und Denker gelehrt, ist nur eine dünne Schicht, die schnell aufplatzen und dann wegbrechen kann. Keiner hat für möglich gehalten, dass dieses hochzivilisierte Volk die Barbarei der Hunnen übertreffen könnte …«

»Riechen Sie das auch?«, unterbrach ihn Paul.

Der Colonel rümpfte die Nase und nickte.

Ein strenger Fischgeruch hing in der Straße, die passenderweise *Rue de la Normandie* hieß. Alle Straßen waren nach französischen Regionen benannt. Er suchte die eintönigen Hausfassaden nach einem geöffneten Küchenfenster ab, fand aber keines. Doch als sie um die Ecke bogen, sahen sie einen Fischstand, der vor dem *supermarché* aufgebaut war. Zwei fröhlich schwatzende junge Frauen mit Wespentaillen und Petticoats unter den offenen Regenmänteln hatten dort Hummer und kleine Krustentiere gekauft und kamen ihnen aufrecht wie Königinnen entgegen. Tuschschwarze Haare und olivfarbene Haut verbanden sie, obwohl die eine kess und die andere schüchtern wirkte. Sie stammten aus dem Süden und brachten Licht und Wärme in die triste Straße. Paul lüpfte den Hut und grüßte charmant. Er spürte Lust auf ein kleines Geplänkel, wurde aber enttäuscht. Ein knappes Nicken, ein kurzer, abschätzender Blick auf seinen Stock, mehr nicht.

Bald waren der Colonel und er am Kino angelangt, das eher einer Lagerhalle als einem Filmpalast glich. Man spielte einen *Don Camillo*-Film mit Fernandel in der Hauptrolle. Leichte Kost, wie in Stuttgart *Er kann's nicht lassen* mit Heinz Rühmann. Zwei Pfarrer auf Abwegen, mehr fiel ihm dazu nicht ein.

Sie gingen weiter. Genauer gesagt, der Colonel ging, Paul hinkte und wich einem Ball aus, den ein etwa zehnjähriger Junge über die Straße kickte. Noch vor vier Wochen hätte er ihn gestoppt und zurückgeschossen, nun ließ er ihn weiterlaufen, der Junge rannte hinterher. Der Kleine war ohne Spielkameraden unterwegs und wirkte so verloren wie die ganze Siedlung. Die war für ihre Bewohner nichts weiter als ein Quartier auf Zeit. Sie mussten in der Fremde ausharren, bis sie irgendwann in die Heimat zurückdurften. Paul, der sich keinen Deut um Heimat scherte, ergriff in dieser grauen, gesichtslosen Siedlung eine solche Sehnsucht nach Strasbourg, dass ihm die Brust eng wurde. Als gäbe es für ihn ein Heimkommen, als gäbe es einen Platz, um seine Wunden zu lecken …

Die vier Wochen hingen ihm schwer in den Knochen. Die langen Nächte vor allem, in die die Schatten hineingekrochen waren, ohne dass er sie hätte kontrollieren können. Dünnhäutig war er geworden, ihn erschreckte die eigene Bedürftigkeit. Stillstand war die Hölle; wenn man sich festhielt, war man verletzlich. Nur in der Bewegung konnte man sich selbst entrinnen. Ganz schnell wollte er wieder mit leichtem Gepäck reisen.

»Attention!«

Er hatte den Jungen auf dem Fahrrad nicht kommen sehen, der an der Kreuzung *Rue de la Normandie Rue Bretagne* an ihnen vorbeisauste. Der Colonel schob schützend seinen künstlichen Arm vor ihn, und Paul dachte an den gesunden, der ihm bei der Befreiung von Paris das Leben gerettet hatte, als ein paar Heckenschützen das Feuer auf sie eröffneten und der Colonel ihn in letzter Sekunde aus der Schusslinie zog.

»Sie werden dauerhaft zu meinem Schutzengel.«

»Solang mich das nicht noch einen Arm kostet …«

Paul wusste nichts zu erwidern, auch seine Schlagfertigkeit war ihm abhandengekommen. »Um nach dem Champagner zu suchen, reise ich morgen nach Eichingen«, sagte er stattdessen, um endlich das Thema in Angriff zu nehmen, das sie seit ihrem Wiedersehen umschifften.

»Erinnern Sie sich an Capitaine Lambert?«, fragte der Colonel.

»Ja, sicher«, antwortete Paul irritiert, weil er nicht wusste, wieso der Colonel nun Lambert ins Spiel brachte. »Seine Kompanie war bei der Befreiung Strasbourgs dabei.«

»Lambert stammt von einem Weingut in der Champagne. Er hat sich intensiv mit der Requirierung französischer Güter durch die Nazis, insbesondere mit Wein und Champagner, beschäftigt. Er ist wie ich in der Armee geblieben und zurzeit in Freiburg stationiert.«

»Sieh einer an!« Wieder einmal bewunderte Paul das weitgespannte Netz an Kontakten und Informationskanälen, über das der Colonel verfügte. Auf ein Wiedersehen mit Capitaine Lambert freute er sich. Ein Kamerad, den er in guter Erinnerung hatte.

Freiburg

Henny schloss die Ladentür. Der fröhliche Lärm der Weinprobe, das herzliche Händeschütteln, die Ade-Rufe zum Abschied, alles verklungen. Nun hörte sie nur noch ihre Pumps auf dem Steinboden klacken und Glas, das an Glas stieß. Zängerle stapelte die leeren Flaschen in Holzkisten.

»Da ist noch ein Rest Ruinart«, meldete er.

»Immer her damit. Füllen Sie uns zwei Gläser!« Henny sammelte die über den Tisch verstreuten Bestelllisten ein und ließ sich auf einen Stuhl plumpsen.

»Auf den erfolgreichen Abend!« Zängerle reichte ihr ein Glas und stieß mit ihr an.

»Zum Wohl!« Henny nahm den ersten Schluck. »Sie haben sich gut geschlagen, lieber Zängerle. Mit den Wirten können Sie es so gut wie mit den Professoren und Doktoren.«

»Langjährige Erfahrung, Chefin, und das richtige Gespür. Von dem Champagner sind nur noch zwei Flaschen übrig. Da haben alle gut zugelangt.«

»Trinken tun unsere Gastwirte den Schampus gern, aber beim Ordern haben sie sich bisher geiziger als die Schwaben gezeigt. Höchstens zwei, drei Flaschen, nur für alle Fälle. Damit man sich nicht lumpen lassen muss, falls mal ein Gast nach Champagner fragt.« Henny streifte ihre Schuhe ab, legte die Füße auf einen zweiten Stuhl und sah die Bestellungen durch.

Sie hatte den Hotel- und Gaststättenverband Südbaden zu Gast gehabt. Alte Kontakte, die bereits ihr Vater gepflegt, an die sie in den letzten Jahren wieder angeknüpft und die sie, auch dank Zängerles Beziehungen, erweitert hatte. Ein wichtiger Kundenstamm, nicht nur, weil Gastronomen ganz andere Mengen abnahmen als Privatleute, sondern auch, weil sie die Weinhandlung Scherer weiterempfahlen. Immer im Oktober lud sie die Hoteliers und Wirte zu einer Weinprobe ein, präsentierte Neuheiten und Raritäten. Diesmal hatte sie auf Sekt und Champagner gesetzt und dazu kalte Platten mit Käseigeln, Lachshäppchen und Pumpernickeltürmen gereicht. Alle hatten wieder und wieder zugegriffen, es war ein schöner Abend gewesen mit freudigen Wiedersehen, sie hatten viel gelacht. Doch erst die Bestellungen entschieden, ob sich der Aufwand gelohnt hatte. Als sie diese nun durchsah, hob sich ihre Laune. Goldrichtig hatte sie mit dem Abend gelegen. Kistenweise Sekt und auch mehr als zwei, drei Flaschen Champagner orderten die Wirtsleute. Es war wieder Geld im Land, die Leute gönnten sich was, auch mal was richtig Gutes wie Champagner.

»Ich bring die zwei Flaschen Champagner noch zurück in den Keller«, meldete Zängerle.

»Und danach machen Sie Feierabend.« Henny streckte sich und gähnte. Die Uhr am Schwabentor schlug schon Mitternacht. Sie sortierte die Bestellungen nach Wichtigkeit, bearbeiten würde sie sie erst am nächsten Tag. Sie konnte sich auch nicht mehr dazu aufraffen, die Gläser und Teller noch zum Spülbecken zu bringen.

»Was ist das für ein alter Champagner, der da im Regal neben der Treppe liegt?«, tönte Zängerle aus dem Keller. »Ein Vossinger von 1937, den kenn ich gar nicht.«

»Der ist privat! Lassen Sie die Flasche da, wo sie ist«, rief Henny zu ihm hinunter und leerte ihr Glas. »Sperren Sie den Keller zu, und dann ab mit Ihnen. Ich muss ins Bett.«

Als Zängerle gegangen war, stemmte sie sich vom Stuhl hoch, schlüpfte wieder in ihre Pumps, griff nach den Bestellungen und ging nach oben in die Wohnung. Elfie war noch im Theater. Endproben für ein neues Stück, das bald Premiere hatte. Seit Tagen hatten sie sich nur zwischen Tür und Angel gesehen. Henny streifte die Pumps von den Füßen, ging ins Wohnzimmer und legte die Bestellungen auf ihren Sekretär. Ihr Blick fiel erst auf den angefangenen Brief an Yves, dann auf die vielen Papierknäuel im Abfallkorb. Sie hatte nicht gezählt, wie oft sie begonnen hatte, ihm zu schreiben, wie viele Briefentwürfe sie bereits verworfen hatte. Zu so später Stunde würde sie keinen weiteren Versuch wagen, nur noch eine letzte Zigarette rauchen. Sie trat ans Fenster, zündete sich eine an und lauschte den gemächlichen Schritten eines einsamen, unsichtbaren Nachtschwärmers, der durch die Freiburger Altstadt geisterte.

Seit sie aus Frankreich zurück war, veränderten sich ihre Erinnerungen täglich, so als wären sie einem Gärprozess ausgesetzt. Stets aufs Neue jagte Henny die Gefühlsleiter rauf und runter und versuchte, mit ihrem Verstand dagegenzuhalten. Wieso hatte ihr Yves verschwiegen, dass er im Widerstand war? Wenn sie gewusst hätte, dass er Résistance-Kämpfer in seinen Kellern versteckte, hätte sie Rohl nichts von den tausend Flaschen erzählt. Sicher nicht? Aber was hätte sie Rohl dann verraten? Sie fand keine Antwort auf diese Fragen.

Stundenlang beschäftigte sie dann der Gedanke, dass Yves Vater war. Die Eifersucht auf die Frau, die er nach ihr geliebt, die er geheiratet, mit der er einen Sohn und vielleicht noch weitere Kinder bekommen hatte, malträtierte sie. Sie sah eine gewissenlose Femme fatale, die ihn umgarnte, eine Unschuld vom Lande, die ihn verführte, eine burschikose Gefährtin, die ihn überrannte. Sie wünschte allen die Pest an den Hals, schoss sie in den Wind oder schickte sie direkt über den Jordan. Henny hatte ein paar Tage gebraucht, um sich einzugestehen, dass Yves sich schlicht und einfach neu verliebt haben könnte. Dass er das Kapitel Henny abgeschlossen hatte, so wie sie das Kapitel Yves abgeschlossen hatte, bis zu jenem Tag 1948, als sie glaubte, ihn in Baden-Baden gesehen zu haben. Diese Erkenntnis schmerzte noch mehr als die Eifersucht. Sie war ein paar Tage lang unausstehlich gewesen. Vielleicht blieb Elfie deshalb so lang bei den Theaterproben.

Auf der Straße kreischte eine Frau. Henny sah, wie ein Mann nach ihrer Hüfte griff, sie sich losriss, davonrannte, der Mann hinterher. Das Kreischen und Hinterherrennen wiederholte sich, bis die zwei sich küssten und eng umschlungen in Richtung Münsterplatz davongingen. Eine alberne Spielart der Liebe. Sie dachte wieder an Yves.

Warum sie diese Liebe nicht beendet hatte, war die nächste Frage, die sie beschäftigte. Warum hatte sie nie einen endgültigen Schlussstrich gezogen? Warum brauchte Debray den Namen Yves Vossinger nur zu erwähnen, und ihr knickten die Beine weg? Viele Zigaretten lang brütete sie ohne Ergebnis über diesen Fragen. Dass Yves ihre einzige große Liebe war, ließ sie als Antwort nicht gelten. Liebe, das wusste sie, war nichts Festes, kein Monolith in der Landschaft. Sie war nicht kalkulierbar wie ein Stich beim Kartenspiel, sie blieb unberechenbar. Manchmal endete sie, manchmal wanderte sie von einem zum anderen, manchmal verschwand sie.

Henny wusste inzwischen, wann ihr Herzklopfen verschwunden war, sie konnte den Zeitpunkt genau ausmachen. Mit dem Verrat. Danach wurde alles schwer und drückend. Hatte sie jahrelang Schuld mit Liebe verwechselt? Konnte sie die Liebe nicht loslassen, weil die Schuld so groß war? Konnte sie die Schuld nur aushalten, weil sie glaubte, sie habe aus Liebe gehandelt? Hielt nur der Verrat die Liebe am Leben?

An diesem Punkt begann sie immer, sich im Kreis zu drehen. Schluss jetzt, befahl sie sich. Aber dann setzte sie sich doch, griff nach Papier und Füller, schrieb und schrieb und schrieb. Diesmal beendete sie den Brief, packte ihn in einen Umschlag, frankierte ihn. Bei einer letzten Zigarette entschied sie, ihn am nächsten Tag abzuschicken. Wenn das erledigt war, hoffte sie, dass ihr Yves und Frou-Frou nicht weiter Abend für Abend ins Schlafzimmer folgen würden.

Schäferstündchen

Endingen, später Freiburg

Der Grund, weshalb Kätter beim letzten Mal am Endinger Bahnhof gewesen war, war ein erfreulicher gewesen. Die Reise mit den Landfrauen zu den oberitalienischen Seen im Frühjahr vor zwei Jahren. Gardasee, Lago Maggiore, Comer See, wo sie auch in Cadenabbia Station machten, dem Ort, an dem Adenauer so gerne seine Ferien verbrachte. Ferien, von wegen, auch in der Villa La Collina arbeitete der Kanzler. Beim Blick über den See brütete er über wichtigen Fragen, oder er empfing Gäste, noch im Frühjahr den italienischen Ministerpräsidenten Fanfani. Warum der Kanzler sich allerdings für dieses Boccia-Spiel begeisterte, das in Italien Usus war, verstand Kätter, ehrlich gesagt, nicht. Warum er an den Comer See fuhr, das verstand sie sehr gut. Der war noch mehr ein Garten Eden als der Kaiserstuhl.

An diesem Morgen war der Grund für ihre Reise nach Freiburg kein erfreulicher. Manch einer würde sagen, sie könnte doch anrufen, aber wichtige Dinge besprach sie nie am Telefon, immer nur von Angesicht zu Angesicht. Vor lauter Sorgen hatte sie in der Nacht kein Auge zugetan und gemerkt, dass sie alleine nicht weiterkam. Man konnte über die Henny viel Schlechtes sagen, aber nicht, dass sie bei Problemen den Kopf in den Sand steckte.

Der Zug kam pünktlich, und keine Stunde später marschierte Kätter in Freiburg schnurstracks auf das Münster zu.

Wenn sie vor dem Haupteingang der Kathedrale stand, wusste sie, wie sie zu Henny in die Schusterstraße kam. Aber noch zögerte sie. Um das Münster herum herrschte ein buntes, geschäftiges Treiben, in Freiburg war jeden Werktag Markt, da gab's viel zu schauen. Auf der linken Seite standen viele Kaiserstühler Marktweiber, Frauen mit grünen Daumen, die im Garten Dinge zuwege brachten, die Kätter nie gelangen: Salat ohne Schnecken. Tomaten ohne Flecken, Gurken, die nicht bitter schmeckten. Gerne hätte die Kätter deshalb ein paar Worte mit der einen oder anderen gewechselt, aber leider … Wie sie so dastand, den Blick schweifen ließ und am liebsten in dem Gewühl verschwunden wäre, da merkte sie, dass es ihr nicht leichtfiel, zu Henny zu gehen, dass es ein Gang nach Canossa war. Aber es half nichts, sie musste dahin.

In der Schusterstraße stach der Laden sofort ins Auge, den konnte man gar nicht verfehlen. Das glänzende Emailleschild mit dem feinen schwarzen Schriftzug »Weinhandlung Scherer seit 1892« war picobello gepflegt, die Schaufensterscheiben frisch geputzt. Dahinter waren auf unterschiedlich hohen Podesten Weinflaschen präsentiert, manche lagen auch in geflochtenen Bastkörbchen. Viele französische, auch italienische, ein paar aus der Pfalz und von der Mosel, aber keine einzige vom Kaiserstuhl. Doch Kätter war nicht hier, um mit Henny über Wein zu streiten.

Ein helles Klingeln ertönte, als Kätter den Laden betrat. So früh am Morgen war sie die einzige Kundin. Sie sah sich um. Rechts und links erblickte sie hohe, lichte Regale, in denen unten Weinkisten und weiter oben Weinflaschen lagerten, manche Regalteile durch Glastüren geschützt. Für die ganz edlen Tropfen, vermutete Kätter und ging auf den kleinen Verkaufstresen zu, hinter dem Henny stand. Ihre Schwiegertochter trug keinen grauen oder weißen Kittel, wie die Verkäuferinnen in Endingen, sondern ein elegantes, auf Figur geschnittenes schwarzes Kleid mit weißem Kragen. In Eichingen täte man so ein Kleid höchstens am Sonntag tragen. Kätter tippte darauf, dass es auch in der Stadt werktags nicht üblich, sondern eher eine Extrawurst von Henny war.

Die Überraschung über ihren Besuch stand der Schwiegertochter ins Gesicht geschrieben.

»Was ist passiert?«, fragte sie sofort.

»Grüß Gott, Henny! Der Kaspar ist verschwunden.« Kätter merkte, dass ihr Stimme und Knie zitterten. Es war das erste Mal, dass sie den Satz laut aussprach, noch mit keinem hatte sie darüber gesprochen.

Henny kam hinter dem Tresen hervor und führte sie in einen Nebenraum. Dort bot sie ihr einen Stuhl an einem großen Tisch an, auf dem noch dreckige Gläser und Teller von einem Gelage standen. Außen hui und innen pfui, dachte Kätter, als Henny eilig begann, das Geschirr zur Seite zu räumen, und sagte dann: »Wie vom Erdboden verschluckt. Seit zwei Nächten ist er nicht mehr heimgekommen. Ich mach mir Sorgen, weil es doch passiert ist, nachdem der Freiburger Weinhändler Dobler aufgetaucht ist …«

»Der Dobler?« Henny stellte das Tablett mit den Gläsern ab, dass sie klirrten und zitterten. »Was wollte der von euch?«

»Der wollt zum Kaspar, ist aber bei mir gelandet.«

»Bei dir? Und wo war der Kaspar?« Henny kam zum Tisch zurück und setzte sich ihr gegenüber. Mit der Hand wischte sie ein paar Krümel vom Tisch.

»Im Haus, denk ich. Da hab ich ihn kurz davor gesehen. Und davor haben wir zwei einen kleinen Disput gehabt, und der Kaspar ist wutentbrannt ins Haus gerannt, deshalb hat er wahrscheinlich dem Dobler die Tür nicht aufgemacht. Und der ist dann durch den Garten zu mir in den Schuppen gekommen.«

»Was für einen Disput?«

»Herrje, ich hab's dir schon gesagt, wie du das letzte Mal da warst. Seit der Häwelmann tot ist, ist der Bueb überzwerch und durcheinander. Und er weiß es. Auf den Kopf zugesagt hat er mir, dass der Heiner nicht sein Vater ist.«

»Und woher …?«

»Ich denk vom Paul. Den hatt' er doch in Ludwigsburg getroffen, als er ihm die Flasche gebracht hat. Das habe ich dem Dobler aber nicht gesagt. Ich habe dem überhaupt nichts gesagt. Kommt frech durch meinen Garten, nachdem ihm an der Tür keiner aufmacht, aufdringlich wie ein Hausierer. So Leut' können mir gestohlen bleiben.«

»Woher hatte er eure Adresse? Was wollte er?«

»Der wollt wissen, ob es noch mehr von den Flaschen gibt. Alle von der Sorte würde er kaufen. Sogar seine Visitenkarte hat er mir gegeben. Als er gegangen ist, hab ich aufgepasst wie ein Luchs, dass der nicht noch einen Abstecher über unseren Weinkeller macht. Hat er nicht, ist sofort in sein Auto gestiegen und davongefahren. Aber nicht weit. Die Weber Erna, die zwei Häuser weiter wohnt, ja die, die immer im Fenster hängt, hat mir heut Morgen gesagt, dass bei ihnen auf der Straße länger ein Auto mit dem Schriftzug *Weinhandlung Dobler* geparkt hat.«

»Weißt du, ob der Kaspar den Dobler gesehen hat?«

»Denk schon. Er war ja noch im Haus. Aber sicher weiß ich es nicht. Danach hab ich ihn nimmer gesehen. Einfach weg war er. Da muss es doch einen Zusammenhang geben. Und von dir will ich endlich wissen, was an der Flasche so besonders ist.«

»Dobler will sie für einen alten Kameraden, aber das kann erstunken und erlogen sein. Und Paul? Keine Ahnung.«

»Verkauf mich nicht für dumm!«, fuhr sie Henny an. »Du hast doch auch was damit zu schaffen. Spuck's aus!«

Henny sammelte dreckige Teller ein und stand auf. Sie ließ sich mit der Antwort Zeit. »Rein sentimentale Gründe. Ich kannte vor dem Krieg einen Vossinger.«

»Eine von deinen Männergeschichten?«

»Stimmt. Davon hat's ja so viele gegeben.« Henny stellte die Teller ab und beugte sich über den Tisch zu ihr hinunter, die Arme fest aufgestellt. »Ich dagegen frag mich, warum Kaspar die Flasche verkaufen wollte, wenn sie doch für Paul bestimmt war.«

Sie waren sich nun sehr nah, standen nun Auge in Auge.

»Find es heraus, und find den Bueb«, befahl Kätter. »So was kannst du. Ich kann's nicht, ich bin zu alt und kenn mich in der Welt nicht aus. Herrje, wenn ich wenigstens wüsst, ob der Kaspar dabei ist, eine Dummheit zu machen, oder ob er in Not ist. Find ihn! Zeit, ihm die Wahrheit zu sagen, ist es auch. Du hast schließlich die Lüge in die Welt gesetzt.«

Henny schnaubte. Sie wich keinen Zentimeter zurück.

»Du weißt, was wir entschieden haben, als er das Häwelmann-Buch entdeckt hat«, machte Kätter weiter. »Ich bleib seine Großmutter, und du bleibst seine Mutter. Die letzten Jahre hat der Bueb nicht viel von seiner Mutter gehabt. Aber jetzt braucht er eine. Eine, die ihn heimholt!«

Freiburg

Alle glaubten dem Gerücht, Freiburg mit seinen vielen Kliniken würde als »Lazarett-Stadt« nicht angegriffen, Freiburg, ein Außenposten im Südwesten, keine kriegswichtige Industrie, bliebe von Bombenangriffen verschont. Bis zum 27.11.1944.

Sie wurden beim Abendessen vom Fliegeralarm völlig überrascht. Im Gegensatz zum vorausschauenden Vater hatte Henny sich bis dahin geweigert, einen Notkoffer zu packen. Als die Sirenen jaulten, ging Lepold Scherer deshalb schon in den benachbarten Luftschutzkeller vor, während sie noch das Nötigste zusammenklaubte und ihm dann folgte. Auf der Straße hörte sie die Flak böllern, über ihr dröhnte lautes Motorengeheul, das einen schmerzhaften Druck in ihren Ohren erzeugte. Sie beeilte sich, nach nebenan in den Luftschutzkeller zu kommen. Doch der war bereits überfüllt, der Luftschutzwart schickte sie weiter, der Vater beschwerte sich, sie beruhigte ihn, zwei Häuser weiter würde sie sicher einen Platz finden, und so war es auch. Sie war froh, dass sie ihre Schulkameradin Gerda Nägele auf einem Koffer sitzend unter den Schutzsuchenden entdeckte, und setzte sich neben sie. Der Motorenlärm verstärkte sich, die Luft bebte, Bomben zischten und explodierten, dazwischen das Geheul niederfallender Spreng- und Brandbomben. Durch deren Detonationen jaulten die Heizungsrohre, rieselte der Kalk von den Wänden, erbebte der ganze Keller. Als in unmittelbarer Nähe eine Bombe einschlug, riss es sie von den Sitzen, und sie wurden durch den Keller geschleudert. Als sie sich wieder sortiert hatten, verlieh ihnen der Kalk auf den Gesichtern das gespenstische Aussehen von Toten. Sie zitterten am ganzen Körper, nicht nur die Kinder weinten, eine alte Frau begann das Vaterunser zu beten, und sie, Henny, die schon seit Jahren nicht mehr gebetet hatte, betete darum, dass der Vater und sie diesen Abend überlebten.

Als der Angriff vorüber war und sie die Stufen nach oben stolperten, gerieten sie in ein Inferno. Überall brannte es. Die ganze Luft war von dichtem Rauch erfüllt, Brandwolken färbten den Himmel in einer breiten Front glühend rot. Es stank nach verbranntem Fleisch und verkohltem Holz, irgendwo schrillte die Hupe eines Feuerwehrwagens. Als sich ihre Augen an den Rauch gewöhnt hatten, erkannte Henny ihre Straße nicht wieder. Sie ging an schwelenden Trümmerbergen und brennenden Häuserskeletten vorbei, irrte zwischen verzweifelten Menschen umher, bis sie die Stelle fand, an der ihr Elternhaus gestanden hatte. Ein Volltreffer wie auch beim Nachbarhaus, beide komplett zerstört, alles unter Trümmern begraben, ein riesiger, rauchender Steinhaufen. Wie zum Hohn lugte zwischen zwei kokelnden Holzbalken eine Tasse aus dem Maria-weiß-Service der Mutter hervor, der nicht mal der Henkel fehlte. »Alle tot, alle tot, Henny«, sagte die alte Frau Huber, ihre Nachbarin, die plötzlich neben ihr stand. Tränen rannen ihr über die rußgeschwärzten Wangen. Erst in dem Moment verstand Henny, dass auch der Vater unter den Toten war.

Was sie danach getan hatte, wusste sie bis zum heutigen Tag nicht. Ein riesiges schwarzes Loch in ihrem Gedächtnis, Bilder, die sie so tief in sich vergraben hatte, dass sie auf ewig im Dunkeln blieben. Ihre Erinnerung setzte erst in dem Moment wieder ein, als sie auf den Jungen stieß. Das Kind stand unter einem brennenden Baum und rührte sich nicht. Sie griff nach seiner Hand und zerrte es darunter hervor. Das Kind wehrte sich nicht, es weinte nicht, es klagte nicht, es hielt nur ihre Hand fest und ließ sie nicht mehr los. Hand in Hand stolperten sie durch die zu Schutt gebombte Stadt, aus der einzig das Münster mit seinem Turm herausragte. Innerhalb weniger Stunden hatte Henny den Vater, das Elternhaus, die vertraute Umgebung verloren, und der Bub, wen hatte er …? »Wie heißt du?«, fragte sie ihn. »Wo wohnt ihr? Wer ist deine Mutter?« Aber der Kleine antwortete nicht, er starrte sie nur mit großen Augen an und hielt ihre Hand noch fester. »Kennen Sie das Kind?«, fragte sie jeden, der ihnen begegnete, erntete aber jedes Mal nur ein Kopfschütteln.

Als Henny in der Herrenstraße ein Fahrrad am Giebel eines Hauses hängen sah, das eine Explosion dorthinauf geschleudert hatte, setzte ihr Verstand wieder ein. Sie mussten raus aus der Stadt. Hier hatten sie kein Zuhause mehr, hier waren sie nicht sicher, die englischen Jagdbomber konnten in der nächsten Nacht einen weiteren Angriff fliegen. Sie hielt Ausschau nach einem Fahrrad, und wie durch ein Wunder fand sie eines, setzte den Jungen auf den Gepäckträger und schob ihn durch die Trümmer in Richtung Dreisam. Während sie sich am Fluss in den Treck der Flüchtenden einreihte, überlegte sie, wo sie in Sicherheit wären, und ihr fiel in der Nähe nur ein Ort ein: Eichingen. In dieses kleine Kaiserstuhl-Kaff würden sich keine englischen Bomben verirren. Der Junge brauchte einen sicheren Ort, sie brauchte einen sicheren Ort. Allerdings wäre Kätter keineswegs erfreut, sie wiederzusehen, hatte Henny doch nie auf ihre Briefe, in denen sie fragte, ob das Enkelkind endlich auf der Welt sei und wie es ihm gehe, geantwortet. Deshalb würde ihre Schwiegermutter sie weder bei sich aufnehmen wollen noch ihnen Zuflucht gewähren, es sei denn …

Im Ortsteil Haslach zerstreute sich der Treck endlich, und sie trat kräftig in die Pedale. Als der Junge auf dem Gepäckträger ihre Hüfte umklammerte und den Kopf vertrauensvoll an ihren Rücken lehnte, dachte sie weiter über ihren Plan nach. Er könnte funktionieren. Der Kleine war in etwa so alt, wie ihr Kind nun wäre, wenn sie es nicht verloren hätte. Sie strampelte durch die dunkle Nacht, die, je weiter sie sich von Freiburg entfernten, zunehmend kälter wurde. In Umkirch drehte sie sich zum ersten Mal um und schaute zurück: Die Stadt brannte lichterloh, der Wiederschein des Feuers erleuchtete den Himmel taghell.

Als sie Stunden später vor Kätters Holztor vom Fahrrad stieg und sich kaum mehr auf den Beinen halten konnte, zitterte auch der Kleine wie Espenlaub, hatte Hände wie Eisklumpen und eine fiebrige Stirn. Sie hob ihn vom Gepäckträger, stellte ihn auf die schwankenden Beinchen, nahm ihn in die Arme und flüsterte ihm ins Ohr: »Jetzt kriegst du gleich eine heiße Milch und kommst in ein warmes Bett. Kannst du mir vorher noch sagen, wie du heißt?« Diesmal schüttelte er den Kopf, er verstand sie also. In diesem Moment entschied sie, den Plan umzusetzen. »Dann heißt du ab sofort Kaspar«, sagte sie. »Und ich bin deine Mutter, und die Frau, die gleich die Tür aufmacht, ist deine Großmutter. Hast du das verstanden?« Sie interpretierte seinen zittrigen Wimpernschlag als Ja und klopfte.

Es dauerte eine Ewigkeit, bis sich das Tor einen Spaltbreit öffnete und eine Öllampe ihre Gesichter erhellte. Als Kätter sie erkannte, machte sie das Tor weiter auf und musterte sie misstrauisch. In ihrem langen Nachthemd und im Schein der Lampe sah sie aus wie ein Gespenst. Besorgt warf Henny einen Blick auf den Kleinen, doch der zeigte keine Furcht, also schob sie ihn zu Kätter hin.

»Das ist dein Enkel Kaspar. Wir sind ausgebombt. Können wir hier unterschlupfen?«

Kätter reichte ihr die Lampe, beugte sich zu dem Kleinen hinunter und strich ihm über den Kopf. »Jesses, des Butzele hat Fieber, der kleine Stopfer muss sofort ins Bett«, rief sie, nahm Kaspar auf den Arm und machte Henny ein Zeichen, ihr zu folgen. Henny fiel ein Stein vom Herzen, Kätter glaubte ihr.

Dass ihre Lüge nicht viel früher aufflog, lag vor allem daran, dass Kaspar wochenlang nicht sprach und Kätter sofort einen Narren an dem Kind gefressen hatte. Auch Henny entdeckte ihr Mutterherz und war dem Kleinen zärtlich zugetan. Als sie ein paar Tage später nach Freiburg fuhr, um den Vater zu beerdigen, sah sie auch die Vermisstenlisten der Altstadt aus der Bombennacht durch. Nirgendwo konnte sie einen etwa dreijährigen Jungen finden. Folglich galt er als tot, so wie seine Mutter oder Großmutter tot sein mussten, die ihn ja ansonsten als vermisst gemeldet hätten. Sie beschrieb ihn für die Vermisstenstelle, fragte dort immer wieder nach, ob sich Angehörige gemeldet hatten. Niemand erkundigte sich nach dem Kind. Der kleine Mann hatte keinen mehr, er war ganz allein auf der Welt. Sie hatte ihn gefunden, folglich sollte sie für ihn sorgen und das wollte sie auch tun. Dass sie Kätter mit ins Boot geholt hatte, war der Not geschuldet, aber als Großmutter taugte sie wahrscheinlich mehr denn als Schwiegermutter. Sie beide waren nun Kaspars Familie. Mit neuen Papieren, die sie in Eichingen ausstellen ließ, wurde das Ganze amtlich. Nun war er de facto ihr Sohn. Als er wieder sprechen konnte, nannte er sie tatsächlich Mama, und sie ging davon aus, dass seine Erinnerungen an die Bombennacht wie bei ihr in einem schwarzen Loch verschwunden waren.

Es traf sie deshalb völlig unerwartet, als bei Kaspar durch das Häwelmann-Buch erste Erinnerungen an seine wirkliche Mutter wiederkehrten. Sie hatte bei ihrer Schwiegermutter mit der Wahrheit herausrücken müssen. Kätter schrie Zeter und Mordio, geriet in schwerste Atemnot und kündigte einen Herzanfall an. Es brauchte Zeit, bis sie sich beruhigt hatte. Dann entschieden sie beide, Kaspar weiter in dem falschen Glauben zu lassen, weil ihm die Wahrheit nichts nützen würde. Ein Tag, den man hätte fett im Kalender anstreichen müssen, Kätter und sie waren sonst nie einer Meinung! Lange Zeit war alles gut gegangen, doch nun suchte Kaspar wieder nach der Wahrheit, und dem jungen Mann konnten sie keine Märchen erzählen, und das brauchten sie auch nicht mehr. Denn die Wahrheit ließ sie im schönsten Licht erstrahlen. Kaspar würde erfahren, wie viel ihm erspart worden war. Man hätte ihn nämlich ins Heim gesteckt, er wäre vielleicht bei einem weiteren Bombenangriff umgekommen. Stattdessen hatte er ein neues Zuhause, eine neue Mutter und eine neue Großmutter geschenkt bekommen, die ihm nie etwas Böses wollten. Ewig dankbar würde er sein. Aber erst mal musste sie Kaspar finden.

Freiburg

Bei Pauls Ankunft am Freiburger Münsterplatz vibrierte die Luft vor blechernem Krach, als versuchte man, den Teufel von der Kathedrale fernzuhalten. Doch die Ursache des Lärms erwies sich als recht profan. Straßenkehrer fegten den Müll und die Überbleibsel des vormittäglichen Marktes zusammen und kippten alles in große Blecheimer, die sie scheppernd hinter sich herzogen. Paul fuhr in Schrittgeschwindigkeit an ihnen vorbei und stellte die Dauphine im Schatten des Münsters ab, nachmittags war der Platz zum Parkieren freigegeben. Er hievte sich aus dem Wagen und probierte vorsichtig ein paar Schritte auf dem holprigen Pflaster. Kaum noch Schmerzen, sehr gut. Bereits auf der Autofahrt hatte der rechte Fuß brav das Gaspedal getreten, überhaupt klappte das Fahren besser, als er zu hoffen gewagt hatte. Alles andere wäre auch übel gewesen. Er musste in den nächsten Wochen einen Wagen chauffieren können. Wie sollte er sonst die 35-mm-Kopien der Truffaut-Filme von Abspielort zu Abspielort transportieren? Die Dauphine hatte ihm ein Kamerad aus dem Militärhospital geliehen, der für die nächsten Wochen wegen eines gebrochenen Arms nicht fahren konnte. Beim Starten mache der Wagen gelegentlich Schwierigkeiten, so Ferdinand Wissant. Geduld helfe meist, so sein Rat.

Bratwurstduft kitzelte ihm die Nase, Paul entdeckte drei Wurstbuden vor dem Mittelschiff der Kathedrale. Vor der rechten sammelten sich nach und nach die Straßenkehrer. An ihre Blecheimer gelehnt, läuteten sie mit Wurst und Bier den Feierabend ein. Paul grüßte die Herren, fragte nach dem Rotteckring, sie wiesen ihm den Weg. Bevor er im Institut français vorbeischaute, war er mit Capitaine Lambert verabredet. Dem Mann, der ihm vielleicht etwas über den Vossinger sagen konnte.

Obwohl er den Stock noch brauchte, erfasste ihn ein seltenes Glücksgefühl. Er war wieder auf den Beinen, er spazierte durch eine Stadt, er bewegte sich. Die jammervollen Tage im Krankenhausbett, die Zeit des Stillstands vorbei, vorbei, und im Gegensatz zu La Cité empfingen ihn in Freiburg die Frauen freundlich: Zwei Studentinnen mit Büchertaschen unter den Armen erwiderten sein Lächeln, die Straßenbahnschaffnerin, die ihm in der Kaiser-Joseph-Straße vor die Füße sprang, schenkte ihm einen bewundernden Blick, weil es ihm trotz des Stocks gelang, ihr elegant auszuweichen. Die Dame mit dem Hündchen, die nach der Schaffnerin aus der Bahn stieg, gefiel ihm noch besser. Sie trug ein schmales beiges Kostüm mit einem ausladenden Fuchskragen, in dem das Hündchen, das sie unter dem Arm hielt, fast verschwand. Paul trat einen Schritt zur Seite und zog den Hut vor ihr. Sie setzte den Hund auf den Boden und ging an ihm vorbei, als wäre sie eine Hochwohlgeboren und er ein Domestik. Doch die Dame konnte ihm nichts vormachen, ihre Augen verrieten sie. Madame war einem Abenteuer nicht abgeneigt. Jede Wette, dass er die Gnädige in ein Hotelzimmer entführen könnte. Er liebte diese flüchtigen Schäferstündchen. Ein kurzes leidenschaftliches Jetzt, kein Gestern, kein Morgen, keine falschen Liebesschwüre, keine Namen, keine Adressen. Ihr nachblickend bedauerte er, keine Zeit dafür zu haben. Der kleine Kläffer minderte sein Bedauern. Schließlich wollte man nicht, dass einem so was plötzlich aufs Bett sprang.

Wie ihm die Straßenkehrer geraten hatten, bog er in die Rathausgasse ein. Den belebten Rathausplatz erkannte er kaum wieder. Nun gut, er war auch lange nicht mehr hier gewesen. Das abgebrannte Rathaus hatte man im alten Stil wiederaufgebaut, die Nachbargebäude ebenfalls. So wirkte der Platz, als wäre er verschont geblieben, als hätte es den verheerenden Bombenangriff nie gegeben.

Sosehr ihn in Baden-Baden die Nüchternheit von La Cité gestört hatte, im historisierten Freiburg fand er den funktionalen Neubau des französischen Offizierskasinos angenehm. Er fragte nach Capitaine Lambert, ein Kellner führte ihn zu dessen Tisch, der unter einem Fenster zum Innenhof stand.

»Duringer! Der Mann, der meine Kompanie zum Lachen brachte.«

Lambert schüttelte ihm herzlich die Hand. Für seine stämmige Figur und seine inzwischen fünfzig Jahre wirkte er immer noch drahtig und gut erhalten. Er war ein fröhlicher Mensch und einer von denen, die auch in hoffnungslosen Situationen noch stets ein Licht am Ende des Tunnels sahen.

»Das war nicht ich, sondern Charlie Chaplin«, korrigierte ihn Paul. Eine Kopie von *Der große Diktator* hatte er über die Filmstelle des amerikanischen Militärs besorgen können und den Kameraden vorgeführt.

»Wie auch immer. Nachdem Strasbourg endlich befreit war, haben Sie den Männern einen vergnüglichen Abend beschert. Lachmuskeln strapaziert und so weiter. Das Kino gehörte Ihrer Familie, wenn ich nicht irre.«

»Meine Mutter betreibt es bis heute.«

»Schön, schön. Aber Sie sind nicht hier, um über die alten Zeiten zu plaudern, sondern über Champagner.« Lambert bat ihn, Platz zu nehmen. »Wussten Sie, dass Napoleon ganze Wagenladungen von Champagner bei seinen Feldzügen mitführte? Manche glauben sogar, dass er die Schlacht bei Waterloo nur verlor, weil er nicht genug Zeit hatte, um Champagner zu organisieren, und seine Soldaten stattdessen das belgische Bier …«

»Messieurs?« Der Kellner, der die Bestellung aufnehmen wollte, unterbrach ihn.

»Sie sind selbstverständlich mein Gast. Das Essen ist ganz ordentlich hier.« Lambert orderte zwei *menus du jour* und für jeden ein Glas Veuve Cliquot. »Leider haben sie nur diesen einen Champagner. Aber wo wir schon über Champagner reden, sollten wir auch welchen trinken, *n'est-ce pas?*«

»Der Colonel hat mir erzählt, Sie stammen aus der Champagne?«

Lambert nickte. »Aus Cramant. Kleines Kaff im Département Marne, gehört zur *Côte des blancs,* ausgezeichnete Weinlagen. Meine Familie besitzt dort ein Weingut, mein Bruder führt es. Wann immer es meine Zeit erlaubt, bin ich dort. Aus vielen Erzählungen weiß ich, dass die Nazis direkt nach der Besetzung durch die Häuser marschierten und stahlen, was das Zeug hielt. Sie türmten alles auf dem Marktplatz auf, Lebensmittel, Kleidung, Wein, natürlich Champagner, verluden es auf Lastwagen, und ab damit, auf Nimmerwiedersehen. Schon in den ersten Tagen der Besatzung wurden in der Champagne mehr als zwei Millionen Flaschen Champagner gestohlen.«

»Zwei Millionen«, echote Paul ungläubig.

Lambert nickte. »Eigentlich hätte da schon jeder sehen können, dass es den Nazis nicht um Kollaboration ging. Aber viele unserer Landsleute wollten ja unbedingt lieb Kind mit dem Feind sein, zudem sympathisierten nicht wenige mit der faschistischen Ideologie. Doch den Nazis ging es nur um Kriegsbeute. Sie wollten so viel wie möglich aus Frankreich herauspressen. ›Die Franzosen strotzen so vor Lebensmitteln, dass es eine Schande ist‹, soll Göring gesagt haben. Das Geheimnis unserer Gewitztheit und Fröhlichkeit sei unser Reichtum an Nahrung, ohne ihn wären wir nicht so glücklich. Deshalb haben sie uns unseren Reichtum und unser Glück gestohlen und zudem unseren Wein und Champagner.«

Als hätte er nur auf ein Stichwort gewartet, servierte der Kellner nun den Champagner. Paul trank ihn, um Lambert eine Freude zu machen. Er hätte sich lieber einen Pastis als Aperitif bestellt.

»Ganz ehrlich«, fuhr Lambert fort. »Ich nehme es Général Leclerc immer noch übel, dass er in Berchtesgaden Bruno Fels mit seiner Gruppe losgeschickt hat und nicht mich. Damit wir uns nicht missverstehen: Ich schätze den Colonel, er ist ein ausgezeichneter Soldat, hat aber im Gegensatz zu mir von Wein keine Ahnung. Sie waren bei der Entdeckung des Weinlagers dabei, nicht wahr? Stimmt es, dass Sie den Wein mit Sanitätstragen ins Tal transportiert haben?«

Paul nickte. »Die Nazis haben ja den Aufzug zerstört, mit dem die Flaschen in die Bergstollen geschafft wurden, und die Straße zum Berg hoch war unbenutzbar. Wie also den Wein heil ins Tal transportieren? Da sind wir auf die Idee mit den Sanis gekommen. Die hatten ja reichlich Erfahrung, wie man Verletzte behutsam durch unwegsames Gelände schaukelt. Also haben wir ihre Tragen mit Weinkisten beladen und sie damit ins Tal geschickt. Muss ein Bild für die Götter gewesen sein.«

»Und manchem Tropfen ist der abenteuerliche Transport sicher nicht gut bekommen«, seufzte Lambert.

»Das war egal. Abend für Abend gab es ja große Gelage, wo auf den Sieg gebechert wurde. Doch als die Weinkenner unter uns gesehen haben, wie die Amis feine Bordeaux- und Burgundertropfen mit Zucker mischten oder mit Coca-Cola streckten, mussten sie noch mehr trinken, um ihnen nicht an die Gurgel zu gehen oder vor Kummer zu weinen.«

»*Mon Dieu*, ein Château Lafite gemischt mit Coca-Cola!«

Der Capitaine schüttelte sich und hätte sich sicher noch länger echauffiert, doch die Vorspeise, eine *Pâté en croûte*, wurde serviert. Eine elsässische Spezialität, die Paul aus Kindertagen kannte und seit Ewigkeiten nicht mehr gegessen hatte. Nirgendwo wurde die Fleischpastete so gut gemacht wie in Strasbourg. Doch kein Grund, wieder sentimental zu werden. Der Anfall in Baden-Baden musste ein Ausreißer bleiben, den vier Wochen Krankenhaus geschuldet.

»Einen Gewürztraminer aus Ribeauvillé zur Vorspeise«, orderte Lambert, dann fragte er: »Wurden wenigstens einige der edlen Tropfen gerettet?«

»Da fragen Sie den Falschen. Ich habe nur eine Flasche Vossinger-Champagner aus dem Jahr 1937 in Sicherheit gebracht.«

»Warum ausgerechnet einen Champagner? Warum keinen wirklich teuren Bordeaux wie beispielsweise einen Château Pétrus?« Lambert nickte dem Kellner zu, nachdem er den Wein probiert hatte, und der füllte daraufhin die Gläser.

»Die Flasche stand allein und versteckt in einer Nische. Ich dachte, das hätte eine Bedeutung. Ein Hinweis auf weiteres Beutegut vielleicht.«

Lambert schob sich ein Stück Pastete in den Mund und kaute lang und ausgiebig, bevor er fragte: »Hat es weitere versteckte Flaschen gegeben?«

»Ich habe keine mehr gefunden, obwohl ich danach gesucht habe. Meines Wissens auch sonst niemand. Aber wir waren mit fünfzig Mann auch gut damit beschäftigt, fünfhunderttausend Flaschen Wein aus den Stollen zu holen, da gab es viel Drunter und Drüber. Dem Colonel jedenfalls wurde nicht noch ein Fund gemeldet.«

»Erinnern Sie sich, mit welchem Stempel die Flasche versehen war?«

Paul zuckte mit den Schultern.

»Kann es ein kleiner roter auf der rechten oberen Ecke des Etiketts gewesen sein? Mit der Aufschrift z. b. G.?«

»Jetzt, wo Sie es sagen.«

»Dann gehörte die Flasche zu Görings Raubgut, denn Görings Mann in der Champagne, ein gewisser Friedrich Rohl, hat ›seine‹ Ware mit einem runden roten Stempel und der Abkürzung z. b. G., zum besonderen Gebrauch, gekennzeichnet.«

»Aber wir haben die Flasche ja nicht bei Göring gefunden.«

»Das wundert mich nicht. Hitlers Macht beruhte darauf, die anderen Nazigrößen gegeneinander auszuspielen, damit ihm keiner gefährlich werden konnte. Mit Gold, Weihrauch und Myrrhe, kleiner Scherz, mussten sie stets um seine Gunst buhlen. Die fünfhunderttausend Flaschen im Schatzkeller eines Antialkoholikers zeugen davon. Auch Göring überhäufte den Führer mit Geschenken. Nach dem, was Sie erzählen, opferte er sogar einen von seinen Lieblingschampagnern, den Vossinger. Haben Sie noch mehr Vossinger-Champagner im Weinkeller entdeckt?«

»Ich erinnere mich an mehrere Kisten der Jahrgänge 38, 39, 40, 41.«

»Dann hat Göring den 37er allein gesoffen! Verdammt guter Jahrgang, der beste des Jahrzehnts.«

»Kennen Sie das Haus Vossinger?«

»Ich war nie dort. Aber ich weiß, dass der junge Vossinger der Résistance seinen Weinkeller als Versteck zur Verfügung gestellt hat. Sagt Ihnen der Name Frou-Frou etwas? Einer der führenden Köpfe in der Region.«

»Frou-Frou? Merkwürdiger Name für einen Résistance-Kämpfer. Da denkt man doch an raschelnde Taftunterröcke, Cancan und leichte Mädchen.«

»Frou-Frou war tatsächlich eine Frau, aber sicher kein leichtes Mädchen. Ihr richtiger Name lautet Pauline Dubois. Sie stammt aus Avize, einem Nachbardorf von Cramant, ist mit drei Brüdern aufgewachsen, sie war die Wildeste von allen. Gegen Ungerechtigkeit hat sie sich schon als Kind gewehrt. Man hat sie verraten, sie geriet in die Hände der Gestapo, wurde ins Konzentrationslager Ravensbrück gebracht.«

»Hat sie überlebt?«

»Ja. Sie ist inzwischen mit einem Winzer aus Grauves verheiratet, hat drei Töchter und heißt nun Crépau. Sie sitzt als einzige Frau und als einzige Sozialistin im Gemeinderat, der Bürgermeister fürchtet sie. Verraten Sie mir, warum Sie ausgerechnet jetzt etwas über die Flasche erfahren wollen?«

»Der Colonel will mit de Gaulle auf die frische Freundschaft zwischen den Deutschen und den Franzosen anstoßen.«

»Stimmt, dafür kämpft der alte Elsässer schon sein Leben lang. Im Krieg hat er auch nie gegen die Deutschen, sondern immer gegen die Nazis gekämpft«, erinnerte sich Lambert. »Und Sie, Duringer, sind ja auch schon länger im alten Feindesland unterwegs. Ist es nicht schwer, herauszufinden, ob einer ›nur‹ ein Deutscher oder auch noch ein Nazi war?«

Paul nickte. »Man weiß nie, wem man trauen kann und wem nicht. Aber, ich frage Sie: Haben wir es in Frankreich leichter? Es gab deutlich mehr Kollaborateure als Résistance-Kämpfer, aber alle behaupten, es sei umgekehrt gewesen.«

»Nicht nur die Deutschen wollen ihre Schandtaten vergessen«, sagte Lambert. »Aber das sollte die zwei alten Herren nicht hindern, mit einem alten Schampus auf friedlichere Zeiten anzustoßen.«

»Das geht leider nicht«, gestand Paul. »Die Flasche ist verschwunden, wahrscheinlich gestohlen.«

»Jetzt wird es interessant!« Lamberts Augen funkelten, als er den Teller zur Seite schob und sich zu Paul vorbeugte: »Erzählen Sie!«

Freiburg

Kätters Besuch beunruhigte Henny mehr, als sie sich eingestehen wollte. Kaspar blieb nie einfach von zu Hause weg. Auch nach dem größten Krach kam er nachts stets in sein Bett gekrochen. Es kam Henny inzwischen kopflos, ja, regelrecht albern vor, nur dem heillosen Durcheinander ihrer Erinnerungen geschuldet, dass sie die Flasche gegen einen Henkell-Sekt getauscht hatte, um Yves zumindest eine der 37er zurückzubringen. Doch deswegen plagten sie keinerlei Gewissensbisse, die Flasche gehörte ihm ja. Genau das hätte sie Kaspar klargemacht, wenn er sich wegen der Flasche bei ihr gemeldet hätte. Was er aber merkwürdigerweise nicht getan hatte. Und nun war er verschwunden.

Warum rannte eigentlich Dobler der Flasche nach, als wäre sie der Heilige Gral? Warum fuhr er deswegen extra nach Eichingen? Dobler war es doch gewesen, der als Rohls Handlanger die Flaschen gestempelt und ihren Abtransport organisiert hatte. Hatten die zwei damals mit dem 37er Vossinger noch etwas anderes weggeschafft? Henny erinnerte sich an nichts. Wie auch, wenn da immer nur Yves' zerschlagenes Gesicht auftauchte?

Dobler würde ihr sicher keine Auskunft geben, aber wenn sie es geschickt anfing, dann würde seine Frau vielleicht etwas erzählen. »Ich muss mal kurz weg«, rief sie Zängerle zu und griff nach ihrem Mantel. »Sie halten ja die Stellung.«

»Sie können sich ganz auf mich verlassen«, versicherte Zängerle. »Nehmen Sie die Post mit? Dann geht die heute noch raus.«

Er reichte Henny ein paar Umschläge, Henny packte sie in ihre Handtasche, schlüpfte in den Mantel und trat vor die Tür. Auf dem Münsterplatz steckte sie die Post in einen Briefkasten und schob nach einem kurzen Zögern den Brief an Yves hinterher.

»Da mach ich schon einen Krach, dass alle Tauben davonfliegen, aber die Scherer Henny hört mich trotzdem nicht«, lachte der alte Ketterer Karle, als er mit seinem Blecheimer vor ihr zum Stehen kam »So schwer in Gedanken versunken, Henny?«

»So was kommt nicht nur bei Professoren vor, Karle«, erwiderte Henny. Sie kannte den alten Straßenkehrer seit ihrer Kindheit und hatte ihn tatsächlich nicht gehört.

»Pass auf, dass du vor lauter Denken nicht in einem der Bächle landest!«, neckte sie der alte Mann und setzte seinen Weg fort.

Nun hörte Henny das Scheppern seines Blecheimers, nahm auch die Sonne wahr, die ihr ins Gesicht schien, und dachte dabei an Frau Dobler, der es sichtlich peinlich gewesen war, wie ihr Mann sich im Jazzklub aufgeführt hatte. Sie hatte keinen Ton gesagt, doch die Stillen unterschätzte man leicht. An sie erinnerte man sich nie, aber sie erinnerten sich an alles. Deshalb vermutete Henny, dass Frau Dobler die Geschäfte ihres Mannes sehr gut kannte.

»Karle«, rief sie dem Straßenkehrer nach und ging ihm hinterher. »Karle, du kennst doch in der Freiburger Altstadt jeden. Auch die Doblers mit der neuen Weinhandlung am Rathausplatz?«

»Hast Angst vor der Konkurrenz? Soll ich bei denen den Dreck vor dem Laden liegen lassen und nur vor der Weinhandlung Scherer die Bächle putzen?«

»Nein, nein«, lachte sie. »So schnell kriegt keiner Henny Köpfer klein. Also, kennst du die Doblers?

»Ja, freilich.«

»Und was weißt du über sie?«

»Vom Geschäft verstehen beide was, Rathausplatz, beste Lage, kannst dir vorstellen, wie viele auf den Laden scharf waren. Die Doblers haben ihn bekommen.«

»Weißt du, wie sie das geschafft haben?«

»Die Frau Dobler hat ja über ihre Familie gute Kontakte ins Rathaus. Und dann …« Karle rieb sich mit dem Daumen über den Zeigefinger. »Mit Geld geht fast alles. Aber Genaueres weiß ich nicht.«

»Weißt du sonst noch was über sie?«

»Er ist oft geschäftlich unterwegs, und die Frau sehe ich viel ins Münster rennen, sie ist eine, die Trost braucht. Ihr einziger Sohn ist in Thüringen bei einem Jabo-Angriff ums Leben gekommen. Ist noch eingezogen worden für den Endkampf, grade mal siebzehn Jahre alt, sein Foto steht hinter der Theke. Die Frau hat nie verwunden, dass der Bub im Krieg geblieben ist.«

»Wer hat das schon? Merci, Karle!«

Wieder hörte sie das Scheppern seines Blecheimers, das vom Bimmeln der Straßenbahn abgelöst wurde, als sie die Kaiser-Joseph-Straße überquerte. Ein paar Minuten später stand Henny auf dem Rathausplatz.

»Wer schafft, braucht Kraft, braucht Buer Lecithin«, las sie auf einer Plakatwand neben der Weinhandlung Dobler, vor der ein schwarzer Mercedes parkte. Normalerweise wäre es ihr nie in den Sinn gekommen, eine Flasche Buer Lecithin zu kaufen, aber hätte sie nun ein Becherchen des Vitamin-Zaubertranks parat gehabt, sie hätte das Zeugs geschluckt. Sie betrat die Telefonzelle vor dem Franziskanerkloster, von der aus sie die Weinhandlung im Blick hatte, und suchte im Telefonbuch deren Nummer heraus. Sie griff nach dem Hörer, steckte zwanzig Pfennig in den Münzschlitz und wählte die Nummer.

»Weinhandlung Dobler«, meldete sich eine Frauenstimme.

In diesem Augenblick sah Henny Dobler aus der Tür kommen, in den Mercedes steigen und davonfahren. Sie legte den Hörer auf. Sie brauchte Dobler nicht aus seiner Weinhandlung zu locken, der Vogel flog ohne ihr Zutun aus.

Wenig später betrat Henny den Laden. War ihre eigene Weinhandlung hell und licht, so war diese eher schummrig und rustikal. Auf dem Boden stapelten sich kistenweise Sonderangebote aus der Pfalz, rechts vom Tresen stand ein kleines Fass, an das sich ein hölzerner Zecher lehnte, hinter den Regalen hingen in Öl gemalte Bilder von Rebsorten, darunter lagen die entsprechenden Weine. Henny erinnerte sich, dass Dobler gesagt hatte, dass seine Frau malte. Gerade stellte diese ein ebenfalls handgemaltes Sonderangebotsschild für 1961er Dürkheimer Riesling auf eine der Weinkisten. Als sie

Henny bemerkte, ließ sie das Schild stehen und kam auf sie zu. Sosehr Dobler seinen Wohlstand mit maßgeschneiderten Anzügen und dem teuren Wagen zur Schau stellte, seine Frau tat nichts dergleichen. Sie trug wieder Schwarz, ein schlichtes Kleid, und neben dem kleinen Kommunionskreuz am Hals und ihrem Ehering keinerlei Schmuck. Das Schwarz verlieh ihr eine protestantische Strenge. Ihr Blick zeigte, dass sie auf der Hut, um nicht zu sagen, misstrauisch war.

»Mein Mann ist nicht da.«

»Oh, das macht nichts.« Henny zauberte ein Lächeln aufs Gesicht und trat einen Schritt auf sie zu. »Es geht um den Champagner, auf den Ihr Mann mich im Jazzklub angesprochen hat. Meine Schwiegermutter erzählt mir jetzt, Ihr Mann ist an mehr 37er Vossinger interessiert?«

»Ah, der Champagner!« Frau Dobler ließ Henny stehen und ging zu den Weinkisten zurück. »Mein Mann sammelt ihn seit ein paar Jahren. Immer wenn irgendwo eine Flasche auftaucht, greift er zu.«

»Ich wusste gar nicht, dass noch welche im Umlauf sind.« Henny folgte ihr.

»Oh, viele sind es auch nicht. Die meisten sind natürlich getrunken oder wurden im Krieg zerstört.«

»Ehrlich gesagt, verwirrt mich das, Frau Dobler. Ihr Mann kommt aus der Weinbranche, der weiß so gut wie ich, dass ein fünfzehn Jahre alter Champagner wahrscheinlich nicht mehr trinkbar ist.«

»Die Flaschen sind für einen alten Kameraden, müssen Sie wissen.« Sie griff noch mal nach dem Sonderangebotsschild, zog den Knick nach und stellte es wieder auf. »Für einen, dem sich mein Mann sehr verpflichtet fühlt.«

»Ja, natürlich, diese alten Kriegskameradschaften bedeuten den Männern viel, auch wenn wir Frauen das oft nicht verstehen können«, fuhr Henny im Plauderton fort. »Falls mir mal eine solche Flasche angeboten wird: An wen soll ich sie schicken? Wie ist der Name des Champagnerfreundes?«

»Bringen Sie ihn einfach hier vorbei, mein Mann kümmert sich dann um alles.« Sie ließ die Flaschen in Ruhe und kehrte zum Tresen zurück, auf dem die heutige Post lag. Sie begann, die Briefe durchzusehen. Eine deutliche Aufforderung, endlich zu gehen.

»Ich würde schon gerne wissen, für wen der Champagner ist«, insistierte Henny.

»Also, ich weiß nicht, ob es meinem Mann recht wäre«, erwiderte sie und hielt bei der Durchsicht inne. »Der Herr ist inzwischen sehr einflussreich, Politik und so weiter, höchste Kreise. Diskretion, das wissen Sie selbst, ist in unserer Branche das A und O.«

»Frau Dobler …«

»Nein, ich kann Ihnen den Namen nicht nennen. Das will mein Mann sicher nicht.«

»Die Welt sähe doch sehr viel schlechter aus, wenn wir Frauen immer täten, was die Männer wollen, oder?«

Jede Frau, die Henny kannte, hätte ihr in diesem Punkt zugestimmt, nicht so Frau Dobler. Wenn ihre Ehe die Hölle war, dann wollte sie wohl noch länger darin schmoren. Aber Ehen, was verstand sie schon von Ehen? Sie blieben für sie ein Mysterium.

»Reden Sie mit meinem Mann. Er ist in ein paar Stunden zurück.« Frau Dobler legte die Post wieder auf den Tresen und griff zum Telefon, das dort stand. »Konrad, jetzt aber mal dalli, dalli. Ich hab dir schon vor einer halben Stunde gesagt, du sollst die Liebfrauenmilch neben dem Dürkheimer aufbauen.«

Die Türglocke ertönte, und eine Frau mit einem kleinen Jungen an der Hand trat ein. Sie ging auf den Tresen zu, zögerte aber, als sie Henny dort stehen sah.

»Die Dame ist fertig, kommen Sie nur«, forderte Frau Dobler sie auf.

Die Frau trat vor, sie wollte einen Roten als Geschenk für einen achtzigsten Geburtstag. Frau Dobler empfahl einen

Dornfelder von der Mosel, Henny hätte natürlich zu einem französischen Burgunder geraten. Nachdem die Frau bezahlt hatte, winkte Frau Dobler den kleinen Jungen zu sich hinter den Tresen.

»Schau mal, was ich hier habe«, sagte sie und zauberte einen Lutscher aus einer Schublade hervor.

Der Junge nahm das Zuckerzeug und bedankte sich artig mit einem Diener. Frau Dobler strich ihm zart übers Haar. Mit wehmütigem Lächeln sah sie dem Kind nach, als es mit seiner Mutter den Laden verließ.

Henny, die Mutter und Sohn ebenfalls nachgesehen hatte, trat auf Frau Dobler zu. »So ein netter Junge und so höflich«, sagte sie. »Wie gut für den Kleinen, dass er in Friedenszeiten aufwachsen darf! Es gibt so viele Männer und Söhne, die nicht aus dem Krieg zurückgekehrt sind. Mein Mann ist früh gefallen, schon 1941, wissen Sie. Ich weiß, das Leid der Ehefrauen war furchtbar, aber sicher nichts gegen das Leid der Mütter. Wenn ich mir vorstelle, mein Kaspar … Er hat seinen Vater nie kennengelernt.«

Sie sah, wie Frau Doblers Blick zum Bild des toten Sohnes hinter dem Tresen glitt.

»Nach dem Besuch Ihres Mannes bei meiner Schwiegermutter in Eichingen ist mein Sohn verschwunden«, sagte sie leise. »Seit zwei Nächten ist er nicht nach Hause gekommen, keiner weiß, wo er steckt. Ich mache mir große Sorgen. Ich weiß nicht, ob Ihr Mann, ob der Champagner, aber ich fürchte, dass Kaspars Verschwinden damit zusammenhängt. Sie wissen, wie sehr sich eine Mutter sorgen kann. Finden Sie nicht, Frau Dobler, dass ich ein Recht habe, zu erfahren, wo mein Sohn steckt?«

»Ich kann Ihnen nicht helfen, Frau Köpfer.« Sie griff wieder nach der Post. Sie sortierte die Umschläge der Größe nach, legte sie zur Seite, als Schritte und das Klirren von Glas zu hören waren und ein junger Mann in grauem Kittel mit zwei Kisten Wein auftauchte. Sie ging ihm entgegen. »Na endlich,

Konrad! Los, pack die Kisten neben den Dürkheimer. Wenn du fertig bist, mach hinten im Lager weiter.«

Der junge Mann stellte die Kisten ab, schob sie auf Befehl seiner Chefin hin und her, ging von dannen, als sie endlich zufrieden war. Frau Dober kehrte mit energischem Schritt hinter den Tresen zurück.

Henny war stehen geblieben. Sie konnte nicht gehen, ohne etwas erfahren zu haben. Nachdem ihr Appell als Mutter nichts genutzt hatte, spielte sie ihre letzte Trumpfkarte aus: »Sagen Sie Ihrem Mann, ich habe die Flasche. Aber er kriegt sie nur, wenn ich erfahre, für wen sie ist.«

Frau Dobler schaute auf. Für einen Moment hätte man eine Stecknadel fallen hören können, dann sagte sie: »Der Mann heißt Rohl, Friedrich Rohl. Und nun gehen Sie endlich.«

Henny fühlte sich, als hätte man ihr einen Splitter unter den Fingernagel gerammt. Friedrich Rohl. Sie schwankte leicht, als sie den Laden verließ, und stolperte über den Rathausplatz, ohne sich umzusehen. Herr im Himmel, Friedrich Rohl!

Freiburg

»Kennen Sie Freiburg?«, erkundigte sich Gertrude Bär.

Paul machte eine unbestimmte Bewegung. Der Direktor des Institut français hatte ihm die junge Frau zur Seite gestellt, um ihm das Kino zu zeigen, in dem am Abend die Truffaut-Reihe startete.

»Freiburg hat einfach alles: Kultur und Natur, geistige Nahrung und gutes Essen, sogar eigener Wein wird in der Stadt angebaut«, plauderte sie munter auf dem Weg zum Parkplatz.

Sie trug einen grauen Staubmantel und darunter Schwarz. Schmaler Rock, Rollkragenpulli, vielleicht eine Hommage an Juliette Gréco und die Existenzialisten, vielleicht aber auch nur, um die etwas breiten Hüften zu kaschieren. Ihr nussbraunes Haar bauschte sich hinten zu einem Nest auf, vorne klebte ein frecher Pony auf der Stirn. Audrey Hepburn ließ grüßen. In der Anfangsszene des Films *Frühstück bei Tiffany*, als sie an ihrem Morgenkaffee nippte, hatte sie so eine Frisur.

Erst vor einem Jahr habe sie ihr Französischstudium beendet, erzählte Gertrude Bär, und sie sei unglaublich stolz, nun schon beim Institut zu arbeiten. Die Nouvelle Vague begeistere sie maßlos, und sie sei wahnsinnig gespannt, was er am Abend über Truffaut erzählen werde.

»*Mademoiselle.*« Sie waren am Parkplatz angelangt. Er hielt ihr die Beifahrertür auf, umrundete die Dauphine, warf den Stock auf den Rücksitz und startete dann den Wagen. »Wohin geht die Reise?«

»Richtung Hauptbahnhof, und von dort aus weiter nach Zähringen«, erklärte sie. »Wissen Sie, woran Truffaut grade arbeitet?«

»Ich glaube, er schreibt ein Buch über Alfred Hitchcock.«

»Das kann nicht sein!« Sie schlug die Hände zusammen und drehte sich so abrupt zu ihm um, dass er vor Schreck für einen Moment das Steuer losließ. »Ein Mann, der Filme macht, die so persönlich wie ein Tagebuch sind, schreibt ein Buch über einen Hollywood-Regisseur?«

»Na ja, so ungewöhnlich ist das nicht. Truffaut ist vom amerikanischen Kino begeistert. Hitchcock ist sein großes Vorbild, er ist für ihn ein *auteur*, seine Filme haben eine unverwechselbare Handschrift«, antwortete Paul eher höflich als interessiert, denn in Gedanken weilte er noch bei dem Gespräch, das er mit Capitaine Lambert geführt hatte.

Vossinger, erzählte Lambert, habe wie viele *domaines* seinen besten Champagner vor den Nazis versteckt – und das sei natürlich der 37er gewesen, exzellenter Jahrgang, ein Jahrhundertwein. Man müsse sich die *crayères*, die Kalkkeller der Champagne als riesiges Labyrinth vorstellen, teilweise mit anderen Kellern verbunden, ideal, nicht nur zum Verstecken von Wein, sondern auch von Menschen. »Was 1943 bei Vossinger geschah, würden unsere englischen Freunde als *worst case* bezeichnen«, so Lambert. »Görings Weinführer Rohl hatte erfahren, dass Vossinger noch 37er Champagner hatte. Er ließ die Keller danach durchsuchen und entdeckte nicht nur den 37er, sondern auch Frou-Frous Résistance-Gruppe. Er rief die Gestapo, die die Gruppe festnahm. Den 37er ließ Rohl ganz schnell zu Göring nach Deutschland bringen.« Warum die Flasche allein stand, darüber konnte Lambert nur spekulieren. War sie ein Hinweis auf weiteres Raubgut oder transportierte sie geheime Botschaften der Résistance, die inzwischen aber längst wertlos sein mussten? Beides hielt Lambert für möglich. Aber das alles half Paul nicht weiter. Was für ihn die Sache noch komplizierter machte, war Folgendes: Kaspar wusste absolut nichts über die Flasche. Er wusste nur, dass Paul sie aus dem Krieg mitgebracht und versteckt hatte. Warum also hatte man sie ihm geklaut?

»Links, jetzt müssen Sie links abbiegen«, wies ihn Gertrude Bär an.

Sie sprach immer noch über Truffaut, Paul hatte irgendwo den Faden verloren.

»Er hat ja 1960 Sartres *Manifest der 121* unterzeichnet«, so Gertrude Bär. »Und damit zum Algerienkonflikt eindeutig Stellung bezogen. Eine klare Absage an den französischen Kolonialismus, eine klare Unterstützung des algerischen Volkes bei seinem Streben nach Unabhängigkeit … Wissen Sie, ob Truffaut auch von Repressalien betroffen war? Einige Unterzeichner haben deswegen ja ihre Stellung verloren …«

Er schüttelte den Kopf.

»Wussten Sie, dass deutsche Intellektuelle in einem offenen Brief an Kultusminister André Malraux gefordert haben, dass ihre französischen Kollegen ungestraft ihre Meinung …?«

»Es ist gut, dass der Algerienkonflikt nun befriedet ist«, unterbrach er sie. Sein Urteil über die junge Frau: ein bisschen übereifrig, ein bisschen vorlaut. Doch so jung, wie sie war, hatte das durchaus Charme.

»Wir sind da«, meldete sie wenig später und deutete auf ein

Eckhaus, an dessen Seiten in großen Goldbuchstaben Kandelhof-Lichtspiele geschrieben stand. »Es ist nicht das größte und nicht das zentralste Kino Freiburgs, aber wissen Sie, diese Häuser sind nur an Kommerz und nicht an künstlerisch wertvollen Filmen in Originalsprache interessiert, wie die Gilde-Kinos.«

Im Foyer trafen sie den Kinobesitzer, im Nachmittagsprogramm lief ein Kinderfilm. *Der vertauschte Prinz*, ein braves Märchen, wie Paul der Beschreibung entnahm. Paul schwärmte von *La guerre des boutons*, der gerade sehr erfolgreich in Frankreich angelaufen war. Die anderen hatten bereits Rezensionen des Films gelesen. Zu dritt fragten sie sich, wann der Film wohl seinen Weg in die deutschen Kinos fände. Vermutlich hinge es davon ab, wie die deutsche Zensur die Szene bewerten würden, in der die Jungs im *Krieg der Knöpfe*, so der deutsche Filmtitel, nackt durch den Wald sausten, so der Kinobesitzer. Freiwillige Selbstkontrolle ab 16? Ab 18? So prüde, wie die Deutschen seien, schloss Gertrude Bär auch eine Bewertung »Nur für Erwachsene« nicht aus.

»Der erste Film, den ich hier gesehen habe, war *Wilde Erdbeeren* von Ingmar Bergman«, erzählte sie.

»Der Schrecken der eigenen Familie, dem man nicht entrinnen kann. Toller Film«, stimmte Paul zu und machte sich dann an die Arbeit. Er fragte den Besitzer, ob die Truffaut-Kopien schon im Kino waren.

»*Jules und Jim* ist bereits auf große Spulen gezogen«, berichtete der. »*Sie küssten und sie schlugen ihn* macht der Vorführer fertig, wenn der Kinderfilm durch ist.«

»Ist es derselbe, der auch heute Abend vorführt?«, fragte Paul. »Kann ich kurz mit ihm reden?«

Er stieg die Treppe zur Vorführkabine hoch, klopfte. Der Vorführer, einen Wurstweck in der Hand, öffnete ihm die Tür. Paul betrat den engen, stickigen Raum, in dem der Projektor ratterte, und fühlte sich zu Hause. Solange der Film lief, die Bilder nicht wackelten und der Ton in Ordnung war, hatte auch er in der Vorführkabine gegessen, getrunken, geträumt, gelesen, nachgedacht. In Strasbourg war das winzige Kabuff seine feste Burg, sein Rückzugsort gewesen, wo ihn ganz selten einer störte.

Paul besah sich den Projektor, einen Bauer B8, was anderes hatte er im Süden Deutschlands nicht erwartet, die Firma Bauer saß in Stuttgart. Er fachsimpelte ein wenig mit dem Filmvorführer, einem Studenten der Philosophie, der sich hier ein Zubrot verdiente, und kehrte dann ins Foyer zurück.

Die Nachmittagsvorstellung war zu Ende, Kinder drängelten und schubsten sich. Als sie endlich draußen waren, besah er sich den Saal, der nach verlassenem Klassenzimmer roch, fragte nach einem Mikrofon, war zufrieden mit dem, was der Kinobesitzer ihm zeigte.

»Alles klar, wir können gehen«, erklärte er. Gertrude hatte im Foyer auf ihn gewartet. »Soll ich Sie wieder mit in die Stadt nehmen?«

Sie lehnte freundlich ab. Er bedauerte, dass sie noch in der Gegend zu tun hatte. Sie gefiel ihm. Er hätte sie gerne auf einen Kaffee eingeladen, mit ihr weiter über Filme geplaudert. Vielleicht wäre mehr daraus geworden …

Freiburg

Henny hatte Friedrich Rohl nach der Katastrophe 1943 noch einmal wiedergesehen. Im Herbst 1944, ein paar Wochen vor dem großen Bombenangriff. Wie bei seinem ersten Auftritt stand er plötzlich im Laden. Als Henny ihn erkannte, traf sie fast der Schlag. Dass der sich hierher traut, war das Erste, was sie dachte. »Henny! Immer noch die schönste Weinhändlerin Freiburgs, was sage ich, die schönste im Gau Baden-Elsass«, schwadronierte er munter drauflos. »Wie geht's, wie steht's? Was machen die Geschäfte?« Ob sie Angst vor ihm oder eher eine Wut auf den Mann hatte, der ihr Leben zerstört hatte?

Sie wusste es nicht, weil alles in ihr auf Alarm geschaltet hatte: Bloß keinen Fehler machen, bloß keine Angriffsfläche bieten, bloß auf der Hut sein. Sie antwortete ausweichend, erkundigte sich, was ihn nach Freiburg führte, vermied, so gut es ging, eine persönliche Anrede, weil sie ihn auf keinen Fall weiter duzen wollte. »Oh, ich frage mich, ob der gute Lepold Scherer bereit ist, ein paar seiner alten Burgunder und Bordeaux aus der Schatzkammer zu holen«, machte Rohl munter weiter. »Meines Wissens ist er noch im Besitz von ein paar Flaschen Château Lafite, Görings Lieblingsrotwein. Ich würde in Naturalien bezahlen.«

Er nahm einen Rucksack ab und öffnete ihn. Henny hatte den Schinken schon zuvor gerochen, aber nun füllte der nussig-rauchige Duft eines *Jambon de Bayonne* den ganzen Laden. Sofort grummelte ihr Magen gierig, und ihr lief das Wasser im Mund zusammen. Zu der Zeit war Schmalhans schon lange Küchenmeister, die Lebensmittelmarken bescherten nur magere Kost, nie wurde man richtig satt, und Henny hatte schon manch guten Tropfen aus dem Weinkeller des Vaters getauscht, damit im Hause Scherer gelegentlich ein Stück Fleisch auf den Teller kam. Aber so ein ganzer Schinken, mehr als ein Kilo Fleisch, wunderbar gewürzt, so etwas hatte sie ewig nicht zu Gesicht, geschweige denn auf den Teller bekommen. Dazu ein paar Kartoffeln oder ein Stück Brot, ein Festmahl, Weihnachten und Ostern an einem Tag, halleluja! Während sie gedanklich bereits in den Schinken biss, fiel ihr Blick auf Rohls Gesicht. Sie sah sein verführerisches Lächeln, spürte die Selbstherrlichkeit, mit der er davon ausging, dass sie seinem Wunsch nachkommen würde, und schämte sich. Ein Schinken! So leicht ließ sie sich rumkriegen. Sie schluckte trocken.

»Château Lafite ist aus, wie alle edlen Tropfen«, behauptete sie. »In schwierigen Zeiten muss man sich von seinen Schätzen trennen.« Er hätte sie zwingen können, mit ihm in den Keller zu gehen, dort hätte er gesehen, dass sie log, aber seltsamerweise tat er es nicht. Stattdessen sagte er in einem spöttisch verwunderten Ton: »So reserviert kenn ich dich ja gar nicht. Ist da eine etwa immer noch böse wegen der Geschichte in Épernay?« Sie wollte ihm seine verlogene Freundlichkeit aus dem Gesicht schlagen, seinen Wortbruch herausbrüllen, aber sie schwieg, und Rohl wusch sich die Hände in Unschuld: »Nachdem meine Leute die Résistance-Gruppe entdeckt haben, musste ich die Gestapo informieren, ich hatte gar keine Wahl. Glaubst du etwa, ich habe das gern getan? Die Methoden der Gestapo sind widerlich, *dégoûtant*, wie unsere französischen Freunde sagen. Apropos, französische Freunde, natürlich habe ich Yves Vossinger aus den Klauen der Gestapo befreit. Ich brauchte ihn ja, damit er weiter Görings Champagner produziert, kriegswichtiges Material und so weiter, aber glaubst du, er hat es mir gedankt? Ist bald danach abgetaucht, Kampf für ein freies Frankreich, dieser Unsinn der Résistance, tja, bei einem Bombenanschlag in der Nähe von Saint-Quentin hat es ihn erwischt. Könnt noch leben, der sture Hund, wenn er weiter Champagner für mich gemacht hätte.«

Henny traute ihren Ohren kaum. Nachdem sie gesehen hatte, in was für einem Zustand Yves abgeführt wurde, war sie davon ausgegangen, dass er in einem Gestapokeller gestorben war. Nun sollte er überlebt haben? Und danach doch umgekommen sein? Ihr war schwindelig. Ob Rohl ihr die Wahrheit sagte, wusste sie nicht, aber sie war nur zu gerne bereit, seine Version zu glauben, mit Freuden nahm sie die Absolution an, die er ihr erteilte. Dass Yves nicht durch ihren Verrat umgekommen war, erleichterte sie ungemein, aber das änderte nichts daran, dass Rohl sie zu diesem Verrat gezwungen hatte. Sie blieb ihm gegenüber stumm und abweisend. »Schade, Henny, dass du mir nichts bieten kannst. Dann kriegt halt die Konkurrenz den Zuschlag, Dobler wird sich freuen«, tönte er und verschloss den Rucksack. Er verschwand so schnell und geräuschlos, wie er gekommen war. Zurück ließ er den Geruch des Schinkens und eine Henny, der aufgrund der eigenen Courage die Flatter ging. Was, wenn er mit der Gestapo zurückkehrte?

»Telefon, Chefin.« Zängerle holte sie in die Gegenwart zurück.

Der junge Hasenkamp war am Apparat. »Heute Abend spielt ein Trio aus Kurt Edelhagens Bigband, die drei waren letztes Jahr schon mal da.«

Henny erinnerte sich an einen sehr vergnüglichen Abend.

»Die Herren würden sich freuen, wieder mit Ihnen *My Funny Valentine* zu spielen. Nicht am Anfang, sondern nach der Pause, wenn es Ihnen recht ist. So gegen 22 Uhr?«

Sie sagte zu und kehrte in Gedanken zu Rohl zurück. Nach dem Krieg hörte sie gelegentlich von ihm, weil er in der Weinbranche geblieben war, Typen wie Rohl fielen immer auf die Füße, aber er tauchte nie mehr bei ihr im Laden auf. Hatte wahrscheinlich alles vergessen, so wie die meisten alles vergessen hatten. Sie nahm sich da nicht aus. Und nun erzählte ihr Frau Dobler, dass es Rohl war, für den ihr Mann alle 37er Vossinger auftreiben sollte. Warum?

Freiburg

Im Foyer des Kinos drängten sich die Besucher, viele Gespräche drehten sich um den Film. So soll's sein, dachte Paul und entdeckte Gertrude Bär in einem Kreis junger Leute. Überhaupt waren sehr viele Studenten hier, was ihn freute. Er nickte Gertrude zu, sie winkte ihn zu sich. Auf dem Weg bedrängte ihn eine Bohnenstange im Leopardencape mit ihrer Meinung zu *Jules und Jim*:

»Zwei Männer und eine Frau, ich bitte Sie! Da muss man von einer *amour fou* sprechen. So etwas können wirklich nur die Franzosen zeigen, wir Deutschen sind dafür zu schwermütig und schwerfällig, wir landen immer bei *Tristan und Isolde*, beim tragischen Liebestod. Doch sogar der Tod kommt im französischen Film leichter daher. Finden Sie das nicht frivol?«

Während er unbestimmt nickte und weitergehen wollte, hielt sie ihn mit ihrem Blick fest, und plötzlich fand er sich von einer ganzen Riege gestandener Mittfünfzigerinnen belagert, alle kulturbeflissen, Damen, die auf keiner Veranstaltung fehlten, einem mit ihrer Fragerei gehörig auf den Wecker gehen konnten und ihn gelegentlich an seiner Arbeit verzweifeln ließen. Warum mache ich das, fragte er sich dann. Weil ich im Kino aufgewachsen bin? Weil ich Filme lesen und entschlüsseln kann wie andere Bücher? Weil mir nichts Besseres eingefallen ist? Weil ich durch Filme so herrlich der Realität entfliehen kann? Doch so ganz gelang ihm das nie, denn in guten Filmen schwangen grundsätzliche Fragen des Lebens immer mit: Geht es, wie die Amerikaner glauben, um die Suche nach Glück oder, wie die Existenzialisten behaupten, um Freiheit? Einmal glaubte Paul, sein Glück gefunden zu haben, und landete danach in der Hölle. Seither setzte er auf die Freiheit. Nur das gelebte Leben zählte. Später kam bloß der Tod.

Er gefiel sich in der Rolle des einsamen Wolfs, er vermied Bindungen aller Art. Immer unterwegs, im Kopf und mit den Beinen, so lautete sein Credo. Dafür war das Filmgeschäft gut, die Reisen, das Pendeln zwischen zwei Ländern, die lockeren Kontakte. Als lästig empfand er Empfänge nur, wenn man ihn wie gerade in Plaudereien über Nichtigkeiten, eitle, intellektuelle Höhenflüge oder verschwurbeltes Gerede hineinzog. Das hielt er nur aus, wenn eine schöne, kluge Frau unter den Gästen war. Wo, verdammt, steckte nur Gertrude Bär?

»Was halten Sie davon, den Abend im hiesigen Jazzklub ausklingen zu lassen?«, schlug Jean Lefevre, der Direktor des Institut français, vor. »Es ist ein Trio aus der Kurt-Edelhagen-Bigband zu Gast. *Best Band Under European Command* nennen die Amerikaner sein Orchester. Wenn das kein Ritterschlag für deutsche Jazzer ist. Kommen Sie mit?«

Paul folgte ihm willig, er wurde in einen Wagen bugsiert,

hinter ihm platzierte sich Madame Lefevre, die sofort begann, übers Essen zu reden.

»Artischocken? Die Deutschen haben keine Ahnung, wie man die isst. Und stellen Sie sich vor: Die Deutschen lieben Dosengemüse. Erbsen und Möhren, Paprika, Champignon, alles in Dosen. Und wenn sie es nicht in Dosen kaufen, dann zerkochen sie das Gemüse, bis …«

»Glaubst du wirklich, dass Monsieur Duringer das interessiert?« Lefevre steuerte den Wagen im Schneckentempo durch Freiburg.

»Du glaubst immer zu wissen, was andere Männer interessiert. Aber vielleicht ist Monsieur Duringer …«

Paul ließ die zwei streiten und blickte hinaus auf das nächtliche Freiburg, durch das der Wagen glitt. Er schaute in erleuchtete Fenster, in warmes goldenes Licht, das Heimeligkeit versprach. Trautes Heim, Glück allein, so sagten die Deutschen. Ein Versprechen, das sich nur selten erfüllte. Vor dem Bahnhof entdeckte er einen Erster-Weltkrieg-Veteran, der in verblichener Uniform Rosen an all die Männer verkaufte, auf die daheim eine Xanthippe wartete. »Drachenfutter« nannte man diese Rosen, hatte er mal gehört.

Der Wagen holperte nun durch die kopfsteingepflasterte Altstadt und hielt in einer Straße, die Paul nicht kannte. Hier waren die Spuren des Krieges noch sichtbar. Baulücken, Ruinen, graue Fassaden. Aus einem der Keller drang auf- und abschwellendes Gemurmel und manchmal ein lautes Lachen. Dorthin führten ihn die Lefevres. Erfreut registrierte er, dass dort bereits Gertrude Bär mit weiteren Mitarbeitern und Freunden des Instituts wartete. Lefevre setzte sich an die Spitze des kleinen Trosses, bezahlte bei einem rotwangigen jungen Mann die Eintrittskarten und führte sie hinein in ein lärmendes, fröhliches Knäuel hauptsächlich junger Leute, vorbei an einer kleinen Bühne, auf der schon ein Klavier und ein Kontrabass warteten, hin zu einem Tisch in bester Lage, der für sie reserviert war. Paul nahm neben Gertrude Platz.

Der Tisch wackelte, manche Stühle auch, man behalf sich mit Bierdeckeln. Alles wirkte improvisiert, die Theke aus grobem Holz, die nackten Glühlampen an der Decke, die teils unverputzten Wände, wo sich an vielen Stellen der Klinker zeigte. An riesigen Zimmermannsnägeln hing eine wilde Sammlung von Instrumentenbildern, gemalt im Stil von Picasso, seiner kubistischen Phase.

Ein Saxofon komplettierte als drittes Instrument das Trio. Es eröffnete den Abend mit einem langen, melancholischen Solo, das gut zu Pauls Grundstimmung an diesem Tag passte. Melancholie, so hatte er mal gelesen, sei ein Zeichen dafür, dass man irgendwann irgendwo im Leben etwas verpasst hatte. Wer hatte das nicht? Das Saxofon trieb ihn sanft in Gedankenströme, die nicht zum Festhalten waren und in denen er sich gerne verlor. Nur weil um ihn herum plötzlich alle klatschten, merkte er, dass der erste Teil des Konzerts bereits vorbei war. »Schöner Abend«, sagte er nirgendwohin und fiel in das Klatschen ein.

Nach der Pause kündigte der Klavierspieler eine Madame Funny Valentine an, und Paul stockte der Atem, als er sah, wer da die Bühne betrat: Henny Köpfer. Als er sie zum ersten Mal gesehen hatte, schlackerte ein verwaschenes Baumwollkleid um ihren mageren Körper, nun trug sie ein kleines Schwarzes mit einer schlichten Perlenkette und strahlte die Eleganz einer Dame von Welt aus. Um die Hüften hatte sie zugelegt, das stand ihr gut. Was für ein großes, prächtiges Weib! Die Frau, die mal sein Himmel und dann seine Hölle war.

Freiburg

An diesem Abend gelangen Henny die schwierigen Stellen mühelos: der Sprung in die Höhe bei *»smile«*, die winzige Pause danach, das rostige Timbre bei *»heart«*. Sie wusste, wann sie gut war, und an diesem Abend sang sie wie eine Göttin.

Die Musiker waren begeistert, der Beifall gab ihr recht, und nach dem Konzert kam Dr. Kühnle an ihren Tisch, um sie in den höchsten Tönen zu loben. Trost und Balsam am Ende eines schwierigen Tages.

Sie hatte Jean Lefevre bereits gesehen, der mit großer Entourage an einem Tisch rechts der Bühne saß. Er schaute gern mit Gästen des Institut français im Jazzklub vorbei und war zudem ein guter Kunde der Weinhandlung Scherer. Natürlich ging sie an seinen Tisch, als er sie zu sich winkte. Noch ein bisschen Lob und Beifall einheimsen, noch ein bisschen Champagner trinken, noch ein bisschen so tun, als wäre das Leben leicht, und dann ab nach Hause.

Er stand auf und küsste ihr die Hand. »Wirklich schade, dass Sie nicht öfter auftreten, oder was meinen Sie, Monsieur Duringer?«

Der Name fuhr ihr in die Glieder. Die Frage ging an einen Mann, der, von ihr bisher unbemerkt, auf der anderen Seite des Tisches im Halbschatten saß. Langsam wandte sie den Kopf. Er war es.

»Grüß dich, Paul«, flüsterte sie.

»Henny.«

Der kratzige Grundton seiner Stimme unverändert, das borstige Haar noch ein bisschen grauer als damals. In dem dunklen Anzug wirkte er fremd, wie eingesperrt, aber auch darin strahlte sein gedrungener Körper eine enorme Kraft aus. »Mein Jean Gabin«, hatte sie ihn gern genannt, nachdem Paul ihr ein Bild des berühmten Schauspielers gezeigt und ihr dessen Geschichte erzählt hatte. Der stämmige, wortkarge Franzose liebte ebenfalls eine große, langbeinige Deutsche: Marlene Dietrich.

»Sie kennen sich?«, fragte Madame Lefevre interessiert.

»Kennen?« Paul lachte frostig. »Nein, wirklich nicht.«

»Das ist lange her«, murmelte sie.

Alle Blicke waren auf Henny gerichtet. Sosehr sie dies vorhin beim Singen genossen hatte, nun war es ihr unangenehm.

Sie spürte Pauls witternde Vorsicht, seinen Schutzschild, seine zurückgehaltene Wut. Eine Büchse der Pandora, die sie nicht öffnen würde.

»Was führt dich nach Freiburg?«, fragte sie in der Hoffnung, etwas Harmloses zu sagen.

»Die Arbeit, was sonst?«

»Was sonst?«, echote sie.

»Monsieur Duringer startet von hier aus zu einer bundesweiten Tournee mit drei Truffaut-Filmen«, sprang ihr Monsieur Lefevre bei. »Wir haben heute mit *Jules und Jim* den Anfang gemacht.«

Sie kannte den Film nicht, sie ging schon seit Jahren nicht mehr ins Kino.

»Eine unglückliche Liebesgeschichte«, warf Paul in den Ring. Sein Blick kalt wie ein Gletschersee.

»Sind das nicht die besten? Wer will schon glückliche Liebesgeschichten sehen?«

»In *Jules und Jim* endet sie mit dem Tod.«

»Das ist Kino, das Leben ist viel banaler.«

»Es ist grausamer.«

Sie zwang sich, den Blick von ihm abzuwenden. »Wenn Sie mich jetzt bitte entschuldigen«, sagte sie in Richtung Monsieur Lefevre. »Es ist spät, und ich bin schon zu lange auf den Beinen.«

Wieder ein Handkuss, dann war sie entlassen. Sie schaute kurz zurück und sah, dass Pauls Arm nun um die Schulter der jungen Frau neben ihm gelegt war. Sie wandte den Blick rasch ab und beeilte sich, zur Garderobe zu gelangen. Draußen winkte sie schnell ein Taxi herbei. Auf gar keinen Fall würde sie nun nach Hause gehen.

»Gibt es nichts mehr zu trinken?«, fragte Paul nach Hennys Weggang und nahm den Arm von Gertrudes Schultern. Lefevre beeilte sich, weitere Getränke zu ordern. »Wir haben noch gar nicht über Politik geredet«, machte Paul weiter. »Was sagen Sie als Kenner der Materie? Wird der Vertrag unterzeichnet, den de Gaulle und Adenauer mit ihren Reisen vorbereitet haben?«

Lefevre griff das Thema dankbar auf. »Ich sehe zwei große Hürden«, begann er. »De Gaulle droht jetzt schon, sein Präsidentenamt niederzulegen, wenn die Verfassungsänderung, die ihm mehr Macht einräumen soll, in der anstehenden Volksabstimmung keine Mehrheit findet. Dann wird sich niemand mehr für den Vertrag interessieren, weil ein Chaos um seine Nachfolge ausbricht.«

»Aber das will in Frankreich doch niemand«, warf Madame Lefevre ein. »Außer den Kommunisten sind alle froh, dass de Gaulle das Land wieder mit fester Hand regiert. Dass du immer so dramatisieren musst.«

»Die zweite große Hürde«, fuhr Lefevre nach einem giftigen Blick auf die Gattin fort, »muss Adenauer nehmen. Adenauer, das haben die Wahlen im September gezeigt, hat den Zenit seiner Macht überschritten. Seine Nachfolger scharren schon mit den Hufen, gewichtige Männer seiner Regierung wie Schröder oder Erhard sind Transatlantiker und sehen eine engere Bindung an Frankreich eher als Gefahr denn als Chance. Ob Adenauer also die notwendige Unterstützung für den Vertrag erhält …«

»Aber die Begeisterung, mit der die Deutschen de Gaulle bei seiner Reise empfangen haben, kann Adenauer zu seinen Gunsten verbuchen.« Gertrude Bär zwinkerte Frau Lefevre zu. »Die Deutschen wollen die Aussöhnung mit Frankreich, vor allem die Jungen. Und Adenauer und de Gaulle setzen auf die Jugend. Das hat der letzte Auftritt de Gaulles gezeigt, das zeigt der Plan, ein gemeinsames Jugendwerk zu etablieren.«

Paul leerte sein Glas und lehnte sich zurück. Er musste sich nicht beteiligen, das Gespräch lief ohne ihn. Den Zwischenfall mit Henny hatte die Runde längst vergessen. Er ließ den Blick schweifen und dachte an sein leeres Hotelbett. An diesem Abend brauchte er eine Gefährtin, eine, die ihm durch die Nacht half. Es traf sich gut, dass Gertrude Bär direkt neben ihm saß. Wie zufällig streifte er mit seinem Oberschenkel den ihren und reagierte erfreut, als sie das Bein nicht zurückzog, sondern den Druck erwiderte. Als Lefevre eine halbe Stunde später zum Aufbruch blies, bot Paul an, Gertrude nach Hause zu begleiten. Ein Angebot, das sie lächelnd annahm.

Kaum waren sie allein, fragte er sie, ob sie mutig genug sei, ihn in sein Hotel zu begleiten. Sie lachte, verspottete ihn als Kavalier alter Schule, schließlich habe sie ihm doch deutlich zu verstehen gegeben, dass sie einem Abenteuer nicht abgeneigt sei. Sie gefiel ihm immer besser, diese junge, selbstbewusste Frau! Zehn Minuten später schleuste er sie durch den Hintereingang am Nachtportier vorbei unbemerkt in sein Zimmer. Wegen des Kuppeleiparagrafen durfte man sich nicht erwischen lassen, überhaupt musste man bei »außerehelichem Verkehr«, wie die Deutschen das nannten, äußerst diskret sein.

Während er mit ihr schlief, behielt sie ihren Unterrock an. Ein beiges Etwas aus einem synthetischen Stoff, der manchmal wie elektrisiert knisterte. Paul dachte an das weiße Leinennachthemd, das Henny getragen hatte, als sie auf den Schelinger Matten zu ihm unter die Decke gekrochen war, um mit ihm in den Sternenhimmel zu schauen. Noch im Einschlafen roch er ihre sonnendurchtränkte Haut in der frischen Nachtluft und spürte das Glück von damals, so als wär's erst gestern gewesen.

Gertrude weckte ihn, weil sie nach Hause wollte. Als Kavalier alter Schule ließ er sie nicht alleine gehen, sondern begleitete sie selbstverständlich. Das nächtliche Freiburg menschenleer, das Kopfsteinpflaster feucht von Tau, die Luft kühl, fast eisig, man konnte den Atem sehen. Sie gingen nebeneinanderher. Das Klacken seines Stockes hallte durch die verlassenen Straßen und erinnerte ihn an seine Verletzlichkeit.

Sie sprach von Liebhabern in der französischen Literatur, zitierte Flaubert und de Laclos, aber er wollte nicht hören, ob er diesbezüglich ihre Erwartungen erfüllt hatte oder nicht, er wollte nur schnell zurück ins Bett. Er verabschiedete sich mit Handkuss. Auf dem Rückweg fühlte er sich überhaupt nicht wie der verführerische Vicomte de Valmont in de Laclos' *Gefährliche Liebschaften*, sondern eher wie der Ritter von der traurigen Gestalt.

Freiburg

»Zur *Lustigen Witwe*«, befahl Henny dem Taxifahrer.

»Sind Sie sicher, dass Sie da hinwollen?« Im Blick des Mannes blitzte eine Mischung aus falscher Fürsorge und Anzüglichkeit auf.

»Was dagegen?«, blaffte sie ihn an.

»Nein, nein«, nuschelte er und warf schnell den Taxameter an. Schweigsam fuhr er sie auf die andere Seite des Bahnhofs. Draußen trieb die Stadt vorbei mit ihren Lichtern und den letzten, verlorenen Nachtschwärmern. In einer der finsteren Straßen des heruntergekommenen Stühlinger-Quartiers hielt der Wagen.

Henny bezahlte, stieg aus und klingelte bei einem Schild ohne Namen. Das sandhaarige, dürre Kerlchen, ein ehemaliger Jockey, der Olga schon lange begleitete, öffnete ihr die Tür.

»Henny«, schnurrte er. »Das wird die Herrin freuen.«

Er führte sie durch einen düsteren Flur, der nach verkochtem Kohl und Armut stank, dann eine schmale Treppe hinunter, an Kohlekellern entlang, tief in die Eingeweide des Gebäudes hinein, bis sie vor einer Tür standen, die sich auf ein Klopfzeichen des Kleinen öffnete. Dichter Rauch und bester Jazz empfingen sie. Der Jockey lotste sie durch alkoholgeschwängerte Luft in Richtung Tresen. Sie passierten Männer in muffelnden Anzügen oder verschwitzten Hemden, eher halbseidene Frauen und verkannte Künstlerinnen. An den Tischen der Karten- und Glücksspieler ging es hoch her, kurzum, es dauerte, bis sie endlich vor dem Tresen standen, hinter dem Olga herrschte.

Olga war ein Koloss von einer Frau: so groß wie Henny, aber doppelt so breit, mit den Oberarmen eines Hafenarbeiters und einem Busen wie ein Gebirge.

»Henny.« Sie reichte ihr eine vom Gläserspülen nasse Hand über den Tresen. »Da muss ich mal schauen, ob ich für dich noch einen Piccolo im Kühlschrank hab.«

»Ich hab dir schon mal gesagt, du sollst stattdessen ordentlichen Champagner kaufen.« Henny ließ sich auf einen der Barhocker fallen und schob einen vollen Aschenbecher zur Seite.

»Das können sich die reichen Büble aus deinem Jazzklub leisten, aber nicht meine Kunden.«

»Gelegentlich verirrt sich doch auch zu dir mal einer mit Stil.«

»Was soll diese billige Überlegenheit?«

»Überlegenheit kann gar nicht billig genug sein.«

»So schlimm steht's mit dir?« Olga drehte den Schraubverschluss eines Piccolofläschchens auf und stellte es vor Henny auf den Tresen. »Sektgläser sind alle kaputt.«

Henny nahm den Schraubverschluss an. »Na denn: *Henkell Piccolo – Die gute Art, sich froh zu stimmen*.« Sie nahm einen Schluck aus der Flasche und zündete sich eine Zigarette an.

»Echte Perlen und ein schwarzes Kleid. Das ist die Eleganz der guten Klasse. Guten Abend, Madame!« Der Mann, der plötzlich neben ihr stand, deutete eine Verbeugung an.

»Das ist nicht so eine. Lass die Frau in Ruh«, befahl ihm Olga leise, und sofort zog sich der Mann zurück. »Henny, was ist los? Bisschen blass um die Nase, bisschen dünnhäutig. Jetzt sag nicht, du hast dich nach all den Jahren wieder mit einem Herrn der Schöpfung eingelassen.«

Aus Hennys Innerem brach ein merkwürdiges, falsches Gekicher. »Demselben wie beim letzten Mal.«

»Paul ist zurück?«, fragte Olga überrascht.

Henny nickte. »Diesmal hat er mich zum Teufel geschickt.«

»Das nennt man ausgleichende Gerechtigkeit.«

»Wenn es so einfach wäre.«

»Na ja. Kehrtwende in letzter Minute, das Hochzeitskleid war für die Katz. Fünf Meter cremefarbener Crêpe de Chine! Ich weiß noch genau, was es mich gekostet hat, dir den zu besorgen.«

»Stimmt, war schade um den Crêpe de Chine, aber komm schon, du hast bei unseren Geschäften immer gut verdient«, konterte Henny. Sie wartete, bis Olga ein Bier fertig gezapft und über die Theke weitergereicht hatte, dann fragte sie: »Hast du *Bethlehems Stall* in der Klarastraße noch?«

»Sag bloß, du musst dich verstecken?«

Henny hörte die Besorgnis in ihrer Stimme. »Nein, nein, so schlimm ist es nicht«, beruhigte sie die Freundin.

»Natürlich habe ich die Bude noch. So was gibst du nicht auf, Henny. Warum auch? Kostet mich fast nichts, und es gibt immer einen, der einen Platz braucht, um sich die Wunden zu lecken. Kann nicht zählen, wie viele nach dir dort Zuflucht gefunden haben. Grad wohnt ein Kumpel von George dort.«

Sie deutete auf den großen Schwarzen, der eine neue Schallplatte auflegte. *My Favourite Things* von John Coltrane. Eine der besten Jazzplatten der letzten Jahre! Henny hob das Piccolofläschchens auf die gute Wahl.

»Zwei Wochen hast du damals gebraucht, bis du dich wieder nach Eichingen getraut hast«, setzte Olga hinterher.

»Wann kommt Elfie?«, wechselte Henny das Thema.

»Nach der Vorstellung, wie immer.« Olga nickte dem Tisch mit den Kartenspielern zu, goss drei Whiskeys und zwei Bier ein und rief den Männern zu, dass sie die Getränke abholen konnten. »Was machst du jetzt mit deinem Paul?«, fragte sie Henny.

Henny zuckte mit den Schultern.

»Can't go on, ev'rything I had is gone. Stormy weather«, sang Olga leise.

»Ja, Billie Holiday hatte auch ein Händchen für unglückliche Liebesgeschichten«, unkte Henny.

»Wie geht es Kaspar?« Sie reichte einem der Kartenspieler das Tablett mit den Getränken.

»Totale Funkstille. Keiner weiß, wo er steckt.«

»Muss nichts Schlechtes bedeuten.« Olga wischte sich die Hände trocken.

»Muss nicht, kann aber.«

»Oh schau, da kommt unser Paradiesvögelchen.«

Olga deutete zur Tür, die der Jockey nun hinter Elfie schloss. Ihre Freundin war nicht viel größer als der kleine Mann, aber im Gegensatz zu ihm eine Erscheinung, die jeden Raum ausfüllte. Sie verstand es hervorragend, die Leute trotz ihrer Größe von oben herab zu betrachten. Sie trug einen alten Pelzmantel, darunter einen Kaftan aus einem afrikanischen Stoff zu einer schmalen Hose. Die langen orientalischen Ohrringe und jede Menge Armreife klimperten bei jeder ihrer Bewegungen. Der Duft eines starken, erdigen Parfums, das Henny schon aus der Ferne zu riechen meinte und nicht ausstehen konnte, verstärkte ihren Auftritt. Jeder Mann im Raum folgte Elfie mit Blicken. Sie beachtete keinen.

Geschickt kletterte sie auf den Barhocker neben Henny und ließ den Pelz fallen. Die Armreife rasselten. »Wie immer«, bat sie Olga.

»Wie war die Vorstellung?« Olga stellte ihr ein Glas Whiskey mit Eis hin.

»Das war jetzt nicht schon die Premiere, oder?« Henny griff nach ihrem Fläschchen. »Wir haben uns in den letzten Tagen so selten gesehen, ich verliere den Überblick.«

»Nein, nein, Premiere *Csárdásfürstin* ist erst übermorgen. Heute war *Biedermann und die Brandstifter.*« Elfie rüttelte ihr Glas ganz leicht, sodass die Eiswürfel klirrten. »Ich mag den Max Frisch, weil sich bei seinen Stücken die Arbeit der Requisite in Grenzen hält. Nüchterne Szenenbilder, kaum Möbel, wenig Kleinkram auf der Bühne. Dafür heute viel Murren im Publikum, die Freiburger schätzen es nicht, wenn man ihnen den Spiegel vorhält. Prost, ihr Lieben. Was gibt es Neues, Olga?«

»Henny ist verwirrt. Sie hat Paul wiedergesehen.«

»Wieso weiß ich davon nichts?« Elfie nahm die Hand vom Glas, ihre Armreife klimperten.

»Weil ich ihm erst vor einer Stunde begegnet bin. Hat mich kalt erwischt, kann ich euch sagen.«

»Oh, da müssen wir Sekt trinken. Gib mir auch so ein Fläschchen.« Elfie schob das Whiskeyglas zur Seite und deutete auf Hennys Piccolo. »›Sekt, da weißte, wie das Leben von unten und von oben aussieht‹, sagt schon der Franz Biberkopf. Auf Henny und ihr Kuddelmuddel!«

»Also, Henny, wie können wir dir helfen?«, fragte Olga und reichte einem Mann mit karierter Jacke zwei Schoppen Wein über den Tresen.

»Mit Trost und Rat natürlich«, sagte Elfie. »Erzähl doch mal! Wie lang ist das jetzt her mit Paul? Fünfzehn Jahre? Du warst wahnsinnig verliebt in ihn. Alles an ihm hat dir gefallen. Es hat dich nicht mal gestört, dass er einen Kopf kleiner war, dein Jean Gabin.«

»Und das, nachdem du mir davor immer gepredigt hast, dass so große Frauen wie wir niemals einen kleineren Mann nehmen dürfen«, erinnerte sich Olga. »Dass wir uns aus der mageren Auswahl großer Männer ein halbwegs brauchbares Exemplar herauspicken oder eben ehelos sterben müssen und …«

»Und nun kreuzt er wieder auf?«, unterbrach sie Elfie.

»Aufkreuzen ist das falsche Wort. Glaubt bloß nicht, dass er mich sehen woll…«

»Sehen! Was sehen meine müden Augen?«, wurde Henny von einem kräftigen Bass unterbrochen. »Freiburgs beste Schwarzmarkthändlerinnen wieder vereint! Was heckt ihr aus? Kommen wir miteinander ins Geschäft?«

Der fette Kurt Gabler pflügte sich bis zu ihnen am Tresen vor, zwängte sich zwischen Henny und Elfie und wischte sich mit einem riesigen Stofftaschentuch den Schweiß von der Stirn. Elfie ließ die Armreife rasseln, Henny orderte einen weiteren Piccolo, Olga schob dem Dicken einen Cognac hin.

»Ist ein rein privates Treffen, Kurdl«, raunte sie ihm zu. »Frauenthemen, du würdest nix verstehen, nur rote Ohren kriegen. Aber schau mal, drüben bei George spielen sie eine Runde Skat. Kannst bestimmt gleich einsteigen.«

Kurt nickte dreimal, griff sich das Cognacglas und zog sich zurück. Schon immer hatte Henny Olga für ihr Talent im Umgang mit Menschen bewundert. Mit ihrer sanften Stimme, die in krassem Kontrast zu ihrem gewaltigen Körper stand, konnte sie Menschen kneten wie Wachs. In der wilden Schwarzmarktzeit, aus der sie drei sich kannten, war ihnen das oft zugutegekommen.

»Hast du eigentlich noch mal was von deinem anderen Franzosen gehört?«, griff Olga den Faden wieder auf. »Der Champagnerprinz, wie hieß er noch? Yves Vosser?«

»Vossinger«, korrigierte Henny, und dann erzählte sie.

Stinkende Hoffart

Freiburg

Ein Tisch, ein Stuhl, ein Schrank, ein Waschbecken. Das sah Paul, wenn er morgens aufwachte. Mal roch der Schrank nach Mottenkugeln, mal nach Lavendel, mal war die Tapete gestreift, mal mit grafischen Mustern bedruckt. Selten bot sich ihm beim Aufwachen ein schöner Anblick. Doch diese Vertreter-Tristesse war selbst gewählt, der Preis fürs ewige Unterwegssein.

Das war nicht immer so gewesen. Während des Krieges träumte er wie alle von einem Zuhause, von einer Frau, einem Häuschen, einer samstäglichen Badewanne, einem Frühstücksei am Sonntagmorgen, von einem friedlichen Leben in Freiheit. Dafür kämpften sie doch, deshalb hatten sie sich doch der Armee von *France libre* angeschlossen.

Als der Krieg für sie in Berchtesgaden zu Ende war und manche gar nicht schnell genug nach Hause kommen konnten, reichte auch Paul seinen Abschied von der Armee ein. Im Gegensatz zum Colonel, der sich auf die Suche nach seiner Alice machte, wusste Paul überhaupt nicht, was er tun wollte. Auf ihn wartete nirgendwo ein Mädchen, und zurück nach Strasbourg konnte er nicht, seine Heimatstadt war vermintes Gelände. Er startete ohne Ziel, mied das zerstörte München, schlug sich über Memmingen zum Bodensee durch, traf dort auf eine französische Einheit, die er kannte, fuhr mit ihr bis Freiburg, von dort nahm ihn ein Kamerad im Jeep mit nach

Endingen. Am Ortsausgang entdeckte er einen Wegweiser nach Eichingen und erinnerte sich an die Verwandten mütterlicherseits, an deren Besuch in Strasbourg kurz nach der deutschen Besetzung des Elsass, Onkel Karl und Tante Kätter, und er entschied, ihnen einen Besuch abzustatten.

Er erkundigte sich nach dem Weg und stieg hinter Endingen durch die Weinberge hoch zur Amolterer Heide. Die sanften Rebfelder gefielen ihm genauso wie das vielfältige Grün und der rauschende, dunkle Wald auf den Höhen. Als er die letzten Rebreihen passiert hatte, gelangte er in eine sich weich wellende Weidelandschaft und schritt über saftige Wiesen, auf denen der Wind mit den Gräsern spielte und ein paar Schafe grasten. Hie und da lud ein einzelner Baum zum Rasten ein. Unter einem solchen stellte er seinen Rucksack ab und ließ den Blick in die Ferne schweifen. Man konnte weit hinunter ins Rheintal und über den Fluss hinweg zu den Vogesen sehen. Wohin Paul auch schaute, nichts erinnerte an den Krieg. Schwarzwald und Vogesen begrenzten den Blick, dazwischen lag eine Landschaft, der man nicht ansah, ob sie deutsch oder französisch war. Sie erinnerte daran, dass Vogesen und Schwarzwald einst eins gewesen waren, und sie der Oberrheingrabenbruch vor fünfunddreißig Millionen Jahren zweigeteilt hatte. Weiträumig, aber nicht uferlos, überschaubar, aber nicht eng, so zeigte sich die Landschaft, die nichts Schroffes, aber auch nichts Eintöniges hatte. Sicher, es gab noch schönere Gegenden, aber diese weitete sein Herz.

Paul legte sich ins weiche Gras, verschränkte die Arme im Nacken und sah hinauf zum Himmel. Vögel zogen ihre Bahnen, Grillen zirpten, Wolken schwebten dahin. Zum ersten Mal seit sehr, sehr langer Zeit spürte er Zuversicht. Nur der Krieg war zu Ende, nicht sein Leben. Mit dieser Gewissheit schlief er ein.

Die zwei kleinen Naseweise, die ihn weckten, gefielen ihm. Kaspars misstrauische Vorsicht genauso wie Elses vertrauensselige Geschwätzigkeit. Die Kinder führten ihn ohne

Umwege zum Lug ins Land, wo ihre beiden Mütter und Kätter das Heu wendeten. Als er Henny sah, traf ihn die Liebe wie ein Blitz aus heiterem Himmel. Vor ihm stand die Frau seines Lebens, das wusste er, als sich ihre Blicke fanden. Sie sparten sich jegliches Eroberungsgeplänkel, bauten keinerlei Schutzwälle auf, scherten sich einen Deut um Konventionen. Da konnte Kätter zetern, so viel sie wollte. Für alle Umwege in der Liebe war der Krieg zu lang gewesen. Sie gaben sich mit Haut und Haaren hin, sie verschmolzen zu einem Wir, und Kaspar gehörte von Anfang an dazu. Bald war ihm, als wäre er sein eigener Sohn. Es war eine Selbstverständlichkeit, dass sie heiraten wollten. In der Katharinenkapelle oben auf dem Katharinenberg, dort, wo sie auf ihren sonntäglichen Wanderungen oft Station machten. Nirgendwo am Kaiserstuhl war man dem Himmel näher, und nirgendwo konnte man so tief in die Hölle gestoßen werden. Noch nie und nie mehr hatte er sich so verraten, gedemütigt, beschämt gefühlt wie an diesem Ort, als er mit dem Colonel als Trauzeugen und den Eheringen in der Tasche vergebens auf Henny wartete. Die Kapelle randvoll mit Leuten, schließlich war ganz Eichingen gekommen; der Pfarrer mit besorgtem Blick; der kleine Kaspar, gescheitelt und gekämmt, mit krauser Stirn und Angst in den Augen; Else, die im Kommunionskleid mit dem Blumenkörbchen in der Hand Himmel und Hölle spielte; er, Paul, auf und ab tigernd, noch immer hoffend, dass Henny gleich den Berg hinaufgestürmt käme. Doch sie kam nicht.

Wann bröckelte Hennys Liebe? Darauf hatte Paul nie eine Antwort gefunden. Er war dem Trugschluss erlegen, dass eine Frau, so zupackend und energisch wie Henny, auch ehrlich und geradeaus sein müsste. Dass eine wie sie keine Lügen und Geheimnisse mit sich herumschleppte. Dabei wusste er doch, dass keiner ungeschoren durch den Krieg gekommen war. Entweder man war zum Opfer oder zum Täter geworden, manche sogar zu beidem. Doch damals hatten sie beide geglaubt, dass das Schweigen half, den Krieg verblassen zu lassen, damals sprachen sie lieber über das Glück, überlebt zu haben, als über die Grausamkeiten und Entbehrungen. Denn wenn man ein gemeinsames Leben plante, brauchte es Vertrauen, da durfte man beim anderen nicht nach Schwachstellen oder Schlechtigkeiten suchen.

Inzwischen interessierte ihn nicht mehr, warum Henny ihn hatte am Altar stehen lassen. Henny Köpfer war für ihn gestorben, Persona non grata für den Rest seines Lebens. Daran änderte auch der Abend im Jazzklub nichts.

Freiburg

Henny wusste, in welchem Hotel das Institut français seine Gäste einquartierte, sie erkundigte sich an der Rezeption nach Paul. Er war bisher nicht heruntergekommen. Sie warf einen Blick in den Speisesaal. Ungefähr die Hälfte der Tische war besetzt, die meisten anderen bereits wieder verlassen. Wenn Paul noch frühstücken wollte, musste er sich beeilen.

Sie wartete im Foyer. »Wenn du eh dabei bist, in deinem Leben klar Schiff zu machen, dann sag Paul endlich die Wahrheit«, hatte ihr Elfie in der Nacht geraten, und Olga meinte, dass es nicht schlecht wäre, Paul erst mal um Verzeihung zu bitten. Vielleicht würde er sich dann anhören, warum sie die Hochzeit hatte platzen lassen. Im Gespräch mit den Freundinnen hatte das sehr vernünftig geklungen, aber wie sollte sie die rechten Worte finden, um es Paul zu erklären?

Kaum hatte sie sich in einen der Sessel gesetzt, ging Paul, auf einen Stock gestützt, an ihr vorbei und verschwand im Speisesaal. Henny zählte bis hundert, dann folgte sie ihm. Er las die Zeitung, sah sie also nicht kommen. Sie hatte die Überraschung auf ihrer Seite, als sie sich ihm nach einem »Darf ich?« ungefragt gegenübersetzte.

Ein unfreundlicher Sekundenblick, dann verschwand er

wieder hinter seiner Zeitung und fragte: »War ich gestern Abend nicht deutlich genug?«

Der Kellner, der Brötchenkorb, Marmelade und Ei auf den Tisch stellte, gab Henny etwas Zeit, die richtigen Worte zu suchen.

»Oh doch, und es ist absolut verständlich, dass du nichts mehr mit mir zu tun haben willst. Mein Verhalten damals muss dir sehr grausam vorgekommen sein. Aber ich war in einer Situation, aus der ich keinen anderen Ausweg wusste.«

»Wenn das eine Entschuldigung werden soll, dann kommt sie um Jahre zu spät.«

»Du könntest sie dir trotzdem anhören.«

»Ich bin nicht interessiert.«

Paul verbarrikadierte sich weiterhin hinter der Zeitung. Henny war ihm fast dankbar dafür, denn so wurde er nicht Zeuge ihres inneren Aufruhrs, der sich sicher in ihrem Gesicht widerspiegelte.

»Ich bin noch aus einem anderen Grund hier«, sagte sie. »Kaspar ist verschwunden. Schon drei Tage lang ist er nicht nach Hause gekommen.«

»Behaupte nicht, dass jetzt ein besorgtes Mutterherz spricht. Kaspar ist einundzwanzig. Ein junger Mann muss nicht jede Nacht heimkommen.«

»Hast du eine Ahnung, wo er steckt?«

»Wieso sollte ich? Ich habe ihn zuletzt in Ludwigsburg gesehen.«

»Kurz vor seinem Verschwinden tauchte ein Freiburger Weinhändler in Eichingen auf, dem Kaspar den 37er Vossinger verkaufen wollte.«

»Das glaube ich jetzt nicht!« Paul senkte die Zeitung. »Kaspar selbst hat die Flaschen vertauscht?«

»Nein, das war ich, und ich habe die Flasche noch.«

Die Auskunft verschlug ihm die Sprache. Um Zeit zu gewinnen, köpfte er sein Frühstücksei und löffelte es so langsam, als müsste er mehr verdauen als einen Teil seines Frühstücks.

»Jetzt verstehe ich endlich, weshalb Kaspar nicht sagen wollte, wer ihm die Flasche geklaut hat«, sagte er danach. »Er wollte ›seine‹ Mutter nicht verraten. Wann willst du ihm endlich die Wahrheit sagen? Am Sankt-Nimmerleins-Tag?«

»Kätter meint, du hast ihm die Wahrheit in Ludwigsburg gesagt. Vielleicht ist er deshalb weg?«

»Warum sollte ich? Das ist doch deine Sache. Du hättest sein Gesicht sehen sollen, als er den Henkell trocken aus dem Rucksack zog. Dem Jungen krachte der Boden unter den Füßen weg. Wenn du die Flasche nicht genommen hättest, wäre sie inzwischen längst da, wo sie hinsoll, und Kaspar hätte keine Sorgen.«

»Was willst du überhaupt mit der Flasche? Der 49er Henkell ist heute ein besserer Tropfen als der 37er Vossinger.«

»Ich hoffe, du besitzt wenigstens den Anstand, sie mir zurückzugeben. Hast du sie dabei?«

»Die Flasche gehört dir nicht.«

»Du spinnst wohl, Henny. Wer hat sie denn in Eichingen deponiert?«

»Du kriegst sie, wenn du mir hilfst, Kaspar zu finden!«

»Es ist besser, du gehst jetzt ganz schnell.« In seiner Stimme schwang eine Drohung mit.

Es kostete sie Kraft, sitzen zu bleiben und weiterzureden. »Kaspar verschwindet nicht einfach so. Im Prinzip ist er der kleine, verängstigte Junge geblieben, den ich damals unter dem brennenden Baum gefunden hab. Sicher, wir haben nie darüber gesprochen, aber es gab dafür gute Gründe, das weißt du …«

Sie geriet ins Stocken, weil sich neben ihr jemand räusperte. Sie hatte den Kellner nicht kommen hören.

»Telefon für Sie, Herr Duringer. Das Ferngespräch, das Sie erwartet haben.«

»Ich komme.« Er griff nach dem Stock und folgte dem Kellner.

Henny sah Paul davongehen. Später räumte der Kellner

den Frühstückstisch ab. Nur ein paar Eierschalenreste blieben auf der weißen Tischdecke zurück. Das größte Stück zog sie mit dem Zeigefinger auf ihre Tischseite und drückte mit dem Daumen drauf, sodass es weiter zersplitterte. Das tat sie wieder und immer wieder, bis ihre Daumenkuppe wehtat und sich die Eierschale in tausend winzige Körnchen aufgelöst hatte.

Freiburg

»Wie war das Gespräch mit Capitaine Lambert?«, fragte der Colonel.

Paul lehnte den Stock an die Glaswand der Telefonkabine, durch die er die Rezeption sehen konnte. Er räusperte sich. Der Hörer wog schwer in seiner Hand.

»Sehr interessant. Der Vossinger-Champagner wurde zeitgleich mit einigen Résistance-Kämpfern, die sich in den Weinkellern versteckt hielten, ›entdeckt‹. Es handelt sich dabei um Mitglieder der Gruppe Frou-Frou. Es ist nicht auszuschließen, dass es einen Zusammenhang zwischen unserer Flasche und der Gruppe gibt.«

Paul machte eine Pause und schaute, ohne etwas zu sehen, zur Rezeption, wo gerade ein älteres Ehepaar seinen Schlüssel abgab. Auch Henny musste hier vorbeikommen, wenn sie den Speisesaal verließ.

»Sie wissen, welch abenteuerlicher Wege sich Résistance-Kämpfer bedienen mussten, um Botschaften zu übermitteln«, fuhr er fort. »Winzige Zettelchen in Streichholzschachteln, Nachrichten auf Stofffetzen, Scherben und so weiter, alles wurde benutzt. Vielleicht auch die Innenseite des Etiketts unserer Champagnerflasche.«

»Vielleicht war sie deshalb für die Nazis von besonderem Interesse«, warf der Colonel ein.

»Die Gestapo hat die Résistance-Leute mit ihren üblichen

Foltermethoden verhört. Es kann also durchaus sein, dass einer der Gefangenen über die Flasche gesprochen hat. Frou-Frou weiß das möglicherweise. Sie hat das KZ Ravensbrück überlebt, wie ich von Lambert erfahren habe, heißt heute Pauline Crépau und lebt in Grauves.

»Das erklärt noch nicht, warum man die Flasche dann ausgerechnet in Hitlers Weinkeller versteckt hat.«

»Görings Weinführer Rohl hat den Champagner schnell nach Deutschland bringen lassen. Vielleicht war die Flasche schon unterwegs, als die Gestapo von ihrer Bedeutung erfuhr? Möglicherweise hat man dann Order gegeben, die Flasche gesondert aufzubewahren, weil die Nachricht besonders wichtig war.«

»Ich frage mich, wem diese Informationen heute noch nützlich sein können. Aber irgendwas muss ja dran sein an der Geschichte. Vielleicht erweist sich dieser Rohl als die richtige Spur?«

»Dazu müsste man den Inhalt der Nachricht kennen. Aber um die Flasche zu finden, ist das gar nicht mehr nötig, denn inzwischen weiß ich, wo die Flasche ist, machen Sie sich also keine Sorgen. Ohne ins Detail zu gehen, nur so viel: Henny Köpfer hatte dabei ihre Finger im Spiel.«

An der Rezeption hielten nun der Frühstückskellner und der Rezeptionist ein kleines Schwätzchen. Von Henny keine Spur.

»Henny Köpfer, soso? Näheres dazu erzählen Sie bei unserem nächsten Treffen, *n'ést-ce pas*? Und was die Flasche betrifft: Also viel Lärm um nichts?«, fragte der Colonel und freute sich hörbar. »Das kommt zur rechten Zeit, müssen Sie wissen, denn hier in Paris ist der Teufel los. De Gaulle droht mit Rücktritt, wenn die Volksabstimmung nicht zu seinen Gunsten ausfällt, und dann wird nichts aus dem deutsch-französischen Vertrag. Sie wissen, ich bin nicht abergläubisch, dennoch nehme ich es als gutes Omen, dass Sie die Flasche ausgerechnet jetzt gefunden haben. Das gibt mir Hoffnung, dass wir mit ihr wirklich auf den Vertrag anstoßen können.«

»Ich melde mich bei Ihnen, sowie die Flasche in meinem Besitz ist.«

»Ich wusste, dass ich mich auf Sie verlassen kann! *Merci, vieil ami.*«

Bisamberg, Kaiserstuhl

Durchs Erletal stieg Kätter hoch zum Bisamberg. Sie besaß dort ein Stück Wald, das ihr ihre Tante Creszentia vererbt hatte, und wollte die Bäume markieren, die diesen Winter gefällt werden sollten, damit sie im nächsten Jahr gutes Brennholz gaben. Sie war gern im Wald, lieber als im Garten oder in den Reben. Es zählte zu ihren schönsten Kindheitserinnerungen, am heiligen Sonntag mit dem Vater durch den Wald zu stromern, sich niemals an vorgegebene Wege zu halten, immer querfeldein zu gehen. Für Kätter war der Wald kein Ort zum Arbeiten, sondern einer zum Luftholen.

Nachdem der Karl beim Vater um ihre Hand angehalten hatte, es also offiziell war, dass sie heiraten würden, da war sie mit ihm hoch zum Bisamberg gestiegen und hatte ihm ihren Wald gezeigt. Die Buche, unter der sie zum ersten Mal beieinanderlagen, stand noch. Das freute sie immer wieder aufs Neue. Robust war der Baum, so wie es ihre Liebe zu Karl gewesen war. Die Liebe brauchte Hand und Fuß, sonst hielt sie nicht. Zwei müssen zusammenpassen. Der Karl und sie, das hatte gepasst, Henny und Heiner, das hatte nicht gepasst, aber Henny und Paul, das hätte gepasst. Wenn sie ganz ehrlich war, nahm Kätter es Henny übler, dass sie Paul *nicht* heiratete, als dass sie ihren Heiner geheiratet hatte.

Sie war nun in ihrem Waldstück angelangt. Von ihrem letzten Rundgang wusste sie, wo die Wackelkandidaten standen. Die Orte suchte sie zuerst auf. Der Sturm vor ein paar Tagen hatte eine Menge morscher Äste zu Boden gefegt, sie kam nur mühsam vorwärts, aber das störte sie nicht. Sie roch den

Herbst, sie sog die gute Waldluft ein, sie prüfte ihre Bäume und malte auf die, die gefällt werden mussten, ein Kreidekreuz.

Bis heute verstand Kätter nicht, was die Henny damals geritten hatte. Ihr Verhältnis war nie das beste gewesen, aber Kriegsjahre und Nachkriegszeit hatten sie notgedrungen zusammengeschweißt, und in vielem hatte ihr Henny Respekt abgenötigt. Schaffen konnte sie, organisieren konnte sie, tauschen konnte sie, kommandieren konnte sie, Geschäfte machen konnte sie, den Mannsbildern den Marsch blasen konnte sie. Und zum Glück auch Französisch. Dass sie verstand, was die Besatzer vom Dorf wollten, war ein Segen. Auch dass sie nie sofort Ja und Amen gesagt, sondern von Anfang an mit den Soldaten gehandelt hatte. So eine große, herrische Frau, das waren die Franzmänner nicht gewohnt … Auf alle Fälle war so ganz Eichingen Hennys Hartnäckigkeit und ihr kaufmännisches Geschick zugutegekommen. Viele sahen sie seither mit anderen Augen. Mehr als einmal war Kätter wegen ihrer Schwiegertochter gelobt worden, an der die meisten vorher kein gutes Haar gelassen hatten.

Aber in der Liebe … So was hatte es in Eichingen noch nicht gegeben, dass die Braut nicht vor dem Traualtar erschien. Geschlagene zwei Stunden hatten sie in der Katharinenkapelle auf Henny gewartet. Die Gäste immer ungeduldiger, der Paul immer verzweifelter. Sie, Kätter, hatte schon die Emma Koslowski, die Mutter von der Else, zurück ins Dorf geschickt, damit sie der Köchin ausrichtete, dass es noch etwas dauerte mit dem Essen. Aber irgendwann musste sie die Notbremse ziehen, der Paul war ja völlig durch den Wind. »Jetzt gehen wir heim zum z'Mittag«, hatte sie gesagt. »Es ist ja alles gerichtet und muss gegessen werden, aber Hochzeit feiern können wir halt nicht.«

Und dann daheim, der Hochzeitsbogen aus Tannenzweigen und weißen Papiergirlanden über dem Scheunentor, der schöne lange Tisch im Grasgarten, gedeckt für dreißig Personen, und die Emma Koslowski hatte so schöne Blumensträußle gemacht, und noch einen Extra-Blumenbogen oben am Tisch, wo das Brautpaar hätte sitzen sollen. Stattdessen Hochzeitsgäste, die nicht wussten, wo sie hinschauen sollten; Paul, der in Windeseile seine Siebensachen packte und mit dem Colonel davonrauschte; der kleine Kaspar, so stumm und verschreckt wie damals, als Henny ihn in der Bombennacht hergebracht hatte. Und Henny? Kein Pieps von ihr, wie vom Erdboden verschluckt. Sie tauchte erst zwei Wochen später wieder auf, keine Erklärung, nix, nur: »Ich zieh nach Freiburg und nimm den Kaspar mit.« Da war ihr aber der Kragen geplatzt, da hatte sie der Henny die Meinung gegeigt. »Dass du abhaust, kann mir nur recht sein. Aber das Buebl bleibt hier.«

Das Blut rauschte schneller durch ihre Adern, bemerkte Kätter, als sie nach getaner Arbeit auf eine kleine Lichtung trat. Immer noch regte sie diese unselige Geschichte furchtbar auf. Sie holte tief Luft und ließ den Blick schweifen. Da entdeckte sie im feuchten Gras die ersten Wiesenchampignons. Sie bückte sich, um welche zu sammeln, nur die kleinen weißen, die die Lamellen noch geschlossen hatten. Die mit einem Stich Butter, ein paar Zwiebeln und einem Stückl Speck in der Pfanne gebraten, das aß doch der Kaspar so gern zur Vesper.

»Wenn du schon abhaust, kannst wenigstens anrufen«, schimpfte sie den abwesenden Enkel leise und trotzig, als ihr das Herz wieder schwer wurde. »Du weißt doch, dass ich mir Sorgen mach.«

Sie beließ es bei den wenigen Pilzen, für sie allein reichten die paar. Dann machte sie sich auf den Heimweg. Am Abend würde sie wieder alleine am Küchentisch sitzen und auf Kaspar warten, so wie sie es nun schon seit Tagen tat.

Freiburg

Von Pauls Hotel aus trieb es Henny ins Gewühl des Marktes auf dem Münsterplatz. Ziellos passierte sie Gemüsestände, schlängelte sich an schwatzenden Hausfrauen vorbei, immer die sanften Stimmen der Marktfrauen im Ohr, die den Vorübergehenden zuraunten, ob vielleicht ein Sträußl Petersilie, ein Sack Kartoffeln oder ein paar Eier »g'fällig« wären. Vor der Blumenfrau blieb sie stehen und starrte auf die in sattem Orange und goldenem Gelb leuchtenden Sträuße aus Zinnien und Tagetes. Letztere verströmten einen kräftigen, schweren, recht penetranten Geruch.

»Stinkende Hoffart, so sagt man denen«, erklärte die Blumenfrau. »Die halten sich in der Vase gute zwei Wochen. Wollen Sie ein Sträußl mitnehmen?«

»Gibt es keine Tränenden Herzen?«

Sie hatte nichts erreicht, war keinen Schritt weitergekommen. Paul hatte sie einfach sitzen lassen. Er wollte ihre Entschuldigung nicht hören, er wollte ihr nicht helfen, Kaspar zu finden. Es ist ein Elend, dass keiner aus seiner Haut kann, dachte sie. Sie nicht, Paul nicht. Sie sollte den Mann schnell wieder vergessen. Das war ihr doch schon einmal erfolgreich gelungen.

Die kurze Nacht, der unschöne Vormittag, der Auftrag, Kaspar zu finden, Yves und Frou-Frou, Dobler und Rohl, all das bedrückte sie, beschwerte sie, belastete sie. Auf einmal war ihr alles zu viel. Als sie in die Schusterstraße einbog, entschied sie, Zängerle den Laden noch ein wenig länger zu überlassen und sich eine Stunde auf die Chaiselongue zu legen.

Dabei hätte sie wissen müssen, dass ein Tag, der so schlecht angefangen hatte, nicht gut enden konnte. Zängerle schoss ihr entgegen, kaum dass sie den Laden betreten hatte, der sonst so ruhige Mann ein einziges Nervenbündel.

»Ich hab nur die Mülltonne aus dem Keller geholt und auf die Straße gestellt«, begann er. »Dabei ist mir die Frau Seiler begegnet, Sie wissen, wie schwer man die wieder loswird. Diesmal hat sie sich darüber beschwert, dass bei uns nachts Männer vor der Tür sitzen, Sie wissen ja, Elfie Schäfer, Ihre Untermieterin ist der Seiler ja ein Dorn im Auge, und als ich ihren Redeschwall endlich eingedämmt habe, da sehe ich den

Kerl aus dem Laden kommen und wie der Blitz davonrennen. Keine Chance für mich, ihn noch zu erwischen. Natürlich hätte ich abschließen müssen, aber da denkt man ja nicht dran, wenn man nur den Müll rausstellt. Ich bin sofort zurück, im Laden war alles beim Alten, also bin ich runter in den Keller – viel klauen konnte er ja nicht, wir sind ja kein Schmuckladen, wo man sich die Taschen füllen kann, jede Flasche hat ihr Gewicht, da kann man auf die Schnelle höchstens zwei, drei …«

Henny eilte an ihm vorbei in Richtung Keller, Zängerle folgte ihr auf dem Fuß, stieg direkt hinter ihr die Treppen hinunter.

»Die gute Nachricht ist, es fehlt nur eine Flasche«, keuchte er. »Die schlechte, es ist der Vossinger-Champagner, den Sie sich privat zurückgelegt haben. Der Kerl muss blind zugegriffen haben, ich meine so ein alter Champagner, wir haben im Lager doch viel wertvollere Flaschen als …«

Henny starrte auf die Stelle im Regal, an der der Champagner am Morgen noch gelegen hatte, und machte einen Schritt von Zängerle weg. Nah bei sich konnte sie ihn nach der Hiobsbotschaft nicht ertragen. Am liebsten hätte sie Zängerle links und rechts abgewatscht. Wie konnte er ihre Weinhandlung unbeaufsichtigt allein lassen, wie konnte er sich von diesem Tratschweib Seiler so in Beschlag nehmen lassen, dass er die Weinhandlung nicht mehr im Blick hatte? Wenn er nicht so ein verdammt guter Verkäufer und Weinkenner wäre …

»Ich ersetze Ihnen die Flasche natürlich, obwohl die wahrscheinlich eher einen ideellen Wert hat«, versicherte Zängerle.

Oben schellte die Türglocke.

»Gehen Sie hoch, bedienen Sie den Kunden«, befahl ihm Henny.

Als Zängerle die Stufen hochhastete, lehnte sie die Stirn gegen das feuchte Mauerwerk neben dem Weinregal und wollte auf ewig so stehen bleiben.

»Womit kann ich dienen, mein Herr?«, hörte sie Zängerle im Laden sagen.

»Ich möchte zu Henny Köpfer.«

Henny erkannte Pauls Stimme und presste die Stirn noch stärker gegen den kühlen Stein. Natürlich, er kam wegen der Flasche. Sie stellte sich seine Reaktion vor, wenn er erfahren würde, dass der Champagner gestohlen war. Er musste annehmen, sie hätte ihn im Hotel belogen, damit er ihr half, und der Diebstahl wäre nur eine Finte, um die Lüge zu kaschieren. Als Zängerle nach ihr rief, drehte sie den Kopf von der Mauer weg, schwang den Körper hinterher, rückte ihr Kostüm zurecht und stieg die Treppe hoch.

»Der Herr ist wegen des Vossinger-Champagners hier«, erklärte sie Zängerle. »Erzählen Sie ihm, was passiert ist. Ich bin die nächste Stunde nicht zu sprechen.«

Ohne Paul anzusehen, schritt sie aufrecht und langsam in den Hausflur. Von dort aus rannte sie die Treppe hoch, schloss die Tür auf, stolperte ins Wohnzimmer und ließ sich auf die Chaiselongue fallen.

Freiburg

Was Zängerle berichtete, machte Paul einen Strich durch die Rechnung. Noch vor wenigen Stunden war er überzeugt gewesen, am Ende des Tages im Besitz des Vossinger-Champagners zu sein. Stattdessen hatte er nicht nur dem Colonel vorschnell frohe Kunde gebracht, nun war die Flasche erneut verschwunden, gestohlen sogar, wenn Hennys Verkäufer ihm keine Lügenmärchen auftischte.

»Wie sah der Dieb denn aus?«, wollte Paul von ihm wissen.

»Ich habe ihn ja nur von hinten gesehen«, meinte Zängerle. »Mittelgroß, würde ich sagen, ziemlich dünn. Er trug keinen Hut. Und schnell war er, also eher ein junger Mann als ein alter.«

»Ordentlich gekleidet oder eher wie ein Halbstarker?«

»So schnell, wie der war, da hab ich gar nichts …, also wirklich, beim besten Willen, wir reden über Sekunden, und …«

»Können Sie mir zeigen, wo die Flasche gelegen hat?«, unterbrach Paul sein Gestammel.

Zängerle nickte, froh, ihm einen Gefallen tun zu können. Paul folgte ihm in den Weinkeller.

»Schauen Sie, hier hat Frau Köpfer sie hingelegt, nachdem sie die Flasche aus Frankreich mitgebracht hat.« Er deutete auf eines der Regale in der Nähe der Treppe. »Wenn der Dieb in den Keller rechts gegangen wäre, hätte er alten, teuren Bordeaux entdeckt, aber er hatte es eilig …«

»Frau Köpfer hat die Flasche aus Frankreich mitgebracht?«, unterbrach ihn Paul erstaunt.

»Nachdem sie aus Reims zurückkam, lag die Flasche da. Ich habe mich gewundert, dass die Chefin nicht noch mehr Champagner vor Ort gekauft hat. Die Leut' wollen wieder Champagner trinken, wissen Sie, aber ihr Besuch hatte wohl eher private Gründe. Es gibt, glaube ich, alte familiäre Verbindungen nach Épernay, sie hat mal eine Andeutung gemacht, aber Genaueres weiß ich nicht. Ich bin erst seit zwei Jahren da.«

Von familiären Verbindungen in die Champagne hatte Henny in ihrer gemeinsamen Zeit nie etwas erzählt. Zusätzlich verwirrt von der Auskunft, Henny habe die Flasche aus Frankreich mitgebracht, fragte er: »Können Sie sich an das Etikett der Flasche erinnern?«

»Ich habe die Flasche nur einmal kurz in der Hand gehabt. Ein 1937er Vossinger-Champagner, das kann ich mit Bestimmtheit sagen.«

»Ist Ihnen ein kleiner roter Stempel aufgefallen?«

»Nein, daran kann ich mich nicht erinnern, aber wie gesagt, nur einmal gesehen, und es war spät, wir wollten Feierabend machen, aber bestimmt weiß Frau Köpfer das. Gehen wir wieder nach oben?«, fragte er, als die Ladenklingel ertönte. »Ich kann die Kundschaft nicht allein im Laden lassen. Ein Dieb am Tag reicht.«

Zängerle hastete wieder die Treppen hinauf. Den Kopf voller Fragen folgte Paul ihm langsam. »Ich muss sofort mit Frau Köpfer reden«, sagte er, als er im Laden angelangt war. »Sie wohnt oben, nicht wahr? Ich geh hoch.«

»Bitte nicht«, flehte Zängerle. »Zwei Schnitzer an einem Tag lässt sie mir nicht durchgehen. Und Ihnen reißt sie den Kopf ab, wenn Sie sie jetzt stören.«

»Das riskiere ich«, meinte er.

Er stieg die Treppe zum ersten Stock hoch und klingelte. Keiner öffnete, dabei roch er Hennys Zigarettenrauch. Er klingelte noch mal, und als wieder nicht geöffnet wurde, schlug er mit der Faust gegen die Tür und rief laut nach ihr. Wieder keine Antwort.

»Gottverdammi, du Schindgurre«, fluchte er auf Elsässisch, bevor er aufgab und das Haus verließ.

Freiburg

Henny sprang von der Chaiselongue auf, rannte zum Fenster, kehrte zurück, legte sich wieder hin, steckte sich eine Zigarette an. Sie sah den Rauchschwaden nach, wartete, bis sie sich in nichts auflösten, paffte weitere hinterher, drückte die zu Ende gerauchte Kippe im Aschenbecher aus, zündete sich sofort eine neue an. Sprang wieder auf, kehrte wieder zurück, drückte die halb gerauchte Kippe aus, zündete sich eine neue an. Das tat sie so lange, bis der Qualm im Wohnzimmer so dicht war wie der Nebel in ihrem Kopf. Praktisch, wie sie war, konzentrierte sie sich irgendwann auf die Frage, wer die Flasche aus ihrem Weinkeller gestohlen haben könnte.

Die Zahl derer, die wussten, dass sie im Besitz der Flasche war, ließ sich an einer Hand abzählen: Zängerle, Kaspar, Frau Dobler, damit Herr Dobler und wahrscheinlich auch Friedrich Rohl, und Paul. Fast an einer Hand, korrigierte sie sich. Zängerle hatte kein Motiv, Paul würde nicht unten im Laden stehen, wenn er die Flasche geklaut hätte, Frau Dobler schied qua Geschlecht aus, sogar Dobler selbst. Niemals könnte der Fettsack wie ein Blitz verschwinden, und auch Rohl war eigentlich für einen schnellen Sprint zu alt. Aber hatte er nicht schon immer gerne andere die Drecksarbeit für sich erledigen lassen? Rohl traute sie durchaus zu, dass er einen abgebrannten Halbstarken mit dem Diebstahl beauftragt hatte, der die Gunst der Stunde, ach was, die Gunst der fünfzehn Minuten nutzte, um in Zängerles Abwesenheit in den Keller zu sausen und die Flasche zu stehlen. Warum nur hatte sie den Champagner nicht versteckt, sondern dem Dieb auf dem Präsentierteller serviert? Herrje, sie hatte nicht damit gerechnet, dass ihn jemand klauen würde. Bei ihr klaute keiner. Ein, zwei Flaschen Schwund, so was kam gelegentlich vor. Doch so ein zielgerichteter Diebstahl? Noch nie. Aber hinterher war man immer klüger.

Jemand klingelte Sturm, das war sicher Paul. Den konnte sie jetzt beim besten Willen nicht sehen. Wieder Klingeln, dann Klopfen, Rufen, Schimpfen, schnell eine neue Zigarette. Endlich kehrte Ruhe ein, und sie dachte wieder an die Flasche.

Was war mit Kaspar? Konnte er …? Aus Rache, um Gleiches mit Gleichem heimzuzahlen? Warum nicht? Was, wenn er gar nicht in die große, weite Welt gestürmt, was, wenn er in Freiburg untergeschlupft war? Aber bei wem? Da kannte er doch keinen außer ihr. Doch Bertold, Bertold Jakumeit, Kaspars bester Freund! Der arbeitete seit Kurzem beim Standesamt in Freiburg. Vielleicht wohnte er inzwischen in der Stadt, weil ihm das tägliche Hin und Her mit der Kaiserstuhl-Bahn zu viel geworden war? Bertold. Dass sie daran nicht schon eher gedacht hatte. Ein Strohhalm, aber mehr hatte sie im Augenblick nicht.

Sie schwang die Füße auf den Boden und setzte sich auf. Sie spürte die Müdigkeit in ihrem Körper, aber darauf konnte sie keine Rücksicht nehmen. Sie ging zum Sekretär, auf dem das Telefon stand, griff zum Hörer und teilte Zängerle mit, dass sie erst nach der Mittagspause in den Laden komme.

Wenig später ließ sie die Tür hinter sich ins Schloss fallen und eilte die Treppe nach unten.

Freiburg

Paul schob eine Wut auf Henny, die ihn mit falschen Versprechungen in ihren Laden gelockt, eine Wut auf diesen verdammten Champagner, der ihn in diese Bredouille gebracht hatte.

Auf dem Münsterplatz hatte er sich wieder unter Kontrolle. Er entschied, dem Colonel die schlechte Nachricht noch nicht zu überbringen, sondern zunächst allein weiter nach der Flasche zu forschen. Bis zur Unterzeichnung des Vertrags im Januar war ja noch Zeit. Zudem wartete Arbeit auf ihn. Er musste die Filmkopien im Kino abholen und sich in zwei Stunden auf den Weg nach Kehl machen, wo für den Abend die nächste Filmvorführung geplant war. Das wäre ja noch schöner, wenn er wegen des vermaledeiten Champagners einen lukrativen Auftrag versemmeln würde. Doch zunächst suchte er eine freie Telefonzelle, fütterte den Automaten mit Münzen und wählte die Nummer von Capitaine Lambert.

»Ich brauche nochmals Ihre Hilfe, Capitaine.«

»Oh, das kostet Sie aber ein Essen im *Saint Sépulcre* in Strasbourg.«

»Im *Hailich Graab, mais bien sûr*«, antwortete Paul, der das Traditionsgasthaus kannte.

»Stimmt, Sie sind ja Elsässer wie der Colonel«, fiel Lambert ein. »Also: Was kann ich für Sie tun?«

»Ich bin immer noch hinter dem Vossinger her. Wer, meinen Sie, kann mir am besten Auskunft geben über das, was damals passiert ist? Yves Vossinger?«

»Nein, das glaube ich nicht. Frou-Frou, Pauline Crépau, sie war der Chef der Gruppe. Bei ihr sind die Fäden zusammengelaufen.«

»Könnten Sie sie fragen, ob ich sie anrufen und zu den Vorkommnissen ihrer Entdeckung durch die Gestapo befragen darf? Als Hintergrund können Sie ihr alles mitteilen, was ich Ihnen erzählt habe.«

»Ich weiß nicht, ob es sie freuen wird, dass mit dem Champagner, der sie ins KZ brachte, nun auf die deutsch-französische Freundschaft angestoßen werden soll«, bemerkte Lambert zögerlich.

»Nicht der Champagner, die Nazis haben sie ins KZ gebracht«, korrigierte Paul.

»*Bien sûr*, aber Sie wissen, was ich meine.«

»Fragen Sie sie trotzdem.«

»Ich sehe, was ich machen kann. Versprechen kann ich nichts. Wie erreiche ich Sie?«

»Über das Institut français. *Merci beaucoup, mon camerade.*«

Freiburg

Im Standesamt erklärte Henny dem Pförtner energisch, dass sie in einer dringenden Familienangelegenheit mit Bertold Jakumeit sprechen müsse.

Der Mann versprach, Bertold zu holen, und deutete mit dem Kopf in Richtung Wartezimmer, einem düsteren Raum, der durch einen großen Baum des Innenhofes verschattet wurde und in dem reihum karge Stühle standen. Henny traf auf zwei wartende junge Paare. Beide hatten die Stühle eng zueinander gerückt, beide hielten sich an den Händen, beide warfen sich verliebte Blicke zu.

Als Paul und sie im Eichinger Rathaus ihr Aufgebot bestellt hatten, waren sie genauso verliebt gewesen. Der Selinger Fritz, seinerzeit Bürgermeister, hatte sich erleichtert gezeigt, dass sie endlich heiraten wollten, hatten es doch die Eichinger Spatzen schon lang von den Dächern gepfiffen, dass Henny und Paul … Zu diesem Zeitpunkt war Henny die Hochzeit als das Selbstverständlichste auf der Welt erschienen, zu diesem Zeitpunkt war sie noch völlig beglückt davon gewesen, eine zweite große Liebe gefunden zu haben. Doch das war, bevor Yves' Auftauchen in Baden-Baden alles durcheinandergebracht hatte.

»Hallo, Frau Köpfer!«

Vor ihr stand ein sehr erstaunter Bertold Jakumeit in einem neuen blauen Anzug, der passte wie angegossen. Früher waren Bertold Jakumeit alle Sachen immer entweder zu groß oder zu klein gewesen, weil er stets die gebrauchten Hemden und Hosen der älteren Brüder auftragen musste. Die Jakumeits, Vertriebene aus dem Sudetenland, waren im Winter 1945 in Eichingen zwangseinquartiert worden, wie auch die Aschenbrenners und die Borufkas. Drei Familien mit insgesamt siebzehn Personen musste das Dorf aufnehmen, und das taten die Eichinger nicht gern. Es gab viel Streit um die Unterbringung. Am Ende nahm die Witwe Schätzle die Aschenbrenners auf, die Borufkas erhielten die alte, schon lange unbenutzte Lehrerwohnung, und für die Witwe Jakumeit und ihre Kinderschar, die zuerst wochenlang in einer Scheune campierten, räumte man schlussendlich das Dachgeschoss des Feuerwehrspritzenhauses. Was dazu führte, dass die Jakumeit-Söhne alle Mitglieder der Freiwilligen Feuerwehr wurden, bis auf Bertold, den Jüngsten, ein kränkliches, rachitisches Kind, Kaspars Spielkamerad von Anfang an. Zwei Außenseiter, die sich gefunden hatten.

»Hast du schon Mittag gemacht?«, fragte sie den immer noch sprachlosen Bertold. »Nein? Gut, dann lade ich dich ins *Café Schmidt* auf eine Königinpastete ein.«

Dort saßen sie wenig später. Henny bestellte, und Bertold rutschte unruhig auf seinem Stuhl hin und her. Seit sie ihn einmal aus den Fängen von drei Rotzlöffeln der Weber-Sippe befreit und ein paar Jahre später bei seiner Mutter durchgesetzt hatte, dass er die Realschule in Endingen besuchen durfte, hatte sie bei Bertold einen Stein im Brett. Ihr plötzliches Auftauchen hatte ihn ein wenig überrumpelt, zudem war ihr natürlich bewusst, dass er seine Mittagspause eher in der städtischen Kantine als im ersten Café am Platze verbrachte. Seine Unsicherheit störte Henny nicht, im Gegenteil. Wenn er schnell wieder wegwollte, würde er weniger Umwege machen, ihr zu erzählen, was sie wissen wollte.

»Der Kaspar ist verschwunden. Weißt du, wo er steckt? Kätter und ich haben Angst, dass er in einen Schlamassel geraten ist. Hast du von der Sache mit dem Champagner gehört? Hat er dir von dem Weinhändler Dobler …?«

»Champagner? Also davon weiß ich nichts«, unterbrach sie Bertold schnell. »Ich mein, der Kaspar hat doch ganz andere Sorgen. Ist er jetzt ein Findelkind, oder ist er keins? Das ist die Frage, die ihn plagt.«

»Zweimal Königinpastete, bitte schön, Frau Köpfer.« Die Serviererin stellte die Teller auf den Tisch.

»Wann hat er dir davon erzählt?« Henny faltete ihre Serviette auf und griff zu Messer und Gabel.

»Kurz nachdem der Häwelmann gestorben ist, so ein, zwei Wochen bevor er nach Stuttgart ist. ›Wenn das eine weiß, dann doch Sie‹, hab ich ihm gesagt, aber er war nicht sicher, ob Sie ihm die Wahrheit sagen würden.«

Er senkte schnell den Kopf, griff eilig zu Messer und Gabel und betrachtete das Blätterteiggebilde und die filigrane Garnitur aus Radieschenröschen auf Blattsalat auf seinem Teller.

»Es gab Gründe, weshalb wir ihm als Kind nicht die Wahrheit gesagt haben«, erklärte sie. »Es stimmt, er ist ein Findelkind. Ich habe ihn aus dem brennenden Freiburg geschafft. Seine Mutter ist bei dem Angriff ums Leben gekommen.«

»In der Nacht der Operation Tigerfish? Da habe ich bei meinen Nachforschungen auch angesetzt«, erklärte Bertold mit einem Leuchten im Blick. Während er forsch die Pastete zerteilte, fuhr er in eifrigem Ton fort: »Es gab ja nur diesen einen schweren Bombenangriff auf Freiburg. Wenn er wirklich ein Findelkind war, habe ich überlegt, dann muss seine Mutter gestorben sein, und vielleicht hat man dann auch ihr

Kind, also ihn, für tot erklärt. Es gab ja viele Verschüttete und Vermisste, also habe ich in den Sterberegistern der Bombennacht nachgesehen.«

»Stimmt, du sitzt im Standesamt an der Quelle.« Henny warf ihm einen anerkennenden Blick zu.

»Ich weiß ja, wo Ihre Weinhandlung liegt, also bin ich in einem Radius von hundert Metern alle Straßen durchgegangen und habe im Sterberegister nach einem dreijährigen Jungen gesucht. Und einen gefunden.«

»Interessant.« Henny legte ihr Besteck beiseite und schenkte Bertold ihre ganze Aufmerksamkeit.

»›Johann Dekker, geb. am 3. 6. 1941 in Freiburg, gest. am 27. 11. 1944 in Freiburg. Mutter: Elisa Dekker, verh. mit Jan Dekker, Holzhändler, Den Haag, geb. als Elisa Rominger am 10. 5. 1919 in Sélestat, gest. am 27. 11. 1944 in Freiburg.‹«

»Johann«, flüsterte Henny, und ihr Blick glitt in die Ferne. »Manchmal habe ich mich gefragt, wie ihn seine Eltern genannt haben. Kaspar war wie ein unbeschriebenes Blatt, ein Buch mit sieben Siegeln, Terra incognita. Auf die Frage, wie er heißt, hat er nie geantwortet. Auch als ihm erste Erinnerungen an seine wirkliche Mutter kamen, nicht. Seinen Namen hat er wohl vergessen ...«

»Und Sie haben ihn Kaspar genannt, weil er ein Findelkind ...?«

»Naheliegend, oder?«, gab Henny zurück. »Dann hat Kaspar vielleicht eine elsässische Mutter und einen holländischen Vater. Aber wie soll man das heute noch feststellen?«

»Vielleicht sieht er einem der beiden ähnlich?«, warf Bertold ein.

Henny nickte. »Vielleicht. Ob der Vater noch lebt? Viele Holzhändler waren Juden, vielleicht wurde er in einem Konzentrationslager ...«

»Nein, er war kein Jude, er war Protestant«, unterbrach Bertold sie. »Jan Dekker und Elisa Rominger haben in Freiburg geheiratet.«

»Du hast die Heiratsurkunde eingesehen? Wirklich, Bertold, du überraschst mich.«

»Sie haben 1937 geheiratet. Scheveningen, Statenlaan 15, hat Jan Dekker als Heimatadresse angegeben. In Freiburg haben sie in der Salzstraße gewohnt.«

»Salzstraße … Ich könnte nicht mehr sagen, wo ich den Kleinen gefunden habe«, sinnierte Henny. »Nichts sah mehr aus wie vorher, die Salzstraße nicht, die Dreherstraße nicht, die Augustinergasse nicht, du kannst dir das Chaos und die Zerstörung nicht vorstellen. Mir kam es vor wie der Weltuntergang. Und dann der brennende Baum … Dass ein Baum brennen kann, habe ich gedacht und an die Bibel denken müssen. Zeichen von oben, das nahe Ende der Welt und so weiter. Gott ist Moses am Berg Horeb als brennender Dornbusch erschienen, und mir eben der Kaspar vor einem brennenden Baum.«

»Ein brennender Baum«, murmelte Bertold. Er sah in die Ferne.

»Weißt du, wie lange es dauert, bis ein Baum im November brennt? Jesses, war das ein Inferno! So was könnt ihr Jungen euch gar nicht vorstellen. Ihr wisst gar nicht, was für ein Glück ihr habt, dass wir jetzt in Friedenszeiten leben.« Henny schob ihren Teller zur Seite. »Noch ein Stück Kuchen zum Nachtisch?«, wechselte sie das Thema. »Sie machen hier vorzügliche Torten: Prinzregenten-, Luisen-, Panamatorte. Schwarzwälder Kirsch natürlich auch.«

»Prinzregenten«, entschied Bertold nach einem Blick auf die Uhr, und Henny bestellte. »In zehn Minuten muss ich los«, sagte er dann.

»Wie hat Kaspar reagiert, als du ihm davon erzählt hast?« Henny bestellte den Kuchen.

»Wie reagiert einer, wenn er sich plötzlich neu denken kann? Wenn einem plötzlich ein anderes Leben geschenkt wird? Da will man entweder am alten Leben festhalten, oder man stürzt sich in das neue, weil man schon immer wusste, dass das gelebte das falsche ist. Auf alle Fälle fährt man Achterbahn, da gerät alles aus den Fugen, da hat nichts mehr Bestand.«

Der Kuchen wurde serviert. Bertold griff zur Gabel, stach ein großes Stück der Tortenspitze ab und schob sich die Schokoladenbuttercreme in den Mund.

Kluges Bürschchen, dachte Henny und murmelte: »Wer träumt nicht davon, noch mal neu anfangen zu können?«

»Kennen Sie das auch?«, fragte Bertold erstaunt zurück. »Ich habe immer gedacht, davon träumen nur Leute, die auf der Schattenseite stehen. Ich habe mir oft eine andere Familie gewünscht, der Kaspar kriegt eine geschenkt und freut sich nicht. Verkehrte Welt! ›Ein holländischer Holzhändler, vielleicht ist er zur See gefahren? Hawaii oder Madeira, Kap der Guten Hoffnung oder Feuerland, so einer hat doch Geschichten zu erzählen‹, hab ich zu Kaspar gesagt. ›Vielleicht lebt er noch? Vielleicht hast du noch einen Vater?‹ Der Kaspar hat immer nur den Kopf geschüttelt, der war ganz durcheinander.«

»Wann hast du es ihm erzählt?«

»Am Tag bevor er nach Stuttgart gefahren ist.« Bertold spachtelte weiter Torte in sich hinein. »Da kam er bei mir im Standesamt vorbei. Ich musste ihm die Eintragungen schwarz auf weiß zeigen, er musste alles mit eigenen Augen sehen. Ich habe ihm gesagt, er soll mit Ihnen reden, um sich Gewissheit zu verschaffen.«

Hätte er sie gefragt, wenn sie an dem Abend zu Hause gewesen wäre? Hätte sie ihn dann wegen des Vossingers nicht zur Schnecke gemacht? Hätte sie ihm zugehört, ihn in seiner Verzweiflung getröstet? Hätte, hätte, hätte. Das Leben war, wie es war, und scherte sich nicht um verpasste Gelegenheiten.

»Ich muss jetzt gehen«, sagte Bertold, schob den leeren Kuchenteller zurück und stand auf. »Danke für die Einladung, Frau Köpfer.«

»War Kaspar in den letzten Tagen bei dir? Weißt du, wo er jetzt ist?«

Bertold schüttelte unbestimmt den Kopf. Wieder sah er sie

nicht an. »Ich muss mich sputen«, fistelte er, sich bereits vom Tisch entfernend. »Es wird gar nicht gern gesehen, wenn einer zu spät aus der Mittagspause zurückkehrt.«

Fahrt nach Kehl

Im Radio besang Charles Trenet beschwingt das Meer. Der Motor der Dauphine schnurrte, die Koffer der Filmkopien lagen sicher auf der Rückbank. Mit jedem Kilometer, den Paul sich von Freiburg entfernte, hellte sich seine Stimmung weiter auf. Unterwegs ging es ihm immer gut. Er fuhr auf die Autobahn, bald tauchten linker Hand der Tuniberg und dann der Kaiserstuhl auf.

»Weißt du, warum der Kaiserstuhl Kaiserstuhl heißt?«, hatte Kaspar ihn mal gefragt. Da war er dreizehn oder vierzehn Jahre alt, und Paul hatte ihn und Kätter nach langer Zeit wieder einmal besucht. Nein, wusste er nicht, was Kaspar sehr freute. Nun, da er an dem Örtchen Riegel mit seiner prächtigen Brauerei an der Elz und der kleinen Kapelle auf dem Berg dahinter vorbeifuhr, musste er daran denken. »Ein junger König hat hier mal Gericht gehalten«, erklärte ihm Kaspar. »Otto III., der war damals gerade mal so alt wie ich und frisch König. In Sasbach hat er zum ersten Mal Recht gesprochen«, führte Kaspar aus. »Und weil der junge König später auch Kaiser wurde, heißt unsere Heimat nicht König-, sondern Kaiserstuhl.«

Immer mal wieder hatte er bei Kaspar und Kätter vorbeigeschaut. Die zwei konnten nichts dafür, dass Henny ihn so schmählich verlassen hatte, und er wusste, wie sehr der Junge an ihm hing. Meist hatte er mit Kaspar einen Ausflug gemacht, war mit ihm in den Karlsruher Zoo oder auf den Schauinsland gefahren. Zum zwölften Geburtstag hatte er Kaspar einen Fotoapparat geschenkt. Eine gebrauchte, aber noch tadellose Agfa Clack – Clack, weil beim Drücken der Auslöser klackt! Einlinsiges Objektiv, Rollfilm, Format 6×9, die er günstig hatte erwerben können. Ab dieser Zeit redeten sie über Blenden und Brennweiten, Licht und Gegenlicht, Bildausschnitte und Totalen. Wenn die Treffen gut liefen, hatten sie viel Spaß miteinander, wenn sie einen schlechten Tag erwischten, bockte Kaspar, und bei ihm kehrte die Wut auf Henny zurück.

Der Tag, an dem sie über den Namen Kaiserstuhl und Otto III. sprachen, war ein guter gewesen. Ein Gespräch auf Augenhöhe, wenn man so will, ein erstes Gespräch unter Männern. Kaspar war seit dem letzten Mal in die Höhe geschossen, er überragte ihn inzwischen und war bereits mitten im Stimmbruch. Sie redeten über Ottos Reich, das sich weit nach Osten und bis nach Byzanz erstreckte, überhaupt über Länder, die zu mächtigen Reichen wuchsen und wieder untergingen, über Grenzen, die verschoben wurden und selten sicher waren, über die Menschen in den Grenzregionen, die stets am meisten unter den Wechselfällen der Geschichte litten.

Und natürlich erzählte er von seinem geliebten Elsass, so wie er es aus eigener Anschauung und durch die Texte von René Schickele kannte. Von diesem kleinen Landstrich zwischen zwei Völkern, dessen Bewohner von jeher und immer die Beute dieser mächtigen Nachbarn waren. Auf deren Rücken Kämpfe ausgefochten wurden, immer unter dem Befehl des Siegers von gestern. Keine Generation, die nicht mit blutigen Köpfen von fremden Schlachtfeldern heimkehrte. »Aber du hast nicht geblutet, als wir dich auf der Amolterer Heide gefunden haben«, hatte Kaspar eingeworfen. »Nicht sichtbar«, hatte er geantwortet. »Aber es gibt Wunden, die im Inneren bluten, und die heilen oft schlechter als die äußeren.« Kaspar hatte ihm voll Überzeugung zugestimmt. Auch wenn sie nicht weiter über das Thema gesprochen hatten, so spürten sie doch eine tiefe Verbundenheit.

Wie lang Kaspar wohl in Ludwigsburg noch auf ihn gewartet hatte? Er hätte früher anrufen müssen, gleich aus dem Militärhospital, aber da hatte ihn der Kampf mit seinen eigenen Dämonen gefangen gehalten. Natürlich übertrieb Henny maßlos mit ihrer Behauptung, Kaspars Verschwinden habe etwas mit dem Champagner zu tun. Aber was, wenn doch?

Kinder lässt man nicht im Stich, niemals, hatte er in wilder, kindlicher Wut dem Vater vorgeworfen, der so früh gestorben war und ihn mit der strengen Mutter und den Brüdern allein gelassen hatte. Der Vater war sein Anker in der Familie gewesen, nach dessen Tod fühlte er sich verloren, um seinen Beschützer und Fürsprecher beraubt. Damals hatte er sich geschworen, dass er länger leben und dies bei seinen eigenen Kindern anders machen würde.

Er schreckte zusammen, als hinter ihm ein Auto hupte, und konzentrierte sich wieder aufs Fahren. Der Kaiserstuhl lag längst hinter ihm, Offenburg war die nächste Ausfahrt. Danach musste er von der Autobahn runter und die restlichen Kilometer über Landstraße knattern. Er erreichte Kehl bei Einbruch der Dämmerung. Am Bahnhof, kurz vor der Europabrücke, bog er in die Hauptstraße ein, in der das Kino lag. Eine triste Straße mit bescheidenen grauen Häusern, aber lebte Kehl nicht immer schon im Schatten des prächtigen Strasbourg? Als er nach der Befreiung am anderen Ufer des Rheins gestanden und über die von den Nazis gesprengte Brücke auf Kehl hinübergeschaut hatte, war ihm der graue Ort und die beschädigte Brücke wie ein Symbol für das zerstörte, elende Land erschienen, das sechs Jahre lang Krieg und Verderben über Europa gebracht hatte.

Er parkte den Wagen vor dem Kino, griff nach seinem Stock, meldete sich bei der Kartenverkäuferin, die sofort nach dem Chef telefonierte. Bis dieser kam, vertrat Paul sich vor dem Kino die Beine, das rechte zwickte noch, machte ihm aber immer weniger Ärger. Bald brauchte er keinen Stock mehr.

»Herr Duringer, des isch äwer ä groß' Plaisir, dass Se do sin.«

Das Kehler Alemannisch, mit dem ihn Kinobesitzer Kern begrüßte, traf ihn wie ein Stich ins Herz, so verwandt war es dem Elsässisch aus Strasbourg. Zum Glück kam Herr Kern schnell auf den Film des Abends zu sprechen. *Schießen Sie auf den Pianisten* hatte er für Kehl ausgesucht, und Paul vertraute die Filmrollen dem Vorführer an, der mit Herrn Kern nach draußen gekommen war.

»Wege däm Charles Aznavour«, erklärte Herr Kern, ein freundlicher Herr, wie Paul bemerkte, ein paar Jahre älter als er. »Den kennt man auch bei uns. Mehr als Sänger allerdings, französische Chansons sin sehr modern. Truffaut sagt ja eigentlich keinem ebs.«

Sie besichtigten Kino und Vorführkabine, besprachen den Ablauf der Veranstaltung. Als alles geklärt war, spazierten sie wieder nach draußen, Paul wollte noch in seinem Hotel vorbeigehen, bevor der Film anfing.

»Duringer, Duringer, bei dem Name klingelt ebbes bei mir«, überlegte Herr Kern beim Abschied laut. »Sind Sie mit den Duringers verwandt, die das Union in Straßburg betreiben?«

»Um drei Ecken«, wiegelte Paul ab.

»Während des Krieges sin mir gärn rüwer ins Union«, schwärmte er. »Alle großen Filme hän die zeigt: *Münchhausen*, *Große Freiheit Nr. 7*, *Die große Liebe*, und wenn deutsche Stars nach Straßburg gekommen sind, dann ins Union.«

Ja, seine Mutter hatte während der Okkupation gute Geschäfte mit den Deutschen gemacht.

»Jetzt ist das Union wieder französisch«, schwatzte Herr Kern weiter. »Läuft immer noch gut, immer nur Spitzentitel, aktuell *La guerre des boutons*. Bin ich gespannt, wann der bei uns kommt! Aber ich habe gehört, dass die alte Madame Duringer aufhören will. Sie sucht einen Nachfolger. Wär das nix für Sie?«

Freiburg

Henny betrat am Rathausplatz eine Wirtschaft, in die sie noch nie einen Fuß gesetzt hatte. Ein trister Ort mit schmuddeligen

Tischdecken, einsamen Gästen und einem müden Kellner. Sie steuerte sofort einen freien Tisch am Fenster an und schob die Gardine zur Seite. Ja, sie hatte den Eingang des Rathauses direkt im Blick.

Wenn Kaspar bei Bertold war, so ihre Überlegungen, dann brauchte sie nur Bertold zu folgen, er würde sie auf direktem Weg zu Kaspar führen. Da sie aber nicht wusste, wann genau Bertold Feierabend machte, hieß es erst mal warten. Sie setzte sich, bestellte ein Achtel Achkarrener Müller-Thurgau, zündete sich eine Zigarette an und griff nach einer Tüte Salzstangen, die umrahmt von Fondor und Pfeffer & Salz mittig am Tisch in einem Plastikkistchen klemmte. Das Zellophan knisterte, als sie die Tüte aufriss. Während sie den Rauch in den trüben Gastraum blies, folgte sie in Gedanken Bertold bereits zu seiner Junggesellenbude, sah ihn in dem Zimmer verschwinden, in dem Kaspar hockte, sah sich selbst klingeln oder klopfen, sah die verdutzten Gesichter der beiden, wenn sie ihr die Tür öffneten. Ja, Henny Köpfer war immer für eine Überraschung gut. Aber dann? Als sie an der ersten Salzstange knabberte, merkte sie, dass sie nicht die leiseste Ahnung hatte, wie sie das Gespräch mit Kaspar beginnen sollte. Herrje, warum waren Menschen so kompliziert?

Der Wein wurde serviert, sie bezahlte direkt, schließlich war sie auf dem Sprung. Ein Blick durchs Fenster, aber noch trat keiner vor die Rathaustür. Sie probierte den Wein, ein mittelmäßiger Tropfen, stellte das Glas ab, drückte die Zigarette aus, schob wieder die Gardine zur Seite. Drei Frauen, Sekretärinnen vielleicht, verließen das Rathaus, sonst niemand. Sie drehte den Kopf zurück. Der Mann am Nachbartisch starrte sie an. Die umschatteten Augen, das müde Lächeln, sein Gesicht, all das kam ihr vage bekannt vor. Es fiel ihr aber nicht ein, wer der Mann sein könnte, sie wusste nicht, weshalb er sie anstarrte. Als große Frau war sie es gewohnt aufzufallen. Nur dass in besseren Häusern die Männer nicht so ungeniert starrten wie hier. Sie nickte knapp in seine Richtung, damit war der Höflichkeit Genüge getan. Dann friemelte sie die nächste Salzstange aus der Packung, knusperte sie in Windeseile und ruckelte unruhig auf ihrem Stuhl hin und her.

Warten war eine Königsdisziplin, eine, die sie nicht beherrschte. Wenn sie vor Ungeduld fast platzte, hatte der Vater sie früher Champagnerhäuser aufsagen lassen. »Also, Henny, die zehn großen Champagnerhäuser aus Reims!« Veuve Clicquot, Heidsieck-Monopol, Krug, Mumm, Piper-Heidsieck, Pommery, Ruinart, Taittinger, Lanson, rekapitulierte sie die Liste. Verdammt, eines fehlte noch.

Der Kellner stellte ihr ein Glas Sekt hin, den sie nicht bestellt hatte. »Von dem Herrn gegenüber«, erklärte er und deutete auf den Mann, der sie anstarrte.

»Sagen Sie ihm, ich kann das nicht annehmen. Ich warte auf meinen Mann.«

Der Kellner tat wie geheißen und entschwand mit dem Sektglas. Ein kurzer Blick auf die Armbanduhr, es war halb sechs, Feierabendzeit, wieder schob sie den Vorhang zur Seite. Nun verließen bereits drei Männer und drei Frauen das Rathaus, nun hieß es aufpassen. Besser keine Zigarette mehr anzünden, stattdessen knabberte sie die Salzstangen im Sekundentakt. Roederer, so hieß das zehnte Champagnerhaus, ergänzte sie zufrieden. »Und die großen Häuser aus Aÿ?«, so stets die nächste Frage des Vaters. Sehr einfach, es gab nur zwei: Bollinger und Deutz & Geldermann.

»Der Herr sagt, es ist ihm egal, dass Sie auf Ihren Mann warten.« Der Kellner stellte den Sekt wieder vor ihr auf den Tisch. »Stichwort Dizzy Gillespie.«

Oh, nun dämmerte ihr, woher sie den Mann kannte. Vor ein paar Monaten im Jazzklub, der junge Frischmüller hatte einen Abend lang nur Aufnahmen mit Dizzy Gillespie gespielt. Sie hatte der Musik gelauscht, still ihr Witwendasein beklagt und Champagner getrunken, ein bisschen mehr als üblich. Der Mann saß plötzlich neben ihr, seine sanfte Stimme hatte ihr gefallen, sie ließ sich von ihm nach Hause bringen. Doch er küsste zu schlecht und zu gierig, als dass sie ihn hätte mit in ihr Bett nehmen wollen.

Sie schob das Glas zur Seite. Ignorieren, diesen schmierigen Kavalier konnte sie nun gar nicht brauchen. Sie wünschte sich Olga herbei, die den Kerl leise und unauffällig aus dem Lokal hinauskomplimentieren, oder Elfie, die ihn mit dem Klirren ihrer Armreife kirre machen würde, aber ihre Freundinnen waren nicht hier. Herrje, wenn nur endlich Bertold auftauchen würde! Wieder lüftete sie den Vorhang. »Die großen Häuser aus Épernay?«, fragte der Vater nun. Mercier, Moët et Chandon … Da, da war Bertold! Sie griff nach ihrer Handtasche und stürmte aus der Wirtschaft.

»Auf Wiedersehen«, rief ihr der Mann hinterher.

Besser nicht, dachte sie und war froh, wieder auf der Straße, wieder an der frischen Luft zu sein. Bertold in seinem schicken Anzug bog in die Bahnhofsstraße ein. Die Hände in den Hosentaschen, schritt er zügig voran, sie musste fast rennen, um mit ihm Schritt zu halten. Er blickte nie zurück, er hatte keine Ahnung, dass sie ihm folgte. Er lief schnurstracks auf den Bahnhof zu. Das hieß noch nichts. Er konnte dort sowohl den Zug zum Kaiserstuhl nehmen als auch die Straßenbahn oder den Bus, so er ein Quartier irgendwo in Freiburg hatte. Doch er ging in den Bahnhof hinein, weiter in die Unterführung, stieg dann die Treppen zu dem Gleis hoch, an dem die Kaiserstuhl-Bahn abfuhr. Sie wartete bereits, Bertold stieg sofort ein. Ein paar Minuten später fuhr der Zug los.

»Mist, Mist, Mist!«, entfuhr es Henny. Sie hatte anderthalb Stunden mit einer falschen Spur vertan. Bertold hatte keine Junggesellenbude in Freiburg, er wohnte immer noch in Eichingen. Und wenn Kaspar bei den Jakumeits untergekrochen wäre, dann hätte Kätter das gewusst. So was ließ sich in so einem kleinen Dorf nicht geheim halten.

Sie nahm sich ein Taxi zurück in den Laden. Zängerle verabschiedete gerade die letzten Kunden und verriegelte dann die Tür.

»Wenn Sie wollen, mache ich noch die Kasse fertig«, bot er an.

»Nicht nötig«, wehrte Henny ab. »Irgendetwas, das ich wissen muss?«

»Ich habe die letzten zwei Kisten Dornfelder aus Bodenheim verkauft, da müssen Sie nachordern.«

Henny nickte. »Hat sich Herr Dobler gemeldet?«

»Dobler, der Weinhändler vom Rathausplatz? Sollte er?«, fragte Zängerle überrascht.

Zängerle wartete auf weitere Erklärungen, aber dazu machte Henny keinerlei Anstalten. Sie ging hinter den Verkaufstresen, öffnete die Kasse und nahm die Kassette mit den Münz- und Geldscheinfächern heraus.

»Dann gehe ich jetzt«, sagte er.

»Einen schönen Feierabend«, wünschte Henny und griff nach dem Bonspieß.

In der nächsten halben Stunde zählte sie Geldscheine, rollte Münzen ein, kontrollierte Rechnungen, brachte die Buchhaltung auf den Stand. Alltägliche Verrichtungen, die Kopf und Hände beanspruchten und ihr keine Zeit zum Nachdenken ließen. Aber kaum hatte sie diese Aufgaben bewältigt, türmte sich all das vor ihr auf, was nicht erledigt war. Weder wusste sie, wo Kaspar steckte, noch, warum Dobler für Rohl 37er Vossinger sammelte. Noch weniger wusste sie, ob das eine mit dem anderen zusammenhing.

Eichingen

Oben am Sommerberg, den man von der Dorfstraße aus sehen konnte, ging die Sonne hinter den Pappeln unter. Aus den Reben ragten die Bäume wie schwarze Zinnsoldaten heraus. Sowie die Sonne weg war, wurde es empfindlich frisch. Kätter zog sich das gestrickte Dreieckstuch enger um die Schultern und fegte den Straßendreck zu einem Häuflein zusammen.

Nebenan, im Stall vom Selinger, brüllten die Kühe, der Karle sollte sich mal mit dem Melken beeilen. Warum sie denn die Straße nun schon zum dritten Mal kehre, rief ihr die Weber Erna zu, die wie immer auf einem Kissen im Fensterrahmen hing. Der alten Betschwester entging nichts im Dorf. Die konnte eine Sünde schon riechen, bevor sie begangen war. Besser einmal zu viel als einmal zu wenig, so Kätters Antwort. Daran solle sich die Erna mal ein Bespiel nehmen. Das wäre ja noch schöner, wenn sie dem wunderfitzigen Weib erzählen täte, warum sie hier mit dem Besen herumwedelte. Zufrieden registrierte sie, dass die Erna kurz darauf ihr Fenster schloss.

Sie kehrte die Straße vor dem Haus nun bereits zum fünften Mal, als sie Bertold endlich kommen sah. Seit er in Freiburg arbeitete, führte ihn sein Weg zum Bahnhof morgens und abends an ihrem Hof vorbei. Wenn er sie sah, grüßte er immer, blieb aber nie stehen. Doch diesmal wollte sie, dass er stehen blieb.

»Bertold!« Sie stellte sich ihm mit dem Besen in den Weg. »Seit dem Sturm liegt viel Astholz oben im Bisamwald. Sag deiner Mutter, ihr könnt's als Brennholz wieder einsammeln in meinem Stück vom Wald.«

»Ich sag's der Mutter. Vergelt's Gott, Frau Köpfer.«

Er wollte weitergehen, aber sie hielt ihn mit ihrem Blick fest. »Ich hab mich euch Flüchtlingen gegenüber allweil als Christenmensch gezeigt. Und grad du hast dich in der schlechten Zeit bei uns immer satt essen dürfen. Deshalb will ich jetzt eine ehrliche Antwort: Wo steckt der Kaspar?«

»Ich weiß es nicht, Frau Köpfer, wirklich nicht.«

Sie musterte ihn. Er hatte immer noch die kleinen Ohren, und Menschen mit kleinen Ohren lügen nicht. Aberglaube, würde Henny sagen, aber die wusste auch nicht alles. Kätter durchbohrte ihn mit ihrem Blick und fragte: »Hat dir der Kaspar g'sagt, dass du mir nix sagen darfst?«

»Nein, wirklich nicht. Ich warte genauso auf ein Lebenszeichen von ihm wie Sie.«

Er trat unruhig von einem Bein aufs andere und traute sich nicht, sie anzusehen. Nebenan brüllten immer noch die Kühe.

»Ich muss heim, Frau Köpfer, die Mutter wartet mit dem Essen.«

»Weißt du was von dem Dobler?«

»Das hat mich die junge Frau Köpfer auch schon gefragt. Aber ich schwör's: Den Namen hab ich noch nie im Leben gehört.«

Kätter machte einen Schritt auf den Jungen zu, krallte ihre Finger in seinen Arm und zwang ihn, sie anzusehen. »Dann sag mir jetzt ins Gesicht, dass du keine Ahnung hast, wo er steckt!«

»Vielleicht bei der Else?«

»Die Else aus Mainz?« Kätter ließ den eifrig nickenden Bertold los, und im Stall des Nachbarn kehrte endlich Ruhe ein.

»Ja. Die ist ihm doch in Ludwigsburg über den Weg gelaufen. Ich muss jetzt wirklich. Ade, Frau Köpfer!«

Kätter sah ihm nach, wie er sich mit Riesenschritten entfernte und ihn die Dämmerung bald verschluckte. Geradeaus hatte er sie angeschaut, und die kleinen Ohren, nicht mal ein winziges Zittern. Er war eine ehrliche Haut, er log sie nicht an. Langsam kehrte sie auf den Hof zurück, schloss das große Tor, stellte den Besen in den Schuppen und trat dann ins Haus.

Die Else … Erst hatte es Kätter nicht gepasst, dass sie im Dezember 1944 in Eichingen Ausgebombte aus Mainz beherbergen musste und ihr die zwei Koslowskis, Mutter und Tochter, zugewiesen wurden. Aber die Emma konnte tüchtig anpacken, und die Else hatte sich als Segen für den kleinen Kaspar erwiesen.

Jesses, was hatte sie sich immer Sorgen um das Buebl machen müssen! Jede Nacht ins Bett gepieselt hatte er, da halfen weder Schläge noch gute Worte. Und dann kein Wort g'schwätzt. Die Henny immer, dass das der Schock von den Bomben war, dass der Schreck ihn stumm gemacht hatte und dass man nix dagegen tun könnte, aber das hatte sie, Kätter, nie geglaubt. Wenn das Buebl hatte schwätzen können, dann lernte es das auch wieder. Mit allem Möglichen hatte sie es versucht: mit Zuckerbrettli, mit Liedern und Gedichten, und manchmal dachte sie, sie hätte es geschafft, aber dann hatte er doch wieder keinen Ton herausgebracht.

Bis ihr die Idee mit dem Hund … Als die Zunsi vons Weber Karle geworfen hatte, da hatte sie sich eins von den Welpen geben lassen. »Des Butzele gehört dir«, hatte sie dem Kaspar gesagt. »Aber er braucht einen Namen, mit dem du ihn rufen kannst.« Sofort gemerkt hatte sie, dass das Hündl sein Ein und Alles …, dass er davon gar nimmer lassen konnte. Und plötzlich hatte er den Schnabel aufgemacht und gesagt: »Häwelmann«. Nicht a … oder o … oder ä …, nein, direkt so ein schwieriges Wort als Allererstes. Und ab dem Abend hatte er nicht mehr ins Bett gepieselt.

Lang war's bei dem Wort Häwelmann geblieben, von dem keiner wusste, wie der Bueb ausgerechnet darauf gekommen war, das sorgte dann erst viel später für böse Überraschungen. Das eine oder andere Wort war dann noch dazugekommen, aber richtig gesprochen hatte er erst, als er in der Else endlich ein Spielkamerädl gefunden hatte. Mit einem Mal war der Bueb ein richtiges Kind gewesen. Unzertrennlich waren die zwei, und als dann Ende 1945 die Heimatvertriebenen kamen, war noch der Bertold dazugekommen. Die Emma, die Mutter von der Else, ging nach dem Krieg ja erst mal allein zurück nach Mainz und hatte die Else in Eichingen gelassen. Jesses, musste das Mädele weinen, als die Emma es dann abholte.

Und nun ein Wiedersehen in Ludwigsburg, mitten zwischen tausend Leuten. Das musste was bedeuten, dass die zwei sich wiedergefunden hatten. Ob der Kaspar auf Brautschau war? Ob er ihr deshalb nix gesagt hatte? Weil er keine Erwartungen wecken wollte, die sich dann in Luft auflösten? Ja, das tät ihr gefallen, wenn der Kaspar und Else … Dann wäre die Zukunft von Haus und Hof gesichert.

Der Film war zu Ende, das Licht ging an, ungefähr die Hälfte der Zuschauer drängte nach draußen, die andere blieb zum Gespräch. Das Publikum war ein anderes als in Freiburg: keine Studenten, dafür in den hinteren Reihen viele Schüler, vorne saßen eher ältere Herrschaften. Der Leiter der Volkshochschule moderierte. Paul stand Rede und Antwort.

Ein dürrer Herr in der zweiten Reihe meldete sich. Oberstudienrat, Französisch, Latein, tippte Paul.

»Da verspricht man uns in der Ankündigung französische Filmkultur, und dann zeigt man uns einen amerikanischen Gangsterfilm mit französischen Schauspielern«, empörte er sich.

Die Schüler in den hinteren Reihen kicherten.

»Die Filmemacher der Nouvelle Vague lieben den amerikanischen Gangsterfilm, die Schwarze Serie vor allem, die in den Vierziger- und Fünfzigerjahren entstand«, begann Paul. »Gebrochene Heldenfiguren wie Humphrey Bogart, Alan Ladd …«

»Marlon Brando oder James Dean sind viel besser«, rief einer der Schüler keck.

»Noch viel besser sind Pierre Brice und Lex Barker als Winnetou und Old Shatterhand«, ein anderer.

»Jede Zeit hat ihre Helden«, meinte Paul. »Vielleicht setzt ihr ja auch den traurigen Pianospieler Charles Aznavour auf eure Liste.«

»Also das ist doch gar kein Gangsterfilm, sondern eine sehr, sehr unglückliche Liebesgeschichte«, vermeldete eine Frau aus der dritten Reihe. »Warum muss Charles Aznavour als Pianist auch noch die zweite Frau verlieren? Hat der Mann nicht schon genug gelitten?«

»Genau das verleiht der Figur des Pianisten Tiefe«, erwiderte Paul. »Truffaut beschreibt ihn als sehr modernen, existenzialistischen Menschen. Denken Sie an Camus, der sagt: Man muss sich Sisyphos als glücklichen Menschen vorstellen und …«

»Jetzt verbrämen Sie dieses Machwerk nicht mit merkwürdiger Philosophie«, unterbrach ihn eine mit einem grauen Kostüm gepanzerte Matrone energisch. »Wir müssen über die Nacktszene sprechen. So was gehört sich einfach nicht. Es ist ungeheuerlich, dass die FSK den Film ab 12 Jahren freigibt. Vor solchen Bildern muss die Jugend geschützt werden.«

Buhrufe und Gelächter aus den Reihen der Schüler. Die Dame fühlte sich in ihrer Ansicht bestätigt.

»Sie ist nicht nackt, sie ist nur barbusig«, korrigierte Paul sie. »Aber ja, Sie haben recht, Truffaut setzt sich damit über ein Tabu hinweg, gleichzeitig bricht er diese Szene ironisch, indem er den Pianisten sagen lässt: ›Vergiss nicht, dass so etwas im Film nicht erlaubt ist.‹«

»Die beste Szene des Films«, traute sich einer der Schüler zu rufen.

»Allein deswegen hat sich der Film gelohnt«, stimmte ein anderer zu.

»Da hören Sie selbst, wie verdorben die Jugend durch solche Szenen wird.« Die Dame im grauen Kostüm.

Wieder Buhrufe, der Moderator mahnte zur Ruhe. Paul konnte den Schülern nur zustimmen, er fand die Szene ebenfalls großartig, wenn auch wahrscheinlich aus anderen Gründen. Er mochte Truffauts hintergründigen Humor und seine zarte Poesie, und er mochte diese Gespräche nach dem Film, bei denen nie eines dem anderen glich und er oft Dinge über den Film erfuhr, die er bisher nicht darin gesehen hatte. Nur endlos durften sie nicht sein, deshalb war er froh, als der VHS-Mann eine halbe Stunde später die Diskussion beendete und er, Paul, Feierabend machen konnte. Er verabschiedete sich von Herrn Kern, packte die Filmrollen, die ihm der Vorführer schon transportfertig gemacht hatte, und trat nach draußen.

Die Kinobesucher hatten sich bereits in alle Winde zerstreut. Die Straße war menschenleer. Ein sanfter Nebel verstärkte die nächtliche Stille der Kleinstadt.

»C'est un dur du travail, pauvre Paul« hörte er eine ver-

traute Stimme sagen. »Die Deutschen müssen noch viel nachholen in internationaler Filmgeschichte. Vergiss nie, ihnen fehlen mehr als zehn Jahre, weil die Nazis ihnen immer nur deutsche Nazi-Filme gezeigt haben.«

Wie Jean Gabin in *Hafen im Nebel* trat der normannische Hüne aus dem Dunst und stand plötzlich vor ihm. Frédéric Meunier breitete die Arme aus und drückte Paul an seinen mächtigen Brustkorb. Der hatte schon nach Kaffee und Cognac gerochen, als er den kleinen Paul zu Hause in Strasbourg in seiner Kinoportieruniform hochgehoben hatte, und tat es immer noch.

Paul freute sich sehr, seinen alten Freund und Mentor wiederzusehen. »Was treibt Sie nach Kehl? Waren Sie in der Vorstellung?«, fragte er, als Meunier ihn wieder freigab.

»Ich habe in Strasbourg zu tun und wusste ja, dass du heute in Kehl bist«, erklärte Meunier. »Schau mal, was der kleine Paul zur Nouvelle Vague sagt, hab ich mir gedacht. Ich saß in der letzten Reihe, du hast dich wacker geschlagen.«

Paul verstaute die Filmrollen in seiner Dauphine. »Gehen wir in die Bahnhofsgaststätte?«, schlug er vor.

»*Mais oui, bien sûr*, genau das Richtige für zwei ewig Reisende wie uns.«

Sie tranken Bier und hatten sich viel zu erzählen. An diesem Abend schwelgte Meunier in der Vergangenheit, das tat er manchmal, und Paul hörte ihm gerne zu. Keiner kannte das Kino so gut wie Meunier, er hatte dessen Anfänge miterlebt und alle Veränderungen begleitet, er kannte in der Branche jeden, er hatte schon mit Pauls Großvater Geschäfte gemacht.

»1920 hat dein *grand-père* Strasbourg das erste kinematographische Theater geschenkt. Keine wackligen Holzbänke mehr wie im Vaudeville, nein, nun war alles chic und sehr modern: imponierende Treppen, ein riesiger Saal mit Orchestergraben, Logen, die größte Leinwand der Stadt, natürlich ein roter Samtvorhang, überall Gold an den Wänden und an den Decken Kristallkronleuchter, die aussahen, als kämen sie direkt aus Versailles. Hat ihn eine Stange Geld gekostet, war aber die Sensation damals. Alle, alle wollten ins Union.«

Dieses Kino kannte Paul nur aus Erzählungen. Stummfilmvorführungen mit großem Orchester mit bis zu dreißig Musikern hatte er nicht mehr erlebt. Mit der Erfindung des Tonfilms hatten die Eltern das Kino Ende der 1920er umbauen lassen. Nicht mehr plüschbeladen und prunkbetont, sondern cremefarben im strengen Bauhaus-Stil. Auch das Kino seiner Jugend war sehr elegant gewesen.

»Aber ich mochte auch das Ciné-Bal in der Aubette an der Place Kléber«, fuhr Meunier fort. »Ein wirklich visionäres Konzept, Kunst und Vergnügen unter einen Hut zu bringen, hat leider keine zehn Jahre gehalten. Rückblickend betrachtet war's gut, dass dein Großvater und deine Eltern eine andere Art Kino betrieben.«

Sie bestellten das nächste Bier, mäanderten weiter durch die Kinowelt, erzählten sich Geschichten und Geschichtchen. Sie lachten oft. Mit Meunier gab es immer etwas zu lachen. In seiner Gesellschaft musste man sich einfach wohlfühlen.

»Hast du es schon gehört?«, fragte Meunier, jetzt ernst, gegen Ende des Abends.

»Dass *maman* einen Nachfolger sucht? Kern hat es mir erzählt.«

»Und?«

»Auf gar keinen Fall.« Seine Stimme so laut, dass die anderen Gespräche im Raum für einen Moment verstummten. Als Paul sich wieder unter Kontrolle hatte, fuhr er leise fort: »Sie wissen doch, was sie mir vorwirft. Ich soll der Mörder von Auguste sein, ich soll meinen Bruder umgebracht haben.«

»Du weißt, dass das so nicht stimmt. Denk an ihren Schmerz, der Krieg hat sie zwei Söhne gekostet …«

»… und der dritte hat überlebt und ist zurückgekommen, war aber nicht willkommen.«

»Paul, sie ist eine alte Frau, sie ist allein mit dem Kino, es geht um die Zukunft des Union. Wer soll es denn übernehmen, wenn nicht du?«

»Hat sie Sie gebeten, mit mir zu reden?«

»Nicht direkt.«

»Nein, nein und nochmals nein!« Paul hieb mit der Hand auf den Tisch. Das Herz klopfte ihm bis zum Hals.

»Lass dir Zeit. Überleg es dir in aller Ruhe.« Meunier legte besänftigend seine große Hand auf die Pauls.

Paul entzog sie ihm und schüttelte stumm den Kopf. Meunier musterte ihn und orderte zwei weitere Bier. Er wusste, wann eine Mission gescheitert war. Nach einem tiefen Seufzer führte er das Gespräch in lichtere Gefilde zurück. Eine halbe Stunde später brachen sie auf. Bei Meuniers Wagen angekommen, versank Paul noch einmal in der Umarmung des riesigen Freundes, dann hieß es Abschied nehmen. Der Hüne kletterte in seinen Citroën DS, sein wuchtiger Körper füllte den Sitz aus, mit dem Kopf stieß er fast an die Decke. Er startete den Wagen, der leise und wie von Zauberhand hochschwebte, winkte ein letztes Mal, und Paul sah den kleiner werdenden Rücklichtern nach, bis sie auf die Größe von Glühwürmchen schrumpften und sich dann völlig in der Dunkelheit verloren.

Der Nebel war dichter geworden. Er legte sich auf die Haut und kroch die Beine empor. Paul schlug den Kragen hoch, vergrub die Hände in den Jackentaschen und stellte fest, dass er den Stock in der Bahnhofsgaststätte vergessen hatte. Bisher hatte er ihn nicht vermisst, folglich brauchte er ihn nicht mehr. Mit weit ausholenden Schritten und kaum noch hinkend, marschierte er gegen die Kälte an.

Damals in Tunesien, als sie auf den kargen Höhen entlang der Mareth-Linie lagen und sich Morgen für Morgen den Wüstenstaub aus den Augen rieben, hatten sie von Nebel und Feuchtigkeit, dem Wasser der Ill und den Bächen der Vogesen geträumt. Es war für ihn unvorstellbar gewesen, dass er den Kampf für ein freies Frankreich als Soldat fern von Europa in einer trostlosen Wüste führen müsste.

Genauso wenig hatte er sich vorstellen können, dass sein kleiner Bruder Auguste als deutscher Soldat in Rommels Afrikacorps kämpfen würde. Sie selbst waren Teil von Montgomerys 8. Armee und eines der ersten französischen Regimenter, das unter der Flagge von *France libre* an der Seite der Alliierten kämpfte. Zähe Gefechte in einer unwirtlichen Gegend, schwere Verluste auf beiden Seiten, bis sie am 26. März 1943 endlich die Mareth-Linie einnahmen.

Bei der Siegesparade am 20. Mai in Tunis schöpfte Paul nach langer Zeit wieder Hoffnung. Nun würde es bald nach England gehen, von dort aus weiter nach Frankreich, das sie befreien würden, selbstverständlich auch sein geliebtes Strasbourg, und dann würden sie die Nazis endgültig besiegen. In dieser Stimmung schrieb er eine Postkarte an seine Mutter. Er wählte eine Karte, die die Mareth-Linie zeigte, und markierte den Kasserine-Pass und El Hamma. Er schrieb: *Chère maman*, bin wohlauf und komme bald nach Hause.

Diese Karte lag bei seiner Rückkehr 1944 neben einem Schreiben der Wehrmacht, in dem ihnen der Tod von Fahnenjunker Auguste Duringer, gefallen am 16.3.1943 in der Schlacht bei El Hamma, mitgeteilt wurde. Sie hatten in derselben Schlacht auf verschiedenen Seiten gekämpft. Der Blick seiner Mutter sagte alles. Er wusste, dass der falsche Sohn heimgekehrt war, und verließ Strasbourg ein paar Tage später. Seither hatten sie kein Wort mehr miteinander gewechselt.

Männer in Hut und Trenchcoat

Freiburg

Henny betrachtete das Foto, das sie nach dem Aufstehen aus den Tiefen ihrer Wäschekommode hervorgeholt hatte. Nur dieses eine hatte sie aufgehoben. Es zeigte sie beide auf der Bank vor der Kurbel, im Schaukasten dahinter hing ein Plakat von Helmut Käutners *Unter den Brücken*. Paul hatte die Beine hochgezogen, leicht und schwerelos wirkte er. Nur die Spitzen seiner Schuhe berührten die Kante der Sitzfläche, auf der er sich mit der linken Hand abstützte, sein rechter Ellbogen touchierte gerade einmal die hochgezogenen Knie, mit der rechten Hand fasste er sich an die Stirn. Sie dagegen war mit ihren langen Beinen fest mit dem Boden verbunden. Ihr Oberkörper steckte in einem weiten Pullover, die Arme hatte sie hinter dem Kopf verschränkt. Sie lachten beide. Obwohl sie sich nicht berührten, spürte man die Innigkeit zwischen ihnen und die Freiheit, die zwischen ihnen herrschte und ohne die die Innigkeit nicht möglich gewesen wäre.

Zu zweit waren sie unschlagbar gewesen. Als Henny im Winter 1945 auf dem Schwarzmarkt einen alten Horch erwarb, da besorgte Paul das nötige Benzin. Als die Franzosen ihnen kurz vor der Weinlese den letzten Ackergaul requirierten, da hatte Paul die Idee mit den Eseln. Als Henny bei einem Waldschrat im Simonswäldertal einen Esel auftrieb, da gelang es Paul, das störrische Viech dazu zu bewegen, den Wagen mit den Bütten durch die Rebberge zu ziehen. Als Paul für sein Wanderkino ein Dach für den Heuwagen brauchte, da tauschte Henny mit der Küchenmeisterin des Klosters zur Heiligen Lioba zwei Kisten Wein gegen zehn Meter gewachsten Leinenstoff.

Sie stürmte voran, er bildete die Nachhut. Sie stürzte sich ins Getümmel, er sicherte ihre Flanken. Sie handelte schnell, er dachte Dinge zu Ende. Sie waren wie Feuer und Wasser, wie Licht und Schatten, wie Luft und Wind. Wie alle Liebenden hatten sie sich einmalig, großartig, unverletzbar, ja unsterblich gefühlt.

1948, die Hochzeit eines Franzosen mit einer Deutschen, zwei Amtsschimmel, die sich gegenseitig mit Finessen überboten, »Dipfeleschisser« links und rechts des Rhein. Ja, wenn sie damals nicht noch einmal nach Baden-Baden gemusst hätten! Wieso hatte Yves ihren Weg kreuzen müssen? Das Wiedersehen mit ihm hatte ihr den Boden unter den Füßen weggezogen. Wie früher hatte sie wieder unentwegt an ihn denken müssen. Wie früher sah sie ihn mit seinen schwarzen Locken vor sich stehen und ihre Hand küssen, wie früher hüpfte ihr Herz, wenn er sie mit seinen Blicken liebkoste. Wenn sie die Bilder wegwischte, sah sie Paul, wie er nach ihrer Hand griff und sie in die Arme nahm, hörte, wie er sie wegen ihrer Größe neckte und sie beide darüber lachten. So ging das hin und her, und sie wusste nicht, wen sie mehr liebte. Was, wenn Yves sie noch heiraten wollte? War das überhaupt möglich, nach dem, was sie ihm angetan hatte? Würde er ihr verzeihen können? Und andersherum gedacht, würde sie ihn nicht zum zweiten Mal verraten, wenn sie nun Paul heiratete? Aber auch Paul hatte sie die Ehe versprochen.

Noch immer wurde ihr schwindelig, wenn sie an ihre damalige Seelenpein dachte. Sie hatte sich mit Elfie und Olga beratschlagt, die beide meinten, Yves hätte sich längst gemeldet, so er noch leben würde, und erst recht, wenn er sie noch heiraten wollte. Doch das ließ sie nicht gelten, tausend Gründe hätten ihn hindern können. Dass sie dann Paul reinen Wein einschenken müsse, rieten ihr die Freundinnen außerdem. Wieso hatte sie ein offenes Gespräch mit Paul immer weiter hinausgezögert? So lange, dass ihr am Hochzeitsmorgen nichts anderes blieb, als davonzurennen. Rückblickend verstand sie es nicht mehr, die damalige Henny war ihr ein Rätsel geworden.

Vorbei, passé, sie hatte es vermasselt, der Krieg hatte es vermasselt. Das Leben war weitergegangen, sie hatte sich arrangiert, in ihrem Witwenalltag eingerichtet, ihr Geschäft aufgebaut. Nun, da sie das Bild betrachtete, tat es wieder weh. Der längst vergessene Schmerz kehrte zurück, die Trauer wegen einer Entscheidung, von der sie nun im Nachhinein wusste, dass sie falsch gewesen war.

Doch es half nichts, Trübsal zu blasen. Sie musste nach vorne schauen und sich auf die Suche nach Kaspar konzentrieren, wenn sie ihren Sohn nicht auch noch verlieren wollte.

Sie schob das Foto wieder unter die Wäsche, schloss die Schublade der Kommode mit einem energischen Stoß. Weiter ging es ins Bad, dort erledigte sie ihre Morgentoilette. Als sie sich anzog, rief Elfie aus der Küche zum Frühstück. »Gleich«, antwortete sie, sie wollte noch telefonieren. Sie wählte die Nummer in Eichingen, und nachdem Kätter den Hörer abnahm, fragte sie: »Hat der Bueb sein Sparbuch mitgenommen?«

»Hä? Was soll er mit dem Sparbuch?«

»Wenn er sein Sparbuch mitgenommen hat, wissen wir, dass er geplant hat, wegzugehen, es also keine überstürzte Aktion war, die mit Dobler zusammenhängen könnte.«

Das leuchtete Kätter ein. »Gut«, sagte sie. »Dann schau ich nach.«

»Ich leg auf. Ruf du dann zurück.«

Eichingen war ein Ferngespräch, und Kätter eine alte Frau, bei der es dauerte, von A nach B zu gelangen. Henny hasste es, am Telefon warten zu müssen. Sie wollte sich schon einen Kaffee aus der Küche holen, aber Kätter rief schneller zurück als gedacht.

»Sein Sparbuch und sein Pass sind weg.«

Es erleichterte Henny, dass der Junge nicht Hals über Kopf davongelaufen war. Aber warum meldete er sich dann nicht? »Also hat er Geld und kann ins Ausland«, sagte sie zu Kätter.

»Mainz ist doch nicht Ausland.«

»Wie kommst du auf Mainz?«

»Da wohnt doch die Else Koslowski, und er braucht sicher keinen Pass, wenn er die besucht. Die hat er doch in Ludwigsburg wiedergetroffen, hat der Bertold erzählt.«

Interessant, was der Bertold wem erzählte, dachte Henny. »Dann hat der Bertold dir sicher auch erzählt, dass er zu der Freiburger Bombennacht geforscht und möglicherweise Kaspars leibliche Familie gefunden hat«, sagte sie zu Kätter. »Der Vater soll ein Holzhändler aus Den Haag sein. Vielleicht ist Kaspar auf dem Weg nach Holland.«

»Was will der Bueb in Holland?«, warf Kätter unwirsch ein. »Der kann doch gar kein Holländisch. Außerdem sind wir seine Familie.«

»Es gibt vielleicht noch eine zweite.«

»Nein, nein und nochmals nein.« Kätter stieß ein schrilles Lachen aus, ein Gemisch aus Gift und Galle. »Der Kaspar gehört hierher nach Eichingen. Das ist sein Daheim. Und er ist bei der Else, und die wird er heiraten, und dann übernehmen die zwei den Hof. So sieht es aus.« Kätter schnaufte. »Und du holst ihn jetzt heim«, befahl sie.

»Und wenn er nicht heimwill?«

»Treibst du wieder mal ein falsches Spiel?« Kätters Stimme überschlug sich. »Willst du nicht, dass der Kaspar heimkommt? Soll er so lang in Mainz bleiben, bis es ihm in der Stadt gefällt? Und wenn ihm die Stadt schmeckt, soll der Bueb dann doch deinen Weinhandel übernehmen? Hier gehört er her und nirgends anders hin!«

Ohne eine Antwort abzuwarten, knallte Kätter den Hörer auf die Gabel. Henny ließ es dabei bewenden. Kätter war viel zu aufgebracht. Sie nahm ihr die Anschuldigungen nicht übel, weil sie die Angst dahinter gespürt hatte. Tief in ihrem Innersten wusste sie schon lange, dass Kätter viel mehr Kaspars Mutter war, als sie dies jemals hätte sein können. Kätter hatte den stummen Jungen wieder zum Sprechen gebracht, sie hatte ihm die Nase geputzt, die Socken gestopft, die Tränen getrocknet. Sie hatte nachts an seinem Bett gewacht, wenn er krank war. Kätter hatte ihm stets Halt gegeben, und nun, da er weg war, drohte sie ihren Halt zu verlieren. Und sie, Henny, sollte es nun richten. Wenn es schwierig oder kompliziert wurde, hatte Kätter immer auf Henny gebaut. Schwierigkeiten ausräumen, Probleme lösen, das war ihre Rolle in der Familie. Darin war sie gut. Deshalb würde sie Kaspar auch finden.

Vor dem Frühstück galt es, noch einen weiteren Anruf zu erledigen. Bei der Auskunft erfragte sie die Telefonnummer von Emma Koslowski in Mainz und wählte danach die genannte Nummer.

Ja, Else habe ihr erzählt, dass sie Kaspar in Ludwigsburg getroffen hat, berichtete Emma. Nein, ganz sicher sei Kaspar nicht bei Else. Die wohne im Schwesternwohnheim des St. Vincenz und Elisabeth Hospitals, da seien keine Männerbesuche erlaubt. Aber natürlich könne sie Henny die Telefonnummer des Wohnheims geben.

Henny bedankte sich, notierte die Nummer, legte auf und wählte sie dann. Schwester Else sei im Dienst, erfuhr sie. Ihre Schicht ende um 15 Uhr.

Kehl

Die Europabrücke war gerade einmal zwei Jahre alt. Sie war 1960 eingeweiht worden. Nach Behelfsbrücken und jahrelangen Bauarbeiten verband sie nun Kehl mit Strasbourg, Deutschland mit Frankreich. Ein Bauwerk im Zeichen der europäischen Einigung.

Zu Fuß hatte Paul die deutsche Grenzstation hinter dem Bahnhof passiert und befand sich nun direkt über dem Fluss, auf der Grenze zwischen den beiden Ländern. Die richtige Position für einen Elsässer, für einen ewigen Grenzgänger, für einen, der immer zwischen allen Stühlen hing. Eine Antwort von André Weckmann auf die Frage nach der Nationalität der Elsässer kam ihm in den Sinn. *»Was seid ihr nun?, het der Schwob gefroigt. Franzosen oder Elsässer? Elsasser, het der Elsasser xait. Also seid ihr keine Franzosen, het de Schwob xait und esch d Deer nusgflöjje.«*

Nebelfetzen zogen vom Fluss auf, das graue Wasser darunter trieb unentwegt weiter. Man kann nicht aufhalten, was einmal in Bewegung geraten ist, dachte er, als seine Gedanken ihn zu seinem letzten Besuch in Strasbourg zurücktrieben. Das war bei der Befreiung der Stadt 1944 gewesen. Seither hatte er Strasbourg gemieden wie der Teufel das Weihwasser. Achtzehn Jahre lang hatte er sich von hier fortbewegt, immer weiter fortbewegt, war als rastloser Reisender umhergeirrt und doch nicht von der Stelle gekommen. Seine Wunden waren nicht geheilt, ein neues Daheim hatte sich nicht gefunden. Eine bittere Bilanz.

Von irgendwoher trieb der Wind ein paar welke Blätter über die Brücke. Ein mit Bauschutt beladener Laster fuhr an ihm vorbei und ließ den Boden vibrieren. Paul kehrte den Dieselwolken den Rücken, lehnte sich an das Geländer und schaute hinüber auf das Areal des Straßburger Hafens, wo die dürren Hälse der Kräne aus dem Nebel ragten. Weit dahinter, umflossen und beschützt von der Ill, lag das alte Strasbourg mit seinen lauten Straßen und Gassen, mit der prächtigen Place Kléber, mit den lauschigen Plätzchen am Ufer der Ill, mit dem Münster, mit den *ponts couverts* und dem Union in der Rue des Francs-Bourgeois. Er müsste nur loslaufen, in spätestens einer Stunde würde er vor seinem Elternhaus stehen. Ob der alte Louis immer noch als Gepäckträger im *Hotel Maison Rouge* gegenüber arbeitete? Als Kind hatte Paul manchmal auf seinem Karren zwischen den Koffern sitzen dürfen. Ob das *pain d'épices* in der Boulangerie Woerlé immer noch so lecker schmeckte wie in seiner Kindheit? Was wohl sein Freund Émile aus der Rue des sept hommes nun machte, mit dem er nach Kriegsbeginn verbotenerweise durch die evakuierte Stadt, durch die *ville morte* gestreift war? Wie lang das alles zurücklag! Zwanzig war er gewesen, als er aus der besetzten Stadt floh. Nun war er mehr als doppelt so alt. Seine Rückkehr 1944 hatte ihm die Mutter vergällt, und nur widerwillig hatte sie ihm das Kino überlassen, damit er den Kameraden Chaplins *Der große Diktator* zeigen konnte. Im Vorführraum, geschützt durch den Lärm des ratternden Projektors, hatte er seinen Schmerz über das Nicht-willkommen-Sein hinausgebrüllt und dann seine Vaterstadt schnell wieder verlassen.

Nein, er konnte nicht einfach loslaufen. Wie könnte er seiner Mutter gegenübertreten? Seit damals quälte ihn der Gedanke, dass es seine Kugel war, die Auguste getötet hatte, denn auch er hatte am 16. März 1943 in El Hamma gekämpft. Während des Krieges hatte er keinen Gedanken daran verschwendet, wer auf welcher Seite stand. »Während des Krieges kämpfst du, versuchst zu überleben, willst nicht wissen, was der auf der gegnerischen Seite für ein Mensch ist«, murmelte er. Solche Gedanken quälten einen Soldaten erst später. Ein Bruder, der auf den Bruder schoss, noch trauriger konnte das Los eines Elsässers, noch höher der Preis nicht sein, mit dem ein Elsässer diesen Krieg bezahlen musste.

Er zwang sich, daran zu glauben, dass sie nun in besseren Zeiten lebten. Einen passenderen Sitz für ein Vereintes Europa als Strasbourg, das man 1952 zum Hauptsitz des Europäischen Parlaments gewählt hatte, gab es nicht. Wenn ein Landstrich den Frieden schätzen und bewahren würde, dann das Elsass! Und wenn im Januar der Deutsch-Französische Vertrag unterzeichnet würde, wäre dies ein großes Zeichen der Versöhnung.

Auch Paul sehnte sich nach Versöhnung, konnte sich aber nicht vorstellen, den ersten Schritt zu tun. Seine Mutter hatte ihn verstoßen, und Henny war ihm davongelaufen. Basta! Sein

Halt, seine Heimat, seine Familie waren seine Kameraden, allen voran der Colonel. Ihm fühlte er sich nah und verpflichtet wie niemandem sonst auf der Welt. Der Colonel hatte ihn in den langen Jahren ihrer Freundschaft selten um einen Gefallen gebeten. In Bonn hatte er es getan, aber er, Paul, hatte den Auftrag auf die leichte Schulter genommen. Er war nicht selbst nach Eichingen gefahren, um die Flasche zu holen. Er hatte sich aus La Cité viel zu spät bei Kaspar gemeldet, um nach der Flasche zu fragen. Und: Er hatte seinem Instinkt nicht getraut, der ihn doch hatte aufhorchen lassen, als er mit dem Colonel auf der Terrasse des *Königshofs* saß. Es war, wie er bereits 1945 beim Fund vermutet hatte: Der Champagner war mehr als nur ein Champagner.

So schwer es Paul fiel, er musste über seinen Schatten springen und Henny anrufen. Sie wusste etwas über den Vossinger, was er nicht wusste. Das war seine einzige Spur, solange sich Capitaine Lambert nicht mit Nachrichten von Frou-Frou bei ihm meldete.

Freiburg

»Womit kann ich dienen, der Herr?«, fragte Henny den unbekannten Kunden, der ihren Laden betrat. Der Mann trug einen maßgeschneiderten Kamelhaarmantel, der von der Größe her aus der Kinderabteilung eines Kaufhauses stammen könnte, und wog höchstens sechzig Kilo.

»Sind Sie doch so gut, Fräulein, und rufen Sie den Chef.« Der Mann zog seine schweinsledernen Handschuhe aus und wischte sich mit einem Taschentuch die Brille trocken. Eine Anstrengung, merkte man.

Henny wollte schon nach Zängerle rufen, wie sie es meist tat, wenn ein neuer Kunde nach dem Chef rief. Der Kunde war König, und wenn er nicht glauben konnte, dass das »Fräulein« der Chef war, dann sollte er es halt lassen. Die Gleichberechtigung, die im neuen Grundgesetz stand, war immer noch papierdünn, ein Fingernagel genügte, um sie wegzukratzen. Aber an diesem Morgen stand ihr nicht der Sinn danach, den Kopf weiter in den Sand zu stecken. Folglich sagte sie: »Der Chef steht vor Ihnen.«

»Oh«, beschied der Kunde überrascht und faltete sein Taschentuch wieder zusammen. »Ihr Gatte ist nicht da?«

»Schon 1941 im Balkan-Feldzug gefallen.«

»Oh, natürlich, Sie sind Witwe, gnädige Frau.«

Henny nickte. Wenn sie Heiner für etwas wirklich dankbar war, dann für den Witwenstand, den sie durch die kurze Ehe mit ihm erlangt hatte. Denn Witwenschaft, das merkte sie immer wieder, nötigte den Herrn der Schöpfung nicht nur im privaten Umgang, sondern auch in geschäftlichen Dingen einen gewissen Respekt ab. Schon früher war das so gewesen, wie die Geschichte der Veuve Clicquot bewies. Als Witwe und nur als Witwe konnte sie den Betrieb ihres Mannes weiterführen, und sie meisterte die stürmischen Zeiten der napoleonischen Kriege erfolgreich und erfinderisch. Barbe Clicquot eroberte mit ihrem Champagner den deutschen und osteuropäischen Markt, in ihrem Keller wurde das erste Rüttelpult entwickelt, das durch die umgekehrte Lagerung der Flaschen den Druck besser verteilte und so Glasbruch verhinderte. Bahnbrechend für die Champagnerproduktion! Aber derartige Erfolge würde der Miniaturherr vor ihr niemals mit einer Frau in Verbindung bringen.

»Und Sie haben keinen Sohn, der Ihnen diese schwere Bürde abnehmen kann?«, fragte er und setzte sich die Brille wieder auf. »In der harten Arbeitswelt müssen Frauen doch Schaden nehmen an ihren zarten Seelen.«

»Wenn Sie mir sagen, was Sie wollen, wird die Bürde vielleicht ein wenig leichter«, forderte Henny ihn auf und kam auf ihn zu.

»Ich weiß wirklich nicht, ob Sie mir da helfen können …« Er wich vor ihr zurück.

Henny senkte ihre Stimme, denn eine tiefe Stimme besänftigt, eine tiefe Stimme wiegt Männer in Sicherheit, und fragte ganz sachte: »Was darf es denn sein?«

»Einen schönen roten Burgunder als Gastgeschenk für einen guten Freund. Ich weiß ja, dass Frauen eher Weißweine …«

»Einen Gamay aus der Côte de Beaune und einen Pinot Noir aus dem Mâconnais kann ich Ihnen anbieten«, unterbrach ihn Henny, holte die Weine aus dem Regal und zeigte sie ihm.

»Ein 1958er.« Er schob die Brille nach oben und betrachtete das Etikett des Gamays.

»Der 1958er ist ein ausgezeichneter Jahrgang, gerade für französischen Wein«, erklärte Henny. »58 hatten wir einen heißen Sommer, die Trauben der späten Lese erreichten einen außergewöhnlichen Reifegrad. Ein erstklassiges Jahr für körperreiche Rotweine aus dem Burgund, glauben Sie mir.«

»Zu schwer soll der Wein allerdings nicht sein. Wissen Sie, mein Freund ist nicht mehr der Jüngste.«

Zu schwer, zu leicht, zu jung, zu alt. Henny wollte das Spielchen nicht länger spielen und rief nach Zängerle. Der kleine Mann gab sich keine Mühe, seine Erleichterung über die wiederhergestellte Ordnung zu verbergen: der Mann herrschend an der Front im Verkauf, die Frau, sich still und dienend ins Büro zurückziehend.

»Was immer Sie ihm verkaufen, hauen Sie auf jede Flasche drei Mark drauf«, flüsterte sie Zängerle zu.

Ein bisschen was kosten sollte es schon, wenn man sie nicht ernst nahm, weil man nur der gottgewollten Ordnung der Geschlechter traute.

Danach raste der Vormittag nur so dahin. Henny merkte, wie sehr sie in den letzten Tagen mit der Arbeit geschludert hatte, es war etliches aufgelaufen. Sie überließ Zängerle den Laden, arbeitete derweil Bestelllisten ab, überprüfte Bestände, schrieb Rechnungen, telefonierte mit Lieferanten. Fast hätte sie den Bodenheimer Dornfelder vergessen. Der Chef persönlich war am Telefon. Man kannte sich seit Jahren. Sie regelten das Geschäftliche, dann erkundigte sich Henny nach den Enkelkindern. Als sie den Hörer auflegte, zeigte ihre Armbanduhr fünf nach zwölf. Sie rief noch einmal im Schwesternwohnheim in Mainz an, wieder vergebens. Sie hinterließ eine Nachricht für Else. Das Zwölf-Uhr-Läuten der Münsterglocken setzte ein. Um zwölf Uhr, spätestens um halb eins schlossen in der Freiburger Innenstadt die Geschäfte zur Mittagspause, die Weinhandlung Scherer genauso wie die Weinhandlung Dobler. Sie holte tief Luft, bevor sie erneut zum Hörer griff. Frau Dobler meldete sich.

»Kann ich Ihren Mann sprechen?«, erkundigte sich Henny.

»Der ist nicht im Hause.«

»Haben Sie ihm erzählt, dass ich den Vossinger habe?«

»Was denken Sie denn?«

»Er hat sich noch nicht bei mir gemeldet.«

»Sicher meldet er sich, wenn er wieder in Freiburg ist.« Im Laden war die Türglocke zu hören.

»Kann ich ihn anderswo erreichen?«, wollte Henny wissen. »Wo steckt er denn?«

»Ich wüsste nicht, was Sie das angeht, aber nun gut. Er ist in Eltville auf einer Tagung über Flurbereinigung.«

Von der Tagung hatte sie gelesen. In vielen Weingegenden standen massive Veränderungen an. Am Kaiserstuhl plante man eine großflächige Terrassierung, die die Anbauflächen vergrößern, aber auch die ganze Landschaft verändern würde. Für alle Winzer war das Thema Flurbereinigung ein existenzielles, als Weinhändlerin berührte es sie nicht unmittelbar. Henny verfolgte das Thema in der Fachpresse, natürlich konnte man es als Weinhändler auch intensiver begleiten. Doch nicht Doblers Teilnahme an der Tagung machte Henny stutzig, der Ort ließ sie aufhorchen. Eltville lag im Rheingau, Friedrich Rohl stammte aus der Gegend, er hatte eine Weinhandlung in Rüdesheim, wusste Henny. Sicher verband Dobler die Tagung mit einem Besuch bei Rohl. Sicher würde er Rohl erzählen, dass sie im Besitz einer Flasche 37er Vossinger war, wenn er das nicht schon längst getan hatte.

»Haben Sie inzwischen Nachricht von Ihrem Sohn?«, fragte Frau Dobler in Hennys Überlegungen hinein.

»Nein«, murmelte Henny. »Ich frage mich immer noch, warum Friedrich Rohl 37er Vossinger sammelt.«

»Das müssen Sie meinen Mann fragen.«

»Hat er nie mit Ihnen darüber gesprochen?«

»Ich muss jetzt auflegen, Kundschaft.«

Wenig später hatte Henny nur noch ein Tuten im Ohr. Mit Daumen und Zeigefinger massierte sie sich die Stirn und atmete tief durch.

»Es wird regnen«, hörte sie Zängerle sagen, als er die Eingangstür für die Mittagspause schließen wollte.

»Das ist uns egal«, tönte eine vertraute Stimme, und Henny sah Elfie noch schnell in den Laden schlüpfen. »Los, zieh deinen Mantel an«, forderte sie Henny auf. »Wir drehen eine kleine Runde auf dem Schlossberg. Du hast Mittagspause.«

Sie trug einen grünen Regenmantel. Ihr buntes Seidentuch hatte sie um den Kopf geschlungen, erst am Kinn und dann im Nacken gebunden. Mit der Spitze des sonnengelben Schirms klopfte sie auf den Boden und drängelte zur Eile. Farbenfroh wie stets, der kleine Paradiesvogel. Henny schlüpfte in ihren beigen Trenchcoat.

Vor der Tür blies ihnen ein kräftiger Wind entgegen und wirbelte welke Blätter auf.

»Vergiss kurz die Geschäftsfrau«, forderte Elfie sie auf. »Los, einmal gegen den Wind laufen!« Sie griff nach Hennys Hand, und prustend rannten sie ein paar Meter.

Untergehakt und nun schlendernd, wandten sie sich dann nach links dem Schwabentor zu, überquerten den dicht befahrenen Schlossbergring, stiegen hoch zum Greiffenegg Schlössle.

»Es ist schön, dass du gekommen bist«, meinte Henny und drückte die Hand der Freundin.

»Reine Neugier, kennst mich doch!«, lachte Elfie. »Ich will wissen, wie es dir geht, nachdem du Paul wiedergesehen hast.«

»Durcheinander, sehr durcheinander«, gestand Henny und erzählte.

Sie passierten die Rosen, deren Duft Hennys letzten Spaziergang begleitet hatte. Sie waren längst in Hagebutten verwandelt, eine einzige Zerzauste wehrte sich noch gegen den Lauf der Dinge.

»Ich finde es mirakulös, dass euch ein Champagner wieder zusammengeführt hat«, verkündete Elfie. Sie ließ den Satz einen Moment in der Luft stehen, dann bückte sie sich und begann, schöne Blutbuchenblätter einzusammeln. »Herbstdekoration, die kann ich für die Requisite brauchen.«

»Mirakulös?« Henny half ihr beim Sammeln.

»Wunderbar, wundersam, geheimnisvoll, such dir was aus.«

»Na, ich weiß nicht …«

»Aber er gefällt dir doch noch?« Elfie steckte die Blätter vorsichtig in die Falten ihres Schirms.

»Du bist eine alte Romantikerin, Elfie.«

»Nenn es, wie du willst. Wenn eine Liebe wahrhaftig ist, dann merke ich das, und ich prophezeie dir: Eine Geschichte, die mit Champagner beginnt, kann nur gut enden.«

»Vielleicht bei dir im Theater. Boulevard, Operette und so weiter.« Henny behielt ihre Blätter in der Hand und formte ein kleines Sträußchen daraus. »In Wirklichkeit sieht es nicht gut aus: die alten Wunden, das Misstrauen, der Stolz.«

»Du willst also wieder davonlaufen?«

»Ich muss erst wissen, ob es Kaspar gut geht. Ich will nicht auch noch meinen Sohn verlieren.«

»Verständlich. Also, was wirst du tun?«

»Stell dir vor, Kaspar hat Else wiedergetroffen, vielleicht ist er zu ihr nach Mainz gefahren? Oder nach Den Haag, um seinen Vater zu suchen.«

»Na, wenn das keine Überraschung ist!« Elfie hatte genug Blätter gesammelt. Ihren Schirm als Stock nutzend, stieg sie nun weit ausholend den Schlossberg hoch, Henny hielt mit ihr Schritt. Gelegentlich pausierten sie, um durchzuatmen.

»Dann wird Kaspar ja doch erwachsen«, schnaufte Elfie. »Ich habe dir immer gesagt, die Herren der Schöpfung brauchen dafür länger, und dir wird eine Reise guttun.«

Auf der Fahrt würde sie einen Abstecher nach Rüdesheim zu Rohl machen. Er würde ihr schon sagen, weshalb er den 37er Vossinger sammelte. Aber was, wenn Rohl und Dobler irgendetwas vertuschen wollten? Die zwei hatten so viel Dreck am Stecken, alles sprach dagegen, dass sie einer harmlosen Sammelleidenschaft frönten. Egal, einen Versuch war es wert.

Kehl

Als es anfing zu regnen, verließ Paul die Europabrücke und ging in Richtung Hotel. Der Regen ließ die kleine Grenzstadt noch grauer und trostloser wirken, als sie es eh schon war. Kein Ort, an dem man bleiben wollte. Die Helden der Schwarzen Serie, über die er im Kino gesprochen hatte, kamen ihm in den Sinn. Männer mit Hut und Trenchcoat, die durch nächtliche, immer nasse Straßen von gesichtslosen Städten liefen, als Verlierer verdammt, egal auf welcher Seite sie standen, ins Straucheln gebracht von Frauen, die noch skrupelloser waren als sie selbst, die Einsamkeit stets ihre treueste Begleiterin. Paul fühlte sich ihnen verwandt. Seltsam, dachte er, wie sehr einem das Wetter aufs Gemüt schlagen konnte.

Regen tropfte von der Hutkrempe auf seine Schuhe, als er das kleine Hotel betrat, in dem er die Nacht verbracht und vor seinem Spaziergang Koffer und Filmrollen untergestellt hatte.

»Kann ich mal telefonieren?«, fragte er den Rezeptionisten und nahm den Hut ab. »Ferngespräch nach Freiburg.«

Der Mann nickte und deutete stumm auf die Telefonkabine unter der Treppe. Paul wählte die Nummer der Weinhandlung Scherer, Zängerle war am Apparat.

»Moment mal, sie kommt grad rein«, vermeldete er.

»Paul?« Hennys Stimme klang erstaunt.

»Ja, du hast recht. Ich bin hinter dem Vossinger her und muss alles wissen, was du über die Flasche weißt.«

»So?«

Paul trat von einem Bein aufs andere und wartete, aber mehr sagte Henny nicht. »Weißt du, wer euch die Flasche geklaut hat?«, fragte er dann.

»Sagen wir mal, ich habe eine Vermutung.«

»Und ich habe eine Vermutung, wo Kaspar sein könnte.«

»Bei Else in Mainz? Das weiß ich bereits.«

Schlaues Mädchen, dachte er und ärgerte sich, dass sein Trumpf nicht zog. »Können wir uns treffen?«, fragte er. »Ich kann morgen Vormittag wieder in Freiburg sein.«

»Da bin ich auf dem Weg nach Mainz. Ich will zu Else wegen Kaspar. Es gibt immer noch kein Lebenszeichen von ihm.«

»Wenn du nach Mainz fährst, kannst du doch in Baden-Baden Station machen«, schlug er vor. »Ich zeige dort heute Abend noch mal *Jules und Jim*. Wir können uns vor oder nach dem Film treffen, was dir besser passt.«

»Diesen Film über Liebe und Tod?«

»Wenn du ihn sehen willst, lasse ich eine Freikarte für dich hinterlegen.«

»Wie großzügig!«

Der Spott in ihrer Stimme war nicht zu überhören. Pauls Hand fasste den Hörer fester an, mit der anderen hämmerte er lautlos gegen die Kabinenwand. Sie war ihm so viel schuldig, doch anstatt im Büßergewand vor ihm zu knien, ließ sie ihn in der Luft hängen. Aber betteln würde er nicht. Er würde den Vossinger auch ohne Henny finden. Als er gerade wortlos den Hörer auflegen wollte, fragte Henny:

»Wie ist die Adresse des Kinos?«

»Dann kommst du?«, fragte er überrascht und nannte ihr die Adresse.

»Denk schon«, meinte sie und legte auf.

Eichingen

Zum ersten Mal seit dem Sommer zündete Kätter im Küchenherd abends ein Feuer an. Denn noch schlimmer als allein in der Küche zu hocken, war es, allein in einer kalten Küche zu hocken. Als der Herd heiß war, stellte sie die Pfanne drauf, warf ein ordentliches Stück Speck hinein und Zwiebel und Kartoffeln hinterher. Sie brauchte etwas Warmes im Leib, Wärme an sich war schon ein Trost. Zu den Bratkartoffeln brühte sie sich einen Muckefuck-Kaffee auf, in den sie einen ordentlichen Schuss Milch schüttete.

Als sie gegessen hatte, griff sie zur Zeitung. Kubakrise, Kubakrise, Kubakrise, drei Seiten nichts als Kubakrise. Die Sowjets hatten heimlich Raketen auf Kuba stationiert, mit denen sie Amerika angreifen konnten. Die Amerikaner drohten mit einem Angriff auf Kuba, die Russen drohten ihrerseits. Die Menschen lernten nicht aus der Geschichte. Ein Dritter Weltkrieg keine zwanzig Jahre nach dem Zweiten … Wenn der Kennedy oder der Chruschtschow auf den roten Knopf drückten, dann fielen Atombomben, und dann war es aus mit der Welt. Immerhin ein schnelleres Ende, als wenn sie wieder Soldaten in endlosen Schlachten verrecken ließen.

Seltsamerweise regte Kätter das weniger auf als das, was im eigenen Land geschah. Es war ein Jammer, dass die CDU bei der Bundestagswahl im September die absolute Mehrheit verloren hatte und nun die FDP zum Regieren brauchte. Die FDP stänkerte bei jeder Gelegenheit gegen Adenauer. Adenauer sei nicht mehr fähig, seine Potenz einzusetzen, er sei im Alter von Hindenburg, als dieser Hitler holte, so der FDP-Mann Erich Mende. Eine Unverschämtheit war das, ein unwürdiger, widerlicher Umgang mit dem Kanzler.

Erbost legte sie die Zeitung zur Seite. Sie sollte sich nicht mehr aufregen, und abends schon gar nicht, weil sonst der Schlaf noch seltener zu ihr kam. Ach, es war nicht allein die

Politik, die sie aufregte. Es trieb sie um, dass für all die, die noch im letzten Jahrhundert geboren worden waren und zu denen der Kanzler und sie zählten, bald das Totenglöcklein läuten würde. Denn die Zeit auf Erden war für alle begrenzt, selbst für den Adenauer und auch für sie.

Sie stemmte sich von ihrem Stuhl hoch, stellte die Pfanne zurück auf den Herd, schlurfte in den Flur, in dem ihr der Herbst kalt entgegenschlug, griff sich den Korb mit Walnüssen und kehrte an den Küchentisch zurück. Grad als sie sich wieder setzen wollte, schalt sie sich ein vergesslich' Weib und eierte zum Küchenschrank, wo sie aus einer Schublade den Nussknacker hervorholte, den Kaspar ihr im letzten Jahr zu Weihnachten geschenkt hatte. Keine Holzfigur aus dem Erzgebirge, sondern ein nüchternes Modell aus Metall, in das man die Nuss einklemmte und dann zerquetschte. Bisher hatte sie ihn noch nie benutzt.

Warten. Sie hatte in ihrem Leben viel gewartet. Als Kind auf ein kleines Geschwisterchen, das nie kam, als junge Frau auf einen Mann, der spät kam, als Mutter auf die Rückkehr von Heiner, die ihr nicht vergönnt war. Der Herrgott hatte ihre Gebete nicht erhört. Erst hatte sie ihm das übel genommen, aber dann hatte sie sich vorgestellt, wie viele Mütter ihn um die Rückkehr gesunder Söhne angefleht hatten, so viele, dass nicht alle Bitten an sein Ohr vordringen konnten. Und der Herrgott musste ja selbst völlig verzweifelt sein angesichts des Gemetzels, das der Mensch in diesem Krieg angerichtet hatte. Und im Nachhinein musste sie sagen, dass es sie nicht am schlimmsten getroffen hatte. Sie wusste, dass ihr Heiner tot war, gefallen im fernen Skopje, begraben in fremder Erde, hinter dem Eisernen Vorhang im kommunistischen Jugoslawien. Also nicht im kalten Osten, sondern im warmen Süden. Von der Sonne beschienen, umflirrt von Grillen und Schmetterlingen, Raststatt von manchem Vögelchen, so stellte sie sich sein Grab vor. Viel schlechter war's doch für die Mütter, die nur die Nachricht »vermisst« bekommen hatten. Die wussten nicht, wo ihre Söhne begraben waren oder ob sie nicht vielleicht doch in Stalins Sibirien, was nun Chruschtschows Sibirien war, ohne Hoffnung auf die Rückkehr bei eisiger Kälte schufteten, bis sie der Tod erlöste.

Warten. Es waren immer die Frauen, die warten mussten. Männer nur, wenn sie alt und zu nichts mehr nütze waren. Aber Frauen warteten ihr Leben lang. Das wurde ihnen von Kindesbeinen an beigebracht. Sich hintanstellen, nie Erster sein, immer das kleinere Stück Fleisch auf dem Teller, immer die Krümel auflesen. Manch eine machte die Warterei nervös, andere stumpfsinnig, einige brachte sie an den Rand des Wahnsinns. Aber geduldig machte sie keine. Geduld entwickelte man im Tun oder beim Denken, nicht beim Warten. Warten war eine Strafe.

Baden-Baden

Ausgerechnet Baden-Baden. Mit einem Mal hatte Henny das alte Hotel vor Augen, in dem damals die Verwaltungsstelle untergebracht war, in der sie mit Paul ihre Papiere abholen sollte. Nur noch der Kronleuchter im Entrée hatte an glanzvolle Tage erinnert, der ausgetretene Teppich, die vergilbten Tapeten und die rissigen Fensterrahmen erzählten, dass diese Tage längst vergangen waren. An den Türen im ersten Stock, wo sie im Flur gewartet hatten, waren noch die Nummern der Hotelzimmer in goldener Schrift aufgemalt. Sie saßen auf einer Bank vor der Nummer 13. Sie lachten darüber. Nein, ihnen konnte die Dreizehn nichts anhaben, auf sie wartete keinerlei Unglück. Und dann bog Yves um die Ecke …

Sie hätte nicht mehr sagen können, in welcher Straße das Hotel gelegen hatte, sie wollte es auch gar nicht finden, sie war auf dem Weg zum Filmcasino, die Leuchtreklame zeigte ihr den Weg. Sie fand einen Parkplatz in der Nähe. Immer noch windete es, Platanenblätter wirbelten übers Trottoir, umschwirrten die Straßenlaternen, manche flogen weiter himmelwärts und ließen sich dann auf den schmiedeeisernen Balkonen der einst prächtigen Bürgerhäuser der Sophienstraße nieder.

Im Kino lag eine Karte für sie bereit, die Platzanweiserin wies ihr einen Sitz am Reihenanfang zu. Eine aufmerksame Geste von Paul, er wusste also noch, dass sie diese Plätze besonders liebte, weil sie nur hier ihre langen Beine ausstrecken konnte. Sie zog den Mantel aus, ruckelte sich im Sitz zurecht und sah sich um. Die Wände schmückte in Falten gelegter beiger Satin, üppiges Gold zierte die Leuchten, der Bühnenvorhang schimmerte in Königsblau. Minimum hundertfünfzig Plätze, davon gut drei Viertel besetzt, schätzte sie.

Pauls Welt, in so einem Kino war er groß geworden, er war sogar im Kino geboren, hatte er ihr mal erzählt. Henny erinnerte sich an das Leuchten in seinen Augen, als es ihm gelungen war, den alten Projektor des Eichinger Kinos zu reparieren, und an die Begeisterung in seiner Stimme, als er den Kaiserstühlern ihren ersten Nachkriegsfilm zeigte. »Charlie Chaplin ist der größte kleine Mann der Welt! Der Mann, der alle fünf Kontinente zum Lachen bringt!« Ob Paul in seiner Begeisterung übertrieben hatte, wusste Henny nicht, aber sie konnte bezeugen, dass Charlie Chaplin den kompletten Kaiserstuhl zum Lachen gebracht hatte und alle Zuschauer in eine kindliche Begeisterung versetzte, egal, ob sie drei, dreißig oder neunzig Jahre alt waren.

Die Lichter erloschen, langsam wurde es finster. Der Film begann ohne Werbung. Es wunderte Henny, dass er in Schwarz-Weiß gedreht war, wo es doch inzwischen so viele prächtige Farbfilme gab. *Vom Winde verweht*, *Quo vadis?* und *Die zehn Gebote* hatte sogar sie gesehen. Doch kaum hatte sie sich auf den Film eingelassen, spielte das Schwarz-Weiße keine Rolle mehr. Die Frau, diese Catherine, gefiel ihr. Das Lächeln, mit dem sie die Männer betörte, ja sicher, aber viel mehr mochte Henny das Wilde, das Rätselhafte an ihr, und wenn sie lief, da schien es, als hätte sie keine Bodenhaftung, als würden die Gesetze der Schwerkraft für sie nicht gelten. Wie sie Jules und Jim auf der Eisenbahnbrücke davonrannte, das erinnerte Henny an Paul und sie auf dem Foto, das sie am Morgen betrachtet hatte. An die Gewissheit, dass Liebe und Freisein zusammengehörten.

Bei den Männern wäre sie, Henny, nicht schwach geworden. Weder bei Jules noch bei Jim. Der eine zu bubenhaft, der andere zu künstlerisch-kapriziös. Und warum der Österreicher den französischen Namen Jules und der Franzose den englischen Jim hatte, erschloss sich ihr nicht. Aber ihr gefiel die Leichtfüßigkeit dieser Ménage-à-trois, die Radikalität, mit der hier Konventionen über Bord geworfen wurden. Das Ende, nun ja, wie hätte diese Geschichte auch gut enden können?

Die Diskussion im Anschluss schenkte sie sich. Sie wollte sich den Film nicht schlechter oder besser reden lassen und überhaupt mit ihren Eindrücken allein bleiben. Sie trat vor das Kino und zündete sich eine Zigarette an. Der Wind hatte sich inzwischen gelegt, stattdessen zog Nebel auf. Henny hasste die Milchsuppe, die sich im Herbst gern im Oberrheingraben breitmachte. Londoner Nebel nichts dagegen.

Sie schlenderte zu ihrem Peugeot. Ihr Wagen parkierte vor einem vornehmen Frisörsalon namens Linkenheil. Im Schaufenster lag, von einer kleinen goldenen Lampe angestrahlt, ein aufgeschlagenes Gästebuch, in dem sich Lale Andersen und Kaiserin Soraya verewigt hatten. Während Henny die Fotos der alternden Schlagersängerin und der schönen persischen Kaiserin betrachtete, glitt ein schwarzer Mercedes an ihr vorbei, ein silbergrauer Porsche folgte. Baden-Baden, immer noch die Stadt der Reichen und Schönen. Vom Krieg unversehrt, zehrte sie weiterhin vom Ruhm aus Kaisers Zeiten, als der Hochadel aus ganz Europa hier kurte. Wegen des mondänen Charmes der Bäderstadt hatten die Franzosen ja in der Besatzungszeit hier ihr Hauptquartier aufgeschlagen. Henny hatte Baden-Baden seit ihrer vermeintlichen Begegnung mit Yves hier gemieden. Diese Stadt hatte ihr viel Unglück gebracht. Immerhin hatte sie sich am Ende nicht umgebracht wie diese Catherine in dem Film. Aber das Leben war banaler und meist weniger dramatisch als die Filme im Kino.

Wie aus weiter Ferne hörte sie nun die Leute, die aus dem Kino kamen. Der Nebel dämpfte nicht nur ihre Gespräche, er nahm ihnen auch Farbe und Konturen. Wie Schemen bewegten sie sich. Henny ging langsam zum Kino zurück. Paul trat als Letzter vor die Tür.

»Gehen wir ins Casino?«, schlug er vor. »Was anderes wird um die Uhrzeit nicht mehr aufhaben.«

»Hättest du das nicht schon am Telefon sagen können? Dafür bin ich überhaupt nicht angezogen!« Sie deutete auf ihre Pepitahosen, ein Kleidungsstück, das sie selten trug. Elfie hatte sie dazu überredet. Der Bequemlichkeit wegen trug Henny die Beinkleider gerne zum Autofahren, hätte sie aber niemals im Geschäft oder zum Ausgehen angezogen. Und jetzt sollte sie damit ins Casino?

»Sie werden dich trotzdem reinlassen.« Er zog sich den Hut tiefer ins Gesicht und schlug den Mantelkragen hoch. »Oder willst du lieber in die Bahnhofsgaststätte?«

»Casino«, entschied sie. Das Gespräch würde schwierig genug werden, dann sollte wenigstens die Umgebung angenehm sein.

Paul vergrub die Hände in den Hosentaschen und lief los, Henny hielt mit ihm Schritt. Am Leopoldsplatz war der Nebel bereits so dick, dass es schien, als schwebte das Schirmdach der kleinen Verkehrsinsel in der Luft, auf der ein Polizist tagsüber in der Platzmitte den Verkehr regelte. Auch schien die Stadt ganz still geworden, der Nebel schluckte alle Geräusche, selbst ihre Schritte klangen gedämpft. Er hielt alles in der Schwebe. Es bestand keine Gefahr, dass sie sich zu nah kamen, es störte nicht, dass sie nicht redeten.

Paul lotste sie sicher über das Flüsschen Oos, und keine fünf Minuten später gaben sie im Casino ihre Mäntel ab. Hier protzte Baden-Baden mit alter Pracht. Kronleuchter in Hülle und Fülle, verschwenderisch viel Gold und Rot, monumentale Wandgemälde. Dazwischen Roulettetische. An einem davon hatte Dostojewski sein Geld verspielt.

»Spielst du?«, fragte sie Paul, als ein Kellner sie ins Restaurant geleitete.

»Nein, ich habe genügend andere Laster.«

»Was darf ich Ihnen bringen?«, fragte der Kellner, nachdem sie sich gesetzt hatten.

»Ein Selters«, entschied Henny. Für das Gespräch brauchte sie einen klaren Kopf. Sie hoffte, dass es ein gutes Omen war, in diesem prächtigen Raum zu sitzen. Ein Ort, an dem nur der Augenblick zählte, Rouge et Noir, Glück im Spiel. Glück! Vielleicht fiel etwas für sie ab.

Paul bestellte einen Pastis und starrte vor sich hin, bis der Kellner gegangen war. »Lass uns gleich zur Sache kommen«, sagte er dann. »Wir müssen den Abend nicht unnötig in die Länge ziehen.«

Der feindselige Ton in seiner Stimme dämpfte ihre Hoffnung auf einen guten Verlauf des Abends.

»Also: Was weißt du über den Vossinger?«

Wie sie es sich vorgenommen hatte, fasste Henny sich ein Herz und erzählte von den alten Verbindungen des Vaters nach Épernay, ihrer Reise 1938, ihrer geplanten Verlobung mit Yves.

Dann war es für einen Augenblick still am Tisch. Umso lauter hörte man von nebenan das Klackern der Roulettekugeln und die Stimme eines Croupiers, der in einem sehr affektierten Französisch verkündigte: *»Rien ne va plus, messieurs-dames.«*

Mit einer Stimme, so blechern und kalt, dass Henny angst und bange wurde, feuerte Paul weitere Fragen ab.

»Du warst also schon mal mit einem Franzosen verlobt?«

Sie nickte nur.

»Und die Ehe mit Heiner Köpfer? Davor oder danach?«

»Danach, nachdem ich erfahren habe, dass Yves nicht mehr lebte.« Gut, nicht ganz die Wahrheit, aber sie wollte die Geschichte nicht unnötig verkomplizieren.

»Er war Soldat? Welches Regiment? Wo gefallen?«

»Keine Ahnung. Es war Krieg, wir konnten uns nicht mehr schreiben, ich habe es nur zufällig erfahren. Ein Kollege meines Vaters, der während des Krieges in der Champagne war und wusste, dass wir die Vossingers kennen, hat es uns berichtet. Das hat aber nicht gestimmt.«

»Der Mann war nicht tot?«

»Nein. Ich habe ihn wiedergesehen. Hier in Baden-Baden, als wir die Heiratspapiere beantragt haben. Ich bin ihm nachgelaufen, habe ihn aber nicht mehr erwischt. Er war wie vom Erdboden verschluckt. Erinnerst du dich? Ich war danach ganz durcheinander.« Sie suchte in seinem Gesicht nach einer Regung, fand aber immer noch keine. »Das war der Grund, weshalb ich nicht zur Hochzeit erschienen bin«, wagte sie sich weiter aus der Deckung. »Ich hab mich nicht getraut, mit dir darüber zu sprechen, ich war völlig konfus. Ich meine, Yves und ich waren verlobt, ich habe ihm mein Wort gegeben …«

Selbst nachdem sie so viel darüber nachgedacht hatte, klang, was sie sagte, wirr und keinesfalls wie eine Entschuldigung, zu der Olga ihr geraten hatte.

»Es ist aber nichts draus geworden, Madame Vossinger zu werden, was?«

»So wenig wie Madame Duringer. Mit Hochzeiten hatte ich in meinem Leben kein Glück.«

Paul schnaubte, dann fragte er nach der Flasche und ihrem Besuch in Reims.

»Ich wusste, wie wichtig Yves der 37er-Jahrgang war.«

»Deswegen fährst du extra nach Reims?«

Paul glaubte ihr kein Wort. Henny war froh, dass der Kellner mit den Getränken kam und sie nicht sofort antworten musste. Sie griff nach dem Glas und lächelte Paul an. »Sagen wir, ich bin nicht frei von Sentimentalitäten. *Santé*.«

Paul erwiderte das Lächeln nicht, das Verhör war noch nicht zu Ende.

»Wusstest du, dass dein Yves Mitglied der Résistance war?«

»Résistance? Woher hätte ich das wissen …?«

»Nun, dies und das weißt du ja sehr wohl …«

»Woher weißt du es denn?«, fragte sie zurück.

»Von einem Kameraden. Hast du mal von einer Frou-Frou gehört?«

Hätte sie gestanden, ihr wären die Beine weggeknickt. Doch zum Glück saß sie, und zum Glück siegte die Wut über die Angst. Nein, dachte sie, so wie du fragst, werde ich dir nicht beichten. Nichts von dem, was an jenem schrecklichen Tag in Épernay geschehen ist, wirst du …

»Duringer! Quelle surprise! Vous ici à Baden-Baden. Que-ce qu'elle fait ma Dauphine?«

Überrascht drehte Henny sich um. Seitlich neben dem Tisch stand ein französischer Offizier, sein eingegipster Arm lag in einem roten Dreieckstuch. Sie lächelte ihn an. Den Mann schickte der Himmel. Deus ex Machina heißt das im Theater, sagte Elfie gerne.

»Wissant!« Paul erhob sich und gab dem Mann die Hand.

»Wollen Sie mir Ihre Begleitung nicht vorstellen?« Der Mann lächelte nun sie an.

»Oh, pardon. Henny Köpfer, Lieutenant Ferdinand Wissant. Wir waren Bettnachbarn im Militärhospital. Weil er zurzeit nicht fahren kann, hat er mir sein Auto geliehen.«

»Enchanté, madame.«

Wissant verbeugte sich formvollendet. Nebenan rollten wieder die Kugeln.

»Wollen Sie sich nicht setzen und ein Glas Champagner mit uns trinken?«, schlug Henny vor, die nun dringend etwas Alkoholisches brauchte. Sie winkte dem Kellner, als Wissant das Angebot annahm. »Verzeihen Sie meine Neugier, Lieutenant, aber was ist mit Ihrem Arm passiert?«

Sie hörte sich die Krankengeschichte mit Anteilnahme an,

ermunterte ihn, Details zu berichten. Der Kellner servierte den Champagner. Ahh, was für eine Wohltat der erste Schluck war! Solange Wissant am Tisch saß, konnte Paul sein Verhör nicht fortsetzen. Es traf sich gut, dass er nach der Krankengeschichte wieder auf sein Auto zu sprechen kam, das wohl eine Reihe von Macken hatte.

Henny nickte verständnisvoll und wartete auf eine günstige Gelegenheit, sich aus dem Staub zu machen. Die schien ihr gekommen, als die zwei zur französischen Innenpolitik wechselten und über eine Rundfunkrede von de Gaulle debattierten.

»Die Herren entschuldigen mich?« Sie griff nach ihrer Handtasche. »Ich will mich auf den Heimweg machen.«

»Natürlich bringe ich dich zu deinem Auto«, sagte Paul entschieden.

»Nein, bitte lass dich nicht stören. Es sind ja nur ein paar Meter«, wehrte Henny ab.

»Ich bestehe darauf.«

Mist, dachte Henny.

Baden-Baden

Bisher hatte Paul einen so dichten Nebel nur im Film gesehen, in *Der Hund von Baskerville* beispielsweise, Nebel, den es in Wirklichkeit nicht gab, Zaubertricks des Kinos, Nebelmaschinen und so weiter, aber hier in Baden-Baden war er echt. Mit Mühe sah man noch die Hand vor Augen.

»Wo hast du dich einquartiert?«, fragte er Henny, die neben ihm stand.

»Im *Ochsen* in Sinzheim. Das Hotel liegt an der B 3, von dort bin ich morgen schnell auf der Autobahn.«

»Ich fürchte, da wirst du heute nicht mehr hinkommen«, sagte er nüchtern. »Meine Pension ist nur einen Steinwurf entfernt. Lass uns fragen, ob sie noch ein Zimmer frei haben.«

»Ach, Quatsch. Wir kommen aus dem hell erleuchteten

Casino. Bis ich beim Auto bin, haben sich meine Augen an den Nebel gewöhnt«, meinte Henny.

Schritt für Schritt tasteten sie sich voran. Sie hatten Mühe, das Auto überhaupt zu finden. Als sie es endlich gefunden hatten, setzte Henny sich hinein, startete den Wagen und schaltete das Licht ein, sie fluchte wie ein Rohrspatz. Selbst mit Licht konnte sie höchstens die nächsten fünf Meter sehen.

»Komm, steig aus. Meine Pension werden wir schon noch finden.«

Sichtlich schlecht gelaunt stieg sie aus, griff nach ihrem Koffer auf der Rückbank und fragte: »Welche Richtung?«

»Da lang!« Er deutete mit dem Finger auf das schwach schimmernde Licht einer Straßenlaterne und nahm ihr den Koffer ab. Er sagte nichts mehr, und sie sagte nichts mehr, es war so gespenstisch still, als wären sie allein auf der Welt. Zwei Ausgesetzte, zwei Verlorene, Hänsel und Gretel nicht allein im Wald, sondern in den leer gefegten Straßen von Baden-Baden. Und wo wartete die böse Hexe?

»Und jetzt?«, fragte Henny an der nächsten Ecke.

»Nach links, dann die nächste rechts.« Er ärgerte sich über die plötzliche Wucht, mit der ihm die Eifersucht als scharfer, stechender Schmerz in die Knochen fuhr, als ihm wieder einfiel, dass sie ihn wegen eines anderen Mannes verlassen hatte. Herrje, das war so lange her.

»Du hast eine Vermutung, wer die Flasche geklaut hat?«, fragte er, um auf andere Gedanken zu kommen

»Kaspar«, erwiderte sie, als wäre dies eine naheliegende Antwort auf der Welt.

»Wie kannst du dir da so sicher sein?«

»Zängerle hat einen jungen Mann gesehen.«

»Es gibt viele junge Männer. Warum soll ausgerechnet er dir die Flasche klauen?«

»Was glaubst du wohl?«

Sie fragte so, als müsste er die Antwort kennen, aber er kannte sie nicht.

»Kaspar ist durcheinander, er weiß nicht, was er will«, schob sie hinterher.

»Vielleicht will er ja gar nichts.«

»Was soll das denn heißen? Luft und Liebe, oder was?« Henny blieb stehen und zündete sich eine Zigarette an.

Luft und Liebe, von nichts anderem haben wir nach dem Krieg gelebt, dachte er. Doch Henny wollte nicht daran erinnert werden. Das spürte er.

»Ist es noch weit?«, fragte sie.

»Wir sind gleich da«, antwortete er, dann schwieg er. Der Nebel entfachte in ihm merkwürdigerweise eine laue, leichte Zärtlichkeit. Für Henny, für sich selbst, für das Leben, er wusste es nicht. Die Grenzen zwischen Freund und Feind, Vertrautheit und Fremde, Zärtlichkeit und Wut, alles war fließend. Er fand sich im Dickicht seiner Gefühle nicht mehr zurecht.

»Da ist es«, sagte Henny und deutete auf ein Tor, über dem groß der Name der Pension stand.

Sie gingen hinein.

»Haben Sie noch ein Zimmer für Madame?«, fragte er den Nachtportier und stellte Hennys Koffer ab. »Sie kommt bei dem Nebel nicht weg.«

»Ja, sicher.« Der Mann legte ein Anmeldeformular und einen Schlüssel auf den Rezeptionstresen.

Henny füllte das Formular aus und nahm den Schlüssel.

»Es ist das Zimmer neben dem Ihrigen«, erklärte der Mann, als er Paul seinen Schlüssel reichte, und lächelte anzüglich.

Paul kannte diesen Typ Nachtportier: voyeuristisch, devot, bestechlich. Manch einen von der Sorte hatte er dafür bezahlt, dass er eine Frau mit aufs Zimmer nehmen konnte, und über manch schmieriges Augenzwinkern hatte er hinweggesehen. Doch diesmal störte es ihn. Paul strafte den Portier mit eisiger Miene und griff wieder nach dem Koffer. »Zweiter Stock«, erklärte er Henny.

Er bemerkte den Blick, mit dem sie den ausgetretenen

Läufer des Flurs musterte, und für einen Moment sah er die Pension durch ihre Augen: die abgehalfterte Eleganz der Wandbehänge, die nur zur Hälfte mit Glühbirnen bestückten Kronleuchter, die rissige Farbe der Zimmertüren. Alles Dinge, die er schon lange nicht mehr wahrnahm, so sehr hatte er sich an mittelmäßige bis schäbige Unterkünfte gewöhnt.

Im zweiten Stock flackerte eine altersschwache Flurlampe, die morschen Dielen knarrten bei jedem Schritt, in der Luft hing der Geruch von Bohnerwachs.

Henny ging sofort auf ihr Zimmer zu und steckte den Schlüssel ins Schloss. Paul stellte den Koffer neben ihr ab, dabei streifte sein Arm den ihren, ein elektrischer Schlag durchzuckte ihn. Beim Hochschnellen trafen sich ihre Blicke. Der von Henny war undurchdringlich. Er ging schnell auf Distanz.

»Gute Nacht«, sagte sie.

Komm, versuch wenigstens einen passablen Abgang hinzubekommen, befahl er sich und bemühte sich um einen spöttischen Ton: »Schön, dass ich endlich weiß, weshalb du davongerannt bist. Es macht mich froh, dass ich nicht ein Leben lang als Ersatzmann herhalten musste.«

»Ersatzmann?« Sie funkelte ihn an und griff nach dem Koffer. »Kann Catherine sich für Jules oder Jim entscheiden? Wiegt die Liebe zum einen mehr als die zum anderen? Ersatzmann? Du hast nichts kapiert.« Mit einem Schritt war sie im Zimmer und knallte die Tür hinter sich zu.

Nouvelle Vague

Baden-Baden

»Ruf Wissant an, frag ihn nach seiner Werkstatt, dann schleppe ich dich ab«, hatte Henny vorgeschlagen und sich sofort auf den Weg gemacht, um ihren Wagen zu holen.

Nach dem Telefonat trat Paul vor die Tür und sah, dass Henny bereits ihren Peugeot mittels Abschleppseils mit der Dauphine verbunden hatte. Deren Motor war an diesem Morgen nicht mal ein Stottern zu entlocken gewesen, und Henny hatte ihre Hilfe angeboten.

Ihre zupackende Art hatte er immer bewundert, er war in praktischen Dingen so viel umständlicher als sie. Er nannte ihr die Adresse der Werkstatt, erklärte ihr den Weg nach La Cité. Los ging es, erst stockend und staksend, aber dann hatte Henny den Dreh raus und zog den Wagen sicher und zielstrebig zur Renault-Werkstatt. Dort erklärte er wortreich die Dringlichkeit seines Anliegens und kassierte als Antwort die nächste Hiobsbotschaft. Der Anlasser sei kaputt, das Ersatzteil müsse geliefert werden, frühestens in drei Tagen sei der Wagen wieder fahrbereit. Wieder rotierte sein Gedankenkarussell. Was sollte er tun?

Henny fuhr ihn zum Hotel zurück.

»Ich glaube, es ist nur ein Katzensprung von Mainz nach Wiesbaden. Einmal über den Rhein, wenn ich mich nicht irre«, sagte sie, als er ausstieg. »Ich nehm dich mit unter zwei Bedingungen: Ich fahre und kein Wort über Frauen am Steuer.«

Auf dem Weg von Baden-Baden nach Mainz

Während Paul die Filmkopien auf der Rückbank stapelte, verstaute Henny seinen Koffer, ein schäbiges, abgewetztes Teil aus Karton in Karomuster, im Kofferraum. Er gab nicht viel auf seine äußere Erscheinung, das hatte sie bereits gemerkt. Immer derselbe Anzug, zwei, drei Hemden zum Wechseln, Hut und Mantel, viel mehr besaß er wohl auch nicht, nach dem Gewicht des Koffers zu urteilen. Das Wirtschaftswunder, das vielen gut gefüllte Portemonnaies bescherte, hatte ihn links liegen gelassen. Er wirkte wie aus der Zeit gefallen.

Sie startete den Wagen, Paul setzte sich neben sie. Er roch noch, wie er früher gerochen hatte. Eine Mischung aus altem Leder und Orient, wobei sie Orient nie genau hatte definieren können. Das Flirren über der Wüste, der Duft von Orangenblüten, das Zittern der Mimosen, so was in der Art. Sie stellte das Radio an. Vorbeugend, für alle Fälle. Hintergrundmusik, falls kein Gespräch zwischen ihnen aufkam. Melina Mercouri sang *Ein Schiff wird kommen*, aber ihre Stimme machte sich nach der zweiten Strophe auf und davon, es drang nur noch ein Knistern durch den Äther. Pauls Arm fuhr nach vorne, als sich eine französische Stimme ins Radio schlich, und stellte den Apparat lauter.

»Das muss ich hören. Sie berichten über das Ergebnis des Referendums«, erklärte er.

Auch Henny hörte zu, verstand nicht alles, nur dass de Gaulle gesiegt hatte. »Um was ging es denn?«

»Um den letzten entscheidenden Baustein für seine V. Republik«, erklärte Paul. »Ab jetzt muss der Präsident vom Volk gewählt werden, das hat de Gaulle mit diesem Referendum durchgeboxt. Mit der neuen Machtfülle ist de Gaulle nun so was wie ein republikanischer Monarch.«

»Vorsicht, Vorsicht. Wo Frankreich schon mal seinen König geköpft hat«, spottete Henny.

»Das schreckt de Gaulle nicht«, erwiderte Paul. »Er ist ein alter Royalist und war immer überzeugt, dass nur eine straffe Hand die Franzosen zusammenhalten kann. Er will Frankreich zur *grandeur* wie in Napoleons Zeiten zurückführen. Dabei war ihm die Macht des Parlaments schon nach dem Krieg ein Dorn im Auge.«

Henny war froh, dass sie über Politik redeten. Ein unverfängliches Thema. Wie früher hörte sie Paul gerne zu. Sie mochte seine melodische, weiche Art zu sprechen, ein bisschen schwerfällig fast, dabei nie einlullend, sondern immer wach.

»Weil es ihm nicht gelungen ist, die Verfassung der IV. Republik zu ändern, hat er sich aus der Politik zurückgezogen, aber immer auf eine Chance zur Rückkehr gewartet. Die kam mit der Algerienkrise. Nach dem Putsch in Algier wurde der Ruf nach einem starken Mann laut. Wer könnte Frankreich aus dieser schweren Krise führen, wenn nicht de Gaulle?«

»Er war wirklich seit 1946 nicht mehr im Amt?«, fragte Henny erstaunt. »Ich dachte immer, er ist genauso lang dabei wie Adenauer. Vielleicht, weil er im Krieg so eine bedeutende Rolle gespielt hat.«

»Mehr als das. Er hat Frankreich gerettet, und so sieht de Gaulle sich bis heute: als Retter Frankreichs. Aber jetzt rettet er Frankreich nicht um jeden Preis, er stellt Bedingungen an seine Rückkehr. Mehr Macht für den Präsidenten, darum geht es ihm. Im Gegensatz zu Adenauer, der jetzt mit der FDP koalieren muss und um sein politisches Überleben kämpft, hat de Gaulle mit dem aktuellen Referendum seine Macht erweitert.«

»Ist das nun gut oder schlecht für Frankreich?«

»Es ist nie gut, so viel Macht in Händen eines Einzigen zu konzentrieren.«

»Und es wird ihm nichts nutzen, wenn die Amis oder die Russen die Atombombe zünden. Glaubst du, es kommt zu einem Dritten Weltkrieg?

»Chruschtschow ist nicht Stalin, und Kennedy wird eher auf die Tauben als auf die Falken in seiner Regierung hören«, erwiderte Paul und setzte nach kurzem Zögern hinzu: »Hoffe ich.«

»Ich kann mir das nicht vorstellen: Ein Knopfdruck, alles Leben ist vernichtet und die ganze Welt eine unbewohnbare Kraterlandschaft. Werden die Menschen überall von diesen Atompilzen geblendet sein? Und vor lauter Helligkeit gar nichts sehen, sondern nur einen lauten Knall hören?« Sie schüttelte sich. »Lass uns von etwas anderem reden!«

Wieder rauschte es im Äther, der französische Sender verschwand, klassische Musik löste ihn ab, eine Klaviersonate erklang. Beethoven, tippte Henny.

»Den Colonel freut das Ergebnis des Referendums natürlich. De Gaulle bleibt an der Macht, damit rückt der Deutsch-Französische Vertrag in greifbare Nähe, wenn er nicht von deutscher Seite noch torpediert wird«, sagte Paul im Nachhinein. »Der Vossinger ist für den Colonel. Wenn der Vertrag unter Dach und Fach ist, will er mit de Gaulle darauf anstoßen.«

Es überraschte Henny, dass Paul plötzlich so offen war. »Ein Freundschaftsdienst also?«, erkundigte sie sich vorsichtig.

»Wenn du so willst.«

»Nicht mehr?«

»Was soll denn mehr sein?«, fragte er misstrauisch.

»Nun, es gibt bessere Champagner, um auf das Ende der Erbfeindschaft anzustoßen. Der 1959er ist ein ausgezeichneter Jahrgang, gute Witterungsbedingungen, ein langer, heißer Sommer, frühe Ernte, sehr reife Trauben. Jetzt frisch und großartig, ein Hochgenuss«, erklärte Henny.

Ein trockenes Lachen, gefolgt von einem spöttischen Blick, der zu ihr herüberflackerte, dann sagte er: »Nicht nur du, auch der Colonel pflegt Sentimentalitäten.«

Henny bohrte nicht weiter. Jede weitere Frage hätte sie nach Épernay und damit aufs Glatteis geführt, also schwieg sie und konzentrierte sich aufs Fahren. Sie hatten Karlsruhe passiert, der Schwarzwald lag hinter ihnen, nirgendwo mehr Berge, sie fuhren durch weite Kiefernwälder. Inzwischen hatte sich der Nebel verflüchtigt, sogar die Sonne zeigte sich. Während sie die Sonnenblende herunterklappte, schloss Paul die Augen und genoss die Wärme.

»Hattest du nach mir andere Frauen?« War ihr die Frage tatsächlich herausgerutscht? Henny hätte sie gern zurückgenommen. Sie schielte zu Paul hinüber. Er hielt die Augen geschlossen und regte sich nicht. Vielleicht schlief er und hatte die Frage gar nicht gehört.

»Ich habe sie nicht gezählt.«

Er schlief nicht, und er hatte die Frage gehört. Ein Stich ins Herz, die Auskunft tat weh, ein bisschen verletzte Eitelkeit, nur das, auf keinen Fall Eifersucht. »Aber du bist bei keiner geblieben?«

»Und du?«, wollte er wissen, ohne ihre Frage zu beantworten.

»Es gab das eine oder andere Angebot, aber …« Sie verstummte, wohl wissend, dass sie einer ehrlichen Antwort auswich. Ein Weinhändler aus Worms hatte sie heiraten wollen: »Du bist allein, ich bin allein, wollen wir uns nicht zusammentun?« Ein Musiker aus Detroit hatte ihr Avancen gemacht, und dann war da noch der verwitwete Oberstudienrat, ein guter Kunde, der wieder eine Frau an seiner Seite suchte. Keinen der Männer hatte sie je in Erwägung gezogen. Geliebt hatte sie nur ihren Jules und ihren Jim, und mit beiden hatte sie es vermasselt. Seither hielt sie sich die Liebe vom Leib.

»Aber?«, wiederholte Paul.

»Männer wollen eine Frau, für die sie sorgen können, aber für mich muss keiner sorgen. Sie wollen eine Frau zum Herzeigen, aber ich bin kein Schmuckstück, und immer wollen sie der Frau ihren Platz zuweisen, aber den such ich mir lieber selbst.«

»*Oh, là, là,* hast du Simone de Beauvoir gelesen?«

Mainz

Sie erreichten Mainz am frühen Nachmittag. »Mehr Autos, mehr Verkehr, mehr Wohlstand«, las Paul auf einer Werbetafel an der Ludwigstraße, die dreispurig durch die Mainzer Innenstadt führte, beidseitig komplett neu bebaut. Der Dom als einziges altes Bauwerk wirkte wie ein Fremdkörper zwischen den modernen Gebäuden, allen voran das große Hertie-Kaufhaus mit seinem Vorbau im Bungalowstil, von dessen Dachterrasse zwei riesige blaue Hertie-Fahnen wehten. Mainz zeigte sich als moderne, helle und autofreundliche Stadt. Das begeisterte Henny.

»An der Stadtplanung hätte sich Freiburg mal ein Beispiel nehmen sollen«, meinte sie. »Hier wollten sie die alten, engen Gassen nicht wiederherstellen, sondern haben direkt an Autostraßen gedacht.« Sie setzte den Blinker und bremste ab. »Frag mal, wie wir zur Straße An der Goldgrube kommen«, befahl sie ihm und hielt trotz Parkverbots zwischen zwei modernen Straßenlaternen, die aussahen wie viel zu lange Stecken, auf die man weiße Schirmchen gesetzt hatte.

Paul stieg aus und ging zu den Bänken, die auf dem kleinen Platz neben dem Hertie-Bungalow vor ein paar Büschen standen, und fragte einen älteren Herrn nach dem Weg. Der Mann antwortete in einer breiten, an Zischlauten reichen Mundart, die Paul kaum verstand. Doch es gelang ihm immerhin, sich ein paar Straßennamen zu merken. Trotzdem mussten sie noch zweimal nach dem Weg fragen, bis sie endlich das St. Vincenz und Elisabeth Hospital gefunden hatten, dort parkten sie und folgten dann den Wegweisern in Richtung Schwesternwohnheim. An der Pforte erfuhren sie, Schwester Else sei für eine Kollegin eingesprungen und deshalb vor 18 Uhr nicht zu sprechen.

Henny, das merkte Paul, passte die Nachricht gar nicht. Sie hasste es, wenn ihre Pläne durcheinandergerieten, auch wenn, wie in diesem Fall, höhere Gewalt im Spiel war. Verärgert stürmte sie nach draußen. Er folgte ihr langsam, lehnte sich an einen Laternenmast und sah zu, wie sie mit gewittriger Miene auf und ab lief, das Klacken ihrer Absätze ein weithin hörbares, donnerndes Stakkato.

Er würde zurück in die Stadt fahren, am Rhein entlangspazieren und den Schiffen zusehen, doch der Vorschlag würde Henny nicht gefallen. Nichts tun, sich treiben lassen, aus der Zeit fallen, das war nichts für Henny Köpfer, selbst wenn es nur ein paar Stunden zu überbrücken galt. Henny war eine Frau der Tat. Nun stoppte sie und zündete sich eine Zigarette an. Sie hat eine Entscheidung getroffen, folgerte er, als sie auf ihn zukam. Aber nicht nur Henny, auch eine junge Frau, die das Wohnheim verlassen hatte, eilte herbei.

»Hallo, ich bin eine Freundin von Else Koslowski«, rief sie. »Haben Sie gerade nach ihr gefragt?«

Henny drehte sich überrascht um, er nickte.

»Die kommt heute nämlich nach der Arbeit gar nicht mehr ins Wohnheim, weil sie direkt nach Wiesbaden fährt. Die will dort einen französischen Film sehen, irgendwas mit Waage, Küsse und Schlägen. Seit sie de Gaulle in Ludwigsburg gehört hat, ist Else ganz verrückt auf alles Französische.«

»Waage, kann das Nouvelle Vague sein?«, fragte Paul. »Und der Titel des Films *Sie küssten und sie schlugen ihn*?«

»Genau«, bestätigte die junge Frau überrascht.

»Im Caligari-Kino?«, fragte Paul weiter.

Elses Freundin nickte. »Komisch, dass ich noch nichts von dem Film gehört habe, wenn Sie den auch kennen«, meinte sie irritiert. »Ist der gut?«

»Großartig«, antwortete Paul. »Begleiten Sie Else doch. Ich hinterlege an der Kasse zwei Freikarten auf Elses Namen.«

»Spendierst du allen Frauen, denen du begegnest, Freikarten?«, neckte Henny ihn, ohne auf eine Antwort zu warten. »Los, mach voran«, forderte sie ihn auf. »Ich fahre dich schnell nach Wiesbaden. Danach muss ich noch was erledigen. Else treffe ich dann abends im Kino.«

Wiesbaden, später Rüdesheim

An Else erinnerte sich Henny als kleinen, vorlauten Wildfang mit Mondgesicht und schweren Zöpfen, die wie dicke Seile hin und her schaukelten, wenn sie rannte. Kaspar rannte immer hinter ihr her oder neben ihr her, überglücklich, weil endlich noch ein Kind auf dem Hof lebte. Mit kindlichem Scharfsinn begriff Else schnell, was sie Kaspar bedeutete, und sie nutzte ihre Macht, um ihn manchmal ordentlich herumzukommandieren. Wenn sie es gar zu wild trieb, wehrte er sich, aber das Kommando konnte er ihr nie entreißen.

»Wie ist Else heute?«, fragte sie Paul, der sie in die Mainzer Innenstadt und von dort zur Theodor-Heuss-Brücke lotste.

»Ein dralles Fräulein, immer noch vorlaut«, antwortete er, als sie über die Brücke fuhren. »Schau mal«, rief er und deutete auf den Fluss. »Ein Holzfloß! Ich wusste gar nicht, dass noch welche unterwegs sind, die Zeit der Flößer ist doch eigentlich vorbei. Mein Großvater war mal mit mir im Straßburger Hafen, als dort Flößer aus dem Kinzigtal lagerten. Ich war vielleicht drei oder vier und kann mich daran erinnern, dass sie auf den Baumstämmen Zelte aufgebaut hatten, mit denen sie dann in Richtung Holland trieben. Sogar Lagerfeuer machten sie auf dem Holz. Mir kam's wie ein wildes Zigeunerleben vor. Ich wäre zu gern mal mitgefahren.«

»Glaubst du, sie passt zu Kaspar?«

»Was?« Paul hatte gar nicht zugehört.

»Ob Else zu Kaspar passt«, wiederholte Henny. »Kätter ist überzeugt, dass der Kaspar auf Brautschau ist.«

»Kätter glaubt, er will heiraten? Stimmt, dass Kätter sich das wünscht, darüber hat er schon in Ludwigsburg geklagt. Ich denke, er soll sich erst mal die Hörner abstoßen.«

»Der Kaspar hat keine Hörner. Er ist ein sanfter Bursche, der nur im Kino glücklich ist. Wo er sich in fremde Welten träumen kann.«

»Damit ist er nicht allein. Mich hat das Kino gerettet, Truffaut hat das Kino gerettet und sicher noch viele, viele andere.«

»Das ist doch weltfremd«, konterte sie und folgte den Wegweisern Richtung Wiesbaden. »Mit Träumen kann man kein Geld verdienen.«

»Und ob man das kann! Schau nach Hollywood.«

»Du und deine Filme«, gab Henny zurück.

Wieder das trockene Lachen, wieder der spöttische Blick. Dann schwiegen sie beide, das Radio rauschte, Paul drehte wieder daran, er landete in einer Nachrichtensendung. Der Sprecher berichtete, dass ein amerikanischer Pilot in seinem Spionageflugzeug von einer sowjetischen Luftabwehrrakete getroffen worden und über Kuba abgestürzt war.

»Oje«, murmelte Paul. »Hast du in deinem Keller auch Vorräte angelegt, damit du nach einem Atomschlag überleben kannst?«

»In meinem Keller liegt Wein in Hülle und Fülle. Mit dem saufe ich mir dann die Vernichtung schön. Nein, mal im Ernst. Es wird doch nach einem Atomschlag kein Überleben geben, ob mit oder ohne Vorräte«, antwortete Henny und wurde dann von einem Wirrwarr an Straßenschildern abgelenkt. »Weißt du, wo wir hinmüssen?«

Paul wusste es. Fünfzehn Minuten später setzte sie ihn mit den Filmkopien auf dem Marktplatz ab, erklärte, dass sie abends zur Vorführung zurück sein würde. Er wartete, bis sie den Wagen gewendet hatte und davongefahren war, dann sah sie im Rückspiegel, wie er nach den Koffern mit den Kopien griff und das Kino ansteuerte.

Henny folgte den Wegweisern Richtung Biebrich, denn vom Henkell-Stammhaus aus kannte sie den Weg am Rhein entlang nach Rüdesheim. Der Rheingau war das Pendant zur Champagne, die Heimat des deutschen Sekts, alle großen Schaumweine kamen von hier. Neben Henkell führte Henny aus dem Rheingau auch Mumm und Matheus Müller im Sortiment. Vor zwei Jahren hatte der Henkell-Vertreter sie zu einem exklusiven Besuch ins Stammhaus eingeladen, eine Einladung, der sie gern gefolgt war. Das protzige Anwesen konnte es durchaus mit den großen Champagnerhäusern aufnehmen. Die prachtvolle Einfahrt Respekt einflößend, der säulenumspannte Marmorsaal, Versailles *en miniature*. Die Erfindung der Piccoloflasche in den 1930er-Jahren, das musste man neidlos eingestehen, war ein echter Geniestreich von Henkell gewesen, damit verdienten sie sich bis heute dumm und dusselig, und manch trockener Sekt von ihnen, auch das musste sie zugeben, schmeckte gar nicht schlecht. Henny hatte die Reise damals mit einer Erkundungstour durch die Rheingauer Weinorte und dem Besuch etlicher Weingüter verbunden. So hatte sie Rohls Geschäft in Rüdesheim entdeckt und einen großen Bogen darum gemacht. Niemals mehr hatte sie diesem Mann gegenüberstehen wollen, und nun war sie auf dem Weg zu ihm.

Sie parkte zwischen zwei Platanen am Rheinufer, direkt gegenüber von Rohls Geschäft. Vor ihrem Peugeot stand ein schwarzer 190er-Mercedes, der ebenfalls ein Freiburger Kennzeichen führte. Sie stieg aus und überquerte die Straße.

Er kann dir nichts mehr, hämmerte sie sich ein. Die Nazis sind weg, Göring ist tot, Rohl hat keine Macht mehr, er ist nichts weiter als ein kleiner Weinhändler, der vielleicht hinter dem Diebstahl des Vossingers steckt.

Vor der Ladentür zögerte sie, trat einen Schritt zur Seite, stierte angestrengt im Schaufenster auf ein Emaillewerbeschild für das berühmteste Getränk des Ortes. »Wenn einem also Gutes widerfährt, das ist schon einen Asbach uralt wert.« Als ob einem bei Rohl etwas Gutes widerfahren könnte … Einen Moment war sie wie gelähmt, sie betrachtete weiter das Schaufenster. Auf den zweiten Blick entdeckte sie das kleine Sortiment Burgunderweine in der äußeren Ecke des Fensters. Zwischen den Flaschen stand ein gerahmtes Zeitungsfoto zweier Männer, einer davon war Rohl. Sie musste ganz nah an die Glasscheibe herantreten, um die Bildunterschrift zu lesen: »Friedrich Rohl, der Förderer der deutsch-französischen

Freundschaft und Pierre Fontaine, der Bürgermeister unserer neuen französischen Partnergemeinde Meursault.« Henny schüttelte den Kopf. Görings Weinführer traute sich schon wieder nach Frankreich, nach allem, was er dort angerichtet hatte. Wahrscheinlich wusste in Meursault niemand, wie viele Franzosen er bestohlen oder wie im Fall von Yves und Frou-Frou ans Messer geliefert hatte.

Geh jetzt rein, Henny, los, befahl sie sich, weil sie wusste, dass sie, so sie noch länger hier stehen blieb, umdrehen und weiterfahren würde. Es wäre doch schade, sie würde als Feigling sterben, erst recht, wenn in den nächsten Tagen die Russen oder die Amis die Atombombe zündeten.

Die Türglocke klang hell, als sie eintrat. Wie ein Schauspieler auf der Bühne trat Rohl hinter einem Regal hervor: dreiteiliger Anzug, weißes Hemd, eine Fliege in dezentem Grün, das Haar inzwischen grau, aber der Mann insgesamt noch drahtig und grade. Sechzig war er bestimmt, wenn nicht schon älter. Er hatte sich prächtig gehalten. Bosheit, stellte Henny mit Bedauern fest, machte nicht immer hässlich.

»Henny«, tönte er überrascht und eilte auf sie zu. »Was verschafft mir die Ehre?«

»Der 37er Vossinger-Champagner.«

»Dobler, komm mal her, Henny Köpfer ist da«, rief er nach hinten.

Aus den Tiefen des Geschäftes eilte Dobler herbei. Der Wagen mit dem Freiburger Kennzeichen, Henny hätte es sich denken können. Wie damals standen die zwei vor ihr, der Herr und sein Knecht, nur dass sie anstelle der Uniformen maßgeschneiderte Anzüge trugen.

»Aber Sie hätten deswegen doch nicht extra nach Rüdesheim kommen müssen«, beeilte sich Dobler zu sagen. »Wenn ich zurück in Freiburg bin, hätte ich die Flasche doch bei Ihnen abgeholt.«

»Oh, ich habe die Flasche nicht mit.«

Die zwei wechselten ratlose Blicke.

»Aber meine Frau hat mir doch …«, begann Dobler.

Henny zuckte nur mit den Schultern.

»Meine Frau hat mir auch erzählt, dass Ihr Sohn verschwunden ist«, sagte Dobler dann. »Das scheint er gern zu tun. Als er mir die Flasche angeboten hat, ist er auch sang- und klanglos verschwunden, bevor ich ihm ein Angebot für den Champagner machen konnte.«

»Weshalb bist du hier, Henny?« Rohl verschränkte die Arme vor der Brust und fixierte sie.

»Gegenfrage. Warum sammelst du 37er Vossinger?«

»Pflegt in heutiger Zeit nicht jeder einen kleinen Spleen?«

»Verrätst du mir, wie viel Flaschen ihr noch aufgetrieben habt?«

»Vier, mit deiner Flasche fünf.«

»Dabei geht es doch gar nicht um den Champagner, sondern darum, was ihr damals noch aus Vossingers Keller rausgeschafft habt.«

»Was sollen wir rausgeschafft haben? Gold, Silber und Edelsteine?« Rohl lachte.

Dobler stimmte in sein Gelächter ein und echote: »Gold, Silber und Edelsteine.«

»Kleiner Scherz, entschuldige, Henny, du hast mit eigenen Augen gesehen, was wir in Épernay requiriert haben.« Rohl badete in Bonhomie. »Tausend Flaschen 37er Vossinger-Champagner.«

»Und Résistance-Kämpfer.«

»Stopp, stopp, stopp!«, wehrte sich Rohl energisch. »Das war die Gestapo. Mit deren brutalen Methoden habe ich mich nie gemein gemacht. Was schwierig war, dazu gehörte wirklich Rückgrat.«

Sie schnaubte. Auf keinen Fall würde sie sich das anhören. »Die Flasche könnt ihr vergessen«, sagte sie und wandte sich zum Gehen.

Wieselflink schoss Dobler an ihr vorbei und versperrte ihr den Weg zur Tür.

»Wagen Sie es nicht, mich festzuhalten!« Henny funkelte ihn wütend an.

»Versuch doch vorbeizukommen, du hochnäsiges Biest.« Jetzt drohte Dobler ihr offen. »Meinst wohl, du kannst uns auf der Nase herumtanzen.«

»Aber, aber, Dobler, was ist das denn für ein Benehmen?«, wies Rohl ihn zurecht. »Natürlich käme uns nie in den Sinn, dich festzuhalten«, beruhigte er dann Henny. »Sicher werden wir uns handelseinig: Wenn du mir erzählst, woher deine Flasche stammt, erzähle ich dir, weshalb ich 37er Vossinger sammle.«

Wie ein zurückgepfiffener Hund zog sich Dobler ein paar Schritte zurück und versperrte ihr nicht länger den Weg.

»Aus Berchtesgaden«, antwortete sie. Mit dieser Auskunft gab sie nur wenig preis, blieb im Vagen.

»Aus der Schatzkammer des Führers unterhalb des Kehlbergs, die von einer französischen Einheit entdeckt wurde?«

»Denk schon.«

»Wie sieht das Etikett aus?«

»Hat diesen roten Stempel z.b.G., außerdem ist eine Ecke eingerissen.«

Keiner der beiden sagte etwas, aber sie warfen sich beredte Blicke zu. Wenn Henny den Blickwechsel richtig las, dann hatte sie einen Treffer gelandet. »Und jetzt bist du dran!«

»Gold und Edelsteine war nicht nur ein Witz, nein …«, begann Rohl.

»Du wirst doch nicht etwa …?«, unterbrach ihn Dobler erschrocken.

»Doch, doch, doch«, versicherte Rohl mit Verve. »Ich stehe zu meinem Wort. Und wenn einer die Wahrheit hören soll, dann Henny Köpfer. Der 37er Vossinger spielt auch in ihrem Leben eine wichtige Rolle, und ohne unsere Gründe zu kennen, wird sie den Champagner nicht rausrücken, oder, Henny?«

»Sehr richtig«, bestätigte sie.

»Das ist nicht richtig, Friedrich!« Dobler klang fast verzweifelt. »Biete ihr Geld oder was immer sie will …«

»Jetzt hör auf, dich wie ein altes Klageweib aufzuführen«, pflaumte Rohl ihn plötzlich an und wandte sich wieder Henny zu. »Du weißt, ich war im Auftrag von Göring unterwegs, und sicher erinnerst du dich, dass Göring, je länger der Krieg dauerte, desto wunderlicher, um nicht zu sagen, wahnsinniger wurde. Spätestens ab 1943 fühlte er sich von allen Seiten bedroht und hat versucht, die sagenhafte Beute seiner Raubzüge in Sicherheit zu bringen.«

»Sie verachtet uns, sie will uns schaden, sie ist eine hinterhältige Schlange. Lass es, Friedrich«, polterte Dobler, aber Rohl beeindruckte das nicht, er redete einfach weiter.

»Um sich zu merken, wo er was versteckte, hat Göring sich komplizierte Geheimnachrichten und wiederum Verstecke ausgedacht. Wie gesagt, der Wahnsinn ... Aus zuverlässiger Quelle habe ich nach dem Krieg erfahren, dass er die Information über ein bestimmtes Versteck auf der Innenseite des Etiketts eines 37er Vossingers notiert und diese Flasche an einen sicheren Ort gebracht haben soll. Seit ich das weiß, kaufe ich jede Flasche 37er Vossinger auf. Viele haben den Krieg nicht überlebt, unter den wenigen, die wir bisher aufgetrieben haben, fand sich die gesuchte nicht. Deshalb wollen wir deine unbedingt. Wenn sie die richtige ist, beteiligen wir dich am Göring-Schatz. Allein die Bilder, die er aus jüdischen Besitztümern entwenden ließ, sind ein Vermögen wert.«

»Zwanzig Prozent«, sagte Henny ins Blaue hinein.

Dobler stöhnte auf.

»Sagen wir mit zehn Prozent?«, schlug Rohl vor. »Einverstanden?«

»Achtzehn.«

»Fünfzehn, mein letztes Wort.«

Henny nickte. Dabei wusste sie gar nichts mehr, sie war verwirrt. »Ihr ... ihr hört von mir«, stotterte sie. Sie wollte nur noch raus aus dem Laden, aber Dobler trat wieder einen Schritt auf sie zu.

»Noch was, damit du nicht auf dumme Gedanken kommst«,

hörte sie Rohl hinter sich sagen. »Die Nachricht ist verschlüsselt, ohne uns wirst du sie nicht lesen können. Und jetzt, Dobler, sei so gut und mach Frau Köpfer die Tür auf.«

Doch der verschränkte bockig die Arme vor seinem fetten Bauch und machte keine Anstalten, sie passieren zu lassen.

»Was sind das denn für schlechte Manieren?« Rohl trat auf Dobler zu, drängte ihn zur Seite und öffnete die Tür.

Schnell schlüpfte Henny hinaus und überquerte die Straße.

»Auf bald, Henny«, rief Rohl ihr hinterher.

Sie stieg in ihr Auto und fuhr sofort los.

Hinter Rüdesheim hielt sie auf dem Standstreifen an. Ihre Hände zitterten so stark, dass sie nicht mehr ruhig lenken konnte. Was zum Teufel hatte sich da grade abgespielt?

Wiesbaden

Es war weder kompliziert noch aufwendig, einen Anzug von der Stange zu kaufen. Man ging in ein Kaufhaus, folgte dort den Wegweisern in die Herrenabteilung und sagte dem Verkäufer, hier einem kleinen Mann mit Halbglatze, was man suchte. Der Mann prüfte Größe und Gewicht mit Augenmaß, griff aus der Fülle gleich aussehender Anzüge zwei heraus und schickte Paul damit in eine Umkleidekabine. Beide Anzüge waren preislich im Rahmen und saßen wie angegossen, bis auf die Hosen, die wie immer zu lang waren. Der blaue Anzug kostete dreißig Mark weniger als der graue. Wenn Paul den nahm, konnte er sich noch zwei Nylonhemden und eine Krawatte leisten. Man habe einen Schneider im Haus, erklärte der Verkäufer, als er Paul die Hose absteckte, in einer Stunde könne er die gekürzte Hose abholen. Die ganze Prozedur dauerte weniger als zwanzig Minuten, und als Paul hinaus auf die Straße trat, fragte er sich, warum er diesen Anzugkauf, der seit Monaten anstand, nicht schon früher in Angriff genommen hatte.

Die Hände in den Hosentaschen, schlenderte er durch die Stadt. Wiesbaden prägten prachtvolle Gründerzeit-Bauten, jede Menge neogotische Häuser, neunzehntes, frühes zwanzigstes Jahrhundert in Hülle und Fülle, sprich, Preußens Glanz und Gloria. Plus das Frankfurter Geld. Auf der Wilhelmstraße parkten Wagen der S-Klasse vor teuren Geschäften und internationalen Banken. Damen, die viel Zeit und Geld in ihr Äußeres investierten, ließen sich von Chauffeuren ihre Einkäufe zum Wagen tragen, Herren aus Politik oder Finanzwesen, auf dem Rücksitz Papiere studierend, glitten in schwarzen Mercedes-Limousinen an ihm vorbei. Eine Stadt für die High Society, die Hautevolee, die Profiteure des Wirtschaftswunders. Casino, Staatstheater, Kurhaus, Kochbrunnen, der *Schwarze Bock* und so weiter. Ein Wunder, dass er ausgerechnet hier einen erschwinglichen Anzug gefunden hatte.

Ihm stand nicht der Sinn nach Villen und Palästen, eher nach weitem Ausschreiten und frischer Luft. Der Neroberg schien ihm ein gutes Ziel. Der Tag hatte sich zu einem leichtfüßigen, heiteren Spätherbsttag gemausert, das musste man ausnutzen, bevor wieder trübe Tage kamen. Bald ließ er die Stadtbebauung hinter sich, immer mehr Grün säumte den Weg, die Bäume strotzten vor herbstlicher Farbenpracht. Paul spazierte munter voran und freute sich, dass sein Bein nicht mehr schmerzte. Regelrecht beschwingt schritt er bergan, schon lange nicht mehr hatte er sich so leicht und frei gefühlt.

Oben angekommen, ließ Paul den Blick über die Weinberge hinunter auf Häuser, Kirchen und Paläste schweifen und genoss es, im warmen Sonnenlicht zu stehen. Eine Busladung schnatternder Frauen, die hinter einem Reiseleiter zur russischen Kirche mit ihren goldenen Kuppeln trippelten, erregte seine Aufmerksamkeit. Eindeutig nicht Hautevolee, vielleicht ein Betriebsausflug? Er erkundigte sich. Mit Freuden gaben die Damen Auskunft, nahmen ihn in ihrer Mitte auf, schäkerten mit ihm, schmeichelten ihm mit wohlgefälligen Blicken. Während der Mann vorne von Alexej von Jawlensky »Der Blaue

Reiter, meine Damen!« und von dem berühmten russischen Dichter Dostojewski sprach, zog er seinen Hut und verabschiedete sich, was zu einem vielstimmigen bedauernden »Oh …« führte. Aber er musste noch den Anzug abholen und sich im Hotel auf den Film des Abends vorbereiten. Er freute sich auf Truffauts Erstlingswerk, wie er sich an diesem Tag seltsamerweise über vieles freute. Aber er sollte seiner guten Laune nicht allzu sehr trauen. Es war ja nicht so, dass ein neuer Anzug einen neuen Menschen aus ihm machte.

Eichingen

Kätter fütterte gerade die Hühner hinterm Haus, als jemand vom Hof her nach ihr rief. Sie sperrte das Gatter zu und querte den Garten. Als sie sah, dass Bertold unter dem Torbogen stand, trieb sie ihre alten Beine zur Eile. Sie hoffte auf gute Nachrichten. »Hat sich der Kaspar gemeldet?«, fragte sie schon von Weitem.

»Nein, aber ich habe was Neues über Elisa Rominger, seine richtige Mutter, erfahren«, rief ihr Bertold zu.

»Elisa Rominger«, schnaubte Kätter, als sie vor ihm zum Stehen kam, und merkte, dass sie diese Auskunft nicht nur enttäuschte, sondern auch ärgerte. »'s gibt gute und schlechte Mütter, aber gibt's auch richtige und falsche?«

Bertold verstand nicht, was sie meinte. Die Aktentasche vor die Brust geklemmt, starrte er sie mit großen Augen an.

»Erzähl schon, was du sagen willst«, forderte sie ihn auf.

»Auf alle Fälle, diese Elisa Rominger war, bevor sie Frau Dekker wurde, in einer Freiburger Buchhandlung angestellt. Die Frau Schulteiß, die immer noch dort arbeitet und auch ihre Nachbarin war, erinnert sich genau an sie. Eine zarte, kleine Frau ist sie gewesen, Abenteuergeschichten und Reiseromane waren ihre Spezialität. Nach dem Bombenangriff wusste die Schulteiß sofort, dass die Elisa und der kleine Johann tot waren, weil alle, die in dem Luftschutzkeller waren, umgekommen sind. Verwandte hatte Elisa Rominger in Freiburg keine, aber eine Schwester in Schlettstadt. Die hat mit ihrem Mann die elterliche Buchhandlung übernommen, meint Frau Schulteiß.«

»Soso. Und wie hast du das herausgefunden?«

»Ich habe viel über die Operation Tigerfish gelesen, so bin ich auf die Frau Schulteiß gestoßen. Ich weiß doch, wie wichtig es dem Kaspar ist, mehr über seine leibliche Mutter zu erfahren. Deshalb knie ich mich so in die Sache rein«, erklärte er.

»Und was soll ich jetzt damit anfangen?«

»Schlettstadt, da kommt doch Ihr verstorbener Mann her, vielleicht gibt es noch Kontakte dahin, dann könnt man sich doch erkundigen«, schlug er vorsichtig vor.

»Warum? Das ist alles so lang her, und die Frau ist tot.«

»Ja, schon. Aber ich glaube, dem Kaspar tät es gefallen«, murmelte Bertold.

Kätter zuckte mit den Schultern und seufzte schwer.

»Ich geh dann mal heim.«

Sie nickte. »Und wenn du was vom Kaspar …«

»… ja sicher, Frau Köpfer«, unterbrach er sie und machte sich auf den Weg.

Kätter sah ihm lange nach, dann ging sie zurück ins Haus. Wenn sie ehrlich war, hatte sie immer ignoriert, dass Kaspar andere Eltern hatte als Henny und Heiner. Mit drei Jahren hatte Henny den Bueb nach Eichingen gebracht, und was waren in einem Leben schon drei Jahre, die da im Dunkeln lagen? Erinnern konnte man sich an den ersten Schultag oder die Erstkommunion, aber doch nicht an die frühe Zeit davor … Doch der Kaspar hatte sich erinnert, als er das Häwelmann-Buch entdeckte. Damals hatten sie ihm die andere Mutter noch ausreden können, aber nun trieb die Frage den Buben wieder um. Kätter hatte doch gemerkt, wie es in der letzten Zeit in ihm brodelte und kochte. Sie wusste doch selbst, dass da was passieren musste.

Elisa Rominger … Sie könnte schon seine Mutter sein, die Frau aus Schlettstadt, die Bücher verkaufte. Es war doch ein Buch, das Kaspar die Erinnerung zurückgebracht hatte. Bücher, überlegte sie weiter, das erklärte vielleicht auch die zwei linken Hände und Füße …

Sie stieg die Treppe zu ihrem Schlafzimmer hoch und holte im Schrank hinter Leintüchern und Lavendelsäckchen die Kiste hervor, in der sie ihre Post aufbewahrte. Der Roederer Lüi, Karls alter Schulkamerad, schrieb ihr immer noch zu Weihnachten. Einmal war sogar eine Karte im Umschlag und mit Absender gekommen: Sélestat, 15, Rue Bronnert.

Sie könnt dem Lüi schreiben und sich nach der Buchhandlung Rominger erkundigen. Ganz unverbindlich.

Wiesbaden

Das Hotel im Wiesbadener Bergkirchenviertel war nicht ganz so heruntergekommen wie die *Pension Beatrice* in Baden-Baden, aber glücklich war Henny nicht mit seiner Wahl. Gut, sie hätte sich nicht im *Schwarzen Bock* einquartiert, doch ein deutlich besseres als das, was Paul ausgesucht hatte, wär's schon gewesen. Sie gab dem Hausdiener, der ihr den Koffer aufs Bett gelegt hatte, ein Trinkgeld, dann nahm sie das Zimmer in Augenschein. Das Bild neben dem Schrank so scheußlich wie die Vorhänge, aber der Boden war frisch gewienert, das Bett sauber, die Handtücher auch, die Lampe über dem Waschbecken funktionierte. Sie setzte sich aufs Bett. Ihre Gedanken wanderten wieder zu Rohl und Dobler. Göring, der Wahnsinn, das Raubgut, alles war unrechtmäßig, und Rohl erzählte davon, als wäre es ein Abenteuer, eine Schatzsuche, während Dobler wieder in seine alte Rolle als bissiger Hund fiel. Das stimmte doch hinten und vorne nicht.

Die Versuchung, sich aufs Ohr zu legen, erwischte sie ganz plötzlich, aber nichts da, sie hatte noch zu tun. Sie musste

Else treffen, die ihr hoffentlich etwas über Kaspar erzählen konnte.

Vor dem Kino brauchte sie nicht nach ihr Ausschau zu halten, Else wartete bereits und rief schon von Weitem nach ihr. »Dralles Fräulein« beschrieb sie recht gut. Der tannengrüne Mantel, unter dem ein Schottenrock hervorlugte, spannte über dem Busen, die stämmigen Waden steckten in schwarzen Strümpfen, die Füße in derben Halbschuhen. Handfest, fiel ihr als Erstes ein, schon als Kind war Else so viel robuster gewesen als der oft kränkelnde Kaspar. Mitreißend, herzlich, ergänzte sie, als Else gar nicht mehr aufhören wollte, ihre Hand zu schütteln, und die Fragen nur so aus ihr heraussprudelten. Wenn Kaspar nur ein bisschen von Elses Gesprächigkeit und ihrem Mitteilungsdrang hätte.

Als Henny endlich ihrerseits Fragen stellen konnte, verdüsterte sich Elses Gesicht. Nein, Kaspar habe sich immer noch nicht bei ihr gemeldet, obwohl er es doch in Ludwigsburg so fest versprochen hatte. Natürlich habe sie ihm ihre Adresse gegeben, aufgeschrieben auf dem Rand einer Zeitung, und sie ihm dann in die Jackentasche gesteckt. Nein, Holland habe er ihr gegenüber nicht erwähnt, nicht mit einem Wort, sie hätten gar keine Zeit gehabt, um über Persönliches … Wie sie Kaspar in Ludwigsburg überhaupt entdeckt habe, unterbrach sie Henny. Nun, er stolperte völlig verloren auf dem Bahnhof herum.

Henny schüttelte den Kopf. Immer noch war ihr Kaspar der unbedarfte Tor, der in jedes Schlagloch fiel, und das war es, was Henny am meisten Sorgen machte. Kätter hatte ihn in der kleinen Eichinger Welt beschützt und behütet, aber keineswegs auf die Stürme des Lebens vorbereitet. Und denen war er nun – wo auch immer, bei wem auch immer – ausgesetzt. Obwohl sie versucht hatte, sich gegen schlechte Nachrichten zu wappnen, überfiel Henny eine ihr fremde Mutlosigkeit. Im Traum letzte Nacht war es ihr unmöglich gewesen, Kaspar zu retten: Da saß er in einem tiefen Brunnen, aber sie schaffte es nicht, zu ihm zu gelangen. Holland, dachte sie trotzig, den Trumpf habe ich noch.

»Wir müssen rein, der Film fängt gleich an«, drängelte Else und winkte der Mainzer Freundin, die neben der Eingangstür stand, sie hieß Heidemarie.

Gemeinsam hasteten sie ins Kino und suchten ihre Plätze.

»Kannst du Heidemarie noch erklären, was Nouvelle Vague heißt?«, bat Else Henny, als die sich setzte, und flüsterte: »Ich weiß es nämlich auch nicht.«

»Wörtlich übersetzt Neue Welle, was das mit Film zu tun hat, müsst ihr Paul fragen.«

Die zwei jungen Frauen nickten eifrig.

Anders als bei der Vorstellung in Baden-Baden wurde es nicht gleich dunkel, und Henny traute ihren Augen nicht, als sie sah, wer da, gefolgt von Paul, leichtfüßig nach vorne schritt und sich breit vor die Leinwand stellte. Friedrich Rohl. In seiner Funktion als Vorsitzender des deutsch-französischen Vereins Rheingau begrüßte er die Besucher. Henny schloss die Augen und stellte ihre Ohren auf Durchzug. Sie wollte nicht hören, wie Rohl sich als Freund der Franzosen darstellte, sie wollte an diesem Tag überhaupt nichts mehr von ihm sehen oder hören. Sie öffnete die Augen erst wieder, als Paul sprach.

»Bereits 1957 hat Truffaut erklärt, was er unter Nouvelle Vague versteht«, begann er. »In der berühmten Filmzeitschrift *Cahiers du Cinéma* schreibt er: ›Die jungen Filmemacher werden sich in der ersten Person ausdrücken und uns erzählen, was ihnen zugestoßen ist. Das kann die Geschichte ihrer letzten Liebe sein, eine politische Bewusstwerdung, eine Reiseerzählung, eine Krankheit sein, und das wird fast zwangsläufig Gefallen finden, denn es wird wahr und neu sein … Der Film von morgen wird eine Liebeserklärung sein.‹«

Er hat einen neuen Anzug, stellte Henny fest, und trägt eine von diesen schmalen modischen Krawatten. Und seine Augen leuchten immer noch, wenn er über das Kino und über Filme spricht. Dieser Leidenschaft ist er also treu geblieben.

»Nicht mehr Hollywood soll das Maß aller Dinge sein, nicht mehr perfekte, auf Stars zugeschnittene Drehbücher, stattdessen unbekannte Schauspieler, kein festes Drehbuch, persönliche Geschichten«, zählte Paul auf. »Das Kino sei die Wahrheit, vierundzwanzigmal in der Sekunde, so Jean-Luc Godard, ein anderer Vertreter der Nouvelle Vague. Truffauts erster Film erfüllt all diese Kriterien. Er erzählt von Antoine Doinel, einem dreizehnjährigen Jungen, der bei einer lieblosen Mutter aufwächst und auf die schiefe Bahn gerät. Die Geschichte von Antoine Doinel ist die von François Truffaut, und es ist die Geschichte vieler junger Leute aus der Nachkriegszeit. Die Geschichte ist also persönlich und universell zugleich, das macht sie interessant und wahrhaftig, das ist die Kunst der Nouvelle Vague.«

… und deine Kunst besteht darin, Frauen mit deiner Begeisterung zu betören. Lädst du sie alle erst ins Kino ein und schleppst sie danach ins Bett?, fragte Henny Paul in Gedanken, als es endlich dunkel wurde. Aber betörend ist immer nur der Anfang der Liebe, überlegte sie weiter. Sie jedenfalls hat noch nie davon gehört, dass irgendwer eine dreißigjährige Ehe betörend nennt. Und was passiert, wenn man in der Liebe immerzu nur Anfänge wiederholt? Bleibt man dann nicht für ewig am Anfang stecken und erfährt nie, wie es mit der Liebe weitergeht? Aber ist das nicht gut so, weil alles, was nach dem betörenden Anfang kommt, mit Ausnahme der Kinder vielleicht, fad oder banal ist? Sicherheit anstelle von Leidenschaft, Bausparvertrag, Auto, Eigenheim, Gemeinschaftsgrab … Nun, sie, Henny, konnte das am allerwenigsten beurteilen. Von der Liebe verstand sie nichts.

Der Film begann. Auch er war in Schwarz-Weiß gedreht. Vielleicht ein Markenzeichen der Nouvelle Vague? Oder ein Kostenfaktor? Schnell vergaß Henny die Fragen und folgte der Geschichte. Dieser Antoine war ein rechtes Früchtchen. Der traute sich was! Trotzdem verstand sie den Jungen, und es tat weh, diese kalte, herzlose Mutter zu sehen. Wie konnte sie ihr

Kind so vernachlässigen? Hatte sie, Henny, Kaspar nicht auch vernachlässigt? Jetzt mach mal halblang, schalt sie sich. Das fehlt noch, dass du dir Vorwürfe machst!

Nach dem Film verließ sie das Kino. Den Mantel eng um den Körper geschlungen, schob sie sich gegen den scharfen Wind, der über den Marktplatz pfiff und jedes Streichholz ausblies. Henny steckte die Zigarette zurück in die Packung und ließ sich durchpusten. Als sie ins Kino zurückkehrte, standen im Foyer noch viele Leute eng beieinander und redeten: über den Film, das Wetter, ihre Stadt, über alles Mögliche. Henny zündete sich eine Zigarette an. Sie mochte die Enge, die Wärme, die Gespräche, den Duft verschiedener Zigaretten, die Melange aus Parfums, die Heimeligkeit, die sich in solchen Runden einstellte. Sie suchte und fand Else und Heidemarie, und Else erzählte, dass sie während des Films an Kaspar hatte denken müssen.

»Bei Antoine kann man ja verstehen, dass er abhaut, aber warum sollte der Kaspar abhauen?«

»Vielleicht will er einfach mal das Meer sehen?«, schlug Heidemarie vor.

Das Meer? Warum nicht?, dachte Henny. Vielleicht auch die Wüste oder den Kilimandscharo? Ihr Sohn hatte sich zu einem Buch mit sieben Siegeln entwickelt, und sie konnte keines davon lösen. Die Mädchen blieben beim Meer hängen. Heidemarie war noch nie am Meer gewesen, Else einmal in Travemünde an der Ostsee, ein drittes Mädchen, das sich zu ihnen gesellt hatte, einmal an der Adria. »Und du, Henny?«, fragte Else.

In diesem Moment stand Rohl vor ihr, Paul im Schlepptau. Kalt erwischt, die Mädchen hatten sie abgelenkt.

»Henny! Jahrelang sieht man sich nicht und dann zweimal an einem Tag. Was soll ich sagen? Die Liebe zu Frankreich lässt einen nicht los, und sie verbindet, nicht wahr?«

Paul schaute überrascht von einem zum anderen.

Was für ein Spiel spielst du, du falscher Hund?, dachte

Henny und sagte: »Die Liebe zu Frankreich verbindet uns sicher nicht.«

»Was dann?«, fragte Paul interessiert.

»Das ist eine lange Geschichte«, lachte Rohl.

»Rohl. Gut, dass ich Sie noch erwische.« Ein Mann von gewaltigen Ausmaßen drängte sich neben Rohl. »Was macht Brüssel? Wie sicher ...?«

»Gleich, gleich, Dr. Bühler«, bremste Rohl den Mann aus und schob ihn eilig in Richtung Ausgang.

»Du kennst diesen Rohl?«, fragte Paul, der Hennys Blick gefolgt war.

»Flüchtig.«

»Flüchtig? Ihr duzt euch!«

»Zu viel Champagner macht manchmal leichtsinnig.«

»Friedrich Rohl ... Der Name sagt mir was, aber ich weiß nicht, wo ich ihn schon mal gehört habe. Hast du mir von ihm erzählt?«

»Sicher nicht.«

Paul hakte nicht nach, er hatte Else und Heidemarie entdeckt und schüttelte den beiden die Hand. Else bedankte sich für die Freikarten.

»Du weißt, wie man Krankenschwestern mit schmalem Salär eine Freude macht.«

»Wollen wir noch was trinken?«, schlug er vor. »Kennt ihr euch in Wiesbaden aus? Wo kriegen wir hier zu später Stunde noch was?«

Wiesbaden

»*Gutenberg Stuben* in der Nerostraße«, schlug Henny vor. »Dort gibt es einen Jazzklub. Albert Butz, der Betreiber, war mal bei uns in Freiburg, deshalb weiß ich das.«

»Ein Jazzklub, ich war noch nie in einem Jazzklub.« Else klatschte begeistert in die Hände, Heidemarie zögerte, sie erinnerte Else an den Heimweg, die wischte ihre Bedenken hinweg: »Wir nehmen den Lumpensammler um kurz vor Mitternacht, da haben wir noch über eine Stunde für den Jazzklub.«

»Singst du wieder?«, fragte Paul.

»Wer weiß!«, gab Henny keck zurück.

Hennys Liebe zu Jazz hatte Paul bereits in Freiburg überrascht, musikalisch hätte er bei ihr eher auf Chanson oder Musical getippt. Dabei glaubte er sie doch zu kennen, in- und auswendig, so nah waren sie sich mal gewesen. Sein Verstand sagte ihm, dass die Henny von damals nicht mehr existierte, dass sie ihr Leben gelebt, sich verändert hatte, so wie auch er sich verändert hatte. Doch sein Gefühl bestand hartnäckig auf der alten Vertrautheit.

Der Jazzklub sei eine gute Adresse, versicherten Kinobesitzer und Filmvorführer unisono, die sich ihnen anschlossen. Sie kannten den Weg zur Nerostraße und führten sie in Bereiche der Stadt, in der eher Hütten als Paläste standen. Auch die guten Tage der *Gutenberg Stuben* waren lange vorbei, so es sie jemals gegeben hatte. Doch die Musik, die von dort auf die Straße drang, war jung, frisch und aufregend, so wie der Film, den er gerade gezeigt hatte. Henny setzte sich an die Spitze der kleinen Gruppe, bezahlte die Karten und warf sich ins Getümmel der knüppelvollen Kneipe. Unter den Gästen wie in Freiburg viele junge Leute, aber auch GIs und unter den GIs viele Schwarze. Stimmt, dachte Paul, in Wiesbaden waren die Amerikaner stationiert. Was guten Jazz anging, saß man hier an der Quelle.

Sie ergatterten einen Tisch vor der Bühne, der grade frei wurde. Sie bestellten Bier, und Henny fragte nach Albert, der sich bald zu ihnen gesellte und noch zwei Amerikaner, einen sommersprossigen Riesen aus Atlanta und einen feingliedrigen Schwarzen aus New York, hinzuwinkte. Musiker wahrscheinlich, Henny schien sie zu kennen. Man duzte sich, und bald redeten alle miteinander und durcheinander, Deutsch und Englisch schwirrten durch den Raum, die Themen so bunt wie die Runde. Jazz natürlich, Wiesbaden, das Leben in der Fremde, die Nouvelle Vague. Die Politik ließ man außen vor, an Kuba wollte an diesem Abend keiner denken. Die nächste Runde Bier wurde bestellt, Elses Wangen glühten, die schüchterne Heidemarie taute auf, sie kauderwelschten mit zwei GIs, die noch hinzugekommen waren. Fremde, die für kurze Zeit Freunde wurden, Paul mochte die Atmosphäre, in der dies möglich war. Henny lachte laut, quatschte mit allen und jedem, rauchte Zigaretten und trank als Einzige Piccolo-Sekt. »Nein, nein, nein«, rief sie, als der Riese nach ihrem Arm griff und sie vom Stuhl zog, folgte ihm und dem Schwarzen dann aber willig zur Bühne, wo der New Yorker sich ans Klavier setzte und der Riese nach seiner Trompete griff. Und dann sang sie wie in Freiburg *My Funny Valentine*. Diesmal sah sie dabei nur ihn an. *»Stay little valentine, stay …«* Sie sang das Lied nur für ihn, ihre Stimme war wie eine Medizin, die von innen wärmte. Das irritierte ihn und das gefiel ihm.

Es war spät, als sie sich auf den Weg ins Hotel machten. Nicht mehr ganz sicher auf den Beinen, schlenderten sie nebeneinander, kicherten wegen jeder Kleinigkeit, berührten sich manchmal zufällig. Als sie im Hotel vor der breiten Treppe standen, die hoch zu ihren Zimmern führte, sahen sie sich an und dachten beide dasselbe.

»Eins, zwei, drei«, kommandierte Henny, und dann rannten sie los, so wie in Eichingen, wenn sie mit Kaspar *Wer-wird-Erster?* gespielt hatten. Und wie damals rammten sie sich, stellten sich ein Bein, hielten sich fest, befreiten sich, rannten weiter, bis einer Erster war. Henny an diesem Abend, die prustend nach Luft rang und ihren Schlüssel suchte.

»Pssst … Sie werfen uns gleich raus, wegen nächtlicher Ruhestörung«, kicherte er und schloss seine Zimmertür auf. »Schlaf gut. Gute Nacht!«

Henny ließ den Schlüssel zurück in ihre Handtasche gleiten, federte auf ihn zu, legte einen Arm um seinen Hals und küsste ihn. Genau wie Grace Kelly in *Über den Dächern von Nizza*, schoss ihm durch den Kopf. Aber Grace Kelly war ihm völlig egal, denn die Frau, die ihn küsste, war Henny, seine Henny, und die war ein eigener Kosmos, ein unentdeckter Kontinent, sie war das Land, in dem Milch und Honig fließen.

Butter bei die Fische

Wiesbaden

Die Holztreppe, die sie in der Nacht im Sturm genommen hatten, ächzte schwer, als Henny am Morgen nach unten stieg. Paul saß schon beim Frühstück und las Zeitung. Er sah kurz auf, als sie den Raum betrat, und deutete auf das zweite Gedeck am Tisch. Henny setzte sich. Der Kellner goss Kaffee ein und stellte Henny ein Ei hin.

»Wann bist du gegangen?«, fragte sie leise.

»Bevor es hell wurde. Ich wollte dich nicht kompromittieren. Wir sind nicht verheiratet, wie du weißt.«

»Ganz Kavalier alter Schule, ein neuer Zug an dir. Damals hätte es dich einen Teufel geschert.«

»Damals gibt es nicht mehr.«

»Dafür die heutige Nacht.«

Paul blickte von der Zeitung auf. Henny sah keine Feindseligkeit mehr bei ihm, stattdessen Vorsicht. Was hatte sie erwartet? Dass die kurze Begierde alle Dämme und Schutzwälle einreißen würde? Besser nicht über die gemeinsame Nacht reden, entschied sie. Sie schmierte Butter auf eine Scheibe Brot und schnitt diese dann in kleine Streifen.

»Dinkele«, sagte Paul, griff sich einen und tunkte ihn in sein Frühstücksei.

»Dinkele heißen die auch bei uns.« Henny schob den Teller mit den Brotstreifen in die Mitte, löffelte das Ei, bis sie auf das weiche Eigelb stieß, und nahm dann ihrerseits einen

Brotstreifen zum Tunken. Im Wechsel leerten sie den Teller.

So oder so, Reden würde die Nacht zerstören. Körper hatten ihre eigene Sprache, die ließ sich nicht in Worte übersetzen. Eigentlich unfassbar, wie genau sich ihre Körper noch lesen konnten nach all den Jahren.

»Den Haag«, sagte sie.

Paul legte die Zeitung weg und runzelte die Stirn.

»Bertold hat in den Registern des Freiburger Standesamtes nach Kaspars leiblichen Eltern gesucht und ist auf eine Familie gestoßen, die passt. Sein Vater könnte Jan Dekker, ein holländischer Holzhändler aus Den Haag, sein, seine Mutter Elisa Rominger, eine Elsässerin aus Schlettstadt, die 1944 beim Bombenangriff umgekommen ist. Dieser Jan Dekker lebt vielleicht noch.«

»Eine elsässische Mutter und ein holländischer Vater? Dann ist unser Kaspar qua Herkunft Europäer.«

»Vielleicht gefällt ihm Holland besser als der Kaiserstuhl, jetzt, wo er sich auf den Weg gemacht hat …«

»Du glaubst, er versucht, seinen Vater zu finden?«

»Deshalb will ich nach Den Haag. Ich habe die Adresse von Jan Dekker aus dem Jahr 1937.«

»Vielleicht die Adresse seiner Eltern? Wenn sie nicht umgezogen sind, erfahren wir sicher, wo ihr Sohn heute wohnt. Den Haag … Ich war mal da. 1948.«

Henny nickte. »Du hast Kaspar eine Postkarte geschickt. Eine Holländerin mit Holzschuhen und Tulpenstrauß.«

»Das weißt du noch?«

Sie erinnerte sich an alle Postkarten, die Paul Kaspar und Kätter geschickt hatte. Immer ohne Absender. Nie kam eine an sie. Sie hatte fest mit einem wütenden Brief gerechnet, in dem er eine Erklärung für ihr Verhalten forderte. Aber er hatte nie gefragt, warum sie nicht zur Hochzeit erschienen war.

»Kommst du mit?«, fragte sie. »Wenn wir Kaspar finden und er die Flasche hat, kannst du sie gleich mitnehmen.«

»Wie seltsam, dass dieser Champagner uns alle verbindet …«
»Heißt das Ja?«, rutschte ihr heraus.
»Ja. Ich will den Champagner, und eine bessere Spur als Kaspar gibt es nicht. Wir müssten die Filmrollen vorher in Köln deponieren. Ich vermute, dass die holländischen Zöllner uns keine drei Truffaut-Filme nach Den Haag chauffieren lassen.«
»Kein Problem. Köln liegt ja auf dem Weg.«
»Also gut.«

Auf der Fahrt nach Den Haag

Paul schlug vor, bis Köln am Rhein entlangzufahren, die Route hatte er damals mit dem Colonel genommen. In einem geliehenen Renault 4 CV waren sie durch das kriegszerstörte, bettelarme Deutschland gefahren. Das Bild einer Straße aus Köln haftete ihm wegen des Kontrastes immer noch in seinem Gedächtnis: Exakt gepflastert und sauber gekehrt blinkte die Straße, die intakten Straßenbahnschienen glänzten, aber rechts und links türmten sich Schuttberge, hinter denen Häuserskelette aufragten. Ordnung im Chaos, so was konnten nur die Deutschen.
»Triffst du Olga und Elfie noch?«, wollte er von Henny wissen, die wieder am Steuer saß.
»Wie kommst du jetzt auf die zwei?«, fragte sie überrascht zurück.
»Ich war gedanklich grade beim Kriegsende, da ist der Schwarzmarkt nicht fern. Da habt ihr drei euch doch kennengelernt, oder?«
»Olga und der lange Otto, erinnerst du dich an die Geschichte?«, fragte Henny. »Ein Greenhorn wie mich hätte der Otto gnadenlos über den Tisch gezogen, da wäre ich die zwei Flaschen Schnaps, die ich zum Tauschen mithatte, schnell losgeworden, ohne was dafür zu kriegen. Als der Kerl mich

einwickelte, hat Olga mir hinter seinem Rücken ein Zeichen gegeben. Also habe ich ihn stehen lassen und bin mit Olga ins Geschäft gekommen. Danach haben wir oft zusammengearbeitet. Frauen mussten auf dem Schwarzmarkt sehen, was für sie abfiel. Olga, Elfie und ich haben uns dabei ganz ordentlich geschlagen.«

»Ich erinnere mich.« Paul hatte die drei mehrfach in Aktion erlebt, wenn er Henny nach Freiburg begleitete. Er hatte ihr Geschick bewundert, ihren Instinkt, ihr Talent, sich gegenseitig die Bälle zuzuspielen. Wenn sie hinterher zum Aufwärmen in der Bahnhofsgaststätte saßen, lästerten die drei über Männer im Besonderen und Allgemeinen, dass ihm angst und bange wurde. »Siehst du sie noch?«, wollte er wissen.

»Oh ja! Elfie wohnt bei mir und arbeitet im Theater, und Olga betreibt eine Bar, die dir gefallen würde.«

»Bei den beiden bist du doch untergekrochen, als du nicht zur Hochzeit …, nicht wahr?«

»Ja«, gab sie zu.

Weder fragte er weiter, noch fügte sie etwas hinzu. Eine ganze Weile schnurrte nur der Motor, dann fragte sie:

»Weshalb warst du 1948 eigentlich in Den Haag? Das stand nämlich nicht auf der Postkarte.«

»Haager Kongress, großes Treffen von allen, die nach dem Krieg ein friedliches Europa wollten. Die Initiative ging von Churchill aus. Erinnerst du dich nicht?«

»Vage«, murmelte Henny.

Er dafür umso genauer. Kongressbeginn 7. Mai 1948, ziemlich exakt ein Jahr nach der geplatzten Hochzeit. Ein furchtbares Jahr, durch das er sich wie ein angeschossenes Tier geschleppt hatte. Wieder spürte er den alten Groll. Der verschwand nicht, nur weil er eine Nacht lang seiner Leidenschaft für Hennys Beine erlegen war … Damals hatte er für längere Zeit beim Colonel gewohnt. Als Churchill diesen Kongress in Den Haag einberief, war dem Colonel sofort klar, was diese ausgestreckte Hand des Briten bedeutete, und er, Paul, hatte sich gern überreden lassen mitzukommen. Zu der Zeit war ihm jede Ablenkung recht, und in Den Haag würde ihn nichts an Henny erinnern.

Seltsam, nun war er mit ihr auf dem Weg dorthin. Zwei Stunden waren sie bereits unterwegs. Ab Köln hatten sie die Autobahn genommen. Henny fuhr zügig, aber nicht zu schnell. Ein schwarzer Mercedes überholte sie.

»Schau mal, der kommt auch aus Freiburg.« Er zeigte mit dem Finger auf den Wagen, Henny bremste scharf ab, sein Kopf knallte gegen die Frontscheibe. »Was machst du denn? So was ist gefährlich!«, raunzte er sie an.

»Dann erschreck mich nicht so! Mit dem Finger herumfuchteln, so was macht man nicht«, blaffte Henny zurück.

Wieder sagte eine Weile keiner was. Kein vertrautes, eher ein nervöses Schweigen.

»Erzähl mal von dem Kongress«, forderte ihn Henny dann auf.

»Von so einem Kongress hat der Colonel sein Leben lang geträumt«, begann er. »Er hat ja schon 1930 bei der Gründung des deutsch-französischen Instituts in Köln mitgewirkt. Die Geschichte hat er mir oft erzählt, vor allem, weil er dort die Liebe seines Lebens getroffen hat, Alice Pütz.«

»Haben die zwei sich wiedergefunden?« Henny sah kurz zu ihm hinüber.

»Nein. Als der Colonel im Frühjahr 1945 in Köln nach Alice suchte, war sie bereits tot. Umgekommen bei einem Bombenangriff.«

»Viele Lieben hat der Krieg zerstört.«

Oh ja. Aber er würde sicher nicht mit Henny über die Liebe reden. Deshalb sprach er wieder über den Kongress. »Es herrschte Aufbruchstimmung«, erzählte er. »Churchill hielt eine flammende Rede für ein vereintes Europa. Er machte aber sofort klar, dass Großbritannien nicht Teil dieses Europa sein wollte, denn er sah die Engländer als dritte Weltmacht neben den USA und der Sowjetunion. Das Königreich wünschte sich ein vereintes Europa als vierte Weltmacht. Wie so ein vereintes Europa aussehen sollte, darüber wurde auf dem Kongress heftig gerungen.«

»Es geht ja inzwischen Schritt für Schritt voran mit Europa«, warf Henny ein. »Montanunion, Römische Verträge, EWG, demnächst das Ende der Erbfeindschaft …«

»Siehst du nicht, was für eine einmalige Chance damals vertan wurde?«, fiel er ihr ins Wort. »Nie war die Einsicht so tief, dass es die wahnwitzige Idee des Nationalen war, die zu zwei Weltkriegen geführt hat, nie die Bereitschaft so groß, die Nationalstaaten zugunsten eines größeren Ganzen hinter sich zu lassen wie 1948. Aber anstatt wirklich einen großen Wurf zu riskieren, entschied man sich für die Kleinstaaterei.«

»Immerhin, auch so gibt es jetzt schon siebzehn Jahre Frieden in Europa und der wird vielleicht auch halten, wenn sie das kubanische Feuer löschen und keiner die Atombombe zündet.«

»Du denkst einfach immer nur praktisch und nie visionär.«

»Das ist im Leben auch nicht das Schlechteste«, konterte Henny.

»Ohne Visionen entsteht nie etwas Neues.«

»Apropos, wo waren eigentlich die Deutschen bei diesem Kongress?«

»Sie durften auf ausdrücklichen Wunsch von Churchill dabei sein, hatten aber kein Stimmrecht«, erklärte Paul. »Walter Hallstein, der Präsident der ersten EWG-Kommission, war da, und Konrad Adenauer, damals noch nicht Bundeskanzler. Der Colonel kannte ihn von der Gründungsveranstaltung des deutsch-französischen Instituts.«

»Soso, dein Colonel arbeitet nicht nur für de Gaulle, der kennt auch Adenauer«, murmelte Henny.

Er nickte stumm und dachte daran, dass dieser Kongress zu einem Wendepunkt in seinem Leben wurde. Auf dem Rückweg waren sie in Rouen bei Frédéric Meunier vorbeigefahren, der dringend einen Theaterleiter für ein Kino in Trouville suchte. Paul sagte zu. So endete seine Trauerzeit um Henny, und er begann an der normannischen Küste ein neues Leben.

Den Haag

Sie erreichten Den Haag am späten Nachmittag und fragten in Scheveningen nach der Adresse, die Bertold ihr genannt hatte. Henny war froh, dass Paul ein paar Brocken Englisch sprach. Französisch verstanden die Holländer nicht, und Deutsch, das war deutlich zu spüren, wollten sie nicht verstehen. Sie fanden die Straße, Henny parkte den Wagen. Beim Aussteigen sah sie sich um, dann fiel ihr ein Stein vom Herzen. Kein 190er-Mercedes weit und breit. Damit hatte ihr Paul auf der Fahrt einen gewaltigen Schrecken eingejagt. Sie hatte tatsächlich gedacht, dass Dobler ihr folgte. Unsinn!

Henny roch das Meer, der Hafen konnte nicht allzu weit entfernt sein. Tiefe Wolken zogen über die Stadt, Möwen kreischten am Himmel, der Wind trieb Laub über die Gehwege. Kleine Backsteinhäuser mit weißen Fensterrahmen säumten die Straße im Wechsel mit Lagerhallen und Werkstätten, an einigen waren bunte Holzgaloschen neben die Türen genagelt. Hout-Dekker lasen sie über einer Lagerhalle, vielleicht hatten sie Glück und die Holzhandlung gehörte dem Mann, den sie suchten.

»Jan Dekker müsste Deutsch sprechen, wenn er mit einer Elsässerin verheiratet war und in Freiburg gelebt hat«, vermutete Paul.

»Ob er es kann oder ob er es tut, sind zweierlei Schuh. Besser, du kommst mit und unterstützt mich mit deinem Englisch.«

»Du willst nicht allein da rein«, neckte er sie.

»Stimmt«, gab sie zu.

»Na dann.«

Sie traten durch das große Tor, über dem Hout-Dekker

stand, und marschierten an meterlangen Tannenstämmen vorbei, die den Innenhof nach Schwarzwald duften ließen. Weiter hinten im Hof lud ein Kran Baumstämme und machte dabei ordentlich Lärm. Außer dem Kranführer war kein Mensch weit und breit. Sie winkten ihm. Als er sie bemerkte und kurz innehielt, riefen sie den Namen Jan Dekker hoch zu ihm in die Krankanzel. Der Mann beschrieb ihnen den Weg in für sie unverständlichem Holländisch und mit den Händen. Sie verstanden beide, dass es das zweite Haus links der Halle sein musste. Dort stand unter bunten Holzgaloschen tatsächlich der Name Dekker an der Tür. Neben den Holzgaloschen ein schwerer alter Türklopfer, mit dem man sich ankündigen sollte, was Henny tat. Kindergeschrei antwortete, und die Tür wurde aufgerissen. Im Flur standen zwei etwa zehnjährige Jungen, rotbackig und blond wie Sommerweizen, die sich glichen wie ein Ei dem anderen, und starrten sie an.

»Jan Dekker?«, fragte Henny.

»Papa!«, schrien die Zwillinge unisono.

Der Mann, der nun auftauchte, war die erwachsene Version der Jungen, ebenso rotbackig und blond wie sie, ein Hüne allerdings, mit breitem Kreuz und gewaltigen Pranken. Wenn Kaspar sein Sohn war, dann hatte er seine Gene nicht von ihm.

Henny stupste Paul an.

»Hallo, do you speak German?«, fragte er.

Der Mann nickte und musterte sie. Die Kinder rannten ins Haus zurück.

»Ich bin Henny Köpfer aus Freiburg und habe ein paar Fragen an Sie«, übernahm Henny und reichte ihm ihre Visitenkarte.

»Weinhandel interessiert mich nicht.« Er hielt die Karte unschlüssig in der Hand. »Ich handle mit Holz.«

»Ich bin nicht aus beruflichen Gründen hier«, sagte Henny. »Waren Sie in Freiburg mit Elisa Rominger verheiratet und hatten einen Sohn namens Johann?«

»Warum wollen Sie das wissen?«, fragte er misstrauisch.

»Es kann sein, dass ich Ihren Sohn großgezogen habe«, fuhr sie tapfer fort. »Ich habe ihn in der Bombennacht vor einem brennenden Baum gefunden. Da war er drei Jahre alt und hat nicht gesprochen.«

»Meine Frau und mein Sohn sind in der Bombennacht ums Leben gekommen.« Er sprach laut und entschieden, sein kräftiger Bass dröhnte durch den schmalen Flur. »Sie sind beide tot, ich habe nach dem Krieg ihre Todesurkunden erhalten. Das habe ich auch dem jungen Mann gesagt, der vor ein paar Tagen hier war und behauptet hat, er sei mein Sohn. Alle Brücken nach Deutschland sind abgebrochen, und das ist gut so.«

Er wollte die Tür schließen, aber so schnell ließ Henny sich nicht abwimmeln. »Wann genau war der junge Mann hier?«

»Vor drei Tagen oder vier, keine Ahnung.« Mit seinem wuchtigen Körper versperrte er die Tür.

»Und wo ist er hin?«, fragte sie weiter.

»Woher soll ich das wissen? Er ist gegangen.« Der Mann trat einen Schritt zurück, dann schlug er ihnen von innen die Tür vor der Nase zu.

Henny starrte die Tür an und konnte nicht glauben, was gerade geschehen war. Dafür die lange Fahrt? Sie stellte sich Kaspar an ihrer statt vor. Da kehrte der verlorene Sohn zurück, und der Vater wies ihm die Tür. Sie wollte wieder nach dem schweren Türklopfer greifen, doch Paul hinderte sie daran.

»Lass uns gehen.« Er griff nach ihrem Arm. »Der Mann hat eine neue Familie gegründet, er will nicht mehr an die alte erinnert werden. Du weißt nicht, was er im Krieg erlebt hat.«

Henny schüttelte den Kopf, als Paul sie zurück auf die Straße schob. Sie hatte sich noch nicht beruhigt. »Von wegen weitgereister Seefahrer, der sich freut, seinem Sohn von den vielen Abenteuern zu erzählen. Ein sturer Bock, engstirnig, feindselig … da kann Kaspar froh sein, dass er nicht bei dem groß geworden ist.«

»Wer weiß, ob der Mann wirklich sein Vater ist. Rein äußerlich hat Kaspar mit Jan Dekker keinerlei Ähnlichkeit.«

»Sicher kommt er nach der Mutter«, erwiderte sie trotzig.

Paul seufzte. »Immerhin wissen wir jetzt, dass er hier war.«

Henny nickte. Ihr Sohn hatte tatsächlich seine erste große Reise gemeistert, allen Stolperfallen zum Trotz hatte er Jan Dekker gefunden. »Der arme Kaspar!«, regte sie sich weiter auf. »Da macht er die weite Reise und dann … Wo ist er hin, nachdem der Kerl ihn so herzlos abgefertigt hat?«

»Er hat irgendwo übernachten müssen«, stellte Paul überraschend praktisch fest. »Lass uns die Hotels und Pensionen in der Gegend abklappern.«

Henny nickte lahm, sie merkte, wie enttäuscht sie war. Alle Hoffnung, Kaspar spätestens hier zu finden, verpuffte im Nichts. An Pauls Arm stolperte sie zurück zum Auto. Es dämmerte bereits, gerade flammten die Straßenlaternen auf. Ihre Hand bohrte sich tief in Pauls Arm, als ihr ein 190er-Mercedes auffiel, der von einer der Straßenlaternen in Szene gesetzt wurde. Er stand drei, vier Wagen hinter dem ihrigen. Konnte es sein, dass Dobler ihr doch folgte? Auch Paul bemerkte das Auto.

»Was ist los?«, fragte er. »Schon auf der Autobahn hast du sehr seltsam reagiert, als uns so ein Mercedes überholt hat.«

»Alles gut«, versicherte sie erleichtert, als sie das Nummernschild lesen konnte. »Es ist ein holländischer Wagen.«

Doch Paul ließ nicht locker. »Weshalb macht dir ein Freiburger Mercedes Angst?«

»Das ist eine schwierige Geschichte«, antwortete sie ausweichend.

»Die hat nicht zufälligerweise auch mit dem Champagner zu tun? Ich bin sicher, dass du mir noch lange nicht alles erzählt hast, was du über den 37er Vossinger weißt.«

»Lass uns später darüber reden«, bat sie. »Erst mal klappern wir die Hotels und Pensionen ab.«

Sie ließen den Wagen stehen und gingen zu Fuß. Die Innenstadt von Scheveningen war überschaubar, ebenso die Zahl der Hotels und Pensionen. Wem auch immer Henny Kaspars Foto zeigte, keiner konnte sich an ihn erinnern. Ein junger Deutscher hatte nirgendwo übernachtet. Als sie die letzte Pension verließen, war es bereits dunkel. Sie beschlossen, die Suche für diesen Tag zu beenden und am nächsten Tag mit den Hotels in der Den Haager Innenstadt weiterzumachen.

»Da drüben ist ein Gasthaus«, sagte Paul. Ihm war der Duft von gebratenem Fisch in die Nase gestiegen. »Mein Magen hängt schon in den Kniekehlen, ich muss was essen.«

»Gute Idee.«

Henny folgte ihm in das Lokal, wo es nur noch wenige freie Tische gab. Es roch nach Fisch, Bier und Zigarettenqualm, das Publikum war bunt gemischt, Hafenarbeiter mit wettergegerbten Gesichtern saßen hier genauso wie junge Familien und Angestellte.

»Biertje en Kibbeling, tweemal«, bestellte Paul und erklärte auf Hennys fragenden Blick. »Backfisch und Bier, das kenne ich noch von meinem ersten Besuch.«

»Hier liegen anstelle von Tischdecken Teppiche auf dem Tisch.« Erstaunt strich Henny die Fransen des kleinen Persers glatt, bevor sie sich eine Zigarette anzündete. »Wie sie die wohl waschen? Na ja, andere Länder, andere Sitten.«

Die Bedienung stellte zwei Bier auf den Tisch.

»*Et maintenant un peu d'eau dans ton vin,* Henny, oder wie ihr sagt: Butter bei die Fische. Ich will Klartext hören. Was hat der 190er-Mercedes mit dem Vossinger zu tun?«

»Kurt Dobler, ein Weinhändler aus Freiburg fährt so einen. Als Kaspar den Vossinger verkaufen wollte, ist er zu Dobler gegangen, statt mit seinen Sorgen zu mir zu kommen. So fing der ganze Ärger an.«

»Okay, Kaspar landet zufällig bei deinem Konkurrenten, der kauft die Flasche aber nicht.«

»Der hätte sie sehr gerne gekauft, aber Kaspar hat wohl kalte Füße bekommen und ist abgehauen. Auf alle Fälle, schon am selben Abend taucht Dobler im Jazzklub auf, und er erzählt mir, dass er einen Interessenten für die Flasche habe, die Kaspar ihm angeboten hat. Er verschweigt aber, dass es sich dabei um einen Vossinger-Champagner handelt. Und ich stolpere dann ein paar Stunden später im Wohnzimmer im wahrsten Sinn des Wortes über die Flasche. Deshalb war ich doch so wütend.«

»Wütend? Warum?« Das verstand er überhaupt nicht.

»Weil Kaspar nicht zu mir kommt, wenn er Geld braucht. Weil er mit der Flasche ausgerechnet zu Dobler rennt, ausgerechnet zu diesem Dreckskerl Dobler!«

Sie verstummte, als das Essen serviert wurde. Hungrig griff sie nach Messer und Gabel und teilte den Fisch. Auch er aß. Henny lobte den guten Fisch, er brummte zustimmend, schwieg aber ansonsten, um keine der Fragen zu vergessen, die sich in seinem Kopf sammelten. Er wusste, dass er bisher nur an der Oberfläche gekratzt hatte, und er kannte Hennys Talent, Fragen auszuweichen.

»Dobler also. Warum ist der ein Dreckskerl?«

Und Henny erzählte von Doblers Nazivergangenheit, seinen Schandtaten, seinem neuen Laden in bester Lage.

»Deutschland ist voller alter Nazis, die inzwischen leben wie die Maden im Speck. Wo ist der Zusammenhang mit dem 37er Vossinger?«, unterbrach er sie.

»Dobler sammelt ihn schon länger, und zwar für Friedrich Rohl. Das hat mir Doblers Frau verraten, und gestern bin ich zu Rohls Weinhandlung nach Rüdesheim gefahren, um ihn danach zu fragen. Auch Dobler war da. Und die zwei haben mir eine Geschichte erzählt, die hinten und vorne nicht stimmt. Von wegen Göring habe auf der Innenseite des Etiketts eines 37er Vossinger eine Art Schatzkarte zu seinem Raubgut …«

»Friedrich Rohl ist Weinhändler?«, unterbrach Paul sie wieder. Dann schlug er sich mit der Hand auf die Stirn. »Endlich weiß ich, woher ich den Namen kenne! Friedrich Rohl war Görings Weinführer in der Champagne.«

Den Haag, später Fahrt nach Freiburg

»Ja«, sagte Henny. »Ich kenne Rohl und Dobler aus Kriegszeiten. Rohl hat dafür gesorgt, dass Vater und ich 1944 noch mal in die Champagne gereist sind.«

Keine Ausflüchte, keine Umwege, keine Nebelspuren mehr. Es war Zeit für die Wahrheit, Henny wusste es. Die merkwürdige Volte des Schicksals, dass sie den Verrat, unter dem sie schon so lange litt, nun Paul gestehen würde und nicht Yves, ließ sie kurz lächeln, dann erzählte sie. Sie ließ nichts aus, beschönigte nichts, schonte sich nicht. Paul hörte zu, ohne sie einmal zu unterbrechen. Wenn sie ihn zwischendurch anschaute, verriet seine Miene nicht, was ihr Geständnis in ihm auslöste.

»Du hast also Frou-Frou und ihre Gruppe verraten?«

»Ich wusste nicht, dass sich Mitglieder der Résistance im Weinkeller versteckt hatten, das kann ich zu meiner Entschuldigung anführen. Verraten habe ich, dass dort noch tausend Flaschen 37er lagerten. Aber auch das bleibt Verrat.«

»Du hast eine Gruppe der Résistance verraten, weil du Angst um euren Weinladen hattest.« Die Stimme war nun kalt wie Eis.

»Natürlich hatte ich Angst, plötzlich vor dem Nichts zu stehen. Aber vor allem hatte ich Angst um meinen Vater. Ich war jung, ich war dumm. Glaubst du, ich weiß das nicht?«

»Du warst dumm und feige, Henny.«

»Und du sitzt auf einem sehr hohen Ross!«

»Was erwartest du?«

»Das war das erste Mal in meinem Leben, dass man mich

so brutal unter Druck gesetzt hat. Ich habe reagiert wie das Kaninchen vor der Schlange. Voller Angst, ohne Sinn und Verstand. Hast du nie Fehler gemacht, die du bereust? Bist du der ohne Fehler, der mit dem ersten Stein nach mir wirft? Wie sieht es mit Verständnis, Vergebung, Verzeihung aus? Glaubst du nicht, dass dieses Nazi-System, das uns so feige und falsch hat werden lassen, nur durch Großzügigkeit und Vergebung vernichtet werden kann?«

»Kommt nicht Ehrlichkeit an erster Stelle?«

»Wenn man in einem System von Lügen und Angst groß wurde, braucht es Zeit, bis man die Welt anders sehen kann.«

»Vergebung erfordert ein Eingeständnis der Schuld.«

»Was tue ich denn die ganze Zeit? Oder muss ich in ein Büßergewand schlüpfen, unentwegt Mea culpa beten und darf nur noch auf Knien durch die Welt rutschen?«

Paul reagierte nicht.

»Paul!« Über den Tisch hinweg griff sie nach seiner Hand, die er ihr sofort entzog.

»Weißt du was? Du spielst dich zum Richter auf, du glaubst, du hast Recht und Wahrheit gepachtet. Aber das hast du nicht! Menschen machen Fehler, Menschen versagen, du auch.« Sie sprang auf. »Du hast mir nicht mal helfen können, Kaspar zu finden.«

Erst an der Ruhe im Saal und den vielen Blicken, die auf sie gerichtet waren, merkte Henny, dass sie sehr laut geworden sein musste, bevor sie aufsprang. Ohne ein Wort des Abschieds und mit hoch erhobenem Haupt griff sie nach Mantel und Handtasche und verließ das Lokal.

Sie setzte sich hinters Steuer und fuhr sofort los. Sie dachte nur von A nach B: von Rotterdam bis Antwerpen, von Antwerpen bis Brüssel, von Brüssel bis Aachen, von Aachen bis Köln, von Köln bis Koblenz, von Koblenz bis Mannheim. Hinter Mannheim fuhr sie in den Nebel, auf der Höhe von Bruchsal war er so dicht, dass sie mit Ach und Krach die Abzweigung zu einem Parkplatz erwischte. Sie stellte den Motor aus. Sie legte den Kopf aufs Lenkrad, und zitterte am ganzen Körper. Aus ihrem Inneren quälte sich ein Schluchzen empor, das schrecklich klang. Dann weinte sie. Sie konnte sich nicht erinnern, wann sie das letzte Mal geweint hatte.

Den Haag

Paul bezahlte die Rechnung, dann verließ er das Lokal. Sein Koffer stand einsam auf dem Parkplatz. Er griff danach und machte sich auf den Weg zu einer der Pensionen, die sie ein paar Stunden zuvor besucht hatten. Dort nahm er ein Zimmer, stellte seinen Koffer ab und kehrte zurück auf die Straße. Er steuerte den Hafen an und landete in einer Kneipe, in der Fischer und Arbeiter Bier und Genever soffen. Sie grölten fremde Lieder, spielten lautstark Karten oder machten Armdrücken. Paul schob sich hinein in dieses wilde, pralle Leben aus Suff und Männerschweiß, und er wusste, dass er am richtigen Ort war.

Die zarte Frau mit dem glänzenden schwarzen Haar hinterm Tresen war keine Europäerin, in ihren Adern floss sicher Blut aus einer der Kolonien, Niederländisch-Indien vielleicht. Sie beherrschte den Laden wie eine Königin. Als Vasallen dienten ihr drei kleine wendige Kerle, die mit vollen oder leeren Gläsern wie Akrobaten durch den engen Raum turnten und von ihr mal dahin, mal dorthin geschickt wurden. Bis in den dunkelsten Winkel hinein entging nichts ihrem scharfen Blick. Wenn es an einem Tisch zu laut wurde, rief sie die Männer mit kurzen Sätzen zur Ordnung.

Paul kämpfte sich zu ihr an den Tresen durch, bestellte Bier und Genever, schob sich auf einen gerade frei werdenden Barhocker und machte ihr schöne Augen. Mit einem Lächeln deutete sie an, dass ihr das gefiel. Die Unterhaltung auf Englisch zu führen, das war etwas schwieriger als sonst, aber entscheidend waren eh Blicke und Gesten. Er befand sich auf

Freiersfüßen, auf vertrautem Terrain. Er erfuhr ihren Namen, Antonia, sie stammte nicht aus Batavia, sondern aus Amsterdam. Noch ein Bier, noch ein Genever, noch ein paar schmeichelnde Worte, ein paar liebkosende Blicke, dann wusste er: Er musste die Nacht nicht alleine verbringen.

Sie nahm ihn mit in ihr Zimmer über der Kneipe. Während er langsam die knarzende Treppe hinter ihr hochstiefelte, überlegte er, in wie vielen Zimmern über einer Kneipe er schon mit einer Frau für eine Nacht gelegen hatte, und wie sehr er es immer wieder genoss, dass sie ihn mitnahmen, obwohl sie wussten, dass er nicht bleiben würde.

Antonias Zimmer war groß und prächtig, das Bett so breit, dass zwei Riesen darin herumtollen könnten. Wie es sich für eine Königin gehörte, verfügte sie neben dem Zimmer über ein eigenes Bad mit einer großen Wanne. Dorthin zog sie ihn. Er half ihr beim Entkleiden, wusch ihr die Haare, den Rücken und die erstaunlich kräftigen Arme, bevor er zu ihr in die Wanne stieg und sich ihren Brüsten und dem schwarzen Dreieck zwischen ihren Schenkeln widmete. Auch sie wusste, was ihm guttat. Eng umschlungen verließen sie die Wanne, verschwendeten keine Zeit mit Abtrocknen, wälzten sich bald auf dem großen Bett. Doch als er in sie eindringen wollte, klappte es nicht. Hektisch versuchte er es ein weiteres Mal. Vergebliche Liebesmüh.

»Too much alcohol«, diagnostizierte Antonia, setzte sich auf, lehnte ihren schönen Körper träge ans Kopfende des Bettes und nahm sich die Zigarettenpackung auf dem Nachttisch.

Obwohl er wusste, dass es nicht am Alkohol lag, nickte er und konnte gar nicht schnell genug in seine Klamotten steigen. Sein »Kleiner« ließ sich nichts befehlen, er wusste, was er wollte. Er entsagte einem Prachtweib, weil er weiter mit Henny Köpfer das gelobte Land durchpflügen wollte.

Verfluchte Henny! Verfluchte Henny!

Waterloo

Freiburg

Gegen Mittag schloss Henny die Wohnungstür auf. Am späten Vormittag hatte sich der Nebel so weit gelichtet, dass sie mit Tempo dreißig nach Freiburg schleichen konnte. Kaum hatte sie die Tür aufgeschlossen, steckte Elfie den Kopf aus der Küche.

»Du liebe Güte, du schaust ja mehr tot als lebendig aus«, stellte die Freundin fest und kam näher. »Keine Reise nach Arkadien, mir scheint's, du kommst von einem Waterloo zurück. Soll ich einen Champagner aufmachen?«

»Ich muss schlafen«, murmelte Henny. Sie schleppte sich an Elfie vorbei ins Wohnzimmer. Auf ihrem Sekretär lag die Post. Ganz obenauf ein Brief aus Frankreich.

TEIL 3

Paris

Raunächte

Den Haag

In der Bahnhofshalle pfiff ein eisiger Wind, überhaupt war der Wind sein ständiger Begleiter in Holland. Vor inzwischen mehr als zwei Monaten war Kaspar vor die Tür von Jan Dekker geweht worden, dort aber nicht willkommen gewesen. Schnell wieder auf die Straße gesetzt, trieb er ziellos in der Stadt herum, bis ihn ein Windstoß mit der Nase auf die Anzeige *»Filmoperateur gezocht«* stieß. Wie durch ein Wunder bekam er die Stelle als Filmvorführer bei Cornelis de Groot, zudem ein Zimmer über der Vorführkabine. So begann sein neues Leben.

Nun stand er an diesem klirrend kalten Silvestertag am Bahnhof und wartete auf die Ankunft von Bertold und Else, die er nach Den Haag eingeladen hatte. Er war aufgeregt. Freudig einerseits, weil er den Freunden Den Haag zeigen konnte, wo er sich schon heimisch fühlte, bang andererseits, weil zumindest Bertold auch Nachrichten aus der alten Heimat mitbrachte, von denen Kaspar nicht wusste, ob es gute oder schlechte waren.

In den Lautsprechern des Bahnhofs knatterte die Durchsage, dass sich die Züge aus Utrecht, Amsterdam und Venlo verspäteten, also auch der Zug, in dem Bertold und Else saßen. Ärgerlich, aber nicht überraschend. Bei den eisigen Temperaturen, die nun bereits seit Wochen herrschten, kam es immer wieder zu Verzögerungen. Die längere Wartezeit bescherte Kaspar noch kältere Füße. Er kämpfte dagegen an, indem er auf dem Bahngleis hin- und herlief, sich mit den Händen auf die Oberarme schlug und die Wollmütze fester über die Ohren zog. Viel wärmer wurde ihm dabei nicht. Als Allerallererstes würde er seine Gäste in ein Café führen und eine Runde heiße Schokolade spendieren.

Niemals hätte er gedacht, dass er so lange von daheim fortbleiben würde. Wie lang oder wie kurz, darüber hatte er sich überhaupt keine Gedanken gemacht, aber nach dem Streit mit Kätter hatte er fortgehen müssen. Da packte er seine Siebensachen, und dann hieß es auf und davon. Kein Blick zurück im Zorn, kein Blick zurück in Wehmut, überhaupt kein Blick zurück. Stattdessen zu Fuß nach Endingen, dort erst zur Sparkasse, dann zum Bahnhof. In Freiburg hatte er einige Zeit später einen Zug nach Köln genommen und war von dort weiter nach Holland gefahren. Auch Henny oder Paul hätten ihn nicht aufhalten können.

Die ganze Fahrt über tauchte in seiner Fantasie immer wieder das Bild eines Vaters auf, der aussah wie er, nur eben älter war. Ein Mann, der ihn liebevoll musterte und dann als verlorenen Sohn in seine Arme schloss. Dabei wusste er ja nicht mal, ob Jan Dekker noch lebte oder ob er ihn finden würde. Und dann, alles kein Problem, die alte Adresse stimmte noch. Das nahm er als gutes Zeichen. Aber Jan Dekker hatte ihn nicht einmal angesehen, nur gesagt, Frau und Sohn seien tot, und ihm schnell die Tür vor der Nase zugeknallt. Als wäre er ein billiger Hausierer oder einer, der um Almosen bettelte. Völlig geschockt, am Boden zerstört, aller Hoffnungen beraubt, auf keinen Fall seines Glückes Schmied, so fühlte er sich nach dieser kurzen Begegnung.

Aber manchmal gab es im Leben so etwas wie ausgleichende Gerechtigkeit. Noch am selben Abend führte ihn sein Weg zu Cornelis de Groot, der froh war, so schnell einen neuen Filmvorführer gefunden zu haben, dass er Kaspar nach der letzten Vorstellung gleich auf Bier und *Frietjes* einlud. Cornelis sprach ganz passabel Deutsch, sie waren schnell beim Du und verstanden sich prima. Er hatte also innerhalb weniger Stunden einen möglichen Vater verloren und einen neuen Freund gewonnen. Und eine Arbeit dazu. Und was für eine!

Als Winzer war sein Alltag vom Wetter, den Jahreszeiten, der Arbeit am Rebstock bestimmt, als Filmvorführer von Vorstellungen ab 14 Uhr. Als Winzer stand er mit den Hühnern auf, als Filmvorführer durfte er ausschlafen, ja, er konnte sogar die Nacht zum Tage machen. Und das taten sie manchmal, Cornelis, Luuk und Willem, die beiden anderen Vorführer, sowie Grietje und Roos, die beiden Kartenverkäuferinnen. Eine Runde, in der er sich von Anfang an wohlfühlte, obwohl er so gut wie kein Holländisch verstand, aber er lernte schnell. Sie waren keine drei, sie waren sechs Musketiere, die nach der Arbeit durch Kneipen zogen, wo noch um zwei Uhr morgens kesse Musik lief und Hochbetrieb herrschte, die sich wohlfühlten unter Gestalten, die nur nachts lebten: Musiker und Säufer, Köche und Künstler, Nutten und Schreiberlinge. Fremde Welten für einen vom Dorf, er kam aus dem Staunen nicht heraus. Für die Kollegen war er einer der ihren, und wenn andere ihn als *mof* oder *pruus* verspotteten, sowie sie merkten, dass er Deutscher war, dann verteidigten sie ihn. Jeden Tag lernte er neue Leute, unbekannte Straßen, frische Vokabeln, holländische Besonderheiten kennen, er war immer beschäftigt. Vielleicht hatte er deshalb nie daheim angerufen. Aber wenn überhaupt, war das nur die halbe Wahrheit. Er meldete sich nicht, weil er nicht wusste, wann er zurückkehren würde, und weil er Angst vor dem schlechten Gewissen hatte, das sich lautstark melden würde, sowie er Kätters Stimme hörte.

Da, endlich kam der Zug! Kaspar rannte an ihm entlang, hielt Ausschau nach den Freunden, sah hinter einem der Fenster Else aufgeregt klopfen, postierte sich vor der Waggontür. Else flog als Erste auf den Bahnsteig, Bertold folgte mit dem Gepäck. Kaspar zog sie ein Stück von den anderen Reisenden weg, dann schüttelte er beiden die Hand.

»Du siehst schon aus wie ein echter Holländer«, rief Else und zupfte an seiner schweren, doppelt geknöpften Seemannsjacke, die ihn fast einen Monatslohn gekostet hatte.

Ein echter Holländer! Eine größere Freude hätte sie ihm zur Begrüßung nicht machen können. Dann schickte er Bertold einen bangen Blick.

»Keine Sorge, Mann. Ich habe allen erzählt, dass ich Else in Mainz besuche. Keiner in Eichingen weiß, dass du in Holland bist«, beruhigte ihn der Freund.

Er nickte erleichtert und rieb sich die kalten Hände. »Also: Zuerst trinken wir heiße Schokolade, dann bringen wir euer Gepäck nach Hause«, schlug er vor. »Bertold schläft bei mir, Else bei Grietje, das ist eine Kollegin von mir. Danach zeige ich euch die Stadt. Wenn ihr Lust habt, können wir auf den Grachten Schlittschuh laufen.«

Freiburg

Silvester kurz vor Mittag herrschte in der Weinhandlung Scherer stets Hochbetrieb. Jedes Jahr staunte Henny aufs Neue, wer da noch auf den letzten Drücker einen Champagner, einen Sekt oder wenigstens ein Piccolofläschchen kaufen wollte. Als wüsste keiner, wann Silvester war, als wüsste keiner, dass sich Schaumwein Wochen, Monate, ja sogar Jahre lagern ließ. Aber des Menschen Wille war sein Himmelreich, für manchen gehörte die Hektik halt zum Jahreswechsel, und Henny konnte es nur recht sein. So kauflustig wie dieses Jahr hatte sie die Freiburger jedoch noch nie erlebt. Ob es an der großen Erleichterung lag, die alle ergriffen hatte, weil niemand den roten Knopf gedrückt hatte, die Kubakrise befriedet und das Gleichgewicht des Schreckens wiederhergestellt war; oder am Dauerfrost, der seit Ende November herrschte, und dessentwegen mancher dem Winter gerne lang vor Fasnacht mit Sekt und Luftschlangen den Garaus machen wollte; oder ganz profan am Wirtschaftswunder, das den Leuten mehr Geld in die Taschen spülte; letztendlich war es Henny egal.

Seit acht Uhr in der Früh standen Zängerle und sie im Laden. Immer am Machen und Tun, immer das Klingeln der Tür oder der Kasse im Ohr, immer wünschten sie zum Abschied »Ein frohes Neues …«, und sofort stand der nächste Kunde parat. Eine halbe Stunde noch, dann war Schluss. Dann würde Zängerle den Laden abschließen, sie würden zusammen die Kasse machen, Zängerle würde auf dem Nachhauseweg die Geldkassette bei der Bank einwerfen, und sie würde nach oben gehen, einen Teller von der Nudelsuppe essen, die Elfie am vorigen Abend gekocht hatte, und danach für eine Stunde die Füße hochlegen.

Wie schon oft würde sie zusammen mit Elfie und Olga Silvester feiern, und wie gewöhnlich würden sie die Zeit, bis sie sich auf den Weg zum Jazzklub machten, nutzen, um sich schön zu machen, ein erstes Gläschen zu trinken und die bösen Geister des Jahres zu vertreiben, von denen Henny im Jahr 1962 viele heimgesucht hatten. Einen letzten möglichen Schrecken galt es im alten Jahr noch zu bannen. Sie musste endlich den Brief von Yves öffnen, der vor ein paar Tagen angekommen war. Dass sie bei ihrer Rückkehr aus Den Haag geglaubt hatte, der Brief aus Frankreich könne nur von Yves sein, führte sie rückblickend auf ihren desolaten Seelenzustand zurück. Schließlich bekam sie regelmäßig Briefe aus Frankreich, jener war von einem Weinhändler aus Beaune gewesen. Aber nun hatte Yves tatsächlich geschrieben.

In dem Neujahrstrubel hatte sie noch nicht die nötige Ruhe gefunden, den Brief zu lesen. Elfie und Olga bestanden jedoch darauf, dass genau das im alten Jahr noch erledigt werden musste. Sie hatten ja recht, aber das änderte nichts daran, dass sich Henny vor dem Inhalt fürchtete. Je länger der Brief so dalag, desto mehr.

Paul klopfte seine Winterstiefel aus, bevor er die Bahnhofsgaststätte in Munster betrat. Er entdeckte einen freien Tisch in der Nähe des Bollerofens, setzte erst den Rucksack auf einen Stuhl, wickelte als Nächstes den Schal vom Hals, zog dann Handschuhe, Mütze und Jacke aus. Als all das erledigt war, setzte er sich und wärmte die kalten Finger am Ofen. Im Schankraum hing der Geruch von Choucroute und Geselchtem, es herrschte ein reges Kommen und Gehen. Jedes Mal, wenn einer die Tür aufstieß, stob ein Schwall kalter Luft in den Raum. Das störte alle, aber besonders die, die an den Tischen nah der Tür saßen, weshalb Neuankömmlinge, wenn überhaupt, eher missmutig begrüßt wurden. Paul störte es am wenigsten, er thronte direkt neben dem Bollerofen auf einem Logenplatz. Er genoss es, im Warmen zu sitzen. Minus fünfzehn Grad zeigte das Thermometer vor der Tür, schon seit Wochen lag Schnee in den Vogesen, und der Wetterbericht kündigte weitere Schneefälle an. Es wäre gut, der Zug des Colonels käme pünktlich, dann schafften sie es noch bei Tageslicht und hoffentlich vor dem neuen Schnee nach Soultzeren.

Beim Kellner – war's derselbe wie letztes Jahr? – bestellte er einen Kaffee-Kirsch zum inwendigen Aufwärmen. Oft schon hatte er hier gesessen, seit Marcel Schickele sie nach dem Krieg zum ersten Mal eingeladen hatte, in seinem Gasthof *La Couronne* Silvester zu feiern. Es war ihm und dem Colonel zu einer lieben Gewohnheit geworden und für Paul zu einem Fixpunkt im Jahr, anhand dessen er das Leben Revue passieren lassen konnte: Beim ersten Mal hatte er den Kameraden mit leuchtenden Augen von Henny erzählt, zwei Jahre später begossen sie mit viel Kirsch das bittere Ende seiner Liebe, 1948 reiste er bereits aus Trouvilles an, 1949 erzählte er von Marie-Claire, 1950 von Suzanne, 1951 verließ er Trouvilles, und sein Leben als Reisender begann. 1952 war er zum ersten Mal bei den Filmfestspielen in Cannes, im Sommer 1953 zum ersten Mal bei der Berlinale, 1954 schrieb er seinen ersten Artikel für die *Cahiers du Cinéma*. Ab dann verwischten die Jahre, die Arbeitsstellen, die Aufträge, die Frauen, die Bekanntschaften, die kleinen Abenteuer. Während der Colonel beim Militär die Karriereleiter nach oben stieg und Marcel seinen Gasthof ausbaute und seine drei Söhne aufwachsen sah, verlief sein Leben auf Schienen und in Kinosälen, und er konnte nicht sagen, wohin es ihn führte. Bisher hatte ihn das nie gestört, aber er merkte immer mehr, dass er nicht ewig so weitermachen konnte. *Lonesome cowboy* nannten die Amerikaner einen Typen wie ihn, aber was geschah mit so einem, wenn er nicht mehr aufs Pferd steigen, wenn er nicht mehr weiterreiten wollte?

Wieder ging die Tür auf, eine Familie drängte ins Innere. Vater, Mutter und drei Kinder, zwei Jungen im Lausbubenalter und ein älteres Mädchen, dem man ansah, dass es sich etwas anderes gewünscht hätte, als Silvester im trauten Kreis der Familie zu feiern. Nur der Tisch neben der Tür war frei, die Buben setzten sich als Erstes, ruckelten an den Stühlen, rupften sich gegenseitig die Mützen vom Kopf. Die Mutter rief sie zur Ordnung, befahl der Tochter, sich zwischen die Brüder zu setzen, die weigerte sich. Der Vater sprach ein Machtwort, die Buben rückten auseinander, das Mädchen verteilte zwei Kopfnüsse nach rechts und links, bevor sie sich übellaunig zwischen die Brüder hockte.

Dass er erfreuliche Nachrichten habe, hatte ihm der Colonel in ihrem letzten Telefongespräch angekündigt, und das war gut so, denn damit konnte Paul nicht dienen. Nach Hennys Verschwinden hatte er in Den Haag noch lang nach Kaspar gesucht in der Hoffnung, nicht nur ihn, sondern auch den Vossinger zu finden, doch vergebens. Zurück in Deutschland, hatte er mehrmals die Weinhandlung Rohl in Rüdesheim angerufen, aber Görings ehemaliger Weinführer war immer auf Reisen, wie ihm eine leutselige Angestellte mitteilte. Danach hatte er seine Tour mit den Truffaut-Filmen fortgeführt und versucht, so wenig wie möglich an Henny, Kaspar und die Flasche zu denken. Dann, kurz vor Weihnachten, kam die Nachricht von Capitaine Lambert, der endlich von Pauline Crépau alias Frou-Frou gehört hatte. Niemals würde sie jemandem, den sie nicht kenne, am Telefon von den Ereignissen in Épernay erzählen. Wenn überhaupt nur von Angesicht zu Angesicht. Paul könne sie besuchen, und dann werde man sehen, so berichtete Lambert. Also hatte Paul ihr geschrieben und sich für Anfang des Jahres angekündigt. Nach dem Jahreswechsel würde er von hier aus direkt in die Champagne fahren, denn es blieb nicht mehr viel Zeit, um die Flasche zu finden. Am 22. Januar sollte der Vertrag unterzeichnet werden.

Der Lautsprecher des Bahnhofs annoncierte den Zug aus Mulhouse, in dem der Colonel saß. Paul winkte dem Kellner, um zu bezahlen. Auch die Familie brach auf. Während die Buben sofort nach draußen stürmten und der Vater folgte, ließ sich das Mädchen, sehr zum Ärger von *maman*, beim Zuknöpfen des Mantels alle Zeit der Welt. Lautstark und in breitestem Elsässisch drängelte die Mutter: *»Un peu tout de suite, Mamselele. Der Babe will nid warde.«*

Freiburg

»So mach schon«, drängelte Elfie Henny und reichte ihr den Brieföffner.

Henny ratschte den Brief auf, zog ein einzelnes Blatt Papier heraus und faltete es auseinander. »Er hat auf Französisch geschrieben.«

»Dann übersetz halt«, forderte Olga sie auf.

»›Liebe Henny, vielen Dank für Deinen Brief‹«, las sie vor. »›Es waren schwere Zeiten damals, und wir waren jung, dumm, leichtsinnig …‹ Was heißt *impétueux*?«, fragte sie Elfie, die noch besser Französisch sprach als sie.

»Stürmisch, ungestüm, so was in der Art.«

»Das Wort trifft es doch ganz gut«, meinte Olga. »So wie du immer von Yves und dir erzählt hast.

Henny nickte und las weiter. »›Was folgte, war schrecklich. Daran will ich nicht …‹ *Se souvenir*?«

»Daran will er nicht rühren, daran will er nicht erinnert werden.«

»Das kommt mir irgendwie bekannt vor«, murmelte Olga. »Was schreibt er weiter?«

»›Doch nach dem Krieg lachte mir das Glück. Ich traf Arletty, *mon grand amour*, mit der ich zwei Söhne und zwei Töchter habe. Michel, meinen Ältesten, hast du ja kurz kennengelernt. Er arbeitet schon mit mir im Betrieb. Yves‹.« Henny faltete das Blatt wieder zusammen. »Das ist alles. Mehr steht da nicht.«

»Arletty! Es ist natürlich nie schön, wenn man von einer anderen großen Liebe hören muss.« Elfie ließ ihre Armreife klirren.

»Na ja, für Henny gab es nach Yves auch Paul«, warf Olga ein.

Henny beschäftigte etwas ganz anderes. »Glaubt ihr, er hat mir verziehen?«, wollte sie wissen.

Olga wiegte ihren schweren Körper hin und her. »Er hätte deinen Brief nicht lesen, er hätte dir nicht antworten müssen.«

»Er hat nach dem Krieg sein Glück gefunden und eine Familie gegründet. Dein Verrat hat also sein Leben nicht zerstört«, sagte Elfie. »Da muss dir doch ein Stein vom Herzen fallen.«

»Da fällt aber nichts.« Henny schob den Brief in den Umschlag zurück. Sie fühlte sich seltsam leer. Der Brief war weder so schlimm, wie sie befürchtet, noch so gut, wie sie gehofft hatte. Er war nicht Fisch, nicht Fleisch, irgendwas dazwischen.

»Lass jetzt gut sein.« Olga nahm ihr den Brief ab und legte ihn auf den Sekretär zurück.

Henny zündete sich eine Zigarette an und trat ans Fenster. Sie fragte sich, wieso sich keine Erleichterung einstellte.

»Ich hol den Champagner aus dem Kühlschrank«, entschied Elfie. »Nach dem ersten Schluck sieht die Welt schon viel besser aus.«

Den Haag

»Bevor wir Schlittschuh laufen, brauche ich noch eine heiße Schokolade«, bestimmte Else, und Kaspar führte die Freunde zu einem Café, das er kannte.

»Als die Spanier die Schokolade entdeckten, gehörten die Niederlande zu Spanien, deshalb kam die Schokolade schon so früh nach Holland«, gab er auf dem Weg dorthin zum Besten. »Und es war der Niederländer van Houten, der die Kakaopresse erfunden hat. Bis heute gibt es Van-Houten-Kakao, und …«

»Und von dem will ich nichts hören, sondern ihn trinken«, unterbrach ihn Else. »Ist es noch weit? Ich muss ganz schnell ins Warme.«

Wenig später tauten sie an einem kleinen Tisch vor einem offenen Kamin auf. Mit roten Fingern umklammerten sie die dampfenden Tassen, genossen die Wärme, die sich allmählich in ihren Körpern ausbreitete. Kaspar hätte gerne nicht nur die Wärme, sondern auch ein wenig Ruhe genossen, so wie Bertold und er oft nach der letzten Vorstellung in der Kurbel mit einem Riegeler Bier in der Hand, aber das war mit Else nicht zu machen. Sie sprach in einem fort und erzählte gerade, dass Henny und Paul auf der Suche nach ihm bei ihr in Mainz waren.

»Das war, bevor du dich bei mir gemeldet hast«, erklärte sie. »Ich konnte ihnen also nicht sagen, wo du steckst. Henny war echt geknickt, sie macht sich Sorgen um dich, sie hat Angst, dass du unter die Räder kommst. Mütter machen sich halt immer Sorgen, meine ist auch so. Die zwei wollten weiter nach Holland, Bertold hat ihnen ja von diesem Jan Dekker erzählt.«

»Hast du den Mann eigentlich gefunden?«, wollte Bertold von ihm wissen.

Er hatte gewusst, dass die Frage kommen würde, und fasste sich knapp: »Hab ich. War sehr unerfreulich. Frau und Sohn sind tot, basta und aus. So ein Vater kann mir gestohlen bleiben.«

»Kein Bezwinger der sieben Weltmeere, keine Geschichten aus fernen Ländern, keine neue Familie«, zählte Bertold bedauernd auf.

»Nein, nur die alte, aber eine Familie, auch wenn's in meinem Fall keine blutsverwandte ist.« Mehr wollte er zu dem Thema nicht sagen, zudem interessierte ihn ein anderes viel mehr. »Sagt mal, wie kommt es, dass Henny und Paul gemeinsam unterwegs waren? Die zwei haben doch seit der geplatzten Hochzeit kein Wort mehr miteinander gewechselt.«

»Na ja, die Sorge um dich, oder?«, erklärte Else. »Aber eines sage ich dir: Da ist wieder was im Busch bei den beiden. Du hättest die Blicke sehen sollen, die sie sich zuwarfen, als Henny in Wiesbaden gesungen hat. Sie sang nur für ihn.«

»Liebe, die nie aufgehört hat zu glimmen und die jetzt wieder auflodert? Zwei, die endlich verstehen, dass sie zusammengehören? Happy End nach so langer Zeit?«, fragte Bertold.

»Man merkt, dass du dich mit Liebesfilmen auskennst. Du bist ja ein richtiger Romantiker.« Else stupste Bertolds Arm mit dem Ellbogen an.

»Wenn wir noch Schlittschuh laufen wollen, sollten wir aufbrechen. Sonst wird es dunkel«, schlug Kaspar vor. Er war weder Romantiker noch Optimist, er war Realist. Selbst wenn Elses Beobachtungen stimmten, dann war das vielleicht ein kurzes Aufflackern am späten Abend, eine flüchtige Champagnerseligkeit gewesen, aber keinesfalls etwas von Dauer.

»Ich zahle«, bestimmte Else. »Dafür habe ich doch in Mainz extra Gulden getauscht.«

Wieder ging es hinaus in die Kälte, Kaspar führte die zwei schnurstracks zu einer Brücke, unter der man *bij Piet* Schlittschuhe leihen konnte. Vor ein paar Tagen war er mit Grietje schon mal hier gewesen. Die besaß natürlich eigene Schlittschuhe und stob sofort los, drehte auf dem Eis Schleifen und Pirouetten, Marika Kilius war nichts dagegen. Leider war er kein Hans-Jürgen Bäumler, sondern nur einer, der geradeaus fahren und halbwegs bremsen konnte, aber sie hatten trotzdem viel Spaß miteinander.

Er orderte drei Paar Schlittschuhe bei Piet, der eine bunt gestreifte Bommelmütze trug und sich hinter seiner Theke so lässig bewegte, als könnte ihm die Kälte nichts anhaben. Für diese Lässigkeit bewunderte Kaspar die Holländer sehr!

Und dann ging es los! Sie schlurften, schlitterten, schleiften über das Eis. Mal gelang ihnen ein Gleiten, mal ein kurzer Sprint, mal setzten sie sich auf den Hosenboden. Kaspar war es nicht besser ergangen, als er mit Grietje hier gewesen war. Er hatte es genossen, wenn sie ihm nach dem Hinfallen die Hand zum Aufstehen reichte, wenn sie sich beim Gleiten wie zufällig in die Arme fielen, und am meisten hatte er genossen, als sie am Ende Hand in Hand über das Eis glitten. So wie es nun Else gefiel, mit Bertold zusammenzustoßen, der sie gern auffing. Lachend vollführten die zwei einen Veitstanz an Berührungen, es fiel ihnen sichtlich schwer, sich wieder voneinander zu lösen. Es erleichterte Kaspar kolossal, dass sich Else für ihre Zusammenstöße Bertold und nicht ihn aussuchte, denn er stieß viel lieber mit Grietje zusammen.

Als ihre Zeit um war und sie sich auf den Heimweg machten, erzählte er den beiden endlich, dass sie am Abend zu viert feiern würden, dass Grietje mit von der Partie sein würde.

Auf dem Weg nach Soultzeren

Die Kirchturmuhr in Munster schlug vier, als sich Paul und der Colonel auf den Weg machten. Eine knappe Stunde blieb ihnen, dann wurde es dunkel. In der letzten Nacht hatte es wieder geschneit, Munster selbst und die Landschaft, die sich hinter dem Städtchen ausbreitete, versank unter einer tiefen Schneedecke und zeigte sich bis hoch zu den Vogesengipfeln frisch gepudert, festlich parat gemacht für den Jahreswechsel. Die Luft war klar und eisig, der Himmel blau, die Wolken so weiß wie der Schnee. Prächtiger konnte Winterwetter nicht sein.

Sie durchquerten das kleine Städtchen. Von den Bäckereien drang der Duft von Gugelhoupf und Galette des Rois auf die Straße, in den Schaufenstern der Metzgerläden türmten sich geräucherte Würste und prächtige Tourtes à la viande, der Gemüsehändler hatte sogar frische Ananas im Angebot. Überall erledigten emsige Hausfrauen die letzten Einkäufe vor dem Jahreswechsel, während ihre Männer in der Brasserie neben der Kirche ein Glas Elsässer Weißen süffelten und über die Pariser Politik debattierten.

Paul und der Colonel ließen Munster schnell hinter sich. Wie immer gingen sie zu Fuß, sie kannten den Weg, eine knappe Stunde dauerte es bis hoch nach Soultzeren.

Von Soultzeren hatte ihnen Marcel bereits in den tunesischen Schützengräben vorgeschwärmt, aber zum ersten Mal gesehen hatten sie das kleine Dorf im Vallée du Munster erst Neujahr 1946. Auch 1946 ein eisiger Winter, zudem einer, in dem es kaum etwas zu essen gab. Aber selbst bei magerer Kost, kahlen Bäumen und zugefrorenen Böden hatte Paul sofort verstanden, warum Marcel diesen Ort so liebte. Wie vergessen von der Welt lag er da, klein und bescheiden, zu unbedeutend für Händel und Streit, ein sicherer Hort. Ein wohliges Daheim zudem, das merkte man sofort, wenn man die warme Gaststube betrat, fröhlich begrüßt von Marcels Frau Yvette, gefolgt von *grand-maman* Schickele, die die Gäste mit einem Teller dampfende Suppe an den Tisch lockte, ein Schneckensüpple, so gut wie nirgendwo anders. Jedes Jahr freute er sich darauf.

Sie nahmen die Straße, die langsam bergan führte. Nur sehr selten überholte sie ein Auto oder ein Pferdeschlitten. Der

Colonel berichtete von einem Cocktailempfang, den man anlässlich des Vertragsabschlusses im Élysée-Palast für deutsche und französische Bürger plante und zu dem er als Privatmann eingeladen war. »Das ehrt mich natürlich«, erklärte er und machte eine Pause. »Übrigens hoffe ich immer noch, dass wir an diesem Tag mit dem Vossinger anstoßen können.«

Paul brummte etwas Bestätigendes.

»Ich bin Ihrem Hinweis, was diesen Weinhändler Rohl betrifft, nachgegangen«, fuhr der Colonel fort. »Er war tatsächlich Görings Weinführer und hat sich als Raffke und Gierschlund in den französischen Weinregionen bedient, viel verbrannte Erde hinterlassen und so weiter. Laut dem Deuxième Bureau war er allerdings nie in Verbrechen der Gestapo oder der SS verwickelt. Aber dass er sich für unsere Flasche interessiert, lässt bei mir ein Alarmglöckchen klingeln, ohne dass ich genau begründen könnte, wieso.«

»Ich habe Rohl vor einiger Zeit in Wiesbaden getroffen. Interessanterweise setzt er sich für die deutsch-französische Freundschaft ein. Haben Sie noch etwas bezüglich des Raubguts erfahren?«

»Unser Geheimdienst wusste nichts, also habe ich bei unseren amerikanischen Freunden in Wiesbaden nachfragen lassen. Die kennen Rohl als engagierten Bürger der Region, in Rüdesheim sitzt er im Gemeinderat. Dass er mal für Göring Wein requiriert hat, interessiert die Amis herzlich wenig. Ginge es um Raubkunst oder um die Restitution jüdischen Eigentums wäre es etwas anderes. Beim Thema Göring-Schatz haben sie abgewinkt. Sie nehmen Gerüchte über aberwitzige Verstecke und Schatzkarten nicht ernst. In dem Zusammenhang erwähnten sie einen großen Schwindel mit illegal als Messwein deklariertem italienischem Wein, in den ein Weinhändler aus dem Rheingau verwickelt war.«

»Rohl sitzt im Rheingau.«

»Ja, aber sein Name fiel in diesem Zusammenhang nicht. Überhaupt ist das meines Wissens ein alter Hut und hat mit unserem Vossinger nichts zu tun. *Alors,* nicht eine nützliche Spur.«

Von Stoßwihr kommend, näherte sich ein Pferdefuhrwerk. Die beiden Männer traten an den Straßenrand, um es vorbeizulassen.

»Ich hoffe sehr, mich bringt der Besuch bei Madame Crépau weiter«, sagte Paul.

Sie beendeten das Thema. Der Colonel wollte die ruhigen Tage genießen, die ihm vergönnt waren, da der Général die Festtage zurückgezogen in Colombey-les-Deux-Églises *en famille* verbrachte. Ganz *privatissimo,* und genauso wollte auch der Colonel seine Tage in Soultzeren verbringen, ganz *privatissimo*. Die Antwort auf die höfliche Frage zu seiner Arbeit hielt Paul kurz. Nach der Truffaut-Tournee hatte er einen Übersetzungsauftrag für ein Drehbuch angenommen. Etwas zum Geldverdienen, nichts Besonderes, nicht der Rede wert.

Danach stapften sie schweigsam neben- oder hintereinander her und genossen die friedliche Vorabendstimmung. Munster war nicht mehr zu sehen, Stoßwihr noch nicht in Sicht, sie waren die einzigen Menschen weit und breit. Nicht wie in dem Film drei, sondern zwei Männer im Schnee. Hätte man sie gemalt, wären sie nur zwei winzige schwarze Punkte in einer grandiosen weißen Landschaft, eingehüllt in eine große Stille. Hinter Stoßwihr verließen sie die Hauptstraße und nahmen die Abkürzung entlang des Michelbachs. Gelegentlich krächzte ein Rabe, manchmal brach ein Ast unter der Last des Schnees, der Bach plätscherte leise, sonst nichts. Paul wurde ganz warm ums Herz. Weite, Stille und ein guter Freund an seiner Seite, was brauchte der Mensch mehr?

Es dämmerte bereits, als sie die ersten Häuser von Soultzeren erreichten, da erinnerte der Colonel sich daran, dass er Paul doch etwas Erfreuliches berichten wollte.

»Das war nicht Ihre Einladung zu dem Cocktailempfang?«, fragte er und ging, als der Colonel das verneinte, davon aus, dass es sich um etwas Berufliches handelte. »Eine weitere Beförderung?«

»Nein, nein.« Der Colonel lachte verlegen.

»Was ist es dann?« Nun war Paul wirklich neugierig.

»Sie werden es nicht glauben, alter Freund«, setzte der Colonel an und geriet dann ins Stocken.

»Aber, aber, *cher ami*! Was immer es ist, ich freue mich mit Ihnen«, sagte er.

»Nun, es ist gar nicht so einfach, darüber zu sprechen. Aber mich hat mittels einer Annonce noch einmal Amors Pfeil getroffen. Edith, eine Witwe aus Clermont-Ferrand. Ich hätte das nicht für möglich gehalten, dass mich nach Alice noch einmal die Liebe trifft. Aber es ist passiert. Und da man in unserem Alter keine Zeit mehr verlieren darf, werden wir im Frühling heiraten.«

Amors Pfeil, wie altmodisch, dachte Paul und schluckte trocken. Der Colonel verliebt, das war nun wirklich eine Überraschung. Seine erste Reaktion: den Freund vor diesem überstürzten Schritt zu warnen. Er sollte die Sache langsam angehen lassen, er kannte die Frau doch überhaupt nicht. Andererseits, wieso? Was bei ihm, Paul, schiefgegangen war, musste nicht auch beim Colonel schiefgehen.

»Natürlich wünsche ich mir Sie als Trauzeugen«, fuhr der Colonel fort. »Aber ich kann verstehen, wenn das bei Ihnen …«

»Nein, nein«, unterbrach ihn Paul. »Es wird mir eine Ehre sein.«

Freiburg

»Das ist eine Höhle«, sagte Henny zu dem merkwürdigen Gebilde aus Blei, das sie aus dem kalten Wasser zog.

Elfie hatte alle Zutaten zum Bleigießen mitgebracht, genauso wie Luftschlangen, Tröten und neckische Papphütchen. Das wilde Sammelsurium zwischen den Sektschalen auf ihrem Tisch passte prima zu den Papierlaternen, die kreuz und quer im Raum baumelten.

Der Jazzklub war brechend voll, ein buntes Publikum aus Jung und Alt feierte den Jahreswechsel. Hasenkamp legte Platten auf, Silvester gab es nie Livemusik, populärer Bigbandsound zum Schwofen. Paare drängelten sich auf der kleinen Bühne, die als Tanzfläche diente.

»Das ist doch keine Höhle«, widersprach Olga. »Für mich sieht das aus wie ein Kranz oder Ring.«

»Höhle steht nicht drin, aber Ring habe ich schon gesehen.« Elfies Augen flogen flink über die Seiten des kleinen Heftchens, das dem Bleigießen beigelegt war und Erklärungen für bestimmte Formen lieferte. »Ring: ›a) Ein Kreis schließt sich, b) Die große Liebe wird mit einer Heirat gekrönt, c) Eine Bindung erweist sich als stabil‹«, las sie vor.

»Da ist doch etwas für dich dabei, oder, Henny?«, fragte Olga.

»Für mich bleibt es eine Höhle«, beharrte sie.

»Höhle, ah ja, hier: ›a) Eine Wärmequelle tut sich auf, b) Sicherheit geht vor Risiko, c) Wunden heilen am besten in Abgeschiedenheit.‹« Elfie zwinkerte Henny zu.

»d) Verharren ist keine Lösung«, ergänzte Olga.

»Verzeiht, dass ich heute so melancholisch bin.« Henny nahm das Papphütchen ab. »Aber nach dem Brief geht mir viel durch den Kopf. Man weiß ja immer, wie eine Liebesgeschichte anfängt und wie sie aufhört. Aber der Moment, wo sie kippt, den kennt man nie, den bastelt man sich nach dem Ende.«

»Wir sind Kinder einer verwirrten Zeit, kein Wunder, dass uns auch verwirrte Gedanken kommen«, seufzte Elfie. »Also: Bis Mitternacht darfst du noch in Melancholie baden, dann ist Schluss!«

»Damenwahl«, verkündete Hasenkamp vom Plattenteller aus.

»Auf, auf! Suchen wir uns einen Mann!« Elfie war sofort auf den Beinen und ließ den Blick schweifen.

»Ich nehme den, der so verloren am Eingang steht«, entschied Olga. »Henny?«

»Bis Mitternacht muss ich noch nicht tanzen.« Henny legte ihr Papphütchen zu den Luftschlangen und blieb sitzen.

»Ich nehme den Lockenkopf da vorne!« Elfie deutete mit dem Kinn in Richtung Bühne.

»Der ist doch mindestens zehn Jahre jünger als wir«, warf Henny ein.

»Na und?« Elfie machte sich auf den Weg.

Henny sah zu, wie Olga ihren schweren Körper auf den Mann an der Tür zubewegte und Elfie wie ein Springinsfeld auf ihren Auserwählten zulief, wie beide dann mit den Männern zur Tanzfläche gingen. Die quirlige Elfie auf den Lockenkopf einredend, die bedächtige Olga ihrem Kavalier zuhörend. Hasenkamp legte Glenn Millers Fassung von *Somewhere Over the Rainbow* auf, die Paare begannen zu tanzen. Von der Tür her frischte die Luft auf, und Henny sah einen Pulk von Neuankömmlingen sich am Eingang drängen. Einen Moment glaubte sie unter ihnen den breiten Rücken von Paul zu erkennen, und ihr Pulsschlag beschleunigte sich. Aber als der Mann sich umdrehte, blickte sie in ein fremdes Gesicht. Vergessen, sie sollte ihn vergessen. Was wollte sie mit einem Mann, der sich zum Richter aufspielte, der nicht vergeben konnte?

Sie wandte ihren Blick wieder der Tanzfläche zu. Der verloren wirkende Mann senkte seinen Kopf vertrauensvoll auf Olgas Schultern, wahrscheinlich spürte er, dass niemand so viel Geborgenheit schenken konnte wie sie. Und Elfie zog mit Lachen und Erzählen den Lockenkopf in ihren Bann. Wenn es einen Menschen gab, der einen mittels guter Laune aus jedem Drecksloch ziehen konnte, dann war das Elfie.

Sie waren schon ein seltsames Trio. Die kleine Elfie mit ihrer Arbeit beim Theater, der schrillen Paradiesvogel-Kleidung und den Männern für eine Nacht. Die riesige Olga mit ihrer bestenfalls halb legalen Kellerkneipe und dem Schwarzen George, den sie nur heimlich lieben konnte. Und sie, die große

Henny, die entschieden hatte, ohne Wenn und Aber das Erbe ihres Vaters anzutreten. Der Spagat zwischen ihrer Welt und der Welt der beiden gelang ihr nicht immer. Manchmal ärgerten sie Elfies Männergeschichten. – Als Geschäftsfrau war sie nun mal davon abhängig, was die Leute sagten. – Manchmal kam ihr Olgas Art zu leben sehr fremd vor. Aber diese beiden Frauen halfen ihr, nicht kleinkariert, wohlanständig und engstirnig zu werden, dank ihnen wusste sie, dass es mehr als ein richtiges Leben gab. Voller Zuneigung sah sie ihnen beim Tanzen zu. Sie war so froh, dass es sie gab. Sie war so froh, dass sie endlich Yves' Brief gelesen hatte. Sie war so froh, dass dieses Jahr zu Ende ging.

»Tanzen Sie nicht?« Der junge Hasenkamp stand plötzlich vor ihrem Tisch.

»Bei der ersten Damenwahl nach Mitternacht bin ich dabei«, versprach sie. »Und dann müssen Sie Ihren Plattenteller eine Zeit lang im Stich lassen, denn dann fordere ich Sie auf.«

»Lässt sich machen«, beschied er großzügig. »Irgendwelche Musikwünsche?«

»Wo wir schon bei Glenn Miller sind. Warum nicht *Chattanooga Choo Choo*?«

Eichingen

Früher waren Kätter die Raunächte fast die liebsten im Jahr gewesen. Heutzutage scherten sich die Jungen nicht mehr drum, aber für sie waren die zwölf aus dem Mondjahr gefallenen Nächte zwischen dem Winteranfang und dem Fest der Heiligen Drei Könige noch immer etwas Besonderes. Davor musste man schlachten und räuchern, salzen und sotten, backen und brutzeln, kochen und putzen, damit dann alles parat stand für die stille Zeit. Denn während der Raunächte ruhten alle Arbeiten. Da herrschte der heilige Sonntag tagelang. Wehe, eine der Frauen hatte es davor nicht geschafft, die Wäsche zu waschen! Aberglaube hin oder her, es war doch ausgemacht, dass die sich einen Berg Unglück fürs neue Jahr auflud! Ja, die Raunächte waren die einzige Zeit im Jahr, in der die Bauern die Hände in den Schoß legten, in der sie Zeit zum Nichtstun hatten. Die Frauen ein bissl weniger als die Männer, so war es halt. Die dreckigen Teller wuschen sich nun mal nicht von selber.

Aber man hatte natürlich nie nichts getan. Im Dorf herumspaziert war man, auch mal auf ein Glas bei den Nachbarn vorbeigeschaut hatte man, und natürlich hatte man selber auch Gäste zu bewirten. Da wurde die gute Stube geheizt, die sonst immer kalt blieb. Die roch nach Weihnachten, Tannenduft in jeder Ecke. In guten Jahren gab es viel zu schnabulieren: Hutzelbrot und Springerle, Cedernbrot und Totenbeinli, frisch Geräuchertes und Geselchtes und fürs Neujahr eine Brezel, so groß wie ein Scheunentor. Immer stand ein Krug Wein auf dem Tisch, und ein Kirschwässerle durfte auch nicht fehlen. Wenn's das Winterwetter zuließ und Reisen möglich war, kam zwischen den Tagen Besuch, den man sonst das ganze Jahr nicht sah. So auch in den Kriegsjahren, nachdem das Elsass wieder deutsch war, der Roederer Lüi mit seiner Familie aus Schlettstadt.

Besonders schön war's in den Jahren, als der Karl und sie frisch verheiratet waren. Wenn der Karl da sein Schifferklavier auspackte und einen Ländler oder Walzer spielte, füllte sich die gute Stube schnell mit den jungen Leuten aus dem Dorf, und dann tanzten und sangen sie, es roch nach Lust und nach Leben, und sie feierten ganz ohne Geister und Tote, die man früher in den Raunächten besonders gefürchtet hatte. Meist lag an diesen Tagen eine friedliche Stimmung in der Luft. Man vertrug sich, man ließ fünfe grade sein, man trank auch mal ein Glas über den Durst. Gelacht hatten sie an diesen Abenden, meiner Seel', oft über Blödsinn und manchmal so lang, bis ihnen die Tränen kamen.

Während sie so daran dachte, da merkte Kätter, dass sie

sehr wohl glückliche Jahre gekannt hatte. Aber so wie fast alle Leute von damals tot waren, so waren die glücklichen Jahre längst vorbei. Besuch von weit weg kam auch immer weniger und dieses Jahr gar keiner. Das Hedwig-Bäsel, das eigentlich kommen wollte, hatte ihr abtelefoniert, weil ihr das Reisen bei dem Wetter doch zu abenteuerlich gewesen wäre.

So saß sie allein in der guten Stube, die sie nur für sich angeheizt hatte. Vor sich ein Glas Wein und einen Teller mit Springerle starrte sie abwechselnd auf den kleinen Christbaum und auf das kleine Paket, das ihr der Postler am Vormittag gebracht hatte. Es kam aus Holland und hatte keinen Absender. Aber natürlich kannte sie die Schrift, mit der die Adresse geschrieben war. Zudem hatte Henny ihr erzählt, dass der Kaspar nach Holland gereist war. Wegen der »echten« Verwandten, in die Sache hatte er sich granatenmäßig verrannt. Aber Henny hatte ihn dort nicht finden können. Abgehauen war er, der Kaspar, klammheimlich, bei Nacht und Nebel … Als wäre sie nicht immer gut zu ihm gewesen, als ob er hier nicht alles zum Leben hätte! Und anstatt endlich heimzukommen, schickte er ein Päckchen.

Sie griff nach der Schere, um die Schnur durchzuschneiden, legte sie wieder weg, fingerte stattdessen ein Springerle vom Teller, tauchte es in den Wein und lutschte den eingeweichten Keks. In ihrer Erinnerung saß der kleine Kaspar neben ihr und knabberte ein Springerle an vier Ecken an, bevor er das ewig harte Gebäck stolz im Mund zermalmte und sie dabei breit angrinste. Sie wischte die Erinnerungen fort und die Finger an der Schürze trocken, dann zog sie das Päckchen zu sich her. Die Frau auf der Briefmarke musste die Königin Juliane sein. Die Holländer hatten ja noch ein Königshaus. Die Marke sollte sie aufheben, der Jüngste vom Weber Karle sammelte doch Briefmarken. Wieder griff sie zur Schere und schnitt schnell die Schnur entzwei, wickelte das Packpapier ab, schnippelte die Briefmarke aus, legte sie zur Seite, erst dann öffnete sie den Karton. Obenauf lag eine Postkarte mit einem Palast, im

Innenhof eine große Reiterstatue. Unter der Karte fand sie ein Säckchen mit Tulpenzwiebeln. »Nur rote, rosafarbene und weiße, die Sorten, die Du am liebsten hast«, stand auf der Karte und darunter: »Dein Kaspar.«

Den Haag

Als Kaspar den Freunden nun den Vorschlag machte, Silvester tanzen zu gehen, stimmte Else sofort zu. Bertold, der wie Kaspar kein großer Tänzer war, reagierte zurückhaltender, war aber auch einverstanden. Hauptsache, er konnte in legerem Hemd und Nietenhose gehen, war er doch um jeden Tag froh, an dem er nicht Anzug und Krawatte tragen musste. Überhaupt lief alles bestens, seit sie Grietje abgeholt hatten. Else nahm sie sofort in Beschlag, hakte sie unter, Frauen unter sich, sie verständigten sich mit Händen und Füßen, wenn das nicht half, fragte Grietje ihn. Sie hatten bereits viel Übung darin, herauszufinden, was ein Wort in der Sprache des anderen bedeutete. Denn, auch das etwas ganz Wunderbares, sie brachten sich gegenseitig Deutsch und Holländisch bei, und ihm war, als würden sie mit jedem Wort, das sie voneinander lernten, dem anderen näherkommen. »Eine süße Biene, sehr nett«, so lautete Bertolds knapper Kommentar zu Grietje. Aber wie hätte man Grietje nicht nett finden können? Und sie war nicht nur nett, sie war schön, sie war klug, sie war witzig.

»Hast du den zweien schon von der *Elfstedentocht* erzählt?«, fragte sie nun und löste sich von Else.

»Zweihundert Kilometer langer Eisschnelllauf durch elf Städte in Friesland, wenn die Grachten zugefroren sind. So wie es jetzt aussieht, findet er am 18. Januar statt«, erklärte er.

»Ein ganz großes Ereignis in Holland«, ergänzte Grietje. »Cornelis, unser Chef, ist ein sehr guter Eisläufer, genauso wie Luuk und Willem. Sie haben sich für das Rennen angemeldet.«

»Und ich begleite die drei, um Fotos zu machen«, verkündete er.

»Du kommst nicht mit uns zurück? Du bleibst noch länger in Holland?«, fragte Bertold überrascht.

»Bis zur *Elfstedentocht* auf alle Fälle. Können wir ja morgen noch in Ruhe drüber reden«, wiegelte er ab. Dieses Thema wollte er so lange wie möglich vermeiden. Deshalb war er froh, als endlich auf der gegenüberliegenden Straßenseite die Leuchtreklame des *Memphis-Clubs* auftauchte. »Wir sind da«, erklärte er. »Ab mit euch in die Wärme.«

Green Onions von Booker T. & the MG's schallte ihnen entgegen. Der Laden war brechend voll. Burschen mit Elvis-Tolle und stets griffbereitem Kamm in der Hose, Mädchen in Petticoats oder engen Pepitahosen, die knappen Blusen vor dem Bauch verknotet, bevölkerten die Tanzfläche. Schon während sie sich aus den Mänteln schälten, bewegten sich Else und Grietje im Takt der Musik. Grietje voran, schlängelten sie sich durch die Tanzenden, bis sie eine Bank fanden, auf der sie Mäntel und Jacken ablegen konnten. Ganz vorbildlicher Gastgeber machte sich Kaspar auf den Weg zur Theke, um Getränke zu holen. Beim Zurückblicken sah er, wie Else Bertold auf die Tanzfläche lockte und ein spindeldürrer Oberschüler mit karierter Jacke Grietje zum Tanz aufforderte.

Er war nicht der Einzige, der etwas zu trinken brauchte, es dauerte, bis er mit zwei Cola und zwei Bier den Rückweg antrat. Else und Bertold tanzten noch, aber Grietje stand nun in der Nähe der Bank und vor ihr ein blonder Hüne mit Entenschwanz-Frisur, der auf sie einredete und immer wieder nach ihrem Arm griff, was Grietje gar nicht gefiel. Kaspers Herz klopfte mit einem Mal schneller, denn der Kerl erinnerte ihn an den Wagner Schorsch, den Schrecken seiner Schulzeit. Ein Platzhirsch war der, ein Prahlhans, ein Bollerkopf, einer, der über andere hinwegzackerte, als wären sie ein Mückenschiss. Als Kind hatte er gedacht, so einen wie den Schorsch gebe es nur in Eichingen, aber von wegen. Überall begegnete er solchen Typen, sie waren immer da, wenn mehr als drei Kerle aufeinandertrafen, nur in Holland hatte Kaspar bisher noch keinen von der Sorte getroffen. Und nun drangsalierte so einer Grietje. Und er, in der einen Hand die Bierflaschen, in der anderen die Cola, er, einen Kopf kleiner und gar nicht kampferprobt, er, allein ohne die Musketiere, die ihm sonst zur Seite standen, er, ein Ausländer, ein *mof*, ein *pruus*, was konnte er bloß tun?

»Grietje«, rief er und suchte auf der Bank neben den Mänteln einen Platz für die Flaschen, verhedderte sich mit den Strohhalmen, die aus der schäumenden Cola nach oben drängten, als wäre sein innerer Aufruhr in die Flaschen gesprungen und hätte sich in einen wilden Flaschengeist verwandelt, den er, Kaspar, nicht mehr kontrollieren konnte. Panisch stopfte er die aufmüpfigen Strohhalme zurück, aber sie trieben wieder nach oben, er drückte sie mit der Handfläche fest, ein Halm knickte ab, er rupfte beide heraus und legte sie neben die Flaschen, ein Halm kullerte unter die Bank, er bückte sich danach, förderte stattdessen einen staubigen Kaffeelöffel zuzage, wusste nicht, was er damit machen sollte, ließ ihn wieder fallen, schob ihn mit dem Fuß zurück unter die Bank.

Als er aufblickte, starrten die beiden ihn an. Grietje mit offenem Mund und der Hüne mit einem verächtlichen Grinsen im Gesicht. In diesem Augenblick spielte die Musikbox *Soldier Boy* von The Shirelles auf, und Kaspar griff blitzschnell nach Grietjes Hand und zog sie auf die Tanzfläche. Zu dem Stück hatten sie schon mal ganz eng getanzt und leise den Text mitgesungen. *»You are my first love and you will be my last love.«* Aber diesmal sang keiner, diesmal tanzten sie sehr steif und schielten immer mal wieder zu dem Hünen hinüber. Der lehnte an einer Säule, kämmte sich das pomadisierte Haar und beobachtete sie ganz ungeniert.

»Wer ist das? Was will er von dir?«, fragte Kaspar leise.

»Frans kenn ich von früher.« Sie drängte ihn tiefer in die Tanzfläche hinein, weg aus dem Blickfeld des Hünen. »Lass uns abhauen«, bat sie. »Es gibt ein anderes nettes *dancing* ganz in der Nähe.«

Kaspar gab Bertold und Else Bescheid. Ein paar Minuten später standen alle vier vor der Tür des Hintereingangs und schlüpften in die Mäntel. Else hakte sich bei Bertold unter, Kaspar griff nach Grietjes Hand, drückte sie fest und ließ sie nicht mehr los. Sie lächelte ihn an, und gemeinsam rannten sie bis zur nächsten Straßenecke. Mit dem schönsten Mädchen auf und davon zu rennen, auch so konnte man einem Platzhirsch Paroli bieten, dachte er, und ihm schwoll die Brust vor Stolz und Freude.

Für den Rest des Abends vergaßen sie Frans und feierten übermütig und unbeschwert. Um Mitternacht gingen sie nach draußen, um dem Geläut der Den Haager Kirchen zu lauschen und das Feuerwerk zu sehen. Zwischen klingenden Glocken und zischenden Raketen zog Kaspar Grietje an sich und küsste sie zum ersten Mal. *»Gelukkig nieuwjaar«*, flüsterte sie ihm ins Ohr, und nichts wollte er lieber glauben, als dass es das sein würde: ein glückliches neues Jahr.

Spuren im Schnee

Eichingen

Kätter glaubte felsenfest, dass die Träume in der Nacht des Jahreswechsels eine Offenbarung waren. Nicht so großmächtig wie in der Bibel, aber diese Träume verrieten, was das neue Jahr bringen würde. Da wirkte das alte Geraune der Raunächte, all die Geschichten, die sie gehört oder selbst erlebt hatte. Bestes Beispiel ihr Karl, der war ihr in der Neujahrsnacht 43/44 als Geist erschienen, als er noch quicklebendig neben ihr im Bett lag, aber ein halbes Jahr später von einem Balken erschlagen, tot. Deshalb war es Kätter allemal lieber, sie träumte in dieser Nacht nichts, als sich damit herumzuplagen, was für Prüfungen ihr der Herrgott fürs neue Jahr auferlegte. Eigentlich hielt sie es ja für das Allerbeste, in dieser Nacht überhaupt nicht zu schlafen, und das hätte sie auch tun sollen, nachdem sie das Paket aus Holland geöffnet hatte. Aber sie war halt müde gewesen und hatte so Nachtkrabben und Bückelesgeistern die Tür sperrangelweit aufgemacht.

In ihrem Traum vergrub sie die holländischen Tulpenzwiebeln tief in Eis und Schnee, und das, wo doch jedes Kind wusste, dass man Blumenzwiebeln vor dem ersten Frost in die Erde stecken musste. Aber Träume scherten sich nun mal nicht um den gesunden Menschenverstand. Nach Eis und Schnee wehte ein Frühlingslüftchen durch ihren Traum, Forsythien, Hyazinthen und Osterglocken schon in voller Blüte, aber anstelle ihrer Tulpen streckten rotbackige semmelblonde

Holländerkinder ihre Köpfchen aus der feuchten Erde, die Buben mit schwarzen Käppis, die Mädchen mit weißen Flügelhauben auf dem Kopf, und sie reckten ihre Ärmchen heraus, dann den ganzen Körper, stellten sich sofort auf die kurzen Beinchen und liefen los. An den Füßen trugen sie kleine holländische Holzschuhe, damit stürmten sie auf ihren Hof und machten einen Heidenkrach, dass es nicht zum Aushalten war und ihr der Kopf noch beim Aufwachen dröhnte.

Früh um sechse war's, als das holländische Holzgeklapper sie weckte. Seither stand sie in der Küche, richtete den Teig für die Neujahrsbrezeln und dachte über den Traum nach. Da mochte sie den Hefeteig noch so walken und kneten und dabei ihre Gedanken mal in die eine und mal in die andere Richtung schicken, es kam immer das Gleiche heraus. Der Kaspar blieb in Holland, weil er dort nicht nur den holländischen Vater, sondern auch ein holländisches Mädchen gefunden hatte, und die zwei bekamen einen Stall voll holländischer Kinder. Kätter hatte sich immer gewünscht, dass der Kaspar endlich ein Mädchen finden und heiraten würde, aber doch keine Holländerin! Wenn schon eine Auswärtige, warum nicht die Else?

Da plante und machte man, da rechnete man bis zum Anschlag, da dehnte und streckte man sich sein Lebtag, es ging nie auf. Sie stellte den Teig zum Gehen in die Wärme, legte ein paar Holzscheite nach, damit der Ofen zum Backen die richtige Temperatur bekam. Wenn die Brezeln gebacken waren, würde sie damit die Runde in der Nachbarschaft drehen. Alle würden natürlich wissen wollen, was in dem holländischen Päckchen war und wann der Kaspar zurückkam. Das erste war leicht zu beantworten, das zweite nicht. Sie konnte nicht mehr so tun, als wäre der Kaspar bloß verreist. Sie musste der Tatsache ins Auge sehen, dass er vielleicht nicht wiederkam. Jesses, was würden die Leute denken? Die Frage stellte sie sich nicht zum ersten Mal. Alles, was die Leute denken könnten, hatte sie in den zwei Monaten schon einmal gedacht. »Ich versteh's nicht, und es tut mir in der Seele weh, aber man kann einen Menschen nicht anbinden.« Das müsste sie den Leuten sagen. Wenn sie das schaffte, dann konnte sie endlich wieder aufrecht durchs Dorf gehen.

Als sie zwei Stunden später die letzten Brezeln aus dem Ofen nahm, klopfte es, und vor der Tür stand Frau Jakumeit mit einer Brezel in der Hand.

»Ein frohes Neues«, wünschte sie und reichte Kätter die Brezel, die ihrerseits eine der ihren als Gegengeschenk holte und übergab.

»Ich wollte mich noch für das Holz aus dem Bisamwald bedanken«, fügte Frau Jakumeit an. »Und was ich noch sagen wollt. Jetzt, wo der Kaspar immer noch fort ist: Wenn Sie mal Hilfe brauchen fürs Holzhacken oder beim Rebenschneiden, geben Sie mir Bescheid. Dann schick ich Ihnen einen meiner Söhne vorbei.«

Das Angebot freute die Kätter und war zudem eine Hilfe, die sie ohne schlechtes Gewissen annehmen konnte, so großzügig, wie sie den Jakumeits gegenüber immer gewesen war. »Zum Holzhacken könnte ich gut Hilfe brauchen, nächste Woche, wenn's recht ist. Wann kommt denn der Bertold zurück?«

»Morgen schon, wegen dem Kino. Er muss den Toni als Filmvorführer ablösen. Seit der Kaspar weg ist, sind sie ja nur noch zu zweit.«

»Er fehlt halt überall«, seufzte Kätter und musste sich nun doch die Augen wischen. »Ich weiß, der Bertold ist eine ehrliche Haut. Aber jetzt, wo er verreist ist, da denke ich immer, ob er sich nicht doch mit dem Kaspar trifft.«

»Er hat gesagt, dass er die Else in Mainz besucht, sonst nichts. Aber die Jungen sagen einem halt nie alles.«

Kätter nickte, dann wechselten sie ein paar Sätze über den strengen Winter und kamen bald auf den Winter 45/46 zu sprechen, in dem die Jakumeits ganz frisch in Eichingen eingetroffen waren und Frau Jakumeit noch hoffte, ihr Mann käme aus dem Krieg zurück, während Kätter sich auf die bevorstehende Hochzeit von Henny und Paul freute.

Aber Hoffnungen wurden enttäuscht, Erwartungen nicht erfüllt, das Leben lief nicht nach Plan, überhaupt hatte nichts im Leben Bestand.

Freiburg

Die unverständlichen Krächzlaute, die zu Henny durchdrangen, als sie an Elfies Tür klopfte, interpretierte sie der Einfachheit halber als »Herein«. Sie drückte die Klinke nach unten, betrat mit einem kräftigen »Guten Morgen!« das Zimmer und zog die Vorhänge auseinander. Mit kindlicher Begeisterung blies sie ein Loch in die Eisblumen, die auf den Scheiben hafteten, und wagte einen ersten Blick hinaus in die Welt. Auch im neuen Jahr sah die Schusterstraße aus wie immer. Als sie sich umdrehte, lag das aufgebauschte Plumeau weiter reglos, da lugten nur Elfies Haare hervor.

»Frühstück ist fertig, raus aus den Federn!«

»Morgens hast du eine viel zu laute Stimme«, grummelte es unter dem Federbett, dann tauchte zwischen den Haaren eine schnuppernde Nase auf. »Hmm, ich rieche Bohnenkaffee.« Elfie schlug das Plumeau zur Seite.

»Frisch aufgebrüht, ein weich gekochtes Ei gibt es auch. Und eine Neujahrsbrezel.«

Henny ging zurück in die Küche, Elfie folgte in dicken Socken und wollenem Morgenmantel. Sie setzten sich. Henny goss Kaffee ein.

»Wann sind wir denn nach Hause gekommen? Wie spät ist es?« Elfie ließ drei Würfelzucker in die Tasse fallen und tastete sich langsam in den Tag.

»Es war spät, und es ist spät. Gleich Mittag.«

»Wie bin ich denn diesen lockenköpfigen Buchhalter losgeworden?«, erkundigte sich Elfie in der Hoffnung, die Lücken des gestrigen Abends zu schließen. »Wieso hat er es nicht beim Tanzen belassen? Gott, der Mann war eine Klette!«

»Olga hat ihn vor die Tür expediert und in ein Taxi gesetzt.«

»Es ist schon immer wieder erstaunlich, wie brav die Männer ihr gehorchen. Das schaffen wir zwei nie!«

»Nie«, bestätigte Henny und zündete sich eine Zigarette an.

»Im Gegensatz zu mir hattest du einen ganz reizenden Kavalier«, erinnerte sich Elfie. »Ein Mann mit Charme und Stil, galant, alte Schule. Er hat mich nach deinem Namen gefragt, er will dich wiedersehen.«

»Der ist bestimmt verheiratet.«

»Natürlich ist er verheiratet, du Dummerle!« Elfie tippte Henny mit dem Finger auf die Nasenspitze. »Alle guten Männer in unserem Alter sind entweder vergeben oder im Krieg geblieben. Was sich noch auf dem freien Markt tummelt, ist entweder kriegsversehrt, seelisch gebrochen, arm wie eine Kirchenmaus oder hässlich wie die Nacht.«

»Selbst wenn er nicht verheiratet ist, ich bin nicht interessiert.«

»Wie hatte ich nur etwas anderes annehmen können!« Elfie hob theatralisch die Arme. »Henny, das von der Liebe gebrannte Kind, scheut auf ewig das Feuer. Apropos, gibt es was Neues von Paul? Oder von Kaspar?«

»Weder noch. Lass uns von was anderem reden.«

»Lässt dich wenigstens dieser Dobler inzwischen in Ruhe?«

»In den letzten Wochen hat er tatsächlich Ruhe gegeben. Das kann am Weihnachts- und Neujahrsgeschäft liegen, da hat ihm die Arbeit keine Zeit gelassen für weitere Gemeinheiten.«

Nach ihrer Rückkehr aus Den Haag hatte es keine drei Tage gedauert, bis Dobler in ihrem Laden stand und den Vossinger abholen wollte. Sie sagte ihm direkt ins Gesicht, dass sie nicht mehr an dem merkwürdigen »Geschäft« interessiert und die Flasche zudem auch nicht mehr in ihrem Besitz sei. Aber Dobler glaubte ihr kein Wort. Er behauptete, sie spiele ein falsches Spiel und habe mit der Flasche andere Pläne. Beim ersten Besuch war es ihr gelungen, ihn schnell aus dem Laden hinauszukomplimentieren. Aber wie eine Zecke, die sich irgendwo festgebissen hatte, ließ er nicht von ihr ab. Bei seinem letzten Besuch Anfang Dezember hatte er ihr offen gedroht, sich aber seither nicht mehr gemeldet.

»Er hat endlich kapiert, dass ich die Flasche wirklich nicht habe«, fügte sie hinzu.

»Das glaubst du doch wohl selbst nicht«, widersprach Elfie. »Denk an die unverschämten Kunden, die darauf bestehen, nur bei Zängerle zu kaufen, weil sie dich für eine kleine Angestellte halten.«

»Die gab es schon immer«, warf Henny ein.

»Aber nicht in der Häufigkeit«, widersprach Elfie.

»Hast recht, aber nachweisen kann ich ihm nichts.« Bei allem, was schieflief, dachte sie inzwischen als Erstes an Dobler. Ihre Begegnung in Rüdesheim, wo er plötzlich zu alter Form aufgelaufen und wie in Kriegszeiten aufgetreten war, steckte ihr noch in den Knochen.

»Das ist doch das Teuflische an seiner Strategie! Er kann nicht mehr mit Schlägertrupps kommen, stattdessen schießt er Giftpfeile ab. Ich habe dir schon ein paarmal gesagt, dass es Dobler nicht nur um die Flasche geht.« Elfie nahm Hennys Hand und drückte sie. »Der will etwas ganz anderes. Der will dich kleinkriegen, der will deinen Laden, der will in der Freiburger Innenstadt der einzige Weinhändler sein.«

»Dobler ist ein Wichtigtuer, ein Großkotz, ein Emporkömmling. So einer kann mir nicht das Wasser reichen. Solchen Leuten begegnet man am besten mit Ignoranz. Das trifft sie am härtesten.«

»So wie die Bourgeoisie Hitler und den Nazis begegnet ist?« Elfie funkelte sie nun hellwach an. »Komm von deinem hohen Ross runter, Henny! Dobler ist ein ernst zu nehmender Gegner, und genauso musst du ihn behandeln. Du musst ihn studieren, du musst seine Schwachstellen finden, und du musst zurückschlagen.«

Schwer bepackt stapften Paul und seine Freunde zu den Wildfutterraufen oben beim Lac vert, die Marcel im Winter versorgte. Sie trugen breite Heuballen auf dem Rücken. Marcels Söhne waren mit von der Partie, auch sie mit Heu beladen, nur der Jüngste war davon befreit. Mit Marcel an der Spitze marschierten sie im Gänsemarsch, die Luft so eisig wie am Tag zuvor, doch kalt war ihnen nicht, der Anstieg und das Gewicht auf dem Rücken wärmten, ihre Atemwolken dampften.

Bei der ersten Futterraufe entluden die Buben ihr Heu. Von jeder Last befreit, stoben sie wie junge Hunde vorneweg, immer weiter den Berg hinauf. Marcel ließ sie ziehen, er wusste, dass sie sich auch im Schnee nicht verirrten. Ein Fels, ein markanter Baum, die Krümmung eines Baches, der Stand der Sonne – von Kindesbeinen an hatte Marcel sie gelehrt, die Landschaft zu lesen und sich in der Gegend zurechtzufinden.

Kurz vor dem See die nächste Futterstelle, der Colonel kippte den Sack auf den Boden. Während sie das Heu auf die Krippen verteilten, stürmten die Buben schon weiter. Sie fanden die Kinder wenig später auf dem zugefrorenen See, wo sie sich ein Stück Eis blank wienerten und dann mit ausgebreiteten Armen und lautem Geschrei darüber flitzten. Der Weg zur nächsten Futterstelle führte sie auf einem schmalen Pfad durch ein enges Tal. Ganz plötzlich machte Marcel ihnen ein Zeichen, stehen zu bleiben und still zu sein. Mit dem Arm deutete er auf einen Abhang rechts von ihnen, und sie sahen zwei Gämsen wie festgefroren im Schnee stehen. Das Krächzen einer Krähenschar schreckte sie auf, leichtfüßig flogen die scheuen Tiere davon und verschwanden so schnell im Wald, als wären sie nie da gewesen.

Nach zwei weiteren Kilometern wurde endlich auch Paul seine Fracht los, er verteilte das Heu in Krippen, und für einen Augenblick schwebte der pralle Geruch des Sommers durch die winterliche Berglandschaft. Dann trennten sie sich. Während Marcel und seine Söhne auf dem Weg zurück ins Dorf noch die letzte Futterraufe aufsuchten, wollten Paul und der Colonel ein Stück weiter bergan marschieren, Richtung Gazon du Faing oder Ringbuhlkopf, wie der Berg auf Deutsch hieß. Sie versprachen den Buben, rechtzeitig zum Abendessen zurück zu sein. Denn bei ihrem Abschiedsmenü wurde immer schon die Galette des Rois präsentiert, auch wenn der Kuchen traditionell erst für den 6. Januar vorgesehen war. Darauf freuten sich die Kinder, denn jeder der drei wollte in diesem Jahr die *fève* finden, den kleinen Glücksbringer, der in den Kuchen eingebacken war, denn der Finder der Trockenbohne durfte hinterher die papierne Königskrone tragen. Der Colonel und er freuten sich viel mehr aufs *Verrissele,* wie sie im Elsass sagten, also auf einen Kirsch oder Quetsch, den ihnen Marcel zum Abschluss servierte.

Die Kinder lärmten bergab, bald hörten Paul und der Colonel ihre Stimmen nicht mehr. Schweigend stiegen sie weiter bergan. Ihre Füße gruben sich im Gleichklang in den Schnee, ein rhythmisches Stampfen und Knirschen begleitete sie und ersetzte ihnen jedes Gespräch.

Paul ließ seinen Gedanken freien Lauf. Mal fragte er sich, was Frou-Frou wohl für ein Mensch war, mal wunderte er sich über Amors Pfeil im Herzen des Colonels, vorhin beim Geruch des Heus hatte er Henny in diesem verwaschenen Sommerkleid vor sich gesehen, und nun überlegte er, wo Kaspar wohl steckte. Dann zog ihn eine große, schwer mit Schnee beladene Tanne in ihren Bann, wenig später folgte er den Spuren einer Bachstelze, die zu einem kleinen Wildbach führten, ein tapferes kleines Rinnsal, gefangen in einer bizarren Eiszapfenlandschaft. Beim Betrachten von Eis und Schnee kam ihm ein Film von Hitchcock in den Sinn, in dem Ingrid Bergman mit der Gabel Linien auf einer weißen Tischdecke zog, ein Bild, das dann mit einem Bild von Spuren im Schnee überblendet wurde. Ein Film, erinnerte er sich, in dem sich ein großer

Bruder schuldig am Tod des kleinen fühlte. Sofort sprangen seine Gedanken zu Auguste. Seit er von der Vorstellung gepeinigt wurde, dass es seine Kugel gewesen sein könnte, die den kleinen Bruder getötet hatte, wünschte er sich manchmal, dass er einfach vergessen könnte oder ihn eine gnädige Amnesie ereilte wie Gregory Peck in *Ich kämpfe um dich*.

Er hob den Blick, streifte hinter dem Bach ein Geschwader zerzauster, windschiefer Birken, gefolgt von dichtem Tannenwald, der sich bis unter die Gipfel der Vogesen hochzog. Schließlich fanden seine Augen den klaren Himmel, fast wolkenlos, unendlich und weit. Paul sog die kalte, scharfe Luft in die Lungen und fühlte sich frei.

Der Abstieg kostete weniger Kraft, aber bei den steilen Passagen galt es höllisch aufzupassen, sonst landete man unentwegt auf dem Hosenboden. Als sie sich Soultzeren näherten und der Weg flacher und breiter wurde, gingen sie nebeneinander und beendeten das Schweigen. Genauer gesagt, der Colonel beendete es, und er, Paul, hörte zu. Der alte Freund war so mitteilsam wie selten, das Herz floss ihm über, der Grund: Edith. Er schwärmte von ihren Haselnussaugen, ihren weich gepolsterten Hüften, ihrem beherzten Griff, ihrer Seelenwärme. Er staunte über sein spätes Glück, über seinen jugendlichen Übermut, über eine Sehnsucht, die ihm fast das Herz zerriss.

Paul schüttelte den Kopf ob der Schwärmereien des Freundes. Er hatte ihn noch nie so euphorisch erlebt, doch an den Zustand, in dem er sich befand, erinnerte er sich schmerzlich genau: Der Colonel war bis über beide Ohren verliebt.

»Wenn Sie mir zum Schluss erlauben, Ihnen einen Rat zu geben, *cher ami*.« Ein paar Meter vor dem Gasthof blieb der Colonel stehen und tippte ihm mit seinem künstlichen Arm auf die Schulter, damit er ebenfalls stehen blieb. »Sie sollten endlich sesshaft werden und ein Nest bauen, so wie ich es nun tun werde, so wie es Marcel getan hat.« Er deutete auf den Gasthof, der im Licht der Abendsonne schimmerte. »Hören

Sie endlich auf, Ihre Wunden zu lecken. Finden Sie Frieden mit der Vergangenheit.«

Freiburg

Nur weil körperliche Nähe gegen Kälte half, gluckten Theaterbesucher in feiner Garderobe mit feuchtfröhlichen Studenten zusammen, zwei Gruppen, die üblicherweise einen gewissen Abstand zueinander pflegten. Ein wetterbedingtes Zusammenrücken also, begrenzt auf die Zeit, die sie an der Uni-Haltestelle auf die nächste Bahn warteten. Denn zu den Minusgraden, an die man sich inzwischen gewöhnt hatte, pfiff noch ein eisiger Ostwind durch die Stadt.

Henny, an diesem Abend auch eine Theaterbesucherin, wollte weder glucken noch warten, sie ging zu Fuß. Um dem Wind auszuweichen, bog sie von der breiten Bertoldstraße in eine der schmalen Querstraßen ab. Sie kam aus der *Csárdásfürstin*. Elfie hatte eine ihrer Steuerkarten spendiert, sie bekam immer welche, wenn sie für ein Stück die Requisite machte. Henny hatte bei der *Csárdásfürstin* mit einem ländlich-rustikalen Puszta-Bühnenbild gerechnet, nicht mit viel königlich-kaiserlicher Ballseligkeit, aber vielleicht verwechselte sie da was. Bei Operetten kam sie immer durcheinander. Sie jedenfalls war sich in ihrem Csárdásfürstin-Kostüm, das sie vor ein paar Jahren mal auf der Fastnachtsfeier des Winzerverbandes getragen hatte, mit der bunt bebänderten Haube und dem Bolero mit Hasenfellbesatz sehr feurig-ungarisch vorgekommen, und so ein bisschen inwendiges Paprikafeuer täte ihr bei der Kälte wirklich gut.

Inzwischen war sie auf dem Rathausplatz angelangt, wo der Wind wieder pfiff und den Schnee vor die Martinskirche wehte, den Gehweg vor der Weinhandlung Dobler aber fast frei pustete. Eher widerwillig blieb Henny einen Moment stehen und betrachtete die Schaufenster. Im rechten wurden Sonderangebote aus der Pfalz präsentiert, im linken stand ein großformatiges Ölbild von zwei Sektgläsern, um das sich bunte Luftschlangen wellten, davor eine Flasche Veuve Clicquot und ein Henkell trocken. Bestimmt das Werk von Frau Dobler. *»Ganz ohne Weiber geht die Chose nicht«*, dachte sie in Erinnerung an die *Csárdásfürstin*, und das ohne jegliche Operettenseligkeit, denn ihr fiel das Frühstück mit Elfie ein.

Innerlich sträubte sich bei Henny alles gegen deren Einschätzung von Dobler. Den Kerl studieren, von wegen! Keinen Gedanken mehr als nötig wollte sie an ihn verschwenden. Dobler ein ernst zu nehmender Konkurrent? Jetzt mal langsam mit den wilden Pferden, Freiburgs Crème de la Crème belieferte immer noch sie. Betonung auf noch. Denn sie war lang genug im Geschäft, um zu wissen, dass es keine Pfründe für immer und ewig gab. Was, wenn es Dobler nicht um die Flasche oder den ominösen Göring-Schatz, sondern tatsächlich um ihre Weinhandlung ging? Ausschließen konnte sie es nicht. Also, was tun? Wen aus der Branche kannte sie, der ihr mehr über Dobler sagen konnte, als sie selbst wusste?

Henny ging weiter und dachte nach. Auf dem Münsterplatz geriet sie erneut in die Fänge des Ostwindes, stemmte sich gegen ihn, wurde trotzdem hin und her geweht und war froh, endlich die Schusterstraße zu erreichen. Als sie die Haustür aufschloss, wusste sie, wen sie fragen würde. Alfons Keßler, ein alter Freund des Vaters, der für den Deutschen Weinbauverband arbeitete. Mit Alfons konnte sie offen reden. Sie würde ihn in den nächsten Tagen anrufen.

Als Betthupferl öffnete sie wenig später eine Flasche Spätburgunder von der Ahr, das Weingut hatte ihr Alfons vor langer Zeit einmal empfohlen. »Zum Wohl, Alfons!« Sie roch Brombeere, Johannisbeere, Nelke, genoss das wohlige Feuer, das sich nach dem ersten Schluck im Körper breitmachte, und zündete sich eine Zigarette an, um den Genuss vollkommen zu machen. Warum sie plötzlich nicht mehr an Alfons, sondern an Kaspar dachte, hätte sie nicht genau sagen können.

Sie schlenderte hinüber zum Sideboard. Dahinter hing, neben einem Bild des Vaters, ein Selbstportrait von Kaspar. Er hatte sich im Spiegel fotografiert, die hochkant gehaltene Kamera verbarg einen Teil seines Gesichts, umso eindrucksvoller der Teil, der zu sehen war. Das strenge Auge, das weiche Kinn, der trotzig-traurige Zug um den Mund. Auf dem Foto wirkte Kaspar vertraut und fremd zugleich.

An Weihnachten hatte sie ihm geschrieben. Ja, ja, die ganze Geschichte, wie sie ihn unter dem brennenden Baum gefunden, weshalb sie ihm nichts erzählt hatte und so weiter. Ein langer Brief, es war nicht leicht, die richtigen Worte zu finden. Während die Jahre schreibend Revue passierten, gestand sie sich etwas, das sie lange nicht hatte sehen können: Kätter und sie waren nicht nur Kaspars Familie, sondern Kaspar und Kätter waren auch die ihrige. Nicht selbst gewählt, aber Familien wählte man nie selbst, in die wurde man hineingestoßen, oder sie fanden sich. Es war nicht nur dasselbe Blut, das eine Familie zusammenhielt, sondern auch das, was man gemeinsam wachsen sah, und das, was man zusammen erlebte.

Lang überlegte sie, ob sie den Vossinger überhaupt erwähnen sollte. Am Ende schrieb sie ein paar Sätze zu der verflixten Flasche.

Da sie immer noch nicht wusste, wo Kaspar steckte, hatte sie Bertold den Brief gebracht. Denn sie war sicher, wenn Kaspar Kontakt zu seinem alten Leben aufnehmen würde, dann zuerst zu Bertold.

Gut gemeinte Ratschläge

Den Haag

Sie waren auf dem Weg zum Bahnhof, die beiden Mädchen vorneweg, abwechselnd Elses Koffer tragend, Bertold und Kaspar ein paar Meter hinter ihnen. Bertold hielt ihn zurück, Kaspar ahnte, wieso. Er hatte bisher alles vermieden, was Eichingen betraf. Nun war die letzte Gelegenheit, darüber zu reden.

»Jeden Tag laufe ich an eurem Haus vorbei, jeden Tag kehrt deine Großmutter die Straße und wartet auf Neuigkeiten«, begann Bertold. »Du weißt, ich lüge nicht gern. Ich will ihr sagen, wo du bist.«

»Gut«, stimmte Kaspar zu. »Sag ihr, wo ich bin, und gib ihr die Telefonnummer von Cornelis' Kino.«

»Kino, der nächste Punkt«, fuhr Bertold fort. »Ich habe all deine Schichten übernommen, aber das wird mir auf Dauer zu viel. Also: Sollen wir einen neuen Filmvorführer suchen, oder kommst du wieder heim?«

»Gib mir noch Zeit bis zum 18. Januar«, bat er. »Ich habe Cornelis versprochen, dass ich Fotos mache, und bin natürlich wahnsinnig gespannt auf diesen Eislauf. So was kannst du sicher nur einmal erleben.«

»Bis zum 18. Januar, keinen Tag länger. Wenn du dich dann nicht entscheidest, bist du raus aus dem Kino, nur damit das klar ist.«

»Ist klar«, bestätigte Kaspar.

»Ich verstehe dich nicht«, brach es aus Bertold heraus. »Dein Vater will dich nicht, und trotzdem tauschst du unseren schönen Kaiserstuhl und die Kurbel gegen das?« Er deutete auf die verwahrlosten alten Häuser rechts und links, an denen sie grade vorbeiliefen, und rümpfte die Nase ob des Gestanks aus nassem Holz, scharfen Gewürzen und altem Fett, der die Straße beherrschte. »Was wird aus unseren Plänen? Wir müssen zwei Sitzreihen in der Kurbel renovieren, die Schaukästen neu streichen und wollen doch im Sommer zur Berlinale fahren. Wir waren beide noch nie in Berlin.«

»Du hast ja recht!«, gestand er. »Trotzdem …« Er verstummte.

»Macht sie es dir so schwer?« Bertold deutete mit Kopf auf Grietje.

Kaspar nickte.

»Beeilt euch«, rief Else, die sich zu ihnen umdrehte und auf ihre Armbanduhr zeigte.

Kaspar wollte aufholen, aber Bertold hielt ihn am Arm fest. »Ich habe noch was für dich«, sagte er und holte einen Brief aus der Innentasche seiner Jacke. »Ist von deiner Mutter. Hat sie mir im Standesamt vorbeigebracht. Hat gemeint, dass du wahrscheinlich eher mit mir Kontakt aufnimmst als mit ihr. Wo sie recht hat, hat sie recht.«

Sprachlos steckte Kaspar den Umschlag ein, Henny hatte ihm noch nie geschrieben. Das Öffnen des Briefs musste warten, dazu wollte er allein sein. Sie schlossen wieder zu den Mädchen auf. Es war nicht mehr weit bis zum Bahnhof. Der Zug stand schon bereit. Else bestand darauf, dass sie bei der Kälte nicht warteten, bis der Zug abfuhr. Sie blieben, bis die zwei ihr Abteil gefunden hatten, winkten noch mal und machten sich dann auf den Rückweg.

Kaspar griff nach Grietjes Hand. Seit Silvester tat er das bei jeder Gelegenheit, sie waren nun ein Paar. Dass nicht nur er Grietjes, sondern sie ganz selbstverständlich auch seine Hand suchte, freute ihn ungemein. Sie beeilten sich, den kalten

Bahnsteig zu verlassen. Wenig später durchquerten sie die Bahnhofshalle, in der dichtes Gedränge herrschte.

Als sie eine Frittenbude passierten, krampfte sich Grietjes Hand plötzlich um seine, und sie beschleunigte ihre Schritte. Aus dem Augenwinkel sah er Frans an der Bude stehen. Eilig verließen sie den Bahnhof, es dauerte, bis sie sicher waren, dass Frans ihnen nicht folgte.

»Willst du mir nicht endlich sagen, warum der Kerl dir solche Angst macht?«, fragte Kaspar.

»Ich kann ihn nicht ausstehen, das ist alles.«

Sie sagte das trotzig wie ein kleines Kind und konnte ihm dabei nicht in die Augen sehen. Er wusste, dass sie log, und sie wusste, dass er das wusste. War der Kerl ein Verflossener von ihr? Und wenn ja, wer hatte wen verlassen? Oder hatte sie mal etwas angestellt, und er konnte sie damit erpressen? Diese und noch viel mehr Fragen lagen ihm auf der Zunge, doch er stellte sie nicht. Wenn einer nichts sagen wollte, musste man ihn erst mal in Ruhe lassen, das wusste er von sich selbst.

»Bertold hat so begeistert von eurem Kino erzählt«, wechselte Grietje das Thema. »Willst du es mir nicht mal zeigen?«

»Doch, irgendwann«, antwortete er ausweichend. Nicht nur bei Grietje, auch in seinem Leben gab es Dinge, über die er ungern redete.

Strasbourg–Paris

In Strasbourg ergatterte Paul mit Ach und Krach einen freien Sitzplatz in der Mitte eines Sechserabteils. Der Zug war proppenvoll, nach den Feiertagen kehrte ganz Frankreich von Familienbesuchen zurück. Drei männliche Zeitungsleser – *Le Monde, Les Dernières Nouvelles d'Alsace, Le Figaro* –, eine auf ihr Strickzeug konzentrierte Frau mit Nerzkappe und eine Frau seines Alters, die ein champagnerfarbenes Chanel-Kostüm à la Jackie Kennedy trug und in der *Vogue* blätterte, waren seine Reisegefährten. Die Runde versprach eine ruhige Fahrt. Er grüßte, entledigte sich seiner Jacke und entnahm seinem Rucksack ein Buch, das er vorhin in der Bahnhofsbuchhandlung gekauft hatte. Er wollte die Reisezeit zum Lesen nutzen.

L'écran démoniaque, Die dämonische Leinwand von Lotte Eisner, eine Empfehlung seines alten Freundes Meunier, der Madame Eisner persönlich kannte. »Pflichtlektüre für einen wie dich, der immer über den deutschen Film meckert. Dabei kennst du nur den langweiligen Nachkriegsfilm, hast keine Ahnung, wie bahnbrechend der deutsche Film der Zwanzigerjahre war.« Es folgte die Vita der von Meunier Hochgeschätzten: Lotte Eisner schrieb erst über Literatur und Theater, dann entdeckte sie den Film. Sie bekam eine Stelle beim *Film-Kurier*, der ersten täglich erscheinenden Filmzeitschrift der Welt, und kannte alle: Georg Wilhelm Pabst, Friedrich Murnau, Fritz Lang, Louise Brooks, Asta Nielsen, Leni Riefenstahl. Als Jüdin fand ihre Arbeit mit Hitlers Machtergreifung ein jähes Ende. Sie ging ins Exil, suchte in Paris Unterschlupf, wurde während der Okkupation im Lager Gurs gefangen gehalten, konnte fliehen und lebte unter falschem Namen jahrelang versteckt in einem kalten Schloss, wo sie Stummfilme archivierte. »Wie du eine vom Kino Begeisterte. Immer noch sammelt sie Filme für die Cinemathèque française. *L'écran démoniaque* hat sie übrigens 1952 zuerst auf Französisch veröffentlicht, es ist erst 1955 auf Deutsch erschienen. In dem Buch analysiert sie die Stummfilme des deutschen Expressionismus«, so der normannische Riese.

Stummfilme also. Hatte er als Kind noch gesehen. Die *Keystone Cops* natürlich, aber auch Filme mit Harry Langdon, Buster Keaton und natürlich Chaplin. Immer wieder Chaplin, für ihn der Größte, der Beste. An deutsche Stummfilme erinnerte er sich nicht. Nun gut, in seiner Jugend war das Elsass französisch und die Franzosen darum bemüht, alles Deutsche aus dem Elsass zu vertreiben.

Er schlug das Buch auf, neben ihm raschelte *Le Monde*.

»Für den Expressionisten musste alles skizzenhaft bleiben, voll vibrierender Spannung, eine unaufhörliche Gärung muss sich der Objekte, der Menschen bemächtigen«, schrieb Lotte Eisner. Blieb nicht das ganze Leben skizzenhaft? Seine Gedanken glitten von Lotte Eisner zum Gespräch mit dem Colonel, der sein Leben mit einer neuen Frau weg von der Skizze, hin zu einem festen Rahmen führen wollte. Und er, Paul, vertraute er weiter auf die unaufhörliche Gärung? Blieb er weiter der Reisende ohne festen Wohnsitz?

Eisners erstes Kapitel beschäftigte sich mit *Das Cabinet des Dr. Caligari*. Ausführlich beschrieb sie nicht nur die künstlerischen Strömungen, die in den Film einflossen, sondern auch die finanziellen und handwerklichen Bedingungen, unter denen der Film entstand: »Damals in Deutschland, wo noch die Rückschläge der im Keim erstickten Revolution zu spüren waren und wo die Wirtschaftslage ebenso unstet schien wie der seelische Zustand der meisten Menschen, war die Atmosphäre durchaus günstig für Stilexperimente und gewagte Neuerungen.« Das erinnerte Paul sofort an die wilde Zeit nach dem Krieg, an die anarchischen Zustände, an die Lust auf Neues, von der der deutsche Film allerdings kaum erfasst wurde. Während die Italiener den Neorealismus erfanden, produzierten die Deutschen schmalzige Heimatfilme und belanglose Komödien.

Mit Henny hätte er so viel Neues gewagt, so viel ausprobiert. Wer weiß, was sie miteinander auf die Beine gestellt hätten, wo sie gemeinsam gelandet wären? Schnee von gestern, vertan, vorbei. Henny, Henny, Henny. Wenn ihn das Gespräch mit Frou-Frou nicht voranbrachte, war sie sein Strohhalm, und diesmal musste er sie ganz anhören. Ihr Geständnis hatte ihn geschockt, es wühlte ihn immer noch auf: Henny, eine Verräterin mit fatalen Folgen, ihretwegen hatte Frou-Frou im Konzentrationslager gesessen. Einmal Verräterin, immer Verräterin. So im Verrat geübt, musste es ihr ja richtig leichtgefallen sein, ihn im Stich zu lassen. Da waren sie wieder: die alten Verletzungen, der ewige Groll, beflügelt durch frische Empörung.

Frieden mit der Vergangenheit schließen, der Colonel hatte leicht reden. Paul hasste gut gemeinte Ratschläge. Liebend gerne würde er endlich das Schwert finden, das seinen gordischen Knoten durchschlug. Wenn der Colonel wusste, wo er danach suchen musste, nur zu, nur zu! Wieso verriet er ihm nicht, wie es ging? Wenn er aber mal den alten Groll und die berechtigte Empörung zur Seite schob und seinen Verstand einschaltete, dann musste er einräumen, dass, wenn Henny die Wahrheit sagte, sie versteckten Champagner und keine Menschen verraten hatte. Bei jedem anderen könnte er sich in einem solchen Fall großzügig zeigen, nur bei Henny gelang es ihm nicht.

Er besah sich die Fotos, die Lotte Eisner für ihr Buch ausgesucht hatte. Das Spiel mit Licht und Schatten, die wankenden Häuser, die fliehenden Straßen. Die verlorenen Seelen darin, niemals klar, niemals hell, von düsteren Dämpfen durchströmt. In Metz schlug er das Buch zu. Er musste sich auf sein Gespräch mit Frou-Frou vorbereiten. Wie trat man einer Frau gegenüber, die ein Konzentrationslager überlebt hatte? Er wusste es nicht.

Die Gare de L'Est war die Endstation seines Zuges, er machte sich auf die Suche nach dem Anschlusszug nach Reims. Es fuhr keiner. Bei der Auskunft teilte man ihm mit, dass umgestürzte Bäume die Strecke blockierten, der Bahnverkehr erst am nächsten Morgen wieder aufgenommen würde. Das Wetter, natürlich, immer wieder dieser eisige Winter! Er ging in ein Café, aß ein Sandwich, bat den Wirt um Telefonmünzen. Dann rief er Meunier an, von dem er wusste, dass er ein Studio im Zehnten in der Nähe der Place de la République hatte, für den Fall, dass er in Paris übernachten musste.

»Ich lese Lotte Eisners Buch und bin an der Gare de l'Est gestrandet. Kann ich heute Nacht Ihr Zimmer am Canal Saint-Martin benutzen?«

»Erstens, was sagst du zu diesem Buch? Zweitens, frohes neues Jahr, drittens, das Zimmer ist frei, viertens, gut, dass du anrufst.«

»Pardon, frohes neues Jahr Ihnen auch. Warum ist es gut, dass ich anrufe? Haben Sie einen neuen Auftrag für mich?«

»Nein, es geht um deine Mutter.«

»Bitte, *mon oncle*, versuchen Sie nicht schon wieder, mich zur Heimkehr zu bewegen.«

»Ich fürchte, es führt kein Weg daran vorbei. Deine Mutter liegt im Krankenhaus.«

»Was?« Die Nachricht erwischte ihn völlig unvorbereitet. Er wusste überhaupt nicht, was er sagen sollte.

»Warum bist du in Paris?«, fragte Meunier, als er keinen weiteren Ton von sich gab.

»Ich bin auf dem Weg in die Champagne. Ein Freundschaftsdienst für den Colonel.«

»Danach solltest du schleunigst einen Zug nach Strasbourg nehmen. Ottilie liegt in der Uniklinik.«

»Ist es lebensbedrohlich?

»Glaub nicht.«

»Was hat sie?«

»Was am Herzen.«

»Ausgerechnet.«

»Herz ist immer heikel.«

»Wem sagen Sie das!«

Freiburg

Wie immer zu Beginn des Jahres machten sie Inventur, deshalb war der Laden geschlossen. Mosel, Rheinhessen, Pfalz hatten sie bereits abgehakt, als Nächstes nahmen sie sich die französischen Weinregionen vor. Henny saß neben der Kasse und notierte die Anzahl der Flaschen, Kisten, Sorten, Jahrgänge, die Zängerle ihr vom Weinkeller aus zurief, und trug alles in Listen ein. Der kleine Ofen hinter ihr lief auf Hochtouren, bald musste sie die nächste Kanne Öl nachfüllen. Trotzdem war ihr kalt, so ohne Kunden und das übliche Hin-und-her-Rennen im Laden.

Sie begannen mit der Champagne, was schnell ging, da sie Silvester allen Champagner verkauft hatten, und machten mit der Loire weiter, Pouilly Fumé die erste Weinsorte. Zängerle rief, Henny schrieb und ärgerte sich über das hartnäckige Klopfen an der Eingangstür. Man musste schon sehr blind sein, um das Schild »Wegen Inventur geschlossen« zu übersehen.

»Moment, Herr Zängerle«, rief sie in den Keller und machte sich auf den Weg zur Tür. Zwei ihr unbekannte Herren in Hut und Mantel standen davor. »Ich fürchte, Sie müssen zu einem späteren Termin wiederkommen«, begrüßte sie die Männer, als sie die Tür öffnete. »Wir machen Inventur.«

»Sind Sie Henriette Köpfer, geborene Scherer, Inhaberin dieses Ladens und Besitzerin dieses Hauses?«, fragte der Größere, während er seine Handschuhe auszog und ins Innere des Ladens drängte.

»Wer will das wissen?«

»Kriminalpolizei. Mein Name ist Meierle, das ist mein Kollege Fischer, wir kommen von der Sitte«, stellte der Größere sie vor und nahm eine Kladde aus seiner Aktentasche. Der Kleinere hielt sich im Hintergrund, seine Miene war undurchschaubar.

Henny schloss die Tür hinter den Männern. »Worum geht es?«

»Sie haben ein Zimmer Ihrer Wohnung an Elfriede Schäfer untervermietet?«

»Habe ich. Ist ordnungsgemäß angemeldet.«

»Es wurde zur Anzeige gebracht, dass besagte Schäfer dem horizontalen Gewerbe nachgeht. Da Sie dies in Ihrer Wohnung dulden, leisten Sie der Gelegenheit zur Unzucht Vorschub. Das ist nach Paragraf 180 Strafgesetzbuch strafbar. Äußern Sie sich dazu!«

Hennys Herzschlag beschleunigte sich. Wer hatte sie angezeigt? Dobler, dachte sie sofort. Dem traute sie inzwischen alles zu, auch dass er sie bei der Sittenpolizei verpfiff. Fieberhaft überlegte sie, ob Elfie diese Nacht einen Mann mitgebracht hatte oder nicht. Sie wusste es nicht. Bei Elfie war es mal wieder sehr spät geworden, Henny hatte sie beim Nachhausekommen nicht gehört, und als sie am Morgen in den Laden ging, schlief Elfie noch. Sie hoffte inständig, dass sie alleine war, und, so es doch einen nächtlichen Kavalier gab, der nicht ausgerechnet jetzt über die ewig knarzende Treppe nach draußen schleichen würde.

»Ich vermute die Anzeige war anonym?«, fragte sie und sah, wie Fischer einen Schreibblock aus der Manteltasche zog und mitschrieb.

»Das tut nichts zur Sache«, beschied Meierle. »Wir müssen jeder Anzeige nachgehen.«

»Ich versichere Ihnen, dass Elfie Schäfer eine seriöse Beschäftigung hat. Sie arbeitet im Theater. Das bedeutet, dass sie oft spät nach Hause kommt und natürlich bringt sie auch einmal Freunde und Bekannte mit. Endet für uns der Tag um 22 Uhr, so tut er das für die Theaterleute oft erst am frühen Morgen.«

»Das ist keine Entschuldigung, im Gegenteil«, wies Meierle sie zurecht. »Theaterleute sind für ihren unsoliden Lebensstil bekannt, sie halten nicht viel von Anstand und Moral. Also: Pflegt dieses Fräulein Schäfer einen liederlichen Lebenswandel mit stetig wechselnden Männerbekanntschaften?«

»Frau Schäfer, wenn ich bitten darf«, korrigierte Henny den Mann scharf. »Sie ist Kriegswitwe wie ich. Als sehr junge Frauen haben wir unsere Männer verloren und sind seither gezwungen, selbst für unseren Lebensunterhalt zu sorgen. Wenn also uns Frauen das Geldverdienen als liederlich angezeigt wird, dann frage ich, wovon wir leben sollen.«

»Es gibt genügend ordentliche Berufe für Frauen, denen sie bescheiden und fleißig nachgehen können.«

Oh ja, so war das Verständnis der meisten Männer, was die Berufstätigkeit von Frauen betraf! Wer hatte denn nach dem Krieg den Karren aus dem Dreck gezogen? Wer hatte zu der Zeit schwerste Männerarbeit gemacht? Die Frauen, die Frauen, die Frauen. Aber jetzt sollten sie still und leise zurück an den Herd oder bestenfalls auf einer Schreibmaschine klappern. Henny atmete tief durch. Es wäre vergebliche Liebesmüh, den Herren von der Sitte zu widersprechen.

»Chefin, wann geht es weiter?«, rief Zängerle aus dem Keller.

»Gleich!«, rief Henny zurück, bevor sie sich wieder Meierle zuwandte. »War's das? Wir machen Inventur, da ist viel zu tun.«

»Wir sind noch nicht fertig. Es gibt eine Zeugenaussage, nach der ein junger Mann vor der Tür auf die Schäfer gewartet hat«, fuhr Meierle fort. »Sie hat ihn dann nach Mitternacht mit ins Haus genommen.«

»Darauf antwortet ›die Schäfer‹ am besten selbst«, meldete sich Elfie zu Wort, die unbemerkt vom Hausflur in den Laden getreten war. Sie trug rote Stiefel und wieder den grünen Regenmantel und ein quietschbuntes Seidentuch um den Kopf. »Das war Anfang September, ist schon ein Weilchen her, und bei dem jungen Mann handelt es sich um den Sohn von Frau Köpfer. Er hatte seinen Schlüssel vergessen, und Frau Köpfer war noch nicht zu Hause. Natürlich habe ich ihn in die Wohnung gelassen.«

In den Blicken der Männer sah Henny alle Vorurteile bestätigt, die sie gegen Theaterleute pflegten.

»Kann Ihr Sohn das bestätigen?«, wollte Meierle wissen.

»Natürlich, sowie er wieder zurück ist«, antwortete Henny.

»Er weilt zurzeit zu Studienzwecken in Holland«, ergänzte Elfie. Sie gab sich ihrerseits keine Mühe, ihre Verachtung für die zwei Männer zu verbergen. »Brauchen die Herren sonst noch was? Müssen Sie mein Schlafzimmer sehen, um sich ein Bild vom Ort des Geschehens zu machen?«

Übertreib es nicht, Elfie, warnte Henny sie stumm. Sie wollte die beiden Männer loswerden, nicht reizen.

»Wenn Sie frech werden, können wir das Verhör auch im Präsidium fortsetzen«, pfiff Meierle. »Wir dulden keine Provokationen.«

Henny fürchtete das Schlimmste, Elfie liebte große Szenen. Doch bevor sie loslegen konnte, klopfte es wieder an der Tür. »Entschuldigung, die Herren, da muss ich aufmachen«, sagte Henny schnell. »Das ist Professor Rümrath-Scholl von der juristischen Fakultät.« Sie öffnete die Tür.

»Ich bitte um Verzeihung, dass ich bei der Inventur störe, liebe Frau Köpfer.« Der Professor zog freundlich den Hut. »Aber ich erwarte heute Abend wichtige Gäste. Hätten Sie wohl noch zwei Flaschen von dem wunderbaren Côte du Rhone, den Sie mir letztens verkauft haben?«

»Zängerle, zwei Flaschen 58er Domaine de la Présidente für den Professor«, rief sie in den Keller.

»Großartig!« Der Professor griff zum Portemonnaie. »Oh, Verzeihung, meine Herren«, bat er, als er die Polizisten bemerkte. »Ich will mich nicht vordrängeln.«

»Nein, nein.« Meierle schob die Kladde zurück in die Aktentasche und gab Fischer ein Zeichen zum Aufbruch. »Das war es fürs Erste. Sie hören von uns.«

»Musstest du die zwei provozieren?«, pflaumte Henny Elfie an, nachdem sie die Tür erst hinter den beiden Männern und dann hinter dem Professor geschlossen hatte. »Ich habe dir immer gesagt, dass wir mal Ärger mit dem Kuppeleiparagrafen kriegen.«

»Wie gut, dass der Professor vorbeikam und nicht Lieschen Müller«, meinte Elfie. »Vor Autoritäten hat die Sitte Respekt.«

»Glaubst du, sie kommen wieder?«

Elfie wiegte den Kopf und ließ ihre Armreife klimpern. »Wenn dein spezieller Freund Dobler einen alten Spezi bei der Sitte hat …«

»Woher weiß Dobler, dass Kaspar nachts auf dich gewartet hat? Das war doch, bevor ich ihm im Jazzklub begegnet bin.«

»Er wird in der Nachbarschaft rumgefragt haben. Denk an

die Seiler, die alte Tratschtante, der bin ich doch schon lang ein Dorn im Auge.«

»Trotzdem, Elfie, du musst vorsichtiger sein.«

»Und du musst diesem Dobler endlich Paroli bieten.«

Den Haag

Im Licht der Projektorlampe tanzte der Staub, auf der Rückwand der Vorführkabine spiegelte sich der laufende Film in Klein und Schwarz-Weiß, in diesem Fall *Das süße Leben* von Frederico Fellini. Kaspar saß auf dem Stuhl vor dem Klebetisch, neben ihm ratterte der Projektor. Fürs Erste war seine Arbeit getan. Alle Filme waren montiert, und die laufende Filmrolle musste er frühestens in einer Stunde wechseln. Zeit, endlich Hennys Brief zu lesen.

»Wir haben Dich gesucht«, schrieb sie. »Aber einen, der nicht gefunden werden will, kann man nicht finden.« Dann las er von dem brennenden Baum und dem kleinen Jungen, der er gewesen sein sollte, er sah diesen an Hennys Hand aus dem zerbombten Freiburg fliehen, sah, wie er sich auf dem Fahrrad an Hennys Rücken presste. Aber all diese Bilder liefen vor ihm ab wie ein Film, er fand sie nicht in seinem Inneren. Seine frühesten Kindheitserinnerungen setzten mit dem kleinen Hund, seinem ersten Häwelmann ein, den Kätter ihm geschenkt hatte, und dann war da diese vage Erinnerung an die andere Mutter, die ihm aus dem Buch *Der kleine Häwelmann* vorlas. Er hatte sich nicht getäuscht: Es gab diese Mutter, besser gesagt, es hatte sie gegeben, im Gegensatz zu ihm hatte sie den Bombenangriff nicht überlebt.

Während in *Das süße Leben* Marcello Mastroianni durch Rom irrte und am Ende Anita Ekberg in den Trevi-Brunnen folgte, heulte Kaspar in der Vorführkabine Rotz und Wasser. Er trauerte um den kleinen Jungen, an den er sich nicht erinnern konnte, um die tote Mutter, von der er nur ein vages

Bild hatte, um den Mann, der nicht sein Vater sein wollte, um die Familie, die ihm der Krieg genommen hatte. Er schniefte, flennte und schluchzte und bemerkte gleichzeitig überrascht, wie dieser Brief etwas in ihm löste, wie seine Tränen etwas fortschwemmten, was ihm schwer auf der Brust gelegen hatte. Was genau, konnte er nicht sagen. Vielleicht war's die Gewissheit, dass er seinen Erinnerungen, dass er sich selbst trauen konnte.

Erst beim zweiten Mal Lesen registrierte er, dass Henny am Ende des Briefes auch etwas über den Champagner schrieb. »Da Zängerle einen jungen Mann wegrennen sah, gehe ich fest davon aus, dass Du Dir den Champagner wiedergeholt hast. Ich wollte ihn eigentlich Yves Vossinger zurückbringen, aber das war mir nicht möglich. – Eine lange Geschichte, falls sie Dich interessiert, erzähle ich sie bei Deinem nächsten Besuch. – Ich versichere Dir auf alle Fälle, dass Paul nichts mit meinem ›Diebstahl‹ zu tun hat. Es gibt also keinen Grund, warum Du ihm die Flasche nicht, wie ursprünglich geplant, zukommen lassen sollst. Beeil Dich, sie muss am 22. Januar in Paris sein.«

Wieder sah er den kleinen Jungen vor dem brennenden Baum. Warum hatte er Hennys Hand nicht mehr losgelassen? Hatte er instinktiv gespürt, dass sie ihn schützen würde? Hatte er sie deshalb so schnell als neue Mutter akzeptiert? Wie wäre es ihm ergangen, wenn ihn Henny nicht aus der Stadt gebracht hätte?

Henny täuschte sich übrigens nicht in ihm. Er hatte sich die Flasche wiedergeholt. Er ließ sich nicht gerne beklauen. Stolz, Selbstachtung und so weiter. Und die Bedingungen waren optimal gewesen. Zängerle am Tratschen mit der alten Seiler, die Tür sperrangelweit auf, die Flasche wie auf dem Präsentierteller direkt am Eingang vom Keller. Ein kurzer Sprint, und die Sache war geritzt. Der Vossinger lag im Rucksack unter seinem Bett. Schon seit Wochen hatte er nicht mehr an die Flasche gedacht.

»Klar kannst Du weiter davonrennen«, schrieb Henny zum Schluss. »Aber aus schmerzvoller eigener Erfahrung weiß ich, dass es nichts nutzt.«

Persilschein

Grauves, Champagne

Seine Zugfahrt endete in Épernay. Dort nahm Paul ein Taxi nach Grauves. Der Himmel war grau, eine dünne Schicht Schnee bedeckte die hügelige Landschaft, die schwarzen Weinstöcke reckten dürre Triebe in die Luft. Überall Reben, so exakt gereiht wie die Linien eines Schreibhefts. Es war nicht weit, die Fahrt dauerte höchstens eine Viertelstunde. In Grauves bat er den Taxifahrer, vor der Kirche anzuhalten. Die schien für den kleinen Ort viel zu riesig, eine feste Burg, deren Querschiff dem Längsschiff in Kraft und Wucht in nichts nachstand. In einer Bar-Tabac vis-à-vis der Kirche fragte er nach Pauline Crépau.

Fünf Minuten später klopfte er an die Tür eines stattlichen Steinhauses, dessen Innenhof ein großer Walnussbaum beherrschte. Die Frau, die ihm öffnete, war zierlich und höchstens einen Meter fünfzig groß, das modische Kurzhaar hatte die Farbe der Rebstöcke aus der Gegend. Sie war nur ein paar Jahre älter als er.

Paul hatte Geschichten von den Überlebenden der KZ gehört, davon, wie sehr das System der Lager sie gebrochen oder verrückt gemacht hatte oder dazu verdammte, nur noch in Einsiedelei zu leben oder weiter als *displaced persons* durch die Welt zu irren. Die Frau vor ihm aber hatte nichts von einem Opfer, sie strahlte Ruhe und Klarheit aus. Er fragte sich, wie eine so zarte Person das KZ hatte überleben, die Anführerin einer Résistance-Gruppe hatte sein können. Eine mögliche Antwort fand er in ihren Augen. Sie waren grün und klar, ihnen entging nichts, sie durchschauten jeden.

»Madame Crépau«, begrüßte er sie und nahm seine Mütze ab.

Sie musterte ihn von unten bis oben. »Es muss wichtig sein. Bei dem Wetter so eine weite Fahrt zu unternehmen.«

»Es ist wichtig. Ein Freundschaftsdienst für einen Kameraden.«

»Pauline für Paul, den Kameraden von Lambert«, sagte sie und reichte ihm eine Hand, rau wie altes Holz. »Komm rein und wärm dich kurz auf, wir gehen gleich in die Reben. Glaub bloß nicht, dass ich Zeit für ein Plauderstündchen habe! Außerdem bespricht sich an der frischen Luft alles besser.«

Sie winkte ihn in eine warme Küche. Auf dem Tisch zwei Bol-Schüsseln mit einem Rest Kaffee und neben dem Handarbeitskorb eine Puppe mit nur einem eingerissenen Arm. Am Fenster klebten von Kinderhand ausgeschnittene Papiersterne. Paul erinnerte sich, dass Pauline Mutter von drei Töchtern war. Es roch nach Sauerkraut, das wahrscheinlich in dem Topf am Rande des Herdes darauf wartete, erhitzt zu werden. Pauline legte im Ofen noch schnell zwei Holzscheite nach, dann zog sie eine mit Schafsfell gefütterte Jacke an und nahm zwei Rebscheren vom Fensterbrett.

»Ich hoffe, du hast keine zwei linken Hände. Hast du schon mal Reben geschnitten?«

»Ich war nach dem Krieg zwei Jahre am Kaiserstuhl.«

»Kaiserstuhl? Du hast bei den Deutschen gelebt?«

»Ja.«

Sie zögerte kurz, steckte dann aber die zweite Rebschere ein. *»Allons-y!«*, forderte sie ihn auf, und er folgte ihr nach draußen. Nachdem sie das Dorf hinter sich gelassen hatten, schlug Pauline einen schmalen Weg nach Süden ein und hielt bald vor einem Rebstück, das vielleicht zehn Reihen umfasste.

»Dann zeig mal, was du kannst«, forderte sie ihn auf und reichte ihm eine Schere.

»Wie viele Fruchttriebe?«, fragte er.

»Ein längerer und zwei kürzere. Wir arbeiten in einer Reihe. Geh du auf die andere Seite.«

Paul tat wie geheißen. Sie beäugte seine ersten Schnitte und sah schnell, dass er seine Sache recht machte. Schweigsam schnitten sie dürre Äste ab, zogen sie aus den Drähten, entschieden stets aufs Neue, welche stehen blieben. Es dauerte nicht lang, und sie fanden ihren Rhythmus. Eine späte Nachmittagssonne zeigte sich, ihre Wärme war eine Wohltat für die klammen Finger. Schon auf der Hinfahrt hatte Paul entschieden, keine eiligen Fragen zu stellen, überhaupt den Gesprächsverlauf Pauline Crépau zu überlassen, und ihre Fragen, so sie welche hatte, ehrlich zu beantworten. Bei einer Frau mit ihrer Geschichte preschte man nicht vor, da zeigte man sich geduldig und zurückhaltend.

»Weshalb bist du nach dem Krieg zu den Deutschen?« Sie steckte die Rebschere in die Tasche. Dann rieb sie sich die Hände, um diese kurz aufzuwärmen. Paul tat es ihr gleich.

»Aus Liebe«, sagte er.

»Den Grund lass ich gelten.« Zum ersten Mal lächelte sie, wurde aber schnell wieder ernst. »Lambert erzählt, du hast wie er in der Armee von *France libre* gekämpft?«

»In der Panzerdivision von Général Leclerc 41 bis 45.«

»Dann warst du schon bei den Kämpfen in Afrika dabei?«

»Ja. Ich bin Ende 40 von Strasbourg über die Vogesen ins freie Frankreich geflohen. Dann via Marseille weiter nach Tunis. Sie wissen …«

»Wenn ich dich duze, kannst du auch du zu mir sagen«, unterbrach sie ihn. »Ich bin bei den Sozialisten, das hat dir Lambert hoffentlich gesagt?«

»Hat er.«

»Lass uns weitermachen«, sagte sie, und das taten sie. »Tunis, erzähl weiter.«

»Also, du weißt, es hat gedauert, bis sich die Armee von *France libre* organisieren konnte, Vichy-Frankreich war im Maghreb sehr präsent. Anstatt sich uns anzuschließen, haben die Vichy-Leute Résistance-Kämpfer in Lager eingesperrt und später die Amerikaner bei ihrer Ankunft in Tunis beschossen.«

»Diese Grabenkämpfe im Maghreb interessieren mich nicht. Wie ging es in Europa weiter? Nur die Kurzfassung, bitte.«

»Eine Woche nach dem D-Day haben uns die Engländer über den Kanal gebracht. Dann Marsch auf Paris, Befreiung von Paris, weiter nach Strasbourg, nachdem Strasbourg befreit worden war, nach Deutschland, Ziel Berchtesgaden. Wir waren vor den Amerikanern da.«

»Und dort seid ihr auf den 37er Vossinger gestoßen?«

»Nur auf eine Flasche, die gut versteckt war.« Paul erzählte ihr die ganze Geschichte. »Die Flasche ist immer noch verschwunden«, endete er. »Und nicht nur ich bin auf der Suche nach ihr, sondern auch Friedrich Rohl, Görings Weinführer, und ein Freiburger Weinhändler und ehemaliger SA-Mann namens Dobler. Und da bin ich hellhörig geworden.«

»Dobler sagt mir nichts, aber Rohl und seine Leute haben uns damals entdeckt und sofort die Gestapo gerufen. Wir wussten ja, dass Rohl Yves' Keller durchsuchen wird, Yves hatte uns gewarnt, nachdem er seiner deutschen Freundin leichtsinnigerweise von dem 37er erzählt hatte. Die *crayères* der Vossinger waren mit fünf anderen Kellern verbunden, deshalb waren sie so ein ideales Versteck für uns. Wir hätten problemlos fliehen können. Aber leider kam Rohl zwei Tage früher als angekündigt. Vielleicht hat Yves' Freundin gelogen, vielleicht wurde sie selbst belogen.«

»Letzteres.«

»Ach!« Pauline ließ ihre Rebschere sinken und fixierte ihn. »Du kennst sie?«

»Sie ist die Frau vom Kaiserstuhl.«

»Du willst sie reinwaschen? Ihr – wie sagen die Deutschen? – einen Persilschein ausstellen?

»Nein. Sie weiß, dass sie sich schuldig gemacht hat.«

»Also willst du, dass sie weiter unter der Schuld leidet?«

Was sollte er darauf antworten? Etwas musste er sagen, Paulines Blick duldete kein Ausweichen, keine Ausreden. »Sie hat auch mich verraten«, gestand er. »Wir wollten heiraten, aber sie ist nicht zur Hochzeit erschienen.«

»Weißt du, warum?«

»Yves Vossinger, die alte Liebe, der Verrat, die Schuld …« Die Stimme versagte ihm. Es tat weh, darüber zu sprechen.

»Du willst Rache?«

Ja, wollte er schreien, tat es dann aber nicht. Stattdessen riss er so heftig an den dürren Trieben, dass Pauline seinen Arm packte und ihm Einhalt gebot.

»Ich kenne das alles«, sagte sie mit einer Stimme, so rau wie ihre Hände. »Hass, Demütigung, Schuld, Verrat, Ohnmacht, Misstrauen. Nichts davon, was mich nicht geplagt hat. Es ist, als wärst du ein Schattenwesen, auf ewig in einem dunklen Kerker gefangen.« Sie ließ seinen Arm los und arbeitete weiter. »Dabei willst du doch frei sein, du willst ans Licht, du willst leben.«

Paul blieb stehen und hörte ihr zu.

»Vergessen werden wir nicht, dürfen wir nicht, niemals, und die Schuldigen müssen vor Gericht gestellt werden, aber …« Sie unterbrach sich für ein kleines, fast spitzbübisches Lächeln. »Ich bin nicht nur bei den Sozialisten, ich bin auch noch katholisch. Für viele Genossen ist das unmöglich, aber für mich ist das kein Widerspruch. Und deshalb weiß ich, dass wir Frieden finden müssen. Wenn der Hass siegt, haben die anderen gewonnen.«

Sie schnitt weiter Reben. Er konnte sich noch nicht wieder bewegen, er stand noch in vermintem Gelände, in Pulverdampf und Kugelhagel, erregt, verwirrt, beschämt. Wenn eine Frau wie Pauline Frieden finden konnte, warum nicht er … Doch in der Gegend herumstehen, machte die Sache nicht besser, zögernd folgte er Pauline, begann wieder zu arbeiten. Ein weiterer Schnitt mit der Schere, neue widerspenstige dürre Äste, wieder ein Zerren und Ziehen, wieder überlegen, welcher Trieb stehen bleiben sollte, welcher wegmusste. Bald hatte er Pauline eingeholt.

»Kommen wir zum eigentlichen Grund deines Besuchs«, fuhr sie fort. »Du willst wissen, warum zwei alte Nazis hinter der Flasche her sind? Ist das deine Frage?«

»Es gibt Gerüchte, dass Göring im Etikett einen Hinweis auf ein Versteck für seine Raubgüter hinterlassen hat.«

»Und die Flasche dann im Weinkeller des Führers deponierte? Zuzutrauen wär's ihm, so verrückt, wie Göring war. Aber davon weiß ich nichts.«

»Was weißt du dann?«

»Zu unserer Gruppe gehörte Jean-Louis, ein junger Fotograf. Wo immer er konnte, fotografierte er die Verbrechen von Nazis und Kollaborateuren. Im Keller der Vossingers hatte er Negative seines letzten Films mit. Es war klar, dass er sie nicht bei sich tragen durfte, sie mussten versteckt werden. Da wir von Yves wussten, dass er den 37er Champagner auf keinen Fall verkaufen oder hergeben wollte, entschied Jean-Louis sich, die Negative hinter den Etiketten zu verstecken. Es war erst eine Flasche präpariert, als Rohl so überraschend auftauchte. Es gelang Jean-Louis noch, die Flasche zwischen den anderen zu verstecken, aber den Rest der Negative hatte er bei sich, als die Gestapo uns verhaftete.«

Paul blieb stehen, sein Herz schlug schneller. »Was ist auf den Fotos zu sehen?«, fragte er.

»Das weiß ich nicht.«

»Wieso? Du warst der Chef der Gruppe.«

»Da merkt man, dass du nie im Untergrund warst. Wir mussten immer damit rechnen, denunziert oder erwischt zu werden. Wir wussten, wie die Gestapo ihre Verhöre führte, wir wussten, dass es nur wenigen von uns gelingen würde, unter Folter nichts zu verraten. Deshalb arbeiteten wir in kleinen Zellen, deshalb wussten wir nur das absolut Nötigste von der Arbeit der anderen.«

»Wie hat er die Flasche gekennzeichnet?«

»Er hat das Etikett am linken oberen Rand eingerissen.«

»Und dann hat Jean-Louis beim Verhör verraten, dass Negative hinter dem Etikett eines 37er Vossingers versteckt sind?«

»Ich fürchte ja. Er war so ein zarter Bursche. Ich kann mir nicht vorstellen, dass er den Verhörmethoden der Gestapo standhielt.«

»Weißt du, was aus ihm wurde?«

»Buchenwald. Er hat nicht überlebt.«

Freiburg

Alfons Keßler hatte mit Hennys Vater im Ersten Weltkrieg am Hartmannsweilerkopf gelegen. In den elenden Stellungsgräben der Vogesen festhängend, hatten die zwei Weinhändler das Fundament für eine lebenslange Freundschaft gelegt, die mit dem Tod von Lepold Scherer nicht endete, sondern auf die Tochter überging. Als Alfons allerdings nach dem zweiten Krieg versuchte, seinen Sohn Norbert mit Henny zu verkuppeln, hatte sich ihre Freundschaft kurzzeitig abgekühlt, lebte aber wieder auf, als Norbert eine Winzertochter aus dem Renchtal heiratete und Henny die Weinhandlung des Vaters wiederaufbaute. Da stand ihr Alfons wie früher als väterlicher Freund mit Rat und Tat zur Seite. Sein Sohn führte inzwischen die Keßler'sche Weinhandlung in Offenburg allein, was Alfons mehr Zeit für sein Ehrenamt im Vorstand des Deutschen Weinbauverbandes ließ.

Wie Ludwig Erhard paffte er dicke Zigarren und bewegte seinen massigen Körper polternd und schwerfällig. Aber sein Äußeres täuschte. Er war ein kluger Stratege und ein wacher Geist. Er reiste viel und kannte von der Pfalz bis zum Hochrhein jeden Winzer und Weinhändler und im Rest der Republik auch sehr viele. Seit er für den Weinbauverband arbeitete, war er eigentlich immer unterwegs, deshalb gelang es selten, ihn ans Telefon zu kriegen.

»Ein Wunder, dass du mich erwischst«, dröhnte Alfons mit seinem polternden Bass in den Hörer. »Ich bin auf dem Weg nach Brüssel.«

»Brüssel?«

»Ja, Brüssel. EWG, Römische Verträge, gemeinsame Agrarpolitik. Ich habe dir doch erzählt, dass daraus zwangsläufig eine gemeinsame Weinbaupolitik folgt. Wir müssen unseren Weinbau besser aufstellen, im Vergleich zu den Franzosen haben wir noch vorsintflutliche Produktionsbedingungen. Deshalb das neue Weinwirtschaftsgesetz und …«

»Sicher, du musst zu einer Sitzung nach Brüssel«, unterbrach ihn Henny, die fürchtete, dass er stundenlang über das Weinwirtschaftsgesetz reden würde.

»Es steht eine wichtige Personalentscheidung an«, fuhr er fort. »Wir können die europäische Weinbaupolitik nicht den mächtigen Verbänden Italiens und Frankreichs überlassen, es braucht auch eine starke deutsche Stimme. Wer klein denkt, sage ich immer, der kommt auch im Kleinen um. Deshalb ist es wichtig, dass unser Mann den Posten kriegt und nicht der Franzose.«

»So gut wie du Fäden ziehen kannst, wird euch das bestimmt gelingen«, meinte Henny. »Musst du sofort los, oder kann ich dich vorher noch was fragen?«

»Zehn Minuten habe ich noch«, bot er großzügig an. »Und für Lepolds Henny-Kindl sogar noch ein paar mehr.«

Also erzählte Henny ihm, wie Dobler ihr das Leben schwer machte.

»Klar kenn ich den Dobler, ist inzwischen einer der großen badischen Weinhändler, drei Weinläden in Freiburg, einen neuen in Lörrach, bestimmt nicht sein letzter, ein richtiger Wirtschaftswunder-Mann, der weiß, wie es geht«, zählte Alfons auf, und Henny hörte, wie er an seiner Zigarre paffte. »Den hat schon der Lepold nicht leiden können, nicht nur wegen der Sache mit der Weinhandlung Blumfeld … ›Dem fehlt die Liebe zum Wein, der liebt nur das Geld, was er damit verdient‹, hat dein Vater immer gesagt. Fürs Geld hat der Dobler wirklich ein feines Näschen. Als er nach dem Krieg wie die meisten keins mehr hatte, machte er der reichen Witwe Aumann den Hof, und die hat ihn tatsächlich geheiratet.«

»Eine Frau mit Geld hatte zu der Zeit doch viele Bewerber«, warf Henny ein.

»Nun ja, Charme oder eine starke Schulter zum Anlehnen muss er schon haben, der Dobler.«

»Dann ist der Sohn, der gefallen ist, ihrer und nicht seiner?«, fiel Henny ein.

»Genau. Sie hat erst den Mann und dann noch den Sohn im Krieg verloren. Der Junge war ihr einziges Kind …«

»Deshalb das viele Schwarz«, murmelte Henny, laut sagte sie: »Da tippe ich auf die starke Schulter, die sie nach dem Verlust gebraucht hat. Den starken Mann markieren kann der Dobler gut. Frau Dobler scheint ihm ja eine ergebene Gattin zu sein.«

»Aber nicht, was das Geld angeht!« Alfons lachte sein polterndes Lachen. »Hat gedacht, er kriegt so ein harmloses Frauchen, deren Geld er nach Gutdünken ausgeben und einsetzen kann.«

»Kann er nicht?« Das überraschte Henny nun wirklich.

»Beim Geld hat sie die Hosen an«, erzählte er weiter. »Es ist in der Branche ein offenes Geheimnis, dass sie den Gatten an der kurzen Leine hält.«

»Wie?«

»Die neuen Lädchen laufen auf ihren Namen, bei seinen alten hat sie den Wiederaufbau bezahlt, deshalb musste er sie auch an diesen, die ihm bisher allein gehörten, finanziell beteiligen. Und: Bei Scheidung oder Tod kriegt Dobler nur den Pflichtteil von ihrem Vermögen.«

Stille Wasser, dachte Henny. Sie hatte die Frau bei ihrem Besuch ja auch nicht zu packen gekriegt. »Aber Geld als Ansatzpunkt hilft mir nicht weiter«, dachte sie laut. »Was ist mit Lastern aller Art? Frauen, Poker, Pferdewetten?«

»Er fährt ein teures Auto, aktuell einen 190er-Mercedes.«

»Das würde ich eher als einen Wunschtraum vieler Männer bezeichnen und ist ja auch völlig legal. Sonst fällt dir nichts ein?«

Zuerst ein unwirsches Grummeln, es folgten drei pappige Zigarrenstöße, dann sagte er: »Eddie Hauskorn, ein Pfälzer Winzer. Dobler hat ihn über den Tisch gezogen, es ging um zweitausend Flaschen Riesling. Der Mann spuckt Gift und Galle, wenn er den Namen Kurt Dobler hört. Aber ich vermute, dass Hauskorn nichts gegen ihn in der Hand hat, sonst würde er nicht so schäumen.«

Henny notierte sich den Namen trotzdem. »Ist dir mal was über Doblers Sammelleidenschaft für 37er Vossinger zu Ohren gekommen?«, fragte sie dann.

»Hör ich zum ersten Mal«, murmelte er. »Dobler ist ein cleverer Geschäftsmann. Alter Champagner ist doch wertlos.«

Henny holte aus, erzählte von Görings Lieblingschampagner und verschollenem Raubgut, doch Alfons Keßler unterbrach sie schnell:

»Wer hat dir denn den Bären aufgebunden?«, grollte er ungnädig. »Daran glauben bestenfalls noch ein paar verrückte Schatzsucher, aber sicher kein Geschäftsmann wie Dobler. Vergiss es, Henny! Völlig falsche Fährte, würde ich sagen. Verdammt, ich muss jetzt wirklich los.«

Erst als Henny nur noch das Tuten im Ohr hatte, fiel ihr ein, dass sie ihn nicht nach Rohl gefragt hatte. Sofort wählte sie seine Nummer noch einmal, aber er nahm nicht mehr ab.

Als sie nach getaner Arbeit vom Weinberg zurück ins Dorf kehrten, hockte die Kälte überall, und zumindest Paul strebte die warme Küche an, als wäre sie das Gelobte Land. Während er sich die eisigen Finger rieb, kochte Pauline Kaffee, bestellte ein Taxi und schob eine Flasche Marc de Champagne auf den Tisch. Wenig später saßen sie sich bei Kaffee und Schnaps gegenüber, jeder mit einer dampfenden Bol in Händen. Die waren rot vor Kälte und brannten beim langsamen Auftauen wie der Schnaps auf seinem Weg in den Magen. Eine halbe Stunde blieb ihnen, bis das Taxi kam, um ihn zurück zum Bahnhof von Épernay zu bringen.

Die plötzliche Nähe verunsicherte Paul. In frischer Luft und weiter Landschaft wagte man mehr zu sagen, weil man nebeneinander ging, weil man sich dabei nicht in die Augen sehen musste. Hier am Tisch wurde alles sofort intimer, ernster, verbindlicher, das Gesagte bekam mehr Gewicht. Als er merkte, wie Pauline ihn betrachtete, senkte er schnell den Kopf. Es war lang her, seit er sich von jemandem so bis auf die Knochen durchschaut gefühlt hatte.

»Hast du nach der Frau vom Kaiserstuhl eine andere gefunden?«, wollte sie wissen. »Hast du eine Familie gegründet?«

»Nein.«

»Sie war die Richtige, nicht wahr?«

»Ja.«

»Weiß sie es?«

Er zuckte mit den Schultern.

»Na also«, schloss sie das Thema ab und nickte ihm bestätigend zu.

Na also? Sollte etwa die Lösung für sein Verhältnis zu Henny in diesen zwei Worten liegen? Na also, was? Sie war die Richtige, Vergangenheit! Aber nun war sie eine andere, und er war ein anderer, und alles war sowieso …

»Kennst du Paris?«, unterbrach sie seine Gedanken.

»Ein wenig. Warum fragst du?«

»Ich mag es nicht besonders. Ist mir zu groß. Zu viele Straßen, zu viele Häuser, zu viele Menschen, und ich kenne mich nicht aus.«

»Wo musst du denn hin?«

»Palais de l'Élysée.«

»Oh, là, là«, rief er erstaunt aus. »Das verschlägt mir glatt die Sprache. Als Sozialistin bist du beim Präsidenten eingeladen?«

»Zu einem Cocktailempfang. Zusammen mit anderen französischen und deutschen Bürgern, die sich um die Freundschaft zwischen unseren Ländern verdient gemacht haben. Zum Abschluss des deutsch-französischen Vertrags.«

»Aber … aber«, stotterte er. »Du hast in einem deutschen Konzentrationslager gesessen.«

»Ja. Gemeinsam mit Frauen aus vielen Nationen, auch mit deutschen. Was weißt du über die Lager?«

»Nicht viel«, gestand er. »Ich habe natürlich die Filme gesehen, die die Amerikaner zur Entnazifizierung einsetzten, weil ich nach dem Krieg in Deutschland lebte und aus der Filmbranche komme. An *Die Todesmühlen* erinnere ich mich besonders gut und natürlich an *Nacht und Nebel* von Alain Resnais. Im Eichmann-Prozess letztes Jahr habe ich erstmals gehört, wie planmäßig die Tötungen in den Lagern abliefen. Nicht viel also …«

»Es ist richtig, dass das jetzt an die Öffentlichkeit kommt, es muss noch viel mehr an die Öffentlichkeit, es müssen noch viel mehr Nazis auf die Anklagebank.«

Pauline stellte die Bol hart auf den Tisch zurück. Ihre Stimme nun noch rauer und voller Entschlossenheit.

»Eigentlich will keiner wissen, was wir durchgemacht haben. Wenn du sagst, dass du im Lager warst, wirst du behandelt, als hättest du die Pest. Dass ich, dass andere überlebt haben, verdanken wir vor allem dem Zufall. Jede von uns hätte sterben können, jede. Und obwohl jede sich selbst die Nächste war, gab es Solidarität unter uns Frauen. Trotz des erbarmungslosen Überlebenskampfes sind die feinen Fäden der Freundschaft niemals verschwunden, das ganze Lager war von ihnen durchzogen. Einer meiner Fäden führte zu Käthe Gerber. Kommt aus einem Weinbaubetrieb an der Ahr, Mitglied der SPD, wie ich katholisch. Sie hat auf ihrem Hof Verfolgte versteckt, ein Nachbar hat sie angezeigt. Nach der Befreiung sind wir in regem Kontakt geblieben. Käthe hat in der Schule ein bisschen Französisch gelernt, ich im Lager ein wenig Deutsch. Unsere Briefe ein Mischmasch aus Deutsch und Französisch, was wahrscheinlich nur wir beide verstehen. Mindestens einmal im Jahr besuchen wir uns. Ihr Erstgeborener ist ein Paul, meine Erstgeborene eine Catherine, so eng sind wir miteinander. Natürlich haben wir beide aufmerksam verfolgt, was Adenauer und de Gaulle da planen, und als Käthe von dem Empfang hörte, da meinte sie, dass auch zwei Frauen wie wir, Überlebende der Lager, dahin gehören. Dass man uns wirklich eingeladen hat, dafür waren sicher ihre familiären Beziehungen nach Bonn entscheidend. Ein Bischof, Freund der Familie Adenauer … Die *Lagergemeinschaft Ravensbrück* hätte man sicher nicht eingeladen. An so viel Leid wollte man dann bei einem Empfang doch nicht erinnert werden.«

Paul staunte nicht schlecht. Pauline überraschte ihn schon wieder. »Ich kenne noch einen, der zu diesem Empfang eingeladen ist«, erzählte er. »Mein Kamerad Bruno Fels. Er hat sich schon in den Zwischenkriegsjahren für die deutsch-französische Freundschaft eingesetzt. Heute arbeitet er im Sicherheitsstab von de Gaulle.«

»Glaub bloß nicht, dass wir die deutsch-französische Freundschaft den Gaullisten oder der CDU überlassen! Uns Sozialisten war das Nationale nie geheuer, wir haben immer die Freundschaft mit anderen Völkern gepflegt. Deshalb werde ich auch nach Paris fahren. Also, weißt du nun, wie ich von der Gare de l'Est zum Élysée-Palast komme?«

»Mit der Métro natürlich. Du musst nur einmal umsteigen.

Fahr am besten über Strasbourg – Saint-Denis, von dort aus bis Miromesnil.«

»Sag's noch mal«, bat sie, während sie die Tischschublade aufzog und Papier und Bleistift herausholte. »Das schaff ich«, sagte sie, als sie sich die Métro-Stationen notiert hatte.

»Natürlich!« Paul konnte sich nicht vorstellen, dass es irgendetwas gab, das Pauline nicht schaffte.

Eichingen

Es war gegen sechs am Abend und draußen schon völlig dunkel, als Kätter sich auf den Weg ins Dorf machte. Sie sah hoch zum Fenster, an dem die Weber Erna für gewöhnlich hing, aber selbst der wunderfitzigen Urschel war es dafür zu kalt. Alte Schneereste hellten die Straße ein wenig auf, aber trotzdem hieß es aufpassen, um auf den zugefrorenen Stellen nicht auszurutschen. Der Schätzle Nepomuk, der im Licht der Hoflaterne Holz hackte, erinnerte Kätter daran, dass bald einer der Jakumeit-Buben vorbeikommen musste, damit ihr das Feuer im Herd nicht ausging. Dann, kurz vor der Kirche, überholte sie ihre alte Schulkameradin, die Meier Teres. Es war Kätter ganz recht, dass die mit einem eilig in ihre Richtung gespuckten »'n Obig« an ihre vorbeizog, denn die Teres schwatzte und schnatterte für ihr Leben gern. All furzlang hatte sie Geschichten parat von ihren fünf Kindern – von den drei Söhnen war keiner im Krieg geblieben – und den zwölf Enkeln, die für die Teres so selbstverständlich waren wie das Gras auf der Wiese oder die Hühner im Hof, so selbstverständlich, dass sie manchmal sogar deren Namen verwechselte. Und grad das Selbstverständliche schnitt Kätter jedes Mal ins Fleisch, weil sie doch am eigenen Leib hatte erfahren müssen, dass es nicht selbstverständlich war. So gerne hätten der Karl und sie einen Stall voller Kinder gehabt, und dann kam nur das Heinerle, und der war dann mit dreiundzwanzig schon unter der Erde. Zurück ließ er ihr eine herrische Schwiegertochter und einen falschen Enkel, den sie aber gern zu ihrem gemacht hatte. Bei so viel Nachwuchs wie bei der Teres war es wurscht, wenn da mal ein schwarzes Schaf drunter war, einer aus der Reihe tanzte oder einer hinaus in die Welt zog, weil immer einer blieb, der den Hof übernahm. Aber wenn da nur einer war, und der wollte nicht recht, dann war's halt schwer. Hatte sie den Bueb zu sehr verwöhnt? Er war ja lang ein rechtes Mamakälbl gewesen, einer, der immer an ihrem Rockzipfel hing, einer, der nie wegwollte, und plötzlich dann doch, ganz Hals über Kopf.

Inzwischen war die Kätter auf dem Dorfplatz angelangt und sah nun, wie die Teres in die noch hell erleuchtete Bäckerei trat. Kätter ging weiter bis zum Kino, das bereits offen war. Sie fragte die Kartenverkäuferin, die Jüngste vom Schindler Karle, ob sie ihr schnell den Bertold aus der Vorführkabine holen könnte. Während das Mädchen sich auf den Weg machte, blieb Kätter vor dem Verkaufsfensterchen stehen und betrachtete die grünen, rechteckigen Vivil-Packungen, die es hier neben Kinokarten zu kaufen gab. Sie schnupperte und roch die Pfefferminze durch das Fensterchen. Die winzigen Vivils gab es schon, als sie jung war und hier Filme mit Emil Jannings, Heinrich George oder Lil Dagover gesehen hatte.

»Frau Köpfer«, rief Bertold schon von Weitem. »Morgen wollte ich bei Ihnen vorbeikommen.«

»Gell, der Kaspar hat eine Holländerin«, platzte sie heraus.

»Woher wissen Sie das?« Bertold sah sie an, als könnte sie hellsehen. »Hat der Kaspar sich endlich bei Ihnen gemeldet?«

»Es stimmt also«, nickte Kätter, obwohl sie sich in dem Fall mit Freuden geirrt hätte. Dieses Jahr hätte die Neujahrsnacht sie ruhig Lügen strafen dürfen.

»Grietje ist sehr nett, und Kaspar geht es gut in Den Haag«, beeilte sich Bertold zu sagen.

»Dann ist er also wirklich in Holland? Dann kommt er nicht zurück?«

»Das ist noch nicht raus. Bis zum 18. Januar bleibt er auf alle Fälle, weil es einen großen Schlittschuhlauf gibt.«

»Aber er kann doch gar nicht Schlittschuh laufen …«

»Ich habe die Telefonnummer des Kinos, wo er arbeitet.« Bertold nestelte einen Zettel aus seinem Portemonnaie und reichte ihn ihr. »Er hat gesagt, dass ich sie Ihnen geben soll.«

»Und warum ruft er nicht selber an?«

Bertold zuckte mit den Schultern. »Ich muss zurück, sonst ist der Film nicht rechtzeitig startklar.« Er hob entschuldigend die Hände, und Kätter steckte den Zettel in ihre Schürzentasche.

Als sie sich auf den Heimweg machte, begann es zu schneien. Unter der Straßenlaterne vor der Kirche schaute sie hoch und betrachtete die Flocken, die stumm zur Erde schwebten. Ganz plötzlich streckte sie die Zunge heraus, wartete, bis die erste Schneeflocke darauf Platz nahm und genoss das kurze, eisige Prickeln. Dann setzte sie ihren Weg fort. Seit Kindertagen bescherte ihr frisch fallender Schnee gute Laune. Auf der Höhe von Schindler Karles formte sie den ersten Schneeball, ein paar Meter weiter zielte sie damit auf das Schlafzimmerfenster der Meier Teres und traf. Sofort griff sie nach neuem Schnee. Mit dem zweiten Ballen zielte sie auf die Haustür, mit dem dritten auf den Fensterladen der guten Stube. Jeder Wurf ein Treffer. Aus der Stube hörte sie ein lautes Schimpfen, und sie sah zu, dass sie weiterkam. Im Schutz der Dunkelheit kicherte sie und erinnerte sich an die Schneeballschlachten ihrer Kindheit, wo sie die Teres mehr als einmal eingeseift, aber auch die Buben gnadenlos attackiert hatte. Kopfschüttelnd dachte sie daran, was für ein aufmüpfiges, wildes Kind sie gewesen war.

Freiburg

Aus dichten Rauchschwaden drang gelegentlich das kurze, scharfe Aufstöhnen eines Kartenspielers, der einen Stich vergeigt hatte, und auf dem Plattenspieler eierte eine uralte Josephine-Baker-Version von *J'ai deux amours.* Sonst schien die Zeit in der *Lustigen Witwe* stillzustehen. Keine großen Dramen, keine kleinen Streitereien, nicht mal interessante Gesprächsthemen. Vor Elfie stand ein Glas Whiskey, vor Henny ein Piccolofläschchen und eine leer getrunkene Mokkatasse. Türkischer Mokka war Olgas Spezialität, doch Olga war gerade beschäftigt. Elfie und sie vertrieben sich die Zeit mit dem Vorlesen von Heiratsannoncen.

»›Junger Mann, 25 Jahre, 1,81 m, Nichttänzer, Auto vorhanden, sucht Damenbekanntschaft, gerne auch geschieden, Raum Südbaden‹«, schlug Elfie vor.

»Der sucht nur eine fürs Bett, langweilig«, folgerte Henny. »Aber hier habe ich einen, der dich von allen finanziellen Sorgen erlöst: ›Höherer Beamter (Steuerrat und Dozent), 51 Jahre, Witwer, Eigentum, wünscht Wiederheirat.‹«

»Von wegen, ein Geizhals ist das, der hat schon bei der Annonce gespart. So wenige Worte hat sonst keine«, meinte Elfie. »Aber hier, was ganz Besonderes für dich: ›Ein reifes, ungetrübtes Glück biete ich einer vereinsamten Frauenseele, die sich nach der Stille in einer landschaftlich herrlichen Gegend sehnt‹ …«

»Ich glaub's nicht, Elfie«, unterbrach Henny sie. »Bei vereinsamter Frauenseele denkst du an mich?«

»›Ich bin Akademiker (Jurist), 60 Jahre und lebe auf meinem Gut, besitze beachtliches Vermögen: weitläufiger Haus- und Grundbesitz, Wagen (Porsche), Barvermögen‹«, las Elfie ungerührt weiter. »›Ich wünsche mir eine Neigungsehe und einen Erben, auf Vermögen oder Familienstand der Partnerin lege ich keinen Wert, dafür umso mehr auf Charme, Kultur und ein warmes Herz.‹« Elfie sah kurz auf. »Nun, das mit dem Erben könnte schwierig werden in unserem Alter. Und dann frage ich mich, was ein Akademiker – in Klammern Jurist – wohl unter einem warmen Herzen versteht?«

»Hier kommt meine Revanche«, tönte Henny. »›Durch Studium und Geschäftsreisen beansprucht, begegnete er noch nicht dem Mädchen, das seinem Ideal entspricht. Betreffender ist Textilkaufmann, Fabrikbesitzer, 26 Jahre, 1,81 m, ledig, schlank, charakterfest, begeisterter Autofahrer, Sportler, mit überdurchschnittlich hohem Einkommen. Sein Wunsch ist, ein wahrheitsliebendes Mädchen mit einwandfreier Vergangenheit kennenzulernen.‹ Wahrheitsliebend bist du«, sagte Henny. »Was allerdings die einwandfreie Vergangenheit betrifft …«

»Willst du mir schon wieder den Besuch der Sitte vorhalten?«, stänkerte Elfie. »Sieh doch ein, dass …«

»Habt ihr auch einen für mich?«, unterbrach sie Olga und stützte ihre Arme auf dem Tresen ab. »Endlich ein bisschen Ruhe«, seufzte sie und warf einen Blick auf die leere Mokkatasse.

»Aber sicher«, antwortete Henny. »Was ganz Besonderes: ›Mutti, wir suchen dich. Vati und wir, seine beiden Buben (2 und 3 Jahre), sind so allein und verlassen. Vati ist 28 Jahre, hat hohes Einkommen, Vermögen, einen Wagen und ein eigenes Heim in der Schweiz, aber die Liebe fehlt uns allen.‹«

»Oder ist dir der lieber?«, fragte Elfie. »›Akademiker in Lebensstellung, 44, 1,84 m, Nichttrinker, kein Spieler, solide, gutmütig, heim- und reiseliebend sucht, nach großer Enttäuschung, häusliche, gepflegte, liebevolle Lebenskameradin mit Herz und Verstand mit oder ohne Vermögen. 25–40 J (auch mit Kindern). Moderner Bungalow im Bau. Wagen vorhanden.‹«

Olga rollte mit den Augen. »Einkommen, Vermögen, eigener Wagen, Bungalow im Bau, das ist zu viel des Guten! Da bleibe ich lieber bei meinem George«, lachte sie und wandte sich an Henny: »Hab ich gerade richtig gehört? Die seriöse und seit Jahren zölibatär lebende Geschäftsfrau Henny Köpfer hat Ärger mit der Sitte?«

»Nur weil sie so ein liederliches Weib wie mich beherbergt«, kicherte Elfie. »Was nicht wirklich der Grund ist, denn …«

»Mit der Sitte kenn ich mich aus, bei mir schneit die regelmäßig rein«, unterbrach Olga sie und goss sich ein Glas Rotwein ein. »Wer war bei dir? Erinnerst du dich an die Namen?«

»Meierle und Fischer.«

»Die Namen sagen mir nichts.«

»Meierle hat geredet, Fischer machte im Hintergrund Notizen. Beide in Hut und Mantel, mittelgroß, unauffällig, eisige Mienen.«

»Ein Auftreten wie die Gestapo früher«, ergänzte Elfie.

»Haben sie ihren Ausweis gezeigt?«

»Nein.«

»Auf die Idee bin ich noch gar nicht gekommen«, rief Elfie. »Dass es möglicherweise gar keine echten Polypen waren.«

»Das krieg ich raus«, versprach Olga. »Aber warum das Theater? Wer profitiert davon, Henny zwei falsche Fünfziger zu schicken?«

Henny ließ Elfie erzählen, ergänzte und korrigierte nur. Bald war Olga im Bilde.

»Dobler taucht bei Henny auf, weil er diesen 37er Champagner sucht. In Wirklichkeit will er sich aber ihren Laden unter den Nagel reißen und schikaniert sie deshalb«, fasste Olga zusammen.

»Dass er den 37er Champagner sucht, ist Tatsache, dass er meinen Laden will, Spekulation«, korrigierte Henny.

Olga nickte. »Gut, ihr wollt wissen, was wirklich dahintersteckt«, meinte sie und trank einen Schluck Wein aus ihrem Glas, das hinter dem Tresen immer für sie parat stand. »Wie lang steht die Tasse jetzt da?«

»Anderthalb Stunden schon, du hast ja nie Zeit«, meckerte Elfie.

»Eine Stunde muss sie mindestens stehen. Anderthalb ist exakt die richtige Zeit«, gab Olga ungerührt zurück. »Los, kipp die Tasse um«, befahl sie Henny, und Henny tat wie geheißen.

Natürlich glaubten Elfie und sie so wenig an Kaffeesatzwahrheiten wie an die Redlichkeit von Heiratsannoncen. Aber genauso wie sie die Annoncen lasen, ließen sie sich manchmal von Olga den Kaffeesatz lesen. Was in Schwarzmarktzeiten aus einer Laune heraus entstanden war, hatte sich für Olga zu einem guten Geschäft entwickelt. Seit sich herumgesprochen hatte, wie treffsicher ihre Prognosen waren, kamen viele Leute extra deswegen in ihr Lokal und zahlten auch noch dafür. Unter der Hand natürlich, ein gutes Zubrot für Olga, denn die Kneipe warf wirklich nicht viel ab.

»Und nun zurück«, ordnete sie an.

Henny drehte die Tasse wieder um. Zu dritt starrten sie ins Innere der Tasse. Henny sah nichts als Kaffeesatz und braune Schlieren, und Elfie glaubte, die dicke Nase eines Ex-Liebhabers zu erkennen. Bald schauten sie erwartungsvoll auf Olga. Die beäugte die Tasse aus allen Richtungen und ließ sich mit der Antwort Zeit.

»Nun mach's nicht so spannend«, drängelte Elfie, aber Olga ließ sich nicht hetzen.

»Die Antwort liegt eindeutig in der Vergangenheit.« Olgas Stimme vibrierte leicht und kam kirchlich getragen daher. Ein Ton, den sie wahrscheinlich auch bei ihren Kunden einsetzte.

»Seht nur, wie dick der Bodensatz ist.« Sie deutete mit dem Finger darauf. »Henny, schon bei dir hat der Champagner eine gut verriegelte Tür zur Vergangenheit geöffnet, und so ist es auch bei Dobler und Rohl. Vergesst den Göring-Schatz, vergesst Doblers Übernahmepläne, es geht um ein gut gehütetes, dunkles Geheimnis.«

»Was die zwei in Épernay gemacht haben, wissen wir ja von Henny«, meinte Elfie. »Vielleicht haben sie noch mehr Leichen im Keller? Deshalb hängen sie auch zusammen wie Pech und Schwefel. Denn, wenn der eine auffliegt, fliegt auch der andere auf. So in etwa?«

»Selbst wenn dem so wäre«, warf Henny ein. »Das interessiert doch keinen. Jeder ist doch froh, wenn er nicht mehr an das Tausendjährige Reich erinnert wird. Genau betrachtet hat doch fast jeder eine Leiche im Keller.«

»Aber manche eben nicht nur eine, sondern viele«, warf

Elfie ein. »Und da tut sich sehr wohl etwas. Denkt an die Aufmerksamkeit, die der Eichmann-Prozess in Jerusalem hier bekommen hat. Zudem wird in Frankfurt gerade ein Prozess vorbereitet, in dem es um die Verbrechen in Ausschwitz geht. Ich prophezeie euch ganz ohne Kaffeesatz: Das große Vergessen wird bald vorbei sein. Das kann für manchen, der sich bisher gut durchgemogelt hat, verdammt unangenehm werden.«

»Sagt denn der Kaffeesatz, wo ich nach dem dunklen Geheimnis suchen soll?«, fragte Henny.

»Eigentlich alles für Hokuspokus halten, aber dann konkrete Hinweise wollen.« Olga schnalzte tadelnd mit der Zunge. »Ich sehe die Richtung, in die du gehen musst, mehr nicht.«

»Moment! Moment! Dunkles Geheimnis, das kann doch nicht alles sein«, hakte Elfie nach. »Was ist mit Liebe? Reichtum? Glücklicher Zukunft?«

Kapriolen

Im Zug von Paris nach Strasbourg

Der Zug war nicht so voll wie auf der Hinfahrt, Paul fand sogar ein Sechserabteil ganz für sich allein. Er streckte die Beine aus und hoffte, während der Fahrt ein wenig wegdämmern zu können. Die Nacht war kurz gewesen, und er hatte von meterhohen Schneeverwehungen geträumt. Kein Alb-, eher ein Wunschtraum. Er hätte nichts dagegen, wenn die Bahnstrecke wie bei seiner Fahrt nach Reims von Schnee verweht und unpassierbar wäre, doch der Zug fuhr pünktlich ab. Der Himmel war so grau wie die Banlieues, die sie passierten, und auf sein Gemüt legte sich eine bleierne Schwere: Ihm graute vor Strasbourg, er fürchtete das Wiedersehen mit *maman*, er sträubte sich gegen all das, was auf ihn als einzigen Sohn einer kranken Mutter zukommen könnte.

Als Paris endlich hinter ihnen lag, schloss er die Augen und dachte an sein überraschendes Wiedersehen mit dem Colonel am vorigen Abend. Noch von Épernay aus hatte er bei Marcel in Soultzeren angerufen, um den Colonel von seinem Treffen mit Pauline zu berichten, und erfahren, dass der alte Freund frühzeitig nach Paris zurückbeordert worden war. Sie trafen sich in einem Café an der Place de la République, wo sie ein ausgezeichnetes Bœuf Bourguignon aßen und der Colonel seinem Ärger über den Général Luft machte, der die Verhandlungen Großbritanniens mit der EWG torpedierte. Bei einem Beitritt Großbritanniens drohte de Gaulle mit einem Veto.

»Natürlich wird es mit den Briten nicht einfach!«, ereiferte sich der Colonel. »Aber wir müssen sie stärker in die europäische Gemeinschaft einbinden. Doch der Général hat Angst, dadurch die Vormachtstellung Frankreichs in der EWG zu verlieren, und bedenkt dabei überhaupt nicht, dass er durch sein Veto das Scheitern des deutsch-französischen Vertrags riskiert. Denn natürlich lässt dieses Verhalten in London und noch stärker in Washington die Alarmglocken klingeln, natürlich wird dort vermutet, dass de Gaulle und Adenauer ein Sonderbündnis Paris-Bonn mit antiatlantischer Stoßrichtung anstreben. Muss ich noch ausführen, was de Gaulles Kapriolen für Adenauer bedeuten? Der kriegt noch mehr Gegenwind, und wenn wir Pech haben, setzen sich im Bundestag die Transatlantiker durch, und es wird keinen deutsch-französischen Vertrag geben.«

Als der Hauptgang serviert wurde, beruhigte sich der Colonel, und beim Käse gelangte er zu der Einschätzung, dass de Gaulle nur polterte, am Ende aber klug genug sein würde, kein Veto auszusprechen. Beim Dessert, *œufs à la neige* und ein Glas Moët et Chandon, kamen sie endlich auf Pauls Besuch bei Pauline und den Vossinger zu sprechen.

»Negative, darauf wäre ich nie gekommen! Das sind die kleinen Zelluloidbildchen, auf denen alles, was auf dem Bild dunkel ist, hell ist und umgekehrt, *n'est-ce pas*? Muss man die nicht erst auf Fotopapier bringen, damit man was erkennen kann?«, fragte der Colonel.

»Man kann auch schon auf Negativen etwas erkennen, aber natürlich ist ein fertiges Foto besser«, erklärte Paul.

»Wenn der junge Fotograf unter der Folter geredet hat, dann wusste die Gestapo und damit sicher auch Rohl, weil Göring exzellente Kontakte zur Gestapo unterhielt, was auf den Negativen zu sehen war. Was, wenn Rohl nicht hinter dem Champagner, sondern hinter den Negativen her ist?«

»Aber Rohl hatte nichts mit der Résistance zu schaffen«, widersprach Paul. »Warum soll er hinter den Negativen her sein?«

»Weil das, was darauf zu sehen ist, ihn kompromittiert? Rohl war im Auftrag von Göring unterwegs, und so einer hat mit Sicherheit Dreck am Stecken, auch wenn er heute mit einer weißen Weste dasteht. 1944 wussten die schlaueren Nazis schon, dass der Krieg verloren war, dass sie sich auf ein Leben nach dem Tausendjährigen Reich vorbereiten sollten und dafür ihre Hände in Unschuld waschen mussten. Und Rohl würde ich zu dieser Kategorie Nazis zählen.«

»Und warum hat Rohl die Flasche dann nicht sofort sichergestellt?«

»Erinnern Sie sich daran, was Henny Köpfer erzählt hat. Um bei Göring nicht in Ungnade zu fallen, brauchte Rohl unbedingt diesen 37er-Jahrgang. Ich bin sicher, er hat dafür nicht nur Henny Köpfer eingespannt, sondern auch noch andere Leute ›bearbeitet‹. Als der Champagner dann endlich in seine Hände fiel, schickte er ihn schnellstmöglich nach Deutschland, um seinen Herrn und Meister gnädig zu stimmen. Deshalb waren die Flaschen schon unterwegs, als Rohl durch die Gestapo von den Negativen hörte.«

In Paul rumorte das Unbehagen, das sich immer mal wieder meldete, wenn er mit dem Colonel über den Vossinger sprach. »Wussten Sie davon schon, als Sie mich die Flasche 1945 in Sicherheit bringen ließen?«, fragte er misstrauisch.

Der Colonel seufzte schwer und prostete ihm mit einem beruhigenden Lächeln zu. »Noch einen Mokka?«, fragte er.

Bei Kaffee und Cognac lenkte der Colonel das Gespräch auf die Befreiung von Paris. Sie wurden immer ganz rührselig, wenn sie an den überwältigenden Empfang dachten, den die Pariser der Armee von *France libre* bereitet hatten. Wie Erlöser, die man sehnsüchtig erwartet hatte, wurden sie gefeiert. Wildfremde Menschen umarmten und küssten sie. Der Glückstaumel war unbeschreiblich, bis ein Heckenschütze unbemerkt sein Gewehr auf Paul richtete, der Colonel ihn in letzter Sekunde zu Boden riss und dabei … »Darüber müssen wir nicht mehr sprechen. Sie haben überlebt, ich habe überlebt, und Edith nimmt mich auch mit einem Arm«, lachte der Colonel, und sie ließen den Abend in Eintracht ausklingen.

Vom Café aus ging Paul zu Fuß zum Canal Saint-Martin, wo er noch einmal in Meuniers Studio übernachtete. Von seinem Bett schaute er direkt auf eine alte Eisenbrücke. Eine Laterne tauchte sie in milchiges Zwielicht, die Aussicht erinnerte ihn an ein Bild von Camille Pissarro. Gelegentlich holperten Autos über die Brücke, was Paul nicht weiter störte, ihm fielen bald die Augen zu, er glitt sanft in den Schlaf. Ein schrilles Quietschen, gefolgt von schepperndem Blech, schreckte ihn auf. Als er aufstand und hinausblickte, entdeckte er auf der Brücke einen qualmenden Wagen, der den Laternenpfahl gerammt hatte. Ein Mann und eine Frau stiegen aus. »Zu gar nichts nütze bist du«, hörte er die Frau schimpfen, und er erinnerte sich, dass auch der Colonel dieses Verb »zu etwas nütze sein« gebraucht hatte. Auch als das Paar längst weitergefahren war und er wieder im Bett lag, blieb ihm der Satz im Gedächtnis. Im Traum begrub er die Worte unter imaginären Schneeverwehungen, aber nun, auf der Fahrt nach Strasbourg dachte er wieder daran.

Denn »zu was nütze sein« klang völlig anders als »Ich will mit dem Général auf die deutsch-französische Freundschaft anstoßen«. Das klang, als diente die Flasche einem ganz anderen Zweck, als wäre es niemals darum gegangen, sie zu trinken. Was verheimlichte ihm der Colonel? Warum interessierte er sich so auffällig für Friedrich Rohl?

Den Haag

Die Tour war nicht nur Topthema der Zeitungen, auch in den Wochenschauen der Kinos wurden Berichte über frühere *Elfstedentocht* wiederholt, und die Kinomannschaft von Cornelis de Groot redete sowieso über nichts anderes. Wie Pingpongbälle flogen Namen von Wettkampfläufern durch die Luft. Die Eisläufer kannte in Holland jedes Kind, so wie man in

Deutschland berühmte Fußballer kannte. Kaspar sagten die Namen überhaupt nichts, er konnte nicht mitreden, wenn seine Kollegen Veteranen, die bereits 1947, 1954 oder 1956 dabei gewesen waren, mit jungen starken Eisläufern verglichen, die zum ersten Mal die Tour liefen. Auf ihrer Top-Ten-Liste konnte er nur blind auf einen möglichen Sieger setzen.

Manchmal ließ sich Kaspar von der Begeisterung der Kollegen mitreißen, manchmal ließ er sie fachsimpeln und verschwand in einer der Vorführkabinen, klebte Filme zusammen oder ölte den Projektor und dachte nach. Besser gesagt, er brütete vor sich hin. Mal schien es ihm sonnenklar, sich hier in Den Haag mit Grietje eine Zukunft aufzubauen, dann wieder sehnte er sich nach seinen Weinbergen. Gab es etwas Schöneres, als im Frühjahr hoch zum Engelsberg zu steigen, um zu sehen, wie nach einem harten Winter die Rebstöcke knospten? Zudem vermisste er es, abends mit Bertold vor der Kurbel zu sitzen, selbst Kätter vermisste er irgendwie. Bestimmt hatte Bertold ihr die Telefonnummer des Kinos gegeben, aber bisher hatte sich Kätter noch nicht gemeldet. Das erleichterte ihn einerseits, anderseits fragte er sich, warum sie nicht anrief. Das elsässische Lied vom *Hans im Schnokeloch* kam ihm in den Sinn. »Und was er hat, das will er nicht, und was er will, das hat er nicht …«

Sein Magen rumorte. Noch reichte die Zeit, um vor der nächsten Vorführung beim Indonesier an der Ecke ein Nasigoreng zu bestellen. Dieses asiatische Essen, das er erst hier in Holland entdeckt hatte, schmeckte ihm ausgezeichnet. Kaspar verließ die Vorführkabine und traf auf dem Weg ins Foyer Cornelis.

»Gut, dass sich zumindest einer aus der Mannschaft noch ums Geschäft kümmert.« Der Chef klopfte ihm anerkennend auf die Schulter. »Ich habe nur noch die *Elfstedentocht* im Kopf.« Cornelis war schon fast an der Eingangstür, als er sich noch einmal umdrehte und sagte: »Übrigens, dein Urlaub nach der Tour geht klar.«

»Urlaub?«, echote Kaspar ungläubig.

»Ja, Grietje hat gesagt, dass ihr ein paar Tage nach Deutschland müsst, weil du daheim noch ein paar Dinge klären musst. Kein Problem, du hast ja bisher noch überhaupt keinen Urlaub genommen. Also dann. Bis später!«

Weg war er, und Kaspar stand mit offenem Mund im Foyer. Über Eichingen hatte er mit Grietje kaum gesprochen. Woher wusste sie, dass er noch Dinge klären musste? Und warum entschied sie für ihn, wann er das tun sollte?

Strasbourg

In Strasbourg schimmerte der Schnee nur noch auf den Dächern in makellosem Weiß, der, der sich zwischen Trottoir und Straße türmte, war grau und unansehnlich und an vielen Stellen von Abgasen und Ruß schwarz gefärbt. Vorbeifahrende Autos wirbelten die dünne Schneedecke des Bodens auf und spritzten Eisklümpchen in der Größe von Kieselsteinen in Richtung Bürgersteig.

Schnee in der Stadt war stets nur ein kurzes Vergnügen, dachte Paul, während er Eisklümpchen von seiner Hose wischte. Am Bahnhof hatte er entschieden, zu Fuß zu gehen, länger als eine Viertelstunde brauchte er nicht, um nach Hause zu kommen. Auf dem beengten Trottoir kam man nur langsam vorwärts. An der Ill verließ er den Trampelpfad und kletterte über die Schneeberge bis zum Geländer der Brücke. Der Fluss war zugefroren, zwei alte Nachen steckten im Eis fest, sie dienten einem Haufen Ranzen und Tornister als Lagerstatt. Die Buben, denen diese gehörten, wienerten sich auf dem Eis stets aufs Neue eine spiegelglatte Bahn, die sie dann mit viel Geschrei und Hallo entlangschlitterten. Paul schloss die Augen und sah sich selbst als einer von ihnen. Genauso hatte er es mit seinen Schulkameraden auch gemacht. Wäre es nicht so eisig, er würde den Kindern noch stundenlang zusehen. So aber zwang ihn die Kälte weiterzugehen.

An der Place Kléber, die fast noch so aussah, wie er sie in Erinnerung hatte, kreiste sein Blick über die prächtige Aubette, die eine komplette Längsseite einnahm, dann über die Cafés, Brasserien und Geschäfte auf den anderen Seiten. Mitten auf dem Platz, direkt neben der Statue des alten Kléber, stand wie in seiner Kindheit ein Kastanienverkäufer mit einem kleinen Röstofen. Paul kaufte ihm eine Tüte heiße Maronen ab. Als es ihm wegen der kalten Finger nicht sofort gelang, eine aus der Schale zu pulen, steckte er die Tüte zunächst in die Jackentasche und wärmte sich damit die Hand. Wieder sah er sich um. Nur noch einmal musste er abbiegen, nur noch ein paar Schritte tun, dann war er in der Rue des Francs-Bourgeois, dann war er zu Hause.

Es war kein freudiges, sondern ein erzwungenes Heimkommen. Die letzten Schritte fielen ihm schwer, dann stand er vor dem Union. *Der Leopard* von Visconti lief im Hauptprogramm. Paul betrachtete die Filmbilder in den Schaukästen. Prächtige Fin-de-Siècle-Kulisse, Burt Lancaster, Claudia Cardinale und Alain Delon in den Hauptrollen. Gute Besetzung, konstatierte er. Dann betrat er das Kino.

»Paul Duringer«, stellte er sich der ihm unbekannten Frau vor, die im Kartenhäuschen neben der Eingangstür den Platz seiner Mutter einnahm.

»Sie sind ein Verwandter von Madame?«, fragte sie, und als er nickte, ergänzte sie: »Sie liegt auf Zimmer 325 in der Uniklinik.«

»Wie geht es ihr?«

»Besser. Sie hat schon dreimal angerufen, damit hier ja alles richtig läuft. Sie glaubt ja immer noch, der Laden bricht zusammen, wenn sie mal einen Tag nicht da ist.«

Ihr Ton war nicht abwertend, eher resignativ, so als hätte sie sich daran gewöhnt, unter einer Chefin zu arbeiten, die immer recht hatte.

»Kann ich mein Gepäck hierlassen?«, fragte er.

Sie nahm einen Schlüssel von der Wand und schob ihn auf seine Seite. »Besser, Sie stellen es in die Wohnung. Erste Etage, Sie kennen den Weg?«

Er nickte und steckte den Schlüssel ein. Draußen auf der Rue des Francs-Bourgeois hielt er vor dem gegenüberliegenden *Hotel Maison Rouge* Ausschau nach dem alten Louis, aber es war überhaupt kein Gepäckträger zu sehen. Dann entriegelte er die Haustür neben dem Kino und stieg in die erste Etage hinauf.

Die Wohnung seiner Mutter sah noch genauso aus wie damals. Er fürchtete, auf der Kommode im Wohnzimmer noch seine Karte aus Tunesien und die Benachrichtigung von Augustes Tod zu finden, aber die hatte die Mutter dann doch weggeräumt. Stattdessen hingen an der Wand Fotos von Jean-Pierre und Auguste, der eine in französischer, der andere in deutscher Uniform. Ein Bild von sich suchte er vergebens, nur auf einem Familienfoto war er als kleiner Bub auf dem Schoß des Vaters zu sehen.

Es gehe *maman* besser, hatte die Kartenverkäuferin gesagt. Die Auskunft beruhigte ihn, und in ihm keimte die Hoffnung, dass Ottilie sich, zäh, wie sie war, schnell berappelte, das Ganze nur ein Schuss vor den Bug gewesen war.

Eichingen

Kätter saß mit dem Ellinger Max am Küchentisch. Bei den eisigen Temperaturen winkte sie den Postler immer herein, ihr Haus war das letzte auf seiner Tour, und der Max machte gern bei ihr halt, weil sie ihm zum Aufwärmen immer einen Schnaps einschenkte. Er umfasste das Glas stets mit Daumen und Mittelfinger, weil ihm zwei Finger an der rechten Hand fehlten. Berufsunfall, er hatte in einer großen Schreinerei in Endingen gearbeitet, war aber schon ein paar Jahre pensioniert. Mit dem Austragen der Post schlug er zwei Fliegen mit einer Klappe. Zum einen besserte er damit seine Rente auf, zum anderen stritt er sich in der Zeit nicht mit seiner Lisbeth.

»Erst ein Päckchen aus Holland, jetzt ein Brief aus Frankreich.« Er deutete auf den Brief, den er mitgebracht hatte und der ungeöffnet auf dem Tisch lag. »Außer dir gibt es in Eichingen niemanden, der Post aus dem Ausland kriegt.«

»Elsass ist ja nicht wirklich Ausland«, meinte Kätter, die bereits gesehen hatte, dass der Brief vom Roederer Lüi kam.

»Monatelang kriegst du überhaupt keine Post und dann … Ist der Kaspar jetzt drüben im Elsass?«, wollte er wissen.

»Nein, nein, der ist immer noch in Holland.« Man musste sehr genau aufpassen, was man dem Max sagte, denn der Max transportierte nicht nur die Post, sondern alle Arten von Informationen, die er im Dorf aufschnappte und dann unters Volk streute. Wem er was erzählte und wem was nicht, wusste keiner so richtig.

»Und was genau macht er da?«

»Wenn ich das wüsste! Hat etwas mit dem Kino zu tun. Weißt ja, dass der Kaspar und der Jüngste von den Jakumeit-Buben die Filme in der Kurbel zeigen.«

»Und die Reben?«

»So kalt, wie es ist, können wir noch ein bisschen warten, bis wir mit dem Schneiden anfangen. Oder hast du schon angefangen?«

Der Postler schüttelte den Kopf. »Ich habe ja auch nur ein Ar. Grad so viel, wie ich selber zum Trinken brauche.«

»Und wie geht es der Lisbeth? Hat sie immer noch den bösen Fuß? Bist jetzt mal mit ihr beim Doktor gewesen?«

»Ich muss jetzt mal weiter«, murmelte der Ellinger Max und stand auf. Er rückte seine schwere Jacke in Form und setzte seine Postkappe auf.

Wenn Kätter ihn loswerden wollte, musste sie nur anfangen, über die Lisbeth zu reden, denn über seine Frau redete der Max so ungern wie Kätter über Kaspar. Lisbeth und Max konnten nicht miteinander und nicht ohneeinander. Im Dorf kursierten bereits Wetten, wer wen zuerst unter die Erde brachte.

Sie wartete, bis der Max die Eingangstür hinter sich zugezogen hatte, dann öffnete sie den Brief.

Natürlich kenne er die Familie Rominger in Schlettstadt, schrieb der Lüi, die Clotilde heiße inzwischen Schweitzer, ja genau, wie der berühmte Urwalddoktor, aber weder verwandt noch verschwägert, und führe mit ihrem Mann die elterliche Buchhandlung weiter. Und ja, Clotilde habe eine Schwester gehabt, Elisa, die in Freiburg verheiratet und mit ihrem Kind bei einem Bombenangriff gestorben war. Was aus dem Mann geworden sei, wisse er nicht. Wenn sie, Kätter, mehr über diese Elisa wissen wolle, gehe er gern mit ihr bei Clotilde vorbei, überhaupt solle sie doch noch mal zum Besuch nach Séléstat kommen. Es folgten drei Namen von Schulkameraden von Lüi und Karl, die in den letzten Jahren gestorben waren, und ein Gruß von Ernestine, Lüis Frau.

Ob sich Kaspar über die Aussicht, seine leibliche Tante kennenzulernen, freuen würde? Oder ob Kätter ihm gar nichts Neues mitteilte, weil er durch den holländischen Holzhändler bereits alles über diese Elisa und die Familie Rominger erfahren hatte?

Holland. Einmal war sie da gewesen, Busausflug mit den Landfrauen zum Keukenhof. Die Tulpenpracht schon recht überwältigend, aber sonst? Ein Land, flach wie ein Brett, nirgendwo ein Berg, geschweige denn ein Gebirge, und einen Weinstock suchte man da vergebens. Das war kein Land für sie. Als junge Frau hatte sie von Amerika geträumt. Ihre Schulkameradin Emma Weber war nach der Weltwirtschaftskrise ausgewandert und hatte einen kalifornischen Winzer geheiratet. Die schrieb ihr, sie solle doch nachkommen, Kalifornien sei ein schönes Land, und ein Mann würde sich auch für sie finden. Das hätte sie gern gemacht. Da war sie ins Träumen geraten. Einmal über den großen Teich, vom Tellerwäscher zum Millionär oder doch eher von der Winzertochter, Kaiserstuhl, zur Winzergattin, Napa Valley. Aber sie konnte doch als einziges Kind die Eltern nicht im Stich lassen, nachdem ihr Bruder Erich im Ersten Krieg geblieben war.

Strasbourg

Als Paul im Krankenhaus ankam, saß Ottilie Duringer in Hut und Mantel abholbereit auf ihrem Bett in Zimmer 325. Sie trug einen Persianer mit Silberfuchskragen, hatte sich also in den letzten Jahren mal was gegönnt, aber schon in den schlechten Zeiten, erinnerte er sich, hatte sie nie an ihrer Garderobe gespart. Als Herrin des Union musste sie schließlich etwas hermachen. Grau war sie geworden. Das Haar unter dem Hut trug sie nun kurz, und es war so exakt dauergewellt und toupiert, dass Paul einen Friseursalon im Krankenhaus vermutete. Sie hatte zugelegt, war gut und gerne zehn Kilo schwerer als im letzten Kriegsjahr, ihr mächtiger Busen wogte auf und ab. Sie wirkte kerngesund. Immer noch roch sie nach dem Maiglöckchen-Parfum, das er bereits als kleiner Junge gekannt hatte, und dieser süße Blumenduft übertönte den typischen Krankenhausgeruch aus scharfer Medizin und verkochtem Essen.

Während er all das wahrnahm, schwankten Pauls Gefühle zwischen Ärger und Erleichterung. Auf der einen Seite verfluchte er Meunier, der, was den Zustand von *maman* anging, maßlos übertrieben hatte, auf der anderen Seite fiel ihm ein Stein vom Herzen, weil es nicht so schlimm um sie bestellt war.

»*Maman*, du siehst blendend aus. War alles falscher Alarm?«

»Ach.« Sie machte eine wegwerfende Handbewegung. »Die Ärzte übertreiben immer maßlos. Angeblich bin ich dem Tod gerade noch mal von der Schippe gesprungen.«

»Dann doch. Und jetzt?«

»Ich warte auf Doktor Pascale. Dann können wir gehen.«

»Gut.«

Mehr wusste er nicht zu sagen und *maman* auch nicht. Sie hatte offenbar beschlossen, so zu tun, als wäre es keine große Überraschung, dass er plötzlich in der Tür stand. Ein unangenehmes Schweigen füllte den Raum. Wie und über was sollte man reden nach achtzehn Jahren Sprachlosigkeit? Seine Vorwurfslitanei würde kein Ende nehmen, und sie würde auch nicht mit Klagen geizen. Also besser gar nicht damit beginnen. Seine Mutter stand langsam vom Bett auf, wandte sich von ihm ab und ging ein paar Schritte aufs Fenster zu.

»Es ist ein strenger Winter«, sagte sie ins Nirgendwo, und ihr Rücken vibrierte leicht. »Ich hoffe, das Heizöl reicht. Wenn ich nachkaufen muss, wird es bestimmt sehr teuer.«

Er antwortete nicht.

»Bist du schon im Union gewesen?«

»Ich habe mein Gepäck dort abgestellt.«

»Wann musst du wieder los?«

»So schnell wie möglich.«

Sie drehte sich um, setzte sich nun in den Fauteuil neben dem Bett und schrumpfte zu einem kleinen, fröstelnden Wartebündel zusammen. Nein, sie tat ihm nicht leid. Paul dachte an die beiden Fotos in der Wohnung. Jean-Pierre und Auguste. Ihren dritten Sohn hatte Ottilie Duringer immer vergessen. Leider war er der einzige, der ihr geblieben war, und er konnte ihr die beiden anderen nicht ersetzen. Das wusste er, und das wusste sie, und deshalb würde sie sich nicht an ihn klammern, deshalb wollte auch sie dieses Wiedersehen so kurz wie möglich halten, deshalb würde sie erleichtert sein, wenn sich ihre Wege bald wieder trennten.

Ein kurzes, energisches Klopfen, seine Mutter schoss vom Sessel hoch und präsentierte sich dem eintretenden Arzt als das blühende Leben. Er war in Pauls Alter, ein Mann mit einem freundlichen, runden Gesicht, unter dessen Kittel ein kleines Bäuchlein spannte. Er lachte gern und wirkte, als hätte es das Leben bisher gut mit ihm gemeint.

»Madame Duringer, bereits gestiefelt und gespornt.« Er ließ Paul links liegen, musterte Ottilie von Kopf bis Fuß und reichte ihr dann die Hand. »Sie wissen, ich hätte Sie gerne noch ein paar Tage zur Beobachtung hierbehalten, da ich fürchte, dass Sie meine Anweisungen ignorieren werden.« Nun wandte er sich ihm zu, und Paul stellte sich kurz vor. »Ah, der Sohn. Ohne Sie ließe ich sie nicht gehen. Mit einem Herzinfarkt, auch wenn er glimpflich verlief, ist nicht zu spaßen. Ihre *maman* darf sich in den nächsten Wochen weder aufregen, noch darf sie schwer arbeiten. Aber mit freundlicher Fürsorge, gemächlichen Spaziergängen und leichten Mahlzeiten wird sie bald wieder auf dem Damm sein.« Wieder wandte er sich Ottilie zu. »Und was die Arbeit angeht, Madame Duringer, müssen Sie etwas kürzertreten. Eine Frau in Ihrem Alter sollte nicht mehr ein großes Kino leiten, sondern sich allmählich zur Ruhe setzen. Ich darf mich empfehlen.«

Der Arzt ging so schnell, wie er gekommen war. *Maman* kommentierte das Gesagte nicht. Sie griff nach ihrer Handtasche und deutete auf den Koffer, der neben dem Schrank stand. Paul packte ihn und bot ihr den anderen Arm an. Sie hängte sich bei ihm ein, und Paul spürte, wie ihn ein Gewicht weit schwerer als der Arm nach unten zog.

Baeckeoffe

Freiburg

In der Nacht hatte es wieder geschneit, und der Gehweg auf der Straße musste freigeschippt werden. Eigentlich erledigte Zängerle das, aber aus unerfindlichen Gründen war er noch nicht da, sodass Henny selbst zur Schaufel greifen musste. Eine Viertelstunde brauchte sie, bis der Zugang zum Laden frei war. Zur Sicherheit streute sie noch Sand auf den frei geräumten Weg, dann war gut.

Mit eisigen Fingern kehrte sie in den Laden zurück und verfluchte Zängerle für sein Zuspätkommen. Kaum hatte sie sich von Mantel, Schal und Handschuhen befreit, da hörte sie die Türglocke. Aber es war nicht Zängerle, der den Laden betrat, sondern Dobler.

»Wie oft muss ich noch sagen, dass ich nichts mit Ihnen zu tun haben will? Sie brauchen gar nicht reinzukommen«, wies Henny ihn zurecht und wärmte sich hinter der Theke am Ölofen die Hände.

Doch Dobler ging nicht. Er pflügte durch den Raum wie ein Eisbrecher durch arktische Schollen, und ehe sie sichs versah, stand er neben ihr hinter der Theke und drängte sie mit seinem dicken Bauch noch näher an den Ölofen.

»Jetzt hör mir mal gut zu, du billiges Flittchen«, fuhr er sie an. »Die Zeiten der Höflichkeit sind vorbei, ich zieh jetzt andere Saiten auf. Wenn du nicht endlich den Schampus rausrückst, dann mach ich dich fertig, dass du nicht mehr geradeaus schauen kannst. Dann setze ich dir jeden Morgen einen Misthaufen vor die Tür, so lange, bis du an der Scheiße erstickst. Und wenn du dich fragst, wo dein Herr Zängerle steckt, dann sage ich dir, dass das nur der Anfang ist, um dich zu ruinieren. Und jetzt setz deinen Allerwertesten in Bewegung und hol die Flasche!«

»Ich, ich, ich habe die Flasche nicht«, stotterte sie, völlig überrumpelt von diesem unflätigen Verhalten.

»Das kannst du deiner Großmutter erzählen. Los, mach voran«, blaffte er sie an. »Oder soll ich dich an den Haaren in den Keller ziehen?«

»Ich, ich rufe die Polizei.« Dünn und piepsig strafte ihre Stimme sie Lügen.

»Denk bloß nicht, dass ich dich auch nur in die Nähe eines Telefons lasse. Die Flasche, und das Ganze ein bisschen dalli, dalli!«

»Die Flasche ist nicht da, weil ich sie nicht habe, weil ich in Rüdesheim gelogen habe. Ich weiß nicht, wer sie hat und wo sie ist«, presste sie mühsam heraus.

»Dann such sie, du eingebildete Trulla. Ich werde dir nämlich das Leben zur Hölle machen, bis du diese Scheißflasche endlich beibringst. Wenn du glaubst, du kannst uns mit deinem vornehmen Getue auf der Nase herumtanzen, dann hast du dich geschnitten. Wehe, die Flasche ist nicht da, wenn ich das nächste Mal komme. Dann mache ich dich so fertig, dass du keinen Schritt mehr ohne Angst durch Freiburg tun wirst.«

Mit seinem dicken Bauch drückte er ihren verschreckten Körper noch näher an den Ölofen, dann drehte er sich und verschwand so schnell, wie er gekommen war.

Sehr langsam registrierte sie den Geruch von Verbranntem und entdeckte, dass sie ihren Rock an der Seite versengte. Erschreckt tat sie einen kleinen Schritt zur Seite. Ihr war, als hätte Dobler eine Karre Mist über sie ausgekippt. Sie wollte zu Boden gehen, sich ganz klein machen, die Hände über dem Kopf zusammenschlagen, sich von der Welt verabschieden.

Nein, nein, sie musste sich einseifen, säubern, reinwaschen, den Gestank der Demütigung wegschrubben, dann konnte sie vielleicht wieder einen klaren Gedanken fassen. Dafür musste sie nur ein paar ganz einfache Dinge tun: nach vorne gehen, die Ladentür abschließen und dann oben in der Wohnung Wasser in die Wanne laufen lassen. Aber sie konnte sich nicht bewegen, sie klebte an der Stelle fest, auf die Dobler sie gedrängt hatte. Plötzlich roch sie sein penetrantes Haarwasser, seine beißende Rasiercreme, als hätte er wie ein Kater seine Duftnoten gesetzt, sein Revier abgesteckt, und das in ihrem Laden.

Sie zuckte zusammen, als die Türglocke läutete, und traute sich kaum den Blick zu heben. Als sie es dann tat, erfasste sie eine solche Erleichterung, dass sie am liebsten laut gejuchzt hätte. Nicht Dobler kam zurück, nein, es war Monsieur Lefevre, der in den Laden trat. Der freundliche, der höfliche, der kultivierte Monsieur Lefevre.

»Monsieur Lefevre«, brachte sie mühsam heraus.

»Schon seit Wochen will ich bei Ihnen vorbeikommen, aber es ist wie verhext. Doch nun hat es ja geklappt.« Er kam zu ihr an den Verkaufstresen und lüpfte höflich den Hut. »Ich wollte Ihnen etwas geben.« Er nahm einen Umschlag aus der Innentasche seines Mantels und legte ihn Henny hin. »Das gehört Paul Duringer. Er hat es auf der Truffaut-Tour in Wiesbaden liegen lassen. Ein Zimmermädchen hat es beim Aufräumen gefunden, und da Monsieur Duringer keine Heimatadresse, sondern nur die des Institut français angegeben hat, hat das Hotel das Foto an uns geschickt. Leider weiß ich nicht, wo Monsieur Duringer sich gerade aufhält. Da Sie beide sich kennen, dachte ich, dass Sie vielleicht …«

»Aber natürlich, lassen Sie den Umschlag ruhig hier«, entschied Henny, obwohl sie ebenfalls keine Ahnung hatte, wo Paul sich aufhielt. Aber ihre Knie zitterten so sehr, dass sie ihren desolaten Zustand nicht mehr lange geheim halten konnte und nichts mehr wünschte, als dass Monsieur Lefevre schnell wieder ging.

»Dann würde ich gerne noch zwei Flaschen von dem 58er Gamay mitnehmen, ein ausgezeichneter Tropfen übrigens«, fuhr er im Plauderton fort.

»Reicht es, wenn ich Ihnen den Wein am Nachmittag bringen lasse? Ich müsste dafür in den Keller, und mein Mitarbeiter ist noch nicht da …«

»Aber sicher, aber sicher«, beschied er großzügig. »Dann darf ich mich empfehlen?«

Endlich ging er, und nun zitterten nicht nur ihre Beine, sondern ihr ganzer Körper. Schritt für Schritt, immer an den Regalen Halt suchend, kämpfte sich Henny bis zur Ladentür vor, hängte das Schild »Bin gleich zurück« ins Fenster und verschloss die Tür.

Weiterhin zitternd und plötzlich in Schweiß gebadet, stand sie ein paar Minuten später in der Wohnung und rief mit kläglicher Stimme nach Elfie. Aber Elfie war nicht da. Deshalb verriegelte sie die Wohnungstür, bevor sie im Badezimmer das Wasser anstellte.

Sie hatte Dobler nicht ernst genommen, ihn behandelt wie ein lästiges Insekt, dabei hätte sie spätestens seit Rüdesheim wissen müssen, dass hinter dem maßgeschneiderten Anzug noch der Drecksbollen von damals steckte. »Saubub, Mistkerl, elender Haderlump«, fluchte sie, aber das Schimpfen half nichts, der Schrecken blieb.

Strasbourg

Paul hielt sich für einen harten Knochen, für einen, der durch so viel Dreck gewatet war, dass ihn nichts mehr umhauen konnte, aber seine Mutter schaffte das. Sie hatte ihn getäuscht, frech weg getäuscht. Die Dauerwelle, das blühende Leben, nur ein Schuss vor den Bug, alles Lug und Trug. Sie hatte ihm Theater vorgespielt, und er hatte sich etwas vorspielen lassen. Beide hätten sie zu gerne geglaubt, sie wären weiterhin nicht aufeinander angewiesen. Aber *maman* war nicht mal in der Lage, einen Kaffee zu kochen, geschweige denn ein Kino zu führen, und er wollte eigentlich nichts anderes, als schreiend davonlaufen.

Nach einer schlaflosen Nacht war ihm zumindest klar, dass er nicht mehr in den Spiegel schauen konnte, wenn er wirklich davonliefe, wie er doch schon lange wusste, dass er nicht ewig davonlaufen konnte. Aber es war schon ein Schlag ins Kontor, dass er ausgerechnet bei *maman* in Strasbourg stranden musste. Er sollte also aufhören, den Kopf in den Sand zu stecken. Aber Verstand und Vernunft waren kleine Lichter im Vergleich zu dem Höllenfeuer, das er als rebellischer Sohn aushalten musste, weil er die Aufgabe nicht annehmen wollte, die da vor ihm lag. Aufgabe klang viel zu klein, viel zu harmlos. Es war ein Berg, ein Mammutgebirge, etwas für Riesen, nichts für einen einfachen Mann.

»Die Hölle, das sind die anderen«, heißt es in Sartres Stück *Geschlossene Gesellschaft*, das im Theater gespielt wurde, und Pauls Hölle war *maman*. Mit zwei Paradekissen im Rücken aufrecht im alten Ehebett sitzend und durch die offene Tür im Wechsel Klagelaute und Kommandos gebend, tyrannisierte sie ihn, während er hektisch damit beschäftigt war, die verdammte Kaffeekanne auf den Gasherd zu stellen und ein paar trockene *biscottes* mit Marmelade zu bestreichen. Etwas anderes war nicht im Haus, er musste sich also auch um Einkäufe kümmern, er musste sich um so vieles kümmern: um eine Putzfrau, um die Bank, um den Steuerberater, um die Mitarbeiter des Kinos, um die Filmbestellungen … Er stoppte seine Aufzählungen, denn schon das war ihm alles zu viel.

Dass er Brot kaufen müsse, verkündete er, als der Kaffee endlich fertig war und er ihn Ottilie mit dem Zwieback ans Bett brachte. Sie bestand auf Baguettes von der Boulangerie Woerlé, weil sie nur da ihr Brot kaufte, und er stimmte schnell zu, um an die frische Luft zu kommen. Weg von der zittrigen, fragilen *maman*, die zwischen ihren Kissen ein Bild des Elends abgab, raus aus dem Mief dieser konservierten Wohnung, in der außer Ottilie nur Tote lebten.

Auf der Straße schlug ihm die Kälte hart entgegen. Er irrte umher, wusste nicht mehr, wo die Boulangerie Woerlé lag, und als er sie endlich fand, fiel ihm nicht mehr ein, was er kaufen wollte, also verlangte er Brot für Madame Duringer und bekam zwei fast verbrannte Baguettes in die Hand gedrückt. Automatisch begann er zu rennen, als er bei der Rückkehr ein Postauto mit laufendem Motor zwischen zwei Schneewehen vor dem Kino stehen sah, und erwischte den Postboten noch, bevor dieser die Kartons mit den neuen Filmkopien zurück in den Kofferraum wuchtete. Er tauschte sie gegen die gespielten Kopien, die weiterverschickt werden mussten. Er fand sie schnell, weil sie wie früher im Kartenhäuschen deponiert waren. Dort lagerten sie schon, als er noch Filmvorführer im Union war.

Am Nachmittag redete er mit Filmvorführern, Kartenverkäuferinnen und der Putzfrau des Kinos. Er kannte keinen von ihnen, und keiner kannte ihn. Sie alle waren erstaunt, dass Ottilie Duringer noch einen Sohn hatte, der am Leben war. Paul erfuhr, dass Ottilie die Filme für Februar bestellt hatte, in den nächsten Tagen jedoch die für den März bestellt werden mussten. Die Arbeitspläne bis Ende Februar waren gleichfalls bereits gemacht, die Märzpläne konnten noch ein paar Tage warten. So weit, so gut, aber: Der Projektor im großen Saal brauchte dringend eine Inspektion, fünf Sitzplätze der Reihe 4 im kleinen Saal mussten neu verschraubt werden, die Damentoilette war vereist und … Paul rauchte der Schädel, und während er versuchte, eine sinnvolle, an Dringlichkeiten orientierte Reihenfolge des zu Erledigenden zu erstellen, überrumpelte ihn eine der Kartenverkäuferinnen mit der Frage, ob er das Kino nun übernehmen würde.

Dass das wirklich nicht der rechte Zeitpunkt sei, um über die Nachfolge von Ottilie Duringer zu spekulieren, wehrte er ab. Wichtig sei, den Laden am Laufen zu halten, bis Madame wieder auf dem Damm war. Das Läuten des Telefons übertönte seine Worte, Paul war froh über die Ablenkung und griff selbst zum Hörer. Das Gespräch war für ihn, der Colonel war am Apparat.

»Ich habe heute die Gästeliste für den Cocktailempfang einsehen können«, berichtete er. »Sie werden nicht glauben, auf wen ich da gestoßen bin: Friedrich Rohl. Das macht mich, ehrlich gesagt, nervös. Wenn durch diesen Résistance-Fotografen eine Schweinerei von Rohl in der Champagne dokumentiert ist, dann müssen wir das wissen. Stellen Sie sich vor, Pauline Crépau trifft auf ihn und hat noch eine Rechnung mit ihm offen. Wir können nicht riskieren, dass es auf dem Empfang deswegen zu einem Eklat kommt. Um Klarheit zu erhalten, brauchen wir die Flasche dringender denn je.«

Paul rieb sich die müde Stirn und merkte, dass er es satthatte, vom Colonel mit Andeutungen und Halbwahrheiten abgespeist zu werden. »Ich weiß, dass in Ihrer Stellung vieles der Geheimhaltung unterliegt. Aber meinen Sie nicht, dass es an der Zeit ist, mir endlich zu sagen, warum ich die Flasche wirklich finden soll und was es mit diesem Rohl auf sich hat?«

An Pauls Ohr drang ein schweres Seufzen. »Sie haben ja recht, aber ich kann Ihnen zum jetzigen Zeitpunkt nur mitteilen, dass Friedrich Rohl uns nervös macht, und wir vor dem Empfang so viel wie möglich über den Mann und seine Zeit in der Champagne in Erfahrung bringen müssen.«

Die Einzige, die ihm mehr über Rohl erzählen konnte, war Henny. Vor einem Anruf bei ihr drückte er sich, seit er Pauline Crépau besucht hatte. »Ich tue, was ich kann«, versprach er dem Colonel und entschied, Henny nach dem Abendessen anzurufen.

Genau, das Abendessen. Er rief in der Boucherie Klein an, fragte, ob er einen *Baeckeoffe* oder etwas anderes zum Aufwärmen bestellen konnte, man bot ihm ein paar Würstchen im Schlafrock an. Dann besah er sich den Projektor in Saal 1, rief die Firma an, die versprach, schnell einen Reparateur zu schicken, danach telefonierte er mit dem Installateur, der aber erst in drei Tagen kommen konnte. »Wie, das geht Ihnen nicht schnell genug? Meinen Sie vielleicht, Sie sind der Einzige, bei dem die Leitungen gefroren sind?«

Es war bereits dunkel, und die 19-Uhr-Vorstellung lief schon, als Paul das Kino verließ und im Haus nebenan die Treppe nach oben stieg. Der Duft von Choucroute und gepökeltem Fleisch stieg ihm in die Nase, und für einen Moment glaubte er, der Duft komme aus der Wohnung seiner Mutter, weil sie eine wahre Meisterin von *Choucroute garnie*, einem Klassiker der Elsässer Küche, war. Aber der Duft entwich eindeutig der Wohnung darunter, und da fiel ihm ein, dass er die Würstchen im Schlafrock vergessen hatte. Er machte kehrt, nur um fünf Minuten später vor der längst geschlossenen Metzgerei Klein zu stehen. In einer Brasserie an der Place Kléber erstand er auf dem Rückweg zwei Portionen Zwiebelsuppe, die man ihm zum Transport in ein Einmachglas füllte. Die Suppe war tatsächlich noch warm, als er zu Hause ankam.

Seine Mutter bestand darauf, zum Essen aufzustehen, also deckte er den Tisch in der Küche, und sie setzte sich ihm in einem rosa Wolljäckchen gegenüber, das mit einer cremefarbenen Satinschleife am Hals geschlossen war. Die Pastelltöne verliehen ihrem Aussehen etwas Kindliches, die zerdrückte Dauerwelle machte ihr Gesicht kleiner, die Nase zitterte, als sie sich über die Suppe beugte, und Paul musste an eine Maus denken.

Die Suppe schmeckte ihr nicht. Zu lau, zu schwer, zu blähend. Sie zerbröselte das harte Baguette und brachte vorwurfsvoll eine Hühnerbouillon mit Eierstich oder noch besser ein Hühnerfrikassee ins Spiel. Solche Gerichte seien gut für Kranke, aber Zwiebeln, das wisse doch jedes Kind, seien keine leichte Kost. Im Gegenteil.

Da platzte ihm der Kragen, und er wurde grundsätzlich. Nie, niemals habe er ihr irgendetwas recht machen können, immer habe sie nur an ihm herumgemeckert.

Endlich flogen die Fetzen, endlich entlud sich alter Groll, lang Aufgestautes sprudelte aus ihm heraus, und er warf es ihr an den Kopf und vor die Füße. Sie reagierte beleidigt, gekränkt, missverstanden. Immer habe sie ihre drei Söhne gleich behandelt und immer gleich geliebt, aber natürlich musste sie mit strenger Hand regieren, drei Buben Mutter und Vater sein und noch ein Kino zu betreiben, das schaffte man nicht mit Gutmütigkeit, sondern nur mit Zucht und Ordnung. Paul kannte diese Leier, er hatte sie als Kind oft genug gehört, auch was folgte, wirkte allzu vertraut. Das alte Hohelied auf das Union. Denn es gab nichts Wichtigeres, als das Kino am Laufen zu halten. Ein Kino, das Großeltern und Eltern aufgebaut und durch schwierige Zeiten geführt hatten, das sie nun der dritten Generation, also ihm, auf dem Silbertablett als gut bestelltes Haus übergeben konnte. Aber erntete man für diese Lebensleistung Dankbarkeit? Nein, der Herr Sohn musste ja auf ewig durch die Welt gondeln, sich wie ein Vertreter von Auftrag zu Auftrag hangeln, jegliche Verantwortung von sich weisen. Er solle, so *maman*, doch wenigstens einmal klipp und klar sagen, was in seinem Leben so wichtig war, dass er sein Erbe nicht antreten konnte. Was denn seine Aufgabe sei.

»Das willst du wirklich wissen?«, unterbrach er ihren Redeschwall, und ein diabolisches Grinsen machte sich auf seinem Gesicht breit.

»Ja«, bestätigte sie und sah ihn erwartungsvoll an.

»Nun, zuallererst muss ich eine alte Champagnerflasche finden.«

Hunde, die bellen …

Freiburg

Um das Münster pfiff ein eisiger Wind. Keine Spur von dem geschäftigen Markttreiben, das bei ihrem letzten Besuch hier herrschte. Bei den Temperaturen würden ja selbst die Erdäpfel erfrieren, so man sie hier verkaufen wollte. Kätter zog das wollene Tuch enger um den Kopf und betrachtete den leeren Platz. Ein, zwei breitere Wege hatte man in den Schnee geschaufelt, zudem gab es viele Trampelpfade über Schneehaufen hinweg. Zehn Schneemänner zählte sie über den Platz verteilt, deren Möhrennasen schwarz wie die Kohlenaugen waren. Erfroren auch sie, sowie es anfing zu tauen, würden die Nasen nur noch wie schlaffe Wiener Würstchen in den Schneemanngesichtern hängen. Zwischen sich kreuzenden oder parallel laufenden Fußspuren von Kinder-, Frauen- und Männerschuhen entdeckte sie gelegentlich gelbe Sprengsel, manchmal auch einen fetten gelben Fleck. Jesses, dachte Kätter, da muss der Druck aber sehr groß sein, wenn einer bei der Kälte im Freien brunzt.

Sie nahm einen der breiteren Wege, der sie tatsächlich direkt in die Schusterstraße führte. Es irritierte sie, dass die Tür zu Hennys Laden um 10 Uhr morgens verschlossen war. »Bitte klingeln«, las sie auf einem Zettel neben der Tür. Das tat sie, und wenig später machte Henny ihr auf.

»Warum sperrst du die Tür ab?«, wollte sie wissen und klopfte ihre Schuhe aus.

»Es gibt bestimmte Leute, die ich nicht im Laden haben will.« Henny sperrte die Tür schnell wieder zu.

Wie beim letzten Mal trug sie das schwarze Kleid mit dem weißen Kragen. Aber diesmal wirkte sie darin wie eine erschöpfte Witwe. Ohne Saft und Kraft, ein bisschen flattrig und gleichzeitig schlaff wie nasses Löschpapier. Sie hat Sorgen, irgendetwas wächst ihr über den Kopf, vermutete Kätter und hoffte, dass sie mit ihrem Anliegen trotzdem Gehör finden würde.

Sie nahm das Kopftuch ab. »Ich muss mit dir reden. Hast du ein paar Minuten?«

Henny nickte und führte sie in den Raum mit dem großen Tisch, den Kätter bereits kannte. Sie öffnete ihren Mantel und legte das gestrickte Schultertuch auf den Nachbarstuhl. »Es geht um meine Hinterlassenschaft. Ich will, dass du dich um alles kümmerst.«

Henny starrte sie an, als hätte sie nicht alle Tassen im Schrank. Sie öffnete den Mund, um etwas zu sagen, schloss ihn dann aber schnell wieder. Das wiederholte sie ein paarmal, ohne dass ein einziger Ton herauskam. Also erklärte Kätter ihr, wie sie sich das Ganze vorstellte.

»Eigentlich hätte ja der Kaspar alles kriegen sollen«, fing sie an. »Aber, wo der jetzt in Holland bleibt, wie soll das gehen? Und der Weinbau liegt ihm ja wirklich nicht im Blut, bei einem Holzhändler als Vater und einer Mutter, die Bücher verkauft. Aber ich will alles geregelt haben, man weiß ja nie, wann das letzte Stündlein schlägt. Und du kennst den Betrieb, du verstehst was von Wein. Ich täte halt für die nächsten Jahr nur noch so viel bewirtschaften, wie ich allein schaffen kann, und den Rest verpachten. Und wenn ich nicht mehr bin, dann entscheidest du. Wobei ich schon will, dass alles in der Familie bleibt, und natürlich hoffe, dass der Bueb irgendwann wieder zur Vernunft kommt. Schau, ich hab da schon mal ein Schriftstück aufgesetzt.« Kätter schob Henny ein Blatt Papier über den Tisch.

Henny legte es zur Seite und fragte: »Woher weißt du, dass der Kaspar noch in Holland ist und dass er dortbleibt?«

»Der hat doch jetzt eine Holländerin als Braut, hat der Bertold …«

»Und woher weiß das der Bertold?«, unterbrach Henny sie, und Kätter merkte, dass die Schwiegertochter auf einen Schlag hellwach geworden war.

»Der hat doch den Kaspar an Neujahr besucht, zusammen mit der Else aus Mainz. Ich habe falschgelegen mit dem Kaspar und Else, jetzt ist es halt eine Holländerin, leider. Ich meine, die verstehen wir doch gar nicht, und die uns doch auch …«

»Der Bertold weiß, wo der Kaspar ist? Hat er dir eine Adresse genannt?«

Natürlich merkte Kätter, wie empört Henny war. Ja, ja, sie hätte sie mal anrufen sollen, nachdem Bertold ihr von der Hollandreise erzählt hatte. Aber sie war so beschäftigt mit ihrem Nachlass gewesen. So was brauchte Zeit, da wollte viel überlegt sein. Und außerdem konnte man ja wirklich nicht behaupten, dass Henny sich besonders viel um den Kaspar …

»Also?«, unterbrach Henny ihre Gedanken.

»Nein, aber eine Telefonnummer hat er mir gegeben.«

»Und hast du den Kaspar angerufen?«

»Wieso? Der muss sich melden, nicht ich. Der ist auf und davon, nicht ich.«

»Hast du die Nummer mit?«

Henny riss Kätter den Zettel fast aus der Hand, nachdem sie ihn aus ihrer Tasche gekramt hatte. Sie sprang auf, rannte zum Telefon, wählte die Nummer des Fernamtes, meldete ein Gespräch nach Holland an und gab die Nummer durch. Während sie auf die Verbindung wartete, drehte sie Kätter den Rücken zu und trommelte mit den Fingern auf den Schreibtisch. Als die Verbindung stand, sprach sie ganz laut und deutlich: »Ich möchte Kaspar Köpfer sprechen.« Sie lauschte einer Antwort und sagte: »Er soll seine Mutter anrufen, so schnell wie möglich.« Dann legte sie den Hörer zurück auf die Gabel und drehte sich zu Kätter um. »Die Telefonnummer gehört einem Kino. Eine Frau war am Apparat. Wenn ich sie recht verstanden habe, kennt sie Kaspar und richtet ihm aus, dass ich angerufen habe.«

Keine zehn Sekunden später klingelte das Telefon.

Strasbourg

»Kaspar, bist du das?«, fragte Henny aufgeregt.

»Nein, hier ist Paul. Bitte Henny, leg nicht auf!«

In der Pause, die entstand, kühlte sich Hennys Stimme merklich ab. Frostig fragte sie: »Was willst du?«

»Mich entschuldigen. Ich habe in Den Haag zu heftig reagiert. Du hast keine Résistance-Kämpfer verraten, nur ein Versteck von Champagnerflaschen.«

Die Antwort war ein schwer zu deutendes Schnauben. Pauls Angst, dass sie gleich auflegen würde, wuchs. »Wieso hast du geglaubt, Kaspar sei am Apparat?«, fragte er schnell. »Weißt du inzwischen, wo er steckt?«

Sie erzählte es ihm ausführlich und nicht ohne eine Spitze gegen ihre Schwiegermutter zu setzen: »Kätter ist der Meinung, dass Kaspar sich melden muss. Aber ich denke, dass Kaspar Bertold die Nummer gegeben hat, weil er sich das nicht traut. Deshalb habe ich vorhin in Holland angerufen, Kaspar aber nicht erreicht.«

»Kannst du mir die Nummer geben?«

»Wieso nicht?« Sie nannte ihm die Nummer, er notierte sie. »Dein Interesse hat nichts mit sentimentalen Vatergefühlen zu tun, oder? Du bist immer noch hinter der Flasche her.«

»Ja«, bestätigte er.

Er wartete auf einen scharfen Kommentar, doch stattdessen sagte sie: »An Weihnachten hab ich ihm geschrieben. Die Findelkindgeschichte und so weiter. Die ganze Wahrheit, wenn du so willst. Auch, dass du nichts mit dem Diebstahl der Flasche zu tun hast.«

»Aber an Weihnachten wusstest du doch noch gar nicht, wo er war?«

»Ich habe Bertold den Brief gegeben, weil ich dachte, dass Kaspar zuerst zu ihm Kontakt aufnimmt, wenn die zwei nicht immer welchen hatten.«

»Du bist eine kluge Frau.«

»Lob aus deinem Mund? Was willst du wirklich?«

Das Misstrauen in ihrer Stimme schrillte in seinem Ohr. Jetzt bloß keinen Fehler machen, beschwor er sich. Deshalb spielte er seinen einzigen Trumpf aus: »Ich habe Frou-Frou getroffen.«

Schweigen am anderen Ende der Leitung. Irgendwann ein leises Fiepen, dann kaum hörbar die Frage: »Sie lebt?«

»Ja. In Grauves, sie heißt Pauline Crépau.«

»Wie geht es ihr?«

»Gut, soweit ich das beurteilen kann. Zu ihrer Résistance-Gruppe gehörte ein junger Fotograf, der Verbrechen von Nazis und Kollaborateuren dokumentiert hat. Es ist ihm gelungen, zwei Negative hinter dem Etikett einer 37er-Flasche zu verstecken, bevor die Gestapo die Gruppe entdeckt hat.«

»Was ist auf dem Foto zu sehen?«

Er erklärte Henny, wieso Pauline das nicht wusste, und wollte dann seinerseits Näheres zu Rohl und der Göring-Beute erfahren.

»Dobler klang glaubhaft empört, als Rohl mir von der Schatzkarte erzählte. So, als würde Rohl wirklich ein gut gehütetes Geheimnis verraten«, schloss Henny ihren Bericht vom Besuch bei Rohl in Rüdesheim ab. »Vielleicht hat Rohl Dobler mit dem Lockruf des Goldes dazu gebracht, nach dem 37er Vossinger zu suchen, während er selbst nur an dem Negativ interessiert ist, vielleicht verbinden die zwei aber gerade diese Negative, oder sie sind doch hinter dem Schatz her. Klar ist, dass Rohl Dobler in der Hand hat. Der spurt wie ein Hund, macht stets, was sein Herrchen sagt. Ansonsten weiß ich eigentlich gar nichts, mal davon abgesehen, dass Dobler gierig und rücksichtslos ist. Der hat mir gestern offen gedroht, dass er mich und mein Geschäft ruiniert, wenn ich ihm die Flasche nicht besorge.«

»Hunde, die bellen …«

»… beißen manchmal doch«, unterbrach ihn Henny.

»Im Krieg sucht man vor jedem Angriff die Achillesferse des Gegners. Also: Was weißt du über den Kerl? Wo ist er verletzbar?«

»Natürlich habe ich nach Doblers Achillesferse gesucht, ich bin doch nicht blöd. Aber ich weiß nicht, wie ich seine Schwachstelle nutzen kann. Also: Nach dem Krieg war Dobler in Geldnot und hat eine reiche Frau geheiratet. Seither hat sie bei den Finanzen die Hosen an.«

»*Oh, là, là,* von der eigenen Frau kleingehalten zu werden, das muss doch einem echten Mannsbild wehtun!«, rief er aus und überlegte eine Weile: »Du könntest bei seiner Frau das Gerücht streuen, dass er Geld für sich abzweigt. Wenn sie die Finger auf den Finanzen hält, wird sie in diesen Dingen misstrauisch sein. Droh ihm damit!«

»Nicht schlecht«, überlegte Henny laut.

»Kommen wir nach dem Hund zum Herrchen.« Zu seiner Überraschung genoss Paul das Gespräch. Es lenkte ihn wunderbar von *maman* und dem Union ab. »Erzähl mir mehr über diesen Friedrich Rohl!«

Was Henny erzählte, war eine jener typischen Nazi-Karrieren, wie Paul sie bereits unzählige Male gehört hatte und die sich alle wie folgt zusammenfassen ließen: mitmachen, gehorchen, sich bereichern, für nichts verantwortlich sein. Dass man gerne mitgemacht hatte und stets auf den eigenen Vorteil bedacht war, erwähnte man ungern. Aber wie auch immer, das erklärte nicht Rohls Interesse an dem 37er Vossinger

»Er gilt inzwischen als großer Förderer der deutsch-französischen Freundschaft«, erzählte er Henny. »Er ist sogar zu einem Cocktailempfang im Élysée-Palast eingeladen.«

»Dass er sich das traut, nach allem, was er getan hat! ›Schönen Beifang‹, so hat er die Entdeckung der Résistance-Kämpfer genannt und munter Flaschen gezählt, während die gefoltert wurden.«

»Kennst du jemanden, der noch mehr über Friedrich Rohl weiß?«

»Vielleicht. Alfons Keßler, ein alter Freund meines Vaters. Ich ruf ihn an.«

»Danke.« Niemals hätte Paul gedacht, dass er einmal alte, gemeinsame Zeiten mit Henny beschwören würde, aber so wie sie sich gerade die Bälle zuwarfen und Ideen entwickelten, so hatten sie das früher auch getan.

»Keine Ursache. Auch wenn ich nicht glaube, dass man Typen wie Rohl zu Fall bringen kann, will ich ihn zumindest einmal stolpern sehen.«

»Eines noch, Henny«, fiel ihm da ein. »Ist dir auf der Flasche neben dem Wehrmacht- und dem z. b. G-Stempel etwas aufgefallen?«

»Oben links ist das Etikett eingerissen.«

»Dann ist es die Flasche, die der Fotograf für das Negativ benutzt hat!«, rief er aus. »Hoffen wir, dass sie wirklich in Kaspars Besitz ist.«

»Wo kann ich dich erreichen?«, fragte Henny.

»In Strasbourg bei meiner Mutter.« Er gab ihr die Nummer.

»Oh! Zurück in Strasbourg! Räumst du dein Leben auf?«

»Auf bald«, sagte er und beendete das Gespräch.

Freiburg

Bei den Kachgais-Nomaden im Süden Persiens, hatte Henny neulich in einem *Kosmos*-Heft gelesen, weben die Frauen in jeden Teppich einen Fehler ein. Denn nach Ansicht der

Kachgais zieht das Vollkommene den bösen Blick auf sich. Eine weise Entscheidung, fand Henny, in deren Leben mehr als ein Fehler eingewebt war, Fehler, die sie im Gegensatz zu den Kachgais nie geplant hatte. Fehler eben, wie sie hinter Entscheidungen lauerten oder aus dem Nichtstun wuchsen, Fehler, ausgelöst durch Angst oder Verletzung, manchmal auch durch Übermut.

Wieder betrachtete sie das Foto, das Lefevre ihr am Vortag gebracht hatte. Als Paul den Hörer auflegte, war ihr der Umschlag wieder eingefallen, sie wollte ihn noch davon unterrichten, aber da tutete es schon in der Leitung. Der Umschlag war nicht verschlossen gewesen, sie hatte nachgesehen, was er enthielt. Nun lag das Foto vor ihr auf dem Couchtisch, und neben ihr qualmte die fünfte Zigarette im Aschenbecher. Mit allem hatte sie gerechnet, aber doch nicht damit!

Zuerst schüttelte sie unentwegt den Kopf, dann sprang sie auf, rannte ins Schlafzimmer, kramte in der Kommode das unter ihrer Wäsche versteckte Foto hervor und legte es neben das von Paul. Es war das gleiche Bild. Sie beide auf der Bank vor dem Kino sitzend, lachend, verliebt, frei. Beide hatten sie das gleiche Bild aufgehoben, beide hatten im gleichen Bild das gesehen, was sie als Paar ausmachte, beide wussten sie, dass dieses Foto eine Spur von Glück festhielt. Ein Mann und eine Frau, und alles stimmte. Es gab keinen Fehler in diesem Bild. Er war der Richtige gewesen, und sie die Richtige für ihn.

Weil der Moment vollkommen war, hatte sie der böse Blick getroffen, aber Himmel nein, an solchen Blödsinn glaubte sie doch wirklich nicht.

À nos morts – Unseren Toten

Den Haag

Sie saßen auf wackeligen Bambushockern beim Indonesier an der Ecke und aßen Nasi Campur. Kaspar ärgerte sich, weil Grietje für sie beide Stäbchen bestellt hatte. Während Grietje mühelos Reis und allerlei Gemüse zwischen die Stäbchen packte und in den Mund schob, kämpfte er mit einzelnen Reiskörnern und widerspenstigen Sojabohnen, verhungerte sozusagen vor vollem Teller. Mit keinem Wort hatte Grietje bisher den Urlaub erwähnt, und er hatte sich noch nicht getraut, das Thema anzuschneiden, merkte aber, dass es dringender und drängender wurde, weil sich sonst Misstrauen wie Mehltau auf ihre Liebe legen und sie vergiften würde. Er legte die Stäbchen zur Seite und starrte die drei roten Laternen an, die im Fenster baumelten. Hinter der Theke jonglierte der Koch mit drei großen Pfannen, ließ Gemüsestückchen in der Luft Salti schlagen, verschwamm in einer Dampfwolke, wenn er Wasser zuschüttete. Der Duft von scharfen Gewürzen und frisch gebratenem Fisch stieg Kaspar in die Nase, und sein Magen knurrte nun hörbar. Entschlossen griff er nach der Schüssel, führte sie nah an den Mund und benutzte die Stäbchen als Schaufel. So hatte er in einem Film mal einen Chinesen essen sehen.

»Soll ich dir noch mal zeigen, wie das mit den Stäbchen geht?«, fragte Grietje mit sanfter Stimme und wollte nach der Schüssel greifen.

»Willst du mir jetzt noch vorschreiben, wie ich essen muss, nachdem du schon meinen Urlaub geplant hast?«

Er knallte die Schüssel auf den Tisch, und Grietje zog erschreckt ihre Hand zurück.

»Es ist gut, dass du das Thema endlich ansprichst, ich habe mich nicht getraut«, sagte sie leise.

»Wieso behauptest du, dass ich in Eichingen noch was erledigen muss?«

»Deine Mutter und Paul haben dich in Den Haag gesucht, sie machen sich Sorgen um dich, auch deine Großmutter. Das weiß ich von Else. Aber du sprichst nie von ihnen, du meldest dich nicht. Behaupte nicht, dass es da nichts zu klären gibt.«

»Aber das ist doch meine Sache. Du sagst mir auch nicht die Wahrheit über Frans. Willst du mich loswerden? Warum soll ich zurück nach Eichingen?«

Sie schüttelte den Kopf. Dann sah sie ihn herausfordernd an und sagte: »Weil ich wegwill aus Den Haag.«

»Wieso?«, fragte er blöd und verwirrt.

Sie holte tief Luft und schloss die Augen. Was sie sagen wollte, fiel ihr nicht leicht, das konnte selbst ein Blinder merken. Als sie die Augen wieder öffnete, fixierte sie ihn mit entschlossenem Blick.

»Ich bin in einem Waisenhaus aufgewachsen, genau wie Frans«, begann sie. »Er war wie ein großer Bruder für mich, hat mich immer beschützt. Aber seit ein paar Jahren will er kein großer Bruder mehr sein, sondern etwas anderes, aber das will ich nicht.«

Kaspar schluckte. Seine Gefühle fuhren Achterbahn. »Du bist ein Waisenkind? Wieso hast du das nie gesagt? Ich bin doch auch ein Waisenkind«, stammelte er. »Meine Mutter ist tot, und für meinen Vater bin ich tot.«

»Aber du hast eine Großmutter, eine zweite Mutter und einen Paul. Und du hast ein Zuhause, ein Daheim, einen Ort, an den du zurückkehren kannst. Ich habe nichts und niemanden, nicht mal Frans ist mir geblieben, seit er nicht mehr mein großer Bruder sein will.«

Kaspar fuhr immer noch Achterbahn. Sein kurzes Leben sauste an ihm vorbei. Häwelmann I und II, mit denen er herumtobte, Kätters Federbett, unter das er kriechen durfte, wenn er Albträume hatte, das Buch über Portraitfotografie von Henny, Bertold, mit dem er auf den Schelinger Matten dem Sonnenuntergang zusah, Paul, wie er ihm die Agfa Clack erklärte, und noch tausend andere Bilder. Plötzlich stoppte die Bahn, und er fühlte sich wie ein Luftballon, in den einer stach und die Luft herausließ. Seine Wut auf Kätter und Henny kam ihm mit einem Mal kindisch vor. Es hatte Gründe gegeben, warum sie ihm nicht die Wahrheit gesagt hatten. Angesichts von Grietjes sehr viel härterem Los schämte er sich für sein sang- und klangloses Verschwinden. Andererseits, ohne sein Weggehen wäre er nicht zu dieser Erkenntnis gelangt.

»Jetzt versteh ich, was es mit Frans auf sich hat.« Er griff nach ihren Händen und drückte sie.

»Es ist schön, dein Eichingen, nicht wahr?«

Kaspar zuckte mit den Schultern. »Es ist ein kleines Dorf. Jeder kennt jeden.«

»Zeigst du es mir?«

Natürlich! Er wollte ihr den Hof und die Weinberge zeigen, den Garten und die Ställe, die Kirche und die Kurbel, die Kirschblüten im Frühjahr, die Weinberge im Herbst, er wollte ihr alles zeigen. Er wollte sie Kätter vorstellen und Henny und Paul, er wollte »sein Mädchen« allen zeigen, vor allen zu ihr stehen. Er wollte sie beschützen, ihr ein guter Kamerad sein, mit ihr gemeinsam durchs Leben gehen.

»Ja, das mache ich«, versprach er.

»Welchen Roten empfiehlst du mir zum Hirschgulasch, Henny-Kindl?«, fragte Alfons Keßler.

Sie saßen im *Roten Bären,* Alfons' Lieblingslokal in Freiburg, das Henny freiwillig nie besuchte. Er führte sie zum Essen aus, nachdem Henny telefonisch immer wieder nur seinen Sohn, aber nie ihn selbst erreicht hatte. Nun sah sie für ihn die Rotweinkarte durch.

»Was hältst du von einem Spätburgunder Waldumer Pfarrberg?«

»Gute Wahl«, stimmte er ihr zu und orderte beim Kellner. »Und jetzt erzähl mal: Was ist so dringend, dass du dir die Finger wund wählst, um mich zu erreichen? Macht dir der Dobler immer noch Ärger?«

»Glaubst du, er schafft Geld für sich zur Seite?«

»Kind, du kommst auf Sachen!« Halb amüsiert, halb verwirrt schüttelte er den Kopf, dann überlegte er. »Zuzutrauen wär's ihm, Geld an der Gattin vorbeizuschmuggeln. Aber glaubst du etwa, das hängt er an die große Glocke? Nein, da kann ich dir wirklich nicht helfen.«

Eine Eierstichsuppe wurde serviert. Alfons steckte sich die Serviette ins Hemd und griff zum Löffel. Henny tat es ihm gleich, legte aber den Löffel bald wieder weg.

»Kennst du den Rüdesheimer Weinhändler Friedrich Rohl?«, fragte sie. »Vor Jahren habe ich mal hier mit ihm gegessen.«

»Den Friedrich? Natürlich!«, rief er freudig aus. »Er wird unser Mann in Brüssel! Du weißt ja, dass wir seit 1959 in der EWG eine gemeinsame Weinbaupolitik diskutieren. Vernünftige Kontingentierung, Respekt vor traditionellen Anbaumethoden, Produktionssteigerung, Mindesterzeugerpreise und so weiter. Aus unserer Sicht vor allem keine Vollliberalisierung, damit der deutsche Markt nicht von billigen Italienern oder Franzosen überschwemmt wird.« Er schob den Teller zur Seite und winkte den Kellner herbei. »Wo bleibt denn der Spätburgunder?«

»Was heißt, er wird unser Mann in Brüssel?«, wollte Henny wissen, nachdem der Wein eingeschenkt war.

»Wir müssen in der Februar-Sitzung die Position des Generaldirektors besetzen. Das sollte eigentlich schon auf der letzten Sitzung geschehen, aber …« Er steckte die Nase ins Weinglas und schlotzte den ersten Schluck. »Ein feines Tröpfl. Jetzt fehlt nur noch das Hirschgulasch.«

»Friedrich Rohl soll Generaldirektor Weinbau in Brüssel werden?«

»Der Posten ist natürlich heiß begehrt.« Alfons nahm einen weiteren Schluck. »Die Franzosen wollen unbedingt ihren Mann durchsetzen, aber wir wollen den Friedrich. Jetzt geht es natürlich hin und her, Kompromisse schließen, Mehrheiten finden, das übliche Geschäft. Nachdem wir endlich die Italiener überzeugt haben, stehen unsere Chancen gut. Fachlich kann man gegen den Franzosen nichts sagen, und darauf bildet er sich schwer was ein. Stolziert durch die Gegend wie der Storch im Salat, aber spricht halt nur Französisch. Das alte Problem, die Franzosen glauben immer noch, die ganze Welt muss Französisch sprechen, sie tut es aber nicht, hat es eigentlich nie getan. Schon Anfang des Neunzehnten haben sie deshalb in der Champagne die deutschen Händler gebraucht, um den Champagner zu verkaufen. Ich sag nur, am Hof des Zaren nur deutsche Champagner-Händler, und die haben sich dann ihrerseits in der Champagne eingekauft: Bollinger, Taittinger, Deutz-Geldermann, Heidsieck, Roederer, alles ehemals deutsche oder elsässische Weinhändler. Im Weinhandel musst du international sein, und das ist unser Friedrich. Der parliert fließend Französisch, ordentlich Englisch, passabel Italienisch. Im Vergleich zu dem Franzosen ist er polyglott, kosmopolitisch, ja, wirklich europäisch. Ah, da kommt ja das Hirschgulasch! Gibt es noch ein bissl Preiselbeerkompott dazu?«

»Du weißt schon, dass er Görings Weinführer in Frankreich war?«

»Natürlich, das weiß doch in der Weinbranche jeder. Auf der Suche nach feinen Tröpfle war er mit ein paar Lastern immer in Frankreich unterwegs. Einer seiner damaligen Fahrer arbeitet bei mir im Lager.«

Er aß mit gutem Appetit und forderte sie auf, gleichfalls ordentlich zuzulangen. Sie zwang sich, ein paar Bissen zu essen, wartete aber eigentlich nur darauf, dass er fertig wurde. Als sein Teller endlich leer war und er sich wohlig zurücklehnte, hakte sie nach.

»Seine Vergangenheit ist für den Posten des Generaldirektors kein Problem?«

»Henny, was sind das für merkwürdige Fragen! Was heißt hier Vergangenheit? Friedrich Rohl ist ein durch und durch integrer Mensch. Gut, er hat im Krieg für Göring Wein besorgt, viele von uns haben im Krieg Sachen getan, die sie im normalen Leben niemals …, aber der Friedrich hat doch keine Menschen gequält oder umgebracht, im Gegenteil, im Rahmen seiner Möglichkeiten hat er die französischen Winzer gut behandelt. Weil jeder Weinhändler weiß, dass es immer ein Geben und Nehmen ist, und wenn man es mit dem Nehmen übertreibt, rächt sich das. Deshalb freut es den Friedrich so, dass da jetzt auch politisch was in Bewegung gerät. Das Treffen in Paris, der deutsch-französische Vertrag, aus Feinden werden endlich Freunde. Um die deutsch-französische Freundschaft kümmert sich der Friedrich übrigens schon lange. Und jetzt mal frei von der Leber weg und ohne Umschweife: Weißt du von irgendeiner Schweinerei, in die der Friedrich verstrickt ist? Oder warum interessiert dich Friedrich Rohl?«

»Er sammelt 37er Vossinger-Champagner, weil er hinter einer Schatzkarte her ist, die zu Görings Raubgut führt. Hat er mir selbst erzählt.«

»Also, wirklich, Henny!«, tadelte Alfons sie und bat den Kellner um die Rechnung. »Der Friedrich ein Schatzjäger, in was für eine Sache verrennst du dich da? Erst ist Dobler hinter dem Göring-Gold her, jetzt der Friedrich. Wenn er das wirklich gesagt haben sollte, dann als Scherz. Er macht gern Witze, manchmal recht versteckt, sodass man es erst später merkt. Für Frauen noch schwieriger zu verstehen als für Männer, vielleicht hat er dich deshalb verwirrt. Du bist auf dem Holzweg. Glaub einem alten, erfahrenen Mann.«

Strasbourg

Sie saßen beim Mittagessen im *Saint Sépulcre*, wie Paul, oder im *Hailich Graab*, wie seine elsässerdeutsche Mutter sagte. Es gehe ihr besser, sie wolle zum *déjeuner* in eine Winstub, hatte sie bereits nach dem Aufstehen verkündet, und natürlich kam für sie keine andere Winstub infrage als das berühmte Traditionshaus. Nach einer guten Portion Coq au Riesling – »Ist ja eigentlich nichts anderes als Hühnerfrikassee« – mit breiten Elsässer Nudeln und zwei Gläsern Klevener de Heiligenstein leuchteten ihre Bäckchen, und sie sah wieder aus wie das blühende Leben.

Und nun noch ein kleiner Spaziergang, schlug sie nach dem Essen vor, schließlich habe der Doktor das verordnet. Paul war die schnelle Genesung unheimlich, er rechnete mit einem Zusammenbruch auf offener Straße oder erneuter Bettlägerigkeit. Sie schalt ihn einen Schwarzseher und bestand auf dem Promenieren. So schlenderten sie durch die mehr oder weniger vom Schnee geräumten, schmalen Straßen der Altstadt. Seine Mutter hatte sich bei ihm eingehakt, und Paul hielt ihre Hand fest, doch in Gedanken sah er sie trotzdem ausrutschen, sich ein Bein brechen und sich selbst noch wochenlang in Strasbourg festgehalten.

An der Place Broglie schlug er vor, doch einen Kaffee zu trinken und dann umzukehren, aber nichts da. Unbeirrt spazierte *maman* weiter in Richtung Neustadt, an der Oper vorbei, über die Ill und hielt dann zielstrebig auf die Place de la République zu.

Nach dem Sieg der Deutschen 1871 hatte das wilhelminische Kaiserreich hier fünf pompöse Bauten errichtet, deshalb bildete die Place de la République den Kern des deutschen Quartiers. Um nicht mehr an die verhasste Besatzung erinnert zu werden, hatte man nach 1945 überlegt, das deutsche Quartier komplett abzureißen, das dann aber schnell verworfen und es dabei belassen, den Platz, der 1871 Kaiserplatz und von 1941–1944 Bismarck-Platz hieß, wieder Place de la République zu nennen. Auf dem Platz markierten vier riesige, kahle, gleichwohl majestätische Ginkgobäume, ein Geschenk des japanischen Tennos an den deutschen Kaiser, ein Karree. Mittig zwischen den Bäumen, ganz in weißem Marmor gehalten, das Denkmal *À nos morts*. Unseren Toten. Überlebensgroß kniet die trauernde Mutter Elsass zwischen ihren beiden Söhnen, die sich im Tod die Hand reichen. Der eine ist auf französischer, der andere auf deutscher Seite gefallen.

Paul erinnerte sich an die Einweihung 1936. Sie waren mit der Schule da gewesen, mussten stillstehen, als die Marseillaise gespielt wurde und der Bürgermeister sprach. Er hatte nicht zugehört, seine Gedanken weilten keineswegs bei den Gefallenen des Ersten Weltkriegs, denen das Mahnmal gewidmet war, sondern schon bei der süßen Nanette, die er später in *La Petite France* treffen wollte. Er war jung, zum ersten Mal verliebt, voller Pläne und Träume, und hatte so wenig wie die meisten geahnt, dass sich das traurige Los der Elsässer im bald folgenden Zweiten Weltkrieg wiederholen würde.

Die Augen geschlossen, die Handtasche in der rechten Ellbogenbeuge, beide Arme unter den gewaltigen Busen gepresst, in der linken Faust ein Taschentuch, stand seine Mutter vor dem Mahnmal und rührte sich nicht, bis ein innerer Aufruhr ihren Körper erschütterte und ihre starre Haltung löste. Hastig tupfte sie sich mit dem Taschentuch die Augen und schnäuzte sich dann.

»Wenn ich hier bin, sehe ich sie vor mir«, erklärte sie. »Schau der, der den Kopf zur Seite lehnt, ist mein kleiner Auguste, und der den Kopf nach hinten reißt, mein tapferer Jean-Pierre. Natürlich, sie hatten nicht so große, muskulöse Körper, aber das Leid, der Schmerz …«

»Dein Hang zur Dramatik, *chère maman*, ist kaum zu überbieten«, unterbrach Paul sie schroff, weil er als dritter, noch lebender Sohn neben ihr stand.

Sie hörte ihn nicht. »Jean-Pierres Grab in Dunkerque kann ich besuchen«, murmelte sie. »Ich habe ewig gesucht, bis ich es auf dem Friedhof gefunden habe, so viele weiße Kreuze für so viele Tote … aber das von Auguste in der Wüste … Ich hoffe doch, er hat eines, und liegt nicht als Knochengerüst im Sand, nachdem er ein Fressen für die Geier … So jung waren sie, Jean-Pierre vierundzwanzig und Auguste, *min kleiner Knäckes, mon bonhomme*, gerade achtzehn, grad sein *baccalauréat* in der Tasche und sofort an die Front. Gefallen, von wegen! Verreckt müsste man sagen, krepiert, zerfetzt, durchlöchert. Und von den Pfaffen kein Trost, kein Halt, nur rundgelutschte Phrasen.«

So wie im Dorf die Klageweiber jeden Morgen zur Kirche liefen und den Herrgott um Gnade anflehten, sah Paul seine Mutter Tag für Tag hierherkommen und um ihre Söhne trauern. Ihre Mutterliebe, die nie üppig bemessen war, hatte die Trauer aufgezehrt, die restliche Lebensenergie verschlang das Union. Da blieb nichts mehr für den dritten Sohn, im Gegenteil. Dass er lebte und die anderen nicht, machte den Verlust noch schmerzhafter. Und er konnte entweder den Rest seines Lebens dagegen anrennen oder die Dinge so nehmen, wie sie waren.

»Lass uns nach Hause gehen, *maman*«, schlug er vor.

Er musste den Satz wiederholen. Erst dann merkte sie, dass sie nicht allein war, sah, dass er neben ihr stand.

»Du hast den Auguste in Tunesien nicht erschossen«, sagte sie entschieden und griff nach seinem Arm. »Kein Bruder täte doch auf den Bruder schießen.«

»Himmel, Sakramoscht«, schimpfte Kätter und versuchte mit den Zähnen, den Splitter aus der Fingerkuppe zu ziehen, den sie sich beim Schichten der Holzscheite eingefangen hatte.

Vor zwei Stunden hatte der Ludwig, der älteste der Jakumeit-Buben, vor der Tür gestanden, gleich die Ärmel hochgekrempelt und zum Beil gegriffen. Voll im Saft und ans Schaffen gewohnt, spaltete er Klotz für Klotz, als würde er Butter schneiden. Sie kam mit Einsammeln und Schichten kaum nach. Als er fertig war, spendierte sie ihm natürlich ein Bier und schmierte ihm ein Leberwurstbrot. Danach machte sie weiter und war fast fertig mit Schichten, als sie sich den Splitter einfing. Es gelang ihr nicht, ihn aus dem Finger zu ziehen, sie musste es später drinnen bei Licht versuchen. Oder sollte sie sofort reingehen? Aber wenn sie mal hockte, kam sie wahrscheinlich kaum mehr hoch. Sie könnte die Arbeit einfach auf den nächsten Tag schieben. Aber wenn am Abend noch einer vorbeikam und sah, was da noch alles rumlag? Kein sauberer Hof am Feierabend? Nein, nein, so einen Schlendrian würde sie gar nicht einreißen lassen. Wieder bückte sie sich nach einem Scheit.

Aber ihr taten dann doch das Kreuz und manch andere Knochen ordentlich weh, als sie endlich in die Küche trat. Sie fingerte eine Nadel aus der Nähkiste, setzte sich die Brille auf und rückte dem Splitter unter der Lampe über dem Tisch zu Leibe. Mit der Nadel zupfte sie die Haut um den Splitter ab, drückte dann mit einem Finger von unten gegen ihn, um ihn mit zwei anderen Fingern rausziehen zu können. Jesses, ihre Augen wurden auch immer schlechter, und ihre Finger erst! Grob und taub, wie sie waren, kriegten sie das kleine Holzstück einfach nicht zu fassen. Es durfte nicht abbrechen, man musste es als Ganzes erwischen, sonst fing die Wunde an zu eitern. Nach vier weiteren Versuchen hatte sie den Plagegeist endlich.

Die Henny war bei solchen Sachen immer sehr geschickt gewesen. Mit Fingern, so fein wie die einer Näherin, klemmte sie den Splitter ein, und raus war er. Auch als ihre Stadtfinger nicht mehr so fein waren, weil auch sie schwere Arbeit verrichten musste, klappte das noch. Als sie das erste Mal Holz hackte – mussten sie Frauen ja, als die Männer im Krieg waren –, war das ein Bild für die Götter: Holzstück auf den Hackklotz, mit der Axt ordentlich ausholen, zuhauen, bestenfalls den Klotz treffen, und das Holzstück landete immer daneben. Aber die Henny war zäh. Ein ums andere Mal hatte sie es probiert und probiert, bis es klappte.

Ja, es war die rechte Entscheidung, dass Henny sich um ihre Hinterlassenschaft kümmern sollte. In solchen Sachen war auf sie Verlass. Gut, bei ihrem Besuch in Freiburg hatte Henny noch nicht viel dazu gesagt, aber das würde sich finden, es pressierte ja nicht. Und bei dem, was Kätter erfahren hatte, war sie schon gar nicht umsonst nach Freiburg gefahren. Also, das war für sie eine echte Überraschung, dass der Paul am Telefon war! Dass die zwei wieder …

Nein, nein und nochmals nein. Früher, da hatte sie ein untrügliches Gespür gehabt, wer zusammenpasste oder gar schon heimlich ein Paar war. Bei Henny und Heiner hatte sie es sofort gewusst, bei Henny und Paul auch, und bei vielen anderen aus dem Dorf ebenfalls. Aber in letzter Zeit lag sie öfter daneben, Kaspar und Else zum Beispiel … Gut, da war sicher auch viel Wunschdenken dabei. Nein, nein, nein, sie würde nicht sagen, dass es noch mal was werden könnte mit Henny und Paul … Aber wenn sie nach ihrem Gespür ging, dann doch. Es waren ja die Kleinigkeiten, auf die es dabei ankam. Und der Ton, in dem die Henny mit dem Paul gesprochen hat: samten wie alter Burgunder …

Samten wie alter Burgunder! Herrje, sie sollte sich was schämen, so romantisch tönten doch nur Backfische. Die Liebe war doch viel komplizierter, und die zwischen Henny und Paul sowieso, besser wäre es, sich da nicht einzumischen.

Um auf andere Gedanken zu kommen, griff sie nach der Zeitung, die noch darauf wartete, gelesen zu werden. Die Sache mit dem deutsch-französischen Vertrag stand ja nun Spitz auf Knopf, nachdem de Gaulle sein Veto gegen den Beitritt der Briten eingelegt hatte. Dass der Adenauer für den Beitritt der Briten war, ignorierte der Franzose einfach, auch dass er den Kanzler damit innenpolitisch in die Bredouille brachte. Zerreißprobe in der CDU und so weiter. Von dem Streit zwischen den Frankreich- und den Amerika-Freunden in der Partei hatte Kätter schon öfter gelesen, nun gab es ein offenes Hauen und Stechen. Doch der Kanzler ließ sich davon nicht beeindrucken, der hielt stur an dem Abkommen fest und ignorierte alle Einwände. Man müsse eben mehr auf das deutsch-französische und das europäische Pferd setzen, so der Kanzler, dafür sei er bereit, einige Jahre mit den Amerikanern in Spannung zu leben.

Kätter legte die Zeitung weg und bewunderte den Adenauer einmal mehr. Denn im Sturm stehen bleiben, den Gegenwind aushalten, sich nicht vom rechten Weg abbringen lassen, darauf kam es im Leben an.

Freiburg

»Schnell, schnell, schnell«, rief Zängerle aufgeregt und fuchtelte mit dem Hörer in der Luft herum. »Ihr Sohn ist am Telefon.«

Henny flog die paar Meter von den hinteren Regalen bis zum Telefon. »Kaspar?«, schrie sie. »Na endlich! Wie geht es dir?«

»Ich mach es kurz, denn das Auslandsgespräch ist teuer. Mein Zug kommt am 21. Januar um 21 Uhr 45 in Freiburg an. Ich bring Grietje, meine Freundin, und den Schampus für Paul mit. Gibst du Kätter Bescheid? Sag ihr, es ist nur ein Besuch. Ich will nicht, dass sie sich falsche Hoffnungen macht.«

»Mach ich!« Langsam legte sie den Hörer auf. Kaspar hatte

schnell und ohne Pause gesprochen, so als hätte er den Text auswendig gelernt oder so, als dürfte er dabei nicht unterbrochen werden. Das lag sicher nicht nur am Preis für das Ferngespräch …

Zängerle, der wie ein um das Wohl seiner Gäste besorgter Oberkellner um sie herumscharwenzelte, meinte: »Da fällt Ihnen doch bestimmt ein Stein vom Herzen.«

»Sie haben Kaspar wirklich nicht erkannt?«, wollte Henny wissen.

»Wie meinen?«, fragte er verständnislos.

»Der junge Mann, der den Vossinger geklaut hat.«

»Das war …? Nein, wirklich nicht. Ich meine, wie oft habe ich Ihren Sohn gesehen? Und dann, es ging ja so schnell! Ein, zwei Sekunden, nein, nein, beim besten Willen nicht.«

Henny nickte. Das klang plausibel. Dennoch steckte ein Misstrauen gegen Zängerle in ihr fest, nachdem er vor zwei Tagen nicht zur Arbeit gekommen war. Sie, Henny, habe doch selbst bei seiner Frau angerufen und ihr mitgeteilt, dass der Laden an dem Tag wegen einer dringenden Familienangelegenheit geschlossen bliebe, erklärte er ihr, als sie ihn am Tag danach auf sein Fehlen ansprach. Ob ihn der Weinhändler Dobler kontaktiert hatte, wollte sie wissen. Nein, mit Sicherheit nein, behauptete Zängerle, aber stimmte das? Für sie konnte nur Dobler hinter dem Anruf stecken. Hatte er seine Stimme verstellt oder seine Frau anrufen lassen? Aber wie hatte Dobler sicher sein können, dass Frau und nicht Herr Zängerle den Hörer abnahm? Denn Zängerle hätte doch an der Stimme erkennen müssen, dass sie nicht die Anruferin war.

Wie immer sie es auch drehte, sie durfte nie vergessen, dass es Dobler war, der dafür gesorgt hatte, dass sie an Zängerles Loyalität zweifelte. Dobler, an den sie am liebsten gar nicht mehr denken wollte. Immer noch wusste sie nicht, wie sie auf seine unverschämten Drohungen reagieren sollte. Sollte sie Pauls Vorschlag aufgreifen? Aber wäre sie überhaupt in der Lage, Dobler so abgebrüht anzugreifen? Nichts schlimmer, als wenn ihr dabei die Stimme versagen oder die Knie zittern würden.

Sie verschob eine Entscheidung und meldete beim Fernamt eine Verbindung nach Frankreich an. Erst einmal sollte sie Paul die frohe Botschaft überbringen, dass Kaspar mit dem Vossinger zurückkam. Aber in Straßburg nahm niemand den Hörer ab.

Windschatten

Friesland, Holland

Sie waren zu fünft. Grietje am Steuer, Cornelis auf dem Beifahrersitz, er, Kaspar, eingeklemmt zwischen Luuk und Willem, auf der Rückbank. Um zwei Uhr hatte der Wecker geklingelt, und nun waren sie bei minus fünfzehn Grad und in vollkommener Dunkelheit auf dem Weg nach Leeuwarden, wo die *Elfstedentocht* startete. Auf seinen Oberschenkeln lag die braunlederne Agfa-Bereitschaftstasche mit Kamera und Blitzlicht, auf den Oberschenkeln von Cornelis, Luuk und Willem lagen Schlittschuhe mit perfekt geschliffenen Kufen. Die drei bildeten ein Team. Sie hatten gemeinsam trainiert, kannten ihre Stärken und Schwächen, wussten, wann wer an die Spitze musste, damit die anderen zwei in seinem Windschatten gleiten konnten. Sie würden die zweihundert Kilometer schaffen. Wobei der Wetterbericht nicht für Optimismus sorgte: Strenger Ostwind und Schneefall waren angekündigt.

In Leeuwarden türmte sich der Schnee am Straßenrand, und wo kein Schnee lag, wimmelte es von Menschen. Sie fanden keinen Parkplatz. Also hielt Grietje nur kurz an, um sie aussteigen zu lassen. Wie ein Sportreporter begleitete Kaspar die drei Läufer. Er hielt mit der Agfa fest, wie sie Startnummern und Stempelkarten in Empfang nahmen, folgte ihnen mit unzähligen weiteren Läufern zum Start, dirigierte sie für einen Moment aus dem Gedränge, um noch ein schönes Dreierfoto zu machen, hatte Mühe, sie danach weiter im Blick zu behalten, als es zur Startposition ging. Im Licht der riesigen Scheinwerfer, die das Startfeld erhellten, tanzte feiner Schnee, der kalte Ostwind wehte die Flocken mal in die eine, dann in die andere Richtung. Schlechter konnten die Bedingungen für ein gutes Foto und auch für die Tour nicht sein.

»Schauen wir mal, ob wir es vor ihnen nach Sloten schaffen.« Grietje startete den Wagen. »Dann haben sie vierzig Kilometer und die ersten zwei Stationen hinter sich. Hast du dir die Startnummern gemerkt?«

Die Straße führte teilweise an den Kanälen entlang, sie konnten die Eisläufer sehen. Die Hände auf dem Rücken, glitten sie hintereinander in kleineren oder größeren Gruppen über das Eis. Aus der Entfernung wirkten ihre Bewegungen schwerelos, elegant, ja, tänzerisch leicht, dabei kämpften sie mit einem biestigen Wind, feinem Schnee und zweistelligen Minusgraden.

In Sloten suchten sie sich einen Platz in der Nähe der Stempelstelle. Sie hatten Glück, Cornelis, Luuk und Willem kamen keine drei Minuten später dort an und wollten schnell weiter. Kaspar dokumentierte den kurzen Stopp: Der dritte Stempel auf der Karte, klack! Einen Becher heißen Kakao, klack! Die nächste Schicht chinesische Wundercreme aufs Gesicht, klack! Wieder auf die Eisbahn, klack!

»Wir warten in Workum wieder auf euch«, rief ihnen Grietje nach.

Nach Workum waren es wieder etwa vierzig Kilometer. Das Schneegestöber ließ nicht nach, sie schlichen mehr, als dass sie fuhren, und Grietje meinte, dass dies sicher die härteste *tocht der tochten,* Tour der Touren war.

In Workum fürchteten sie, viel zu spät zu sein, aber dann entdeckten sie Luuk unter den Ankömmlingen. Er war allein, Cornelis hatte sich auf der Höhe von Hindeloopen den Knöchel verstaucht und nicht mehr weiterfahren können. Willem war bei ihm geblieben.

»Fährst du allein weiter?«, wollte Kaspar von Luuk wissen.

»Ohne die zwei anderen?« Luuk schüttelte den Kopf. »Wir sind als Team gestartet, wir geben als Team auf.«

Zu dritt stiegen sie ins Auto und fuhren zurück nach Hindeloopen. Kaspar fotografierte Cornelis' geschwollenen Knöchel, dann Luuk und Willem, die Cornelis zum Auto schleppten. Cornelis schimpfte wie ein Rohrspatz.

»Hey, wir haben uns wacker geschlagen, bei der *tocht der tochten*«, versuchte Luuk ihn aufzumuntern.

Dann entschieden sie einstimmig, nicht, wie ursprünglich geplant, noch einmal in Leeuwarden Station zu machen, um dort das Ende des Rennens zu erleben, sondern direkt nach Hause zu fahren.

Sie waren bereits kurz vor Den Haag, als sie in den Nachrichten hörten, dass der Hubschrauber mit Königin Juliane und Prinzessin Beatrix rechtzeitig vor der Ankunft der ersten Läufer in Leeuwarden gelandet sei und dass Reinier Paping aus Ommen in 10 h 59 die Tour gewonnen habe.

»Knappe elf Stunden bei dem Wetter, Wahnsinn«, meinte Cornelis.

»Wer hat in unserer Runde auf Paping gesetzt?«, wollte Willem wissen.

»Ich«, rief Grietje.

»Schön für euch! So habt ihr ein extra Urlaubsgeld für die Reise nach Deutschland«, sagte Willem.

In Den Haag ging Kaspar nicht sofort nach Hause, sondern brachte den Film noch in ein Fotogeschäft, das die Bilder über Nacht entwickelte. Er wollte den dreien die Fotos geben, bevor er nach Eichingen fuhr, also seine ganz persönliche *Elfstedentocht* antrat, von der er nicht wusste, wie und wo sie enden würde.

Es war ihr dritter Versuch. Endlich meldete sich eine brüchige Frauenstimme, wahrscheinlich die Mutter. Henny fragte, ob sie Paul sprechen konnte.

»*Qui parle?*«, fragte die Stimme misstrauisch.

»Henny Köpfer aus Freiburg.«

Der Hörer wurde zur Seite gelegt.

»Ein Auslandsgespräch«, schickte sie hinterher, hatte aber keine Ahnung, ob die alte Frau sie noch hörte.

Paul hatte sehr ungern über seine Mutter gesprochen. Es musste etwas vorgefallen sein zwischen ihm und *maman*, als er 1944 zurück nach Straßburg kam, aber was genau? Sie hatten nie darüber geredet, wie sie über vieles aus dem Krieg geschwiegen hatten. Zur Hochzeit hatte Paul seine Mutter nur eingeladen, weil Kätter drohte, es ansonsten zu tun, aber *maman* konnte nicht kommen. Eine schon lang geplante Reise nach Dünkirchen zum Grab des ältesten Sohnes … Paul war es so lieber. Zum Glück, eine schöne Hochzeit hätte sie erlebt!

»Henny?«, meldete sich Paul endlich.

»Gute Nachrichten: Kaspar kommt am 21. Januar und bringt nicht nur seine neue holländische Freundin, sondern auch den Vossinger mit. Ankunft des Zuges um 21 Uhr 45.«

»So spät? Der Vertrag soll am 22. unterzeichnet werden.«

»Ich kann's nicht ändern.«

»Ich werde in Freiburg sein, wenn er ankommt.«

Seine Stimme klang geschäftsmäßig, anders als bei ihrem letzten Gespräch, wo sie eine leichte Zärtlichkeit gespürt hatte. Bestimmt stand *maman* im Hintergrund und lauschte mit. Henny stellte sich ihre Wohnung düster und altbacken vor. Viel Eiche, viel dunkle Teppiche, braunstichige Fotografien, Tischdecken mit Fransen. Brrr …

»Ich melde mich, wenn ich die Fahrkarte gekauft habe«, fügte Paul an.

»Ich habe noch etwas Interessantes über Rohl erfahren. Er soll Generaldirektor Weinbau in Brüssel werden, hat aber einen französischen Konkurrenten.«

»Sag das noch mal!«

Henny wiederholte, was Alfons Keßler ihr erzählt hatte.

»Darum geht es!«, rief Paul aufgeregt. »Deshalb eiert der Colonel die ganze Zeit herum. Rohl soll in Brüssel ausgeschaltet werden, deshalb will der Colonel die Flasche. Von wegen mit dem Général auf die deutsch-französische Freundschaft anstoßen, ein 37er Champagner ist noch trinkbar …«

»Du redest wirr«, unterbrach ihn Henny. »Muss ich das verstehen?«

»Ich erklär es dir, wenn ich nach Freiburg komme …«

»Ach, ein ehemaliger Lastwagenfahrer von Rohl arbeitet jetzt bei Keßler im Lager in Offenburg«, schob Henny hinterher.

»Weißt du, ob er 1944 bei der Geschichte in Épernay mit von der Partie war?«

»Keine Ahnung. Man müsste ihn fragen.«

»Offenburg, das liegt auf meinem Weg nach Freiburg. Kannst du mich ankündigen?«

»Mach ich«, versprach sie.

»Also dann, bis zum 21.«, verabschiedete sich Paul. *»Oui, maman, oui«*, hörte Henny ihn noch sagen und hinzufügen: »Meine Mutter bestellt Grüße an Kätter.«

»Richte ich aus«, antwortete sie und verabschiedete sich. Sie hatte richtig vermutet. *Maman* hörte mit. *Maman* wollte wissen, mit wem der Filius telefonierte, auch wenn er inzwischen zweiundvierzig Jahre alt war. Ließen Mütter ihre Söhne jemals los? Ließ sie Kaspar nun nach Holland ziehen? War sie überhaupt eine richtige Mutter? Wie sollte gerade sie das wissen? Eine Mutter mit einem zugelaufenen Kind, selbst mutterlos groß geworden, da ihre eigene kurz nach der Geburt gestorben war. Immerhin, mit *maman* hätte Henny eine zweite Schwiegermutter bekommen. Doch *maman* als Schwiegermutter wäre wahrscheinlich kein Vergnügen gewesen.

Eichingen

Kätter riss das Fenster auf, sie musste die Kammer ordentlich durchlüften. Seit Wochen war sie nicht in Kaspars Zimmer gewesen. Sie hängte das Plumeau aus dem Fenster, klopfte den Bettvorleger aus und schüttelte den Kopf, wenn ihr Blick auf die Wände fiel. Nur Fotos und Filmplakate: der Charlie Chaplin mehrfach, zudem Filme, die ihr alle nichts sagten: *Denn sie wissen nicht, was sie tun, Psycho, Die glorreichen Sieben*. Und dann noch Fotos, die Kaspar selbst gemacht hatte: eine einzelne Kirschblüte, drei Herbster-Mädchen von hinten im Gegenlicht, eine Kapelle mit Schatten, Bertold vor einem Projektor beim Filmeinlegen. So was würde sie nicht in ein Album kleben. Das war Kaspars Welt, nicht ihre.

Sie wischte Staub, kehrte den Boden, bezog Kissen und Plumeau neu. Für die Holländerin würde sie das Bett auf der Chaiselongue im Wohnzimmer herrichten. Ob die zwei in Den Haag schon miteinander …? Selbst wenn, nicht in ihrem Haus! Damals nach dem Krieg, das Lotterleben von Henny und Paul … Dass die zwei sich um nichts geschert hatten, nahm sie ihnen immer noch übel. Deshalb war sie doch so froh gewesen, als sie dann endlich heiraten wollten. Aber das Fass musste sie nun wirklich nicht noch mal aufmachen.

Nachdem sie das Bett im Wohnzimmer hergerichtet hatte, machte sie in der Küche weiter. Der Backofen war bereits vorgeheizt, ein frisches Brot sollte es schon geben. Wer weiß, was für Brot das Buebl in Holland essen musste! Und natürlich hatte sie schon ein Glas Himbeermarmelade aus dem Keller geholt, die aß er doch so gern. Und zum Mittag würde es seine Leibspeise geben, gekochtes Rindfleisch mit Meerrettichsoße und süßsauren Gurken.

Nein, nein, im Zug saßen die zwei noch nicht, im Gegensatz zum Adenauer, der nun wirklich nach Paris fuhr, um den Vertrag mit den Franzosen abzuschließen. Obwohl mehr oder weniger alle aus seiner Regierung dagegen waren. Ein Schlangennest, dieses Bonn! Besser eine unverbindliche Erklärung oder ein Protokoll als ein völkerrechtliches Abkommen, wie von Adenauer und de Gaulle geplant, hatte sein Außenminister Schröder noch über die Zeitungen verkünden lassen. Aber vergebens. Der Kanzler hielt an seinem Plan fest, so wie sie an dem ihren.

Freuen? Nein, freuen tat sie sich nicht. Erleichtert war sie, ja, weil dem Kaspar nichts passiert war, und gewappnet hatte sie sich. Sie rechnete mit dem Schlimmsten, so war sie vor bösen Überraschungen gefeit.

Strasbourg

Sie standen wie jeden Tag auf der Place de la République. Frischer Schnee bedeckte die Mutter Elsass und ihre beiden Söhne, und *maman* zog sich in ihre Erinnerungen oder was ihr sonst durch den Kopf ging, zurück. Dass Paul nicht mitgehen müsse, sie schon fit genug sei, hatte sie beim Mittagessen verkündet, aber er fürchtete immer noch ein gebrochenes Bein oder Schlimmeres und bestand darauf, sie zu begleiten. Letztendlich war sie froh darüber gewesen, den ganzen Weg hatte sie seinen Arm nicht einmal losgelassen, erst hier auf dem Platz.

Während Ottilie Tote auferstehen ließ und sich ein Leben mit ihnen schönmalte, dachte er an das, was Henny ihm berichtet hatte. Letztendlich war es sehr ernüchternd. All die idealistischen Vorstellungen, mittels derer man die Welt nach dem Krieg zu einer besseren machen wollte, waren längst in alltäglicher Geschäftigkeit zerrieben. Die Dreifaltigkeit aus Geld, Macht und Einfluss feierte fröhlich Auferstehung. Es ging nicht um Schuld und Sühne, es ging um Posten, der Colonel brauchte die Flasche für eine kleine, dreckige Intrige.

Mit der Vergangenheit leben, trotz allem Weh und Aber, sie

nicht leugnen, die Lehren nicht vergessen und dennoch den Blick nach vorne richten, das wär's. Er dachte an Pauline, an ihren klaren, unbestechlichen Blick, daran, dass sie trotz allem die Freude am Leben und an den Menschen nicht verloren hatte.

»Paul?« Seine Mutter zupfte ihn am Ärmel. »Wo bist du mit deinen Gedanken? Lass uns zurückgehen, es ist kalt.«

»Wir müssen über das Union reden, *maman*«, sagte er mit einer Entschiedenheit in der Stimme, die ihn selbst überraschte. Er hatte in den letzten Tagen viel organisiert: Filme und Dienstpläne erstellt, eine Zugehfrau gefunden, mit Rose, der Nachbarin, und Marie-Terèse von der Kasse abgemacht, dass sie ihn sofort informierten, wenn es Ottilie wieder schlechter gehen sollte.

»Glaubst du etwa, ich will mich aus dem Geschäft zurückziehen, nur weil mein Herz ein wenig Ärger macht?«, wies sie ihn empört zurecht. »Der Adenauer regiert noch mit siebenundachtzig, da werde ich doch mit meinen fünfundsiebzig noch ein paar Jahre ein Kino leiten können.«

»Du hast gehört, was der Doktor gesagt hat.«

»Na und? Sterben müssen wir alle.«

»Du weißt, ich werde das Union nicht übernehmen. Es würde nicht gut gehen mit uns beiden. Aber ich kenne die Branche, ich komme viel rum. Ich könnte nach einem guten Nachfolger Ausschau halten.«

»Wenn es so weit ist, wird sich wer finden«, entschied sie klipp und klar.

Egal, ob sie beleidigt war, weil er ihre Nachfolge ausschlug, oder ob sie wirklich nicht ans Aufhören dachte, was sollte er sagen? Er antwortete nicht. Auch sie sagte nichts mehr, griff stattdessen nach seinem Arm. Bis zur Oper gingen sie schweigend nebeneinanderher.

»Es wäre nur schön, du würdest noch ein paar Tage bleiben, bis ich wieder auf dem Damm bin«, murmelte Ottilie dann.

Paul ließ den Satz sacken. Er konnte sich nicht erinnern,

dass seine Mutter ihn jemals um etwas gebeten hatte. Machte das Alter oder die Krankheit sie weicher? Hatte sie sich vielleicht sogar danach gesehnt, dass er sich bei ihr meldete, war ihrerseits aber zu stolz gewesen, den ersten Schritt zu tun? Hatte er sich all die Jahre fälschlicherweise in der Rolle des ungeliebten Sohnes verbarrikadiert? »Gut«, stimmte er ihrem Vorschlag zu. »Aber morgen muss ich erst mal nach Freiburg fahren.«

»Zu dieser Henny? Sei bloß vorsichtig! Sie hat dich schon einmal ins Unglück gestürzt. Frauen, die so was machen …«

»Alles rein geschäftlich«, wiegelte er ab. Das wäre ja noch schöner, wenn er mit seiner Mutter über Henny reden würde.

Freiburg

Bereits in dem Augenblick, als sie nach der Klinke griff, wusste Henny, dass es ein Fehler war, die Tür zu öffnen, sie tat es aber doch. Sofort setzte Dobler seinen Fuß zwischen Tür und Rahmen, es war unmöglich, ihn noch zurückzudrängen. Anstatt um Hilfe zu schreien, floh sie den Flur hinunter, Dobler folgte schnell, sie roch Männerschweiß und ätzendes Tabac-Haarwasser. Ihre einzige Chance war das Badezimmer, das ließ sich von innen abschließen. Stattdessen lief sie ins Wohnzimmer. Ihre Flucht endete zwischen Schreibsekretär und Fenster, Dobler triumphierte. Wie ein gehetztes Reh ließ er sie vor sich hin und her springen. Sie nicht aus den Augen lassend, fegte er mit einem groben Armwischen zwei Vasen vom Sideboard, zerschmetterte in wildem Zerstörungsrausch die Fotos von Vater und Kaspar und brüllte: »Wo ist die Flasche? Wo ist die Flasche?« Sie öffnete den Mund, brachte aber keinen Ton heraus. Das machte ihn noch wütender. Er schob die Ärmel seiner Jacke hoch. Zwei feiste, schwarz behaarte Arme und Hände schossen auf sie zu und griffen nach ihrem Hals. »Nein«, schrie sie aus Leibeskräften. »Hilfe! Hilfe!«

Wild hieb sie die Hände weg, die nach ihr griffen, und schrie noch lauter, als sie an ihr rüttelten. Ihr Herz klopfte wie verrückt, und es kostete sie eine immense Kraft, die Augen zu öffnen.

»Henny, Henny! Du bist in Sicherheit.«

Sicherheit? Henny saß aufrecht in ihrem Bett und starrte voller Furcht auf den großen, kräftigen Mann, der in der Tür des Schlafzimmers stand. Ein Fremder. Dobler war nicht alleine gekommen, sie war nicht in Sicherheit.

»Henny, hallo, Henny!« Eine kleine Hand klopfte ihr abwechselnd kurz und energisch rechts und links auf die Wangen. »Ich bin's, Elfie, und der Mann heißt Rudi. Er ist Schauspieler. In der *Csárdásfürstin* hat er den Feri-Bacsi gespielt und gesungen.« Sie drehte sich zu dem Mann um. »Rudi, mein Zimmer ist die zweite Tür links. Geh schon mal vor, ich komme gleich.«

Der Mann verschwand, und Henny kam allmählich zu sich. »Wie spät ist es?«, murmelte sie.

»Kurz nach Mitternacht.« Elfie nahm nun ihre Hand und streichelte sie. »Wir sind in einem Affenzahn die Treppe hoch. Du hast die ganze Straße zusammengeschrien. Hast du mal wieder von den Bomben geträumt?«

»Nein, von Dobler«, erklärte Henny und erzählte ihr die ganze Geschichte.

»Wie oft muss ich dir noch sagen, dass du solche Sachen nicht mit dir alleine ausmachen darfst«, schimpfte Elfie. »Wofür sind Freundinnen sonst da, wenn du sie nicht mal in der Not um Hilfe bittest?«

»Es ärgert mich, wie ich mich von ihm habe übertölpeln lassen. Das war so demütigend. Ich hasse es, dass er mich so kleingemacht hat und mich jetzt in meinen Träumen verfolgt!«

»Kann ich verstehen.« Elfie setzte sich neben sie aufs Bett. »Olga hat übrigens in Erfahrung gebracht, dass es bei der Sitte weder einen Meierle noch einen Fischer gibt. Ganz sicher hat Dobler dir die zwei auf den Hals gehetzt. Der blufft, und wir bluffen jetzt zurück. Es wird Zeit, den Dreckskerl in seine Grenzen zu weisen.«

»Du meinst, Polizei?«, fragte Henny ungläubig.

»Nein, nein, auf die ist kein Verlass. Denk an unseren liederlichen Hausstand! Ich finde Pauls Idee ist einen Versuch wert.«

»Ich weiß nicht, ob ich kaltblütig genug auftreten kann«, gestand Henny.

»Meinst du etwa, ich lasse dich allein zu dem widerlichen Krawallmacher?« Elfie rollte empört mit den Augen. »Natürlich komme ich mit, vielleicht brauchen wir Olga noch. Morgen halten wir Kriegsrat. Erinnere dich an unsere Schwarzmarktzeiten, da sind wir mit ganz anderen Kerlen fertiggeworden.«

»Wann kommst du ins Bett, Elfie?«, hörten sie Rudi rufen.

Elfie blickte Henny fragend an.

»So geh schon! Ich weiß ja, dass ich nicht allein bin.«

»So ist es recht!« Elfie stand auf und reckte sich. An der Tür drehte sie sich noch mal um: »Habe ich richtig gehört? Morgen kommt nicht nur Kaspar, sondern auch Paul? Freust du dich?«

»Geh endlich zu deinem Rudi«, rief Henny und warf ein Kissen in Richtung Tür.

»When the world seems to shine like you've had too much wine. That's amore …«, trällerte Elfie und warf das Kissen zurück.

Balkanesischer Feuertopf

Freiburg

An diesem Morgen wollte Henny überhaupt nicht aufstehen. Unter dem dicken Plumeau sehnte sie eine fiebrige Erkältung herbei, die sie in einem Dämmerzustand und mit ermattetem Geist ans Bett fesseln würde und wieder Kind sein ließe. Aber leider zeigte sich ihr Geist keineswegs ermattet, sondern sprang an, zuverlässig wie ein Schweizer Uhrwerk. Auf sie wartete ein Tag voller Fettnäpfchen und Fallstricke. Empfindlichkeiten an allen Ecken und Enden, Erwartungen, die schwer einzuschätzen waren, Hoffnungen, die enttäuscht werden konnten. Dass Paul und Kaspar am selben Tag zurückkehrten, erforderte einen doppelten Drahtseilakt. Besser, sie beschäftigte sich zuerst mit praktischen Dingen. Paul würde sicher im Hotel übernachten, aber Kaspar und – wie hieß das Mädchen noch? Genau: – Grietje natürlich in ihrer Wohnung, so spät fuhr keine Bahn mehr an den Kaiserstuhl. Kaspar auf dem Sofa, Grietje in ihrem Schlafzimmer, sie bei Elfie? So könnte es gehen. Solche praktischen Dinge ließen sich leicht lösen, aber wie würde es sein, Kaspar mit einem Mädchen im Arm zu sehen? Was, wenn er sich eine Trantüte, eine Zimtzicke, eine dumme Gans geangelt hatte? Oder noch schrecklicher, von so einer geangelt worden war? »Du denkst schon wie Kätter, die immer mit dem Schlimmsten rechnet«, tadelte Henny sich. Es war doch toll, dass Kaspar sich verliebt hatte. Das Mädchen verdiente ein freundliches, unvoreingenommenes Willkommen.

Und Paul? Sie dachte an das Foto: Sie beide auf der Bank vor der Kurbel. Was wäre das Leben ohne solche Augenblicke des Glücks? Ob Paul das auch so sah? Sollte sie es also noch einmal wagen …

Sie schlug die Bettdecke zurück und tastete sich an den Tag heran. Während des Zähneputzens dachte sie über das Essen nach. Essen verband, Essen löste Spannungen, und Hunger hatten bestimmt alle. Ein Gemüseeintopf wäre nicht schlecht. Nahrhaft, wärmend und nicht so schwer. Elfie hatte neulich einen vorzüglichen gemacht, einen balkanesischen Feuertopf. Henny brauchte das Rezept. »Elfie«, rief sie und verließ das Badezimmer, doch Elfie antwortete nicht. Für einen Moment kehrte der Traum zurück und die Angst, die sie gehabt hatte. Im Gefolge von Traum und Angst blitzte Doblers Auftritt auf, es bestürzte sie aufs Neue, wie sie sich hatte herunterputzen lassen, wie sie sich nicht gewehrt hatte.

»Guten Morgen«, wünschte Elfie, die nun gähnend aus ihrem Zimmer kam.

»Ist Rudi schon fort?«, fragte Henny erstaunt.

»Den habe ich noch in der Nacht nach Hause geschickt. Dobler, die falsche Sitte und so weiter. Dem Gegner keine Angriffsfläche bieten, du weißt schon.« Sie griff nach der Kaffeemühle und füllte Bohnen ein. »Wann kümmern wir uns um den Dreckskerl?«

»Nicht heute!«, entschied Henny und dachte wieder an den Tag, der größere Herausforderungen barg als Dobler. Wenn sie die meisterte, dann würde sie auch mit Dobler fertigwerden. Und mit Elfie und Olga an ihrer Seite sowieso.

Offenburg

Die Keßler'sche Weinhandlung lag fußläufig zum Bahnhof, Paul fand sie schnell. Der junge Herr Keßler wusste Bescheid und führte ihn auf einen weiten Innenhof, wo der Gustl, so hieß der Lagerarbeiter, der damals als Fahrer für Rohl gearbeitet hatte, Fässer von einem Laster in den Hof rollte. Keßler rief den Mann herbei. Ein Hüne mit einem Kindergesicht kam auf sie zu und nahm seine Mütze ab, als er vor ihnen zum Stehen kam. Keßler stellte Paul vor und verabschiedete sich.

»Ä Franzos'. Was soll ich mit so einem schwätze?« Mürrisch blickte er zu Paul hinunter und drehte dabei mit den Händen seine Mütze hin und her.

»Ich bin Elsässer, ich versteh Alemannisch«, sagte Paul und trug ihm sein Anliegen vor. »Mich interessiert nur eine einzige Fuhre«, schloss er. »Die 1944 von Épernay nach Berchtesgaden, bei der tausend Flaschen 37er Vossinger transportiert wurden. Können Sie sich an diese Fahrt erinnern?«

Zu Pauls großer Erleichterung nickte der Arbeiter. Es hätte ja durchaus sein können, dass er bei dieser Fuhre nicht dabei gewesen war. Doch anstatt etwas über die Fuhre zu erzählen, kehrte er zum Laster zurück. »Die Fässer hopse nid von allei nunder.«

Während Gustl Fässer vom Laster über den Hof rollte und unter einem kleinen Vordach stapelte, lief Paul neben ihm her und zog ihm mühsam einen Satz nach dem anderen aus der Nase.

Ewig haben sie gebraucht und viele Umwege machen müssen auf dem Weg nach Deutschland, so der Gustl. Zwei Tage später als geplant seien sie erst in Berchtesgaden angekommen. Dort habe der Buchner Sepp schon ungeduldig auf sie gewartet.

»Wer?«, fragte Paul, als Gustl die Fässer für einen Moment in Ruhe ließ, um sich den Schweiß von der Stirn zu wischen.

»Der Kellermeister vom Göring«, erklärte Gustl und schob seine Mütze in den Nacken. »Anstatt uns erst mal was zum Esse auf den Tisch ze stelle, sollte wir unter den 37ern die Flasche mit dem eingrissene Etikett suche. Ä Schnapsidee! Wir hän im Stillen gflucht, des könne Se glaube. Zum Glück häm mer die Flasch schnell gfunde.«

»Und dann?«

»Rüber zum Berghof. Der Hitler hat auch einen Kellermeister g'habt, übrigens ein guter Spezi von Rohl! Auftrag ausgeführt. Endlich Feierabend.«

Paul bedankte sich für die Auskunft. Es war so gewesen, wie sie seit Längerem vermuteten. Der Fotograf hatte gestanden, die Gestapo hatte Rohl informiert, Rohl hatte die Flasche bei einem Freund in Sicherheit bringen lassen.

»Schu komisch, dass Sie jetzt nach dere Flasch frage«, sagte der Mann und kletterte wieder auf den Laster. Jahrelang habe sich keiner für die Flasche interessiert, so erzählte er, auch der Rohl nicht, der ja gelegentlich zu Besuch bei Keßler war, aber vor zwei Jahren, da habe er plötzlich alles ganz genau wissen wollen. »Natürlich hat der Rohl gwusst, dass Ihr Franzmänner zuerst oben am Kehlberg ware, aber halt nid, was aus der Flasch gwore isch. Aber woher sollt ich des wisse?«

Auf der Strecke Köln–Basel

Mannheim. Karlsruhe, Baden-Baden, Offenburg, dann kam Freiburg. Knappe zwei Stunden noch, und sie waren da. Bereits in Köln hatte die Dämmerung eingesetzt, ab Koblenz fuhren sie durch Schneegestöber und Dunkelheit. Kaspar konnte Grietje weder das romantische Rheintal zeigen noch den Schwarzwald, der sich bald links von ihnen erstreckte. Nichts zum Zeigen, nichts zum Sehen, nur graue Nacht, vorbeiwischende Lichter und Schneeflocken, die an der Scheibe hängen blieben, erwärmt wurden und sich in stetig dünner werdenden Schlieren auflösten.

Sie hatten ein Sechserabteil für sich allein. Grietje saß ihm gegenüber, ihre Füße lagen auf seinen Knien. In Köln, wo sie eine Stunde Aufenthalt gehabt hatten, wollte sie unbedingt eine deutsche Zeitschrift, sie hatten eine *Revue* gekauft, darin las sie nun, fragte ihn gelegentlich nach Worten, die sie nicht verstand. Sie war entspannt, gut gelaunt, vorfreudig, er das glatte Gegenteil.

Es war gut, dass sie am Abend nur auf Henny und Paul trafen, gut, dass die zwei wahrscheinlich genug mit sich selbst zu tun hatten und sich um das kümmern mussten, was immer sie mit der verfluchten Flasche vorhatten, gut, dass also wenig Zeit blieb, ihn, Kaspar, zu löchern. Die Fragen kannte er alle: Was planst du? Bist du entschieden? Wie stellst du dir dein weiteres Leben vor? Womit willst du dein Geld verdienen? Und die Vorwürfe auch: Wie konntest du einfach abhauen? Warum hast du dich so lange nicht gemeldet? Ist es dir egal, wenn wir uns Sorgen machen?

Karlsruhe. Eine Frau mit einem kleinen Mädchen setzte sich zu ihnen. Ein neuer Schaffner kontrollierte die Fahrkarten. Grietje bot dem Mädchen ein Karamellbonbon an, das Mädchen bedankte sich. Die Mutter fragte, wo sie herkamen. Grietje sagte Holland, er sagte nichts, das Gespräch versandete. Er sah wieder aus dem Fenster.

Hatte er sich entschieden? Die Frau lenkte ihn ab. Sie stand auf und griff nach den Mänteln, die sie erst vor wenigen Minuten ausgezogen hatten. Sie half dem Kind mit Schal und Mütze. Baden-Baden kam schnell, die zwei stiegen aus, niemand stieg zu.

Kätter zu sagen, dass er nicht den Hof übernahm, würde das Schwerste sein. Er war kein Winzer und kein Bauer, das wusste er nun. Aber was war er dann? Ein Filmvorführer? Ein Fotograf? Ein Herumtreiber? Etwas von allem, nichts Halbes und nichts Ganzes, eine Promenadenmischung. Na und? Er räusperte sich, Grietje sah von ihrer Zeitschrift hoch.

»Auch wenn du dir etwas anderes wünschst, ich möchte noch eine Zeit lang bei Cornelis im Kino bleiben«, begann er vorsichtig und versuchte nicht darauf zu achten, wie sie die Stirn sorgenvoll in Falten zog. »Ich arbeite gerne dort, noch nie habe ich mich irgendwo so wohlgefühlt. Ich mag alle: Luuk, Willem, Roos und dich … Dass ich dich dort kennengelernt habe … dass du mich auch … Und was Frans betrifft: Er weiß nicht, wo du arbeitest, er weiß nicht, wo du wohnst. Es war ein blöder Zufall, dass er uns zweimal begegnet ist.«

»Ich versteh dich nicht. Du hast ein Zuhause. Wieso willst du deine Mutter und deine Großmutter im Stich lassen?«

»Ich lasse sie nicht im Stich, ich gehe nur meinen Weg. Das ist nicht der, den sie mir zugedacht haben. Das kommt in den besten Familien vor, ohne dass die deswegen kaputtgehen. Also: Du willst nicht mehr nach Den Haag, ich nicht mehr nach Eichingen. Wohin dann?«

Grietje starrte nun auch aus dem Fenster und sagte nichts.

Offenburg. Ein Mann in einem Lodenmantel stieg zu. Er trug einen Hut mit Gamsbart, von dem er im Flur den Schnee klopfte, bevor er ihn in ihrem Abteil auf die Ablage legte. Nachdem er sich umständlich gesetzt und eine Zeitung auseinandergefaltet hatte, beugte sich Grietje zu ihm, Kaspar, hinüber.

»Gut, dann bleiben wir erst mal in Den Haag. Erst mal, Kaspar, erst mal.«

Sie lehnte sich zurück, und Kaspar seufzte erleichtert. Eine Baustelle weniger, die wirklich kniffligen warteten noch auf ihn.

»Das ist außerplanmäßig, hier hält er eigentlich nicht«, meinte der Mann im Lodenmantel, als der Zug in Emmendingen plötzlich zum Stehen kam, und trat in den Flur, um dort das Fenster zu öffnen und nachzusehen.

»Ist es noch weit?«, fragte Grietje, als der Zug wieder anfuhr.

»Eine Viertelstunde, die nächste Station.«

»Glaubst du, uns holt jemand ab?«

»Denk schon.«

Mit einem Mal tauchte ein lang vergessenes Bild in seinem Kopf auf. Er mit Kätter im Zug, der Bahnhof von Endingen, Henny und Paul, die Hand in Hand am Zug entlangliefen, bis sie Kätter und ihn entdeckten und der Zug zum Stehen kam. Als sie ausstiegen, breitete Paul seine Arme aus, er, Kaspar, rannte auf ihn zu, Paul fing ihn auf, wirbelte ihn einmal durch die Luft, stellte ihn wieder auf die Beine, und Henny strich ihm durch sein wirres Haar. Obwohl er es überhaupt nicht hatte wissen können, war er felsenfest davon überzeugt, dass sie nur seinetwegen gekommen waren. Sie waren seine Familie, sie liebten ihn, und nichts und niemand konnte sie ihm wegnehmen. Nun, Letzteres hatte sich dann als großer Irrtum erwiesen.

»Hol mal den Koffer runter«, forderte ihn Grietje auf. »Wir müssen zusammenpacken.«

Sie steckte die Zeitschrift in den Koffer und schlüpfte in ihren Mantel. Kaspar fing sie auf, als der Zug stark abbremste. Für einen Moment schmiegte sie sich an ihn, dann griff sie nach Schal und Mütze, und Paul nach seiner Seemannsjacke. Nie würde er sie im Stich lassen, niemals, schwor er sich. Draußen wurde es heller, sie fuhren bereits in den Freiburger Bahnhof ein. Kaspar schob das Fenster nach unten, und da standen sie: Henny und Paul, nicht Hand in Hand, aber nebeneinander. Seinetwegen – na ja – und wegen des Vossingers.

Freiburg

Der Empfang am Bahnhof, das gemeinsame Essen, die ersten Hürden waren stolperfrei genommen! Nun saßen sie um den leer geräumten Küchentisch, in der Mitte stand der Vossinger. Paul hatte alle Stempel und die eingerissene Stelle am Etikett überprüft, es war die Flasche, die er 1945 im Führer-Keller in Berchtesgaden gefunden hatte. Henny schlug vor, dem Etikett mit Wasserdampf zu Leibe zu rücken, aber Kaspar hatte Bedenken wegen der Negative, die dabei möglicherweise beschädigt würden. Dass etwas darunter war, wussten sie. Keiner hatte es sich nehmen lassen, mit den Fingern darüberzustreichen. Es war ein Wunder, dass es zuvor niemandem aufgefallen war, aber man übersah so leicht

Dinge, von denen man sich nicht vorstellen konnte, dass sie existierten.

Es war letztendlich die von der Arbeit heimgekehrte Elfie, die die diffizile Sache beherzt in Angriff nahm. »Was glaubt ihr, was für verrückte Aufträge wir in der Requisite manchmal kriegen. Wir sind Herausforderungen gewohnt, so ein Flaschenetikett ist da nur eine Fingerübung.«

Geschickt tastete sie das Etikett und seine Ränder ab. Dann eilte sie in ihr Zimmer, kam mit einem Set feinster Skalpelle und Pinzetten zurück und machte sich behutsam ans Werk. Es störte sie nicht, dass alle wie gebannt auf ihre Finger stierten, sie ließ sich nicht hetzen. Ohne es zu beschädigen, löste sie das Etikett Stück für Stück von der Flasche. Als sie es umdrehte, klebten in durchsichtigen Pergamentpapierfensterchen zwei Negative darauf. Mit dem kleinsten Messer ritzte sie das Pergament an einer Seite auf und zog dann mit einer Pinzette vorsichtig die Negative heraus.

»Keine Schatzkarte«, murmelte Henny.

»Wir brauchen Licht«, rief Kaspar, holte die Stehlampe aus dem Wohnzimmer, drehte die Lampe nach oben und schloss sie an.

Mit der Pinzette am gezackten Rand hielt Elfie erst das eine, dann das andere Negativ ins Licht.

»Auf dem einen stehen vier Menschen, auf dem anderen drei«, erklärte Kaspar.

Henny drängte ihn zur Seite, konnte aber beim besten Willen nicht mehr sehen als er. »So ein blöder Mist«, fluchte sie. »Jetzt kennen wir endlich das Geheimnis, können aber nichts erkennen.«

»Ich denke, es sind Männer«, meinte Elfie, die sich nun über die Lampe beugte. »Liegt auf dem zweiten Negativ der vierte Mann am Boden?«

»Sind die Negative unzerstört? Kann man sie entwickeln?«, wollte Paul, der sich bisher sehr zurückgehalten hatte, von Kaspar wissen.

»Denk schon, sie waren ja geschützt«, meinte er. »In Eichingen habe ich ein kleines Labor, aber hier in Freiburg muss das Entwickeln bis morgen warten. Es gibt einen Laden in der Löwenstraße, die entwickeln die Negative sofort, kostet extra, aber …«

»Wann öffnet der Laden?«, unterbrach ihn Paul.

»8 Uhr 30, wie alle«, wusste Henny.

Paul bat Henny um einen Umschlag für die Negative.

»Ich will die Bilder sehen, bevor du fährst«, sagte Henny, als sie ihm den Umschlag reichte.

»Wieso? Hast du irgendwas, irgendwen erkannt?«

Ihr Magen zog sich zusammen, als hätte er sie mit einem von Elfies Skalpellen gepikst. Der unerbittliche, misstrauische Paul aus Den Haag zeigte sich wieder. »Woher soll ich wissen, was auf diesen Negativen ist?«

»Wir bräuchten mehr Licht und ein Vergrößerungsglas, dann könnten wir vielleicht Genaueres erkennen, aber beides haben wir nicht«, sprang Kaspar ihr bei.

»Schon gut, schon gut. Ich hab's kapiert: Die Sache muss bis morgen warten.« Paul stand auf und griff nach seiner Jacke. »Ich geh jetzt ins Hotel. Wenn du zum Fotografen mitwillst, hol ich dich morgen zwanzig nach acht ab.«

Henny nickte und riss sich zusammen. Grade war ihr kleines Fünkchen Hoffnung erloschen. Wie konnte sie nur so blöd sein und wieder an die Liebe glauben wollen?

Vielleicht sind das die neuen Zeiten

Freiburg

»Mon Colonel?«, fragte Paul, als man ihn zum fünften Mal verbunden hatte. So kurz vor dem Vertragsabschluss war in Paris sicher die Hölle los, und Bruno Fels deshalb schwer zu erreichen, aber endlich hatte er ihn in der Leitung. »Nein, nein, ich bin nicht mehr in Strasbourg, sondern in Freiburg. Ja, die Flasche ist endlich wieder da, es waren tatsächlich zwei Negative hinter dem Etikett versteckt. Ja, ja, ich habe sie bereits entwickeln lassen. Wo die Fotos aufgenommen wurden, weiß möglicherweise Frou-Frou alias Pauline Crépau. Es ist ein kleiner Marktplatz, ein Café und eine Kirche sind im Hintergrund zu sehen, wahrscheinlich irgendwo in der Champagne. Pauline kann hoffentlich auch die zwei Franzosen auf dem Bild identifizieren. Die zwei Deutschen sind eindeutig Friedrich Rohl und der Freiburger Weinhändler Dobler. Beide in Uniform, ja, ja. Es wird eine Hinrichtung dokumentiert. Auf dem ersten Foto setzt Rohl seine Pistole an den Kopf eines Mannes, auf dem zweiten liegt der Mann erschossen am Boden. Ja, Rohl ist eindeutig der Schütze. Ob der zweite Franzose ein Kollaborateur ist? Keine Ahnung, auch da bleibt uns nur, Pauline zu fragen … Nein, es fährt heute kein Zug mehr nach Paris, in den Vogesen liegen umgestürzte Bäume auf den Gleisen, aber Henny bringt mich mit ihrem Wagen. Direkt zum Élysée-Palast? Moment, ich notiere.« Paul schrieb sich die Telefonnummern, Namen und Adressen auf, die ihm der Colonel diktierte.

»Das sind großartige Neuigkeiten, *vieil ami*«, schloss der Colonel erfreut. »Erfolg auf den letzten Drücker, *alors dépêchez-vous*!«

»Colonel?« So schnell ließ sich Paul nicht abwimmeln. »Sie wussten, dass Rohl hinter dem 37er Vossinger her war, deshalb haben Sie mich die Flasche holen lassen. Paris braucht ein Druckmittel, damit er nicht Generaldirektor Weinbau werden kann. Die Fotos kommen da gerade recht, sie sind wie ein Sechser im Lotto.«

»So gerne hätte ich Ihnen von Anfang an reinen Wein eingeschenkt, aber ich hatte meine Befehle«, seufzte der Colonel. »Die Niederungen der Politik sind selten erfreulich. Die Deutschen haben die Italiener bereits auf ihrer Seite, und fachlich kann man Rohl nicht am Zeug flicken. Also haben die Kollegen nach Schwachstellen von Rohl gesucht, und so habe ich von seiner Sammelleidenschaft für 37er Vossinger erfahren und natürlich vermutet, dass es dabei nicht um den Champagner geht, und mich an den versteckten Vossinger aus Berchtesgaden erinnert. Deshalb habe ich Sie gebeten, die Flasche Vossinger zu holen, so kam die ganze Geschichte ins Rollen. Mit den Fotos können wir ihn elegant aus dem Rennen kicken. Ich durfte Ihnen nichts sagen. Ich hoffe, Sie können mir verzeihen.«

Paul lachte trocken, dann hatte er eine Idee. »Nur, wenn Sie mir als Wiedergutmachung zwei Karten für den Empfang heute Abend besorgen«, erwiderte er. »Denn wer weiß besser als Henny und ich, wie kompliziert das Deutsch-Französische ist?«

»Oh, dann sind Henny und Sie wieder …?«

»Ziehen Sie keine voreiligen Schlüsse«, unterbrach ihn Paul warnend. »Habe ich nicht grade gesagt, dass es kompliziert ist?«

Auf dem Weg nach Paris

Zwischen Belfort und Vesoul fing es an zu schneien, der Scheibenwischer arbeitete auf Hochtouren, die Heizung dagegen schwächelte. Henny machte fünf Kreuze, dass sie sich mit dickem Pullover, Keilhose und Winterstiefeln dick eingemummelt hatte, und nicht das kleine Schwarze aus dem Jazzklub trug, wie Paul ihr nach seinem Telefonat mit dem Colonel vorgeschlagen hatte. »Wir gehen am Abend auf den Empfang.« Sie hatte ihn sehr verwundert angesehen. Zum einen, weil er sich an das Kleid erinnerte, zum anderen, weil er tatsächlich annahm, das kleine Schwarze wäre ein Kleid zum Reisen. Es lag nun in ihrem Köfferchen auf der Rückbank.

Die Fotos hatten sie nicht überrascht. Für sie zeigte Rohl auf diesen Bildern sein wahres Gesicht. Seine Empörung über Gestapomethoden, sein angeblich aufrechter Gang, alles Fassade. Die Fotos entlarvten ihn. Was sie allerdings aufregte, war, was Paul ihr über Sinn und Zweck der Fotos erzählt hatte. Die Fotos dienten nur dazu, Rohl zu zwingen, still und leise seine Bewerbung für den Posten Generaldirektor Weinbau in Brüssel zurückzuziehen.

»Noch weiß keiner, wer der zweite Franzose auf dem Bild ist«, so Paul. »Ist er das nächste Opfer, oder hat er den Erschossenen denunziert? Tja, nicht nur bei Euch wurden Schweinereien unter den Teppich gekehrt. Die will man grade jetzt auf keinen Fall aufs Tapet bringen, jetzt, da endlich Frieden zwischen unseren Völkern herrschen soll.«

Henny, noch Pauls harsches Urteil über ihren Verrat im Ohr, ärgerte sich über seine Gelassenheit. »Und das stört dich nicht?«, blaffte sie ihn an.

»Sieh es mal so: Intrigen, Erpressung, Erkundung dunkler Geheimnisse sind gewaltfreie Mittel des Machtkampfes. Es ist doch schön, dass zwecks Durchsetzung eigener Interessen kein neuer Krieg zwischen unseren Ländern angezettelt wird.«

»Und wo bleibt die Moral? Wo bleibt die Gerechtigkeit?«

»Moment, Moment!« Paul stellte das Radio lauter. »Wir wollen uns doch diesen historischen Augenblick nicht entgehen lassen.«

»Im Élysée-Palast haben sich die beiden Delegationen zur Unterzeichnung des deutsch-französischen Vertrags zusammengefunden«, ertönte die Stimme des Reporters. »Adenauer und de Gaulle sitzen unter den mächtigen Kronleuchtern des Murat-Saales, vor ihnen liegen die Verträge, die die zukünftige Zusammenarbeit im Bereich der Außen- und Verteidigungspolitik regeln sollen. Es sind regelmäßige Treffen der Minister und Regierungschefs vorgesehen, um die Freundschaft zwischen zwei Ländern unabhängig von der Tagespolitik zu institutionalisieren«, erläuterte der Reporter. »Ein Novum in der Politik zweier Länder! Eine besondere Rolle in den Verträgen spielt die Jugend, denn sie soll die deutsch-französische Aussöhnung mit Leben erfüllen. Zu diesem Zweck wird ein deutsch-französisches Jugendwerk gegründet«, führte er weiter aus.

»In Ludwigsburg hat de Gaulle die jungen Leute mächtig beeindruckt«, schob Paul ein. »Else wollte sofort mit Kaspar ins Elsass, Kaspar selbst in die Provence.«

»Und wo ist er gelandet? In Holland! Wie gefällt dir Grietje?«

»Sie sind sehr verliebt, die zwei …«

»Und wie! Haben nur Augen für sich, halten sich für unsterblich, glauben, die Liebe hält ewig«, führte Henny seinen Gedanken fort.

»Aber wir zwei wissen …«

Paul brach den Satz ab. Kurz trafen sich ihre Blicke, dann sahen sie wieder geradeaus. Die Liebe und sie, schmerzhaftes Terrain.

»Für Kätter wird es schwer, wenn er in Holland bleibt.«

»Ja«, bestätigte Henny, froh, dass er das Thema wechselte.

»Oh, jetzt sollten wir noch mal zuhören!« Paul schaltete das Radio wieder lauter.

»Beide Staatsmänner setzen nun ihre Unterschrift unter die Verträge«, berichtete der Reporter. »Dann erheben sie sich, de Gaulle umarmt den deutschen Kanzler und gibt ihm den Bruderkuss. Eine große Geste der Versöhnung, ein leuchtendes Signal der Hoffnung! Der Général schreitet nun zum Mikrofon, hören wir, was er sagt.«

»Übervoll ist mein Herz und dankbar mein Gemüt, nachdem ich soeben mit dem Kanzler den Vertrag unterschrieben habe«, drang de Gaulles Stimme durch den Äther. »Niemand auf der Welt kann die überragende Bedeutung dieses Aktes verkennen. Nicht nur wendet sich damit das Blatt nach einer langen und blutigen Geschichte der Kämpfe und Kriege, sondern zugleich öffnet sich das Tor zu einer neuen Zukunft für Deutschland, für Frankreich, für Europa und damit für die Welt.«

Es folgte Adenauers Antwort in rheinischem Singsang preußisch kurz und knapp: »Herr General, Sie haben es so gut gesagt, dass ich dem nichts hinzufügen könnte.«

Paul schaltete das Radio wieder leiser. »Natürlich wird der Colonel nicht nur die Fotos, sondern auch die Negative wollen«, sagte er.

Während Henny sich erstaunt fragte, warum er nun noch mal darauf zurückkam, fuhr er bereits fort: »Aber ich finde, es gibt noch jemanden, der die Fotos erhalten muss. Deshalb habe ich je zwei Abzüge machen lassen. Ich denke, du weißt, für wen sie sind.«

»Frou-Frou«, sagte Henny, und Paul nickte.

Eichingen

In der Küche hing noch der Geruch von Rindsbrühe, ein Hauch Meerrettich schwang auch mit. Sie hatten bereits Mittag gegessen, der Spül war schon erledigt, abgetrocknet hatte die kleine Holländerin. Nun war Kaspar mit ihr unterwegs, eine Runde durchs Dorf drehen, einen Abstecher bei den Jakumeits machen, die Kurbel zeigen, vielleicht auch die Reben, und Kätter hockte mit Kaspars Geschenk am Küchentisch. Ein Fotoalbum hatte er ihr mitgebracht. »Damit du weißt, wo ich jetzt wohne, damit du dir mein Leben vorstellen kannst.« Noch hatte sie es nicht aufgeschlagen und wusste gar nicht, ob sie das wirklich wollte.

Denn auch wenn man mit dem Schlimmsten rechnete, war man nicht gegen Leid und Enttäuschung gefeit. Er wollte den Hof nicht übernehmen, er kehrte nicht nach Hause zurück. Klar und deutlich hatte Kaspar das gesagt, und Kätter merkte mal wieder, dass es etwas anderes war, sich etwas bloß vorzustellen oder es für bare Münze nehmen zu müssen. Es machte ihr das Herz wund und das Gemüt schwer. Die kleine Holländerin war vielleicht ein liebes, nettes und freundliches Mädchen, aber nicht für sie. Für Kätter war sie ein Malheur, das ihr den einzigen Enkel wegnahm. Sie hasste sie so glühend, wie sie Henny damals gehasst hatte. Gut, der Hass auf Henny war verraucht, aber der auf die Holländerin, niemals … Man wusste ja nicht mal, ob das hielt zwischen den beiden, siehe Henny und Paul, ob es nur ein flüchtiges Abenteuer … und dafür warf der Bueb alles weg, was sie ihm vermachen wollte. Reben in bester Lage, Haus und Hof … Versteh es einer! Sie tat es nicht.

Sie starrte auf das Album, schlug es nun doch auf und begann, es eilig durchzublättern. Kaspar zeigte ihr das Kino, die Kollegen, ein chinesisches Lokal, eine Straße mit Klinkerbauten, einen Fischmarkt, Eisläufer im Schnee und immer wieder die Holländerin. Dann auf der letzten Seite ein Foto, das sie kannte. Es stand auf ihrem Wohnzimmerbuffet. Sie, Kaspar und der kleine Häwelmann I im Grasgarten. Darunter hatte Kaspar geschrieben: »Liebe Kätter, das Bild und Du begleiten mich, wo ich geh und steh.«

Kätter presste sich die Hände aufs Gesicht und schluchzte laut auf. Tränen rannen ihr über die Backen, weitere Schluchzer schüttelten sie durch. Irgendwann war es vorbei. Sie nahm die nassen Hände vom Gesicht, suchte in der Schürze nach einem Taschentuch, wischte die Wangen, schnäuzte sich kräftig und atmete tief durch.

Vielleicht sind das die neuen Zeiten, dachte sie. Dass die Jungen nicht mehr da bleiben, wo man sie hinstellt, sondern dass sie etwas Eigenes suchen. Wer kann es ihnen ernsthaft verdenken, nachdem ihre Väter und Großväter mit Hurra- und Heilsgeschrei erst dem Kaiser, dann dem Führer für Volk und Vaterland gehorsam oder verblendet in zwei Kriege gefolgt waren. Und für was? Für ein Grab im fernen Skopje oder im Kessel von Stalingrad. Wie soll man da begründen, dass Gehorsam und der Wille der Väter – oder in ihrem Fall der der Großmutter – die Richtschnur des Lebens sein soll?

Jesses, nun aber Schluss mit dem Herumsinnieren und Philosophieren, rief sie sich zur Ordnung. Die Standuhr im Wohnzimmer schlug dreimal. Sie sollte schon mal Kaffee mahlen und einen Teller mit Springerle und Hutzelbrot herrichten, damit alles parat stand, wenn die zwei von ihrem Rundgang zurückkamen. Ob sie noch ein paar von den Quittenleckerli dazulegte? Die Holländerin sollte richtige Kaiserstühler Gastfreundschaft kennenlernen. Da tischte man stets vom Feinsten auf, und das in Hülle und Fülle, selbst wenn man den Gast am liebsten dahin wünschte, wo der Pfeffer wächst.

Auf der Fahrt nach Paris

Hinter Pont-sur-Yonne hörte es endlich auf zu schneien, dafür setzte bereits die Dämmerung ein. Sie hatten viel länger gebraucht als gedacht, sie sollten sich beeilen. Henny war nicht begeistert, als Paul ihr eröffnete, dass sie direkt zum Élysée-Palast fahren mussten.

»Nicht vorher ins Hotel? Wo schlafen wir eigentlich?«

»Das *Bristol* wird's nicht sein. Das ist dem Kanzler und seiner Entourage vorbehalten.«

»Wie stellst du dir das vor? Wo soll ich mich umziehen?«

Paul seufzte. »Es gibt sicher Separees zum Nasepudern für die Damen, da kannst du schnell in das kleine Schwarze schlüpfen.«

»Und dann Hose und Pullover in die Handtasche stopfen?«

Frauenprobleme! Besser nichts mehr zu diesem Thema sagen, entschied Paul und stellte das Radio wieder lauter.

»Ein festliches Menü krönt den Abschluss des Vertrages«, berichtete der Reporter nun. »Danach wird es einen Cocktailempfang geben, zu dem Deutsche und Franzosen aus allen Lebensbereichen eingeladen sind, die sich um die Versöhnung unserer Völker verdient gemacht haben. Doch zunächst werden sich Kanzler und Präsident an Hummer Thermidor, Kalbsrücken Orloff und Savarin mit Früchten gütlich tun. Natürlich werden anlässlich dieses Jahrhundertvertrages nur Weine mit der höchsten Auszeichnung Premiers Crûs serviert: ein Château Laville Haut-Brion von 1959 und ein Château Lafite Rothschild von 1953.«

»Kein Champagner?«, rief Henny.

»Den haben wir doch im Gepäck.«

Sie lachten beide.

»Den will dein Colonel nicht mehr mit de Gaulle trinken?«, fragte Henny dann. »Kalt genug ist er bestimmt, so lang, wie wir ihn schon durch Eis und Schnee chauffieren.«

»Wollte er nie, war immer nur vorgeschoben.«

»Dann köpfen wir die Flasche. Wer weiß, vielleicht ist er wirklich noch trinkbar!«

»Sag mal«, fragte Paul, als sie das nächste Hinweisschild Paris passierten. »Soll ich dich an der *Périphérique* am Steuer ablösen?«

»Weil Paris so eine große Stadt ist?«

Eigentlich eine ganz harmlose Frage, trotzdem schwang darin ein falscher Ton mit. »Paris ist für jeden Autofahrer eine Herausforderung«, beeilte er sich zu erklären. »Besonders die mehrspurige *Périphérique*, außerdem chauffierst du bereits seit …«

»Paul«, unterbrach ihn Henny ganz ruhig, und diesmal war er sicher, dass es die Ruhe vor dem Sturm war. »Willst du aussteigen? Was habe ich dir in Baden-Baden zu Frauen am Steuer gesagt?«

»War nur ein gut gemeinter Vorschlag«, ruderte er zurück.

Eichingen

»Weißt du, Bertold, da denkst du immer, dein größtes Problem ist, dass du keine Entscheidungen treffen kannst, dass du dich wie ein Blatt im Wind treiben lässt«, sprudelte es aus Kaspar heraus. »Und dann triffst du endlich eine Entscheidung, die für dich stimmt, und was ist? Du fühlst dich hundeelend dabei! Du kommst dir wie ein Schweinehund vor. Da verlässt du deine Großmutter, das bricht ihr das Herz, und du bist schuld daran.«

Die 17-Uhr-Vorstellung in der Kurbel war zu Ende, Bertold inspizierte die Sitzreihen, Kaspar kehrte Zigarettenkippen zusammen. Arbeiten, die sie schon oft gemeinsam erledigt hatten.

»Was hast du erwartet?« Bertold legte vergessene Handschuhe und Schals auf die Empore vor der Leinwand. »Dass Kätter sagt: ›Schon recht, Buebl, Hauptsache, du vergisst mich nicht?‹ Gut, sie ist zäh und hart im Nehmen, aber sie ist nicht mehr die Jüngste und braucht für manche Arbeiten Unterstützung. Mein großer Bruder musste letztens bei ihr Holz hacken.«

»Klar, du bist auch sauer.« Kaspar stellte den Besen ab. »Ich bin dein ältester Freund, und plötzlich kommt da eine flotte Biene daher, und Kaspar macht die Biege.«

»Soll ich dir was Lustiges sagen? Grietje will nicht zurück nach Den Haag. Der gefällt es hier, die würde am liebsten bleiben.«

»Das ist doch dufte, dann bleibt doch hier!«

»Verstehst du nicht?«, rief Kaspar verzweifelt. »Ich will wieder nach Den Haag, es ist meine Entscheidung. Aber wenn alle Entscheidungen so schwer sind wie diese, werde ich mir jede gründlich überlegen. Glaubst du, es fällt mir leicht, Kätter im Stich zu lassen? Aber du, sei ehrlich: Willst du ewig beim Standesamt arbeiten? Träumst du nie von etwas anderem als der Kurbel am Wochenende?«

Bertold zuckte mit den Schultern.

»Was ist mit einem großen Kino in einer großen Stadt, Breitleinwand, Premieren, Stars auf dem roten Teppich, Filmfestivals?«

»Jetzt wo das Fernsehen immer stärker wird? Vergiss es!«

»Ein kleiner Kasten soll besser sein als die große Leinwand? Niemals! Stell dir mal das Pferderennen aus *Ben Hur* auf dem Fernseher vor! Meinst du, da zerreißt es die Zuschauer, meinst du, da springen sie johlend auf, wie das hier in der Kurbel zuhauf passiert ist? Niemals wird das Fernsehen das Kino verdrängen. Dem Kino gehört die Zukunft.«

»Du bist ein Träumer, Kaspar.«

»Na und? Ich habe eine Arbeit, ein Zimmer, eine Freundin. Was brauche ich mehr? Apropos Freundin: Was macht Else?«

»Kommt in zwei Wochen nach Eichingen.«

»Und?«

»Bisschen erhöhter Herzschlag, mal sehen … Wir wollen rüber ins Elsass fahren.«

Von draußen drang Gemurmel in den Saal, Bertold sah auf die Uhr. »Gleich beginnt die nächste Vorstellung. Wir müssen uns beeilen.« Er packte die gefundenen Handschuhe und Schals, Kaspar griff nach Kehrblech und Handbesen und ging in die Knie.

»Eines noch, Bertold«, sagte er, als er wieder aufstand. »Kündigst du mir jetzt die Freundschaft?«

»Das könnte dir so passen!« Bertold warf einen Handschuh in seine Richtung, Kaspar fing ihn auf. Dann grinsten beide.

Sie waren froh, als sie die Adresse, die der Colonel Paul genannt hatte, auf den Champs-Élysées endlich fanden. Dort wartete bereits ungeduldig ein Lieutenant Dubois und trieb sie mit einem nervösen Blick auf die Uhr zur Eile. Paris, das musste Henny zugeben, war für Autofahrer ein stinkender, lärmender, übervoller, labyrinthischer Moloch. Sie hatten ewig gebraucht, um hier herzufinden, der Empfang hatte längst begonnen.

Hinter dem im Sauseschritt vorauseilenden Dubois hetzten sie die Champs-Élysées entlang. Die prächtige Avenue glitzerte im Licht Tausender Scheinwerfer und Laternen, die Straße, die Bäume, die Gebäude, alles war von luxuriösen Ausmaßen, aber Dubois ließ ihnen nicht einen Moment zum Innehalten. Er galoppierte in einem Tempo vorneweg, das sie zum Laufen zwang und nach Luft ringen ließ, als sie endlich vor dem Eingang des Élysée-Palastes zum Stehen kamen.

Der Ausweis des Lieutenants erwies sich als Passepartout. Die Eingangswachen winkten sie durch, die Sicherheitsleute, für die Henny Handtasche und das kleine Köfferchen öffnen musste, durchsuchten beides mit professioneller Gründlichkeit und höflichem Bedauern. Schnell ging es weiter. Der Dreiklang ihrer Schritte verhallte im riesigen Innenhof, in dessen Weite sich die große Henny wie ein kleines Menschlein vorkam, was mit Sicherheit der Absicht der Bauherren solcher Plätze und Paläste entsprach. Wie ein erfahrener Pfadfinder lotste der Lieutenant sie durch Korridore und Gänge, bis sie vor dem riesigen, prächtigen – ja, alles war hier riesig und prächtig! *La grande nation, vraiment!* Wie bescheiden dagegen das Palais Schaumburg, der Sitz des Bundeskanzlers in Bonn! –, bis sie also vor dem prunkvollen, hell erleuchteten Ballsaal standen, aus dem das Summen und Brummen angeregter Gespräche nach draußen drang.

Der Passepartout des Lieutenants funktionierte auch hier. Man winkte sie herein. Neben der Garderobe fand Henny den Hinweis zu einer Damentoilette und bedeutete Dubois und Paul, dass sie warten mussten. Der Lieutenant reagierte ungehalten, deutete wieder auf die Armbanduhr, aber das juckte Henny nicht. Auf die fünf Minuten kam es nun wirklich nicht mehr an. Sie tauschte die Reisekleidung gegen das kleine Schwarze, schlüpfte in Seidenstrümpfe und Pumps, richtete vor einem riesigen – ja, auch hier alles riesig und prächtig, Versailles ließ grüßen! – Spiegel ihr Haar, legte Make-up und Lippenstift auf und tupfte sich ein paar Tropfen Odeur d'Orient hinters Ohr. Als sie mit sich zufrieden war, packte sie alles, was sie nicht brauchte, in das Köfferchen, gab dieses bei der Garderobe ab und kehrte dann zu den beiden Männern zurück. Dubois nickte anerkennend – ach, die charmanten Franzosen! –, dann trieb er sie wieder ungeduldig zur Eile an, aber Henny entging keineswegs Pauls bewundernder Blick.

Man öffnete ihnen nun die Tür zum Ballsaal, und Henny war sicher, dass alle, die hier herumpromenierten oder in kleinen Gruppen parlierten, beim Eintritt in den Saal, genau wie sie, mit vor Erstaunen offenem Mund dagestanden haben mussten. Allein die Dimension des Raumes! Dann die Kronleuchter, die Fin-de-Siècle-Deckengemälde, die vergoldeten Stahlsäulen an den Seiten und …

»Komm, er rennt uns schon wieder davon!« Paul packte ihren Arm und zog sie hinter dem Lieutenant her.

Im Zickzackkurs stolperten sie durch den Saal. Aus dem Augenwinkel erspähte Henny den hochgewachsenen de Gaulle umgeben von einer dichten Traube Menschen, unweit davon auch den deutschen Kanzler, ins Gespräch mit einem Kardinal vertieft. Weiter ging es, vorbei an ordensbehängten Herren, an Damen mit Pelzstolas, an Kellnern mit Tabletts voller Sektgläser, an Kaltmamsells mit Käseplatten, an Exzellenzen und Eminenzen, bis sie endlich vor dem Colonel zu stehen kamen. Rohl hatte Henny bisher nicht entdeckt.

»Na endlich!«, rief der Colonel – in Galauniform – und lotste Paul stante pede in den hinteren Bereich des Saales, nickte auf dem Weg dorthin zwei Herren in Zivil zu, die sich umgehend zu ihnen gesellten.

Was in der Runde besprochen wurde, konnte Henny nicht hören, dazu waren die Männer zu weit entfernt, aber sie sah, wie Paul die Fotos aus dem Jackett zog und die Herren sie, zwecks Studiums, von einem zum anderen reichten. Wieder besprach man sich, dann wurden Hände geschüttelt, und Paul und der Colonel kehrten zurück. Erst da bemerkte Henny die Frau in dem blauen Kleid neben sich, die die Szene ebenfalls beobachtet hatte.

»Verzeihen Sie, dass ich Sie nicht begrüßt habe, liebe Henny«, entschuldigte sich der Colonel schon im Herbeieilen. »*Bienvenue à Paris!* Darf ich Ihnen Edith, meine zukünftige Frau vorstellen?«

Er deutete auf die Frau in dem blauen Kleid. Henny reichte ihr die Hand und nickte ihr zu, dann suchten ihre Augen sofort wieder den Raum ab, und sie entschuldigte sich hastig. Sie sei so schrecklich neugierig und würde gerne ein wenig herumgehen. Schließlich sei es unwahrscheinlich, dass sie in ihrem Leben noch einmal im Élysée-Palast …

»Aber ja, aber ja«, pflichtete Edith ihr bei, und Henny nahm Pauls Arm und zog ihn von den beiden fort, bevor der Colonel ein Veto einlegen konnte.

»Was soll das? Warum so schnell?«, wehrte sich Paul.

»Ich will sehen, wie Rohl reagiert, wenn sie ihm die Fotos zeigen«, antwortete sie, als sie außer Hörweite des Colonels waren.

Oft, sehr oft hatte sie sich ausgemalt, wie sie sich an Rohl rächen könnte. Die Vorstellung, ihm die Maske vom Gesicht zu ziehen, ihn vor der Welt bloßzustellen, allen zu zeigen, was für ein Lump hinter der freundlich-fröhlichen Fassade steckte, gefiel ihr am besten. Und dann würde sie wie die Seeräuber-Jenny mit kaltem Lächeln summen: »Und wenn dann der Kopf fällt, sage ich: Hoppla.«

»Dazu müssen wir ihn erst finden«, meinte Paul.

Sie fanden Rohl nicht, dafür die beiden Herren, die die Fotos eingesteckt hatten. Sie standen in einer großen Runde, in der herzhaft gelacht wurde. Als einer der beiden Paul bemerkte, zeigte er mit zwei Fingern das Churchill'sche Victory-Zeichen an und deutete mit dem Kopf in Richtung Ausgang. Henny eilte nach draußen. Endlich, an der Garderobe, sah sie Rohl. Er wurde von einem Lieutenant begleitet, nicht Dubois, ein anderer, und bat um Hut und Mantel. Als er den Hut aufsetzte, drehte er sich um und bemerkte sie. Er deutete eine Verbeugung an, dann ging er mit dem Lieutenant davon.

Da rollte kein Kopf, da gab es kein triumphierendes Hoppla.

»Schnell! Lass uns Frou-Frou suchen«, rief Paul atemlos.

Paris

Sie fanden Pauline im Gespräch mit ihrer Freundin Käthe und einem Franziskanerpater. Sie freute sich, Paul wiederzusehen, und machte sofort alle miteinander bekannt.

»Ist das die Frau vom Kaiserstuhl?«, fragte sie, als Paul ihr Henny vorstellte, und er nickte. »Hast du es ihr endlich gesagt?«, wollte sie wissen.

»Kann ich dich kurz einen Moment alleine sprechen?«, bat er, und sie folgte ihm in eine ruhige Ecke, wo er ihr die Fotos zeigte.

»Bravo, du hast die Flasche mit den Negativen gefunden«, murmelte sie und betrachtete die Bilder.

»Kennst du den Ermordeten? Weißt du, wer der andere Mann ist? Weißt du, wo die Fotos gemacht wurden?«

Sie schüttelte den Kopf. »Aber das werde ich herausfinden«, versprach sie, betrachtete weiter die Fotos und sagte dann: »Der Mann, der schießt, ist Friedrich Rohl, Görings Weinführer.«

»Er ist hier, Pauline«, berichtete Paul erregt. »Er verlässt gerade den Élysée-Palast! Er ist nie für den Mord zur Rechenschaft gezogen worden, er hat es sogar geschafft, zu diesem Empfang als Freund der Franzosen eingeladen zu werden.«

Langsam hob sie den Kopf und sah ihn mit ihren grünen Augen an. »Alles zu seiner Zeit. Danke, dass du mir die Fotos gebracht hast«, sagte sie dann.

»Aber … aber«, stammelte Paul. »Du wirst ihn doch nicht davonkommen lassen …«

»Du hast mir die Fotos gebracht, weil du mir vertraust, richtig?«, unterbrach sie ihn, und er nickte. »Ich werde sie zur rechten Zeit am rechten Ort einsetzen«, fuhr sie fort. »Nicht jetzt, nicht hier. Heute Abend ist kein Platz für die Gräueltaten und Verbrechen der Vergangenheit. Heute werden fast hundert Jahre Feindschaft beerdigt, heute feiern wir Versöhnung, heute hegen und pflegen wir die Hoffnung, dass unsere Kinder und Kindeskinder nicht mehr gegeneinander in den Krieg ziehen, sondern dass sie in einem friedlichen Europa leben können. *Compris?*«

Paul nickte. Wie hatte er nur denken können, dass Pauline eine war, die schnell aus der Hüfte schoss? Sie ließ sich nicht benutzen, von niemandem, auch von ihm nicht.

»Lass uns zu den anderen zurückgehen und ein Glas Champagner trinken«, schlug sie vor. »Ich will doch wissen, wie es um dich und Henny bestellt ist. Ob wir nicht nur auf die große, sondern auch auf eure kleine deutsch-französische Versöhnung anstoßen können.«

Canal Saint-Martin

Paris

Als sie am Quai de Valmy endlich einen Parkplatz hatten und ausstiegen, vergaß Henny nicht, den Champagner aus dem Kofferraum zu nehmen. Dann staunte sie. Hier am Canal Saint-Martin lärmte kein Verkehr, glitzerten nicht tausend Lichter wie auf den Champs-Élysées. Hier erfüllten nur ein paar alte Laternen ihre Pflicht, und nur noch aus wenigen Fenstern der Häuser fiel Licht auf die Straße. Nun gut, es war 2 Uhr nachts, auch Pariser mussten mal schlafen.

»Ich bin gespannt, wie er schmeckt.« Sie deutete auf die Flasche. »Gibt es Sektgläser in Meuniers Studio?«

»Gläser auf alle Fälle.«

»Ist es weit?«, fragte sie Paul, der ihr Köfferchen trug, und sie dachte an Baden-Baden. Nach dem rauschenden Fest im Élysée-Palast versetzte sie dieser zugefrorene Kanal mit den kahlen Platanen am Ufer und der menschenleeren Straße in eine Stimmung, in der Traum und Wirklichkeit verschwammen, in der es leichtfiel, alles Mögliche auszusprechen und zu fragen. »Was hat Pauline eigentlich gemeint, als sie fragte: Hast du es ihr gesagt?«, wollte sie wissen.

»Meuniers Studio liegt kurz hinter der Brücke, in fünf Minuten sind wir da.«

Die Antwort auf die zweite Frage ließ er aus. Sie wiederholte sie nicht, sie holte stattdessen das Foto aus der Handtasche, das Lefevre ihr gebracht hatte, und reichte es ihm.

»Du hast es in Wiesbaden verloren. Das Hotel hat das Foto ans Institut français geschickt, und Lefevre hat es zu mir gebracht, weil er dich nicht erreichen konnte.«

Er griff nach dem Foto und steckte es vorsichtig in seine Brusttasche.

»Ich habe das gleiche Foto aufgehoben«, gestand sie.

»Es war unsere beste Zeit«, stimmte er ihr zu. »Aber dann? Wir haben es ver…«

»Pscht«, flüsterte sie und legte ihm den Finger auf den Mund. »Hast du nicht gehört, was Pauline gesagt hat? Heute ist kein Tag, um in alten Wunden zu bohren.«

Behutsam löste er erst den Finger von seinem Mund, griff dann nach ihrer Hand, küsste sie und steckte sie gemeinsam mit der seinen in die Jackentasche. So gingen sie weiter. Auf der kleinen Eisenbrücke tanzten im Licht der Straßenlaterne ein paar einsame Schneeflocken.

»Heute Nacht möchte ich an Wunder glauben«, flüsterte Henny. »Daran, dass der Champagner noch schmeckt, daran, dass Paris die Stadt der Liebe ist.«

»Nur heute Nacht?«, fragte er.

»Das ist ein Anfang«, bestimmte Henny, nahm ihre Hand aus seiner Jackentasche und strich ihm übers Gesicht. »Lass uns endlich in dieses Studio gehen.«

»Ja«, stimmte Paul zu. »Lass uns gehen.«

Zum Schluss

Wie alle Figuren meines Romans bin auch ich nah der deutsch-französischen Grenze aufgewachsen. Es sind keine zwanzig Kilometer von meinem Heimatdorf Fautenbach nach Strasbourg. Meine Urgroßmutter hat vor dem Ersten Weltkrieg ihre Eier auf dem Straßburger Markt verkauft, einer meiner Urgroßväter, über den es in der Familiengeschichte nur Gerüchte gibt, soll ein Elsässer gewesen sein. Ich war zwölf Jahre alt, als ich mit meiner Familie zum ersten Mal ins Nachbarland fuhr. Es ging in einen kleinen elsässischen Weinort namens Scherwiller, der bis heute über eine *jumelage* mit Fautenbach verbunden ist, eine Partnerschaft, die der deutsch-französische Vertrag von 1963 möglich machte. Nicht nur meine Familie, das halbe Dorf fuhr 1967 zum ersten Treffen. Verständigt hat man sich auf Alemannisch und Elsässisch, das ging damals noch sehr gut. Viele Freundschaften, sogar eine Ehe sind so entstanden. In Scherwiller wurden wir Gastfamilien zugewiesen, in unserem Fall zwei älteren Damen, Madame Fels und Madame Amann. Die Freundschaft meiner Familie mit den »Madamen«, wie mein Vater sie nannte, hielt bis zu deren Tod und verzweigte sich über die Jahre bis hin zu einer Cousine von Madame Amann in Paris, bei deren Familie ich vor dem Abitur vier Wochen verbrachte, um Französisch zu lernen. Deren Sohn Pierre wiederum kam zum Deutschlernen im Jahr darauf zu uns. Sie merken, der Élysée-Vertrag hat mein Leben von Kind an bereichert. Immer wieder bin ich nach Frankreich gereist, bis heute ist es mein Lieblings-, mein

Herzensland. Ich bin zutiefst dankbar, dass seit über siebzig Jahren nicht nur Frieden zwischen Deutschland und Frankreich herrscht, sondern ein lebendiger kultureller, politischer und wirtschaftlicher Austausch zwischen unseren Ländern gepflegt wird.

Der Auslöser für dieses Buch war aber nicht meine persönliche Geschichte, sondern die Besorgnis über das europaweite Wiedererstarken der Rechten, die Renaissance des Nationalen, sich breitmachende Demokratiefeindlichkeit, der Erfolg egomanischer Autokraten. Was geschieht mit Europa, wenn Kleinstaaterei oder Barbarei wieder an Boden gewinnen? Eine Frage, die mich zur letzten großen Barbarei, dem Zweiten Weltkrieg, und ins kriegszerstörte Europa führte. Es interessierte mich, wie sich die Politiker der Nachkriegszeit ein friedliches Europa vorstellten und wie sie dieses realisieren wollten. Dabei stieß ich fast zwangsläufig auf den Élysée-Vertrag von 1963, der als Meilenstein auf dem Weg zu einem vereinten Europa gilt.

Adenauer war keineswegs erfreut, als de Gaulle im Zuge der Algerienkrise 1958 wieder französischer Präsident wurde. Er hielt ihn für antieuropäisch und deutschfeindlich, wusste aber, dass de Gaulle nach dem Ende des kolonialen Frankreichs auf Europa setzen musste, so wie Adenauer nach der verhaltenen Reaktion der USA auf den Berliner Mauerbau ein engeres Band mit dem größten europäischen Nachbarn knüpfen wollte. Beide hatten also gute Gründe, auf den anderen zuzugehen. Überraschend war allerdings, dass die beiden alten Männer schnell einen Draht zueinander fanden und sich die gegenseitige Wertschätzung mit jedem weiteren Gespräch vertiefte. Beide Politiker setzten darauf, dass es zur Versöhnung die Jugend brauchte, deshalb war das deutsch-französische Jugendwerk von Anfang an Teil des Vertrages. Solitär bis heute, zwischen keinen zwei anderen Ländern gibt es einen solchen Vertrag. Zudem wurden regelmäßige Treffen von Regierungsvertretern sowie möglichst gemeinsame

Absprachen in der Außen-, Europa- und Verteidigungspolitik vereinbart.

Für Adenauer ist dieser Vertrag der letzte große Wurf seiner Amtszeit, den er gegen erheblichen Widerstand in den eigenen Reihen durchsetzt. Im Oktober 1963 gibt er die Kanzlerschaft ab, Ludwig Erhard wird sein Nachfolger. De Gaulle bleibt noch ein paar Jahre länger im Amt, er tritt im Februar 1969 infolge der 68er-Mai-Unruhen als Präsident zurück.

Dichtung und Wahrheit: Alles, was ich über die politische Situation in Frankreich und Deutschland 1962, über die Vorbereitung des Vertrages, die Reisen der beiden Regierungschefs usw. schreibe, entspricht historischen Tatsachen. Aus de Gaulles berühmter Rede an die deutsche Jugend in Ludwigsburg habe ich wörtlich zitiert. Das sehr nach Fiktion klingende Weinlager im Führerbunker in Berchtesgaden gab es wirklich, als Quelle dazu diente mir das hochinteressante Buch *Wein & Krieg* von Don und Petie Kladstrup. Für die Kriegserlebnisse von Henny und Paul habe ich mich an der Geschichte der Stadt Freiburg sowie an den Kämpfen der Armee von Général Leclerc orientiert. Leclercs Truppen kämpften in den Armeen von *France libre*, die sich nach der französischen Kapitulation 1940 in Nordafrika formiert hatten. Deren Flagge zierte das Lothringer Kreuz. Zur Geschichte des Elsass im 20. Jahrhundert ist das Buch *Marthe & Mathilde* von Pascale Hugues stets aufs Neue erhellend. Die OAS – *Organisation de l'armée secrète* –, von der im Buch die Rede ist, entstand im Zuge der Algerienkrise und ist für eine Reihe von Terroranschlägen in Algerien und Frankreich verantwortlich, u.a. für den Beschuss des Präsidentenwagens, der im Buch erwähnt wird.

Henny, Paul, Kätter und Kaspar, samt ihrer Familien, ihren Freunden und Geschichten sind meiner Fantasie entsprungen. Den Ort Eichingen werden Sie am Kaiserstuhl vergeblich suchen. Ich habe ihn genauso erfunden wie das Champagnerhaus Vossinger in Épernay.

Danke ...

… Hubert Deipenbrock für unseren Rheinspaziergang und das lange Gespräch über Hermann Göring und dafür, dass Du mich als Historiker nun bereits beim dritten Buch begleitest.

… Katrin Fieber für inzwischen jahrelange vertrauensvolle, kreative Zusammenarbeit und dafür, dass Du mich trotz des Jobs als Programmleiterin weiter lektorierst.

… Gebhard Glaser. Was für ein Glück, dass Du nach vielen Jahren in der badischen Kommunalpolitik im Lockdown überraschend Zeit hattest, mein Manuskript gründlich zu lesen und zu kommentieren.

… Lynn Glaser, ohne Dich würde das Französisch im Buch nicht stimmen.

… Nora Glaser, weil Du immer mal wieder abends vorbeigeschaut und gefragt hast, wie mein Tag war.

… Mila Lippke, ohne Dich wäre ich nie auf die Champagnergeschichte gekommen. Du hast mir das Buch *Wein & Krieg* von Don und Petie Kladstrup empfohlen.

… Mila Lippke, Jasna Mittler und Beate Sauer fürs Plotten, Herumspinnen, Spazierengehen und Erzählen. Wie gut, dass wir im Januar 2020 noch in Unkel waren!

… Martina Kaimeier und Irene Schoor, die Ihr mich nicht nur seit Jahrzehnten als Freundinnen begleitet, sondern Euch, frisch pensioniert und im Lockdown, so gründlich in mein Manuskript hineingefuchst habt, dass Euch keine Unstimmigkeit entging.

… Gisa Klönne für unsere langen Gespräche übers Schreiben, besonders über den schwierigen Anfang eines neuen Romans, und für Deinen Hinweis: Verlier dich nicht im historischen Gestrüpp, denk an die Gegenwartsebene!

… Jasna Mittler für Deine tolle Idee, Elfie bei Henny einziehen zu lassen, überhaupt für all deine klugen Anmerkungen zum Buch.

… Chrischan und Ulla Pusch für Eure Gastfreundschaft und all die anregenden Gespräche in Montigny sur Loing sowie für die Bücher, die ich mir von Euch ausleihen durfte.

… Hermann Ritter und Hans-Peter Trautwein, dass Ihr mir als alte Landjugendfreunde und erfahrene Winzer viele Fragen zum Weinbau und zum Kaiserstuhl beantwortet habt.

… tolles Ullstein-Team für Eure Begeisterung und Euer Engagement für meine Bücher.

… Andrea Wildgruber, weil Du nicht nur eine großartige Agentin bist, sondern auch die beste Begleitung, die sich eine Autorin beim Schreiben wünschen kann.

Ein Hoch auf Euch alle!

Bücher, die ich zur Recherche und Inspiration gelesen habe:

An den Ufern der Seine – Die magischen Jahre von Paris 1940–1959, Agnès Poirier, Klett-Cotta 2019

Briefe 1945–1984, François Truffaut, vgs Verlag 1990

Champagner – Eine deutsch-französische Affäre, Reinhard Pietsch, Manfred Weber-Lamberdière, Grubbe Verlag 2018

Chronik 1962 – Tag für Tag in Wort und Bild, Chronik Verlag, Dortmund 1986

Die dämonische Leinwand, Lotte H. Eisner, Hrsg. von Hilmar Hoffmann und Walter Schobert, Kommunales Kino Frankfurt 1975

Die Europäer – Länder, Leute, Leidenschaften, Gérard Mermet, dtv 1993

Die Gedächtnislosen – Erinnerungen einer Europäerin, Géraldine Schwarz, Secession Verlag 2018

Der General – Charles de Gaulle und sein Jahrhundert, Johannes Willms, C.H. Beck Verlag 2019

Geschichte des Films 3 ab 1960, Ulrich Gregor, Rowohlt Verlag 1983

Die gestohlene Unschuld – Ein Leben zwischen Résistance und Ethnologie, Germaine Tillion, Aviva Verlag 2009

Die Hauptstadt, Robert Menasse, Roman, Suhrkamp 2017

Die Herren, Angelika Schrobsdorff, Roman, Langen Müller Verlag 1961

Ich kann jeder sagen, Robert Menasse, Erzählungen, Suhrkamp 2010

Ist das ein Mensch? Primo Levi, Fischer Verlag 1961

Der Kanzler und der See, Godehard Schramm, corso 24 Verlag, 2012

Klack, Klaus Modick, Roman, KiWi 2015

Der kleine Häwelmann, Theodor Storm, Lisbeth Zwerger, Neugebauer Verlag 1996

Konrad Adenauer – Der Vater, die Macht und das Erbe, Das Tagebuch von Monsignore Paul Adenauer 1961–1966, Hanns Jürgen Küsters (Hg.), Ferdinand Schöningh Verlag 2017

Konrad Adenauer – Seine Deutschland- und Außenpolitik 1945–1963, Klaus Gotto, Hans Maier, Rudolf Morsey, Hans-Peter Schwarz, dtv 1975

***KOSMOS** – Die Zeitschrift für alle Freunde der Natur*, 58. Jahrgang, 1962

Madame Clicquot und das Glück der Champagne, Susanne Popp, Roman, Rowohlt Polaris 2020

Marthe & Mathilde – Eine Familie zwischen Frankreich und Deutschland, Pascale Hugues, Rowohlt 2009

Mein Berliner Kind, Anne Wiazemsky, Roman, dtv 2013

Mein Paris, Georg Stefan Troller, Fischer 1973

Les Parisiens sous l'Occupation, Jean Baronnet, Gallimard Paris bibliothèques 2008

Revue Nr. 02, München, 14. Januar 1962; Nr. 19, München, 13. Mai 1962; Nr. 28, München, 09. Juli 1962

Der Schakal, Frederick Forsyth, Roman, Piper 1972

Schatten im Paradies, Erich Maria Remarque, Roman, Droemer Knaur, München 1971

Schnell, dein Leben, Sylvie Schenk, Roman, Goldmann 2018

Sonntags Kino, Jürgen Theobaldy, Roman, Rotbuch Verlag 1979

Wein & Krieg, Don und Petie Kladstrup, Klett-Cotta 2002

Die Weine und Weingärten Frankreichs, Alexis Lichine, Heyne 1979

***Wolfszeit* – Deutschland und die Deutschen 1945–1955**, Harald Jähner, Rowohlt 2019

Wohl bekam's! – In hundert Menüs durch die Weltgeschichte, Tobias Roth, Moritz Rauchhaus (Hg.), dtv 2020

Zum Lobe des Elsaß, Mathias Jung (Hg.), Harenberg 1988

STAMMBAUM

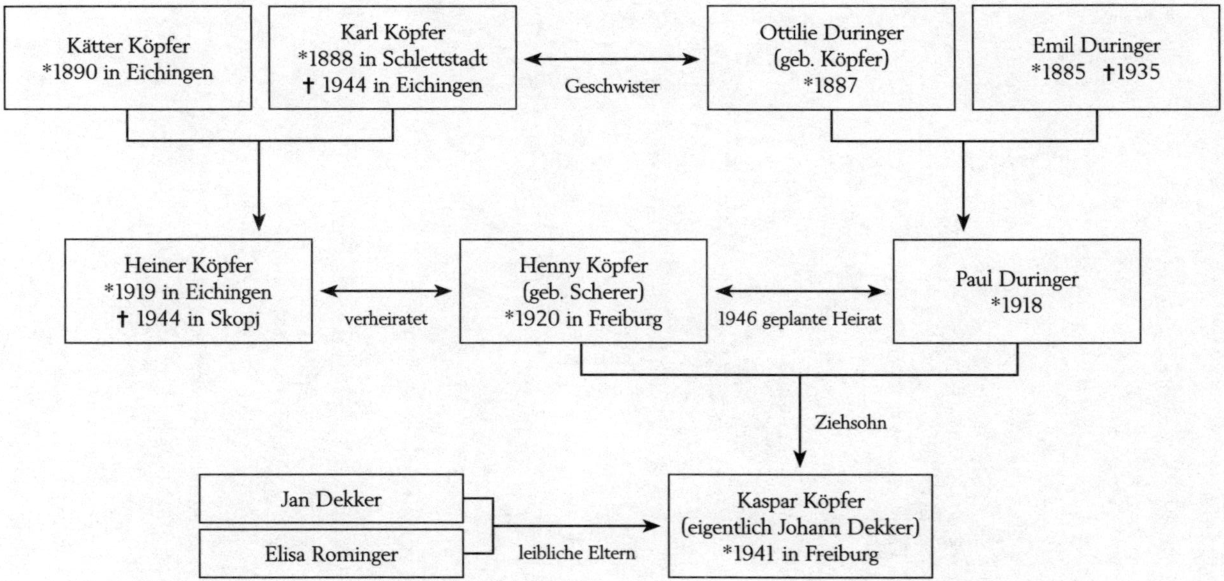
Kätter Köpfer
*1890 in Eichingen
Karl Köpfer
*1888 in Schlettstadt
† 1944 in Eichingen
Geschwister
Ottilie Duringer
(geb. Köpfer)
*1887
Emil Duringer
*1885 †1935
Heiner Köpfer
*1919 in Eichingen
† 1944 in Skopj
verheiratet
Henny Köpfer
(geb. Scherer)
*1920 in Freiburg
1946 geplante Heirat
Paul Duringer
*1918
Ziehsohn
Jan Dekker
Elisa Rominger
leibliche Eltern
Kaspar Köpfer
(eigentlich Johann Dekker)
*1941 in Freiburg

Anja Ritterhoff

Zirkus Kunterbunt

Willkommen im Zirkus!

(Abbildung auf Seite 3)

Auf den Bärenkopf wird die Schnauze geklebt, dann wird das Gesicht gestaltet und der Kopf auf den Körper geklebt. Fügen Sie den Schirm zusammen und kleben Sie ihn an Kopf und Arm fest. Nun fügen Sie die Hand an.
Kleben Sie den Sattel und die Pedale auf die Fahrradstange. Jetzt wird der Reifen zusammengeklebt und die Stange darauf mit der gelben Schraube fixiert. Übertragen Sie die restliche Bemalung und kleben Sie zum Schluss den Bären auf das Einrad.

Jetzt kann die Fahrt losgehen!

Motivgröße

ca. 9 cm x 23 cm

Material

- Tonkarton in A6: schwarz, weiß, gelb, hellbraun
- Tonkartonreste: rot, beige, grün
- Filzstift: schwarz, hellblau, rot
- Buntstift: orange

Vorlagenbogen 1A

Beschreibung für Seite 1 auf Seite 32.

Weitere Informationen zur Autorin finden Sie unter: www.ritterhoff.de
E-Mail: anja@ritterhoff.de

Fotos: frechverlag GmbH, 70499 Stuttgart;
Fotostudio Ullrich & Co., Renningen

Dieses Buch enthält:
4 Vorlagenbogen

Auflage: 5. 4. 3. 2. 1. | Letzte Zahlen
Jahr: 2006 2005 2004 2003 2002 | maßgebend

frechverlag GmbH, 70499 Stuttgart
Druck: frechdruck GmbH, 70499 Stuttgart

ISBN 3-7724-3063-5 · Best.-Nr. 3063